史蒂芬金選

Stephen King

STEPHEN KING

DOCTOR SLEEP

安眠醫生

史蒂芬·金——著　黃意然——譯

踏出深淵的另一種可能性——談史蒂芬．金的《安眠醫生》

【城堡岩小鎮家族創立人】劉韋廷

經典之所以是經典，有部分的原因，正是來自它們的無可取代。雖然後繼的創作者們不斷模仿、改造這些經典，但卻未必能賦予其更多新意，在主題詮釋方面，也難以探討得更加深入。因此，越是追隨者眾，便反而越強化經典的難以取代，進而在時間流逝下，使這些經典變成一道越來越難跨越的高牆，無論是誰，想以「續集」、「前傳」、「外傳」等方式接續在原創者後頭衍伸創作，似乎都討不了好。

然而，像這樣的狀況，在出版界卻是屢見不鮮。有時，在原創者過世後，有些出版社會找來其他作家，為那些大受歡迎的小說推出續集。像瑪格麗特．米契爾的《飄》或伊恩．弗萊明的「詹姆士．龐德」系列均是顯著範例。當然，這類作品並非完全不值一提。舉例來說，像是後人為「福爾摩斯」系列所創作的相關小說，便有許多相當傑出的作品。所以真正的問題，似乎仍繫於創作者本身的功力。

那麼，相隔《鬼店》三十多年後，總算決定推出續作《安眠醫生》的史蒂芬．金，又是怎麼看待這類作品的呢？

從金自身的創作來看，他對這類作品似乎不算排斥。過去，他也曾寫過「福爾摩斯」的一篇短篇仿作〈醫生的案子〉，至於霍華德．菲利普斯．洛夫克拉夫特的恐怖小說經典「克蘇魯神話」系列內的部分元素，更時常被金運用在作品中的各個細節，以此作為致敬方式。

而在一次接受美國《娛樂週刊》的訪問時，他也曾表示，自己曾在推理作家約翰．麥唐納過世後，與麥唐納的兒子聯繫，表明自己想續寫麥唐納最知名的「私探麥基」系列，讓這系列有個完整結局，更說明自己會將版稅全數捐贈給慈善機構，不會藉此賺進任何一分錢。沒想到的是，麥唐納之子拒絕了這項提議。雖然他對金的心意十分感動，但卻認為約翰．麥唐納只有一個，世上也沒人能取代他來撰寫「私探麥基」系列。

剛開始，金對這件事有些不快，但後來越是思索，便越覺得麥唐納之子所言甚是。而在同一篇訪問中，他更進一步表示，自己後來也曾與子女們溝通過這件事，因此確定他的子女將會尊重他的願望，不會在他死後，讓其他作家續寫他的任何作品。因此，對於不同創作者所代筆寫下的續集，雖說他不算排斥，但也忍不住直言，在大多數情況下，那些作品的確讓他覺得「拜託，你們在吃的是別人的晚餐，去弄一份自己的吧！」。

那麼，由創作者自行寫下的續集作品又如何呢？

金坦言，在開始構思《安眠醫生》一書時，他的確有些忐忑不安。因為他也認為，大多數的續集作品的確表現欠佳，他在第一時間所能想到的例外，恐怕也只有馬克．吐溫的《頑童歷險記》與電影《教父2》而已。然而多年來，他在出席各種公開場合時，總會被讀者問到「《鬼店》中的丹尼後來怎麼了？」這類問題。一開始，他還會開玩笑地回答這些關於《鬼店》的問題。但後來，他開始被問到了另一個問題：「為什麼《鬼店》的主角傑克從未參加過匿名戒酒會？」

也正是這個問題，讓他開始思考起《安眠醫生》的可能性。

他表示，大多參加匿名戒酒會的人，都是在周遭的親朋好友推動下才加入的，而在《鬼店》中，傑克身邊並沒有這樣的「推手」存在，因此才讓事件的發展逐漸變得惡劣。而當「續集」這個念頭首度在金腦中出現時，他想到的是：有其父必有其子，已經長大成人的丹尼，是不是也與父親一樣有酗酒問題？如果他加入了匿名戒酒會，是否能讓這本小說以另一個角度重新審視《鬼店》中提及的問題？

約莫二〇〇八年時，金在晨間新聞看到了一個報導，講述某間安養中心裡有隻貓，可以感應得到哪些老人即將過世，於是會進入他們的病房，蜷伏在病床上，陪伴老人們渡過最後一晚。這則新聞觸動了金，也讓他聯想到了丹尼那股被稱為「幽光」的神祕能力，而《安眠醫生》的故事，也在那時總算有了正式的雛形。

正如前頭所說，金很清楚，大多數人們認為，當一名作家回頭去動舊作的腦筋時，通常代表那名作家已經沒什麼新點子了。但金並不認為自己已淪落到了如此地步，相反地，他更將寫《安眠醫生》一書，視為給自己的一項挑戰。

《鬼店》一書是許多人心中的恐怖小說經典，曾有許多讀者告訴金，自己在青少年時期讀《鬼店》時，簡直就被嚇個半死。而金近年的創作中，真正以恐怖作為主要訴求的作品已變得較少，無論《穹頂之下》或目前仍未推出繁體版的《11/22/63》，都不算是正統恐怖小說。因此，他想藉由《安眠醫生》來測試自己是否還有相同的能力。再加上當時讀《鬼店》的青少年都已長大成人，看過的恐怖小說與電影也比以前更多，因此則使寫作本書變得更具挑戰性。

同時，金也十分清楚，大多數的續集只是狗尾續貂，所以要是單純重複上一集的元素與公式，只會使故事變得乏味不已。於是，金將重心完全放在角色身上，以角色的境遇來推展故事，而非像大多數的續集那樣，直接為角色們安排了同樣的情境，便想輕鬆交差了事。

於是，《安眠醫生》的故事從《鬼店》結束後不久開始，接著便以超乎讀者想像的時間跨幅，述說了丹尼之後的人生境遇。

然而，雖然《安眠醫生》的情節走向與《鬼店》相距甚遠，但正如前面所說，這兩本作品在主題方面，卻仍有著一定的連結之處。不過關於這方面，或許我們得從金究竟為什麼如此討厭由史丹利．庫柏力克所執導的《鬼店》電影版開始說起。

當年庫柏力克籌拍《鬼店》時，最早原本邀請金將小說改編為電影劇本，但在金完成劇本後，庫柏力克卻又置之不用，另外找來了劇作家負責改編。而在兩人合作的過程中，雙方的意見也不斷產生衝突，後來，金更曾說出「庫柏力克根本不懂怎麼拍恐怖片」這樣的重話，並形容庫柏力克「想得太多，而感性太少。」

只是，雖然《鬼店》電影版在上映之初的評價並不好，不過隨著時間流逝，這部電影的優異之處卻越來越為耀眼，時至今日，早已成為大眾與許多影評人心目中的一代恐怖經典，地位絲毫不輸給金的原著。但就算如此，金卻始終仍是無法接受這部電影。

在小說版中，故事的主角傑克雖然有著嚴重的酗酒問題，但卻始終深愛家人，就連最後他幾乎被邪惡力量給完全控制時，讀者也還是能看到他的奮力掙扎，以及想保護家人的最後一絲理性。但在電影版內，庫柏力克則以冷漠疏離的手法呈現整個故事，使電影中的傑克完全無法使人同情，並以一個具有暴力傾向的酗酒者姿態，成為了電影中比鬼魂還讓人不安與恐懼的存在。

這樣的安排，或許正是金不喜歡電影版的真正原因。畢竟，金在寫下《鬼店》時，同樣深陷嚴重的酗酒問題中，因此對他而言，《鬼店》一書其實透露出了他當時的心境掙扎，甚至反映出了他內心的恐懼。

也因為這種或多或少的自傳性質，加上庫柏力克直接將傑克改寫為無可救藥的角色，這才讓金如此難以接受。

當然，這並不是在說小說版與電影版孰優孰劣。事實上，兩個版本的故事方向其實差異不大，並且同樣十分精采，全都不負其經典之名。如果真要說這兩者間的差異，或許我們能說，庫柏力克是站在故事之外，以冷調的方式來講述《鬼店》這則駭人的家庭悲劇。至於金，則是真正地活在故事裡頭，並藉由這則故事，發出連自己都並未意識到的求救訊息。

而在《安眠醫生》裡，金則藉由踏上父親酗酒舊路的丹尼一角，暗示了《鬼店》這則故事原本會有的另一種發展可能性，並藉此強調酗酒的人並非無可救藥，只要有足夠的協助，照樣能讓人生重返正軌，自看似黑暗的無底深淵中奮力掙脫。

這回，金所發出的不再是痛苦掙扎的求救吶喊，而是以過來人的姿態，告訴我們無論在任何情況下，都不該放棄希望，也不該放棄讓自己變得更好的機會。

放下往事，原諒他人與自我，或許就是踏出深淵的第一步。

《安眠醫生》，就是這樣的一則故事。

聽聽這如雷的掌聲！

未讀《鬼店》的讀者，從《安眠醫生》看見的是一條戒酒男人的救贖之路、一位機敏女孩的成長過程、一段邪惡種族的悲哀與毀滅，還有正邪兩方運用超能力的鬥智交鋒，足以享受一段漫長而雋永、卻又緊張刺激的故事。至於已讀過《鬼店》的讀者……還有什麼好說的？光是那位被喚為「醫生」的小男孩長大後過得如何，以及他將與另一位具有「閃靈」的人進行重大的交流與傳承，接下來的戰場依然有「全景飯店」這幾點，就足以讓他們拿起本書了不是？

——推理名家／寵物先生

丹・托倫斯後來到底怎麼樣了呢？從《鬼店》首次出版後三十六年來，這問題一直任憑我們自己想像。終於我們追上了丹的發展，他的創作者將他設想成：一個有著悲慘過往、行為有瑕疵的中年男子——他特殊的天賦「閃靈」隨著年紀和酗酒而減弱了。他現在是「安眠醫生」，在安養院內工作，減輕病人臨終時的痛苦。同時他剛巧是唯一能幫助一個小女孩的人，這小女孩也有獨特的天賦。這本書不單純是「鬼店續集」。故事不但是獨立的，而且成功地擴大描述了起先吸引我們注意小丹尼的超自然能力，讓超自然能力變得更為強大、更加不可思議，甚至可能超越這本書，進入其他史蒂芬・金的世界……或再更遠。

——二〇一三年九月，亞馬遜當月最佳書籍評論

比起出名的前作，這本沒那麼可怕，也許是因為作者明顯地喜歡最令人反感的角色，但是金的最新作品依然是部節奏緊湊、扣人心弦的讀物，給丹尼・托倫斯的故事一個令人滿意的結局。

——出版人週刊

不喜歡寫續集的史蒂芬・金，寫了這本《鬼店》（一九七七年）的後續，給垂涎已久的書迷一根血淋淋的大骨頭。

——《書單》雜誌

在《安眠醫生》中，史蒂芬・金熟練地回歸他最受熱愛的小說的背景裡，結合了不僅原始《鬼店》的要素，還有金的其他作品，包括《魔女嘉莉》、《撒冷地》、《燃燒的凝視》，及《牠》，之中熟悉的主題和意象。其架構也是金以前常用的，有一群本質善良的人必須聯手對付一幫壞蛋，然而在這個架構中金巧妙地做出變化，正顯示出他是個非常高明的說故事人。在金狀態良好的時候，就如在寫《安眠醫生》時這般，他所寫的懸疑故事絕對教人欲罷不能，無人能敵。這本作品就像他寫過的其他書一樣會讓人上癮，是這位世界上最傑出的恐怖小說家的巨大成就。

——星期日快報

《安眠醫生》是本令人興奮、娛樂性十足的小說，作者不再是他心中魔鬼的囚徒，但是他知道當他需要召喚它們的時候該去哪裡尋找。

——每日電訊報

史蒂芬・金寫了本續集，講述小丹尼長大之後的故事。需要再多說嗎？這是不可能讓人失望的……從金引人注目、扭曲的想像力中所產生最棒的作品，描寫的是平凡、質樸的美國遭到隱藏勢力的破壞……你只能敬佩他身為小說家果斷的專業能力……就連我們這種從不隨意拿起一本史蒂芬・金小說的人也必須向大師屈膝。

——泰晤士報

史蒂芬·金所刻劃的驚駭景象是文學作品中最不可思議的，然而書迷卻毫無條件地相信。

——觀察家報

駭人，而且一如既往，精心創作的出色故事，看了你絕不會覺得不滿足，但是很可能會被嚇壞。

——太陽報

史上最棒的恐怖故事的精采續集……了不起！

——每日快報

在近年一些較為冗長的小說之後，《安眠醫生》的節奏緊湊、用字簡練，同時調性輕鬆。讀起來不像恐怖小說，比較像是驚悚小說，結尾的那一幕是人與人之間親近、緊密的聯繫，是在死亡時刻予人安慰的禮物。

——小說名家／約翰·康納利

《安眠醫生》不僅是《鬼店》的精采續集，本身也是扣人心弦的小說，這是過去十年中史蒂芬·金最出色的作品之一。

——科幻新聞快報

一旦他的故事吸引住了你，你就無法放下了……這本小說的結局發生在秋天，並非巧合。你幾乎可以聞到樹葉堆燃燒的味道，那芳香的煙霧和火葬柴堆的氣味混雜在一起。

——英國科幻網站sfx.co.uk

精采的續集……史蒂芬・金是個天才，他非常擅長將平凡的事物轉變成令人毛骨悚然的故事……

——倫敦標準晚報

這位在絕佳狀態的大師，以他驚人的說故事功力吸引讀者——先是張力十足的情節，再來是豐富和精細的場景設置及角色刻劃。

——每日郵報

這本小說最令人顫抖的地方是沒有虛構的魔鬼。

——衛報

史蒂芬・金依舊是恐怖小說界的典範。

——地鐵報

懸疑、驚悚，充滿了意想不到的轉折……一本極為誠懇的著作。

——《暫停》雜誌

獻辭

我在和搖滾滯銷書樂團玩簡單的節奏吉他時，華倫・齊方經常和我們同台演出。華倫喜愛灰色的T恤和《蜘蛛王國》之類的電影。在我們表演的安可段落，他堅持由我領唱他的經典名曲〈倫敦狼人〉。我說我不夠資格。他堅持我有。「G大調。」華倫告訴我：「然後認真地狂吼。最重要的是，**要彈得像滾石合唱團的吉斯。**」

我永遠無法彈得像吉斯・理查茲，但我總是竭盡全力，有華倫在我身旁，完全配合我，笑得前俯後仰，我總是玩得很開心。

華倫，這聲狂吼獻給你，無論你在何處。老兄，我想念你。

恐懼意味著去他媽的一切、轉身逃跑。

——匿名戒酒聚會格言

鎖盒

1

喬治亞州的花生農夫在白宮當政的那年十二月二日，科羅拉多州一家知名度假飯店燒成平地。全景飯店宣布全部毀損。經調查後，吉卡里拉郡的消防局局長裁定起火原因是故障的鍋爐。意外發生時飯店正好冬季歇業，因此只有四個人在現場。三人倖存。由於減壓閥失效，鍋爐的壓力爬升到毀滅性的高度，導致飯店的淡季管理員，約翰・托倫斯，在（英勇地）嘗試降低鍋爐的蒸汽壓力失敗後身亡。

三名倖存者有兩位是管理員的妻子和年幼的兒子。第三位則是全景飯店的主廚，理查・哈洛倫，他離開在佛羅里達州的季節性工作崗位，跑來查看托倫斯一家人，因為他有種「強烈的預感」這家人遇上了麻煩。兩位倖存的成年人都在爆炸中受了極嚴重的傷，唯有那個孩子毫髮無傷。

至少，肉體上沒有受到傷害。

2

溫蒂・托倫斯和她兒子從擁有全景飯店的公司那兒獲得一筆和解賠償金。數目雖不大，但足以在她因背傷無法工作時維持他們三年的生活。她所請教的律師告訴她倘若她願意堅持不屈，也許能獲得更大筆的賠償，因為這家公司急於避開官司訴訟。不過她和那家公司一樣，只想將科羅拉多州的悲慘冬天拋到腦後。她說她會康復的，而她也確實痊癒了，但終其一生都為背傷所苦。儘管受傷的脊椎和斷裂的肋骨癒合，但是從來不曾停止發出哭喊。

溫妮費德和丹尼爾・托倫斯在中南部住了一段時間，之後遷移到佛羅里達的坦帕。有時候迪克・哈洛倫（擁有強烈預感的那位先生）會從西礁上來拜訪他們。尤其是來找小丹尼聊天。他們之間關係密切。

在一九八一年三月的某天清晨，溫蒂打電話給迪克，問他是否能過來。她說，丹尼半夜喚醒她，叫她別進浴室。

在那之後，他便不願再開口說任何話。

3

他因為需要小便而醒來。外頭，強風呼呼地吹著。天氣很暖和——在佛羅里達幾乎一年到頭都如此——可是他不喜歡那個風聲，猜想他永遠也不會喜歡。因為風聲讓他回想起全景飯店，在那裡故障的鍋爐其實是最輕微的威脅。

他和母親住在狹窄的二樓出租公寓。丹尼離開母親臥室隔壁的小房間，越過走廊。風陣陣地狂吹，屋子旁邊那棵快要枯死的棕櫚樹葉子嘩啦嘩啦地響。那聲音宛如骨頭似地。在沒人使用淋浴間或廁所的時候，他們總是把浴室門開著，因為門鎖壞了。今晚門卻關著。然而，並不是因為他母親在裡頭。由於她在全景飯店時顏面所受的傷，她現在睡覺會打鼾，會發出一種輕微的呼嚕聲，他能聽見鼾聲從她臥室傳出來。

嗯，只不過是她不小心關上了而已。

即使如此，其實他心中有數（他本身也具有強烈的預感和直覺），但是有時候你就是必須搞清楚，有時候你就是必須親眼看見。這是他在全景飯店二樓房間所發現的事實。

他伸出顯得太長、太有彈性、太軟若無骨的手臂，轉動門把打開門。

一如他所知的，二一七號房的女人就在那裡。她赤裸著身子坐在馬桶上，兩腿張開，蒼白的大腿鼓脹起來。淺綠色的乳房下垂，猶如洩了氣的氣球。腹部底下的那片陰毛呈灰色。她的雙眼也是灰色，宛如鋼製的鏡子。她看到了他，雙唇向後咧開，露齒而笑。

閉上你的眼睛，迪克·哈洛倫以前告訴過他，假如你看見不好的東西，你就閉上眼睛告訴自己那東西不在那裡，等你再睜開眼時，那東西就會不見了。

可是他五歲時這一招在二一七號房並不管用，現在也不會有用。他心裡明白，他能聞到她的味道，她正在腐爛。

他知道那女人的名字，她叫梅西太太，她用青紫的兩腳緩慢吃力地站起來，朝他伸出雙手。她手臂上的肌肉下垂，幾乎像要滴下來。她展露微笑，像是看見老朋友似地。或者，也許是看見美味的食物。

帶著可能被誤認為是平靜的表情，丹尼輕輕地關上門往後退。他看著門把轉向右邊……左邊……再向右……然後靜止下來。

如今他八歲了，即使在驚駭中也至少能夠稍微理性地思考。原因之一是，在他內心深處，他一直預期會發生這種事。雖然他總認為最後出現的將會是霍瑞斯·德爾文。或者也許是那個酒保，他父親稱之為洛伊的那位。不過，他想早在事情終於發生之前，他就應該料到會是梅西太太。因為在全景飯店所有不死的鬼魂中她是最可怕的。

他腦中理性的部分告訴他，她只不過是一小段遺忘了的噩夢，跟著他從睡夢中醒來，穿過走廊到浴室裡。那部分堅持認為如果他再度打開門，裡頭一定什麼也沒有。既然他清醒了，裡面當然不會有任何東西。可是他腦中的另一個部分，就是閃靈的那塊，非常清楚。全景飯店和他的關係未了。起碼飯店的其中一個復仇心切的陰魂一路跟蹤他到佛羅里達。他曾經遇過那個四肢攤開躺在浴缸裡的女人，從浴缸爬出來想要用帶有魚腥味（卻極為強壯有力）的手指掐住他的喉嚨。假如他現在打開浴室門，她將會完成任務。

他採取折衷的辦法，將耳朵貼靠在門上。起先沒有任何聲響，接著他聽到微弱的聲音。無生命的手指甲刮擦著木板。

丹尼用彷彿不在那裡的雙腿走進廚房，站在椅子上，撒尿到水槽裡。然後他喚醒母親，叫她別進浴室，因為那裡有壞東西。一旦交代完畢，他便回到床上，鑽進被窩深處。他想要永遠待在那兒，只在需要到水槽小便時起床。既然他已經警告過母親，就無意再和她交談。

他母親熟悉他拒絕說話的情況，在丹尼冒險進入全景飯店二一七號房之後也發生過同樣的事。

「你想跟迪克談談嗎？」

他躺在床上，仰頭看她，點了點頭。他母親立刻打了電話，即使時間是清晨四點。

隔天稍晚，迪克來了。他帶來一樣東西。一個禮物。

4

溫蒂撥電話給迪克後——她確信丹尼聽見她打了電話——丹尼繼續睡覺。雖然他八歲、讀三年級了，他仍在吸大拇指，看見他如此的舉動令她感到難過。她走到浴室門邊，站著凝視那扇門。她很害怕——丹尼使她心生恐懼——但她非上廁所不可，她可不打算像他一樣利用水槽。

（即使沒人在旁邊觀看）但想像她搖搖晃晃地蹲在流理台邊緣，屁股懸在瓷器上方的畫面，她就忍不住皺了下鼻子。

她手裡握著從寡婦的小工具箱中拿出的鐵鎚，一邊轉動門把使勁推開浴室門，一邊舉起鐵鎚。浴室當然空無一人，不過馬桶圈卻是放下的。她從來不曾在上床前將馬桶圈放下，因為她知道要是丹尼迷迷糊糊地晃進來，腦袋只清醒了百分之十，很有可能忘記將馬桶圈掀起來，尿得整個馬桶圈到處都是。除此以外，還有一股氣味，腐敗的臭味，彷彿有隻老鼠死在牆裡面。

她往裡面跨一步，兩步，她看見有動靜，立即旋身，高舉鐵鎚，準備毆打躲在門後的任何人。**或任何東西**。

然而那只是她的影子。哼，居然被自己的影子嚇到，人們有時候會輕蔑地嘲笑，可是誰比溫蒂・托倫斯更有立場害怕呢？在她看過並經歷過那些事情後，她很清楚影子也可能深具危險，它們可能長著利牙。

浴室裡沒人，但馬桶圈上有褪色的污漬，浴簾上也有一處污點。她第一個念頭是排泄物，但糞便不是帶黃的紫色。她更仔細地查看，看見些許的肌肉和腐爛的皮膚。還有更多沾在浴室腳踏墊上，像是腳印的形狀。她想這些腳印太小、**太秀氣**，不可能是男人的。

「噢，我的天啊。」她喃喃地說。

最後她終究還是用了水槽。

5

中午溫蒂嘮嘮叨叨地叫她兒子起床。她想辦法逼他喝了一點湯，並吃了半個花生醬三明治，不過之後他又回到床上。他仍然不肯說話，哈洛倫在下午五點過後不久抵達，駕駛著那輛如今已經古舊（但保養得非常完善，亮得令人目眩）的紅色凱迪拉克。溫蒂一直站在窗邊張望、等待，就像她曾經耐心等候她丈夫，希望傑克回來時心情愉快。而且神智清醒。

她匆忙下樓開門時，迪克正準備按下標示著托倫斯2A的門鈴。他伸出雙臂，她立刻衝進他的臂彎，但願她能窩在他懷中至少一個鐘頭，也許兩個。

他放開她，抓住她的雙肩，將她推到一隻手臂的距離外。「妳看起來很好啊，溫蒂。那小子怎麼樣呢？開口說話了嗎？」

「沒有，不過他會對你開口的。就算他一開始不肯大聲說，你還是可以——」她沒把話說完，而是用手指比成手槍對準他的前額。

「那可不一定，」迪克說。他的微笑顯露出一副煥新的假牙。他前一副假牙大多在全景飯店鍋爐爆炸的那晚毀了。傑克‧托倫斯揮舞短柄槌球的球桿打掉了迪克的假牙，並造成溫蒂走路時腳步的蹣跚，不過他們都清楚那實際上是全景飯店搞的鬼。「溫蒂，他的力量非常強大。假如他想要把我擋在外頭，他就能辦到。我從我自己的經驗就知道了。況且，我們還是用嘴巴交談比較好，對他也比較好。現在把發生的事情一五一十地告訴我吧。」

溫蒂說完以後，帶他進入浴室。她留下那些污漬讓他看，有如巡警保留犯罪現場給鑑識小組一般。那裡的確發生過罪行，傷害了她的兒子。

迪克觀察了許久，沒碰任何東西，最後點點頭。「我們去看看丹尼是不是起來活動了吧。」

他沒起來，不過當他看見誰坐在他身邊的床上搖他的肩膀時，臉上浮現了高興的表情，溫蒂的心也隨之開朗起來。

嘿，丹尼，我帶了個禮物給你。

今天又不是我生日。

溫蒂注視著他們，心知他們正在交談，但不曉得內容是什麼。

迪克說：「起來吧，寶貝。我們到沙灘上散散步。」

迪克，她回來了，二一七號房的梅西太太回來了！

迪克再搖一次他的肩膀。「大聲說出來，丹。你把你媽給嚇壞了。」

丹尼：「我的禮物是什麼？」

迪克微微笑了。「這樣好多了。我喜歡聽你說話，溫蒂也一樣。」

「對啊。」她只敢說出這句話。否則他們會聽出她聲音裡的顫抖，他們會擔心。她不希望如此。

「我們不在的時候，妳可能需要清一下浴室，」迪克對她說。「妳有廚房用手套嗎？」

她點點頭。

「很好。戴著吧。」

6

海灘在兩英里外。停車場周圍淨是海濱吸引人的廉價小玩意兒——漏斗蛋糕攤、熱狗攤、紀念品店——不過現在已是季節的末尾，沒有一攤的生意興隆。他們幾乎獨擁了整個海灘。從公寓到這裡的車程中，丹尼始終將他的禮物抱在腿上，那是一個長方形的包裹，相當沉重，以銀箔紙包了起來。

「等我們稍微聊聊以後你就可以打開了。」迪克說。

他們走在略高於海浪的地方，這裡的沙子較硬、微微閃著光。丹尼走得很慢，因為迪克年紀很大了，將來有一天他會死去，那天甚至可能很快就來到。

「我身體很健康，還可以活個好幾年，」迪克說。「你別擔心。現在跟我說說昨晚的事情吧。別漏掉任何細節。」

說明並沒有花很長的時間。困難的是找尋適當的字眼解釋他此時感到的恐懼，以及恐懼中如何攙和著令人窒息的確定感：既然她找到了他，她就永遠不會離開了。不過因為對方是迪克，所以並不需要言語，儘管他找到了一些。

「她會回來的，我知道她會。她會一再一再地回來，直到她殺掉我為止。」

「你記得我們剛認識那時候的事情嗎？」

儘管訝異於話題的方向轉變，丹尼還是點點頭。他們到達全景飯店的第一天，帶他和他父母參觀飯店的正是哈洛倫。感覺上，是非常久以前的事情了。

「那你記得我第一次在你腦袋裡說話的事情嗎？」

「我當然記得。」

「我說了什麼？」

「你問我想不想跟你一起去佛羅里達？」

「沒錯。那知道你不再孤單，你不是唯一一個，感覺怎麼樣啊？」

「感覺很棒，」丹尼說。「簡直棒極了。」

「對，」哈洛倫說。「對，當然很棒。」

他們沉默無語地走了一會兒。小鳥——丹尼的母親叫牠們啾啾鷸——在波浪中跑進跑出。

「你有沒有覺得很不可思議，每當你需要我的時候我就出現了？」他低頭看著丹尼微微一笑。「不，你沒有。怎麼會呢？你那時只是個小孩子，不過現在你稍微大一點了。在某些方面長大了許多。聽我說，丹尼。這世界自有保持事物平衡的方法，我相信這一點。有句諺語說：『學生若準備好，老師自會出現。』我就是你的老師。」

「你不只是老師，」丹尼說。他握住迪克的手。「你還是我的朋友。你救了我們。」

迪克沒理會這句話……或者說是似乎沒注意到。「我外婆也有閃靈——你記得我跟你說過這件事嗎？」

「記得。你說你和她甚至不用張開嘴巴就能聊很久。」

「沒錯，是她教我的。而教她的是她的外曾祖母，早在奴隸時代。有一天，丹尼，會輪到你當老師，你的學生會出現。」

「要是梅西太太沒先殺死我的話。」丹尼愁眉苦臉地說。

他們走到一張長椅，迪克坐了下來。「我不敢再走遠了；我可能走不回來。坐到我旁邊吧，我想跟你講個故事。」

「我不想聽故事，」丹尼說。「她會回來，你不懂嗎？她會一再地回來、回來、回來。」

「閉上你的嘴，豎起耳朵。聽我說些教訓吧。」說完迪克咧嘴一笑，展示他閃閃發亮的新假牙。「我想你會抓到重點的，你聰明得很哪，寶貝。」

7

迪克那位擁有閃靈能力的外婆住在清水市。她是白奶奶，當然不是因為她是白種人，而是因為她是好人。他的祖父住在密西西比州的登布里，距離牛津不遠的農村地區，他的妻子早在迪克出生前就過世了。在那個地區和時代以一個有色人種而言，他算非常的富有。他開了一間殯儀館。迪克和他父母親一年探望他四次，年幼的迪克‧哈洛倫痛恨去祖父家，他害怕安迪‧哈洛倫，都叫他黑爺爺，當然只在心裡偷偷叫，大聲說出來可是會挨一耳光。

「你知道戀童癖嗎？」迪克問丹尼。「就是想要跟兒童發生性關係的人？」

「知道一點。」丹尼謹慎地回答。當然他曉得不可以和陌生人說話，絕對不要跟陌生人單獨坐上車，因為他們可能會對你做些事情。

「嗯，老安迪不只是戀童癖。他同時是個該死的虐待狂。」

「那是什麼？」

「喜歡給人家痛苦的人。」

丹尼立刻了解地點點頭。「就像學校裡的法蘭基‧李斯充。他常常用兩手扭其他小孩的手臂或是用指節刮人家的頭。如果他沒法弄到你哭，他就會住手。要是他把你弄哭了，他就永遠不會停。」

「那確實很壞，不過虐待狂比那個更糟。」

迪克陷入在路人眼中看來像是沉默的狀態，不過他的故事以一連串的圖片和連接的簡短句子傳送出去。丹尼看見黑爺爺，一個高大的男人，穿著和他膚色一樣黑的西裝，頭上戴著一頂特別的帽子：

紳士軟呢帽。

他看見他的嘴角總是帶點唾沫，兩眼眼圈發紅，好像他很疲累或是才剛哭過。他看見他將迪克——比現在的丹尼還幼小，大概和他在全景飯店的那年冬天相同的年紀——抱在大腿上。如果他們不是單獨在一起，他可能只搔搔迪克的胳肢窩。若是只有他們兩人，他就會把手放到迪克的兩腿中間，用力捏他的睪丸，直到迪克認為自己會痛得暈過去。

「你喜歡這樣嗎？」安迪爺爺會在他耳朵邊喘著氣說。他的氣息中有香菸和白馬蘇格蘭威士忌的味道。「你當然喜歡囉，每個男孩都喜歡。不過就算你不喜歡，你也不能說，要是你說出去的話，我就會傷害你，我會燒死你。」

「天啊，」丹尼說。「好惡劣。」

「還有別的呢，」迪克說：「不過我只告訴你一件事。爺爺在他老婆死後雇了一個婦人幫忙打理家務。她負責清掃煮飯，在晚餐時間，她會把所有的菜餚同時擺到桌上，從沙拉到甜點，因為老黑爺爺喜歡那樣子。甜點總是蛋糕或布丁，放在小盤子或是小碟子裡，就擺在主餐的盤子旁，如此一來你在努力扒其他像垃圾一樣的東西時，就會盯著甜點看，一心渴望吃到。爺爺堅持而嚴苛的規定是你可以看著甜點，但是不能吃，你必須先吃完每一口煎肉、水煮青菜，和馬鈴薯泥。甚至連肉汁都得舔乾淨，那肉汁裡面有很多結塊，而且沒什麼味道。如果沒把肉汁全部吃光，黑爺爺就會給我一大塊麵包說：『用這個把肉汁吸起來，迪克小鳥，要讓盤子亮得像小狗舔過一樣。』他都叫我迪克小鳥。

「有的時候我不管怎樣就是沒辦法吃完，那我就沒有蛋糕或是布丁。他會把甜點拿走自己吃掉。有時候我好不容易吃完所有的正餐，我會發現他把壓扁的菸屁股塞進我那塊蛋糕或是香草布丁裡面。他有辦法這麼做是因為他總是坐在我旁邊。他會假裝好像這是惡作劇。他會說：『哎呀，搞錯菸灰缸了。』我爸媽從來沒阻止過他，雖然他們肯定很清楚就算這是玩笑，也不該對個小孩子開。他們只是裝作這的確是個笑話。」

「那真是非常糟糕，」丹尼說。「你家人應該為你說話才對，我媽媽就會這麼做，我爸爸也會。」

「他們都怕他，而且他們有理由害怕。安迪．哈洛倫是個大壞蛋。他會說：『吃啊，小迪克，就吃菸屁股旁邊的啊，又不會毒死你。』要是我吃一口，他就會叫娜妮——那是他管家的名字——端一盤新的甜點給我。要是我不吃，那盤髒了的甜點就會一直擺在那兒。因為這樣所以我永遠沒辦法吃完我的飯，因為我會反胃。」

「你應該把你的蛋糕或布丁移到餐盤的另一邊去。」丹尼說。

「我當然試過了，我又不是天生的笨蛋。他會把盤子移回去，說甜點要擺在右邊。」迪克停頓半晌，眺望水面，一艘長長的白色船隻緩緩地行駛過天空與墨西哥灣之間的分界線。「有時候他逮到我單獨一個人，他就咬我。有一次，我說如果他不離我遠一點，我就要告訴我爸爸，他就拿香菸在我光著的腳丫子上捻熄。他說：『連這件事也告訴他啊，看看說了對你有什麼好處。你爸早就知道我做的事了，他從來沒吭聲，因為他是個膽小鬼，因為他想要在我死後拿到我存在銀行的錢，嘿，我可不準備那麼早死哪。』」

丹尼睜大眼睛聽得入迷。他總認為藍鬍子的故事是有史以來最恐怖的，世上沒有更可怕的了，但這個更糟糕。因為這是真實的。

「有時候他說他認識一個壞人，名叫查理・曼克斯，要是我不照他想要的去做，他就會打長途電話給查理・曼克斯，他會開著他豪華的車子過來，把我載去專門關壞小孩的地方。然後爺爺就會把他的手放在我的兩腿間開始擠捏。『所以你什麼也別說啊，迪克小鳥。你要是說的話，老查理就會過來，把你和他偷來的其他孩子關在一起，直到你死。一旦你死了，你就會下地獄，你的身體會永遠燃燒。因為你告了密，別人相不相信你並不重要，告密就是告密。』

「有很長一段時間我相信那老混蛋所說的話。我甚至沒告訴白奶奶，就是那個有閃靈的外婆，因為我害怕她會認為那是我的錯。要是我年紀大一點就不會上當了，可是那時候我只是個小孩子。」他頓了一下。「還有另一件事。丹尼，你知道是什麼事嗎？」

丹尼凝視迪克的臉許久，探查他前額後頭的想法和影像。最後他說：「你希望你爸爸拿到那筆錢。可是他一毛也沒拿到。」

「沒錯。黑爺爺把全部的錢都留給阿拉巴馬州的一間黑人孤兒院，我也敢打賭我知道原因，不過這不是我要說的。」

「你那位好心的奶奶都不知道嗎？她從來沒猜過嗎？」

「她知道有什麼事情，不過我把這事情封鎖起來，她沒追問我。只告訴我等我準備好要談的時候，她隨時都可以聽。丹尼，當安迪・哈洛倫中風死掉的時候，我真是世界上最快樂的男孩了。我媽說我不必去參加葬禮，如果我想要的話，我可以和蘿絲外婆——就是我的白奶奶——在一起，不過我想去。我當然想去囉。我想去確認老黑爺爺真的死了。

「那天下著雨。大家都撐著黑傘圍在墳墓旁。我看著他的棺材埋到地底，一點也不懷疑，那鐵定是他店裡最大最好的棺材，我心裡回想著他扭我睪丸的那些時刻，還有塞進我蛋糕裡的菸屁股，在我腳上捻熄的那根菸，以及他如何統治著餐桌，就像莎士比亞劇本裡發瘋的老國王一樣。可是我首先想到的是查理・曼克斯——他毫無疑問是爺爺憑空捏造出來的人物——黑爺爺從來不曾打長途電話給查理・曼克斯，叫他晚上過來，用豪華的車子把我載去和其他被偷走的男孩女孩一起住。

「我從墳墓的邊緣偷看——我媽想要把我拉到後面的時候，我爸爸說：『就讓這孩子瞧瞧吧。』——我仔細查看在那潮濕墓穴裡的棺材心想：『黑爺爺，你在那六呎底下，更接近地獄了，很快你就會到那裡，我希望魔鬼用著火的手懲罰你千萬次。』」

迪克伸進褲子口袋掏出一包萬寶路，跟一盒塞在玻璃紙底下的火柴。他把菸放進嘴裡，然後不得不拿火柴去就香菸，因為他的手在發抖，嘴唇也在顫抖。丹尼驚愕地看見迪克的眼中含著淚水。

此時明白了這故事的方向，丹尼發問：「他什麼時候回來的？」

迪克深吸一口菸，邊笑邊吐出煙來。「你不需要偷看我腦袋的想法就知道了，對吧？」

「對。」

「六個月以後。有一天我放學回家，他全身光溜溜地躺在我的床上，半腐爛的陰莖挺起來。他說：『你過來坐到這上面，迪克小鳥。你讓我被懲罰千萬次，我就加倍還給你。』我大聲尖叫，可是沒人聽見。我爸媽兩人都在工作，我媽在餐廳，我爸在印刷廠。我跑出去用力把門關上。然後我聽見黑爺爺站起來……砰……走過房間……砰——砰——砰……接下來我聽到的是……」

「指甲，」丹尼用幾乎聽不見的聲音說。「刮擦著門。」

「答對了。我一直到晚上我爸媽都在家的時候才再走進房間。他已經不在了，不過留下了……一些殘渣。」

「那是一定的，就像在我們家浴室裡一樣，因為他開始腐爛了。」

「沒錯。我自己換了床單，我可以自己來，因為我媽媽兩年前教過我怎麼換。她說我年紀已經夠大，不再需要管家了，管家是照顧白人的小男孩小女孩的，就像她在柏金牛排館找到服務生工作之前照顧的那些小孩一樣。大約在一個星期後，我在公園裡看見老黑爺爺，坐在鞦韆上。他穿著西裝，不過西裝上頭蓋滿了灰色的東西，我想那是在他棺材裡長出的黴菌。」

「嗯。」丹尼用呆板的語氣低聲說。那是他唯一能擠出的話。

「他的拉鍊沒拉，他的那話兒突出來。丹尼，我很抱歉告訴你這些事情，你還太小，不應該聽這些事，不過你必須知道。」

「你去找了白奶奶嗎？」

「不得不去啊。因為我那時和你一樣明白了：他只會不斷地回來。不像……丹尼，你看過死人嗎？我是指，正常的死人。」他哈哈大笑因為這聽起來很可笑。丹尼也覺得好笑。「鬼魂。」

「看過幾次，有一次是三個鬼魂站在鐵路平交道附近。兩個男孩和一個女孩，青少年。我想……也許他們是在那邊死掉的。」

迪克點頭。「他們多半會徘徊在他們死去的地點附近，直到他們終於適應了死亡的事實繼續向前走。你在全景飯店看到的有些鬼魂就是那樣。」

「我知道。」能夠和了解的人談論這些事所帶來的慰藉難以形容。「還有一次有個女人在餐廳。你知道，在外頭擺了桌子的那種餐廳嗎？」

迪克再點點頭。

「我沒辦法看穿那個女人，不過沒有別人看見她，當女服務生把她坐的那把椅子推進去時，那個幽靈女士就消失了。你有時候會看到他們嗎？」

「好幾年沒看到了，不過你的閃靈比我以前還要強。等你年紀大了以後會減弱一點——」

「太好了。」丹尼熱烈地說。

「——不過我想就算你長大了還是會剩下很多，因為你一開始的閃靈很強。正常的鬼魂不像你在二一七號房看見，後來又在你浴室出現的那個女人。沒錯吧，對不對？」

「對，」丹尼說。「梅西太太是真的存在。她留下自己的碎片。你看見了。媽媽也看到了……她又沒有閃靈能力。」

「我們走回去吧，」迪克說。「該是讓你看看我帶給你什麼禮物的時候了。」

8

返回停車場的速度甚至更為緩慢，因為迪克喘得厲害。「香菸，」他說。「千萬別開始抽，丹尼。」

「媽媽抽菸。她以為我不知道，不過我曉得。迪克，你的白奶奶做了什麼？她一定做了什麼事，因為你的黑爺爺並沒有把你抓走。」

「她給了我一個禮物，跟我要給你的一樣。那是當學生準備好的時候老師該做的事。你要知道，學習本身就是禮物。每一個人能給予或得到的最棒禮物。

「她沒叫過安迪爺爺的名字，她都直接叫他」——迪克咧嘴笑笑——「性變態。我說了你剛剛說的話，說他不是鬼魂，他是真的存在。她說對，沒錯，那是因為我把他變成真的。用我的閃靈。她說有的靈魂——主要是些憤怒的靈魂——不願離開這個世界，因為他們知道在那邊等待他們的比這兒更慘。大多數最後餓到消失不見，不過有些找到了食物。『閃靈對他們來說就是這樣的東西，迪克，』她告訴我。『食物。你正在餵那個性變態。你不是有意的，但你的確提供了食物給他。他就像隻蚊子，不斷地盤旋，然後降落吸取更多的血。你沒辦法阻止他，你能做的只有拿他想要的東西來對付他。』」

他們回到凱迪拉克旁，迪克打開車門，坐到方向盤後面，鬆了一口氣。「我以前能夠走上十英里，再跑個五英里呢。現在，才在海灘上走一小段路，我的背就覺得好像被馬踢了一樣。來吧，丹尼，打開你的禮物。」

丹尼剝去銀箔紙，發現一個漆成綠色的金屬盒子，正面插銷底下有個小鍵盤。

「哇，好棒！」

「是嗎？你喜歡嗎？很好。我在西部汽車零件買的。純粹的美國鋼。蘿絲白奶奶給我的那個有掛鎖和一把小鑰匙，我都把鑰匙掛在脖子上，不過那是很久以前的事了。現在是一九八〇年代，新時代了。看見那個數字鍵盤嗎？你要做的就是輸入五個你確定不會忘記的數字，再按下那個標示設定的小按鈕。然後，任何時候你想打開盒子，你就按你設定的密碼。」

丹尼興高采烈。「謝謝你，迪克！我會把我特別的東西放進裡面！」這包括了他最好的棒球卡、幼童軍羅盤徽章、幸運的綠石，以及一張他與父親的合照，那是他們搬到全景飯店之前住在波爾德時，在公寓大樓前面的草坪上拍攝的。在一切情況變糟之前。

「那很好啊，丹尼，我希望你那麼做，不過我還要你做另一件事。」

「什麼事？」

「我要你了解這個盒子，從裡到外徹底搞清楚。不要只用眼睛看；要用手去摸。整個摸一遍。然後把鼻子伸進去，聞聞看有沒有味道。這盒子必須是你最親密的朋友，至少一陣子。」

「為什麼？」

「因為你要在腦袋裡放另一個和它一模一樣的盒子。甚至比這個還要更特別的盒子。等下一次那個梅西賤人又來的時候，你就準備好迎接她了。我會教你怎麼做，就像老白奶奶告訴我的一樣。」

在開車回公寓的途中，丹尼沒說太多話。他有好多事情要思考。他將他的禮物，那個用堅固金屬打造的鎖盒，抱在大腿上。

9

一星期後梅西太太回來了。她又出現在浴室，這次是在浴缸裡。丹尼毫不意外。畢竟，浴缸是她死去的地點。這回他沒有逃跑。這回他走進去關上門。她面露微笑，招手要他向前。丹尼走過去，也帶著笑容。在另一間房裡，他能聽見電視的聲音。他母親正在看《三人行》。

「妳好啊，梅西太太，」丹尼說。「我帶了東西給妳。」

她在最後一刻恍然大悟，尖叫了起來。

10

半晌後，他媽媽敲浴室門。「丹尼？你還好嗎？」

「媽，我沒事。」浴缸空蕩蕩的。有些黏稠的殘渣，不過丹尼心想他可以清理乾淨。一點水就能將殘渣直接沖下排水管。「妳要上廁所嗎？我一會兒就出去了。」

「不。我只是……我以為我聽見你在叫。」

丹尼抓起牙刷打開門。「我百分之百的沒事。妳看。」他對她露出燦爛的笑容。這並不困難，因為梅西太太已經走了。

她臉上不安的表情消失。「很好，一定要刷後面的牙齒喔，食物總是藏在那裡。」

「我會的，媽。」

他將特別鎖盒的雙胞胎儲藏在腦袋深處的特別架子上，從那裡他聽見傳出悶悶的尖叫聲，他毫不在意。他想尖叫聲很快就會停止，而他猜想得沒錯。

11

兩年後，在感恩節假期的前一天，阿拉菲亞小學空無一人的樓梯間半途中，霍瑞斯・德爾文出現在丹尼・托倫斯面前。他的西裝肩部有些五彩碎紙。腐爛的一隻手中吊著黑色的小面具，他渾身散發著墳墓的惡臭。「很棒的派對，對吧？」他問。

丹尼非常迅速地轉身走開。

學校課程結束後，他撥了長途電話到迪克在西礁工作的餐廳找迪克。「又一個全景飯店的人找到我了，我可以有多少個盒子呢？迪克？我是指，在我的腦袋裡。」

迪克輕聲笑。「你需要多少就能有多少啊，寶貝。那是閃靈最棒的地方了。你以為黑爺爺是唯一一個我不得不鎖起來的鬼魂嗎？」

「他們會死在那裡面嗎？」

這回沒有輕笑。這次迪克的聲音裡有種男孩以前從未聽過的冷淡。「你在乎嗎？」

丹尼一點也不在乎。

當新年過後沒多久，這位曾經擁有全景飯店的大老闆又出現的時候——這回是在丹尼的臥室衣櫃裡——丹尼準備好了，他進了衣櫃關上門。不久後，第二個金屬鎖盒出現在高處的金屬架子上，擺在關住梅西太太的那個鎖盒旁。鎖盒傳出更多的重擊聲，和一些別出心裁的咒罵，丹尼學起來留待日後使用。不一會兒聲音停了，德爾文的鎖盒和梅西的鎖盒一樣悄然無聲。無論他們是否仍（以不死的樣態）活著已不再重要。

重要的是他們再也出不來，他安全了。

那是他當時的想法，當然他也以為在見識到酒對他父親的影響後，他永遠不會喝酒。

但有時候我們就是會搞錯。

響尾蛇

1

她的名字叫安潔雅・史坦納，她喜歡電影但不喜歡男人。這並不令人意外，因為她才八歲時，她父親就第一次強姦了她，並且持續強暴她強暴了相同的年數。後來她阻止了他的惡行，先用她母親的棒針戳破他的睪丸，戳破一個再戳另一個，然後將同一支滴著血的鮮紅色棒針插入她的強暴犯——父親大人的左眼窩裡。戳睪丸很容易，因為他正在睡覺，然而儘管她施展了她天賦的異稟，劇烈的疼痛仍將他喚醒。不過她是個身材高大的女孩，而且他喝醉了。因此她能夠用身體壓制他，直到她執行了死刑為止。

如今她的年紀是八的四倍，她在美國的地表上四處流浪，而一名演員出身的男人取代了花生農夫入主白宮。這名新的執政者擁有演員黑得失真的頭髮，以及演員富有魅力卻不可靠的笑容。安蒂在電視上看過他的一部電影。在戲中，這位後來當上總統的男人飾演一個遭火車輾過而失去雙腿的傢伙。她喜歡這個男人沒腿的設定；男人沒了腿就不會追蹤妳、強暴妳。

電影，是最好不過的。電影可帶妳遠離一切，妳可以期待爆米花和幸福的結局。妳找個男人陪妳去看電影，那樣就算是約會，由他付帳。這部電影很不錯，有打鬥、接吻，和嘈雜的音樂，片名是《法櫃奇兵》。她目前的約會對象正把手放在她的裙子底下，伸到她赤裸的大腿上，不過那無所謂；反正手又不是陰莖。她是在酒吧裡遇上他的。和她約會的男人多半都是在酒吧裡認識。他請她喝一杯飲料，不過免錢的飲料不算約會；那只是搭訕。

這是什麼？他問她，一面用手指尖撫摸她的左上臂。她身穿無袖的罩衫，因此刺青露了出來。她出外找尋約會對象時喜歡露出刺青。她希望男人看見。他們認為這圖樣很扭曲，那是她在殺了父親之後在聖地牙哥紋的。

是條蛇，她說。響尾蛇。你沒看到毒牙嗎？

他當然看到了，那對毒牙非常巨大，和蛇頭完全不成比例。其中一根毒牙上還懸了一滴毒液。

他是個典型的生意人，穿著昂貴的西裝，留著往後梳的總裁髮型，髮量頗多，今天下午休息，沒做例行的擺弄官樣文件的工作。他的頭髮大多已變白，外表看來約莫六十歲。將近她的兩倍歲數。可是男人覺得年齡並不重要。他不會在乎她不是三十二歲，而是十六歲，或甚至八歲。她記得她父親說過一句話：**只要她們年紀大得會撒尿，對我來說就夠大了。**

我當然看到了，現在坐在她旁邊的男人說，**不過那是什麼意思呢？**

也許你會找到答案，安蒂回答。她用舌頭舔了下上嘴唇。**我有另一個刺青。在別的地方。**

我能看看嗎？

或許吧，你喜歡看電影嗎？

他皺起眉頭。**妳是什麼意思？**

你想和我約會，**不是嗎？**

他知道那是什麼意思——或者說應當是什麼意思。這地方有其他的女孩，當她們提到約會，指的是某件事，但那不是安蒂的意思。

當然，妳長得很漂亮。

那就帶我去約會吧，**真正的約會**。里亞托正在上演《法櫃奇兵》。

親愛的，我更想去再往下走兩條街的那間小旅館。開間有吧檯和陽台的房間，聽起來如何？

她將嘴唇貼近他的耳朵，胸部緊壓在他的手臂上。**也許晚點吧，先帶我去看電影。幫我付電影票錢買爆米花，黑暗會讓我熱情起來。**

於是他們到了電影院，看哈里遜・福特在銀幕上，宛如摩天樓般的高大，揮舞長鞭啪地一聲打在沙漠的塵土中。那個留著總裁髮型的老傢伙把手伸到她的裙子底下，不過她有一桶爆米花穩穩地放在腿上，確保他能一路上到三壘，但沒辦法到達本壘。他一直想要再伸上更高處，這很惹人厭，因為她想要看電影的結局，弄清楚法櫃裡到底有什麼，所以……

2

平日下午兩點，電影院幾乎空無一人，不過有三個人坐在安蒂・史坦納和她的約會對象後兩排的位子。其中兩個男人，一個年紀相當老，一個看起來像是接近中年（但外表可能欺騙人），分坐在一位美豔驚人的女人兩側。她的顴骨高聳，眼眸呈灰色，膚色如脂。她濃密的黑髮以一條寬的天鵝絨緞帶綁在後面，通常她都戴著帽子——一頂又舊又破的大禮帽——不過今天她將帽子留在她的露營車上。你不會在電影院戴著一頂高高的大禮帽。她的名字叫蘿絲・歐海拉，不過和她一起旅行的流浪族群都稱她為高帽蘿絲。

將近中年的男人叫貝瑞・史密斯。雖然他是百分之百的白種人，但在同一族群裡大家都稱他為中國佬貝瑞，因為他的眼睛微微往上斜。

「現在注意看這個，」他說。「很有意思。」

「電影是很有意思。」老人——弗利克爺爺——咕噥地說。但這只是他習慣的執拗。他同樣觀察著兩排座位之下的那對男女。

「最好有意思，」蘿絲說：「因為那女人的精氣沒那麼多。是有一點，不過——」

「來了，來了，」貝瑞說，安蒂傾身過去把嘴唇靠在她約會對象的耳朵上。貝瑞咧開嘴笑，完全忘了他手中的那盒甘貝熊。「我看過她做三次了，我還是覺得非常的有趣。」

3

生意人先生的耳朵長滿了亂蓬蓬、如鋼絲般的白毛，並且塞滿了顏色如糞的耳垢，不過安蒂沒因此停手；她想要趕快離開這個小鎮，而且她的收入處於危險的低谷。「你不累嗎？」她對著令人作嘔的耳朵低語。「你不想睡覺嗎？」

那人的頭立即垂到胸前，打起鼾來。安蒂伸手到裙子底下，拉出那隻放鬆的手，擱到扶手上。接著她伸進生意人先生看似昂貴的西裝外套裡開始翻找。他的皮夾在左邊的內側口袋。好極了。這樣她就不必讓他肥胖的屁股離開座位。一旦他們睡著後，要移動他們可能會很棘手。

她打開皮夾，將信用卡扔到地板上，先看了一會兒照片——生意人先生和一群其他超重的生意人先生在高爾夫球場；生意人先生和他的妻子；比現在年輕許多的生意人先生站在聖誕樹前，和他兒子及兩個女兒在一起。兩個女兒戴著聖誕老人帽，穿著相稱的衣服。他大概沒有強姦她們，但並非絕無可能。男人只要能逍遙法外就會犯下強暴罪行，她早已學到這一點，可以說是，在她父親膝上時學會的。

在裝紙鈔的夾層裡有超過兩百美元。她原先希望的甚至更多——在她遇上他的那間酒吧出沒的妓女等級比機場旁的要來得高——不過以星期四日場來說算不賴了，反正總是有男人想帶美貌的女孩去看電影，在那裡稍微激烈的愛撫只不過是開胃菜。或者說他們如此期望著。

「好吧。」蘿絲低聲說，開始站起來。「我相信了，我們試試吧。」

然而貝瑞一手按住她的手臂，制止她。「不，等等。再看一下，這才是最精采的呢。」

4

安蒂再度傾身靠近那噁心的耳朵低喃地說：「睡得更熟一點，儘可能地沉睡，你感受到的痛苦就會變得只是一場夢。」她打開錢包，取出一把珍珠握柄的刀子。刀子很小，刀刃卻如剃刀般鋒利。「痛苦會變得怎樣？」

「只是一場夢。」生意人先生對著領帶結喃喃地說。

「沒錯，親愛的。」她伸出一隻手臂環抱住他，迅速在他右臉頰上劃出兩個V字，他的臉頰肥胖到很快會變成下頷垂肉。她在放映機不穩的五彩光線下花些時間欣賞自己的傑作。過不久鮮血成片地淌下。他醒來時，臉頰會像著火一般，而那件高價西裝外套的右邊袖子會濕透，他會需要進急診室。

5

你要怎麼向你老婆解釋呢？我相信，你總會想出藉口的。不過除非你動整形手術，否則你每次照鏡子就會看見我留下的記號。而且每次你到酒吧找尋一點豔遇，你就會想起慘遭響尾蛇咬過的經歷，一條穿著藍色裙子和白色無袖罩衫的響尾蛇。

她將兩張五十元和五張二十元的鈔票塞進自己的錢包，喀地一聲闔上，正要起身時一隻手落在她的肩膀上，一個女人對著她的耳朵低語。「親愛的，妳好啊。妳可以下次再看完剩下的電影，現在妳得跟我們走。」

安蒂想要轉身，然而兩隻手緊抓住她的頭。恐怖的是那雙手是在她的腦袋裡面。

在那之後一切陷入漆黑，直到她發現自己身在蘿絲的地球巡洋艦上，位在這個中西部城市郊區的沒落露營地裡。

6

她醒來的時候，蘿絲給了她一杯茶，和她談了很久。安蒂聽見了所有的話，但她的注意力大多集中在這個綁架了她的女人身上。她的存在感十足，這樣的形容仍太過委婉。高帽蘿絲身高六呎，長腿包在窄口的白色長褲裡，高挺的乳房裹在T恤中，T恤上印著聯合國兒童基金會的標誌和座右銘：不計一切拯救兒童。她的表情像個鎮定的女王，安詳而平和。她的頭髮，現在沒綁，披散到背部中間。歪斜地戴在頭上的那頂磨損的大禮帽顯得不大協調，但除此之外她是安蒂・史坦納所見過最美麗的女人。

「妳明白我在跟妳說什麼嗎？我是在給妳一次機會，安蒂，妳不應該草率地應對。我們已經有二十年或甚至更久沒有給任何人我現在提供給妳的機會了。」

「那要是我拒絕呢？又會怎麼樣？妳會殺了我嗎？然後吸收這個……」她怎麼稱呼去了？「這個精氣？」

蘿絲微微一笑。她的嘴唇豐厚，塗著淺珊瑚色的口紅。安蒂向來認為自己毫無性慾，卻不由得想知道那唇膏嚐起來會是什麼滋味。

「親愛的，妳的精氣不夠，根本不用擔心，況且妳擁有的那點精氣一點也不美味，嚐起來會像鄉巴佬嘴裡堅韌難嚼的老牛肉一樣。」

「誰嘴裡的？」

「別管那個了，只要仔細聽好。我們不會殺掉妳。妳拒絕的話，我們只會消除掉跟這段小對話有關的所有記憶。妳會發覺自己在某個一無所有的小鎮外的馬路邊——也許是托佩卡，或是法戈——沒有錢，沒有身分證，沒有印象妳是怎麼到那裡的。妳記得的最後一件事情是和那個遭妳搶劫、毀容的男人一起走進電影院。」

「他活該被毀容！」安蒂惡狠狠地說。

蘿絲踮起腳尖站立，伸展身子，她的手指觸摸到休旅車的車頂。「那是妳的事，甜心娃娃，我不是妳的精神科醫師。」她沒穿胸罩；安蒂能看見她的乳頭貼著上衣形成移動的標點符號。「不過有件事妳要考慮一下：我們會拿走妳的天賦和錢，還有妳那絕對是假造的身分證。下次妳在漆黑的電影院裡暗示男人睡覺，他會轉過來向著妳，問妳他媽的到底在說什麼。」

安蒂感到一股恐懼的寒意。「妳不能那麼做。」可是她想起伸進她腦內的那雙強健得可怕的手，覺得非常肯定這女人會那麼做。她或許需要一點她朋友的協助，那些在休旅車、露營車裡的人，他們的車子宛如小豬仔圍著母豬的乳頭似地聚集在這輛車四周，但是噢，毫無疑問地——她辦得到。

蘿絲不理會她的話。「親愛的，妳多大年紀啊？」

「二十八。」自從破了三十大關後她就一直隱瞞她的年齡。

蘿絲注視著她，露出笑容，什麼也沒說。安蒂迎上那對美麗的灰眸五秒鐘，便不得不低垂下視線。可是她的目光垂落的位置正好是那對圓滑的乳房，沒有束縛卻絲毫沒有鬆弛的跡象。當她再度抬起頭來時，她的視線最高只到那女人的嘴唇，那淺珊瑚色的紅唇。

「妳三十二歲了，」蘿絲說。「喔，只顯露出了一點點——因為妳過著艱苦的生活。四處奔波的生活，不過妳還是很漂亮。跟著我們，和我們一起生活，十年後妳真的還會是二十八歲。」

「那是不可能的。」

蘿絲微微一笑。「一百年後妳看起來、感覺上會像三十五歲。那是說，在妳吸了精氣之前。等妳吸了精氣，妳又會是二十八，只不過妳會覺得自己年輕了十歲。妳會時常吸收精氣。活得長壽、永保年輕、吃得營養：這些是我現在提出的條件，聽起來如何？」

「好得教人難以置信，」安蒂說。「好像那種宣稱妳可以用十塊錢買到終身險的廣告。」

她並非完全說錯，蘿絲沒撒任何謊（至少還沒有），但她隱瞞了一些事情沒說，例如精氣有時候會供應不足；譬如不是每個人經歷過轉變還能存活。蘿絲判斷這個人或許可以，而真結族湊合著用的醫生，沃爾納特，審慎地表示同意，不過一切還是未定之數。

「妳和妳的朋友自稱是——？」

「他們不是我的朋友，是我的家人。我們是真結族。」蘿絲將手指交錯在一起，伸到安蒂面前。「繫結在一起的永遠不會解開，妳必須了解這點。」

安蒂早已知道一個被強暴過的女孩子永遠無法讓人生重新來過，因此她非常明瞭。

「我真的有其他選擇嗎？」

蘿絲聳聳肩。「親愛的，只有壞的選擇。不過如果妳真心想要會比較好，這樣子轉變會容易點。」

「會痛嗎？轉變？」

蘿絲微笑，說出第一個徹頭徹尾的謊言。「一點也不痛。」

7

一座中西部城市郊區的夏日夜晚。

某處有人在觀賞哈里遜・福特猛甩長鞭；在另一處演員總統很可能露出不可信賴的微笑；而此處，在這露營地，安蒂・史坦納躺在廉價商店賣的草坪躺椅上，籠罩在蘿絲的地球巡洋艦和其他人的溫尼貝格露營車的車頭燈光下。蘿絲向她解釋過，真結族擁有幾個露營地，但這個不是其中之一。不過他們的先遣人員能夠包租下像這樣的地方，搖搖欲墜瀕臨破產的企業。美國正經歷不景氣之苦，然而對真結族而言，錢不是問題。

「先遣人員是誰？」安蒂問。

「喔，他是個非常迷人的傢伙，」蘿絲微笑著說。「能夠把小鳥迷得從樹上掉下來。妳很快就會見到他。」

「他是妳特別的人嗎？」

蘿絲聽見這話哈哈大笑，撫摸安蒂的臉頰。她手指的觸摸使得安蒂的腹部亢奮得湧起一小股熱流。真是不可思議，但確實存在。「妳已經感興趣了，對吧？我想妳不會有事的。」

或許吧，不過當她躺在這裡時，安蒂不再感到興奮，只覺得害怕。新聞報導滑過她的腦海，像是在排水溝發現的屍體，在樹木繁茂的空地發現的屍體，以及在枯井底部找到的屍體等。女人、女孩，幾乎總是女人和女孩。她害怕的不是蘿絲——不完全是——而且這裡還有其他的女人，可是也有男人。

蘿絲跪在她身旁，車頭燈強烈的炫光應該會將她的臉變成刺眼、醜陋的黑白輪廓，然而事實正好相反：強光只讓她變得更加美豔，她再一次撫摸安蒂的臉頰。「別怕，」她說。「不必害怕。」

她轉向其中一個女人，一個蒼白、漂亮的女人，蘿絲稱她為沉默莎蕊，然後點點頭。莎蕊點頭回應，走上蘿絲龐大的休旅車內。同時，其他人開始圍繞在草坪躺椅旁形成一個圓，安蒂不喜歡這樣，感覺彷彿是在獻祭。

「別怕。妳很快就會成為我們的一份子了，安蒂。和我們在一起。」

除非，蘿絲暗自心想，妳循環消失了。在那種情況下，我們會直接將妳的衣服丟到公共廁所後面的焚化爐燒掉，明天繼續前進。不入虎穴，焉得虎子。

但是她希望那種情形不會發生，她喜歡這一位，而且催眠的才能將會派得上用場。

莎蕊回來時帶著一個外觀很像保溫瓶的鋼罐。她將罐子交給蘿絲，蘿絲打開紅色的蓋子。底下有個噴嘴和氣閥。在安蒂眼中，那罐子看起來像是沒貼標籤的噴霧殺蟲劑罐，她考慮從躺椅上跳起來逃命，但是她又想起電影院裡的事。那雙伸進她腦中的手，將她固定在原處。

「弗利克爺爺？」蘿絲問道。「你可以帶領我們嗎？」

「我很樂意。」那是電影院裡的老人。今晚他穿著寬鬆的粉紅色百慕達短褲，一雙包覆著他骨瘦如柴的小腿到膝蓋的白襪，和耶穌涼鞋。在安蒂看來，他像是在集中營待了兩年後的華頓爺爺[1]。他舉起雙手，其他人也跟著他舉起手來。他們如此這般地聯繫起來，剪影又顯現在交叉的車頭燈光線中，看起來像是一串古怪的紙娃娃。

「我們是真結族。」他說。聲音從不再顫抖的凹陷胸膛中傳出；那是更為年輕、強壯的男人所發出的低沉、洪亮的聲音。

「**我們是真結族**，」他們回應。「**繫結在一起的將永遠不會解開**。」

「這裡有個女人，」弗利克爺爺說。「她會加入我們嗎？她會把自己的生命和我們的生命繫在一起，成為我們的一份子嗎？」

「回答會。」蘿絲說。

「呃——會。」安蒂勉強說出。她的心臟不再跳動；而是像根弦似地亂彈。

蘿絲旋轉鋼罐上的氣閥。一聲微弱、悲傷的嘆息，和一陣銀霧逸出。那陣霧並沒有在夜晚輕柔的微風中消散，而是懸浮在鋼罐上方，直到蘿絲傾身向前，噘起迷人的珊瑚色嘴唇，輕輕地吹一口氣。那團噴霧——看起來有點像四格漫畫中的對話氣球，只是裡頭沒有任何字——飄到安蒂向上的臉龐和睜大的眼睛上方盤旋。

「我們是真結族，我們長存於世。」弗利克爺爺宣告。

「Sabbatha hanti。」其他人回應。

銀霧開始下降，非常緩慢地。

「我們是被選中的一族。」

「Lodsam hanti。」他們回答。

「深呼吸。」蘿絲說完溫柔地親吻安蒂的臉頰。「我會在另一邊和妳再見。」

也許。

「我們是幸運的一族。」

「Cahanna risone hanti。」

最後，所有人齊聲唸：「我們是真結族，我們……」

但安蒂不再留意他們在唸什麼。那團銀色的物質落在她臉上，很冷，非常的冷。她吸入後，那團銀霧變成某種黑暗的生靈，開始在她體內尖叫。一個由銀霧構成的小孩——她不知是男或是

1. 美國影集《華頓家族》中的人物，故事背景是在美國經濟大蕭條及第二次世界大戰時期。

女——掙扎著要逃脫，但是有人在砍。是蘿絲在砍，其他人緊密地站在她的四周（擠在一起），用十二把手電筒往下照射，照亮一場慢動作的謀殺。

安蒂想要從躺椅上跳起來，卻沒有軀體可以移動。她的身體消失了。身體原本所在的地方只剩下呈現人形的痛苦，那孩子瀕臨死亡的疼痛，和她自己的痛楚。

擁抱它。這想法像塊冰涼的布按壓在原先是她身體的發燙傷口上，那是通過的唯一方法。

我沒辦法，我這輩子都在逃避這種痛苦。

也許如此，不過妳已經完全沒有逃跑的機會了。擁抱它，吞下它。吸收精氣否則就是死路一條。

8

真結族高舉雙手站立，吟誦著古老的詞彙：sabbatha hanti，lodsam hanti，cahanna risone hanti。他們看著在安蒂・史坦納原本胸部位置的罩衫扁平下去，她的裙子像張閉起的嘴巴似地鼓起來闔上，他們看著她的臉變成毛玻璃。不過，她的雙眼仍在，飄浮在空中，宛如透明的神經線繫著的兩顆小氣球。

不過連眼睛也會消失，沃爾納特心想。**她不夠強壯，我以為也許她夠強，但是我錯了。她也許會回來一、兩次，不過到最後她會循環消失，除了衣服以外蕩然無存。**他試著回想自己的轉變，只記得當時是滿月，用的是營火而非車頭燈。營火、馬匹的嘶鳴……還有劇痛。你真的能記得疼痛嗎？他不認為，你知道有那麼一回事，也曉得你承受過痛苦，不過那是不一樣的。

安蒂的臉又飄回來，變成實體，猶如靈媒桌子上方的鬼魂臉孔。她的罩衫前襟鼓起來出現曲線；裙子蓬了起來，因為她的臀部和大腿又重返這個世界，她極為痛苦地尖聲叫喊。

「我們是真結族，我們長存於世。」他們在休旅車交錯的光線中吟誦。

「Sabbatha hanti。我們是被選中的一族，lodsam hanti。我們是幸運的一族，cahanna risone hanti。」他們會持續唱誦直到一切結束。無論如何，都不會花費很長的時間。

安蒂又開始消失，她的肌肉變成不透明的玻璃，真結一族可以透過玻璃看見她的骨骼及頭蓋骨齜牙咧嘴的模樣。有一些銀色的補牙填料在咧開的嘴裡閃爍。她脫離實體的眼睛在已不存在的眼窩裡瘋狂地轉動。她仍在尖叫，不過現在聲音變得微弱、在四周迴響，彷彿來自遙遠的走廊盡頭。

9

蘿絲以為她會放棄，通常痛楚太過劇烈時他們都會如此選擇，但是這個小妞相當堅強。她打著旋恢復成實體，一路大聲尖叫。她重新長出的雙手以發狂的力量抓住蘿絲的手，使勁壓下去。蘿絲俯身向前，幾乎沒留意到疼痛。

「我知道妳想要什麼，甜心娃娃。回來妳就能得到。」她將嘴巴貼到安蒂的嘴上，用舌頭愛撫安蒂的上唇，直到安蒂的嘴唇化為薄霧，但那雙眼睛仍在，緊盯著蘿絲的眼睛。

「Sabbatha hanti，」他們唱誦著。「Lodsam hanti。Cahanna risone hanti。」

安蒂回來了，在她充滿痛苦、瞪視著的雙眼四周長出了臉孔。她的身體跟著回來。有一瞬間，蘿絲能看見她手臂的骨頭，緊揪住她的手的手指骨頭，過一會兒骨頭再度包覆在肌肉裡。蘿絲再次親吻她，即使深受痛苦，安蒂依然回應她，蘿絲將她自己的精華灌入這個年輕女人的喉嚨裡。

我想要這個。而我想要的，我就能得手。

安蒂又開始逐漸消失，不過蘿絲能感覺到她在對抗它，逐漸戰勝它。用這尖叫的生命力餵養自己，將它吸進喉嚨、深入到肺部，而不是試圖推開它。頭一次吸收精氣。

10

真結族最新的成員當晚在蘿絲・歐海拉的床上度過，她生平頭一回在性行為中發現恐懼和痛楚以外的東西。她的喉嚨因為在草坪躺椅上發出的尖叫而喊破了，不過她再度大聲叫喊，因為這新鮮的感覺——可媲美她轉變時所受的劇痛的歡愉——占據了她的身體，使她的軀體似乎再一次變成透明。

「盡情地叫吧。」蘿絲說，從她的大腿之間抬起頭來。「他們聽過無數次的尖叫。好的壞的都有。」

「每個人的性都像這樣子嗎？」倘若如此，那她錯過了多少啊！她混帳的父親從她這兒偷走了什麼！而人們居然還認為她是小偷？

「當我們吸收了精氣以後，我們的性都是像這樣的。」蘿絲說。「妳只需要知道這一點。」

她低下頭去，絕妙的性交又開始了。

11

午夜前不久，代幣查理和俄國人芭芭坐在代幣查理的邦德露營車較低的階梯上，分享一根大麻菸，仰頭望著月亮。從蘿絲的地球巡洋艦傳出更多的尖叫聲。

查理和芭芭轉頭相視而笑。

「有人很喜歡做呢。」芭芭評論道。

「有什麼理由不喜歡呢？」查理說。

12

安蒂在當天第一道晨光中醒來，她的頭枕在蘿絲的胸部上。她感覺自己全然不同了；另一方面又覺得毫無不同。她抬起頭看見蘿絲正用那對非凡的灰眼眸注視著她。

「妳救了我，」安蒂說。「妳把我帶回來了。」

「我單獨一個人沒辦法做到，是妳自己想要的。」**甜心娃娃，妳不單是想要回來，還想要得到高潮呢。**

「我們在那之後所做的事……我們不能再做了，能嗎？」

蘿絲搖搖頭，微微一笑。「不行，那樣很好。有些經驗是絕對沒法超越的。而且，我的男人今天要回來了。」

「他叫什麼名字？」

「他叫亨利・羅斯曼，不過那是給鄉巴佬叫的。他真正的名字是烏鴉達迪。」

「妳愛他嗎？愛吧？對不對？」

蘿絲微笑，將安蒂拉近一點，親吻她。不過她沒有回答。

「蘿絲？」

「什麼事？」

「我……我還是人類嗎？」

針對這個問題，蘿絲所給的答案和迪克・哈洛倫曾經告訴年幼的丹尼・托倫斯的相同，而且是以同樣冷淡的語調：「妳在乎嗎？」

安蒂判定她並不在乎，她認定她找到了歸宿。

媽媽

1

一團混亂的噩夢——有人揮舞著槌子，在永無止境的走廊上追逐他，一台電梯自行運轉，動物形狀的樹籬活躍起來並且逼近他——最後一個清晰的想法：**我真希望我已經死了**。

丹・托倫斯張開眼。陽光透了過來，照進他發疼的頭部，威脅著要點燃他的大腦。了結所有殘餘感覺的宿醉。他的臉陣陣抽痛。鼻孔塞住，只剩左邊有個小洞容許一絲空氣進出。左邊？不，是右邊。他可以透過嘴巴呼吸，不過嘴裡淨是威士忌和香菸的味道。他的胃沉重得像一球鉛塊，裝滿了所有錯誤的東西。宿醉殘餘的**一肚子垃圾**，某個老酒友或其他人曾如此稱呼這種糟糕的感覺。

他身旁傳來響亮的鼾聲。丹把頭轉往那個方向，儘管他的脖子抗議地大叫，另一陣劇痛竄過他的太陽穴。他再度張開眼，不過只打開一點點；拜託，那刺眼的陽光別再來了。還不要來。他躺在沒鋪地毯的地板上一塊毫無遮蔽的床墊上。一名渾身赤裸的女人四肢伸開地仰躺在他身邊。丹往下一望，看見他自己也光著身子。

她的名字叫……朵樂莉絲？不是。黛比？這個比較接近，不過不完全——

狄妮，她的名字是狄妮。他在一家叫做銀河的酒吧遇見她，兩人在一起鬧得很開心，直到……

他不記得了，他看一眼自己的雙手，兩隻手都腫起來，右手的指節擦破皮、結了痂，於是決定他不要回想起來。反正那有什麼關係呢？基本情節永遠不變。他喝醉了，有人說錯話，混亂，接著發生酒吧大屠殺。他的腦袋裡有隻具有攻擊性的惡犬。清醒時，他可以用狗鍊拴住牠。不過一喝醉，狗鍊便消失了。**遲早我會殺掉某個人**。就他所知，他昨晚就幹了。

嘿，狄妮，握住我的雞雞吧。

他真的說了那句話嗎？他恐怕真的說了。現在他漸漸回想起來一些情節，就連一些都太過分了。玩八號撞球，想要讓球桿多旋轉一點，結果把球擦撞到桌子外，那沾滿白堊的王八蛋一路彈跳著滾到自動點唱機那兒，自動點唱機那時正在播放——還有什麼呢？——當然是鄉村音樂。他記得似乎是喬・迪菲。他為什麼會打得那麼粗暴呢？因為他醉了，因為狄妮站在他旁邊，狄妮就在球桌的那條線下握住他的雞雞。他想要在她面前賣弄，純粹是好玩。然而那個戴著凱西棒球帽、身穿花梢的絲質牛仔襯衫的傢伙放聲大笑，那是他的錯。

混亂和酒吧大屠殺。

丹觸摸嘴巴，摸到兩條鼓起的香腸，他昨天下午離開兌現支票的小店時，褲子前面口袋裝著五百多塊的現金，嘴唇也還正常。

至少我所有的牙齒似乎都——

他胃中的液體突然一傾。他打嗝出滿嘴有威士忌味的酸臭、黏稠穢物，又吞嚥回去。吞下去時喉嚨像是著火似地。他翻身下床墊，膝蓋著地，再蹣跚地站起來，然後輕輕地搖擺，因為房間開始跳著溫柔的探戈。他宿醉得難受，頭痛欲裂，肚子裝滿昨晚為了遏止狂飲而塞進去的便宜食物……不過他還是喝醉了。

他勾起地板上的內褲，抓在手裡離開臥室，雖然不完全是跛行，不過很明顯地偏重左腿。他隱約記得——他希望永遠不會記得更清楚——那個凱西牛仔扔了把椅子。那是在他和握我雞雞的狄妮離開的時候，他們雖然不算是逃跑，卻笑得像瘋子一樣。

他悲慘的胃又突然一傾。這回伴隨著一陣揪緊，感覺像是被一隻戴了光滑的橡膠手套的手緊揪住一樣。這下鬆開了所有嘔吐的扳機：大玻璃罐中煮過熟的蛋的醋酸味，烤肉風味的豬皮的味道，炸薯條浸在像鼻血的番茄醬中的景象。所有昨晚他在每一口酒中間狼吞虎嚥地塞進嘴裡的垃圾。他快要吐了，不過那些影像仍繼續出現，在某個噩夢般的遊戲節目中的獎品輪盤上不停地旋轉。

強尼，我們為下一位參賽者準備了什麼呢？喔，鮑伯，是一大盤油膩的沙丁魚！

浴室就在一小段走廊的正對面。浴室門開著，馬桶圈掀起。丹撲了過去，跪在地上，將大量淺棕黃色的流體物質吐在漂浮的糞便上。他轉頭看向別處，摸找沖水開關，找到後按下去。水如瀑布般地沖下，但沒有伴隨而來的排水聲。他回頭看，看見令人驚恐的景象：那坨糞便，很可能是他自己的，在大量消化到一半的酒吧小吃之中不斷地上升，逼近濺潑到尿液的抽水馬桶邊緣。就在馬桶可能溢出、讓今早老掉牙的慘狀更為完整之前，某個東西清空了排水管道的狹窄處，整團穢物沖了下去。丹又吐了一次，吐完坐在腳後跟上，背靠在浴室牆壁上，低下陣陣抽痛的頭，等著馬桶水箱重新注滿，以便沖第二次水。

再也不了，我發誓。絕不再貪杯，不再去酒吧，不再打架。他第一百次向自己保證。或者第一千次。

有件事情可以肯定：他必須逃離這個小鎮，否則他可能會惹上麻煩。嚴重的麻煩並非不可能。

強尼，我們為今天的頭獎得主準備了什麼呢？鮑伯，是因企圖傷害罪和毆擊罪坐監兩年！

之後……攝影棚內的觀眾陷入瘋狂。

馬桶水箱重新注水的嘈雜聲安靜下來。他伸手按下把手沖走第二輪的宿醉殘餘，接著停頓了片刻，思考他短期記憶的黑洞。他曉得自己的名字嗎？知道！丹尼爾・安東尼・托倫斯。他知道在另一間房的床墊上打鼾的小妞名字嗎？知道！狄妮。他不記得她的姓，不過很有可能是她根本沒告訴過他，他曉得現任總統的名字嗎？

令丹震驚的是，他不知道，至少一開始想不起來。那傢伙留著獨特的貓王髮型，吹奏薩克斯風，而且吹得相當差，不過名字是……？

你知道自己在哪裡嗎？

克里夫蘭？查爾斯頓？其中一個。

他在沖馬桶的時候，總統的名字十二萬分清晰地浮現在他腦中。而丹既不在克里夫蘭也不在查爾斯頓。他在北卡羅萊納州的威明頓。他是聖母恩典醫院的護理員。或者說曾經是。該是繼續前進的時候了。要是他搬到另一個地方，某個好地方，他或許可以戒掉酒癮從頭來過。

他站起來凝視鏡中的自己。傷勢沒他擔心的那麼嚴重，鼻子腫了起來，但並非真正斷掉——起碼他不這麼認為。腫脹的上嘴唇上面有些血液乾掉的結痂。右顴骨上有塊瘀青（凱西牛仔鐵定是個左撇子），中間有個血跡斑斑的戒指印。另一大片瘀青在左肩窩擴散開來，這個他依稀記得是撞球桿撞的。

他看一下藥櫃。在一管管的化妝品和雜亂的一瓶瓶非處方藥之中，他發現了三瓶處方藥。第一瓶是泰復肯，念珠菌感染的處方用藥。這令他慶幸自己已割了包皮。第二瓶是達而豐複方止痛藥。他打開藥瓶，看見六顆膠囊，拿了三顆放進口袋，供以後備用。最後的處方是菲爾瑞瑟，謝天謝地，這一瓶幾乎全滿。他用冷水吞服了三顆。俯身在臉盆之上讓他的頭痛比之前更加劇，不過他想很快就會緩解。菲爾瑞瑟，用來治療偏頭痛和緊張性頭痛，是品質保證的宿醉殺手。嗯……是幾乎可以保證。

他準備要關上藥櫃，但臨時再看一眼。他挪動一下無用的廢物。沒看到避孕環。也許在她的手提包裡。他希望如此，因為他沒有隨身帶保險套。要是他和她做了——雖然他不是百分之百記得，不過八成是有——那他一定是無套上陣。

他穿上內褲，拖著腳步走回臥室，站在門口半晌，端詳昨晚帶他回家的女人。她的四肢大剌剌地攤開，一切都顯露無遺。昨晚她身穿長及大腿的皮裙、露肚中空的上衣，和軟木厚底涼鞋，戴著大圓圈耳環，看起來有如西部世界的女神。今早他看見宛如下垂的白色麵糰般的漸增啤酒肚，以及開始出現的雙下巴。

接著他發現更糟的事：歸根究柢，她根本不是成熟女人。大概不是未成年少女（祈禱上帝千萬別是未成年少女），不過肯定不超過二十歲，也許還是十八、九歲。其中一面牆貼著吻合唱團的吉恩・西蒙斯在噴火的海報，幼稚得教人心寒。另一面牆上則是一隻眼神受到驚嚇的可愛小貓，掛在一根樹枝上。這張海報建議，**堅持下去，寶貝**。

他必須離開這裡。

他們的衣服在床墊尾端糾纏在一起。他將他的T恤和她的內褲分開，一把從頭上套下去，再穿上牛仔褲，但拉鍊拉到一半時他僵住了，因為意識到左邊前面的口袋比他前一天下午離開兌現支票的小店時要來得扁平多了。

不、不會吧。

隨著心跳加快速度，他才漸漸覺得稍微舒服一點點的頭又開始抽痛了，他把手硬擠進口袋，卻只掏出一張十塊錢的鈔票和兩根牙籤，其中一根刺進他的食指指甲下，深入底下敏感的肉裡。但他幾乎毫無所覺。

我們沒把五百塊錢全都喝光，不可能的。要是我們喝了那麼多早就掛了。

他的皮夾仍好好地擺在屁股口袋裡，他拉出皮夾，抱著一線希望，然而希望落空。他肯定是在什麼時候把平常收在那裡的十元鈔票移到前面口袋去了。放前面口袋酒吧間的扒手比較難下手，如今這點簡直像個笑話。

他注視床墊上打著鼾，四肢攤開的女孩——女人，想要向她伸出手，打算搖醒她，質問她對他該死的錢做了什麼。勒到她醒來，倘若她要這樣才能清醒的話。可是如果她偷了他的錢，她幹嘛帶他回家？昨晚是不是還發生了別的事？在他們離開銀河後是否還有其他的冒險活動？現在他的頭腦漸漸清楚了，他想起一段記憶——雖然模糊，不過大概合理——他們曾搭計程車到火車站。

寶貝，我認識一個在那裡鬼混的傢伙。

她真的說過這句話，或這只是他自己的想像呢？

她是說過，沒錯。我在威明頓，現任總統是比爾・柯林頓，我們去了火車站。那邊的確有個傢伙。那種喜歡在男廁所裡做交易的人，尤其是當他顧客的臉被揍到稍微變形時，他問及誰揍了我的時候，我叫他——

「我叫他少管閒事。」丹咕噥地說。

他們兩個進去時，丹打算買個一公克來討他的對象約會開心，僅僅如此而已，只要不是摻了一半的甘露醇就行。古柯鹼也許是狄妮的癖好，但不是他的。他聽說過，古柯鹼被稱為有錢人的安納辛[2]，而他一點也不富有。但就在那時候有人從廁所隔間走出來。一個典型的生意人，手提著的公事包一直撞擊他的膝蓋。當生意人先生走到其中一個洗臉盆洗手的時候，丹看見蒼蠅爬得他滿臉都是。

預示死亡的蒼蠅，生意人先生是個即將死亡的人，他自己卻毫不知情。

因此他非常確定自己選擇了大量購買，而非小量。雖然，他也許在最後一刻改變了心意。那是有可能的；他記得的並不多。

不過，我記得蒼蠅。

對，他記得那些蒼蠅。痛飲壓抑了閃靈，將閃靈擊昏，但他不確定蒼蠅究竟是不是閃靈的一部分。無論酒醉或清醒，他們該來的時候就會出現。

他再度心想：我必須離開這裡。

他再次心想：**我真希望我已經死了。**

2

狄妮發出輕柔的鼾聲，翻身避開無情的晨光。除了地板上的床墊外，房間內欠缺家具；甚至連個二手貨商店賣的五斗櫃都沒有。衣櫥敞開著，丹能看見狄妮貧乏的行頭堆在兩個塑膠洗衣籃裡。掛在衣架上的少許衣物看起來像是泡酒吧的衣服。他看到一件紅色T恤，前面以亮片印著**性感女孩**，還有一件牛仔裙趕時髦地綴著破損的鬚邊。有兩雙膠底運動鞋，兩雙平底鞋，和一雙挑逗的綁帶高跟鞋。不過沒有軟木厚底涼鞋。說到這裡，也沒看見他自己的破舊銳跑運動鞋。

丹不記得他們進來時有踢掉鞋子，但是假如他們脫了鞋，那勢必是在客廳，這點他隱約記得。她的手提包可能也在那裡，他可能將他剩餘的現金交給她保管，這機率不大，不過並非毫無可能。

他抱著抽痛的頭沿著短走廊走，到他認為八成是公寓裡唯一的另一間房。遠端有個小廚房，設備包含了一個電爐、一個塞在流理台下面的小冰箱。在起居區域有張沙發，填料都溢出來了，

2. 一種頭痛藥。

還有一端是用兩塊磚支撐起來。沙發面向一台大電視，玻璃中央有條從上到下的裂痕。裂縫用封箱膠帶修補起來，如今膠帶的一角已搖搖晃晃地懸垂著。兩隻蒼蠅黏在膠帶上，一隻仍在無力地掙扎。丹病態地看得入迷，（並非頭一次）想到宿醉的眼擁有古怪的能力，在任何慣常的景色中總能找到最醜陋的事物。

沙發前面有張咖啡桌。上面有個擠滿菸蒂的菸灰缸，一個裝滿白色粉末的小袋子，還有一本《時人》雜誌，上面散布著更多的古柯鹼。在雜誌旁邊，讓這畫面更完整的是一張一元鈔票，仍然有幾分捲起來。他不知道他們吸了多少，但是由仍剩下的來判斷，他可以和他的五百塊吻別了。

幹，我甚至不喜歡古柯鹼。而且我到底怎麼吸？我幾乎連呼吸都沒辦法了。

他沒吸，吸食的是她。他把古柯鹼抹在牙齦上，他開始全部回想起來了。他寧可繼續失憶，可是太遲了。

洗手間的死亡蒼蠅從生意人先生的嘴巴爬進爬出，甚至爬到他濕潤的眼睛表面上。毒品小販先生問丹在看什麼。丹告訴他沒什麼，那不重要，我們來看看你有什麼吧。結果毒品小販先生手頭有大量的貨。他們通常如此。接下來在搭另一輛計程車回她公寓的途中，狄妮已經放在手背上吸食了，因為太過飢渴——或太過欠缺——所以迫不及待。他們兩人努力唱著〈機器人先生〉。

他發現她的涼鞋和他的銳跑就在門內，這兒有更多珍貴的回憶。她沒有踢開涼鞋，鞋子只是從她腳上掉落，因為在那時候他的雙手已經牢牢地放在她的臀上，她的兩腿則環在他的腰上。她的脖子有香水味，呼吸聞起來有烤肉風味的豬皮味道。他們在移到撞球檯之前一把一把地大口吃下。

丹穿上運動鞋，然後走到另一頭的小廚房，心想唯一的櫥櫃裡或許有即溶咖啡。他沒找到咖啡，卻看見了她的手提包，擱在地板上。他想他記得她將手提包扔向沙發，當手提包沒丟中時她開心地大笑。半數的廢物散落出來，包括一個紅色的仿皮皮夾。他撿起所有的東西放回手提包內，拿到小廚房去。雖然他清楚地知道他的錢現在住在毒品小販先生的名牌牛仔褲裡，部分的他仍堅信必定還有剩下一些，只因為他需要還有些剩餘的錢。十元夠買三杯酒或兩手啤酒，但今天他需要的絕不只這些。

他摸出她的皮夾打開來。裡頭有些照片——兩張狄妮和某個男人的合照，那傢伙長得和她太過相像，肯定是她的親戚；兩張狄妮抱著一個小嬰兒；一張狄妮穿著畢業舞會的禮服，站在一個穿著可怕的藍色無尾禮服的暴牙小鬼旁。紙鈔夾層鼓起。這給了他一些希望，直到他拉開夾層看見一疊食物券。不過也有一些貨幣：兩張二十元及三張十元的鈔票。

那是我的錢。起碼，是剩下的錢。

他心知肚明，他絕對不會將他一週的薪資交給某個偶然認識的醉鬼保管。那是她的錢。

對，可是買古柯鹼不是她的主意嗎？不就是因為她他今天早上才沒錢又宿醉嗎？

不，你宿醉是因為你是個酒鬼。你沒錢是因為你看見了死亡蒼蠅。

這或許是事實，但要不是她堅持他們去火車站買毒品，他絕不會看見死亡蒼蠅。

她可能需要那七十塊錢買食品雜貨。

對，一罐花生醬和一罐草莓果醬。以及一條用來塗這些醬的麵包，至於其他的東西她可用食物券。

或者租金，她也許需要錢來付租金。

假如她需要付房租的錢，她可以兜售電視。或許她的小販肯買，連裂痕一起買下。反正七十元對一個月的房租沒多大幫助，他推斷，即使是像這間破爛的公寓也不夠付。

那不是你的，醫生[3]。他母親的聲音出現了，這是在他宿醉得極度難受，急需要喝一杯的時候最不想聽見的聲音。

「去妳的，媽。」他的聲音低沉但真誠。他拿了錢，塞進口袋，將皮夾放回手提包，然後轉身。一個小娃娃站在那兒。

他看起來大約十八個月大。身穿亞特蘭大勇士隊的T恤。T恤長及他的膝蓋，不過底下的尿布仍露了出來，因為尿布滿了，垂到他的腳踝上方。丹胸口的心臟猛然跳了一下，頭部陡地轟了一聲巨響，彷彿索爾在那裡面揮舞雷神之錘。有一剎那他非常確定他將會中風、心臟病發，或是兩個同時發作。

之後他深吸一口氣再吐氣。「小英雄，你是從哪裡冒出來的啊？」

「媽媽。」小孩說。

這個回答在某方面來說十分有道理——丹自己也是從他媽媽肚子裡出來的——卻一點幫助也沒有。一個可怕的推論正試圖在他抽痛的腦袋裡成形，但他絲毫不想和這推論扯上任何關係。

他看見你拿了錢。

也許吧，但那不是推論。就算這小孩看見他拿了又怎麼樣？他甚至不到兩歲。那麼年幼的孩子會接受大人所做的一切。即使他看見他媽媽走在天花板上，指尖噴出火來，他也會接受。

「英雄，你叫什麼名字啊？」他的心臟仍未安穩下來，因此他的聲音隨著心跳的節拍顫動。

「媽媽。」

真的嗎？那等你上高中的時候，其他的孩子一定會取笑你的名字。

「你是從隔壁來的嗎？還是從走廊那邊來的？」

拜託，回答說對吧。因為推論是如此：假如這娃娃是狄妮的，那她就是外出泡酒吧，把他鎖在這間破爛公寓裡，獨自一個人。

「媽媽！」

然後孩子瞧見了咖啡桌上的古柯鹼，小跑步地走向古柯鹼，褲襠上濕透的尿布左右搖擺。

「糖糖！」

「不，那不是糖果。」丹說，雖然那當然是：鼻嗅糖。

小孩沒理睬他，逕自伸出一隻手去摸白粉。他伸出手時，丹看見他上手臂上的瘀青。被人掐捏過留下的那種。

他一把抓住孩子的腰部和腿間，將孩子抱起來，遠離桌子（濕透的尿布擠出的尿液從他的手指間滴在地板上），丹的腦海裡充斥著簡短卻極其清晰的影像：皮夾照片中酷似狄妮的那個人將孩子抱起來搖晃。留下手指印。

嘿，湯米，他媽的滾出去，你聽不懂嗎？

蘭迪，住手，他只是個寶寶啊。

沒多久畫面消失，但是那第二個聲音，軟弱抗議的是狄妮的聲音，他明白了蘭迪是她的哥哥。這說得通，不是每個施虐者都是男朋友，有時候是兄弟，有時候是叔伯舅舅，有的時候……

出來！你這沒用的小狗崽子，給我出來！吃你的藥！

甚至連親愛的老爸都會。

他抱著寶寶——湯米，他的名字是湯米——進入臥室。小孩一看見他母親立刻開始扭動。

「媽媽！媽媽！媽媽！」

丹一把他放下，湯米馬上小跑步地奔向床墊，爬到她旁邊。儘管在睡覺，狄妮仍伸出一隻手臂環住他，將他摟近身邊。勇士隊的T恤掀起，丹瞧見孩子腿上有更多的瘀傷。

3. 即《鬼店》中的博士。

她哥的名字叫蘭迪，我可以找到他。

這想法宛如一月份湖中的寒冰一樣的冰冷清晰。倘若他從皮夾拿出相片集中精神，忽視怦怦作痛的頭，他大概能夠找出這位大哥，他以前做過類似地事。

我自己可以在他身上留下幾個瘀傷，警告他下回我將會殺了他。

只不過不會再有下一次，威明頓已經結束了。他再也不會見到狄妮或這間令人絕望的小公寓，他再也不會想起昨晚或今晨。

這次出現的是迪克・哈洛倫的聲音。不，寶貝。或許你能將來自全景飯店的東西放進鎖盒，可是你沒辦法鎖上記憶。這些永遠沒辦法上鎖。它們是真正陰魂不散的幽靈。

他站在門口，注視著狄妮和她瘀青累累的男孩。那孩子已回到夢鄉，在晨光中，他們兩人看起來幾乎像是天使。

她不是天使，或許不是她留下那些瘀傷，但她跑去外頭狂歡，留他單獨在家。要是他醒來走進客廳時你不在場的話……

糖糖，那孩子說，伸手就要去拿毒品。這樣不行，必須做點什麼。

或許吧，但不是由我來做。我以這張臉在國土安全部露面，投訴有人疏於照顧兒童，看起來會很有說服力，是嗎？除去渾身烈酒和嘔吐物的臭味，只是個正直的公民在盡他的公民義務而已。

你可以把她的錢放回去，溫蒂說。至少你可以做到這點。

他幾乎要這麼做了。真的。他從口袋掏出錢來，握在手裡。他甚至走到她的手提包旁，走這趟路肯定對他有幫助，因為他忽然想到了一個主意。

假如你非得拿走一些東西不可，就拿古柯鹼吧。賣掉剩下的你可以拿到一百塊錢。要不是已經被糟蹋了那麼多，也許甚至可以賣得兩百元。

只是，萬一有意的買家結果是個緝毒的刑警——這就是他的運氣了——最後他就會坐牢。他也可能發現自己因為在銀河酒吧發生的愚蠢鳥事被逮。現金安全多了，總共有七十塊錢。

他決定，我會分配。四十給她，三十給我。

可是，三十元對他而言沒多大益處。她還有食物券——那一疊厚得足以噎死一匹馬。她可以用那些食物券餵養孩子。

他拿起古柯鹼和積滿灰塵的《時人》雜誌，放到小廚房的流理台上，安全地擺在孩子搆不著的地方。水槽裡有把刷子，他用刷子清掉咖啡桌上殘餘的古柯鹼，一面告訴自己，假如在他清理時她跌跌撞撞地走出來，他就會把該死的錢還給她。告訴他自己如果她繼續睡覺，那她就是活該。

狄妮沒走出來，她繼續酣睡。

丹清理完畢，將刷子扔回水槽中，考慮了一下要留個字條。然而該寫什麼呢？**多照顧妳的孩子，順便說一聲，我拿走了妳的現金？**

好吧，別留字條。

他帶著左邊前面口袋裡的錢離開，出去時小心翼翼地避免用力關上門。他告訴自己他這麼做是出於體貼。

3

到中午時分，多虧了狄妮的菲爾瑞瑟和達而豐，他的宿醉頭痛已成為過去事。他接近一家名叫戈登平價烈酒與進口啤酒的公司。這裡是城鎮的舊區，建築皆是磚造，人行道大多空寂無人，但有許多間當鋪（每間都展示極為可觀的各種折疊式剃刀）。他打算買非常大瓶、非常便宜的威士忌，可是當他看到店門外的東西時改變了心意。那是輛購物推車，載滿了流浪漢古怪的各色私人物品。那個流浪漢人在裡面，正在對店員高談闊論。在推車頂端有條毛毯，捲起來以細繩捆綁著。丹能看見幾處污漬，但整體而言看起來並不差。他拿起毛毯夾在腋下輕快地走開。從有濫用藥物問題的單親媽媽那兒偷了七十元之後，拿走流浪漢的魔毯實在像是椿微不足道的小事。這或許是他覺得自己比以往更加渺小的原因。

我是無敵縮小人，他一邊想著一邊匆匆忙忙地帶著新的戰利品繞過轉角。**再偷幾樣東西，我就會徹底地消失無蹤。**

他豎耳傾聽流浪漢是否氣憤地大叫——他們越抓狂，叫得越大聲——然而毫無聲響，再過一個轉角，他就可以恭喜自己乾淨俐落地脫逃了。

丹拐過轉角。

4

那天傍晚，他坐在恐怖角紀念大橋下的斜坡上，一條寬大的暴雨下水道的出水口上。他是有房間，不過有點積欠滯納租金的小問題，他允諾過昨天下午五點前絕對要付清。不僅如此。假如他回去自己房間，他可能受邀拜訪貝斯街上某棟如堡壘般的市政大樓，回答有關某件酒吧爭執的問題。總之，待在外頭似乎比較安全。

在市中心有間臨時收容所叫做希望之家（酒鬼們當然都稱其為絕望之家），不過丹無意去那裡。你可以免費在那裡睡覺，但如果你手邊有瓶酒，他們就會拿走。威明頓到處都是過夜的棲身處和便宜的汽車旅館，在那兒沒人在乎你喝酒、打呼，或注射，可是在天氣溫暖、乾爽的時候，你幹嘛浪費暢快喝酒的錢在一張床和屋頂上呢？他可以等到往北出發的時候再來擔心床和屋頂。更別提要不引起房東太太的注意從柏尼街上的房間搬出他少數的個人物品了。

月亮在河面上升起。毛毯攤開在他身旁。很快地他就會躺到毛毯上，拉攏毯子將自己緊緊包住，然後睡覺。他剛好茫到感覺很愉快。起飛和垂直爬升很艱難，不過現在所有的低空亂流都在他身後。他想他過的並非正直美國人所認為的模範生活，但是目前，一切都很好。他有一瓶三得利老牌威士忌（謹慎地在離戈登平價商店有段距離的酒舖購買的），和半個潛水艇三明治當明天的早餐。未來多雲，但今晚的月色明亮，一切正常。

糖糖。

忽然間那孩子和他在一起。湯米，就在他身邊。伸手要去拿毒品。手臂上的瘀青，藍色的眼睛。

糖糖。

與閃靈毫無關係，但他極度清晰地看見這景象。還有其他的。狄妮仰躺著，打著鼾。紅色的仿皮皮夾。那疊食物券上面印著美國農業部的字樣。那筆錢，他拿走的七十塊錢。

想想月亮，想想月亮在水面上升起看起來多麼的寧靜。

有一會兒他的確想了，然而不久他又看見狄妮仰躺著，紅色的仿皮皮夾，那疊食物券，縐得可憐的現金（現在大多數已花完）。當中最清晰不過的是，他看見那孩子伸出張開如海星的手去拿毒品。藍色的眼眸、瘀傷累累的手臂。

糖糖，他說。

媽媽，他說。

丹學會了量好份量喝酒的訣竅；以這種方法狂飲可維持得較久，醉茫茫的感覺比較飄飄然，隔天的頭痛比較輕微、易控制。然而，有時候拿捏的份量出錯。倒楣的事就會發生。例如在銀河酒吧裡的事。那或多或少是個意外，可是今晚，一瓶威士忌分四大口灌完，就是故意的。你的心是塊黑板。烈酒就是板擦。

他躺下來用偷來的毛毯裹住身體。他等著自己失去知覺，逐漸陷入無意識的狀態，然而湯米先來一步。亞特蘭大勇士隊的T恤。下垂的尿布。藍眼睛，瘀青的手臂，海星般的小手。

糖糖，媽媽。

我永遠不會說出這件事，他告訴自己。**絕不對任何人說**。

當月亮升到北卡羅萊納州的威明頓上空時，丹·托倫斯陷入昏睡。夢中出現了全景飯店，但他醒來時不會記得夢境。他醒來時記得的是藍色的眼睛，瘀青的手臂，伸出的小手。

他設法拿到他在公寓房間裡的私人物品之後往北邊去，先到紐約州北部，再到麻薩諸塞州。兩年過去了。有時候他會幫助人，主要是老人。他相當善於幫助老人。在許多個酒醉的夜晚，那孩子是他最後一個想到的事物，也是宿醉隔天早晨第一件浮上心頭的事物。每當他告訴自己要戒酒時總是想到那個孩子。也許下個禮拜；下個月肯定戒。孩子、雙眼、手臂、伸出去如海星般的手。

糖糖。

媽媽。

PART ONE
艾柏拉

第一章・歡迎來到迷你鎮

1

威明頓之後，每日飲酒中止了。

他會過一星期，有時候兩星期，完全不喝比無糖汽水還要烈的飲料的生活。他會沒有宿醉地醒來，這樣很好。他醒來時會口渴、難受——渴望——這點很不好。然後會有一個晚上，或是週末。有時候是電視上的百威啤酒廣告引發他的衝動——一群面帶稚氣的年輕人，其中沒有一個人有啤酒肚，在精力充沛的排球比賽後暢飲冰涼的啤酒。有時候是看見兩個漂亮的女人下班後在某個舒適的小咖啡館外頭喝酒，通常是那種取個法文名字，吊了許多懸掛式植物的咖啡館。她們喝的酒幾乎總是插了一支小傘。有的時候是收音機播放的一首歌。有一次是冥河合唱團，唱〈機器人先生〉。他禁酒的時候，是真的滴酒不沾。但他一喝酒，勢必喝到爛醉。倘若他在女人身旁醒來，他就會想起狄妮和穿著勇士隊T恤的小孩。他想到那七十塊錢。他甚至想起那條竊來的毛毯，他後來把毛毯留在暴雨下水道中，或許毯子仍在那裡。要是還在，如今應該發霉了。

有時候他喝醉了沒去上班，他們會讓他繼續做一陣子，因為他很擅長分內的工作，但是那一天終究會來。當那天來臨時，他會說聲感謝，然後搭上巴士。威明頓變成奧巴尼，奧巴尼再變成尤蒂卡。尤蒂卡換成新帕爾茨。新帕爾茨則為斯特布里奇所取代，在斯特布里奇時，他在一場戶外的民俗音樂會上喝醉，隔天在拘留所中醒來，手腕骨折。下一站是威斯頓，再來是瑪莎葡萄園島上的養老院，遺憾的是，那份工作沒有持續很久。他上班的第三天，護理長在他的口氣中嗅到酒味，於是她說你這人真是可悲，再見。他曾一度與真結族的路徑交錯過，但毫無所覺。不過反正那不在他的心思上，雖然在內心較深處——閃靈的那一塊——確實感應到了什麼。一股逐漸淡去的討厭氣味，有如在一段不久前發生過嚴重事故的收費高速公路上橡膠燒焦的味道。

從瑪莎葡萄園島，他搭乘麻州運輸到紐伯里波特。他在那裡一家「不大在乎」的退伍軍人之家找到工作，那種坐輪椅的老兵有時候被遺留在空蕩蕩的診察室外頭，直到尿袋溢出到地板上的地方。對病人而言是個糟透了的地方，對像他自己這樣經常搞得一團亂的人來說稍微好一點，不過丹和其他幾個人儘可能好好地對待老兵們。他甚至幫助一對夫婦在大限來時順利度過。那份工作持續了一段時間，長久到薩克斯風總統將白宮的鑰匙移交給牛仔總統。

丹在紐伯里波特有幾個晚上喝醉，不過隔天總是休假，因此沒有問題。在其中一次小小的狂飲作樂之後，他醒來時心想，**起碼我留下了食物券**。這個念頭導致過去的瘋子遊戲節目的二重唱再現。

抱歉啦，狄妮，妳輸了，不過沒有人空著手離開。強尼，我們為她準備了什麼呢？

嗯，鮑伯，狄妮沒贏得一分錢，不過依照我們新的主場比賽規則，她將帶著幾公克的古柯鹼，和一大疊的食物券離開！

而丹得到的是一整個月的禁酒。他猜想，他之所以這麼做，是把禁酒當成一種怪異的贖罪。他想過不只一次，要是他有狄妮的住址，他老早就將那討厭的七十塊錢寄還給她了。若是能終止回憶身穿勇士隊T恤的小孩以及伸出去如海星般的手，他願意寄給她雙倍的錢。然而他沒有住址，因此他保持清醒。以禁酒的鞭子嚴懲他自己。

後來有天晚上他經過一間名為漁人休息站的酒館，透過窗戶瞧見一名金髮美女獨自坐在吧檯旁。她穿著長度到大腿中段的格子呢裙，看上去十分寂寞，他走進酒館，結果發現她剛離婚，哇，那真是遺憾，或許她需要有人陪伴，三天後他醒來，記憶出現了和過去同樣的黑洞。他回到他擦地板、換燈泡的退伍軍人中心，冀望能有好運，但行不通。「不大在乎」和「完全不在乎」並非同一回事；很接近但不全然正確。拿著少許置物櫃裡的物品離開時，他回想起一句鮑伯・山貓・高德斯韋特[4]的台詞：「我的工作仍在那兒，只不過現在是別人在做。」於是他搭上另一班巴士，這班開往新罕布夏，在上車前，他買了一玻璃瓶的醉人液體。

他一路坐在後面的醉鬼席，就是廁所旁的座位。經驗教會他假如打算在搭巴士的旅程中喝醉，最好坐那個座位。他伸進棕色的紙袋，鬆開醉人液體的玻璃瓶蓋，嗅聞褐色液體的味道。那個氣味會說話，雖然它只有一句話可說：**你好啊，老朋友**。

他想到糖糖。

他想到媽媽。

他想湯米現在應該上學了。總是假設好心的老蘭迪舅舅沒殺了他。

他想，**唯一能踩下煞車的只有你**。

這個想法以前浮現過許多次，但這次有個新的想法跟隨在後。**假如你不想要，你不一定得過這種生活。當然，你可以……但你沒有必要**。

那聲音如此的奇怪，不像他平常的內心對話，因此他起先以為肯定是從別人那兒聽來的——這點他辦得到，但他現在很少收聽到不請自來的訊息了。他已學會了隔絕這些訊息。雖然如此他還是抬起頭來看向走道，幾乎確定他會看見有人回頭看他。不過沒有人。大家都在睡覺，和同座乘客聊天，或是盯著窗外新英格蘭灰暗的白晝。

假如你不想要，你不一定得過這種生活。

倘若這是真的該有多好。儘管如此，他仍旋緊瓶蓋，放到旁邊的座位上。有兩次他拿起酒瓶。第一次他拿起又放下。第二次他伸手進袋子裡再度旋開瓶蓋，但是他打開的時候，巴士正好停進剛過州界線的新罕布夏歡迎區。丹和其餘乘客一起魚貫進入漢堡王，停留的時間只夠將紙袋扔進垃圾容器裡。在高高的垃圾桶側面印著**如果你不再需要了，就把它留在這裡**。

這樣不是很好嗎？丹心裡想著，一面聽見酒瓶落地時哐噹了一聲。**噢天啊，這樣不是很好嗎？**

2

一個半小時後，巴士經過一塊標示牌，上頭寫著**歡迎來到弗雷澤，每個季節都有理由到訪的城鎮！**在這句標語下面則寫著，**迷你鎮的故鄉！**

巴士停在弗雷澤社區活動中心載客，從丹隔壁的空位，就是旅程初期置放酒瓶的那個位子，東尼開口說話了。丹認得這個聲音，儘管東尼已好多年沒有如此清楚地說話。

就是這個地方。

反正和其他任何地方一樣好吧，丹心裡想。

他匆匆忙忙從頭頂上的行李架拿了行李袋後下車。他站在人行道上目送巴士駛離。西邊的地平線上，懷特山脈形如鋸子。在他四處流浪的生涯中，他一直避開山岳，尤其是將鄉村切成兩半、如鋸齒狀的龐然大山。如今他想，**我終究還是回到山區了。我想我始終知道我總有一天會回來。**但是這片山脈比起至今仍有時纏擾他夢境的那群山要來得溫和，他想他能容忍，至少一陣子。如果他能夠不再想起穿勇士隊T恤的孩子，也就是說，倘若他能停止借酒逃避的話。你明白繼續前進毫無意義的時刻總會來臨，因為無論到哪裡，你總是帶著自己同行。

4. 本名為羅伯特・高德斯韋特，美國喜劇演員，曾和朋友合組「山貓與雄貓」喜劇二人組，故暱稱為山貓。

一陣雪花，細緻如婚紗的蕾絲，在空中飛舞。他能看出排在寬敞主街兩旁的商店主要是迎合十二月來滑雪的人，及六月來的夏日遊客。或許九月和十月也會有賞楓的旅客，但此時是新英格蘭北部所以為的春天，在最前面的八週寒冷與潮濕為四周鍍上一層鉻金屬色。弗雷澤顯然尚未替這個季節想出造訪的理由，因為主要街道——克蘭默大道——幾乎空無一人。

丹把行李袋甩上肩，緩慢地朝北漫步。他停在一處鍛鐵圍欄外，注視一棟格局不規則的維多利亞式房舍，其左右兩側是較新的磚造建築。這兩棟新建築以有頂的通道與維多利亞式房舍連接。在宅邸左邊的頂端有角樓，但右邊沒有，使建築的外觀看起來異常不平衡，丹倒是挺喜歡的。彷彿這上了年紀、身材龐大的女孩說**對，我的一小塊掉落了，那又怎樣？遲早有一天你也會落到同樣的下場**。他不禁露出微笑。但笑容隨即消逝。

東尼在角樓房間的窗口，往下盯著他看。他看見丹抬起頭來便向丹揮揮手。與丹兒時記憶中同樣鄭重的揮手，那時候東尼經常出現。丹閉上雙眼片刻再睜開。東尼不見了。或許一開始就不曾在那裡，他怎麼可能會在那兒呢？那扇窗戶根本被木板封起來了。

草坪上有塊標示牌，金字綠底，與房子相同的色調，上面寫著**海倫・利文頓之家**。

他們這兒有隻貓，他想。**一隻名叫奧黛莉的灰貓**。

後來證明這想法部分正確部分錯誤。這裡的確有隻貓，毛色是灰的，但牠是隻已去勢的公貓，名字不叫奧黛莉。

丹注視那塊標示牌良久——久到雲層分開，照射下一束猶如聖經中的光——之後他繼續前行。有少數幾輛車子斜斜地停在奧林匹亞運動及清新水療會館前面，雖然此刻的太陽明亮得足以讓車子的鉻合金閃閃發光，但雪花依舊在打旋，令丹想起很久以前，他們住在佛蒙特州時，他母親在類似地春天氣候期間曾說過：魔鬼正在打老婆呢[5]。

3

在距離安養院一、兩條街之外的地方，丹又停下腳步。在小鎮的鎮公所對街是弗雷澤的鎮公園。有一、兩英畝的草地，剛開始露出青綠，還有露天音樂台、壘球場、鋪了水泥的籃球半場、幾張野餐桌，甚至還有一座果嶺。一切都非常美好，但引起他興趣的是一塊標示牌上寫著：

參觀迷你鎮
弗雷澤的「小小驚奇」
搭乘迷你鎮的小火車去旅行吧！

不需要天才也看得出來迷你鎮是克蘭默大道的迷你複製品。有他剛才經過的衛理公會教堂，足足七呎的尖塔高聳入空中；音樂盒電影院、舔匙回味冰淇淋店、山岳書城、服飾雜貨店、弗雷澤藝廊、精美沖印專門店。也有高及腰部、完美複製單一角樓的海倫・利文頓之家的袖珍模型，雖然省略了兩旁的磚造建築。丹心裡想，或許是因為那兩棟建築過於醜陋，尤其是和核心的建築相較之下更為難看。

迷你鎮再過去是迷你火車，在乘客車廂上印著**迷你鎮鐵道**，車廂無疑太小，沒法承載體型比學步幼兒來得大的人。鮮紅的火車頭約莫是本田金翼摩托車的大小，陣陣的煙從火車頭的煙囪噴出。他能聽見柴油引擎的隆隆聲，火車頭側面以傳統的金箔字印著**海倫・利文頓號**。丹猜想，她

5. 意指出太陽的同時下雨或下雪。

是小鎮的贊助人。在弗雷澤的某處大概也有一條街以她的名字命名。

他站在原地半晌，儘管太陽已西沉，天氣變得冷到他能看見自己呼出的氣息。孩提時代他一直想要一套電動的鐵路模型玩具，卻不曾擁有過。迷你鎮那邊的是不分年齡的孩子都會喜愛的巨型版本。

他將行李袋換到另一邊的肩膀，穿過馬路。再度聽見並且看見東尼令他感到不安，然而現在他很慶幸自己在此停留，或許這真是他在尋找的地方，在此他最後會找到方法修正自己危險傾斜的人生。

無論到哪裡，你總是帶著自己同行。

他將這個想法推入內心的櫃子裡。這是他很擅長的技巧。在那櫃子裡有各式各樣的東西。

4

火車頭的兩邊圍著引擎罩，但他瞧見有張腳凳擺在迷你鎮車站低矮的屋簷下，他將腳凳搬過來，站上去。駕駛室內有兩張羊皮包覆的桶形賽車椅。在丹看來似乎是從舊的底特律高性能轎跑車上撿來的。駕駛室及操縱裝置看起來也像改裝過的底特律庫存品，只除了一根從地板突起的老式Z形變速桿之外。變速桿上沒有換檔模式；原始的把手由咧嘴笑的骷髏頭所取代，骷髏頭圍著一條印花大手帕，由於多年來人手捏握顏色由紅褪成淺粉紅色。方向盤的上半部已被切斷，使得剩下的看起來像是輕型飛機的操縱桿。儀表板上有排黑色字體印著**最高時速四十，不得超過**，雖然漸漸褪色卻仍清晰可辨。

「喜歡嗎？」聲音從他正後面傳來。

丹轉過身去，差點從凳子上摔下去。一隻飽經風霜的大手緊抓住他的前臂，穩住他的身體。那是位看來年紀將近六旬或六十出頭的男人，身穿鋪棉的牛仔夾克，頭戴紅色格子的獵帽，禦寒耳罩放下來。他的另一隻手中提著一個工具箱，頂端貼著以Dymo標籤機所打出的**弗雷澤鎮務部門財產**字樣的膠帶。

「嘿，抱歉，」丹說著從腳凳上下來。「我不是故意——」

「沒關係，時常有人停下來看，通常都是火車模型的愛好者。對他們來說這輛小火車就像是美夢成真一樣。夏天我們就會請他們別靠近，因為那時這地方很忙碌，利文頓號大約每個小時都要跑一趟，不過到一年的這個時期就沒有我們，只有我。而我不介意。」他伸出手來。「比利・費里曼，小鎮的維修人員。利文頓號是我的寶貝。」

丹握住他伸出的手。「丹・托倫斯。」

比利・費里曼打量一下行李袋。「我猜，你剛下巴士吧，或者你是搭便車來的？」

「巴士，」丹說。「這個火車頭的引擎是什麼？」

「嗯，這真是個有趣的問題。你大概從沒聽說過雪佛蘭維拉尼奧吧，有嗎？」

他沒聽過，不過反正他曉得。因為**費里曼**知道。丹認為他已好多年沒有這麼清楚的閃靈了，帶給他一絲重回到年幼時期、尚未發現閃靈有多危險之前的喜悅。

「巴西製的薩博本，對不對？渦輪柴油引擎。」

費里曼濃密的眉毛聳起，他咧嘴一笑。「答對了！凱西・金斯利，他是我老闆上司，去年在拍賣會上買來的。這傢伙棒極了，馬力大得不得了。儀表操縱板也是來自薩博本，椅子是我自己放進去的。」

此時閃靈漸漸消失，不過丹捕捉到最後一件。「從龐帝克的GTO Judge來的。」

費里曼眉開眼笑。「沒錯。在桑納琵路那裡的廢車場找到的。變速桿是一九六一年份的麥克貨車上拆下來的高傲小子，九段變速，很棒吧？你是在找工作？還是只是看看而已？」

聽到話題突然轉換方向，丹眨了眨眼。他是在找工作嗎？他想應該是。他在克蘭默大道上漫步時經過的安養院將會是合理的起點，他有個想法——不曉得這是閃靈或僅是普通的直覺——他們將會雇用人，但是現在他還不確定自己是否想去那裡。望見東尼在那角樓的窗戶裡令他心緒不寧。

而且，丹尼，你去那兒要求職申請表之前，最好離上一杯酒稍微遠一點。即使他們有的職位只是在夜班操作地板磨光機。

迪克・哈洛倫的聲音。天哪，丹已好久沒想到迪克了。也許從威明頓之後就不曾想起過。

隨著夏季來臨——這是最確定有理由造訪弗雷澤的季節——人們會為了各種事情雇用人。可是如果他必須在當地購物商場的紅辣椒餐廳和迷你鎮之間選擇的話，他絕對選擇迷你鎮。他張嘴想回答費里曼的問題，然而還沒說出口哈洛倫又再度說話。

寶貝，你已經接近三十大關了，你可能用光所有的機會。

在此同時，比利・費里曼帶著毫不掩飾、坦率的好奇心盯著他。

「對，」他說。「我正在找工作。」

「你要知道，在迷你鎮工作不會持續太久。一旦夏天到了，學校放暑假，金斯利先生就會雇用本地人，大多數是十八到二十二歲，鎮務委員要求的。而且，年輕人工資便宜。」他咧嘴笑笑，暴露出如今缺了兩顆牙的洞。「不過，還是有些更差的掙錢地方，戶外工作今天看起來不大好，不過像這樣的冷天不會再持續太久。」

不，是不會。公園裡許多東西上都蓋著防水布，但很快就會拿掉，顯露出小鎮夏季度假勝地的上層結構：熱狗攤、冰淇淋攤，還有一個圓形的東西，丹看起來像是旋轉木馬。當然還有火車，有著迷你乘客車廂和巨大渦輪柴油引擎的那輛。倘若他能遠離烈酒，證明自己值得信賴，費里曼或是老闆——金斯利——可能會允許他開個一、兩次。他想要開，再考慮遠一點，等鎮務部門雇用剛放暑假的本地年輕人時，總是有安養院可去。

那是說如果他決定留下的話。

你最好停留在某個地方，哈洛倫說——今天似乎是丹聽見幻音及看見幻象的日子。**你最好快點在某個地方定下來，否則你就無法定居在任何地方了。**

他放聲大笑連他自己都感到驚訝。「聽起來很不錯啊，費里曼先生。聽起來真的很棒。」

5

「做過地面維護的工作嗎？」比利・費里曼問道。他們緩緩地沿著火車的側面走。車廂的頂部只到丹的胸口，讓他覺得自己像個巨人。

「我會除草、栽種、刷油漆，我知道怎麼操作吹葉機和鏈鋸。我會修小引擎，如果問題不是太複雜的話。我還會控制乘坐式割草機，絕不會撞到小孩子。至於火車，嗯……這個我就不熟了。」

「你需要金斯利跟你說清楚，保險和什麼鬼的。聽好，你有介紹信嗎？金斯利先生不會雇用沒有介紹信的人。」

「有幾封，大多數是工友和醫院護理員的工作。費里曼先生——」

「叫我比利就好。」

「比利，你的火車看起來不像是能載乘客的樣子。他們要坐在哪裡？」

比利咧嘴一笑。「在這裡等著，看看你是不是跟我一樣覺得這很有趣。我永遠都看不膩呢。」

費里曼走回火車頭邊探身進去。懶洋洋空轉的引擎開始加快轉速，有節奏地噴出陣陣黑煙，整台**海倫‧利文頓號**在液壓發動下嘎嘎作響。忽然間乘客車廂和黃色的首車——總共九節車廂——的屋頂全都開始升起。在丹眼中看上去就像是九輛一模一樣的敞篷車車頂同時掀起一般。他彎下腰去查看車窗內，看見每節車廂中央都有一排硬的塑膠座椅。乘客車廂各有六張，首車有兩張，合計五十個座位。

比利回來時，丹咧開嘴笑著。「你的火車載滿乘客的時候看起來一定非常奇怪。」

「噢，是啊。大家都笑到肚子痛，拚命消耗膠卷拍照。看看這個。」

在每節乘客車廂末端有鍍鋼的階梯。比利爬上其中一座階梯，順著通道走，然後坐了下來。受到一種特殊的視覺錯覺影響，他看上去比本人要來得高大。他開心地向丹招手，丹可以想像五十名大人國的巨人使他們搭乘的這列火車顯得渺小，開心地離開迷你鎮車站。

比利‧費里曼起身走下來後，丹熱烈地鼓掌。「我敢打賭你們在陣亡將士紀念日和勞動節之間一定賣出大量的明信片吧。」

「完全正確。」比利翻找他的外套口袋，摸出一包破破爛爛的杜克香菸遞出來，這是丹非常熟悉的二流品牌，在全美的巴士站和便利商店皆有販售。丹拿了一根。比利點燃菸。

「我最好趁還可以抽的時候享受一下。」比利注視著香菸說。「再沒幾年這裡恐怕也要禁止抽菸了。弗雷澤的婦女會已經在討論這件事。依我看就是一群嘮叨的老女人，不過你知道她們是怎麼說的——推動他媽的搖籃的手統制著這個他媽的世界。」他從鼻孔噴出煙來。「她們大多數人從尼克森當總統的年代就沒在推搖籃了，而且也不需要用丹碧絲棉條。」

「也許不是件壞事，」丹說。「小孩子會模仿大人的行為。」他想起自己的父親。在他母親去世前不久，她曾經說過，傑克‧托倫斯唯一比喝一杯更喜歡的事，就是喝上一打。當然溫蒂自己喜歡的是香菸，抽菸送了她的命。以前丹曾向自己保證絕不會也染上那個習慣。但他漸漸相信人生是一連串諷刺的伏擊。

比利・費里曼凝視著他，一隻眼瞇得幾乎要閉上。「我有時候對人會有些感應，我對你也有。」他以新英格蘭的腔調發音。「甚至在你轉過身我看見你的臉之前就有了。我正在找從現在到五月底之間的春季清掃的幫手，我想你可能就是合適的人選。我的感覺就是這樣，而我相信我自己的感覺。聽起來八成很古怪吧。」

丹一點也不覺得古怪，現在他明瞭為何他能如此清楚地聽見比利・費里曼的想法，甚至連試都不用試。他記起迪克・哈洛倫曾告訴他的一件事——迪克是他的第一個成年朋友。**很多人都有一點我稱為閃靈的東西，不過大多數只是小閃光——讓他們知道電台音樂節目主持人下一首要播放什麼曲子，或者電話很快就會響起來。**

比利・費里曼正是有那種小閃光。微微發亮。

「我猜我該找這位凱瑞・金斯利談談，是吧？」

「不是凱瑞，是凱西。不過沒錯，他是頭兒。他在這個鎮負責鎮務二十五年了。」

「什麼時機比較好呢？」

「就現在吧，我想。」比利用手比著。「在那邊那排磚造房子對街的是弗雷澤鎮公所及鎮辦公室。金斯利先生的辦公室在地下室，走廊盡頭。當你聽見迪斯可音樂從天花板傳下來就知道你找對地方了。那裡每星期二和星期四有女士的有氧運動班。」

「好吧，」丹說：「那我就去找他了。」

「有帶介紹信嗎？」

「有。」丹輕拍一下倚靠在迷你鎮車站上的行李袋。

「那不是你自己寫的，或什麼的吧？」

丹尼微微一笑。「不，都是很可靠的介紹信。」

「那就去找他吧，勇士。」

「好的。」

「還有一件事，」丹邁步走開時比利說。「他痛恨人家酗酒。要是你愛喝酒，他又問起的話，我的建議是……說謊吧。」

丹點點頭，舉起手來表示他明白了。那種謊言他以前說過。

6

由他充血的鼻子判斷，凱西·金斯利並非一直都痛恨酗酒。他是個體型龐大的男人，與其說他占據倒不如說他忍受著狹小、雜亂的辦公室。此時他坐在辦公桌後面的椅子上往後搖，正在審閱丹整齊地收在藍色文件夾中的介紹信。金斯利的後腦勺幾乎碰到掛在牆上的簡樸木製十字架下緣。十字架旁是他家人的裱框相片。相片中，較為年輕、苗條的金斯利和他妻子及三個穿著泳衣的小孩在某處海灘上擺姿勢。透過天花板，傳來僅微微減弱的音樂聲，鄉巴佬合唱團正唱著〈YMCA〉，並伴隨著許多腳步熱情重踩的聲響。丹想像一隻巨大的蜈蚣。一隻大約九碼長，最近剛去當地美容院、穿著亮紅色緊身衣的蜈蚣。

「嗯——哼。」金斯利說。「嗯——哼……喔……對，對，對……」

在他辦公桌的一角有個裝滿硬糖的玻璃罐。他沒從丹那疊薄薄的介紹信上抬起頭來，直接拿開蓋子，撈出一顆，拋進嘴裡。「請自便。」他說。

「不了，謝謝，」丹說。

他突然有個奇怪的想法。以前，他父親大概也像這樣坐在辦公室裡接受面試，應徵全景飯店管理員的職位。他那時在想什麼呢？想他真的很需要工作嗎？想著這是他最後的機會？或許吧。很有可能。不過當然啦，傑克．托倫斯有家室之累。丹並沒有。假如這事不成，他可以再繼續漂泊一陣子。或者到安養院碰碰運氣。不過……他喜歡小鎮公園。他喜歡那輛讓普通體型的成年人看起來像巨人族的火車。他喜歡迷你鎮，那裡滑稽、歡樂，並且有種美國小鎮妄自尊大的炫耀。另外他喜歡比利．費里曼，他有少許的閃靈，他本身大概根本不知情。

在他們上方，〈我會活下去〉取代了〈ＹＭＣＡ〉。彷彿剛才正在等待新的曲調一般，金斯利將丹的介紹信迅速放回文件夾裡，橫過桌面遞回來。

他會拒絕我。

然而在經過一天準確的直覺之後，這次不準了。「你的介紹信看起來很好，不過我覺得你在新罕布夏中部醫院或這鎮上的安養院工作會輕鬆多了。你甚至可能具有居家協助服務的資格——我看你有一些醫療和急救的資格證書。根據這些介紹信，你還熟悉心臟電擊去顫器的使用，聽過居家協助服務嗎？」

「有，我也考慮過安養院。不過後來我看見鎮公園、迷你鎮，和那輛火車。」

金斯利咕噥著說：「八成不介意輪流操縱一下吧，是嗎？」

丹毫不猶豫地撒謊。「不，先生。我不是很想駕駛。」承認他想要坐在撿來的ＧＴＯ駕駛座位上、將兩手放在切成一半的方向盤上，幾乎必定會引來討論他的駕照，再進一步討論他為何會失去駕照，最後收到立即離開凱西．金斯利先生辦公室的邀請。「我對耙子和除草機比較有興趣。」

「從這份文件看來，也比較喜歡短期的工作。」

「我很快就會在某個地方安定下來。我已經清掉我體內大多數的流浪癖了，我想。」他懷疑這在金斯利耳中是否和他自己聽起來一樣的胡扯。

「我大概只能給你短期的工作，」金斯利說。「一旦學校放暑假——」

「比利跟我說過了。如果到了夏天我決定待下來，我就會去安養院試試。事實上，我可能會提早提出申請，除非你寧可我不要那麼做。」

「不管怎樣我都不在乎。」金斯利好奇地看著他。「你不介意即將死的人嗎？」

你母親就是在那裡過世的，丹尼心想。看來，閃靈終究沒有消失；甚至幾乎沒有隱藏。她過世的時候你握著她的手。她的名字叫艾倫。

「不，」他說。然後，毫無來由地，他補充說：「我們全都會死。整個世界只不過是有新鮮空氣的安養院。」

「還是個哲學家呢。好吧，托倫斯先生，我想我會雇用你。我信任比利的判斷——關於人方面的事他很少出錯。只是不要遲到，不要喝得醉醺醺地來上班，也不要帶著紅眼睛和一身大麻味來上工。你要是犯了以上這些毛病的任何一項，你就走人吧，因為利文頓之家也不會和你有任何瓜葛——我會確保這一點。聽明白了嗎？」

丹感到一股憤恨。

多管閒事的討厭鬼。

但他還是壓抑下來。這是金斯利的地盤，由金斯利來決定。「非常清楚。」

「方便的話，你明天就可以開始上班了。鎮上有很多出租公寓。你要的話，我可以打一、兩通電話。你能忍受一個禮拜付九十塊錢的租金，直到第一份薪水入帳嗎？」

「可以。金斯利先生，謝謝你。」

金斯利揮一下手。「同時，我會推薦紅屋頂旅館。我的前舅子經營的，他會給你優惠的價格。這樣好嗎？」

「好。」一切發生的速度驚人，宛如最後幾塊拼圖順利地嵌進複雜的千片拼圖中一樣。丹告訴自己別相信感覺。

金斯利起身。他的體型碩大，所以動作緩慢。丹也站了起來。金斯利在雜亂的桌面上伸出有如火腿的手，丹和他握了握手。此時頭頂上傳來凱西與陽光合唱團的歌聲，告訴全世界這就是他們喜歡的方式，喔——呃——哈。

「我討厭那些跳舞的鬼東西。」金斯利說。

不，丹尼暗自心想，*你並不討厭。跳舞讓你想起你女兒，她現在不常來看你。因為她還沒原諒你。*

「你還好嗎？」金斯利問。「你的臉色看起來有點蒼白。」

「只是累了，搭巴士搭了很長的時間。」

閃靈回來了，而且很強大。問題是，為什麼這時回來？

7

工作進入第三天，丹油漆了露天音樂台，吹掉公園裡去年秋天的枯葉，金斯利緩步越過克蘭默大道來告訴他，如果他想要的話，可以擁有一間在艾略特街的房間。合約中包括獨立的浴室，有浴缸和淋浴間。一星期八十五元。丹想要。

「那就午休時間過去一趟吧。」金斯利說。「找羅伯森太太。」他伸出關節炎的初期腫瘤開始顯現的手指一比。「小子，你可別搞砸了，因為她是我的老朋友。記住我是依據幾張很薄的文件和比利・費里曼的直覺來替你作擔保。」

丹說他不會搞砸，然而他努力注入聲音裡的額外誠意在他自己耳裡聽來也十分虛假。他又想起他父親，在失去佛蒙特州的教職後被迫向一位有錢的老朋友哀求工作。為一個險些殺掉你的人感到同情很奇怪，但憐憫確實存在。當時有人覺得必須吩咐他父親別搞砸嗎？可能有。但是傑克・托倫斯仍舊搞砸了。而且是引人注目的。五星級的失敗。酗酒無疑是原因之一，而且當你倒下時，有些人似乎就是感到一股衝動想走上你的背部，一腳踩到你的脖子上，而不是協助你站起來。這聽來卑鄙，但人性大多如此。當然你和落敗的狗一起跑的時候，你看到的多半是腳掌、爪子，和混蛋。

「另外看看比利是否能找雙適合你的靴子，他在設備倉庫儲存了一打左右，雖然上次我查看的時候，只有半打是成對的。」

這天陽光和煦，空氣暖和。丹穿著牛仔褲和尤蒂卡藍襪隊的T恤工作，他仰頭看一眼近乎無雲的天空，再轉回來看著凱西・金斯利。

「對，我知道天氣看起來怎樣，不過這裡是山區，小伙子。國家海洋和大氣管理局宣稱我們將會有場東北暴風雪，可能會降下一呎的雪。不會下太久——新罕布夏人所說的四月雪是窮人的肥料——但是同時會有七級以上的強風。氣象預報是這麼說的。我希望你除了吹葉機以外也會用除雪機。」他停頓片刻。「我也希望你的背沒問題，因為你和比利明天要撿很多枯枝，或許也要砍斷倒下的樹。你會用鏈鋸嗎？」

「會，先生。」丹說。

「很好。」

8

丹和羅伯森太太談成友好的條件；她甚至在公共廚房給他一個蛋沙拉三明治和一杯咖啡。他接受了她的好意，預期她會提問所有慣例的問題，例如他為何來到弗雷澤，之前待過哪些地方等。令人精神一振的是，她沒提出半個問題。只問他是否有空幫她關上樓下窗戶的遮板，以防萬一她所稱的「頂級風」真的來襲。丹一口答應。他賴以過生活的座右銘並不多，但是他謹遵永遠與房東太太保持良好關係這一條；你永遠不知道何時可能需要求她允許你延期付租金。

回到公園，比利拿了一張雜務清單等著他。前一天，他們兩人才拿開所有投幣式兒童騎乘玩具上的防水布。今天下午他們又將防水布罩回去，並為各式各樣的攤位裝上遮板。這天最後的工作是將利文頓號退回車棚。完成後他們坐在迷你鎮車站旁的折疊椅上抽菸。

「告訴你吧，小丹，」比利說：「我是個累死了的雇工。」

「你不是唯一的。」不過他覺得還好，肌肉柔韌、感到刺痛。他忘了沒在努力排除宿醉的時候，在戶外工作是多麼的愉快。

天空中雲層滿布。比利抬起頭看著雲層嘆了口氣。「我向上帝祈禱不會像收音機預告的颳大風下大雪，不過八成是會。我幫你找了雙靴子。看起來不怎麼樣，不過至少是成對的。」

丹帶著靴子走過小鎮到他的新住處。到這時候風漸漸增強，天色也逐漸變暗。這天早上，弗雷澤感覺像是接近夏天。但到了傍晚，空氣中充滿了即將到來的大雪凍人臉龐的濕氣。小巷弄內空無一人，房舍全都門窗緊閉。

丹拐個彎從默黑德街轉入艾略特街時停頓了一下。人行道上只剩骨架的去年秋天的落葉被風颳著跑，在一旁相伴的是一頂磨損的大禮帽，像魔術師可能會戴的那種。或者也許是過去歌舞喜劇中演員戴的那種，他心裡想著。注視那頂帽子讓他感到冷入骨中，因為那頂帽子並不存在。不是真的在那裡。

他閉上雙眼，緩慢地數到五，漸漸增強的風拍打著小腿處的牛仔褲褲管。數到五之後他再度睜開眼。枯葉依然在，但那頂大禮帽不見了。剛才是閃靈，呈現出栩栩如生、擾人心緒，而且通常是毫無意義的幻影。在他戒酒了一陣子的時候閃靈總是比較強，但不曾像來到弗雷澤之後這麼強烈。不知怎地，彷彿這兒的空氣不一樣。比較能助長那些來自地球上其他地方的奇怪訊息傳遞。非常特殊。

如同全景飯店那般的特別。

「不。」他說。「不，我不信。」

幾杯酒下肚一切就會消逝，丹尼。你相信嗎？

不幸的是，他確實相信。

9

羅伯森太太的房子是幢布局凌亂、殖民地風格的老建築。丹在三樓的房間擁有看向西邊山脈的視野。沒有這種全景他也無所謂。多年以來他對全景飯店的回憶已褪成朦朧的灰色，然而當他拿出行李袋中的少許家當時，一段記憶浮上表面……那種上浮，就像某個噁心的有機產物（比方說，小動物的腐爛屍體）浮上深湖的表面。

第一場真正的雪降下的時候是黃昏。我們站在那間宏偉、古老、空蕩蕩的飯店的門廊，爸爸在中間，媽媽在他一旁，我在另一邊。他的雙臂摟住我們。那時還很好。他那時沒喝酒。起先雪以筆直的線落下，但不一會兒風增強了，開始斜著吹，雪積在門廊側面，並覆蓋著那些——

他試著封堵回憶，但回憶突破阻礙。

那些樹籬動物。偶爾在你沒注意看的時候會動來動去的樹籬動物。

他轉身遠離窗戶，他的兩隻手臂突然冒出雞皮疙瘩。他從紅蘋果商店買了三明治，計畫在開始閱讀約翰・桑德福的平裝本小說時吃，書也是在紅蘋果順便買的，但咬了幾口後他將三明治重新包起來，放在窗台上，三明治在那裡可保持低溫。也許晚點他會把剩下的吃掉，儘管他認為自己今晚不會熬到九點過後太久；如果他書能看一百頁，就算進展很好了。

外頭，風繼續增強，三不五時在屋簷周圍發出令人毛骨悚然的尖嘯，讓他從書本抬起頭來。八點三十分左右，雪開始下了。雪密集而潮濕，迅速覆蓋住他的窗，擋住眺望山脈的視野。在某種程度上，這樣子更糟糕。大雪也封住全景飯店的窗戶，起初只在一樓……接著到達二樓……最後連三樓都蓋住。

之後他們就和活躍的死人一起埋葬在全景飯店內。

我父親以為他們會讓他當經理，他只需要表現出他的忠誠，將自己的兒子獻給他們。

「他的獨生子。」丹喃喃地說，然後張望四周彷彿有別人在說話……其實，他不覺得孤獨。不完全是獨自一人。風再度順著建築物的側邊呼嘯，他打了個寒顫。

現在再回去紅蘋果並不太遲，買瓶什麼酒。安頓這所有不愉快的想法上床睡覺。

不，他要看書。盧卡斯・戴文波特[6]正在調查案件，他要看他的書。

他在九點一刻闔上書，躺上另一張出租公寓的床。我不會睡著，他想，風尖嘯得如此淒厲我

6. 約翰・桑德福的偵探小說系列裡的主角。

不可能睡著。

然而他睡著了。

10

他坐在暴雨下水道的出水口上，俯視恐怖角河畔雜草叢生的斜坡以及跨越河上的大橋。夜空晴朗，掛著一輪滿月，無風、無雪。不見全景飯店的蹤影。縱使沒有在花生農夫總統任期內燒為平地，也遠在千里之外。所以他究竟為什麼如此害怕？

因為他不是獨自一個人，這就是原因。有人在他身後。

「需要一些建議嗎？蜜糖熊？」

這聲音清脆、搖擺。丹感到一股寒意竄下他的背部。他的兩腿甚至冷得發毛，起了一點一點的雞皮疙瘩。他能看見那些白色的凸起，因為他穿著短褲。他當然是穿短褲。雖然他的大腦可能是屬於成年男子，不過目前他的頭是在一個五歲男孩的身體上。

蜜糖熊，是誰——？

可是其實他知道，他告訴過狄妮他的名字，但她沒用，而是直接叫他蜜糖熊。

你不記得了，況且，這只是個夢。

當然這是個夢。他人在新罕布夏州的弗雷澤睡覺，春天的暴風雪在羅伯森太太的出租公寓外頭咆哮，不過，似乎還是不要轉過身去較為明智。而且，也比較安全。

「不用建議。」他說，眺望著河川和滿月。「已經有專家給過我建議了，酒吧和理髮店裡到處都是專家。」

「避開戴高帽的女人，蜜糖熊。」

什麼高帽？他可以發問，可是說真的，何必多此一舉？他很清楚她說的高帽是什麼，因為他看見風吹得那頂帽子在人行道上跑。帽子外側漆黑得猶如罪惡，內側以白色的絲綢為襯裡。

「她是地獄城堡的婊子女王。你要是惹到她，她會活活把你吞下去。」

他轉過頭。他忍不住了。狄妮坐在他後面的暴雨下水道裡，赤裸的雙肩上圍著那條流浪漢的毛毯。頭髮黏貼在臉頰上，臉龐浮腫、滴著水。雙眼混濁不清。她死了，大概已在墳墓裡多年。

丹想要說，**妳不是真的**，可是說不出半個字來。他又回到五歲，丹尼五歲，全景飯店只剩灰燼和骨架，然而這裡有個死掉的女人，他曾偷竊的對象。

「沒關係啦，」她說。汩汩的聲音發自腫脹的喉嚨。「我賣了古柯鹼，先摻了一點糖粉，賣了兩百塊錢。」她咧嘴一笑，水從她的牙齒間溢出。「我喜歡你，蜜糖熊。所以我才來警告你，**遠離那個戴高帽的女人**。」

「那是假的臉。」丹說……發出的卻是丹尼的聲音，孩童高亢、脆弱、如吟誦的聲音。

「假臉，不在那裡，不是真的。」

他閉上雙眼，如同他在全景飯店看見可怕的東西時，經常緊閉雙眼那般。女人開始尖叫，但他不肯睜開眼睛。尖叫聲持續，起起伏伏，接著他意識到那是風的尖嘯。他不在科羅拉多，也不在北卡羅萊納。他在新罕布夏。他作了個噩夢，不過那夢已經結束了。

11

根據他的天美時手錶，此刻是凌晨兩點。房間很冷，不過他的手臂和胸膛流汗流得黏答答的。

需要一些建議嗎？蜜糖熊？

「不要，」他說。「才不需要妳的建議。」

她死了。

他無從得知這件事，可是他很確定。狄妮，那位穿著長及大腿的皮裙和軟木厚底涼鞋，看起來宛如西部世界女神的女人，死了。他甚至知道她是怎麼死的。吃了藥，把頭髮別起來，爬進裝滿溫水的浴缸，睡著了，滑到底下，溺死。

風的怒吼熟悉得可怕，充滿了空洞的威脅。到處都會颳風，但只有在山區才會發出像這樣的聲音。好似某位憤怒的神祇用空氣的木槌重重敲擊著世界。

我以前都說他的酒是壞東西，丹心想。只不過有時那是好東西。當你從噩夢中醒來，你知道那夢至少有百分之五十是閃靈造成時，酒就是非常好的東西。

一杯酒便能讓他重回夢鄉。三杯可以保證不光是入睡，而且是無夢的熟睡。睡眠是自然的醫生，而現在丹•托倫斯覺得不舒服，需要強效的藥物。

所有的店都關了，你的運氣超好。

嗯，或許吧。

他轉身側躺，翻過去時有個東西在他背後滾動。不，不是某個東西，是某個人。有人和他一起上了床，狄妮和他一起上床。只不過那人感覺太小，不可能是狄妮。感覺比較像是——

他慌亂地下床，笨拙地落到地板上，回過頭一看，是狄妮的小男孩，湯米。他的頭蓋骨右側凹陷進去。骨頭碎片從沾血的金黃色頭髮間突出來。粗糙的灰色淤泥——腦漿——在一邊臉頰上漸漸乾涸。受了如此嚴重的傷，他不可能倖存，然而他還活著，他向丹伸出張開如海星的手。

「糖糖。」他說。

尖叫聲又開始了，只是這回不是狄妮也不是風。

這回是他自己。

12

他第二次醒來時——這回是真正清醒——他完全沒有尖叫，只有胸膛深處發出一種低沉的咆哮。他坐起身，直喘氣，寢具在他腰部四周亂成一團。他床上沒有別人，但那夢尚未終止，光是查看還不夠。他掀開寢具，那樣仍然不夠。他用兩手伸進底層的床單，摸索轉瞬即逝的溫度，或是可能由小屁股形成的凹痕。什麼也沒有，當然沒有。因此他探看床下，只看見他借來的靴子。

此時風颳得沒那麼猛烈。暴風雪還沒結束，不過逐漸減弱了。

他走向浴室，猛然旋身回頭看，彷彿是期望能驚嚇到某人。那裡只有床，被子現在掉落在床腳的地板上。他打開水槽上方的燈，用冷水潑臉，在便桶闔起的蓋子上坐下來，深呼吸，接連吸了好幾口。他想站起來到房間的小桌子上，拿擱在書旁邊的那包菸，可是兩腿感覺如橡膠似地，他不確定是否能支撐住他。反正，還不行。因此他繼續坐著。他能看見床舖，而床上空無一物。整個房間空空蕩蕩，什麼問題也沒有。

只不過……感覺並不是空的，還沒有。等清空了以後，他想他會回到床上，但不是去睡覺，今晚，已無法入眠。

13

七年前，丹在塔爾薩安養院擔任護理員時，和一位罹患末期肝癌、年老的精神科醫師成為朋友。有一天，在埃米爾・克默回憶（並不是非常謹慎地）幾件他最有趣的病例時，丹坦承從孩提時代以來，他一直深受他所謂的雙重夢境的困擾，他問克默是否熟悉這種症候？這種症候有名稱嗎？

克默在壯年時期是個彪形大漢——他收在床頭櫃上那張古老的黑白婚紗照可證實這點——然而癌症是終極的節食計畫，在他們對話的這天，他的體重大約和他的年紀相同，為九十一英磅。不過，他的頭腦依然敏銳，如今，坐在闔上的馬桶圈上，聆聽外頭漸漸平息的暴風雪，丹想起老人淘氣的笑容。

「通常呢，」他以濃重的德文口音說：「人家找我診斷是要付費的，丹尼爾。」

丹咧開嘴笑。「那，我想我運氣不好。」

「或許不。」克默審視丹。他的眼睛是寶藍色。儘管明白這樣子想十分不公平，可是丹忍不住想像那雙眼睛在納粹武裝黨衛軍形似煤桶的頭盔下的模樣。

「在這間死亡之家裡有傳言說，你這年輕人擁有幫助人死亡的才能。是真的嗎？」

「有的時候，」丹謹慎地說。「不是每次都可以。」事實是**幾乎**百分之百。

「等時候到了，你會幫我嗎？」

「如果我可以的話，當然。」

「很好。」克默坐起身來，過程非常的費力、痛苦，不過丹起來準備協助的時候，克默揮手謝絕了他。「精神科醫師都知道你所說的雙重夢，其中榮格學派的人對此特別感興趣，他們稱這種現象為**假醒**。第一個夢通常是明晰的夢，意思是作夢的人知道自己正在作夢——」

「對！」丹大聲說。「可是第二個就——」

「作夢的人相信自己醒了，」克默說。「榮格極為重視這點，甚至認為這些夢具有預知能力……不過當然我們很清楚不是這麼回事，對不對，丹？」

「當然。」丹同意。

「詩人艾德格・愛倫・坡早在卡爾・榮格出生前就描寫過假醒的現象。他寫道：『我們所見或所感都只不過是夢中夢。』我回答了你的問題嗎？」

「我想是吧，謝謝。」

「不客氣，現在我想我要喝點果汁。蘋果的，麻煩你了。」

14

預知能力……不過當然我們很清楚不是這麼回事。

即使這些年來他並非完全保守自己擁有閃靈的秘密，丹也不會冒昧地反駁一個瀕死的老人……尤其是有著如此冷靜、好奇的藍眼眸的人。然而，真相是，他的雙重夢的其中一個或甚至兩個經常是預知夢，而且通常是以他僅一半理解，或完全不明白的方式傳達。不過當他穿著內褲坐在馬桶圈上，此時還發著抖（不只是因為房間裡很冷），他明白的事實卻遠超過他想了解的。

湯米死了，最有可能是被虐待他的舅舅所殺害。他母親在那之後不久就自殺了，至於夢的其餘部分……或是他稍早看見在人行道上旋轉的幽靈帽子……

遠離那個戴高帽的女人。她是地獄城堡的婊子女王。

「我不在乎。」丹說。

你要是惹到她，她會活活把你吞下去。

他無意和她碰面，更別提要招惹她。至於狄妮，他不需要為她脾氣火爆的兄弟或她疏於照顧孩子負責。他甚至不必再時時背負著偷竊她那區區七十元的罪惡感；她賣了古柯鹼——他確定那段夢境絕對是真的——他們已互不相欠。事實上，不只是扯平。

他想要的是買瓶酒。直截了當地說，就是喝個爛醉如泥。站起來，倒下，醉得一塌糊塗。溫暖的早晨陽光很好，辛勞工作過的肌肉感覺舒暢，早晨醒來沒有難受的宿醉症狀也很棒，然而代價是這些瘋狂的夢境和幻象，更別提擦身而過的陌生人偶爾突破他防衛的胡思亂想，這代價實在太高。

高得難以承受。

15

他坐在房間裡唯一一把椅子上，藉著房內唯一一盞燈的亮光閱讀約翰·桑德福的小說，一直到七點鎮上兩座教堂的鐘聲響起。之後他穿上新的（反正，對他而言是新的）靴子和粗呢外套。他要前往一個已經改變、變得柔和的世界。那裡任何地方都沒有鋒利的邊緣。雪仍在下，但現在是緩緩地飄落。

我應該離開這裡，回到佛羅里達去。去他媽的新罕布夏，這裡八成在奇數年的七月四日都還會下雪呢。

哈洛倫的聲音回答他，語調同他還是丹尼的童年記憶中一樣親切，不過在和藹可親的聲調下面隱藏著鋼鐵般的嚴厲。**你最好快點在某個地方定下來，寶貝，否則你就無法定居在任何地方了。**

「去你的，老骨頭。」他咕噥地說。

他再去一趟紅蘋果，因為販售烈酒的店鋪起碼要再過一個鐘頭才會開店。他緩緩地在紅酒和啤酒的冷藏櫃之間來回走動，不斷地盤算，最後決定既然他打算喝醉，乾脆儘可能地喝猛一點。他抓了兩瓶雷鳥（酒精含量百分之十八，在暫時買不到威士忌的時候，這數目的酒精含量已經夠好了），邁步由通道走向收銀台，隨即停下腳步。

再多撐一天吧，再給你自己一次機會。

他想他應該可以那麼做，但是為什麼呢？好讓他醒來時再度和湯米同床？那個半邊頭蓋骨凹陷進去的湯米？或者也許下一次會是狄妮，躺在浴缸兩天，直到管理員終於厭倦了敲門，用總鑰匙開門後才發現她的那位。他不可能知道，倘若埃米爾．克默在這裡，他會萬分強調地同意，然而他其實清楚。他確實知道，那何苦呢？

也許這種超意識將會過去，或許這只是一個階段，等同於超自然的震顫性譫妄。也許如果你只要多給一點點時間……

但是時間會改變，有些事情唯有醉鬼和毒蟲才明瞭。當你無法入眠，在你不敢四處張望因為害怕你可能看到的東西時，時間會拉長，並長出尖牙。

「你需要幫忙嗎？」店員問道，丹明白——

他媽的閃靈該死的東西。

他讓店員感到緊張。為什麼不呢？頂著剛起床的亂髮，深黑的眼圈，及忽停忽動、猶豫的動作，他大概看起來像是嗑了冰毒的怪胚，正在決定是否要掏出可靠的廉價手槍，索討收銀機裡的所有東西。

「不，」丹說。「我剛才發現我把皮夾留在家裡了。」

他將綠色瓶子放回冷藏櫃裡。當他關上冷藏櫃門時，酒對他輕聲地說，宛如朋友在對另一個人說話：希望早點見到你啊，丹尼。

16

比利．費里曼在等他，渾身裹著厚厚的衣物只剩眉毛露出來。他拿出一頂過時的滑雪帽，前面繡著**安尼斯頓旋風**。

「安尼斯頓旋風是什麼鬼？」丹問。

「安尼斯頓是在這兒北邊二十哩的地方。說到美式足球、籃球和棒球，他們都是我們主要的競爭對手。要是有人看見你戴這頂帽子，八成會砸雪球到你頭上，不過我只有這頂帽子。」

丹用力戴上帽子。「那走吧，旋風。」

「很好，滾你媽的混蛋。」比利仔細審視他。「小丹，你還好吧？」

「昨晚沒睡好。」

「同意，該死的風真的是鬼吼鬼叫，是不是?聽起來簡直和我前妻一樣，每次我建議星期一晚上做一下愛對我們可能會有好處的時候，她就是這樣大聲吼叫。準備好上工了嗎？」

「我隨時都準備好。」

「很好，我們開始工作吧，今天會很忙呢。」

17

這天確實是忙碌的一天，不過中午前太陽就露臉，氣溫也爬升回五十多度。迷你鎮充斥著雪融時上百道小瀑布的聲音。丹的情緒隨著氣溫上漲，當他在鄰近公園的小購物中心的中庭來回推著除雪機時，他甚至逮到自己在哼唱（「年輕人！我也曾和你一樣！[7]」），頭頂上，與前晚尖嘯的風大相逕庭的溫和微風中飄蕩著一條橫幅，上頭寫著**春季跳樓大特賣，價格非常迷你！**

沒有任何幻象。

他們打卡下班後，他帶比利到流動餐車，點了兩份牛排晚餐。比利表示他要請喝啤酒。丹搖搖頭。「我現在要離酒精遠一點。原因是，我一旦開始喝了，有時很難停止。」

「這點你可以和金斯利談談，」比利說。「他自己大概在十五年前和酗酒脫離了關係，現在是好了，不過他女兒還是不跟他說話。」

他們用餐時喝了咖啡，大量的咖啡。

丹疲憊地回到他位在艾略特街三樓的小窩，滿肚子的熱食，慶幸自己沒沾一滴酒。他房內沒有電視，但他還有最後一段的桑德福小說，他全神貫注地看了幾小時。他一耳留神聽風聲，不過風並沒有增強。他想昨晚的暴風雪是冬季的最後一擊。這對他來說挺好。他十點上床，幾乎立刻就睡著了。他一大早去紅蘋果的事此時似乎模模糊糊，彷彿他是在發燒譫妄時去那裡的，而現在高燒已經退了。

18

他在午夜以後醒來，不是因為風在吹，而是因為他尿急非去上廁所不可。他起身，拖著腳步

7. 鄉巴佬合唱團的〈YMCA〉中的一段歌詞。

走到浴室，打開門內的電燈。

那頂大禮帽在浴缸裡，而且裝滿了血。

「噢不，」他說。「我是在作夢。」

也許是雙重夢，或三重，甚至四重。他沒告訴埃米爾・克默一件事：他害怕到最後他會迷失在幻影夜生活的迷宮中，永遠無法再找到出路。

我們所見或所感都只不過是夢中夢。

只不過這是真的，那頂高帽也是。沒有其他人會看到，但那改變不了什麼。那頂高帽真實存在，在世界上的某個角落。他很清楚。

從眼角，他看見水槽上方的鏡子上寫了一些字。用唇膏寫的。

我絕對不可以看。

太遲了。他的頭轉動；他能聽見頸子上的肌腱如老舊的門鉸鏈般嘎吱作響。看不看有什麼關係呢？他知道上面寫什麼。梅西太太消失了，霍瑞斯・德爾文也消失了，他們被安全地鎖在他藏在腦海深處的盒子中，然而全景飯店仍不放過他。在鏡子上，並非用唇膏而是用鮮血所寫的是一個字：REDRUM

字下方，擺在水槽裡的是一件染血的亞特蘭大勇士隊T恤。

這永遠不會終止，丹尼心想。**全景飯店燒毀，最恐怖的亡魂進了鎖盒，但是我沒法將閃靈鎖起來，因為閃靈不僅在我體內，它就是我本身。沒有烈酒至少把它灌昏，這些幻覺將會持續發生一直到把我逼瘋為止。**

他看得見鏡中自己的臉龐，REDRUM就飄浮在他的臉前面，猶如烙印般印在他的前額上。這不是夢，他的洗臉盆中有件慘遭殺害的孩子的上衣，浴缸裡有個滿滿一帽子的血。瘋狂來襲，他可以在自己凸出的雙眼中看見瘋狂迫近。

接著，有如黑暗中的手電筒光束，哈洛倫的聲音出現了：孩子，你可能看見東西，但是那些景象就像是書裡的圖片而已，你還小的時候在全景飯店就不是無依無靠，現在也不是完全無助，差遠了。閉上眼睛吧，等你張開的時候，這所有的鬼東西就會消失了。

他閉上雙眼等待，他試著數秒，可是只數到十四，數字就迷失在他徹底混亂的思緒中。他半帶著預期有雙手——或許是高帽主人的手——會掐住他的脖子，但他仍舊站在那兒。因為實在無處可去。

鼓起全部的勇氣，丹張開雙眼。浴缸空了，洗臉盆也空無一物，鏡子上什麼也沒寫。

不過幻象終將會回來。下次也許是她的鞋子——那雙軟木厚底涼鞋。或者我會看見她在浴缸裡。為什麼不呢？我就是在那裡看見梅西太太，她們的死法相同，只除了我從沒偷過梅西太太的錢，也沒拋棄她。

「我撐了一天。」他對著空蕩蕩的空間說。「我盡力了。」

沒錯，他會是第一個承認雖然這是個繁忙的一天，卻也是愉快的一天。白天不是問題，至於夜晚……

心是塊黑板，烈酒就是板擦。

19

丹清醒地躺到六點。然後著裝。再一次慢騰騰地走到紅蘋果，這回他沒有猶豫，只是改從冷藏櫃拿出三瓶雷鳥，而不是兩瓶。他們常說的那句話是什麼來著？要嘛轟轟烈烈，不然就回家去。店員一言不發直接將瓶子裝入袋中；他已習慣了一大早來買酒的客人。丹漫步到鎮公園，坐在迷你鎮的長椅上，從袋中拿出一瓶酒，低頭看著酒瓶，宛如哈姆雷特盯著約里克的頭蓋骨。隔著綠色玻璃，裡頭的液體看起來像是老鼠藥而非紅酒。

「你說的好像這是個壞東西。」丹說著鬆開瓶蓋。

這回是他母親出聲說話。溫蒂・托倫斯一直抽菸抽到死。因為假使自殺是唯一的選擇，你至少可以選擇用何種武器。

丹尼，這就是結局嗎？辛苦一切就是為了這樣的結局嗎？

他逆時針轉動瓶蓋。再旋緊。然後往相反方向轉。這次他取下瓶蓋。紅酒的氣味帶點酸，這味道使他想起自動點唱機的音樂、劣等酒吧、毫無意義的爭執，及隨後在停車場上的互毆。到末了，人生就如那些打架一樣愚蠢。這個世界並非擁有新鮮空氣的安養院，這世界就是全景飯店，在那裡派對永不終止，在那裡死者永遠活著。他將酒瓶舉到唇邊。

丹尼，我們那麼努力奮鬥地逃離那間該死的飯店就是為了這個理由嗎？這就是我們拚命為自己開創新生活的理由嗎？她的聲音中沒有責備，只有哀傷。

丹尼再度旋緊瓶蓋，然後鬆開。旋緊，鬆開。

他想：如果我喝下去，全景飯店就贏了。即使在鍋爐爆炸當時飯店燒為平地，它還是贏了，但要是我不喝，我就會發瘋。

他再想：我們所見或所感都只不過是夢中夢。

當比利・費里曼發現他時，他仍在旋緊、鬆開瓶蓋，今晨比利・費里曼提早醒來，因為他隱約警覺到有什麼事情不對勁。

「丹，你打算喝那瓶酒嗎？還是只是不停地對酒瓶手淫？」

「喝下去吧，我想。我不知道還能做什麼。」

於是比利告訴他。

20

那天早上凱西・金斯利八點十五分到達辦公室時，看見他新來的雇工坐在辦公室外頭並不感到十分驚訝。他也不意外看見托倫斯兩手中握著的酒瓶，先扭開瓶蓋，再放回去，重新旋緊——打從一開始他就有那種獨特的神情，凱皮平價烈酒專賣店的熟客那種茫然、空洞的眼神。

比利・費里曼擁有的閃靈比不上丹自己的，還差得很遠，但是比小閃光多一點。在他們碰面的第一天，丹一走向街對面的鎮公所，他就立刻從設備倉庫撥電話給金斯利，告訴他有個年輕人在找工作。他很可能沒有太多的介紹信，不過比利認為他是幫忙到陣亡將士紀念日的合適人選。金斯利以前就體驗過比利的直覺，而且是很好的經驗，因此他同意了。他說，**我知道我們必須雇個人。**

比利的回答很特別，不過一方面比利本身就很特別。兩年前，他曾在小孩子從鞦韆上摔落、撞破頭蓋骨的五分鐘之前打電話叫救護車。

他需要我們勝過我們需要他，比利說。

如今他在這裡，身體向前彎地坐著，彷彿他已經搭上下一班巴士，或坐上吧檯椅，而且在十二碼外的走廊上金斯利就能聞到酒味。他有個美食家的鼻子，對這種氣味特別敏感，能正確說出每一種的名稱。這是雷鳥，就是在過去的酒館短詩中的那種：**那個字彙是什麼？雷鳥！……價格是多少？五十乘以二！**可是當這名年輕人抬起頭來看他時，金斯利看見他的眼中只有絕望。

「比利叫我過來。」

金斯利不發一語。他看得出來這小伙子在努力自制，內心在掙扎。這顯現在他眼裡；在他嘴角下彎的方式；以及最主要的是在他抱著酒瓶、對酒既恨又愛又需要的模樣。

最後丹說出他這一生都在逃避的話。

「我需要幫助。」

他用一隻手臂擦過眼睛。他擦眼睛的時候，金斯利彎下身去抓住那瓶酒。小伙子緊抓不放了一會兒……最後鬆手。

「你很不舒服而且很累，」金斯利說。「這點我看得出來。不過你厭倦了不舒服和疲累嗎？」

丹抬頭看他，喉嚨動了動。他再掙扎一下子，然後說：「你不知道我有多麼厭倦。」

「或許我知道。」金斯利從他寬大的褲子中掏出一個巨大的鑰匙圈。他將其中一把鑰匙插入門鎖中，門上的毛玻璃上漆著弗雷澤鎮務服務。「進來吧，我們來談談。」

第二章・不祥的數字

1

有著義大利名字及全然美國姓氏的老詩人將睡著的外曾孫女抱在膝上坐著，觀賞三星期前外孫女的丈夫在產房拍攝的影片。開頭的字幕卡片是：艾柏拉出世！鏡頭不大平穩，而且大衛避開任何太過與病房相關的東西（謝天謝地），不過康伽妲・雷諾茲看見露西亞眉毛上因流汗而濕黏的頭髮，聽見一名護士激勵她用力時，她高聲喊叫：「我已經在用力了！」並且看到藍色消毒被單上的點點血滴——不多，只是應該足以令伽妲自己的祖母說聲：「真是精采的演出。」不過當然不是用英文。

當嬰兒終於映入眼簾，畫面輕微晃動，露西大聲尖叫：「她沒有臉！」時，伽妲感到雞皮疙瘩迅速爬上了自己的背部及手臂。

此刻坐在露西旁邊，大衛輕聲竊笑。因為艾柏拉當然有臉，是張非常甜美的小臉。伽妲低頭看著那張小臉，彷彿是要消除自己的疑慮。當她再度抬起頭來看時，新生嬰兒已被安置在新手母親的臂彎中。跳動的三十或四十秒後，另一張字幕卡片登場：生日快樂，艾柏拉・拉斐拉・史東！

大衛按下遙控器的停止鍵。

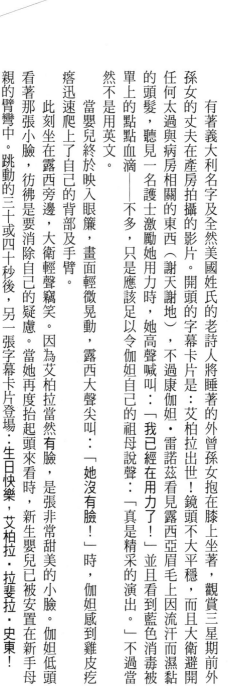

「妳是少數幾個能看到那一幕的人，」露西以堅定、格殺勿論的語調說。「真是丟臉死了。」

「那很棒啊，」大衛說。「而且當然還有一個人能看到，那就是艾柏拉自己。」他瞥向坐在他旁邊長沙發上的妻子。「等她長得夠大的時候。另外當然是如果她想看的話。」他輕拍露西的大腿，然後朝他妻子的外婆，這位他尊敬但不十分喜愛的婦人，咧嘴笑笑。「在那之前，這影片會收在保管箱裡，跟保險單據、房地契，還有我販毒所得的數百萬元放在一起。」

康伽妲淡淡一笑顯示她只勉強理解這個笑話，也表示她並不覺得這特別有趣。在她膝上，艾柏拉繼續熟睡。她想，在某種程度上，所有的嬰兒出生都帶著羊膜，他們的小臉蛋上覆蓋著神秘與可能性，也許這是值得一寫的事，也許不是。

康伽妲十二歲時來到美國，說著一口完美道地的英文——這並不意外，因為她是瓦薩學院的畢業生，而且是該科目的教授（如今已退休）——然而在她腦子裡所有的迷信和老太婆的傳說依然存在。有時候這些迷信和傳說會對她授命，而且總是用義大利文下令。伽妲相信大多數從事藝術工作的人都是高功能精神分裂症患者，她也不例外。她心知迷信是胡說八道；但倘若烏鴉或黑貓走過她面前，她還是會在指間吐口水。

她自己的精神分裂多半歸咎於慈善修女會，她們相信上帝；她們相信耶穌的神性；她們相信鏡子是蠱惑人心的水潭，小孩子若注視鏡子太久就會長疣。這些婦女在她七歲到十二歲之間的人生中具有極大的影響力。她們的皮帶裡隨身帶著尺——用來打人，而非測量——而且每個小孩走過去，她們總想扭擰他們的耳朵。

露西伸出手臂要抱嬰兒。伽妲將嬰孩交給她，但並非心甘情願。這孩子是個甜蜜的包袱。

2

在艾柏拉睡在康伽妲・雷諾茲臂彎的東南邊約二十哩外，丹・托倫斯正在參加匿名戒酒聚會（Alcoholics Anonymous，簡稱ＡＡ），某個少婦正嘮嘮叨叨地述說她和前夫之間的性事。凱西‧金斯利命令他在九十天內參加九十場聚會，而這場中午在弗雷澤衛理公會教堂地下室舉行的聚會，是他的第八場。他坐在第一排，因為凱西——在辦公大樓被稱為凱西老大——也命令他要坐前面。

「丹尼，想要康復的病人坐前面，我們稱ＡＡ聚會的後排為否認通道。」

凱西給了他一本小筆記本，正面有張照片顯示海浪沖擊著岩岬。相片上方印著一句丹雖然明白卻不大喜歡的座右銘：**偉大從來不是一蹴而就**。

「你把參加的每次聚會都記在這本筆記本裡。我要求要看的時候，你最好隨時都能從後面口袋掏出來，給我看完美的出席紀錄。」

「我連請一天病假都不行嗎？」

凱西哈哈大笑。「你**每天**都生病啊，朋友——你是個喝得爛醉的酒鬼。想知道我的保證人告訴過我什麼嗎？」

「我想你已經說過了，你沒辦法把酸黃瓜變回黃瓜，對吧？」

「少自作聰明，你聽就是了。」

丹嘆口氣。「我在聽啊。」

「抬起你的屁股去參加聚會，」他說。「要是你的屁股掉了，就放進袋子帶著去參加。」

「真可愛，萬一我就是忘了呢？」

凱西聳聳肩。「那就替你自己找另一個保證人吧，會相信健忘的那種人。我可不信。」

丹覺得自己像是飛掠過高處架子的邊緣、但是未完全掉落的易碎物品，他不想要另一個保證人或任何形式的改變。他感覺還好，不過敏感、非常敏感。幾乎像是去了皮的敏感脆弱。從他抵達弗雷澤就一直煩擾他的幻象停止了，雖然他時常想到狄妮和她年幼的兒子，那些掛念並不像之前那麼痛苦。在幾乎每次戒酒無名會聚會的最後，總有人宣讀美好展望，其中一條是**我們不會懊**

悔過去的事，也不會想要遮掩往事。丹想他永遠會後悔過往所做的事，但他已放棄嘗試關上門遮掩。何必呢？反正門終將會再度敞開？那該死的東西沒有門閂，更不用說是門鎖了。

此刻他開始在凱西給他的小冊子當前的頁面上用印刷體寫一個單字。他認真地寫出大寫字母。他不清楚自己為何這麼做，或這有何意義。那個單字是ABRA（艾柏拉）。

在此同時，演講者已接近她的酗酒心路歷程的尾聲，突然哭了出來，透過眼淚聲明即使她的前夫是個爛人，她還是愛著他，她很慶幸自己戒了酒、保持神智清醒。丹跟著參加午餐會的其他人鼓掌，接著又開始用筆為剛才寫的字著色，把字變大，讓字變得顯眼突出。

我認得這個名字嗎？我想我知道。

在下一位講者開始演說，他走到咖啡壺邊去倒一杯新的咖啡時，他突然想到。艾柏拉是約翰‧史坦貝克小說中的女孩名字。《伊甸園東》他讀過……但不記得是在何處。在旅行途中的某一站、某處，那不重要。

另一個想法

你留起來了嗎？

有如氣泡浮上他的腦海，然後啪地爆開。

留什麼？

主持會議的法蘭基‧P是午餐會的老前輩，他問是否有人想要負責分發清醒代幣。由於沒人舉手，法蘭基便指名。「躲在後面咖啡壺旁邊的那位，你可以嗎？」

丹感覺有點難為情，走向房間前面，希望他能記得代幣的順序。他擁有第一種——給戒酒新手的白色。當他拿起裝著零星的代幣和紀念章的破舊餅乾罐時，那想法又出現了。

你留起來了嗎？

3

這天正是在亞利桑那州的ＫＯＡ露營地過冬的真結族，收拾行囊，開始往東部緩慢移動的日子。他們沿著七十七號公路朝肖洛開，依慣例組成旅行車隊，共有：十四輛露營車，有的拖著車子，有的將草坪椅或腳踏車固定在後頭。之中有南風、溫尼貝格、摩納哥，以及邦德露營車。帶領車隊的是蘿絲的地球巡洋艦——價值七十萬美元的進口滾動鋼鐵，金錢所能買到最頂級的休旅車。然而他們的速度緩慢，僅每小時五十五英里。

他們不慌不忙，時間很充裕。盛宴還在好幾個月以後。

4

「你留起來了嗎？」露西解開罩衫，露出乳房餵艾柏拉時，康伽妲問。艾比昏昏欲睡地眨眨眼，翻找一下子便失去了興趣。一旦妳的乳頭感到疼痛，妳就不會隨便給她喝奶，除非是她要求，伽妲暗想，而且是聲嘶力竭地要求。

「留什麼？」大衛問。

露西明白。「他們一把她放到我懷裡我就馬上昏睡過去了，大衛說我差點讓她掉下去，根本沒時間啊，嬤嬤。」

「喔，在說她臉上那個黏糊糊的東西啊。」大衛輕蔑地說。「他們剝下來以後就扔掉了。要是妳問我的話，我會說真是幹得好啊。」他面露笑容，但眼神在向她挑戰。妳不會愚蠢到繼續這個話題，他們說。妳是聰明人，所以別再提了吧。

她的確是個聰明人……卻又不完全明白事理。她年輕時候有這麼矛盾嗎？她不記得了，雖然她似乎記得關於永享天國之福的奧秘的每場演講，以及慈善修女會會員（那些身穿黑衣的惡徒）所給予的接連不斷、宛如地獄的痛苦。那些少女因為偷窺浴缸裡裸體的兄弟而失明，以及男人由於褻瀆教皇而被打死的故事。

趁他們還年輕把他們交給我們，無論他們教了多少資優班，寫了多少本詩集，或甚至其中一本詩集得到所有的大獎都不重要。趁他們年輕時把他們交給我們……他們就永遠屬於我們。

「妳應該把羊膜保留起來的，那會帶來好運。」她直接對外孫女說，完全將大衛排除在外。他是個好人，對露西亞來說也是好丈夫，但是他那不屑一顧的口氣真令人討厭，更惹人厭的是他挑釁的眼神。

「嬤嬤，我想留啊，可是我沒機會。大衛又不知道。」一面說著一面再度扣上罩衫的鈕扣。伽妲傾身向前，用指尖觸碰艾柏拉臉頰細緻的肌膚，年老的肌肉滑過新生的皮膚。「那些生下來帶著羊膜的人應該會有預知能力。」

「妳不是真的相信那個吧？」大衛問。「羊膜只不過是一小片胎膜而已。那個……」

他正要往下說，但康伽妲沒有注意聽。艾柏拉睜開眼睛，她的眼瞳中有詩的宇宙，擁有的詩句太過超凡，因此不曾被寫下來，或甚至記得。

「沒關係啦。」康伽妲說。她抱起嬰兒，親吻她光滑的頭顱，腦殼上的囟門有規律地跳動著，腦子的魔法就在下面如此貼近的地方。「反正木已成舟了。」

5

就在針對艾柏拉的羊膜不算吵架的爭論五個月後，有天晚上露西夢到她女兒啼哭不止，哭得彷彿心要碎了。在夢中，艾比不再待在里奇蘭巷中的房子裡的主臥室，而是在一條長長的走廊上。露西朝哭聲的方向狂奔，起先兩邊有門，接著出現座椅。藍色的高靠背座椅。她正在飛機或者也許是美國國鐵的火車上。在跑了感覺好像數英里後，她來到廁所門前。她的寶貝在門後哭，並非肚子餓的哭泣，而是受到驚嚇的大哭。也許……

噢天啊，寶貝別哭。

是受了傷而哭。

露西非常擔心門會上鎖，她必須破門而入——這種事情不是常常發生在噩夢中嗎？——不過門把轉動，她打開了門。她開門的時候，突然湧出新的恐懼。萬一艾柏拉在馬桶裡該怎麼辦？你讀過這類的意外。嬰兒在馬桶裡，嬰兒在大垃圾桶裡。萬一她浸沒在公共交通工具上那種醜陋的鋼製便池裡，藍色的消毒水淹到她的口鼻上該怎麼辦？

不過艾柏拉躺在地板上，渾身光溜溜，眼睛充滿淚水，凝視著她的母親。她的胸口上以看似血液的東西寫著數字十一。

6

大衛・史東夢到他追蹤女兒的哭聲到一台無止境的電扶梯，電扶梯正在運轉，緩慢卻不容改變地朝錯誤的方向前進。更糟的是，電扶梯是在一座購物商場當中，而購物商場正起火燃燒。早在他抵達頂端之前應該就會被嗆得透不過氣來，然而大火沒有冒出煙，僅有熊熊的火焰。而且雖然他看見人像浸了煤油的火炬似地燃燒，但除了艾柏拉的哭聲外並沒有其他聲響。當他終於到達頂端，他看見艾比躺在地板上，宛如遭人丟棄的垃圾。男男女女在她四周跑來跑去，絲毫沒注意到她，而且儘管烈焰直竄，卻沒人想要搭乘向下的電扶梯。他們只是漫無目的地朝四面八方奔跑，有如土丘被農夫的釘耙挖開的螞蟻。一個穿著細高跟鞋的女人差點踩到她女兒，萬一踩到那東西幾乎必然會殺了她。

艾柏拉赤裸著身子，胸口上寫著數字一七五。

7

史東夫婦同時醒來，兩人起初都相信他們聽到的哭聲是剛才所作的夢的殘餘。然而並非如此，哭聲在他們房內。艾比躺在嬰兒床裡，在史瑞克的風動小飾物下面，眼睛睜大，臉頰通紅，小拳頭抽動不止，嚎啕大哭。

換尿布無法使她安靜下來，餵奶無用，感覺像在走廊來回走了好幾英里的繞圈和至少哼了千遍的〈公車快飛〉也無效。最後，非常驚慌的露西——艾比是她的第一個寶寶，露西已不知所措——打了電話給住在波士頓的康伽妲。雖然是凌晨兩點，嬤嬤在響第二聲時就接起電話。她八十五歲了，睡眠和她的皮膚一樣淺薄。比起聽露西混亂地述說他們試過的所有普通解決方法，她更仔細地聆聽外曾孫女的號哭聲，然後提出適切的問題。「她有發燒嗎？有沒有拉扯耳朵？或是抽動兩腳像是在大便那樣？」

「沒，」露西說：「全都沒有。因為一直哭所以她的體溫有點高，不過我想那不是發燒。嬤嬤，我該怎麼辦才好？」

伽妲此時坐到書桌前，毫不遲疑。「再給她十五分鐘。要是她沒停，而且越來越嚴重，就帶她去醫院。」

「什麼？到布禮根婦女醫院嗎？」既混亂又心煩，露西只想得到這家她生產的醫院。「那在一百五十英里外啊！」

「不，不，是布里奇頓，跨過緬因州界，比新罕布夏中部醫院近一點。」

「妳確定嗎？」

「我現在不正在看電腦嗎？」

艾柏拉沒有安靜下來。哭聲毫無變化，令人瘋狂、害怕。他們到達布里奇頓醫院時是四點十五分，艾柏拉仍然以最大音量啼哭。乘坐本田Acura通常比安眠藥還有效，但今天清晨完全無用。大衛想到腦動脈瘤，但告訴自己他精神錯亂了。嬰兒不會中風……會嗎？

「大衛？」他們在寫著**只供急診臨停**的指示牌旁邊停下來時，露西小聲地問：「嬰兒不會中風或心臟病發吧……會嗎？」

「不，我確定他們不會。」

然而這時他突然有個新的想法。假設這孩子不知怎地吞下安全別針，針在她胃裡爆開呢？**這想法太愚蠢了，我們用好奇紙尿褲，她甚至從來沒接近過一支安全別針。**

那麼，別的東西。露西頭上的髮夾。誤入嬰兒床的大頭釘。或者甚至，求上帝保佑吧，史瑞克、驢子，或費歐娜公主身上破掉的塑膠片。

「大衛？你在想什麼？」

「沒什麼。」

風動飾物沒問題。他很確定。

幾乎確定。

艾柏拉繼續尖聲哭喊。

8

大衛希望值班醫生給她女兒鎮定劑，但對無法診斷的嬰兒使用鎮定劑是違反治療準則的，而且艾柏拉・拉斐拉・史東似乎沒有任何異常。她沒有發燒，沒有起疹子，超音波檢查排除了幽門狹窄。X光檢查顯示她的喉嚨或胃部沒有任何異物，也沒有腸阻塞。總而言之，她就是不肯閉嘴。史東一家是星期二清晨那個時段的急診室裡唯一的病患，三名值班護士每個都試過安撫她，但毫無效果。

「你難道不該給她吃點什麼嗎？」醫生回來查看時，露西問道。她突然想到乳酸化林格式液這個詞彙，她少女時期迷戀喬治・克隆尼時，曾在觀賞的醫療劇中聽過這個名詞。不過就她所知，乳酸化林格式液是足部洗劑，或抗凝血劑，或治療胃潰瘍的東西。「她不肯吸母奶，也不喝奶瓶。」

「她夠餓的時候就會吃了，」醫生說，但是露西或大衛兩人都沒有得到太多的安慰。一方面，這醫生看來比他們還年輕。另一方面（這點更糟糕），他聽起來也不十分有把握。「你們打電話給你們的小兒科醫生了嗎？」他查看一下文件。「道頓醫師？」

「在他的語音信箱裡留言了，」大衛說。「我們大概要到上午十點左右才會接到他的電話，等到那時候這一切都結束了。」

無論是什麼樣的結局，他心想，他的腦子——因為睡眠過少和過度焦慮而難以控制——呈現了一幅清晰又令人驚駭的畫面：哀慟的人群圍繞著一座小墳墓站著。當中是一具比墳墓更小的棺材。

9

七點半，伽妲．雷諾茲匆匆進入檢查室，史東夫婦及他們哭鬧不停的寶貝女兒藏身在那裡。謠傳列在總統自由動章決選名單上的詩人身穿直筒牛仔褲，和波士頓大學的長袖運動衫，上衣的單邊手肘處有個破洞。整套服裝顯示出她在過去三、四年間變得多麼消瘦。**才不是癌症呢，如果你正在想那回事的話，**假如有任何人評論她宛如伸展台模特兒的瘦削，她會如此回答，她通常會用輕飄飄的洋裝或寬鬆長袍來掩飾，**我只是正在鍛鍊準備衝刺最後一圈而已。**

她的頭髮一般說來都是編成辮子，或是挽成複雜的波浪髮型以展示她收藏的古董髮夾，今天卻頂著一頭蓬亂的愛因斯坦雲。她沒有化妝，即使正在苦惱的露西也對康伽妲的蒼老模樣感到震驚。嗯，當然她的確是老了，八十五歲是**非常**老的年紀，不過直到今天早上之前她看起來像是頂多快七十歲的女人。「我要是找到人來我家照顧貝蒂的話，我就可以早一個鐘頭到這裡了。」貝蒂是她養的一隻年老、生病的拳師犬。

伽妲逮到大衛責難的匆匆一瞥。

「小貝**快要死了**，大衛。而且根據你們在電話裡告訴我的訊息，我不是那麼擔心艾柏拉。」

「那妳現在擔心了嗎？」大衛問。

露西迅速朝他使個警告的眼色，但是伽妲似乎甘願接受這隱含的譴責。「是的。」她伸出兩手。「把她交給我吧，露西。我們來看看她會不會為嬤嬤安靜下來。」

然而艾柏拉不肯為嬤嬤安靜下來，無論她怎麼搖。出人意外的悅耳、輕柔的搖籃曲（就大衛所知，那是用義大利文所唱的〈公車快飛〉）也無效。他們三人再次嘗試散步療法，先陪她在小檢查室裡繞，再沿著走廊走，最後再回到檢查室。哭喊聲持續不止。在某一時刻外頭有些騷動——大衛聽斷，有個帶著真正明顯傷口的人被推進來——但是在四號檢查室的人沒太留意。

八點五十五分，檢查室的門開了，史東家的小兒科醫生走進來。約翰・道頓醫師是丹・托倫斯將會認識的朋友，雖然並不知道他的姓氏。對丹來說他只是約翰醫師，是在北康威星期四晚上的戒酒大書聚會上泡咖啡的人。

「謝天謝地！」露西說著將嚎啕大哭的孩子塞進小兒科醫師的臂彎裡。「我們被放任不管了**好幾個鐘頭！**」

「我聽到留言的時候正在路上。」道頓將艾柏拉舉到肩膀。「在這裡巡診，再到城堡岩。你們聽說發生的事了吧？」

「聽說什麼？」大衛問。由於門開啟，他頭一次有意識地察覺到外頭輕微的騷動。人們吵吵鬧鬧地談話。有人在哭泣。方才接受他們入院的護士走過去，她的臉龐泛紅、起了斑點，臉頰濡濕。她甚至沒瞥一眼哭鬧的嬰兒。

「一架客機撞上了世貿中心。」道頓說。「沒有人認為那是意外。」

那是美國航空十一號班機。十七分鐘後，在九點零三分，聯合航空一七五號班機撞擊世貿中心的南塔。九點零三分，艾柏拉・史東乍然停止啼哭。到九點零四分，她已安然熟睡。

在開車回安尼斯頓的途中，大衛和露西聽著收音機，艾柏拉在他們後面的安全座椅上平靜地安睡。新聞令人承受不住，但是關掉又無法接受……起碼要等到新聞播報員宣布航空公司的名稱和班機號碼：兩架在紐約，一架靠近華盛頓，還有一架在賓州鄉間撞毀，最後大衛終於伸出手去關掉接踵而至的災難。

「露西，我必須告訴妳一件事。我夢到——」

「我曉得。」她以剛遭受衝擊的人毫無抑揚頓挫的聲音說。「我也夢到了。」

等到他們跨越州界回到新罕布夏時，大衛開始相信羊膜那件事終究可能有些根據。

10

在紐澤西州哈德遜河西岸的某個小鎮，有個公園以鎮上最有名的居民命名。在天氣晴朗的日子裡，這兒提供了眺望曼哈頓下城區的完美視野。真結族於九月八日抵達霍博肯，停在他們包租了十天的私人停車場。由烏鴉達迪談好的交易。外貌英俊、擅長交際，看上去大約四十歲，烏鴉最愛的T恤上寫著**我是個人緣好的人！**倒不是他曾經穿過T恤去為真結族談判；交涉時只限於西裝領帶。因為那是鄉巴佬所期望的。他正規的名字是亨利・羅斯曼。他是受過哈佛教育的律師（一九三八年那屆），總是隨身攜帶現金。真結族在全世界各個帳戶裡有超過十億美金的資產——有的是黃金，有的是鑽石，有的是珍稀的書籍、郵票，和繪畫——但是從來不用支票或信用卡付帳。每個人，即使是長得像孩童的豌豆和豆莢，也都攜帶一捆十元、二十元的鈔票。

如數字吉米曾經說過：「我們是現金交易運送自理的組織。我們付現金、鄉巴佬擔負我們。」吉米是真結族的會計師。在他還是鄉巴佬的時代，他曾經和一群人一起馳騁，那個組織後來以昆特里爾突擊隊[8]著稱（在戰爭結束許久之後）。當時他是個穿著野牛皮外套，背著夏普斯

8. 在美國南北戰爭時由威廉・昆特里爾率領的騎兵游擊隊。

來福槍的狂野年輕人，但這些年來已變得成熟穩健。目前他的休旅車上有張隆納・雷根[9]的裱框簽名照。

九月十一日早晨，真結族從停車場觀看雙塔遭受攻擊，傳遞四副雙筒望遠鏡輪流看。他們從辛納屈公園可看得更清楚，但蘿絲不需要告訴他們提早聚集可能會引人懷疑……在未來幾個月、幾年，美國將會成為非常多疑的國家：如果看到可疑跡象就立即通報。

那天早上十點左右——當群眾全聚集在河岸邊、安全無虞時——他們就前往公園。小不點雙胞胎，豌豆和豆莢，推著坐輪椅的弗利克爺爺。爺爺戴著說明**我是老兵**的帽子。他那頭如嬰兒般柔細的長長白髮在帽子邊緣飄動有如乳草。曾有一段時間他告訴人家他是美西戰爭的退伍軍人。然後是一次世界大戰。時至今日則是第二次世界大戰。再過大約二十年，他預計要將他的故事移到越南。真實性從來不是問題；爺爺是個軍事史迷。

辛納屈公園擁擠不堪，大多數人靜默不語，但有些人在哭泣。圍裙安妮和黑眼蘇在這方面很有幫助；兩人都能應要求隨時哭出來。其他人裝出適當的悲哀、嚴肅，與驚愕的表情。

基本上，真結族馬上就融入了。他們一向如此。

旁觀者來來去去，但是真結族白天大多數時間都待在那裡，這天無雲、美好（更確切地說，只除了從曼哈頓下城區升起的濃厚、翻騰的灰塵）。他們站在鐵欄杆旁，彼此沒有交談，只是觀察著，並且深長而緩慢地呼吸，好像來自中西部的觀光客第一次站在緬因的沛馬奎特海岬或闊迪岬那樣，深吸一口新鮮的海濱空氣。蘿絲脫下她的大禮帽拿在身側以示尊重。

四點時，他們結隊回到停車場上的營地，充滿了活力。他們隔天、以及接下來幾天還會再來。他們會不斷地回來直到好的精氣消耗殆盡，他們才會再繼續前進。

到那時候，弗利克爺爺的白髮將會變成鐵灰色，而且他不會再需要輪椅。

第三章‧湯匙

1

從弗雷澤到北康威車程是二十英里，不過丹‧托倫斯每星期四晚上都去，多少是因為他有辦法這麼做。他現在在海倫‧利文頓之家工作，薪水相當不錯，而且他拿回了駕照。他買來代步的車並非多好，只是一輛開了三年的雪佛蘭隨想曲，配備了黑壁輪胎和有問題的收音機，不過引擎很好，每次他發動引擎時，就覺得自己彷彿是新罕布夏州最幸運的男人。他想如果他永遠不必再搭巴士，那他就死而無憾了。現在是二〇〇四年一月。除了少數隨機的想法和影像外——當然，還要加上他偶爾在安養院所做的額外工作——閃靈沉寂了好一陣子。無論如何，他應該都會做那份志願工作，只是在他加入ＡＡ一段時間後，他同時將那份志願工作視為補償，康復的人將補償看得幾乎和遠離第一杯酒同樣重要。要是他能成功地再戒酒三個月，他就能夠慶祝清醒三年了。

再度開車在每日感恩冥想中占據了重大的位置，每天都要感恩冥想是凱西堅決要求的，因為，他說——以戒酒計畫老前輩嚴峻的堅定語氣——心存感激的酗酒人不會喝醉。不過丹在星期四晚上前往主要是因為戒酒大書的聚會讓人心靈感到寬慰。事實上可說是相當私密。在這區域中有些公開討論的聚會龐大得令人不自在，但是在北康威星期四晚上的聚會卻絕對不會如此。有句ＡＡ格言說：**如果你想對酗酒的人隱藏什麼，就把東西放進戒酒大書裡**，而出席北康威星期四晚

9. 美國第四十任總統。

上的聚會顯示這句話有幾分真實。即使在獨立紀念日[10]與勞動節[11]間的那幾週——旅遊季節的高峰——木槌落下時退伍軍人廳也難得有超過十二個人。因此，丹聽到一些他懷疑絕不會在吸引五十或甚至七十位康復的酒鬼和毒蟲的聚會中大聲說出的事。在那種大型聚會中，講者傾向於用陳腔濫調（成千上百的老生常談）來支吾過去，而迴避私人的話題。你會聽到**寧靜產生效益**和**如果你願意替我補償，那你可以拿走我的罪惡清單**，但絕不會聽到**我和我弟弟的老婆上了床，那天晚上我們兩人都喝醉了**。

在星期四晚上我們學習戒酒的聚會上，小團體研讀比爾・威爾森大本的藍色指導手冊，從頭到尾一頁不漏，每次新的聚會就從上次聚會中斷的段落接續下去。等他們讀到這本手冊的末尾後，就回到〈醫師聲明〉，再重新開始。大多數聚會可讀十頁左右。那會花大約半個鐘頭。在剩餘的半個小時裡，整組人應該要討論方才讀過的資料。有時候他們會真的討論。然而，很多時候，討論會轉到其他方向，宛如神經質的青少年手指底下難以駕馭的乩板在靈應盤上迅速亂轉。

丹記得他戒酒大約八個月時參加的那場星期四晚上聚會。那晚討論的章節，〈致妻子〉，充滿了過時的假設，幾乎總是挑起戒酒計畫裡年輕女人的激動反應。她們想知道為什麼，自從戒酒大書最初出版以來大約六十五年內，沒有人曾經增加名為〈致丈夫〉的章節。

潔瑪・T——一名三十多歲的女人，她的情緒調節似乎只有生氣和極度火大兩種——在那特別的夜晚舉起手來時，丹預期將會有婦女解放運動的激烈長篇演說。然而她以比平常安靜許多的聲音說：「我需要分享一件事。我從十七歲開始就一直緊緊守著，除非我放開，否則我永遠無法遠離古柯鹼和酒。」

整組人等待。

「我參加完派對，醉醺醺地回家時撞了一個人，」潔瑪說。「這事發生在薩莫維爾。我留下他躺在路邊不管，也不曉得他是死是活，我到現在還是不知道。我等著警察來逮捕我，可是他們始終沒來。我僥倖逃過了。」

她放聲大笑，好像人們聽到特別好笑的笑話時那樣，隨後低下頭來趴在桌上，突然啜泣起來，她哭得猛烈到整個骨瘦如柴的身體都在晃動。這是丹頭一次體驗到實際執行「坦誠面對所有事情」的時候可能會多麼可怕。他想到（至今他仍時常想起）他如何拿走狄妮皮夾裡的現金，以及小男孩如何伸手去拿咖啡桌上的古柯鹼。他有點敬佩潔瑪，但是他沒有那麼真實坦露的正直，倘若歸根結柢要在講述那段經歷和喝酒之間選擇的話……

我會選擇喝酒，毫無疑問。

2

今晚的讀物是〈貧民的虛張聲勢〉，這是戒酒大書中被愉快地命名為〈他們幾乎失去所有〉那一章節的其中一則故事。這故事遵循著丹現在已很熟悉的模式：良好的家庭，星期日上教堂，第一杯酒，第一次狂飲，酗酒毀了成功的事業，逐漸增加的謊言，第一次被逮捕，違背改過自新的承諾，加入戒酒組織，最後美滿的結局。戒酒大書裡所有的故事都有美滿的結局，那是這本書的魅力之一。

這天晚上寒冷，但室內過於溫暖，丹慢慢地接近打瞌睡，此時約翰醫師舉起手來說：「我一

10. 美國獨立紀念日為七月四日。
11. 美國勞動節是在九月一日。

直欺騙我老婆一件事，我不知道該怎麼停止。」

聽到這話丹醒過來。他很喜歡DJ[12]。

原來約翰的太太給了他一只手錶當聖誕節禮物，相當昂貴的錶，幾天前的晚上她詢問他為何沒戴錶，約翰說他把錶留在辦公室裡。

「只是錶並不在辦公室。我到處都找遍了，就是沒有。我經常到不同醫院看診，如果必須換衣服刷洗消毒手臂，我就利用醫師休息室的置物櫃。櫃子上有密碼鎖，不過我很少用，因為我不帶太多現金，也沒有別的東西值得偷。除了那只手錶吧，我想。我不記得拿下手錶留在置物櫃裡——在新罕布夏中部醫院或是布里奇頓都沒有——不過我想我一定是有。重點不是損失了那只錶。而是這讓我回想起許多往事，那時我每晚喝到糊塗，隔天早上超速去上班。」

許多人聽到這裡點點頭，接著述說類似地出於內疚的欺騙經歷。沒人提出建議；那稱為「交叉對話」，是AA中反對的行為。他們只談自己的故事。約翰低頭聽著，兩手在膝蓋間交握。在籃子傳過後（「我們透過自己的貢獻自立」），他感謝大家提供的訊息。從他的表情看來，丹不認為上述的訊息有很大的幫助。

在主禱文之後，丹收好剩餘的餅乾，並將整組人破舊的戒酒大書堆進標示著AA專用的櫃子裡。少數人仍在外頭的菸蒂桶旁廝混——所謂的會後會——不過廚房裡只有他和約翰兩個人。丹在討論期間沒有發言；他忙著在心裡與自己辯論。

閃靈沉寂，但並不表示已不存在。他由那份志願工作中得知事實上他的閃靈比孩提時代還要強，但是他現在似乎較能控制，因此這股力量變得比較沒那麼嚇人，比較有用處。他在利文頓之家的同事知道他有些特殊之處，不過他們多半認為那是同理心，便到此為止。如今他的生活開始穩定下來，他最不想要的就是得到某種休息室靈媒的名聲，最好保守這個身懷怪技的秘密。

可是，約翰醫生是個好人，而他正在苦惱。

ＤＪ將過濾式咖啡壺上下顛倒地放在餐具瀝水架，用掛在爐子把手上的一塊毛巾擦乾雙手，然後轉向丹，露出的笑容看來就像丹收在餅乾及糖罐旁的咖啡伴侶奶精一樣的真誠。「好囉，我要走了，我想，應該是下禮拜見了。」

到最後，決定自己下了決心；丹就是沒辦法讓這人帶著那種表情離開。他伸出雙臂。「加油吧。」傳說中的ＡＡ擁抱，丹見過許多次，但從沒給過任何人擁抱。約翰一臉疑惑，半晌後才走向前來。丹將他拉近，心想**很可能什麼也感應不到**。

然而他感應到了。閃靈來得迅速，如同他小時候偶爾幫父母找尋失物時一樣。

「醫生，你聽我說，」他說著放開約翰。「你在擔心那個患了古雀氏症的孩子。」

約翰向後退一步。「你在說什麼？」

「我知道我說得並不正確。是古雀氏？還是古拉雀氏？一種跟骨頭有關的病。」

約翰驚訝地張大嘴巴。「你是在說諾曼．洛伊嗎？」

「沒錯，就是他。」

「小諾曼得了高雪氏症，那是種血脂異常的疾病，遺傳性而且非常罕見。會造成脾臟腫大，神經系統失調，並且經常痛苦地早死。可憐的孩子基本上骨骼脆弱得跟玻璃一樣，大概不到十歲就會死亡。可是你怎麼會知道呢？聽他父母說的嗎？洛伊一家住在大老遠的納殊華啊。」

「你在擔心要怎麼跟他說——末期的病人讓你很心煩。那就是為什麼雖然你不需要洗手，你還是在跳跳虎的廁所停下來洗手。你脫下手錶，放在上面的架子上，就是他們存放那個裝在塑膠

12. Doctor John（約翰醫師）的名字縮寫。

擠壓瓶裡、深紅色的什麼消毒劑的地方，我不確定那東西的名稱。」

約翰・D目不轉睛地看著他，彷彿他瘋了。

「這個孩子在哪間醫院？」丹問。

「艾略特，時間範圍差不多符合，我的確在靠近小兒科護理站的廁所停下來洗手過。」他停頓片刻，蹙起眉頭。「啊對，我想那間廁所的牆壁上有米恩[13]筆下的角色。可是如果我脫掉手錶，我應該會記得……」他的聲音逐漸減弱。

「你的確記得，」丹說完微微一笑。「現在你想起來了。不是嗎？」

約翰說：「我查過艾略特的失物招領處，還有布里奇頓和新罕布夏中部醫院的。都沒找到。」

「好吧，所以可能有人進來，看到了，就順手偷走。要是真是那樣，就算你倒楣了……不過起碼你可以告訴你太太發生了什麼事。以及事情發生的原因。你正在想那孩子的事，擔心那孩子，所以在離開廁所前忘了再戴上手錶。就那麼簡單。況且，嘿，說不定還在那兒呢。那個架子很高，而且幾乎沒人用那些塑膠瓶裡的東西，因為在洗手槽邊就有給皂器。」

「架子上的是必達淨，」約翰說：「放得很高是為了避免小孩子拿到。我從來沒注意過。不過……丹，你到過艾略特嗎？」

這是他不想回答的問題。「就去查看一下架子吧，醫生。也許你會交到好運呢。」

3

隔週的星期四我們學習戒酒聚會那天丹提早到了，假如約翰醫生決定為了遺失的七百美元手錶摧毀他的婚姻，很可能還包括他的事業（酗酒的人時常因為更小的事情摧毀婚姻和事業），那就必須有別人來泡咖啡。不過約翰在那裡，手錶也在。

這回是約翰主動要求擁抱，極為熱情友好的擁抱。在ＤＪ放開他前，丹幾乎預期臉頰會收到兩記法國吻。

「錶就在你說的地方。十天了，還在那裡，簡直像奇蹟一樣。」

「不。」丹說。「大多數人很少抬頭看高於自己視線的地方，這是經過證明的事實。」

「你怎麼會知道呢？」

丹搖搖頭。「我無法解釋，有時候我就是知道。」

「我該怎麼謝你呢？」

這是丹一直等待、期望的問題。「實行第十二個步驟[14]，默默地做。」

約翰醫生挑起眉毛。

「匿名，簡單明瞭地說，就是閉上你該死的嘴。」

約翰臉上露出恍然大悟的表情。他咧開嘴笑。「這我辦得到。」

「很好，現在泡咖啡吧。我去把書拿出來。」

4

在大多數新英格蘭的ＡＡ團體中，週年紀念被稱為生日，會吃蛋糕並舉行聚會後派對來慶

13. 英國作家，以小熊維尼與兒童詩作聞名。
14. 戒酒無名會為助人戒酒擬定了十二步驟康復計畫。

祝。在丹預定依這種方式慶祝戒酒滿三年之前不久，大衛・史東和艾柏拉的外曾祖母來見約翰・道頓——在某些圈子裡稱為約翰醫生或DJ——邀請他去參加另一個三歲的生日派對。這是史東一家將為艾柏拉所舉行的派對。

「謝謝你們的好意，」約翰說：「如果我有空的話我會非常樂意過去。只是為什麼我感覺你們還有點別的事呢？」

「因為的確有別的事，」伽妲說。「而這邊這位頑固先生終於決定現在是談一談的時機。」

「艾柏拉有什麼問題嗎？如果有的話，告訴我吧。根據她上次的健康檢查，她的情況非常好。聰明得驚人，社會技能極佳，語言能力超過極限。閱讀能力，和前面一樣。她上次來這裡的時候唸《鱷魚之家字母書》給我聽，大概是死記硬背，不過對一個不滿三歲的小孩來說仍然非常了不起。露西曉得你來這裡嗎？」

「是露西和伽妲聯合逼我來的，」大衛說。「露西在家陪艾柏拉，做派對用的杯子蛋糕。我離開的時候，廚房看起來像是狂風中的地獄。」

「所以我們現在說的是什麼？你們希望我以觀察的身分參加她的派對嗎？」

「沒錯。」康伽妲說。「我們沒人能保證一定會發生事情，不過在她興奮的時候很有可能會發生，而她對這場派對非常的興奮。她托兒所的所有小朋友都會來，還有一個傢伙會表演變魔術。」

約翰打開辦公桌抽屜，拿出一本黃色的橫條記事簿。「你們預期會發生什麼樣的事呢？」

大衛遲疑了。「那個……很難啟齒。」

伽妲轉頭面向他。「說啊，親愛的。現在退縮太遲了。」她的語調輕快，近乎愉快，但是約翰・道頓覺得她看起來很擔憂。他想他們兩人都是。「從她開始嚎啕大哭個不停的那天晚上開始說起吧。」

5

大衛・史東教授大學生美國史及二十世紀歐洲史已十年，知道如何組織故事讓人能輕易理解內部的邏輯。他講述這個故事時從他們女兒馬拉松式的瘋狂哭嚎開始，他指出她的啼哭在第二架噴射客機撞擊世貿中心後便幾乎立即停止。之後再往回談到他和他太太所作的夢，夢中他太太在艾柏拉的胸口上看見美國航空的班機號碼，他則看到聯合航空的號碼。

「在露西的夢中，她在飛機廁所裡找到艾柏拉。在我夢中，我是在一間著火的購物商場找到她。這部分你自己下結論。或者不下結論也可以。對我來說，那些班機號碼似乎毫無爭論餘地。不過究竟為什麼，我不知道。」他沒什麼笑意地哈哈兩聲，舉起雙手又再放下。「或許我害怕知道。」

約翰・道頓記得九月十一日的早晨，以及艾柏拉毫不停歇地狂哭——非常清楚地。「讓我把這件事弄清楚。你們相信你們的女兒——她當時才五個月大——預知了那些攻擊，並且設法用心電感應傳話給你們。」

「對，」伽妲說。「說得非常簡單扼要，真是好極了。」

「我曉得這聽起來很荒謬，」大衛說。「那就是為什麼露西和我一直沒告訴任何人。更確切地說，是除了伽妲以外。露西當天晚上就告訴她了，露西什麼都告訴她嬤嬤。」他嘆口氣。康伽妲冷冷地看他一眼。

「妳沒作過這一類的夢嗎？」約翰問她。

她搖搖頭。「我人在波士頓。超出她的……我不知道……傳輸範圍？」

「從九一一之後將近三年了。」約翰說。「我猜想從那以後還發生過其他事情吧。」

發生了許多其他事情，現在他已成功說出第一件（也是最不可置信的）事，大衛發現自己能夠相當輕易地談論其他的事。

「鋼琴。那是第二件。你知道露西彈琴嗎？」

約翰搖頭。

「嗯，她會彈。從她唸小學開始。她不是非常出色或什麼的，不過她彈得相當好。我們有一架沃格爾鋼琴，是我爸媽送給她的結婚禮物。那架鋼琴放在客廳，艾柏拉的遊戲圍欄以前也放在那裡。嗯，二〇〇一年我送給露西的聖誕禮物之一是一本將披頭四音樂改編成鋼琴曲的樂譜。艾柏拉經常躺在遊戲圍欄裡，一邊心不在焉地玩著玩具一邊聽。你從她笑著踢腳的樣子看得出來她很喜歡音樂。」

約翰沒有質疑這點。大多數嬰兒都喜愛音樂，而且他們自有方法讓你明白。

「這本樂譜裡收錄了所有的暢銷歌曲，像是〈嘿！裘德〉、〈瑪當娜夫人〉、〈隨它去吧〉，但是艾柏拉最喜歡的是一首次要的曲子，在唱片B面，叫〈沒有第二次〉。你知道嗎？」

「沒辦法馬上想出來，」約翰說。「聽到的話或許知道。」

「那是首活潑的曲子，但是不像披頭四大多數的快歌，這首是繞著鋼琴的反覆樂段發展起來，而不是平常的吉他音樂。不算是布基烏基[15]，不過很接近。艾柏拉愛死了。露西一彈起那首曲子，她就不光是踢腳，而是像騎腳踏車那樣地踢。」大衛想起艾柏拉身穿亮紫色的連身衣仰躺著，尚不會走路，卻在嬰兒床上舞動得像個迪斯可女王，就不禁微笑。「樂器的間奏幾乎全是鋼琴，而且簡單得很。左手憑聽覺記憶就能彈奏出音符。總共只有二十九個——我數過了。小孩子也能彈。我們家孩子就可以。」

約翰的眉毛高高挑起，幾乎快要碰到髮際線。

「一開始是在二〇〇二年的春天。露西和我在床上看書。電視上正在播報氣象，大約是在十一點的夜間新聞播到一半時。艾柏拉在她房間——就我們所知，她睡得很熟。露西叫我去關掉電視，因為她想睡了。我按下遙控器，就在這時我們聽到了。〈沒有第二次〉的鋼琴間奏，那二十九個音符，完美無瑕，沒漏掉一個音符，從樓下傳來。」

「醫生，我們嚇死了。我們以為屋子裡有人闖入，只是有哪種小偷會在搶銀器之前停下來彈一小段披頭四啊？我沒有槍，我的高爾夫球桿又在車庫裡，所以我就拿起我能找到最厚的一本書，走到樓下去對抗在那裡的人。非常愚蠢，我曉得。我吩咐露西，要是我大聲喊叫，就抓起電話撥九一一。可是沒人在那裡，所有的門都鎖著。而且，鋼琴的琴鍵蓋是闔起來的。

「我回到樓上，告訴露西我沒發現任何東西或任何人。我們走到走廊盡頭去查看寶寶。我們彼此沒有商量，就這麼做了。我想我們心裡都知道是艾柏拉，可是我們沒人想要直接大聲說出來。她醒著，躺在嬰兒床裡看著我們。你曉得嬰兒聰明的小眼睛吧？」

約翰很清楚。彷彿他們若是能夠說話，他們就能告訴你宇宙間的一切秘密。有些時候他認為或許真是如此，只是上帝安排他們到能夠擺脫牙牙學語的階段後，他們就忘記了一切，就像我們即使作了最生動的夢，在醒來後幾個小時也會忘記。

「她一看見我們就笑了，然後閉上眼睛，睡著了。隔天晚上又發生了。同樣的時刻。從客廳傳來那二十九個音符……接著安靜下來……之後到艾柏拉的房間發現她醒著。沒有吵鬧，甚至沒有吸奶嘴，只是透過嬰兒床的欄杆望著我們，然後睡著。」

「這是事實。」約翰說。並非真正的質疑，只是想弄清楚。「不是在跟我開玩笑吧。」

15. 一種快節奏的爵士鋼琴樂曲。

大衛沒笑。「我不會拿這種事開玩笑。」

約翰轉向伽妲。「妳自己聽說過這件事嗎？」

「沒有，讓大衛說完吧。」

「我們有兩個晚上沒事，然後……你知道你常說的，成功教養的秘訣在於永遠擬好計畫吧？」

「當然。」這是約翰・道頓對新手父母的首要教誨，你們要如何應付夜間餵奶？排出時間表，這樣一來總是有個人待命，不會有人搞得精疲力盡。你們要怎麼處理洗澡、餵奶、穿衣，和遊戲時間，好讓寶寶有規律——因此舒適——的日常生活呢？排出時間表。擬定計畫。你們知道要怎麼處理緊急情況嗎？從嬰兒床塌陷到窒息事故等各種緊急情況？假如你事先擬好計畫，你就會知道了，而且十有八九，最後情況會好轉。

「所以我們就照做了，接下來的三個晚上，我睡在鋼琴正對面的沙發上。第三個晚上我正舒服地躺下準備過夜時，音樂開始了。沃格爾的琴蓋闔著，所以我趕緊過去掀開琴蓋。琴鍵沒有動，我並不太驚訝，因為我分辨得出來音樂不是來自鋼琴。」

「請說清楚一點？」

「音樂是從鋼琴上方傳來，平空而來的。在那時候，露西在艾柏拉房裡。前幾次我們什麼也沒說，因為太過震驚了，但是這次她準備好了。她叫艾柏拉再彈一次，艾柏拉停頓了一下子……然後照做了。我站得非常近，幾乎能從空氣中抓到那些音符。」

約翰・道頓的辦公室一陣靜默，他停止在記事簿上寫字。伽妲嚴肅地凝視著他。最後他說：

「這件事現在還持續嗎？」

「沒有了。露西把艾柏拉抱到腿上，告訴她以後不要在晚上彈，因為我們沒辦法睡覺，事情就這樣結束了。」他停下來思考。「幾乎結束。有一次，大概在三個禮拜後，我們又聽見音樂聲，不過這次非常輕柔，而且是從樓上傳來，從她房間。」

「她彈給自己聽，」康伽妲說。「她醒了……沒辦法立刻入睡……所以她彈一點搖籃曲給自己聽。」

6

在雙塔倒下差不多一年後的某個星期一下午，艾柏拉這時已經會走路，從她幾乎不停的嘰哩呱啦中開始出現可辨識的單字，她搖搖晃晃地走到前門，噗地一聲在那裡坐下來，腿上抱著她最愛的娃娃。

「甜心，妳在幹嘛呀？」露西問。她坐在鋼琴前，彈奏史考特・喬布林的拉格泰姆曲子。

「爸爸！」艾柏拉叫著。

「寶貝，爸爸要到晚餐時間才會到家喔，」露西說，但十五分鐘後Acura停在車道上，大衛拖著公事包下車來。他教星期一、三、五課程的那棟大樓的自來水總管線破裂，所有的課都取消了。

「露西告訴過我這件事，」康伽妲說：「當然我已經先知道九一一狂哭和幽靈鋼琴的事了。一、兩個禮拜後我去他們家一趟。我吩咐露西別對艾柏拉透露我要去的事。可是艾柏拉知道了，她在我露面前十分鐘就坐在門前不動，露西問她誰要來的時候，艾柏拉回答說：『嬤嬤』。」

「她經常做那樣的事，」大衛說。「不是每次有人來的時候，可是如果是她認識、喜歡的人……就幾乎是每一次。」

二〇〇三年晚春，露西發現女兒在他們臥房裡，使勁拉著露西梳妝台的第二個抽屜。

「前！」她告訴母親。「前、前！」

「小寶貝，我不懂妳在說什麼，」露西說：「可是妳想要的話，可以看看抽屜裡面。裡頭只有一些舊的內衣褲和用剩的化妝品。」

但是看來艾柏拉對抽屜內的東西毫無興趣；當露西拉開抽屜讓她看裡面的東西時，她連瞧都沒瞧一眼。

「後！前！」然後，深吸一口氣。「前前、後後、媽媽！」

家長永遠無法完全流利地說嬰兒語——沒有足夠的時間學習——不過大多數可以學會說一點，因此露西終於明白她女兒的興趣不在梳妝台的內容物，而是在梳妝台後面的東西。

帶著好奇，她拉出梳妝台。艾柏拉立刻衝進那個空間裡。露西認為就算沒有蟲子或老鼠，那裡頭也會積滿灰塵，所以伸手一揮想拉住寶寶的上衣背後卻沒搆著。等到她將梳妝台拉出得夠遠，足以讓她自己鑽進缺口時，艾柏拉舉著一張二十元的鈔票，那是從梳妝台表面和鏡子底部之間的洞掉下去的。「看！」她興高采烈地說。「錢錢，我的錢。」

「不行，」露西從小拳頭中扯出鈔票說：「寶寶不可以拿錢錢，因為他們不需要錢錢。不過妳替自己賺到了一個蛋捲冰淇淋。」

「冰——激淋！」艾柏拉大叫。「我的冰——激淋！」

「接下來告訴約翰醫生賈金斯太太的事吧，」大衛說。「妳當時在場。」

「我的確在，」康伽妲說。「那是某年獨立紀念日的週末。」

到了二〇〇三年夏天，艾柏拉開始多多少少可以講出完整的句子。康伽妲到史東家與他們共度節日的週末。星期天剛巧是七月六日，大衛去7-ELEVEN買新的藍犀牛瓦斯罐，準備在後院烤肉用。艾柏拉在客廳玩積木，露西和伽妲在廚房，一個定期查看艾柏拉，確定她沒決定去拔出電視的插頭嚼一嚼，或者爬上沙發山。不過艾柏拉似乎對這些都不感興趣；她正忙著用學步兒童的塑膠積木建造看似巨石陣的東西。

露西與伽妲在取出洗碗機裡的碗盤時，艾柏拉突然尖叫起來。

「她叫得好像她快要死了，」伽妲說。「你知道那有多可怕吧？」

約翰點點頭，他很清楚。

「在我這個年紀，跑步不是件輕而易舉的事，可是那天我跑得像威瑪・魯道夫[16]一樣快。比露西還要先跑到客廳，贏過她一半的距離。我深信孩子受了傷，因此有一、兩秒鐘我真的覺得看到血了。可是她沒事。至少，身體沒受傷。她跑向我，用兩隻手臂抱住我的腿。我把她抱起來。露西這時已跑到我身邊，我們設法讓她平靜一點。『汪奶奶！』她說。『嬤嬤，救救汪奶奶！汪奶奶跌倒了！』我不曉得汪奶奶是誰，不過露西知道——汪妲・賈金斯，住在街對面的女士。」

「她是艾柏拉最喜歡的鄰居，」大衛說：「因為她會烤餅乾，經常帶寫了艾柏拉名字的餅乾給她，有時候是用葡萄乾，有時候是用糖霜。她是名寡婦。獨自一個人住。」

「所以我們到對面去，」伽妲繼續說：「我走在前頭，露西抱著艾柏拉。我敲敲門。沒人回應。『汪奶奶在餐廳！』艾柏拉說。『救救汪奶奶，嬤嬤！救救汪奶奶，媽媽！她受傷流血了！』」

「門沒鎖。我們直接進去。我最先聞到的是燒焦的餅乾味。賈金斯太太躺在餐廳地板上，在折疊梯旁邊。手裡還握著用來清除模型裡的灰塵的擦拭布，而且沒錯，她是流了血——在她的頭四周有一攤血像光環一樣。我以為她完了——我沒看見她呼吸——不過露西發現她還有脈搏。她的頭蓋骨跌破了，有一點腦出血，不過她隔天就清醒了。她會參加艾柏拉的生日派對。你來的話，可以和她打聲招呼。」她毫不畏縮地注視著艾柏拉・史東的小兒科醫師。「急診室的醫生

16. 美國運動選手暨奧運冠軍，在一九六〇年代被認為是世界上跑得最快的女人。

說，她如果在那邊躺得更久一點，她就會死掉，或是最後變成植物人……以我個人的淺見，那比死還要悲慘多了。不管怎樣，那孩子救了她一命。」

約翰把筆從橫條記事簿上抬起。「我不知道該說什麼。」

「還有更多呢，」大衛說：「不過其他的事很難量化。或許只是因為露西和我已經習慣了。我猜，就像你會漸漸習慣和天生盲眼的小孩一起住一樣吧。只除了這幾乎和那個相反。我想我們早在九一一的事件之前就知道。我想我們幾乎是從把她由醫院抱回家的那時候起就知道有什麼不尋常了。那就好像……」

他呼了一口氣，看著天花板，彷彿在找尋靈感。康伽姐捏捏他的手臂。「繼續說吧。起碼他還沒打電話叫帶著捕蟲網、穿白袍的男人[17]來。」

「好吧，就好像永遠有陣風在屋子裡吹，只是你沒辦法確切地感覺到，或是看見它在做什麼。我一直覺得窗簾會鼓起來，相片會從牆上飄下來，可是從來沒發生過。不過，倒是發生了別的事。一個禮拜有兩、三次──有時候是一天兩、三次──斷路器跳電。我們因為四種不同的情況，請來兩個不同的電工。他們檢查了電路，告訴我們一切正常。有些時候早上我們下樓時，發現椅子和沙發的軟墊在地板上。我們叫艾柏拉在上床前要收拾玩具，除非她太累了鬧脾氣，否則她做得非常好。可是有時候隔天早上玩具箱會打開，有些玩具會回到地板上。通常都是積木。那是她的最愛。」

他停頓半晌，盯著遠處牆上的視力檢查表。約翰認為康伽姐會催促他繼續，不過她保持沉默。

「好吧，這件事完全不可思議，但是我向你發誓事情真的發生了。有天晚上我們打開電視時，每一個頻道都在播《辛普森家庭》。艾柏拉開心地大笑，好像那是世界上最大的笑話。露西崩潰了。她說：『艾柏拉．拉斐拉．史東，如果這是妳搞的，馬上給我停下來！』露西很少那麼嚴厲地對她說話，所以當她那樣說話時，艾柏拉就會停手。那天晚上也是如此。我關掉電視，再打開的時候，一切都恢復正常。我可以再告訴你半打其他的事情……小插曲……現象……不過多半都小到你幾乎不會注意到。」他聳聳肩。「就像我說的，你會慢慢習慣。」

約翰說：「我會出席派對。在聽你們說了這些以後，我怎麼抗拒得了？」

「很有可能什麼也不會發生，」大衛說。「你聽過怎麼防止水龍頭漏水的老笑話吧？打電話找水管工人啊。」

康伽妲輕蔑地哼了一聲。「你要是真的相信不會發生任何事，小兄弟，我想你可能會得到驚喜。」說完對道頓說：「叫他來這裡簡直像是在逼他拔牙一樣呢。」

「別提了，嬤嬤。」大衛的臉頰開始脹紅。

約翰嘆氣。他之前就察覺到這兩人之間的敵意。他不曉得原因——也許是為了爭奪露西——但他現在不想讓事情明顯地公開化。這趟奇異的任務使他們暫時成為盟友，他希望繼續保持下去。

「別再互相攻擊了。」他的口氣嚴厲，因此兩人都驚訝地把視線從彼此身上挪開，轉回他這邊。「我相信你們。我以前從沒聽過類似這樣的事情……」

還是說他聽過？他的聲音減弱，想起了他遺失的手錶。

「醫生？」大衛輕喚。

「抱歉，一時走神了。」

對此他們兩人都笑了，再度成為盟友。很好。

「不管怎樣，沒有人會打電話去請穿白袍的人來。我相信你們兩位都是頭腦冷靜的人，沒有

17. 以前將瘋子送進精神病院的人總是身穿白袍，帶著超大的捕蟲網避免精神病人逃掉。

犯歇斯底里或幻覺的傾向。假如只有一個人宣稱發生了這些……這些超自然的事情……那我可能會猜是某種奇怪形式的伴病症發作，不過情況並非如此。你們三個人全都看見了。這引發了一個問題，你們希望我做什麼？」

大衛似乎困惑不解，但他妻子的外曾祖母明白了。「觀察她，就像你會對任何生病的孩童所做的一樣——」

大衛．史東臉頰上的紅暈已漸漸離開，但此刻又急速回來。砰地猛然脹紅。「艾柏拉沒有生病。」他氣沖沖地說。

她轉向他。「我知道啦！天哪！你可不可以讓我說完？」

大衛擺出一副堅忍的表情，舉起雙手。「抱歉，抱歉，抱歉。」

「不要這樣粗暴地對我說話，大衛。」

約翰說：「孩子們，如果你們堅持繼續吵下去，我就必須把你們送去禁閉病房了。」

康伽妲嘆口氣。「這件事讓人壓力很大，對我們大家來說都是如此。對不起，大衛，我用錯詞了。」

「親愛的，沒關係。這件事我們要同心協力。」

她笑了一下。「對，沒錯，我們在同一條船上。道頓醫生，觀察她就像你觀察症狀還沒查出原因的小孩子那樣。我們只要求這件事，我想暫時這樣就夠了，你可能有些想法，我希望如此。你要知道……」

她轉向大衛．史東，一臉無助，約翰心想這種表情大概很少出現在那張堅定的臉龐上。

「我們很害怕，」大衛說。「我、露西、伽妲，全都怕得要命。不是怕她，而是為她擔心。因為她實在太小了，你明白嗎？萬一她所擁有的這股力量……我不曉得還能怎麼稱呼這個東西……萬一這力量還沒達到極限怎麼辦？萬一這力量還在繼續增強呢？到時我們該怎麼辦？她可能……我不知道……」

「他其實很清楚，」伽妲說。「她可能大發脾氣，傷了她自己或別人。我不知道那個可能性有多大，不過光想到這情況有可能發生就……」她碰一下約翰的手。「那實在太可怕了。」

7

丹・托倫斯從看見他的老朋友東尼在窗口向他揮手，但再看一眼時窗戶卻被木板封住的那一刻起，他就知道自己將會住在海倫・利文頓之家的角樓房間。在他到安養院擔任清潔工兼護理員……以及非正式的住院醫師（當然是連同他忠實的跟班，艾奇一起）大約六個月後，他就向利文頓的主管，克勞森太太，打聽這個房間。

「那個房間的雜物從這頭堆到另一頭哪。」克勞森太太說。她年約六十，有一頭紅得令人難以置信的頭髮。她有張喜歡諷刺、時常吐出髒話的嘴，但她是個聰明又富有同情心的行政主管。更好的是，從海倫・利文頓之家董事會的立場來看，她是位極有效率的籌款人。丹不確定自己是否喜歡她，但他會慢慢開始尊敬她。

「我會把東西清出去，利用我自己的時間。我待在這裡會比較好，妳不覺得嗎？可以隨時待命。」

「丹尼，告訴我吧。你為什麼這麼擅長做那份工作？」

「我真的不知道。」這話至少有一半是真的，也許甚至有百分之七十。他這一生都與閃靈共存，但他仍然不了解閃靈。

「撇開雜物不說，那個角樓夏天很熱，冬天又冷到足以把銅猴子的卵蛋都凍掉喔。」

「那可以改善。」丹說。

「別跟我談你屁股的改善計畫。」克勞森太太從半月形眼鏡上方嚴厲地盯著他。「要是董事會知道我允許你做的事，他們八成會派我到納殊華的輔助照護中心編籃子去。就是那個牆壁漆成粉紅色，用有線設備播送曼托瓦尼[18]音樂的地方。」她嗤之以鼻地說。「說真的，安眠醫生。」

「我不是醫生。」丹溫和地說。他知道他將會得償所願。「艾奇才是醫生，我只是他的助手。」

「艾奇爾他媽的是隻貓。」她說。「一隻髒得要命的流浪貓，從街上閒晃進來後被住客收養，而現在那些客人全都到偉大的天知道的地方去了。牠關心的只有每天兩碗的喜躍貓飼料而已。」

對此丹沒有回應。沒那個必要，因為他們兩人都知道那並非事實。

「我以為你在艾略特街上有個非常好的住處。寶琳・羅伯森覺得你完美到連屁眼都會發光呢，我曉得是因為我和她同在教堂唱詩班裡唱聖歌。」

「妳最喜歡的聖歌是哪一首？」丹問。「〈他媽的恩友歌〉嗎？」

她露出瑞貝卡・克勞森版本的笑容。「哦，非常好，把那房間清乾淨吧。搬進去。接上有線電視，安裝四聲道音響，搞一個有水槽的小吧檯。我幹嘛在乎呢，我只是你的上司而已。」

「謝了，克勞森太太。」

「喔，別忘了電暖器，好嗎？看看你能不能從庭院的舊貨出售找到一台電線磨損得很厲害的。在二月某個寒冷的夜晚把這該死的地方給燒毀。那麼他們就可以蓋一座磚造的詭異東西，和我們兩邊畸形的玩意兒相配。」

丹站起身來，將手背舉到前額，行個半吊子的英國式致敬禮。

她朝他擺一擺手。「趁我改變心意之前滾出去吧，醫生。」

他真的搬了一台電暖器進去，不過電線沒有磨損，而且是萬一翻倒立刻切斷電源的那種。三樓的角樓房間絕不會有任何空調系統，不過兩支從沃爾瑪量販店買來的電扇放在敞開的窗口，提供了良好的空氣對流。在夏季白天照舊炎熱無比，不過丹白天幾乎都不在房裡，而新罕布夏的夏夜通常很涼爽。

儲藏在那裡的東西多半是可丟棄的垃圾，不過他將他發現的一塊小學風格的巨大黑板保留起來，靠在一面牆上。那塊黑板藏在一堆年代久遠、受損嚴重的輪椅的五金零件後面，藏了五十年或甚至更久。黑板很有用處，他在上頭列出安養院的病人及其病房號碼，擦掉那些逝世的人的姓名，增添辦完入院手續的新人名字。在二〇〇四年春天，黑板上有三十二個人名。十位住在利文頓一棟，十二位住在利文頓二棟——這兩棟是位在維多利亞式房舍兩側的醜陋磚造建築，著名的海倫・利文頓曾居住過的是那幢維多利亞式房舍，並在那兒以珍奈特・蒙特帕斯這個令人悸動的筆名寫出扣人心弦的愛情小說。其餘的病人則住在丹那間擁擠但可用的角樓公寓的兩層樓下。

利文頓夫人除了寫些差勁的小說外還以什麼著稱嗎？丹開始在安養院工作後不久就詢問過克勞黛特・艾柏森。他們當時在吸菸區，實行他們的壞習慣。克勞黛特，這位非裔美國人的註冊護士，有著如同美式足球聯盟左絆鋒球員一般的雙肩，她把頭往後一甩哈哈大笑。

「這還用說！就是留給這個小鎮大筆的錢囉，親愛的！當然，還有捐贈出這棟屋子。她認為老人應該有個地方讓他們可以有尊嚴地死去。」

18. 義大利裔英國輕音樂大師。

而在利文頓之家，他們絕大多數人的確如此。丹——有艾奇協助——現在是幫助他們死得有尊嚴的一份子，他想他找到了自己的天職，安養院如今感覺像家一般。

9

艾柏拉生日派對的當天早晨，丹下床時發現黑板上所有的名字都被擦掉了。在原先寫名字的地方以不規則扭曲的巨大字體寫著一個單字：嗨！

丹穿著內褲在床沿坐了許久，就只是盯著看。之後他站起來，一手放在字上，把字弄糊了一點，希望閃靈能出現，即使只有一絲閃光也好。最後他拿開手，將粉筆灰抹在裸露的大腿上。

「嗨，」他說……接著：「妳的名字碰巧叫艾柏拉嗎？」

沒有回應。他穿上浴袍，拿了肥皂和毛巾，到二樓的員工淋浴間去。等他回來時，他拿起他找到的和黑板成套的板擦，開始擦去那個字。擦到一半時，一個想法：

爸爸說我們會有氣球喔！

跑進他腦子裡，他停下手來，等待更多的訊息。但是沒有更多的訊息出現，因此他擦完黑板，重新寫上名字和病房號碼，然後依據那星期一的護理備忘錄開始工作。當他中午回到樓上時，他有點期望黑板會再度被擦掉，名字和號碼由嗨所取代，然而一切都如他離去時的模樣。

10

艾柏拉的生日派對在史東家的後院舉行，一片寧靜的青綠草地，蘋果和山茱萸樹正要綻放花朵。在庭院末尾有道鐵絲網圍籬和一扇用密碼掛鎖鎖上的門。圍籬明顯地破壞美觀，不過大衛或露西都不在乎，因為圍籬之外便是薩科河，蜿蜒地朝東南流去，流經弗雷澤、北康威，穿越州界進入緬因。依史東家的看法，河川與小孩子不合，尤其是在春季，當河面廣闊，水流因融雪而湍急的時候。每年當地的週刊至少都會報導一起溺死事件。

今天小朋友有足夠的樂趣讓他們全神貫注在草坪上。他們唯一可以應付的有組織遊戲是短暫玩一回合模仿領袖，但是他們已經夠大了，會在草地上跑來跑去（有時候是滾來滾去），如猴子般爬上艾柏拉的玩具組合，匍匐爬過大衛和其他兩位爸爸架設的趣味隧道，追擊現在四處飄的氣球。氣球清一色是黃的（艾柏拉聲稱她最愛的顏色），至少有六打，約翰．道頓可以證實。他協助露西和她外婆替氣球充氣。以高齡八十幾的婦人而言，伽妲的肺活量真是驚人。

算上艾柏拉的話，總共有九名孩童，因為每組家長至少有一位出席，所以監督的成年人相當多。後面的露天平台上設置了幾張草坪椅，當派對達到巡航速度時，約翰在康伽妲旁邊的草坪椅上坐下來，康伽妲打扮得光鮮亮麗，穿著名牌牛仔褲和印著**世上最棒的曾祖母**的長袖運動衫。她正在努力吃一塊巨大的生日蛋糕。冬天增重了幾磅的約翰將就吃著一球草莓冰淇淋。

「我不知道妳都吃到哪裡去了？」他說，點頭指向她紙盤上急速消失的蛋糕。「妳一點肉都沒有，塞滿食物卻瘦得跟繩子一樣。」

「或許吧，親愛的，可是我的胃口很大呢。」她眺望喧鬧的孩子，深深嘆口氣。「我真希望我女兒能活著看到這一幕，我沒有很多遺憾，不過這是其中之一。」

約翰決定別冒險打探這話題的延伸，露西的母親是在露西比艾柏拉目前的年紀更小的時候死於車禍。他從史東家人共同填寫的家族史中得知這件事。

無論如何，伽妲自己改變了話題。「你知道我喜歡這年紀的小孩什麼地方嗎？」

「不知。」約翰喜歡各個年齡層的小孩……至少在他們長到十四歲以前。等他們超過十四歲，他們的腺體就變得過於活躍，使得他們大多數人覺得有必要在接下來五年當個蠻橫無禮的討厭鬼。

「看看他們，強尼。這是愛德華‧希克斯的畫作〈和平國度〉的兒童版。這裡有六個白人小朋友——當然囉，這兒是新罕布夏啊——不過也有兩個黑人小孩，還有一個漂亮的韓裔美國娃娃，她看起來像是應該替漢那‧安德森型錄上的服飾當模特兒。你知道主日學校有首歌唱說：『不論紅黃黑白棕，都是耶穌心寶貝』吧？我們這裡就是如此。兩個小時了，他們沒有一個人舉起拳頭，或是生氣地推人。」

見識過許多踢人、推人、揍人，和咬人的學步嬰兒的約翰微微一笑，笑容中隱含的懷疑和嚮往精確地保持平衡。「我覺得這很自然。他們全都上里爾瓊斯。那是這一帶時髦有錢人的托兒所，收取高額的費用。那代表他們的父母全都至少是中上層階級，擁有大學文憑，他們實踐順應環境、與人和睦的信條。這些孩子是初步馴養的群居動物。」

約翰在此打住，因為她朝他皺起眉頭，但他可以更進一步地說。他可以說，到七歲或大約那時候——所謂講理的年紀——為止，大多數孩童是情緒的回音室。若是他們成長時周圍的人相處和睦，不曾抬高音量，他們就會照做。要是養育他們的人喜歡傷人或大吼大叫……嗯……

醫治小傢伙二十年（更別說還養育了兩個自己的孩子，目前正在就讀優良的順應環境、與人和睦的預科學校）並沒有摧毀他最初決定專攻小兒內科時抱持的所有浪漫想法，但那些歲月調和了他的想法。也許如華滋華斯充滿自信所頌揚的，孩子誕生在世上確實拖曳著燦爛的雲彩，然而直到他們懂事之前他們還是會大便在褲子上。

11

一串清脆的鈴聲——就像冰淇淋車上的那種——在午後的空中響起。孩子們轉頭去看是怎麼回事。

從史東家的車道騎上草坪的是和藹可親、出乎意料之外的人物：一個年輕人騎著一輛大得異常的紅色三輪車。他戴著白手套，身穿肩膀寬得滑稽的祖特裝[19]。在一邊的西裝翻領上別著一束溫室蘭花大小的花。他的褲子（同樣過大）目前撩到膝蓋上以便於踩踏板。車把上掛著車鈴，他以一根手指按鈴。三輪車左右搖晃，卻從沒完全翻倒。在這位新來的人的頭上，巨大的棕色圓頂硬禮帽下，是古怪的藍色假髮。大衛・史東走在他後面，一手拎著一個大手提箱，另一手拿著一張折疊桌。他看起來一臉茫然。

「嘿，小朋友！嘿，小朋友！」三輪車上的男人大聲喊。「圍過來，圍過來，因為表演快要開始囉！」他不需要再次邀請他們；他們早已朝三輪車聚集，開心地又笑又叫。

露西走到約翰及伽妲這邊，坐了下來，滑稽地突出下唇呼一聲吹開眼睛上的頭髮。她的下巴上有一抹巧克力糖霜的污漬。「注意看這位魔術師。他是夏天在弗雷澤和北康威表演的街頭藝人。大衛在一份免費報紙上看到廣告，讓他試演一段，就雇用他了。他的本名叫瑞基・培雷提爾，不過他替自己取名為偉大的魔法師。我們就來瞧瞧等他們全都仔細看清楚那輛奇特的三輪車後，他還能吸引他們的注意力多久。我想三分鐘吧，最多。」

約翰認為她可能猜錯了。那人的入場是經過完美的計算以捕捉小朋友的想像力，他的假髮有

19. 一九四〇年代流行的服裝，寬肩的上衣長及大腿，搭配褲管寬鬆但褲口狹窄的長褲。

趣但不會嚇人。他開朗的臉上沒塗上演員化妝用的油彩，這點也很好。在約翰看來，人們給小丑的評價過高。他們把六歲以下的小孩嚇得尿褲子，而六歲以上的孩子只覺得他們很無聊。

哎呀，你今天脾氣很暴躁啊。

或許是因為他準備好來觀察某種怪異行為，卻沒發生任何事。在他眼中，艾柏拉看來是個非常普通的小孩。也許比大多數孩子活潑，不過興致勃勃似乎是這家人的特色。更確切地說，是除了當伽姐和大衛互相攻擊的時候之外。

「別低估了小精靈的注意力持續時間。」他傾身跨過伽妲，用他的餐巾紙擦去露西下巴上的那抹糖霜污漬。「他要是有一套，他就可以抓住他們的注意力十五分鐘，至少。說不定二十分鐘。」

「如果他有的話。」露西懷疑地說。

結果證明瑞基・培雷提爾，又稱偉大的魔法師，確實有一套，而且相當精采。在他忠實的助手，不怎麼偉大的大衛，擺設桌子打開手提箱時，魔法師請生日壽星和她的賓客欣賞他的花朵。等他們一靠近，花就噴水到他們的小臉上：先是紅色，再來綠色，然後是藍色。他們高聲尖叫，伴隨著以糖為燃料的開懷笑聲。

「現在，各位小朋友……**哦！啊！哎呦！好癢喔！**」

他脫下圓頂硬禮帽拉出一隻小白兔，孩子們倒抽一口氣。魔法師將小兔子傳給艾柏拉，她輕輕撫摸兔子後，不需要人吩咐便繼續傳下去。白兔似乎不在意受到關注。約翰暗想，也許，牠在表演之前吞下了幾顆添加了煩寧鎮靜劑的丸子。最後一個小朋友將兔子交還給魔法師，魔法師砰地將兔子放入帽中，一手掠過帽子上方，再讓他們看看圓頂硬禮帽內部。除了美國國旗的內襯外，帽中空無一物。

「小兔子跑到哪裡去了？」小蘇西・宋巴特列特問。

「親愛的，跑進妳的夢裡了，」魔法師說。「今天晚上牠會在妳夢裡跳喔。現在誰想要魔術圍巾啊？」

不分男女全都叫嚷著**我要，我要**。魔法師從他的雙拳中變出魔術圍巾發送出去。接下來更多的戲法一個接一個火速出現。根據道頓的手錶，孩子們瞪大眼睛在魔法師身邊圍成半圓至少站了二十五分鐘。就在第一波不耐煩的徵兆出現在觀眾群中時，魔法師開始準備收尾。他從手提箱（箱子在他展示給觀眾看時和帽子一樣看起來空無一物）拿出五個盤子，來回向上拋擲，同時唱著「祝妳生日快樂。」所有的孩子一齊加入，艾柏拉開心得好像幾乎要飄起來。

盤子放回手提箱裡。他再度將箱子展示給小朋友看，好讓他們能看見箱內是空的，隨後再從裡頭變出半打湯匙。接著他讓湯匙懸在他臉上，末了讓最後一根掛在他的鼻尖上。壽星喜歡這套戲法；她坐到草地上，獨自興高采烈地哈哈大笑。

「艾巴也可以。」她說（最近她提到自己的時候喜歡用第三人稱——大衛稱之為她的「瑞奇・韓德森[20]階段」）。「艾巴可以表演湯匙匙。」

「妳好棒喔，寶貝。」魔法師說。他並非真心地關注，約翰無法責怪他；他剛剛才奮力演出了兒童午後場，儘管河畔吹上來清涼的微風，他仍滿臉通紅，大汗淋漓，更何況他仍有華麗的退場有待表演，這回要踩著超大的三輪車上坡。他彎下腰，用戴著白色手套的一隻手輕拍艾柏拉的頭。「祝妳生日快樂，謝謝所有的小朋友，你們都是非常好的觀——」

從屋內傳來巨大、悅耳的叮鈴噹啷聲，和哥吉拉——三輪車車把上掛的車鈴聲音並無二致。孩子們只往那方向瞄了一眼，便轉頭目送魔法師踩著踏板離去，不過露西起身去看廚房裡到底有

20. 前美國大聯盟外野手，以喜歡用第三人稱自稱而聞名。

什麼東西掉落。

兩分鐘後，她回到屋外。「約翰，」她說。「你最好來看一下。我想這就是你來這裡想看的東西。」

12

約翰、露西，和康伽妲站在廚房裡，仰頭看著天花板，不發一語。當大衛加入他們的時候，沒人回頭，因為他們全都看得入迷。「怎麼——」他開口問，隨即看見了。「天啊。」

沒人回應他。大衛再凝神細看一會兒，想理解眼前所見的景象，半晌後走開。一、兩分鐘後他回來，牽著他女兒的手進來。艾柏拉抓著一個氣球，腰上圍著她從偉大的魔法師那兒得到的圍巾，宛如一條腰帶般。

約翰・道頓在她身旁單膝跪下。「寶貝，這是妳做的嗎？」這個問題他確信他知道答案，但他想聽聽她怎麼說。他想知道她自己明白多少。

艾柏拉先是看著地板，餐具抽屜掉在那裡。當抽屜從抽屜孔射出來時有些刀叉不受約束地彈跳，不過現在全都在那兒。然而，湯匙不在了。湯匙從天花板懸垂下來，彷彿被某種外來的磁吸引力往上拉之後固定在那裡。有兩根在頭頂的燈具上懶洋洋地搖擺。而最大的那根大湯勺搖搖晃晃地吊在瓦斯爐的排油煙機上。

所有的孩子都有屬於自己的一套自我安慰的機制。約翰由他長年的經驗了解到大多數孩童的自我安慰方法是將拇指安全地塞在嘴裡。但艾柏拉的有點不一樣。她用右手托住臉的下半部，並用手掌擦抹嘴唇。因此，她的話語含糊不清。約翰非常溫柔地拿開她的手。「寶貝，妳在說什麼啊？」

她以微小的聲音說：「我惹麻煩了嗎？我……我……」她的小胸脯開始急遽地起伏。她想要把慰藉的小手放回去，但是約翰握住那隻手。「我想要像瑪法師一樣。」她哭了起來。約翰放開她的手，她立刻抬到嘴邊，猛烈地擦抹。

大衛將她抱起來，親吻她的臉頰。露西伸出雙臂環抱住他們兩人，親一下女兒的頭頂。「噢不，寶貝，沒有。沒什麼啦，妳沒事。」

艾柏拉把臉蛋埋在母親的頸部。就在她這麼做的時候，湯匙掉了下來，嘩啦聲響把全部的人都嚇了一跳。

13

兩個月後，新罕布夏懷特山脈的夏季才剛開始時，大衛與露西・史東坐在約翰・道頓的辦公室裡，四面牆貼滿了多年來他所治療過的孩童的笑臉照片——如今許多人年紀都大到足以擁有自己的孩子了。

約翰說：「我雇用了我一個精通電腦的外甥——用我自己的錢，不過別擔心，他的收費很便宜——看看是否有其他像妳女兒那樣的例子紀錄在案，如果有的話就調查一下。他將搜尋範圍限定在過去三十年，結果找到超過九百個案例。」

大衛吹了聲口哨。「竟然有那麼多！」

約翰搖搖頭。「並不算多。如果那**是**一種疾病——我們不需要再討論這一點，因為那並不是病——就會像象皮病一樣的罕見。或是像布拉許口氏線，有這種線的人基本上會變成人類的斑馬。感染布拉許口氏線的人大約每七百萬人中才有一個。艾柏拉的那個情況就屬於這一類。」

「那艾柏拉的情況究竟是什麼？」露西牽著她丈夫的手緊緊地握著。「心電感應？念力？其他的超能力？」

「那些東西顯然有關。她有心電感應能力嗎？既然她事先知道人家要來拜訪，曉得賈金斯太太受傷，答案似乎是有。那她有念力嗎？根據我們在她生日派對那天在廚房看到的景象，答案是無庸置疑的有。她是靈媒嗎？或者說有預知能力，如果你們想要說得好聽點的話？這個我們無法確定，雖然九一一的夢境和梳妝台後頭的二十元鈔票兩個都暗示了這一點。但是你家電視所有頻道都在播放《辛普森家庭》那天晚上的事呢？你們覺得那是什麼？或者像幻覺的披頭四曲調呢？如果音符是由鋼琴發出來的話就會是念力……但是你們說並不是。」

「所以接下來呢？」露西問。「我們該留意什麼？」

「我不知道，沒有預測的路徑可以遵循。超自然現象領域的問題是它根本不是個研究的領域，有太多騙子和太多只是該死的精神失常的人了。」

「所以你沒辦法告訴我們該怎麼做。」露西說。「總而言之就是這樣。」

約翰微微一笑。「我可以確切地告訴你們該怎麼做：繼續愛她。如果我外甥說得沒錯——不過你們必須記住第一，他才十七歲，第二，他的結論是根據不可靠的數據得來——到她青春期以前你們很有可能會一直看見異乎尋常的現象。有些也許怪異到誇張的程度。但是到了十三、十四歲左右，那些現象會到達穩定階段，然後開始消退。等到她二十來歲時，她所引起的各種現象大概就微不足道了。」他露出笑容。「不過她這輩子都會是個撲克牌高手。」

「萬一她開始看見死人，就像電影裡的那個小男孩一樣呢？」露西問。「那時候我們該怎麼辦？」

「那我猜你們就得到有死後世界的證據。在這段期間，別自找麻煩。還有要守口如瓶，好嗎？」

「喔，那當然。」露西說。她勉強擠出微笑，但是由於她咬掉了大半的唇膏，因此看來不是非常有信心。「我們最不希望的就是女兒上《內幕分析》八卦雜誌的封面。」

「謝天謝地其他家長沒人看見湯匙那件事。」大衛說。

「這裡有個問題，」約翰說。「你們覺得她知道自己多特別嗎？」

史東夫婦互換了眼色。

「我……我不覺得。」露西終於說。「雖然在湯匙的事情後……我們有點小題大作……」

「在你們心目中是小題大作，」約翰說。「對她來說大概不是。她哭了一下子，就笑咪咪地出去了，沒有吼叫、責罵、打屁股，或者讓她覺得難為情。我的建議是暫時先別管。等她長大一點，你們可以告誡她別在學校表演她的特殊戲法，把她當正常的小孩對待，因為她絕大部分是正常的。對吧？」

「對，」大衛說。「又不是說她長了斑點，或腫塊，或第三隻眼。」

「噢，她的確有，」露西說。她想起了羊膜。「她確實有第三隻眼。你看不見——可是那隻眼的確存在。」

約翰站起身來。「我會去拿我外甥列印出來的所有資料，寄給你們，如果你們要的話。」

「我要。」大衛說。「非常需要。我想親愛的老嬤嬤也想要。」對此他皺了一下鼻子。露西看見了蹙起眉頭。

「那麼在這段期間，好好享受你們女兒帶來的樂趣吧。」約翰告訴他們。「從我所見到的一切來判斷，她是個非常能帶給人樂趣的孩子。你們會熬過這一段的。」

有好一陣子，似乎他說的話是對的。

第四章·呼叫安眠醫生

1

時間是二〇〇七年一月。在利文頓之家的角樓房間裡，丹的電暖器盡全力運轉，但房間依舊冰冷。由時速五十英里的狂風驅動的東北暴風雪從群山颳下來，在沉睡的弗雷澤小鎮每小時堆起五吋的雪。等隔天下午暴風雪終於趨緩時，在克蘭默大道上的建築物北側和東側的積雪有的將會達到十二呎深。

丹不受寒冷的困擾；舒適地躺在兩層羽絨被底下，他的身體暖和得像熱茶和烤麵包。然而風滲入他的腦子裡，就像風從他如今稱為家的舊維多利亞式建築的窗框和門檻底下鑽進來一樣。在夢中，他能聽見風在他兒時曾住過一個冬天的飯店四周呼嘯。在夢中，他就是那個小男孩。

他在全景飯店二樓。媽媽在睡覺，爸爸在地下室檢查舊報紙。他在做研究。為了他即將要寫的書所做的研究。丹尼不應該在這樓上，他手裡不該緊握著總鑰匙，但他沒辦法避開。現在他死盯著以螺栓固定在牆上的消防軟管。軟管一圈一圈地纏繞起來，看起來宛如一條有著黃銅頭部的蛇。一條沉睡中的蛇。當然那不是蛇——他仔細凝視的是帆布，不是鱗片——但是看起來無疑像條蛇。

有時候那真的是蛇。

「來吧，」他在夢中對軟管低聲說。他害怕得發抖，但有什麼東西驅使他繼續。為什麼呢？因為他在做他自己的研究，這就是為什麼。「來吧，來咬我啊！你不行，對吧？因為你只是條愚蠢的消防軟管！」

愚蠢的消防軟管的噴嘴動了，忽然間，丹尼不再是從側面看著噴嘴，而是直視噴嘴的孔。或者也許是望入嘴巴裡。一滴清澈的液體出現在黑洞下面，漸漸拉長。在液滴中他能看見自己睜大的雙眼反映回來。

這是一滴水還是一滴毒液？

那是蛇還是軟管？

誰能斷言呢？我親愛的Redrum，Redrum我親愛的？誰能斷言呢？

它對他發出高速振動的嗡嗡聲，恐懼從他急速跳動的心臟躍上喉嚨。響尾蛇的聲音就像這樣。

此時軟管——蛇的噴嘴從它躺著的那堆帆布上滾落，發出沉悶的砰一聲掉在地板上，然後再度嗡嗡作響，他知道他應該在它衝向前來咬他之前往後退，但是他僵在原地動彈不得，它繼續嗡嗡低鳴——

「醒醒啊，丹尼！」東尼從某處呼喊。「醒來，快醒來！」

然而他無法動彈也醒不過來，這裡是全景飯店，他們被大雪包圍，而且現在情勢不一樣了。軟管變成蛇，死掉的女人睜開眼，而他的父親……噢天啊，我們必須離開這裡，因為我爸爸快要發瘋了。

響尾蛇嗡嗡低鳴。嗡嗡作響，它。

2

丹聽見風在咆哮，可是並不在全景飯店外。不，是在利文頓之家的角樓外頭。他聽見雪打在面北的窗戶上發出嘩啦嘩啦的聲響，聽起來好像沙子。接著他聽到對講機低沉地響起。

他掀開被子將兩腿伸出去，當溫暖的腳趾觸碰到冰冷的地板時畏縮了一下。他穿過房間，幾乎是以腳前掌跳躍著前進。他打開檯燈，呼了一口氣。沒有明顯可見的霧氣，但是就算電暖器的電熱線圈發出暗紅的亮光，今晚的室溫肯定只有華氏四十多度。

嗶。

他按下對講機的通話鍵說：「喂，是我。你哪位？」

「克勞黛特。我想你有病人了，醫生。」

「是溫妮克太太嗎？」他非常確定是她，這意味著他得穿上連帽雪衣，因為薇拉．溫妮克在利文頓二棟，從這裡到那裡之間的通道鐵定比女巫的皮帶扣，或挖井人的乳頭，或是諸如此類的諺語所比喻的，還要冷。薇拉命懸一線迄今已經一週，她一直昏睡，反覆出現呼吸暫停與快速呼吸交替進行的呼吸形態，而今晚正是虛弱的病人選擇離世的夜晚，通常都在清晨四點。他查看一下手錶，才三點二十分，不過差不多是時候了。

然而克勞黛特．艾柏森令他驚訝。「不，是海斯先生，就在我們這邊一樓。」

「妳確定嗎？」丹那天下午才和查理．海斯下了一盤西洋跳棋，就罹患急性骨髓性白血病的人而言，他似乎生氣勃勃得有如蟋蟀。

「不確定，不過艾奇在病房裡面。你知道自己說過的話吧。」

他說過艾奇從來沒犯錯，而他是以將近六年的經驗為根據下了那樣的結論。艾奇爾在組成利文頓建築群的三棟大樓之間自由地四處遊蕩，下午多半蜷縮在娛樂室的沙發上，雖然也常見牠慵懶地攤在牌桌上——無論桌上有沒有半完成的拼圖——有如一條隨便扔在那裡的女用披肩。所有的住客似乎都喜歡牠（假使有任何人抱怨利文頓之家的院貓，話也沒傳到丹的耳裡），艾奇也喜歡他們每一個人。有時牠會跳上某個行將就木的老人膝上，但動作非常輕，絕對不像是會傷到人的樣子。考慮到牠的體型，這點實在是了不起，艾奇可是有十二磅重。

除了午睡的時間外，艾奇鮮少待在一個場所太久；牠總是有要去的地方，要見的人，和要做的事。（『那隻貓是社交王子』，克勞黛特曾對丹尼如此說過。）你可能看見牠到療養浴場，舔舔腳掌，暖一下身子。在健身房裡停止的跑步機上休息，坐在棄置的推床頂上，盯著虛空凝視那些唯有貓能看見的東西。有時候牠會悄悄走近後面的草坪，耳朵平貼在頭蓋骨上，十足是貓科動物獵食的畫面，不過要是牠捕捉到鳥和花栗鼠，牠會將獵物帶到鄰近的院子裡或是對街的鎮公園去肢解。

娛樂室全天候開放，不過一旦電視關掉、住客離開後，艾奇就很少到那裡。當黃昏轉化為夜晚，利文頓之家的脈動減緩，艾奇就會變得坐立難安，不斷在走廊上巡邏，猶如駐守在敵人領土邊界的哨兵。一旦燈光暗下來，你可能甚至看不見牠，除非你直盯著牠；牠那不顯眼的灰褐色毛皮融入在陰影中。

牠從不進客房，除非有住客即將死亡。

到那時候他就會悄悄溜進去（假如門沒閂上的話），或是坐在門外，尾巴捲繞著腰部，以低沉、客氣的聲音喵喵叫，懇請人讓牠入內。一旦牠進了房內，就會跳上住客的床（他們永遠是利文頓之家的住客，絕非病患）安坐在那裡，發出咕嚕咕嚕的叫聲。如果被選中的人剛好醒著，他或她可能會輕輕撫摸貓兒。據丹所知，沒人曾經要求驅逐艾奇。他們似乎都明白牠是以朋友的身分陪在那裡的。

「待命的醫生是哪一位？」丹問。

「你啊。」克勞黛特立即回答。

「妳知道我的意思，我是指真正的醫生。」

「艾默生，可是我打電話到他的部門，接電話的女人叫我別傻了，從柏林到曼徹斯特的所有交通都因天氣關閉了。她說除了那些在收費高速公路上的之外，就連鏟雪機都在等著天亮。」

「好吧，」丹說。「我馬上過去。」

3

在安養院工作了一陣子後，丹明白了即使是垂死之人也有階級制度。主棟建築裡的客人住處比在利文頓一棟、二棟的要來得寬敞也較為昂貴。在海倫・利文頓曾經掛她的帽子、寫羅曼史的維多利亞式豪宅裡的房間稱為套房，並以聞名的新罕布夏州州民來命名。查理・海斯住在艾倫・雪帕德[21]。為了到達那裡，丹必須通過樓梯底部的零食角落，那裡有自動販賣機和幾張硬塑膠椅。弗瑞德・卡爾林一屁股坐在其中一張塑膠椅上，大聲地咀嚼著花生醬餅乾，翻看一本過期的《大眾機械》雜誌。卡爾林是三位值半夜到八點的夜班護理員之一。另外兩位一個月輪值日班兩次；卡爾林卻從來不曾值過日班。他自稱夜貓子，是個肌肉發達、投機取巧的人，露在袖子外的兩條胳臂上淨是刺青，暗示他過去是個飛車黨。

「呦，看看是誰來了，」他說。「是丹尼小子。或者今天晚上你是以秘密身分來的呢？」

丹仍在半夢半醒間，沒心情開玩笑。「你知道海斯先生有什麼狀況嗎？」

「沒什麼，只除了貓在裡頭，那通常表示他們快要嗝屁了。」

「沒有出血嗎？」

大塊頭男人聳了下肩。「嗯有啦，他流了一點點鼻血。我照規定把沾了血的那幾條毛巾收進疫病袋子裡，放在A洗衣間，如果你想要檢查的話。」

丹很想問用了不只一條毛巾才能清乾淨的鼻血如何可以說成是一點點，但決定算了。卡爾林是個毫無感情的笨蛋，丹完全不知道他是怎麼獲得在這裡的工作——甚至是夜班，在大多數客人要不是在睡覺，就是努力保持安靜以免打擾到其他人的時候。他懷疑或許有人拉了一、兩條關係。這世界就是如此運作的。他自己的父親不也是靠關係得到最後一份工作，當上全景飯店的管理員嗎？或許那不是證明透過熟人弄到工作是很糟糕的方式的鐵證，但無疑地似乎暗示了這一點。

「祝你今晚過得愉快啊，安眠——醫生。」卡爾林在他後頭喊著，絲毫不肯壓低聲量。

在護理站，克勞黛特正在做醫藥紀錄，珍妮絲·巴克則在看一台小電視，將音量調低。目前的節目是沒完沒了的結腸淨化錠廣告，然而珍看得眼睛睜大嘴巴半開。丹用指甲輕敲櫃台時她嚇了一跳，他才發現她不是看得出神而是快要睡著了。

「妳們誰能告訴我查理的實際狀況？卡爾林什麼都不知道。」

克勞黛特瞥了一眼走廊盡頭，確認弗瑞德·卡爾林不在視線範圍內，但仍壓低聲音。「那傢伙就像公牛的乳房一樣沒用。我一直希望他會被炒魷魚。」

丹沒說出他抱持相仿的意見。他發現，經常保持莊重能奇妙地增加一個人自由裁量的權力。

「我在十五分鐘前查看過他的情況，」珍說。「從貓咪先生過來探望他以後我們就經常去查看他。」

「艾奇在裡頭待多久了？」

「我們午夜來值班的時候牠在門外喵喵叫，」克勞黛特說：「所以我替牠打開門。牠立刻就

21. 曾是美國太空總署的太空人，執行過阿波羅十四號任務，為史上第五位在月球漫步的太空人。

跳上床去。你知道牠總是這樣。我差點就要找你，不過那時查理人很清醒而且有反應。我對他說嗨，他馬上就回應我，而且開始撫摸艾奇。所以我決定等一下。大約一個鐘頭後，他流了鼻血。弗瑞德幫他清理乾淨，我還得吩咐他把毛巾放到疫病袋子裡去呢。」

存放遭到體液或組織污染的衣物、亞麻製品及毛巾的可分解塑膠袋，安養院員工稱之為疫病袋。這是州政府的規定，為了將經由血液傳染的病原體擴散降到最低。

「我在四、五十分鐘前查看他的時候，」珍說：「他在睡覺，我搖一搖他，他張開眼睛，兩眼都充滿血絲。」

「我就是在那時打電話給艾默生，」克勞黛特說。「我從接電話的女孩那裡得到絕不可能的消息後，我就撥對講機找你了。你現在要下去嗎？」

「對。」

「祝你好運，」珍說。「需要什麼的話就按鈴吧。」

「我會的。珍妮，妳幹嘛要看結腸淨化錠的商業資訊廣告啊？還是這問題太過私人了？」

她打了個呵欠。「在這種時間，唯一播放的其他節目只有調整型胸罩的商業資訊廣告，那個我已經有一件了。」

4

艾倫．雪帕德套房的門半敞，不過丹還是敲敲門。門內沒傳來回應，於是他將門整個推開。有人（很可能是某個護士；幾乎肯定不是弗瑞德．卡爾林）用曲柄將床搖高一點。被子拉到查理．海斯的胸口。他九十一歲了，瘦削得教人心疼，而且蒼白得幾乎好像根本不存在那兒。丹必須靜止不動地站上三十秒才能百分之百地確定老人的睡衣上衣在起伏。艾奇蜷縮在他僅稍微凸起的臀部旁邊，丹進去時，貓以莫測高深的雙眼審視了他一番。

「海斯先生？查理？」

查理的眼睛沒有睜開，眼瞼帶點藍色。底下的膚色較深，呈現黑紫。丹走到床邊時，看見更多的顏色：在兩邊鼻孔下方和緊閉的嘴角一側各有一點血的結痂。

丹進入浴室，拿了條洗臉毛巾，用溫水弄濕，再擰乾。等他回到查理的床邊時，艾奇站起來，靈巧地走到熟睡老人的另一側，騰出空間讓丹坐下。被子依舊因為艾奇的體溫而暖暖的。丹輕輕地擦拭查理鼻子下面的血跡。他擦到嘴巴的時候，查理張開了眼。「丹。是你吧，對不對？我的眼睛有點模糊。」

他的雙眼整個充血。

「你覺得怎麼樣，查理？會痛嗎？你要是痛的話，我可以請克勞黛特幫你拿顆藥丸過來。」

「不會痛，」查理說。他的目光轉向艾奇，再回到丹身上。「我曉得牠為什麼在這裡，也知道你為什麼在這裡。」

「我在這裡是因為風把我吵醒了。艾奇八成只是要找個伴。你知道的，貓是夜行性動物。」

丹將查理的睡衣上衣袖子往上推以便測脈搏，看見老人如枯枝般的前臂上有四個紫色瘀傷排成一排。末期的白血病病人即使你對他們吹口氣都會出現瘀傷，但這些是手指造成的青紫，而且丹十分清楚是打哪裡來的。他現在戒酒了因此較能控制脾氣，但脾氣仍在，如同偶爾想喝酒的強烈慾望一般。

卡爾林，你這王八蛋。他移動得不夠迅速嗎？還是說你只是火大，在你一心想要看雜誌、吃他媽的黃色餅乾的時候，卻不得不清理鼻血呢？

他努力不表露出心中的感覺，然而艾奇似乎感受到了；牠小聲、不安地喵了一聲。在其他情況下，丹或許會問些問題，但此刻他有更迫切的事情要處理。艾奇這回又對了。他只需要觸摸老人就知道。

「我很害怕。」查理說。他的聲音近乎耳語。比起來外頭的風低沉、穩定的呻吟還要大聲一點。「我沒想到我會怕，不過我真的很怕。」

「沒什麼好怕的。」

他沒測量查理的脈搏——那事實上毫無意義了——反而將老人的手握在手中。他看見查理的雙胞胎兒子，四歲，在鞦韆上。他看到查理的妻子拉下臥室的窗簾，身上只穿著一小片比利時蕾絲，那是他買給她當作結婚一週年紀念的禮物；看見她轉身看他時馬尾甩到一邊的肩上，表示準備好了的笑容中臉龐熠熠發亮。他看到一台法莫曳引機，座位上撐了一把條紋雨傘。他聞到培根的香氣，看見散亂著工具的工作檯上有台破舊的摩托羅拉收音機，聽見收音機中法蘭克・辛納屈唱著〈與我共翱翔〉。他看到輪圈蓋中滿是雨水倒映著紅色的穀倉。他品嘗藍莓的滋味，取出鹿的內臟，在某個遙遠的湖中釣魚，連綿不斷的秋雨讓湖面起了波紋。他六十歲，與妻子在美國退伍軍人協會禮堂跳舞。他三十歲，在劈木柴。他五歲，身穿短褲，拉著一輛紅色的玩具小拖車。接著畫面糊在一起，就像行家手中洗的牌一樣，而風持續從山上颳下大雪，但這裡頭只有靜默和艾奇嚴肅、認真守望的眼睛。在像這樣的時刻，丹明白他為何而存在。在像這樣的時刻，他不後悔任何痛苦、悲傷、憤怒與恐懼，因為這些情緒在外頭的風狂吼時將他帶到這間房。查理・海斯已經到了邊界。

「我不是害怕地獄。我過了正派的一生，而且我也不認為真的有那種地方。我害怕的是死後一無所有。」他掙扎著喘息。他的右眼角湧出一粒血滴。「我們都知道，生前什麼都沒有，所以死後也什麼都沒有不是很合理嗎？」

「但是死後不是一片空無。」丹用濕毛巾擦拭查理的臉。「我們永遠不會真正結束，查理。我不清楚怎麼會這樣，或這代表什麼意思，我只知道事實就是如此。」

「你能幫我熬過去嗎？他們說你能幫助人。」

「可以，我會幫忙的。」他再握住查理的另一隻手。「只是睡個覺而已，等你醒來——你會醒過來的——一切都會好轉。」

「天堂？你是指天堂嗎？」

「我不確定，查理。」

今晚力量非常強。他能感覺到那股力量宛如電流般流過他們緊握的手，警惕他自己要輕柔一點，一部分的他存在於這具即將停工的衰弱身體中，而逐漸減退的感官——

請快一點。

即將關閉。他所占據的心靈。

請快一點，時候到了。

仍如以往的敏銳，意識到自己正在轉著最後的念頭……至少是以查理・海斯的身分思考的最後想法。

充血的眼睛闔上，又再度睜開。非常緩慢地。

「一切都很好，」丹說。「你只需要睡個覺。睡覺會讓你變好。」

「你都這麼說嗎？」

「對，我都說是睡覺，你可以安心睡覺。」

「別走。」

「我不會離開，我會陪著你。」他確實陪在身邊。這是他重大的特權。

查理的雙眼再度閉上。丹也闔上他自己的眼睛，看見黑暗中有緩緩跳動的藍色脈衝。一下……兩下……停。一下……兩下……停。外面風仍在狂吹。

「睡吧，查理。你做得很好，但是你累了，需要睡覺。」

「我看到了我老婆。」最微弱的低語。

「是嗎？」

「她說……」

接下來沒有下文，只有丹眼睛後頭最終的藍色脈動，以及床上老人呼出的最後一口氣息。丹張開眼，諦聽風聲，等著最後一樣東西。幾秒鐘後那東西出現了：一縷暗紅色的薄霧自查理的口、鼻、眼睛升起。一位坦帕市的老護士——她和比利・費里曼擁有差不多的閃光——稱此為「喘息。」她說她見過許多次。

丹每次都看見。

那氣上升、懸浮在老人的軀體上。之後慢慢消失。

丹輕輕將查理睡衣右邊的袖子推上去，摸索脈搏，這只是形式而已。

5

艾奇通常在事情結束前就離開，但今晚沒有。牠站在查理旁邊的床單上，注視著房門。丹轉過身去，預期會看見克勞黛特或珍，但是門口沒人。

只不過有別的。

「嗨？」

沒聲響。

「妳是有時候在我黑板上寫字的小女孩嗎？」

沒回應，不過是有人在那裡，沒錯。

「妳的名字叫艾柏拉嗎？」

一陣鋼琴音符傳來，極為微弱，由於風聲的關係幾乎不可聞。要不是艾奇的耳朵抽搐，兩眼始終沒離開空蕩蕩的門口，丹或許會認為那是他自己的想像（他並非總能分辨幻想與閃靈之間的差異）。有人在那兒，看著。

「妳是艾柏拉嗎？」

又是一陣琴聲，隨即再度陷入沉默。只除了這次是不在了。無論她叫什麼名字，她走了。艾奇伸了個懶腰，從床上跳下去，沒回頭看一眼就離開了。

丹在原地再多坐一會兒，傾聽風聲。最後把床搖低，將被子拉上來蓋住查理的臉，走回護理站告訴她們那一樓層有人逝世了。

6

完成了他那份文書工作後，丹走到零食角落。曾有一段時間，他會飛奔到那裡，兩手早已緊握成拳，不過那些日子已經過去。現在他用走的，緩慢地深呼吸，讓頭腦和心都平靜下來。ＡＡ有句俗話：「喝之前先三思，」但是凱西・Ｋ在他們每週一次的私下談話時告訴他，做任何事情前都要先三思。**你保持清醒不是為了做蠢事，丹尼。下回你開始聽腦袋裡那些小不啦嘰的糟糕委**

員會開會的時候，記住這句話。

可是那些該死的指印。

卡爾林在椅子上往後搖，此刻正在吃薄荷巧克力糖。原先看的《大眾機械》已換成攝影雜誌，封面是最近的壞男孩情境喜劇的明星。

「海斯先生過世了。」丹溫和地說。

「很遺憾聽到這個消息。」他的目光完全沒離開雜誌。「不過他們到這裡就是為了這一刻，不是——」

丹抬起一腳，勾住卡爾林的椅子翹起的其中一根前腳後面，猛力一扯。椅子翻倒，卡爾林摔落到地板上。薄荷巧克力糖的盒子從他手中飛出。他不可置信地往上瞪視著丹。

「我引起你的注意了嗎？」

「你這個兔崽——」卡爾林準備起身。丹一腳踩在那人的胸膛上，將他往後推到牆邊。

「看來你注意到我了，很好。現在要是你不爬起來會更好，就坐在那裡聽我說。」丹彎身向前，用兩手扣住膝蓋。緊緊地握住，因為此刻這雙手只想揍人。狠狠地揍一拳，再一拳。他的太陽穴在顫動。**慢下來**，他告訴自己。**別讓怒氣戰勝你**。

但這點很難做到。

「下次我在病人身上看見你的指印，我就會拍照存證去找克勞森太太，到時不管你認識誰你都會流落到街頭。一旦你不再屬於這個機構，我就會找到你，把你打得半死不活。」

卡爾林站了起來，利用牆面支撐他的背部，一面密切注意著丹。他個子較高，至少比丹重上一百磅。他握起拳頭。「我倒想看你試試，不如現在就來怎麼樣？」

「當然，不過不行在這裡，」丹說。「太多人想睡覺了，而且在走廊盡頭有名死者。身上帶有你的印記的那位。」

「我什麼也沒做，只是去量他的脈搏而已。你知道白血病患者多麼容易瘀傷。」

「我知道。」丹同意。「不過你是故意傷他的，我不明白為什麼，但是我知道你的確是故意的。」

卡爾林混濁的雙眼閃爍了一下。不是出於羞愧；丹不認為這人能有那種感覺。只是因為遭人看穿而感到不安，並且害怕被逮到。「了不起。**安眠**——醫生。以為你自己就不會犯錯嗎？」

「來吧，弗瑞德，我們到外頭去，我非常樂意。」這是實話。丹的內心有第二個他存在。他已不再靠近表面，但是他仍然在那裡，依舊是以往那個暴躁、不理性的兔崽子。從眼角，丹能看見克勞黛特和珍站在走廊中間，她們睜大眼睛，相互擁抱著。

卡爾林仔細考慮了一下。沒錯，他的個頭是比較魁梧，而且的確，他的手腳搆得到的範圍較大。然而他的身材也走樣了——過多肥滿的墨西哥捲餅，過量的啤酒，他的呼吸比二十多歲時要來得急促——而且這個瘦巴巴的傢伙臉上有種令人擔憂的表情。他以前見過，在他參加公路聖徒飛車黨的年代。有些傢伙腦袋裡的斷路器有問題。很容易就鬆開，一旦斷路器鬆了，那些人就會發火直到燃燒殆盡。他一直認為托倫斯是個膽小如鼠的小怪胚，就算吃了滿嘴屎也不會吭一聲，但是現在他發覺他錯了。他的秘密身分不是**安眠醫生**，而是**瘋狂醫生**。

仔細考慮了一番後，弗瑞德說：「我不想浪費我的時間。」

丹點點頭。「很好，省得我們兩人凍傷。只不過你要記住我說的話，如果你不想上醫院，從現在起就別動手動腳。」

「什麼時候輪到你負責了？」

「我不知道，」丹說。「我真的不曉得。」

7

丹回到自己房間上了床，但他睡不著。他待在利文頓之家的期間約略探望了四十幾次臨終的病榻，通常事後都很平靜。但今晚不是。他依然憤怒得發抖。他神智清醒的頭腦厭惡狂怒的赤色風暴，然而他心裡更深處有一角落卻喜歡。或許歸根究柢要回到簡單、古老的遺傳學；天性戰勝了教養。他越長時間沒喝酒，越多過去的記憶浮上表面。其中最清晰的一些是有關他父親的盛怒。他一直希望卡爾林接受他的挑釁，走到外頭風雪中，在那裡丹・托倫斯，傑克之子，會餵這個卑劣的小狗崽子吃下他的藥。

天知道他並不想成為他父親，父親節制飲酒的時期是令人神經緊張的那種。ＡＡ應該有助於克制怒氣，大多數時候的確如此，然而總有些時候像今晚一樣，讓丹明瞭到ＡＡ的屏障是多麼的脆弱。讓他覺得自己毫無價值，似乎只配喝個爛醉。像這樣的時刻他覺得與父親非常親近。

他想起：媽媽。

他想到：糖糖。

他想著：沒用的小狗崽子需要吃藥。而你知道他們在哪裡賣藥，對吧？該死的幾乎到處都有賣。

一陣猛烈的狂風吹起，惹得角樓發出呻吟。當疾風平息，黑板女孩出現在那裡。他幾乎能聽見她的呼吸聲。

他從被子底下抬起一隻手。有一瞬間手只是懸在冰冷的空氣中，但片刻後他感覺到她的手——小而溫暖——滑入他手中。「艾柏拉，」他說。「妳的名字叫艾柏拉，不過有時候大家叫妳艾比。對不對？」

沒有傳來回應，但他實際上也不需要回答。他只需要溫暖的小手在他手中的感覺。那感覺僅維持數秒，但已足夠安撫他。他闔上眼睛睡著了。

8

二十英里外，在安尼斯頓小鎮上，艾柏拉・史東清醒地躺著。那隻包覆她手的大手緊握不放了好一會兒。之後化為薄霧消失了。但是那手曾在那兒。他曾在那裡。她在夢中遇到他，可是當她醒來後，卻發覺那夢是真的。她站在一間房間的門口。她在那兒見到的景象既可怕又美好。那裡有死亡，死很恐怖，可是那裡同時有援助。助人的男人沒辦法看見她，不過貓看到了。那隻貓的名字和她的很像，但並不完全相同。

他沒看到我，但他感覺得到我。剛才我們在一起。我想我幫助了他，就像他幫助了那個死去的老人一樣。

這個想法很棒。艾柏拉緊抓著這個想法（如同她剛才握著那隻幽靈的手一般），翻身側躺，將絨毛兔子玩偶抱在胸前，進入夢鄉。

第五章·真結族

1

真結族並沒有組成公司，但如果有的話，那麼在緬因、佛羅里達、科羅拉多，和新墨西哥州某些公路旁的鄉鎮就會被認為是所謂的「公司城鎮」。透過纏結不清的控股公司，這些地方所有主要的企業和大塊的土地都能追溯到他們頭上。真結族的城鎮擁有頗具特色的名字，像是德萊班、耶路撒冷地、奧力、塞威等，且都是安全的避難所，但是他們從不在這些地方久留；他們多半到處遷移。如果你在美國的收費高速公路和主要行駛的公路上開車，你很可能見過他們。也許是南卡羅萊納州的九十五號州際公路上，在迪倫南邊和桑蒂北邊的某處。或許是內華達州的八十號州際公路上，在德雷珀西部的山區。或是在喬治亞州，正越過——放慢速度，要知道這對你絕對有好處——提夫頓外圍惡名昭彰的四十一號公路超速陷阱。

有多少次你發現自己在一輛慢吞吞的休旅車後面，吸著廢氣，不耐煩地等待機會超過去？在你可以完全合法地開到時速六十五或甚至七十英里的時候，卻不得不以四十英里的速度爬行？好不容易快車道終於有個洞，你駛離慢車道，老天啊，你看見一長排同樣該死的東西，運動休旅車以剛好比法定速限低十英里的速度前進，駕駛的是戴眼鏡的金髮老人，他們弓著身子坐在方向盤後，緊緊地抓住方向盤一副覺得自己快要飛走的樣子。

或者也許你曾在收費高速公路的休息站遇到過他們，你當時停下來伸伸腿，或許投了幾個兩角五分的硬幣到自動販賣機裡。通往這些休息站的入口匝道總是分成兩條，對吧？小型車輛在一處停車場，長途卡車和休旅車則在另一處。通常給大型聯結車和休旅車使用的停車場會稍微遠一點。你可能見過真結族隆隆響的露營車停在那個停車場，全部聚集在一起。你或許看過這些露營車的車主走向主建築——速度緩慢，因為他們之中許多人看起來上了年紀，有些相當要命的肥胖——總是成群結隊，總是不與其他人交際。

有時候他們會停在聚集了加油站、汽車旅館，和速食店的高速公路出口。倘若你看到那些休旅車停在麥當勞或漢堡王，你會繼續往下走，因為你知道他們會在櫃台排成長龍，男人戴著鬆軟的高爾夫球帽，或是長簷的釣魚帽，女人則穿著彈性褲（通常是深藍色）和T恤，上頭印著**問我有關我孫兒的事！**或者**耶穌是王**，或**快樂的流浪者**，之類的詞句。你會寧可再往下開半英里路，到鬆餅屋或修尼連鎖餐廳，對不對？因為你很清楚他們點餐會花上很長的時間，出神地呆望著菜單，總是要求他們的四盎司牛肉堡不要加酸黃瓜，或是華堡不要加醬。詢問這個區域是否有任何有意思的觀光景點，即使任何人都看得出來這裡只是另一個僅有三個紅綠燈，年輕人一從最近的高中畢業馬上就會離開的偏僻村落。

你幾乎對他們視而不見，對吧？你怎麼會注意到呢？他們只是休旅車一族，年老的退休人員和幾個稍微年輕的同胞在收費高速公路和藍色公路上過著居無定所的生活，暫住在露營地，無所事事地坐在從沃爾瑪買來的草坪椅上，利用小炭爐烹煮食物，一面閒聊著投資、釣魚比賽、火鍋食譜，以及天知道的話題。他們總是在跳蚤市場和庭院拍賣逗留，將他們整台令人討厭的恐龍車一半停在路肩一半停在路上，所以你為了通過不得不以慢得像蝸牛的速度前進。他們和你偶爾會在同樣的收費高速公路和藍色公路上的飛車黨正相反；是溫和的天使而非狂野份子。

他們全部一起到休息站、占滿所有的廁所時非常的惱人，不過一旦他們在路上受到驚嚇、不聽使喚的腸子終於暢通後，輪到你自己能夠坐在馬桶上時，你就會將他們拋在腦後了，不是嗎？

他們和電話線上的鳥群，或是路旁田野中吃草的乳牛群同樣不引人注目。噢，你或許好奇他們如何負擔得起那些耗費燃料的龐然巨物的油錢（因為他們肯定有充裕的固定收入，否則他們怎麼能像那樣將所有時間都花在到處開車兜風上），你可能琢磨為何有人會想要在退休以後巡遊胡特與郝勒之間所有無窮無盡的美國公路，不過除此之外，你大概根本不會多想他們的事。

假如你剛巧是個不幸的人，曾失去過孩子——除了街上空地裡的腳踏車，或是附近小溪邊的草叢中一頂小帽子外，什麼也沒留下——你大概永遠不會想到是他們下的手。你怎麼會呢？不，那八成是某個無業遊民幹的。或是（很糟的想法，但似乎非常可信）和你居住在同一個小鎮，或是鄰近的區域，或許甚至是同一條街的病態混蛋，不正常的變態殺人狂，他非常善於裝作表面正常，並且會持續裝出正常的模樣，直到有人發現這傢伙的地下室或埋在後院的骨頭的碰撞聲。你絕不會想到是休旅車一族，那些領取養老金的中年人和戴著高爾夫球帽、遮陽板上有鑲花的活潑老年人。

大多數時候你是對的。美國有成千上萬開休旅車的人，但是到二〇一一年全美只剩一族：**真結族**。他們喜歡四處遷徙，那很好，因為他們不得不這麼做。假如他們久居一地，終究會引起人注意，因為他們不像其他人會變老。圍裙安妮或齷齪菲爾（其鄉巴佬名是安·拉蒙特及菲爾·卡普托）或許會看起來好像一夜之間老了二十歲。小不點雙胞胎（豌豆和豆莢）可能啪地一下子從二十二歲回到十二歲（或差不多那個年紀），那是他們轉變的年齡，但是他們的轉變是很久以前的事了。真結族中唯一真正年輕的成員是安潔雅·史坦納，如今被稱為蛇吻安蒂……就連她也不若外表那般年輕。

一個腳步蹣跚、性情乖戾的八十歲老婦人忽然又變回六十歲。一名皮膚粗糙的七十歲老紳士能夠拋棄枴杖；手臂和臉部的皮膚腫瘤消失無蹤。

黑眼蘇西不再瘸拐。

柴油道格由白內障的半瞎狀態變成目光敏銳，禿斑神奇地不見了。忽然間，說變就變，他又回到了四十五歲。

精氣源史提夫的駝背挺直了。他的妻子，紅髮芭芭，丟棄那些不舒服的失禁保潔褲，穿上鑲嵌著假鑽的艾瑞特馬靴，說她想去跳排舞。

若有時間觀察這些變化，人們會懷疑會說閒話。最後就會有記者出現，而真結族迴避公眾的注意就像吸血鬼據稱躲避太陽光一樣。

不過由於他們不定居在一地（就算他們在屬於他們的公司城鎮停留較長的時間，他們也不與其他人來往），他們便十分地融入環境。為什麼不呢？他們和其他的休旅車族穿著同樣的服飾，他們戴同樣廉價劣質的太陽眼鏡，他們買同樣的紀念T恤，查閱同樣的AAA公路地圖。他們在他們的邦德和溫尼貝格上貼同樣的印花，吹噓他們造訪過的所有特別的地方。（**我在聖誕遊樂園幫忙修剪過世界上最巨大的樹！**）當你被困在他們後面，等待機會超越時，會發覺自己盯著同樣的保險桿貼紙（**年紀老了但仍活著，救救醫療保險，我是保守黨而且我投票！！**）他們吃桑德斯上校的炸雞，偶爾在高速公路旁易上易下的便利商店內購買刮刮樂，那些店裡還販售啤酒、釣餌、彈藥、《汽車趨勢》雜誌，及無數種糖果棒。倘若在他們停留的鎮上有賓果遊戲廳，他們一票人往往會過去占據一張桌，玩到最後一個無所不包的遊戲結束。在其中一項遊戲中，貪心葛（其鄉巴佬名字是葛蕾塔・摩爾）贏了五百塊。她洋洋得意了好幾個月，雖然真結族的成員並不缺錢，她的態度仍讓其他的女士氣惱不已。代幣查理也很不高興。他說葛最後賓果的時候，他正等著搖獎機送出B7串成五條線。

「貪心葛，妳這女人真是好運。」他說。

「你這混蛋卻不走運啊，」她說。「倒楣、鬱悶的混蛋。」說完繼續得意地大笑。

萬一他們之中有人剛好中了超速陷阱或是因為輕微的交通違規被攔下來——這種情況很少見，不過的確會發生——警察也查不出任何異狀，只會拿到有效的駕照，最新的保險卡，和整整齊齊的文件。當警察拿著傳票本站在那兒，即使是顯而易見的詐騙，也沒有人會吭聲。對警方的指控他們從不爭辯，所有的罰款都立即付清。倘若美國是個生命體，公路就是它的動脈，而真結族悄悄地在其間移動，有如無聲的病毒一般。

不過他們沒有狗。

一般休旅車族旅行時常有許多犬類同伴，通常是那種只會大小便、戴著俗豔的頸圈、毛皮白色，脾氣很壞的小狗。你知道那種狗吧；牠們令人惱火的吠叫聲吵得你耳朵受不了，老鼠似地小眼睛透露著惹人煩心的聰穎。你在高速公路休息站指定的遛寵物區看見牠們在草叢間一邊嗅聞著一邊往前走，牠們的主人在後頭跟著，長柄撿糞鏟準備就緒。在這些一般休旅車族的露營車上，除了常見的印花和保險桿貼紙之外，你往往會看見鑽石型的黃色標牌，上面寫著**車上有博美狗**，或是**我愛我的貴賓狗**。

但真結族絕對沒有。他們不喜歡狗，狗也不喜歡他們。你可以說狗能看穿他們。看透隱藏在打折的墨鏡後頭敏銳、警惕的眼睛。看出從沃爾瑪買來的聚脂纖維長褲底下肌肉纖長、獵人的雙腿。看穿假牙下面蓄勢待發的尖牙利齒。

他們不喜歡狗，但他們喜歡某些孩子。

噢，是的，他們非常喜歡某些小孩。

2

二〇一一年五月，在艾柏拉・史東慶祝她十歲生日，丹・托倫斯歡慶加入ＡＡ戒酒十週年之後不久，烏鴉達迪敲了敲高帽蘿絲的地球巡洋艦的車門。真結族目前待在肯塔基州雷克辛頓市外的舒適露營地。他們正在前往科羅拉多州的途中，他們將要在那裡一個他們預定的城鎮度過大半的夏季，那裡是丹有時候會在夢中重遊的地方。通常他們並不趕著去任何地方，但是今年夏天有件緊急的事。他們全部的人都心知肚明，但沒人開口談論。

蘿絲會處理的，她向來如此。

「進來吧。」她說，烏鴉達迪走進去。

每次出差辦事，他總是穿著上好的西裝和擦得有如鏡面發亮的昂貴鞋子出門。若是他覺得特別想要老派作風，甚至可能帶根手杖。這天早晨他身穿一條靠吊褲帶支撐的鬆垮褲子，和一件吊帶背心，上面有條魚（底下印著**吻我的鱸魚吧**），頭戴一頂平扁的工人帽。他關上身後的門時迅速將帽子脫下。他是她有些時候的情人也是她的第二把交椅，可是他總是不忘對她表示尊敬。這是蘿絲喜歡他的眾多優點之一。她毫不懷疑萬一她死了，真結族能在他的領導下繼續存活下去。至少，可撐上一陣子。但是要再過個一百年？或許沒辦法。**大概**不行。他有著三寸不爛之舌，在他必須和鄉巴佬交易時能大撈一票，可是烏鴉的計畫能力粗淺，而且沒有真正的展望能力。

今天早上他一臉憂心忡忡的樣子。

蘿絲坐在沙發上，穿著七分褲和樸素的白色胸罩，正抽著香菸，觀看壁掛式大電視上播放的第三小時的《今天》節目。這是「軟性專題」的時段，在這時段中他們主要介紹名廚以及前來宣傳新電影的演員。她的大禮帽歪斜地戴在腦後。烏鴉達迪認識她的時間比鄉巴佬的壽命還長，但他仍然不知道究竟是什麼魔法讓帽子能撐在那種抗拒地心引力的角度。

她拿起遙控器，減低音量。「哎呀，是亨利・羅斯曼，真是沒想到啊。而且看起來非常的可口，不過我懷疑你是來讓我品嘗的。才早上十點十五分，還有你臉上的表情都表示不可能，誰死了嗎？」

她是當玩笑話來說，然而他前額緊蹙的眉頭告訴她那並非笑話。她關掉電視，慎重其事地捻熄香菸，不希望他看出她感到驚慌。真結族曾經有超過兩百多人。然而到昨天，他們的人數是四十一。假如她猜對他皺眉的意思，他們今天又要少一人了。

「卡車湯米。」他說。「在睡夢中走了。循環了一次，然後砰地一聲走了。完全沒有受苦。這他媽的很罕見，妳是知道的。」

「納特有去看他嗎？」在仍能看見他的時候，她心裡想著但沒補充說明。沃爾納特，其鄉巴佬的駕照和各種各樣的鄉巴佬信用卡上都認定他是來自阿肯色州小岩城的彼得・瓦利斯，他是真結族的外科醫生。

「沒有，事情發生得太快了。重量級瑪莉在他身邊。湯米猛烈地擺動，把她吵醒。她以為他在作噩夢，所以用手肘推他一下……只不過到那時候戳到的只有他的睡衣，其他什麼也不剩了。八成是心臟病發作。湯米感冒得很嚴重。納特認為那可能是影響的因素。而且妳知道那傢伙菸癮有多大，總是像煙囪一樣地吞雲吐霧。」

「我們不會得心臟病。」接著，無奈地加一句：「當然，我們通常也不會傷風感冒。這幾天他喘得很厲害，是不是？可憐的老湯米。」

「對啊，可憐的老湯米。納特說沒有驗屍很難確定死因。」這根本不可能。到現在早已沒有屍體留下可供解剖了。

「瑪莉的狀況怎麼樣？」

「妳認為呢？她心碎得一塌糊塗。他們的關係是從卡車湯米還是馬車湯米的時候開始的。將近九十年了。在他轉變後是她照顧他的，在他隔天醒來時給他他的第一口精氣。現在她說她想自殺。」

蘿絲極少感到震驚，但這個消息令她愕然。真結族裡從來沒有人自殺過。生命是——套用一句老話——他們唯一活下去的理由。

「大概只是說說而已，」烏鴉達迪說。「不過……」

「不過什麼？」

「妳說得對，我們通常不會感冒，可是就在最近有相當多人得了。大多數只是來了就走的輕微感冒。納特說可能是因為營養不良。當然啦，他只是猜測而已。」

蘿絲坐著沉思，手指輕敲裸露的上腹部，眼睛盯著電視空白的長方形。最後她說：「好吧，我同意我們最近的營養品是少了點，可是我們一個月前才在德拉瓦州吸過精氣，湯米那時很健康。馬上胖了起來。」

「是沒錯，不過蘿絲——德拉瓦州那孩子的份量並不多。比較像肉塊而不是精氣。」她從未那樣想過，不過那是事實。而且，根據他的駕照，他已經十九歲了。早已失去了青春期左右他可能擁有的引人注目的精華。再過十年，他就會變成另一個平凡的鄉巴佬。也許甚至五年內。他稱不上是頓餐點，同意。但是你不可能永遠吃牛排。有時候你必須將就吃點豆芽菜和豆腐。起碼，這些食物可以維持你的生命直到你有辦法宰殺下一頭牛為止。

然而精神的豆腐和豆芽菜並沒有維持卡車湯米的性命，不是嗎？

「過去有比較多的精氣。」烏鴉說。

「別傻了。那就像鄉巴佬說五十年前的人比較敦親睦鄰一樣。那是神話，我不希望你四處散布這個神話。大家已經夠神經質了。」

「妳很清楚我不是那種人。親愛的，我不認為那是神話。如果妳思考一下，就會發現那是很合乎道理的。五十年前所有的東西都比現在多——石油、野生動植物、可耕的土地、清淨的空氣。那時甚至還有少數誠實的政治人物呢。」

「對！」蘿絲大聲說。「理查・尼克森[22]，記得他嗎？鄉巴佬的君王？」

但他不會去追究這條錯誤的路線。烏鴉或許在展望能力方面有點欠缺，不過他很少分心。那是他成為她的副手的原因。他也許甚至言之有理。誰敢說能夠提供真結族所需營養的人類沒有逐漸變少，就像太平洋裡的鮪魚群那樣呢？

「蘿絲，妳最好打開罐子。」他看見她的雙眼圓睜，便舉起手來阻止她開口。「沒人大聲說出來，不過整個家族的人都在想這件事。」

蘿絲毫不懷疑他們抱著如此的想法，況且湯米死於營養失調所導致的併發症，這觀點似乎有相當恐怖的可信度。當精氣的供應短缺，生活就越趨辛苦，失去了樂趣。他們不是過去哈默電影製片公司拍攝的那些恐怖影片中的吸血鬼，但他們仍需要進食。

「從我們享用第七波到現在多久了？」烏鴉問。

他很清楚這問題的答案，她也是。真結族的預知能力有限，不過當非常重大的鄉巴佬災難，就是所謂的第七波，接近時，他們全都能感受到。雖然世貿中心遭受攻擊的細節到二〇〇一年夏末才開始清晰起來，不過他們早在數個月前就知道紐約市將會發生大事。她仍記得當時的歡喜與期待。她想當飢餓的鄉巴佬聞到廚房正在烹煮特別美味的料理時也有同樣的感覺。

那天和接下來幾天，每人都有充足的精氣。當雙塔倒下的時候，死者之中或許只有幾位真正的精氣源，可是當災難的規模夠大時，痛苦及猛烈的死亡具有豐富的質量。這也就是為何真結族會被吸引到這些場所，如同昆蟲受到強光吸引一般。想找出單一鄉巴佬精氣源的位置要困難得多，目前他們之中僅有三人的腦裡擁有專門的聲納：弗利克爺爺、中國佬貝瑞，和蘿絲本人。

她起身，從吧檯抓了一件疊得整整齊齊的平口船領上衣，由頭上套下去。一如往常，她看起來豔光四射，由於高聳的顴骨及微微上翹的眼睛而顯得有點超脫自然，但性感非凡。她把帽子重新戴好，輕拍一下以求好運。「烏鴉，你認為我們還剩下多少全滿的罐子？」

他聳聳肩。「十二？十五？」

「在那附近。」她承認。最好他們沒人知道真相，就連她的副手也不曉得。她最不需要的就是讓目前的不安變成徹底的恐慌。人一驚慌起來，往往會向四面八方逃竄。一旦發生了那種情況，真結族很可能會瓦解。

在此同時，烏鴉注視著她，非常仔細地。在他能看出太多端倪之前，她說：「你今晚可以包租下這個地方嗎？」

「妳在開玩笑嗎？以目前汽油和柴油的價格，擁有這場地的傢伙就連週末都沒法租出去一半的營地。他聽到這個機會會高興得跳起來。」

「那麼去辦吧，我們要吸罐子裡的精氣，把消息傳給他們吧。」

「沒問題。」他吻她，同時愛撫她的一邊乳房。「這件是我最喜歡的上衣。」

她大笑著推開他。「任何一件裡頭有乳房的上衣都是你的最愛。去吧。」

然而他流連不去，咧嘴笑開勾起一邊的嘴角。「那個響尾蛇女孩還在妳的門口嗅來嗅去嗎？

22.尼克森於一九六九年到一九七四年間擔任美國總統，在任內因爆發水門竊聽案醜聞而被迫辭職。

美人兒？」

她把手伸到他腰帶下面迅速捏了一把。「噢，我的天。我摸到的是你嫉妒的骨頭嗎？」

「答案是肯定的。」

她抱持懷疑，不過仍感到飄飄然。「她現在和莎蕊在一起，兩人非常的幸福。不過既然我們談到安蒂，她可以幫我們，你知道怎麼做。把消息傳出去，但是先跟她談談。」

他離開後，她鎖上地球巡洋艦，走到駕駛室，雙膝跪到地上。她緩緩地將手指伸入駕駛座和控制踏板間的地毯裡，一條地毯掀了起來。下面是一塊內嵌小型鍵盤的正方形金屬，蘿絲鍵入數字，保險箱啪地開了一、兩吋。她將保險箱門整個打開探看裡面。

剩下十五或十二瓶全滿的罐子。那是烏鴉的猜測，儘管她無法像讀取鄉巴佬的想法那般洞察真結族成員的心思，但蘿絲確定他是故意低估好振作她的精神。

要是他知道的話，她心想。

保險箱塞滿了保麗龍來保護罐子，以防萬一遇到道路交通事故，共有四十個固定的支架。在肯塔基州這個晴朗的五月早晨，這些支架裡的罐子有三十七個是空的。

蘿絲拿起其中一個剩餘的全滿罐子舉高。罐子很輕；如果你掂掂重量，你會猜這一罐也是空的，她取下蓋子，檢查底下的氣閥以確定密封仍舊完好無缺，再重新關上保險箱，將罐子謹慎地——近乎恭敬地——放置在吧檯上她折疊上衣的位置。

過了今晚就只剩兩罐了。

他們必須找到強大的精氣，重新充滿至少幾個空罐，而且他們必須動作快。真結族雖然並非走投無路，尚未完全窮途末路，但也相距不遠了。

3

舒適露營地的主人和他妻子有自己的拖車，常設在塗漆的混凝土磚上的拖車式活動房屋。四月的春雨使得五月的花卉蓬勃生長，舒適夫婦的前院開滿了花。安潔雅・史坦納駐足片刻欣賞鬱金香和三色堇後，才登上雷德曼大型拖車門口的三步台階，敲敲拖車的門。

舒適先生終於開了門。他是個大腹便便的矮小男人，腹部目前包裹在亮紅色的吊帶汗衫裡。他一隻手裡拿著一罐藍帶啤酒。另一隻手上則拿著夾在一片鬆軟白麵包裡沾了芥末醬的德式香腸。由於他老婆當下在另一個房間，他停頓了一會兒，以視線清查了站在面前的年輕女人，從頭上馬尾到腳下的運動鞋。「有什麼事嗎？」

真結族中有好幾位擁有一點催眠的才能，不過安蒂是目前為止最優秀的，她的轉變已證實為真結族帶來極大的益處。她依舊偶爾利用這項才能，從某些迷上她的年長鄉巴佬紳士的皮夾裡竊取現金。蘿絲覺得這既冒險又幼稚，但從經驗中明白，遲早，安蒂所稱的**問題**將會慢慢消失。對真結族而言，唯一的問題就是生存下去。

「我只是有個小問題。」安蒂說。

「如果是馬桶出問題，親愛的，清糞便的人要禮拜四才來。」

「不是那個問題。」

「那，是什麼問題呢？」

「你不累嗎？不想去睡個覺嗎？」

舒適先生立即閉上眼睛。啤酒和德式香腸從他手中滾落，在小地毯上留下一團髒亂。哦，好吧，安蒂心想，反正烏鴉先付了這傢伙一千兩百元。舒適先生買得起一瓶地毯清潔劑。也許甚至兩瓶。

安蒂抓住他的胳臂，領他走進客廳。客廳裡有一組印花棉布包覆的舒適扶手椅，前面擺了兩張電視托盤桌。

「坐。」她說。

舒適先生坐下，眼睛緊閉。

「你喜歡和年輕女孩亂搞嗎？」安蒂問他。「要是可以的話你就會吧，對不對？反正，如果你跑得夠快能追上她們的話。」她雙手扠腰，仔細地審視他。「你這人很噁心。你能說一遍嗎？」

「我這人很噁心。」舒適先生同意。說完開始打呼。

舒適太太從廚房走進來。她正在啃冰淇淋三明治。「嘿，妳是誰？妳跟他說了什麼？妳想要什麼？」

「要妳睡覺。」安蒂命令她。

舒適太太扔下冰淇淋。接著膝蓋失控，一屁股坐在冰淇淋上。

「啊，該死，」安蒂說。「我不是指睡在那裡，起來。」

舒適太太起來時壓扁的冰淇淋三明治黏在她的衣裙後面。蛇吻安蒂用一手環住婦人幾乎不存在的腰，帶領她到另一張舒適的椅子去，停頓了好半晌將她屁股上漸漸融化的冰淇淋三明治剝下來。很快地，他們兩人並排坐在一起，雙眼緊閉。

「你們將會睡一整夜，」安蒂指示他們。「先生會夢到追著年輕女孩跑。太太，妳會夢到他死於心臟病發作，留給妳一張百萬的保單。這聽起來怎麼樣？聽起來很好吧？」

她啪地打開電視，將音量調大。一個超級波霸的女人正在擁抱電視節目主持人派特·薩加克，她剛解完謎題，題目是絕不滿足於目前的成就。安蒂讚賞了那對碩大的乳房一會兒後，再度轉向舒適夫婦。

「十一點鐘的新聞播完以後，你們會關掉電視上床睡覺。等明天醒來時，你們不會記得我來過這裡。有問題嗎？」

他們毫無疑問。安蒂離開他們，急匆匆地趕回休旅車群中。她非常飢餓，已經餓了好幾星期，今晚每人都會有充足的量。至於明天……那是蘿絲負責操心的事，對蛇吻安蒂而言，就讓蘿絲儘管去傷腦筋吧。

4

八點前天色已全暗。九點，真結族聚集在舒適露營地的野餐區。高帽蘿絲最後一個到，帶著罐子。一看見罐子四周便響起一片貪婪的小聲低語。蘿絲清楚他們的感受。她自己也十分飢餓。她爬上一張刻滿姓名首字母的野餐桌上，一一地注視每一個人。「我們是真結族。」

「我們是**真結族**，」他們響應。他們的表情嚴肅，眼神熱切而飢渴。「**繫結在一起的將永遠不會解開**。」

「我們是真結族，我們長存於世。」

「**我們長存於世**。」

「我們是被選中的一族，我們是幸運的一族。」

「**我們是被選中且幸運的一族**。」

「他們是製造者；我們是奪取者。」

「**我們奪取他們製造的東西**。」

「奪取這個善加利用。」

「我們會善加利用。」

從前，在二十世紀的最後十年初期，有個男孩來自奧克拉荷馬州的伊尼德市，名叫理查・蓋爾斯沃希。他母親有時候說，我發誓那孩子能看透我的心思。大家聽到都一笑置之，可是她並非在開玩笑。而且或許不只是她的心思。理查連沒唸的科目考試也能拿A。他知道什麼時候他父親會心情愉快地回家，什麼時候他回家時會為他所擁有的水電材料公司的事情而發怒。有一次男孩請求他母親去玩精選六樂透，因為他發誓他知道中獎號碼。蓋爾斯沃希太太拒絕了，因為他們是虔誠的浸信會教徒，然而事後她很後悔。理查寫在廚房留言備忘板上的六個數字並非全中，但中了五個。她的宗教信念讓他們失去了七萬元。她懇求男孩別告訴父親，理查允諾他不會透露。他是個乖孩子，可愛的男孩。

在樂透插曲之後兩個月左右，蓋爾斯沃希太太在自家廚房中槍而亡，而那個乖巧、可愛的男孩失蹤了。他的屍體早已在一座廢棄農場後頭破落的田地底下腐敗，但是當高帽蘿絲打開銀罐的氣閥，他的精華，也就是精氣，化成一大片閃閃發光的銀霧逸出。那股霧氣上升到罐子上方大約三呎的高度，然後水平地擴散開來。真結族個個帶著期待的表情站著仰望那片霧氣。大多數人在顫抖，有幾位竟然哭了起來。

「吸取滋養長存於世。」蘿絲說，並舉起雙手直到張開的手指就在那片平展的霧氣下面。她召喚。霧氣立刻開始下沉，在朝底下那些等待的人下降時形成傘狀。霧氣一籠罩住他們的頭，他們便開始深深地呼吸。這動作持續了五分鐘，在此期間他們有幾個人因換氣過度而暈厥在地。

蘿絲感覺自己身體逐漸強大，精神變得敏銳。這春天夜晚的每抹芬芳香氣益發凸顯。她清楚她的眼睛及嘴巴四周的細紋漸漸消失。髮間的絲縷白髮正再度變黑。今晚稍後，烏鴉會來到她的露營車，在她床上他們會如乾柴烈火般燃燒。

他們深吸進理查・蓋爾斯沃希，直到他不復存在——真正徹底的蕩然無存。白色的霧氣變薄接著消逝。那些昏厥的人坐起來張望四周，面露微笑。弗利克爺爺攫住佩蒂，中國佬貝瑞的妻子，拉著她跳一小段輕快的吉格舞。

「放開我，你這老傢伙！」她惡狠狠地說著，卻開懷大笑。

蛇吻安蒂和沉默莎蕊深深地接吻，安蒂的雙手插入莎蕊鼠灰色的秀髮中。

蘿絲從野餐桌一躍而下轉身向烏鴉。他用拇指和食指合成圈，朝她咧嘴一笑。

那笑容表示，**一切都很完美**，的確也是如此。暫時。然而儘管在情緒高漲的狀態下，蘿絲依然想起保險箱裡的罐子。現在變成三十八個空罐，而不是三十七了。他們離走投無路又更近了一步。

5

翌日早晨才剛破曉真結族就動身出發。他們走十二號公路接六十四號州際公路，十四輛休旅車首尾相連排成一列車隊。當他們抵達州際公路後就會分散開來，這樣就不會那麼明顯地聚集在一起，憑靠無線電保持聯繫以應付萬一有麻煩出現。

或者如果有機會上門。

爾尼與莫琳・賽考維茲經過一夜安眠精神抖擻，兩人都同意這群休旅車族幾乎是他們所遇過最好的客人。他們不僅付現金，而且將他們的場地收拾得乾乾淨淨，有人留了一個蘋果麵包布丁在他們拖車的台階頂端，上頭放張貼心的感謝便箋。賽考維茲夫婦一面吃著贈送的甜點當早餐一面對彼此說，運氣好的話，他們明年會再回來。

「你知道嗎？」莫琳說。「我夢到保險廣告上的那個小姐——芙蘿——賣給你一張巨額的保單。這夢很古怪吧？」

爾尼咕噥了一聲，擠更多發泡鮮奶油到他的麵包布丁上。

「寶貝，你有作夢嗎？」

「沒。」

但他回答時眼神移開不敢看她。

6

炎熱的七月某日在愛荷華州真結族的運氣轉好。蘿絲一如往常率領著車隊，就在亞代爾西部，她腦中的聲納發出了脈衝信號。絕不是震耳巨響，但普通的響亮。她立刻用民用頻段的無線電對講機與中國佬貝瑞聯繫，但其實他像亞洲人的程度和湯姆・克魯斯差不多。

「貝瑞，你有感覺到嗎？請回答。」

「有。」貝瑞不是饒舌型的人。

「今天弗利克爺爺搭誰的車？」

貝瑞還來不及回答，無線電對講機就有第二個聲音插進來，圍裙安妮說：「心愛的，他和我還有長腿保羅在一起。這個……很棒嗎？」安妮聽起來相當焦慮，蘿絲能理解。理查・蓋爾斯沃希是非常出色的精氣，但餐與餐之間隔了六星期是很長的一段時間，他開始漸漸消逝了。

「安妮，老傢伙的頭腦清醒嗎？」

她來不及回答，一個粗重刺耳的聲音就回應：「我很好，女人。」對一個有時甚至不記得自己名字的人來說，弗利克爺爺的狀態確實聽起來相當好。當然，暴躁了點，不過暴躁總比糊裡糊塗要好多了。

第二個脈衝信號襲向她，這次沒那麼強勁。彷彿要強調一個無須強調的重點似地，爺爺說：

「我們他媽的走錯方向了。」

蘿絲沒費事回話，只再按一次麥克風上的通話鍵。「烏鴉？親愛的，請回答。」

「我在這兒。」同平常一樣地迅速。只是等待著被呼喚。

「讓大家開進下一個休息區。除了我、貝瑞，和弗利克。我們要從下一個出口出去再繞回頭。」

「妳需要一組人馬嗎？」

「要等我們靠近一點才知道，不過……我想應該不用。」

「好吧。」停頓半晌後他加了句：「呿。」

蘿絲將麥克風放回架上，望著窗外四線道兩邊無窮無盡的玉米田。烏鴉大為失望是理所當然的。他們全都會覺得失望。強大的精氣源代表麻煩，因為他們幾乎都對暗示免疫。那意味著要靠武力帶走他們。朋友或家人經常想要干涉。有時候能讓他們入睡，但並非每次都行得通；擁有強大精氣的孩童甚至能阻擋蛇吻安蒂在這方面發揮的全力。因此有時候他們必須殺人。這一步並不妥，但獲得的獎賞總是值得：儲存在鋼罐中的生命及精力。未雨綢繆。在許多案例中甚至有殘餘的好處。精氣是遺傳的，通常在目標家庭中的每個人至少都有一些。

7

當絕大多數的真結族在康瑟爾布拉夫斯東邊四十英里一處多蔭、舒適的休息區等候，載著三名偵察員的休旅車折返，離開亞代爾的收費高速公路，朝北而行。一旦遠離八十號州際公路進入偏遠的鄉村地區後，他們就分散開來，開始在鋪了碎石、維護良好的農業道路網上緩慢前進，這些道路將愛荷華州這一帶劃分成無數個巨大的方格。從不同的方向朝脈衝信號逐漸逼近。以三角來定位。

信號逐漸增強……再增強一點……之後趨於平穩。相當好但不是**極佳**的精氣。啊，好吧。乞丐可沒得選擇。

8

這天為了參加當地的少棒聯盟全明星隊的練習，布萊德利・崔佛的父親讓他免做平常的農場勞務。如果他爸爸拒絕放他假，教練大概會帶其餘的男孩動用私刑，因為布萊德是隊中最頂尖的打擊者。端詳他你絕對想不到——他瘦得像根耙子握柄，而且年僅十一歲——然而他甚至能從地區內最優秀的投手手中擊出一壘和二壘安打。易打的慢速球他幾乎總是打得很遠。有些是單純農家男孩的力氣大，但絕不是全部。布萊德似乎就是知道下一球會是什麼球。他並非竊取對方暗號（其他地區的教練陰沉地猜測過這個可能性）。他就是**知道**。就像他曉得新的飼養家畜用的井設置在何處最好，或是偶爾走失的牛跑到哪裡去，或者媽媽的婚戒是在何處弄丟。**找找看薩博本的地墊下面**，他說，結果就在那兒。

那天的練習特別順利，不過布萊德在練習後的彙報時似乎在恍神，並且拒絕取用裝滿冰塊的桶子裡的汽水。他說他認為自己最好回家，幫他媽媽把衣服收進來。

「快要下雨了嗎？」教練麥卡・強森問。在這類事情上他們全都相信他。

「不曉得。」布萊德無精打采地說。

「孩子，你還好嗎？你看起來有點憔悴。」

事實上，布萊德感覺不大舒服，那天早上醒來就頭痛而且有點發燒。不過，那不是他現在想回家的原因；他只是有種強烈的感覺，他不想再待在棒球場。他的腦子似乎不……大像是他自己的。他不確定自己是在這裡，或只是夢見自己在此——這是多麼瘋狂的想法？他心不在焉地搔抓前臂上的紅斑。「明天同樣的時間，對吧？」

強森教練說計畫是這樣沒錯，布萊德一手拖著手套走開了。他通常會慢跑——他們全都如此——但是今天他不想跑步。他的頭仍在痛，現在連腿也痛了。他消失在露天看台後的玉米田中，打算抄捷徑回兩英里外的農場。當他出現在小鎮道路D，用一手緩慢、恍惚地拂去頭髮上的玉米鬚時，一輛中型的漫遊王在碎石子路上怠速。站在車旁，笑咪咪的是中國佬貝瑞。

「哈，找到你了。」貝瑞說。

「你是什麼人？」

「一個朋友，上車吧。我載你回家。」

「好啊。」布萊德說。感覺依他現在的身體狀況，搭個便車應該不錯。他搔搔手臂上的紅斑。「你叫貝瑞・史密斯，你是朋友。我會坐上車，你會載我回家。」

他上了休旅車。車門關閉。漫遊王開走了。

到第二天，全郡的人將會總動員，尋找亞代爾全明星隊的中外野手和最佳打擊者。州警的發言人要求居民舉發任何陌生的汽車或廂型車。這類的報告很多，但全都毫無結果。而儘管載著偵察者的三輛休旅車比廂型車要大得多（蘿絲高帽的車尤其龐大），卻無人舉報他們。畢竟，他們是休旅車族，而且在一起旅行。布萊德就這樣……失蹤了。

如同成千上萬其他不幸的孩子一樣，他遭到吞噬，表面上看來是被一口吞下。

9

他們帶他往北到一處廢棄的乙醇加工廠，距離最近的農家好幾英里遠。烏鴉將男孩從蘿絲的地球巡洋艦抱出來，輕輕地放在地上。布萊德被用厚膠帶綁住，不停地哭泣。當真結族聚集在他四周（宛如送葬者圍在墓穴旁）時，他說：「求求你們送我回家，我絕對不會說出來的。」

蘿絲在他身旁單膝跪下嘆了口氣。「孩子，如果可以的話我會那麼做，但是我不能。」

他的目光找到貝瑞。「你說你是好人！我聽見你那樣說了！」

「抱歉啦，夥伴。」貝瑞看起來完全沒有覺得對不起的樣子。他的表情只有飢餓。「這不是針對你個人。」

布萊德將視線轉回到蘿絲。「你們打算傷害我嗎？求求你們別傷害我。」

毫無疑問地他們是要傷害他。雖然令人遺憾，但痛苦能淨化精氣，而真結族必須填飽肚子，龍蝦被丟進一鍋沸水中時也感到疼痛，但是鄉巴佬不會因此而停手。食物是食物，生存是生存。

蘿絲將兩手背到後頭。貪心葛在她手中放了一把刀。那把刀不長卻非常鋒利。蘿絲低頭對男孩微笑著說：「我會盡量讓你少點疼痛。」

男孩支撐了很久。他大聲地尖叫直到聲帶破裂，他的哭喊變成沙啞的吼聲。一度，蘿絲暫停下來環顧四周。她長而有力的雙手有如戴著血淋淋的紅色手套。

「有什麼事嗎？」烏鴉問。

「我們晚點再談。」蘿絲說完繼續工作。十二盞手電筒的光將乙醇工廠後頭的一塊地轉變為臨時的手術室。

布萊德．崔佛喃喃地說：「拜託，殺了我吧。」

高帽蘿絲安慰他地微微一笑。「快了。」

但是並沒有。

沙啞的吼叫重新開始，最後化為精氣。

到黎明時，他們埋葬了男孩的屍體。接著繼續向前行。

第六章・奇異的無線電波

1

有些事情至少三年內沒發生了，你卻無法忘懷。比方說你的孩子在三更半夜高聲尖叫起來。露西獨自一個人，因為大衛到波士頓參加為期兩天的會議，不過她很清楚倘若他在場，他會和她搶著飛奔到走廊盡頭艾柏拉的房間。她忘也忘不了。

他們的女兒在床上坐起來，臉色蒼白，滿頭的頭髮因為睡覺而亂七八糟地豎起，雙眼睜大，茫然地凝視著虛空。被單——天氣暖和時她只需要蓋這件被單睡覺——被拉開，在她周遭捲成一團好似一個古怪的繭。

露西坐到她身邊，一手環抱住艾柏拉的雙肩，感覺卻像在擁抱石頭一般。在她奮力掙脫出來之前，這是最糟糕的狀態。被女兒的尖叫聲從睡夢中驚醒令人恐懼，然而她的毫無反應更為可怕。在五歲到七歲之間的那段時期，這種夜半驚魂相當普遍，露西總是害怕遲早這孩子的精神會在壓力下崩潰。她會繼續呼吸，可是她被鎖住的視線永遠無法離開她眼中所見但他們看不到的世界。

不會發生這種事的，大衛向她擔保，約翰・道頓給她加倍的保證。孩童是很有彈性的。只要她沒顯示出任何持續的後作用，例如：退縮、孤立、強迫行為、尿床。等，大概就沒什麼問題。

但是小孩子因為噩夢而驚醒、尖叫可不好。有時候在噩夢之後樓下響起狂亂的鋼琴和絃聲，或是走廊盡頭的浴室裡的水龍頭自己打開，或者是她或大衛扳動燈的開關，艾柏拉床上的燈有時卻自行熄滅，這些可不是沒問題。

之後她的隱形玩伴出現，噩夢之間的間隔逐漸拉長。終於噩夢停止了，直到今晚。更確切地說，已經不再是晚上了；露西能見到東方地平線上第一道微弱的光芒，謝天謝地。

「艾比？是媽媽。跟我說說話。」

有五或十秒的時間仍無回應。然後，終於，露西手臂摟住的雕像放鬆下來，再度恢復成小女孩。艾柏拉顫慄著深吸一口氣。

「我作了個噩夢。像以前那樣。」

「我多少猜到了，寶貝。」

艾柏拉似乎都只記得一點片段。有時候是人們彼此大吼大叫或揮拳相向。她可能說，他撞倒桌子追在她後面。還有一次她夢見獨眼的鄉村布娃娃躺在公路上。有一回，艾柏拉才四歲的時候，她告訴他們，她看見幽靈人搭乘海倫•利文頓號，那是弗雷澤鎮很受歡迎的觀光名勝。從迷你鎮行駛到克勞德蓋普繞一圈再回來。那次艾柏拉告訴她父母說，因為有月光所以我能看見他們。露西和大衛分坐她的兩側，手臂環抱住她。露西仍記得艾柏拉被汗水浸透的睡衣上衣濡濕的感覺。我曉得他們是幽靈人，因為他們的臉像熟透了的蘋果，月光可以直接透過去。

隔天下午，艾柏拉又和朋友一起跑跳、玩耍、開懷大笑了，然而露西卻永遠難忘那個影像：死人搭乘小火車穿過林子，他們的臉龐在月光下宛如透明的蘋果。她詢問康伽妲是否曾在她們的「女孩日」帶艾柏拉搭過火車。伽妲回說沒有。她們到過迷你鎮，不過那天火車正好在維修，因此她們改搭了旋轉木馬。

此時艾柏拉仰頭看著她母親說：「爸爸什麼時候回來？」

「後天。他說他會趕回來吃中飯。」

衣上。

「那樣子來不及了。」艾柏拉說。眼淚從她眼中溢出，順著臉頰滾落，噗地掉在她的睡衣上。

「來不及做什麼？妳記得什麼？小艾巴？」

「他們在傷害那個男孩。」

露西不想追究這事，卻覺得自己有必要這麼做。艾柏拉早先作過的夢與實際發生的事之間有太多關聯性。大衛發現獨眼的鄉村布娃娃的相片刊登在北康威《太陽報》，上面的標題是**奧西匹車禍三人喪生**。露西在艾柏拉兩次夢到**人互相叫囂打架**的夢之後，隔天便找出因家庭暴力而遭逮捕的警方紀錄。就連約翰・道頓也同意艾柏拉可能偶然收到他所謂的「腦內的奇異無線電波」的傳送。

因此現在她說：「哪個男孩？他住在這附近嗎？妳認識嗎？」

艾柏拉搖搖頭。「很遠，我不記得了。」她隨即開朗起來。在露西看來，她脫離這種迷遊症的速度幾乎與迷遊症本身同樣的詭異。「可是我想我告訴東尼了，他可能會告訴他爸爸。」

東尼是她的隱形玩伴。她已有兩年沒提到他，露西希望這不是某種退化。十歲還擁有隱形玩伴是稍微大了點。

「東尼的爸爸也許能夠阻止。」說完艾柏拉的臉龐蒙上陰影。「不過我想已經太遲了。」

「東尼有一段時間不在，是嗎？」露西起身，抖開位移的被單。當被單飄起打到她臉上時，艾柏拉咯咯直笑。對露西而言，這是世上最悅耳的聲音，神智健全的聲音。房間逐漸明亮起來。不久第一批鳥兒就會開始鳴唱。

「媽咪，好癢喔！」

「媽咪喜歡撓癢癢。這是媽咪的魔力之一。好囉，東尼怎麼樣了？」

「他說我需要他的時候他隨時都會來。」艾柏拉說，重新躺回被單下。她輕拍身旁的床，露西躺了下來，與她共用枕頭。「那個夢很可怕，我需要他。我想他來了，可是我真的不記得了。他爸爸在辣香料[23]工作。」

這倒是頭一次聽說。「那是像辣椒工廠嗎？」

「不是啦，傻瓜，那是給快要死的人住的地方。」艾柏拉以寬容的語氣，幾乎是以老師的口吻說，但露西的背部升起一股寒顫。

「東尼說當人病得太嚴重沒辦法康復的時候，他們就會去辣香料，他爸爸會想辦法讓他們覺得舒服一點。東尼的爸爸有隻貓，名字跟我的很像。我叫艾柏拉，那隻貓叫艾奇。這不是很奇怪嗎？不過很有趣吧？」

「對。是很奇怪但很有趣。」

根據名字的相似性，約翰和大衛兩人八成會說，那隻貓是這個非常聰明的十歲小女孩虛構出來的。不過他們只會半信半疑，露西則是幾乎一點也不信這種解釋。有多少十歲的孩子知道什麼是安養院，就算他們發音錯誤？

「跟我說說妳夢中的那個男孩吧。」此時艾柏拉已平靜下來，談這個話題似乎比較安全。

「告訴我是誰在傷害他，小艾巴。」

「我不記得了，只記得他認為邦尼應該是他的朋友。或者也許是貝瑞。媽媽，我可以抱哈皮嗎？」

她的絨毛兔子玩偶正垂耳坐著，被放逐到她房間裡最高的架子上。艾柏拉至少兩年沒抱著他

23. 英文為hot spice，音和丹工作的hospice（安養院）相似，所以艾柏拉搞錯了。

睡覺了。露西拿起跳跳兔放入她女兒的臂彎。艾柏拉將兔子摟近她的粉紅色睡衣上，幾乎立刻睡著了。運氣好的話，她會再熟睡個一小時，也許甚至兩小時。露西坐到她旁邊，低頭凝視。

但願再過幾年這種情況就會永遠停止，就像約翰所說的一樣。更好的是，今天，今天早上，就停止吧。別再出現了，拜託。不要再翻遍當地報紙找尋是否有小男孩被繼父殺死，或者被吸食強力膠，或諸如此類的毒品，吸到茫的惡霸毆打致死。就讓這一切結束吧。

「神啊，」她以非常低微的聲音說：「要是祢在的話，祢可願意為我做件事嗎？祢可不可以中斷我小女兒腦中的無線電波呢？」

2

真結族再次順著八十號州際公路往西行，朝向位在科羅拉多山區的小鎮行駛，他們將在那兒度過夏天（總是假設能收集附近的強大精氣的機會不會出現），烏鴉達迪搭乘蘿絲的地球巡洋艦，坐在副駕駛座上。數字吉米，真結族的傑出會計師，則暫時駕駛烏鴉那輛由鄉村巴士公司所製造的艾菲尼提。蘿絲的衛星收音機轉到叛道鄉村音樂，目前正在播放小漢克・威廉斯的〈以威士忌灌醉前往地獄。〉這是首好聽的曲子，烏鴉任由曲子播完才壓下關閉的按鈕。

「妳說我們晚點再談，現在就是晚點了。在那裡到底發生了什麼事？」

「我們有個窺視者。」蘿絲說。

「真的嗎？」烏鴉挑起眉毛。他和他們其他人吸收了同樣多的崔佛小子的精氣，但他的外貌並沒有比較年輕，他在進食之後很少改變。另一方面，他的外表在餐與餐之間也鮮少變老，除非間隔的時間很長。蘿絲認為這是挺好的交易，大概是他的基因有些不同，假設他們仍然有基因的話，納特說他們幾乎是肯定有。「妳的意思是，一個精氣源？」

她點點頭。他們前方，八十號州際公路在褪色的牛仔藍天空下展開，天空中點綴著飄移的積雲。

「很大的精氣嗎？」

「噢，是的。非常大。」

「距離多遠？」

「在東岸。我想。」

「妳是說有人從將近一千五百英里以外偷看嗎？」

「甚至可能更遠，可能一路往上到加拿大。」

「男孩還是女孩？」

「大概是女孩，不過那影像只是一閃而過。最多三秒。這很重要嗎？」

不重要。「用這個鍋爐裡有那麼多精氣的孩子妳可以裝滿多少罐子？」

「很難說。起碼，三罐。」這回輪到蘿絲低估。她猜測這個不明身分的窺視者可能可以裝滿十罐，或許甚至一打。她感受到的存在雖然短暫卻極有氣勢。這個窺視者看見了他們所做的事，當然，她的恐懼（倘若那人性別是女的話）強烈到足以讓蘿絲的兩手僵住，令她瞬間感到厭惡。那不是她自身的感覺──掏出鄉巴佬的內臟不會比解剖一頭鹿來得噁心──而是一種精神的反彈。

「或許我們應該掉回頭去。」烏鴉說。「趁信號接收良好的時候去抓她。」

「不，我想這個還會變得更強。我們就讓她再成熟一點。」

「那是妳確知的事，還是只是直覺？」

蘿絲在空中來回搖晃她的手。

「妳的直覺強烈到寧可冒著她被肇事逃逸的駕駛人撞死，或是被哪個猥褻小孩的性變態抓走的風險？」烏鴉說這話並沒有諷刺的意味。「或者要是得了白血病，或其他的癌症呢？妳知道他們很容易得到那一類的疾病。」

「要是你問數字吉米，他會說保險統計表是站在我們這一邊。」蘿絲微微一笑，親暱地輕拍一下他的大腿。「你顧慮太多了，達迪。我們照計畫到塞威去，過幾個月再往南到佛羅里達，貝瑞和弗利克爺爺兩人都認為今年颶風可能會大大地肆虐。」

烏鴉扮了個鬼臉。「那簡直像翻揀大垃圾桶一樣。」

「或許吧，不過那些大垃圾桶裡有些碎屑還挺好吃的，又有營養。我到現在還很懊惱我們居然錯過了賈普林的龍捲風。不過當然啦，像那一類突如其來的風暴，我們比較少事先得到預兆。」

「這個孩子，她看到我們了。」

「對。」

「還有我們所做的事。」

「烏鴉，你的重點是什麼？」

「她可以逮到我們嗎？」

「寶貝，她如果超過十一歲，我就吃掉我的帽子。」蘿絲拍拍帽子以強調。「她爸媽八成還不知道她是什麼人或者她有什麼本事。就算他們知道，他們大概也會在心中拚命低估她的能力，這樣他們就不必考慮太多。」

「或者他們會送她去看精神科醫師，他會開藥給她吃。」烏鴉說。「這樣會蒙住她的能力，讓我們更難找到她。」

蘿絲露出微笑。「如果我沒搞錯，我非常確定我看到她了，給這孩子吃克憂果就像是在探照燈上罩上一片保鮮膜，等時候到了我們一定會找到她的，別擔心。」

「既然妳這麼說的話。反正妳是老大。」

「沒錯，親愛的。」這回她沒拍他大腿，而是輕捏他的褲襠。

「今晚是到奧馬哈？」

「住拉金塔旅館，我預訂了一樓的整個後半部。」

「好極了。我打算騎在你身上，像搭雲霄飛車一樣。」

「我們就看看是誰騎誰。」烏鴉說。他因為崔佛小子的關係覺得精力充沛。蘿絲也一樣，他們所有人都是。他再度打開收音機，聽到十字加拿大人豬草樂團正在演唱關於一群來自奧克拉荷馬州的男孩捲錯了大麻菸的歌曲。

真結族繼續往西行駛。

3

AA保證人有的寬厚，有的嚴格，另一方面也有像凱西．金斯利這樣，完全不聽被保證人的任何廢話。打從他們建立關係開始，凱西就命令丹要做到九十——九十法則，吩咐他每天早晨七點要打電話。當丹完成了連續參加九十場聚會後，凱西才允許他停掉早晨的電話。之後他們一週三次在桑詩波特咖啡館見面喝咖啡。

二〇一一年七月的某天下午，丹進來時凱西坐在雅座裡，雖然凱西還未到退休年齡，但在丹眼中他長時間的AA保證人（也是他到新罕布夏州的第一個雇主）看上去十分蒼老。他的頭髮大多都掉光了，走路時明顯地一瘸一拐。他需要置換髖關節，卻一直在拖延。

丹打聲招呼，坐下來，交叉雙手，等待凱西所謂的教義問答。

「你今天沒喝酒吧，小丹？」

「嗯。」

「這節制的奇蹟是怎麼發生的？」

他背誦：「多虧了AA的計畫和我所理解的神。我的保證人可能也起了一點作用。」

「很動聽的恭維，不過別想用這種諂媚的話來哄我，我也不會吹捧你的。」

派蒂・諾伊斯拿著咖啡壺過來，主動替丹倒了一杯。「帥哥，你好嗎？」

丹對她咧嘴一笑。「我很好。」

她揉亂他的髮，再走回櫃台，跨步時臀部搖擺的幅度格外大了一點。兩個男人，同一般男人一樣，眼光跟隨著她臀部美妙的左右搖擺，之後凱西將視線轉回到丹身上。

「我所理解的神那方面有什麼進展嗎？」

「不多，」丹說。「我想這可能是終身的工作。」

「可是你早上請求神的協助讓你遠離酒精，不是嗎？」

「是啊。」

「跪著嗎？」

「對。」

「晚上對神表示感謝嗎？」

「對，而且是跪著說。」

「為什麼？」

「因為我必須記得是酗酒促使我加入AA。」丹說。這是絕對的事實。

凱西點點頭。「那是前三步驟，給我簡短的表單吧。」

「我沒辦法，神可以。我想我會交由祂來。」他補充說：「我所理解的神。」

「那個你不了解的神。」

「沒錯。」

「現在告訴我你為什麼喝酒。」

「因為我是個酒鬼。」

「不是因為媽咪沒給你愛？」

「不是。」溫蒂有缺點，但她對他的愛——及他對她的愛——從來不曾動搖。

「因為爸爸沒給你愛嗎？」

「不。」**雖然他曾經折斷我的手臂，到最後還差點殺了我。**

「因為那是遺傳？」

「不。」丹啜飲一口咖啡。「不過酗酒的確是遺傳。你很清楚，對吧？」

「當然。我也知道這不重要。我們喝酒是因為我們是酒鬼。我們永遠不會康復。我們根據自己的精神狀態每天得到緩刑，就是這麼回事。」

「是的，老闆，我們的教義問答結束了嗎？」

「快了。你今天想要喝酒嗎？」

「不想。你呢？」

「不。」凱西咧嘴笑了。微笑使他容光煥發，讓他再次恢復年輕。「這是奇蹟。你會認為這是奇蹟嗎？丹尼？」

「嗯，我會。」

派蒂端著一大盤的香草布丁回來——上面不只一顆櫻桃，而是有兩顆——放到丹的面前。「吃吧，店裡請客。你太瘦了。」

「甜心，那我呢？」凱西問。

派蒂嗤之以鼻。「你壯得跟匹馬一樣。你要的話，我會幫你送上松樹漂浮，就是一杯水，裡頭漂著一根牙籤。」說完最後一句，她便大搖大擺地走了。

「你還喜歡她嗎？」丹開始享用布丁時凱西問道。

「很有魅力，」丹說。「非常敏感的新時代女性。」

「謝謝，你們兩個還有上床嗎？」

「我們之間是有過一段，持續了大概四個月吧，不過那是三年前的事了，凱西。派蒂已經跟一個來自格拉夫頓的好男孩訂婚了。」

「格拉夫頓，」凱西輕蔑地說。「風景很漂亮，不過小鎮本身爛透了。你在店裡的時候她表現得可不像訂了婚的樣子。」

「凱西——」

「不，別誤會我的意思。我從來不建議我的被保證人把鼻子——或老二——伸進人家正在交往的關係裡。那是誘惑人喝酒非常好的陷阱。不過……你有和任何人約會嗎？」

「這關你的事嗎？」

「碰巧有關。」

「最近沒有。之前有個利文頓之家的護士——我告訴過你她的事……」

「叫莎拉什麼的。」

「歐森。我們稍微談過要搬去同居，後來她在麻州綜合醫院找到一份很棒的工作。我們現在彼此偶爾會寄寄電子郵件。」

「第一年不要有任何男女關係，那是經驗法則。」凱西說。「非常少正在復原的酒鬼認真看待這條法則。你做到了。可是小丹……你該找個固定的對象了。」

「噢，天哪，我的保證人變成臨床心理學家菲爾博士了。」丹說。

「你的生活比以前好嗎？比你當初剛下巴士來到這裡，動作遲緩、兩眼充血的時候要過得好嗎？」

「你很清楚我過得好多了，比我所能想像的都要來得好。」

「那麼考慮一下和某個人分享吧，我只想說這個。」

「我會記下來的，現在我們可以談談其他的事情了嗎？也許，聊一下紅襪隊？」

「身為你的保證人，我需要先問你別的事。然後我們就能恢復朋友的身分，喝杯咖啡。」

「好吧……」丹警惕地看著他。

「我們很少談到你在安養院做些什麼事，你怎麼幫助人。」

「是沒有，」丹說：「我寧可保持這樣子。你知道每次聚會最後他們都說什麼，對吧？『你在這裡的所見所聞，一旦你離開此地，就把那些留在這裡。』我對我另一面的生活也是用同樣的處理方式。」

「你的生活有多少受到酗酒的影響呢？」

丹嘆口氣。「你很清楚答案。全部。」

「所以呢？」丹不發一言，凱西繼續說：「利文頓的員工叫你安眠醫生。話已經傳開了，小丹。」

丹沉默不語。剩下了一些布丁，要是他沒吃完派蒂準會責罵他，可是他的食慾已經全消。

他想他早料到這個話題會出現，他也曉得，在戒酒十年後（而且現在有一、兩個他自己關照的人），凱西會尊重他的界線，但他仍然不想和他談論這個。

「你幫助人死亡，不是拿枕頭壓在他們臉上，或其他的，沒人那麼想，可是就憑……我不懂。似乎沒有人知道。」

「我坐在他們身邊，就這樣而已。和他們稍微聊聊。如果他們想要聊的話。」

「你有遵照AA的步驟去做嗎？小丹？」

倘若丹相信這是新的談話方向，他會非常歡迎，然而他心知並非如此。「你曉得我有，你是我的保證人。」

「沒錯，你早晨請求協助，晚上感恩。你跪下來祈禱。這是前三步驟。第四步驟是罪惡清單之類的屁話。那第五步驟呢？」

總共有十二個步驟。在參加的每場聚會的開頭總要聽他們大聲朗誦後，丹早已熟記在心。「向神，向我們自己，以及向另一個人類，承認我們所犯的過錯的確切內容。」

「對。」凱西端起他的咖啡杯，啜飲一口，從杯緣上方注視丹。「你做了這一項嗎？」

「大部分。」丹發覺他希望自己身在別處。幾乎任何地方都好。同時——在好長一段時間以來頭一次——他發現自己想要喝一杯。

「讓我來猜猜看。你告訴自己你全部的過錯，你告訴你不了解的神你全部的過錯，你還告訴另一個人——應該是我——你大多數的過錯。我猜對了嗎？」

丹沒有吭聲。

「這是我的想法，」凱西說：「如果我錯了歡迎你指正我。步驟八和九是關於清理我們幾乎成天喝得醉醺醺的時候所留下的爛攤子。我想至少你在安養院的工作有一部分，最重要的部分，是想要補償那些。而且我認為有個過錯你不大能擺脫，是因為你他媽的太過慚愧不敢和別人談起。如果是這種情況，相信我，你不會是第一個。」

丹想到：媽媽。

丹想起：糖糖。

他看見紅色皮夾和那疊可悲的食物券，他也看見一點錢。七十元，足夠買醉四天。假如把酒小心翼翼地分配，將食物維持在勉強補充營養的最低量，可以喝到五天。他看到那筆錢先在他手中，再進入他的口袋。他看見那孩子穿著勇士隊的T恤，包著下垂的尿布。

他心想：**那孩子的名字叫湯米**。

他暗自想，並非頭一次或最後一次這麼想：我永遠不會談這件事。

「小丹？你是不是有什麼事想告訴我？我想應該是有。我不知道你拖著這件混帳事到處走多久了，但是你可以把它留給我，然後輕鬆一百磅地走出這裡。坦承的目的就是在此。」

他想到那孩子搖搖晃晃地走向他母親。

狄妮，她的名字是狄妮。

以及她即使在醉後深陷熟睡狀態，仍伸出手臂摟住他，緊緊地擁抱他。在透過臥室髒污的窗戶照射進來的晨光中，他們面對面地躺著。

「沒事。」他說。

「放手吧，丹。我是以你的保證人和朋友的身分告訴你。」

丹沉穩地凝視另一個人，不發一語。

凱西嘆了口氣。「你參加過多少次聚會，會上有人說你守的秘密越多，病就越重？一百次？很可能一千次。所有ＡＡ的老生常談中，這個大概是最古老的。」

丹仍舊不吭聲。

「我們全都有谷底，」凱西說。「總有一天你得向人說說你自己的。要是你不說，遲早你會發現自己在酒吧裡手中拿著酒。」

「收到，」丹說。「現在我們可以聊聊紅襪隊了嗎？」

凱西看一眼手錶。「下次吧。我得回家了。」

對，丹心想。**回去和你的狗和金魚相伴**。

「好。」他在凱西拿到之前一把抓走帳單。「下次吧。」

4

丹回到角樓房間時，他注視了黑板良久才緩緩擦掉寫在上頭的字：

他們在殺棒球男孩！

黑板恢復空白後，他問：「是哪個棒球男孩呢？」

沒有回答。

「艾柏拉？妳還在這裡嗎？」

不。但是她剛才在這兒；假如他早個十分鐘從他與凱西坐立難安的咖啡聚會回來，他也許能看到她幻影般的人形。不過她是來找他嗎？丹不這麼認為。不可否認這想法很瘋狂，但他認為她可能是來找東尼。以前東尼曾是他的隱形玩伴。有時帶來幻象，有時給他警告的玩伴，結果證明那是更深沉、更聰明的他自己。

對努力在全景飯店生存下去、嚇壞了的小男孩而言，東尼是個可以保護他的大哥哥。諷刺的是現在，不再酗酒以來，丹尼爾・安東尼・托倫斯成了可靠的大人，而東尼依舊是個孩子。或許甚至是新時代上師總是講述個沒完的那種虛構的內在小孩。丹確信內在小孩的理論被引用來為許多自私、自我毀滅的行為（凱西喜歡稱之為**現在就要症候群**）找藉口，可是他也毫不懷疑成年男女將自身成長的各個階段都存在腦中的某處——不只有內在小孩，還有內在嬰兒、內在青少年，和內在年輕人。如果神秘的艾柏拉來他這裡，她找尋的並非是他成熟的心靈而是與她同年紀的人，不是很自然嗎？

玩伴？

甚至，保護者？

倘若如此，那就是東尼以前擔任過的職務。可是她需要保護嗎？確實在她的留言中透露出苦惱：**他們在殺棒球男孩！**

不過丹很久以前就發現，苦惱是自然而然地伴隨著閃靈而來。只不過孩子並非有意知道和看見這麼多東西。他可以把她找出來，也許設法進一步了解，但是他要對家長說什麼呢？**嗨，你們不認識我，不過我認識你們的女兒，她有時候會到我房間，我們成為相當好的朋友？**

丹不認為他們會要求郡警長來逮捕他，可是如果他們採取行動他也不會責怪他們，況且考慮到他多波折的過往，他並沒有想要查明的慾望。最好讓東尼當她的遠距朋友，如果真是這麼回事的話。東尼或許隱形，但起碼他的年齡或多或少比較合適。

稍後，他可以將原本屬於黑板的名字和房號重新寫上去。現在他先從壁架拿起一截粉筆頭寫下：**東尼和我祝妳有個愉快的夏天，艾柏拉！妳另一個朋友，丹。**

他仔細審視這句話一會兒，點點頭，然後走到窗邊。美好的夏末午後，仍是他的休假日。他決定去散個步，想辦法忘卻與凱西的那席令人心煩的談話。沒錯，他想狄妮在威明頓的公寓是他的谷底，但是假如他把在那兒發生的事放在心裡並沒有妨礙他累積十年的戒酒經歷，他看不出來為何保守這個秘密應該會阻礙他再繼續戒酒十年，或二十年。更何況AA的座右銘是過一天算一天，又何必去考慮幾年呢？

威明頓是很久以前的事了。他那段時期的人生已經結束。

他離開時照平常一樣鎖上房門，但倘若神秘的艾柏拉想來的話，門鎖也無法阻止她進入。當他回來時，也許黑板上又會出現她的另一句留言。

或許我們能成為筆友。

當然，也許維多利亞秘密的內衣模特兒的陰謀集團會破解氫融合的秘密呢。

咧開嘴一笑，丹走了出去。

5

安尼斯頓公共圖書館正在舉辦一年一度的夏季舊書拍賣，艾柏拉要求要去，露西很高興地將下午的家務擱到一邊，和女兒一起走到主街。擺滿各式各樣贈書的牌桌放置在草坪上，露西瀏覽擺放平裝書的桌子（**一本一元，六本五元，隨你挑選**），找尋她沒讀過的茱迪．皮考特，艾柏拉則檢視標示著**年輕人**的桌子上的選集。她距離成年，即使是最年輕的那種，也還很遙遠，但她是個貪婪（且早熟）的讀者，特別喜愛奇幻和科幻小說。她最喜歡的T恤前面就有一個龐大、複雜的機器，上頭宣告著**蒸汽龐克萬歲**。

正當露西決定她要將就買本舊的狄恩．昆茲和一本稍微新一點的麗莎．嘉德納時，艾柏拉朝她飛奔而來，她喜形於色。「媽！媽咪！他的名字叫丹！」

「誰的名字叫丹啊？甜心？」

「東尼的爸爸！他祝我有個愉快的夏天！」

露西張望四周，幾乎期望能看見一個陌生男人身邊帶著與艾柏拉同年的男孩。周圍有許多陌生人——畢竟，是夏天——卻沒有像那樣的父子。

艾柏拉看到她的動作後咯咯地笑。「哦，他不在這裡啦。」

「那他在哪裡呢？」

「我不知道確切的地點，不過很接近。」

「嗯……我想那很好吧，寶貝。」

露西才剛弄亂女兒的頭髮，艾柏拉就立刻跑回去重新開始找尋火箭人、時空旅行者，和巫師了。露西站著注視她，她自己的選書被遺忘在她手中，等大衛從波士頓打電話回來時要告訴他嗎？還是不要？她想不要比較好。

奇異的無線電波，如此而已。

最好別去追究。

6

丹決定匆匆走進爪哇快遞，買兩杯咖啡，拿一杯過去給迷你鎮的比利・費里曼。雖然丹受弗雷澤鎮務部門雇用的期間極為短暫，兩個男人在過去十年卻維持友好的關係。一方面是因為兩人有共同的熟人，凱西——比利的老闆，丹的保證人——不過主要原因是單純的喜歡。丹欣賞比利認真的態度。

他也喜歡搭乘海倫・利文頓號。大概又是內在小孩那回事；他很確定精神科醫師會這麼說。

比利通常很樂意將操縱裝置交給他，在夏季他時常如釋重負地這麼做。在獨立紀念日及勞動節之間，利文頓號一天要往返來回十英里的克勞德蓋普十趟，而比利並沒有變得比較年輕。

當他跨過草坪走向克蘭默大道時，在利文頓之家主棟及利文頓二棟間的通道中，丹瞧見弗瑞德・卡爾林坐在有遮蔭的長椅上。這名曾在可憐的老查理・海斯身上留下一組指印的護理員仍值夜班，而且如以往一般的懶惰、脾氣暴躁，但他至少學會了別招惹安眠醫生，這正合丹意。

待會就要去上班的卡爾林膝上有一個油漬斑斑的麥當勞袋子，正津津有味地嚼著大麥克。兩個男人互相對望了片刻，雙方都沒打招呼。丹認為弗瑞德・卡爾林是個懶惰、有施虐傾向的王八蛋，卡爾林則認為丹是個假仁假義、愛管閒事的傢伙，因此互相扯平了。只要他們彼此互不干涉，就相安無事，而他們若相安無事，一切就會很好。

丹買了咖啡（比利的加了四包糖），然後走到對面的公園，在金黃色的傍晚光線下公園熱鬧非凡，飛盤翱翔。家長推著鞦韆上的學步幼兒，或是在孩子飛出溜滑梯時接住他們。壘球場上正在進行比賽，弗雷澤基督教青年會的孩子對抗橘色上衣上印著安尼斯頓育樂活動部的隊伍。他瞧見比利在小火車站，站在凳子上擦亮利文頓號的鉻合金。一切看起來都很好，看上去就像家一樣。

就算不是，丹心想，**這也是我所到過最接近家的地方。現在我只需要一位名叫莎莉的太太，一個叫做彼得的兒子，和一條取名為羅浮的狗。**

他在迷你鎮版的克蘭默大道上漫步，走入迷你鎮車站的陰影中。「嘿，比利，我幫你帶了一杯你喜歡的咖啡口味的糖水。」

聽見他的聲音，在弗雷澤鎮上頭一個向丹表示友好的人轉過身來。「呦，你可真是敦親睦鄰啊。我正在想我可以來——噢，要命，掉了。」

硬紙板托盤從丹尼的兩手中掉落。熱燙的咖啡潑濺在他的網球鞋上他感到一陣溫暖，但那感覺似乎非常遙遠，微不足道。

有蒼蠅爬在比利・費里曼的臉上。

7

隔天早上比利不想去見凱西・金斯利，不想請假，當然也不想去看醫生。他不斷地告訴丹他覺得很好，氣色紅潤，身體狀態絕佳。他甚至連平常六月或七月會染上的夏季感冒都沒得。

然而，丹前一晚幾乎沒闔眼地躺在床上，他不肯接受拒絕的答案。假如丹相信已太遲他可能會隨比利的意，但他不認為如此。他以前見過死亡蒼蠅，因此學會估量其代表的含義。一大群蒼蠅——足以讓此人的五官遮蔽在一層噁心、推擠的蟲體後面——你就知道已經絕望了。一打左右表示或許仍有救藥。僅有幾隻的話，那還有足夠的時間。而比利的臉上只有三、四隻。

他從來不曾在安養院的臨終病人臉上看見任何蒼蠅。

丹記得在他母親過世的九個月前，他去探望她，那天她也聲稱自己覺得很好，氣色紅潤，身體狀態絕佳。**丹尼，你在看什麼？**溫蒂・托倫斯問。我臉上髒髒的嗎？她滑稽地猛擦鼻尖，手指正巧穿過數以百計的死亡蒼蠅，將她的臉從下顎到髮際線整個覆蓋住，如同胎膜一般。

8

凱西習慣於居間調解。他愛好反諷，總喜歡告訴人那是他賺六位數的鉅額年薪的理由。

首先他聆聽丹的說辭。接著聽比利抗議他根本沒辦法離開，在已經有人排隊準備搭乘八點的那班利文頓號的繁忙時節，他完全抽不開身。更何況，時間這麼倉卒，不會有醫生肯替他看診。因為這也是醫生最忙碌的季節。

「你上次做健康檢查是什麼時候？」比利終於停下來後凱西發問。丹和比利站在他的辦公桌前。凱西坐在辦公椅上往後搖，頭靠在牆上的十字架下方習慣的位置，十指交握架在肚子上。

比利一臉防備。「我想是〇六年吧。不過我那時很健康啊，凱西。醫生說我的血壓還比他的低了十個單位呢。」

凱西的目光轉向丹。他們抱持著猜測、好奇的想法，卻絕不懷疑。ＡＡ的成員在與外界各方面互動時大多口風很緊，可是在戒酒團體內，大家相當無顧忌地談論——有時候是八卦。因此凱西知道丹．托倫斯幫助臨終病人安心死去的才能並非他唯一的天賦。根據小道消息，丹有時會有某種極有助益的洞察力，無法確切解釋的那種。

「你和約翰．道頓關係很好，對不對？」此刻他詢問丹。「那位小兒科醫生？」

「對，我和他大多在星期四晚上北康威的聚會上碰面。」

「有他的電話號碼嗎？」

「事實上，我的確有。」丹有整份ＡＡ的聯絡電話號碼，記在凱西給他的小記事本後面，至今他仍隨身帶著。

「打電話給他。告訴他這個粗魯的傢伙必須馬上看醫生。我假設你應該不知道他需要看哪科的醫生吧？以他的年齡肯定不是小兒科醫生就對了。」

「凱西——」比利開口。

「噓，別吵。」凱西說，將注意力轉回到丹身上。「天哪，我想你的確知道。是他的肺嗎？那似乎是最有可能的，依他抽菸的方式看來。」

丹判定他現在已無法回頭了。於是他嘆口氣說：「不，我想是他的腸胃出了問題。」

「除了有點消化不良以外，我的腸胃很——」

「我叫你別吵。」說完，再轉回去和丹說話：「那就找腸胃科醫師。告訴約翰・D。這件事很重要。」他停頓片刻。「他會相信你嗎？」

這是丹十分樂意聽到的問題。他待在新罕布夏的期間幫助過幾位AA的成員，雖然他要求他們全都別說出去，但他非常清楚有些人說了，而且仍然不斷向別人透露。他很高興知道約翰・道頓不是其中一份子。

「我想他會。」

「很好。」凱西指向比利。「你今天帶薪休假，算病假。」

「那利文——」

「這鎮上有一打的人會開利文頓號。我會打幾通電話，然後自己去開前兩趟。」

「你的髖關節有問題——」

「去他媽的髖關節有問題！離開這間辦公室對我有好處。」

「可是凱西，我覺得——」

「我才不管你是不是覺得自己健康到可以參加比賽，一路跑到溫尼佩紹基湖呢。你要去看醫生，這話題就到此為止。」

比利憤恨不平地看著丹。「看你害我惹上什麼麻煩！我連早晨的咖啡都沒喝呢。」

今天早上蒼蠅不見了——只不過牠們其實仍在。丹心知倘若他集中精神，就能再次看見，如果他想要的話……但是到底誰會**想要**呢？

「我了解。」丹說。「沒有重心，生活就是糟透了。凱西，我可以借用你的電話嗎？」

「請便吧。」凱西站了起來。「我想我該閒晃到火車站，在幾張車票上打洞了。比利，你有適合我的司機帽子嗎？」

「沒。」

「我的可以。」丹說。

9

就一個不宣傳自己的存在，不販售商品，僅以丟進傳遞的籃子或棒球帽裡的縐巴巴紙鈔來維持的組織而言，ＡＡ默默地發揮了強大的影響力，這影響力遠遠延伸到ＡＡ租來辦公的各個禮堂及教堂地下室的門之外。這並非老校友關係網，丹心想，而是老酒鬼關係網。

他打電話給約翰．道頓，約翰撥電話給一位名叫葛瑞格．費洛頓的內科醫生。費洛頓並不是戒酒計畫的一員，但他欠約翰一個人情。丹不知道為什麼，也不在乎。唯一重要的是那天稍晚，比利．費里曼就上了費洛頓位在路易斯頓辦公室的檢查台。該辦公室距離弗雷澤車程七十英里，比利整路上都在發牢騷。

「你確定你只有消化不良的毛病嗎？」他們開進潘恩街上費洛頓的小停車場時丹問道。

「對。」比利說。隨後心不甘情不願地補充說：「最近稍微嚴重了一點，不過我晚上還是睡得很好。」

騙子，丹暗自想，但沒繼續追問。他已經把固執的老傢伙載到這兒了，這可是最困難的部分。

丹坐在候診室裡，翻閱一期《ＯＫ！》雜誌，封面上是威廉王子和他漂亮卻骨瘦如柴的新娘，不久他聽見走廊那頭傳來精力充沛的痛苦叫聲。十分鐘後，費洛頓走出來，在丹身邊坐了下來。他看著《OK！》的封面說：「那傢伙或許是英國王位的繼承人，不過他到四十歲之前頭頂就會禿得跟撞球九號球一樣了。」

「你也許說對了。」

「我當然沒錯。在人事中，唯一真正的國王是遺傳學。我要送你朋友到中緬因綜合醫院做電腦斷層掃描。我相當確定會看到什麼。假如我想得沒錯，我會安排費里曼先生去看血管外科醫師，明天一早動個小手術。」

「他怎麼了？」

比利正沿著走廊走來，一面扣上皮帶。他曬黑的臉此時呈現病容，大汗涔涔。「他說我的主動脈有個凸起。就像是汽車輪胎上的氣泡那樣。只是你戳汽車輪胎時輪胎不會大叫而已。」

「一顆動脈瘤。」費洛頓說。「呃，也有可能是腫瘤，不過我認為應該不是。不管怎樣，時間很重要。那個該死的東西大小和乒乓球差不多。幸好你帶他來檢查，要是動脈瘤突然破裂，附近又沒有醫院的話……」費洛頓搖搖頭。

10

電腦斷層掃描證實了費洛頓的動脈瘤診斷，當天傍晚六點前，比利躺在醫院床上，在病床上他顯得瘦小許多。丹坐在他旁邊。

「我好想抽根菸啊。」比利沮喪地說。

「這點我幫不了你。」

比利嘆氣。「反正也該是我戒菸的時候了，利文頓之家的人不會惦念你嗎？」

「我休假。」

「把假期用在這上頭可不是糟透了嘛。告訴你，要是他們明天早上沒用刀叉把我殺了，我想我就欠你一條命了。我不曉得你是怎麼知道的，但是如果有我能幫你的事情——我是指不管任何事——你只需要開個口。」

丹想起十年前他如何走下州際巴士的階梯，踏入宛如婚紗蕾絲般細緻的雪陣中。他想到當他發現拖著海倫・利文頓號的鮮紅色火車頭時的欣喜。以及這個男人問他是否喜歡小火車，而不是命令他閃遠一點，別靠近他無權碰觸的東西。只是一點好意，卻開啟了大門，讓他擁有了現在的這一切。

「比利老兄，我才欠你呢，我欠你的多到我永遠無法回報啊。」

11

在戒酒的這些年裡，他注意到一個奇怪的事實。當他的生活過得不是太順遂——比方說：二〇〇八年，他發現有人拿石塊砸破他後車窗的那天早晨——他很少想喝酒。然而，當日子過得很順利，過去的乾渴總是會回來找他。那晚和比利道再見後，從路易斯頓返家途中，一切都沒問題的時候，他瞧見一間叫做牛仔靴的公路旁酒吧，突然感到一股幾乎難以抗拒的衝動想要進去。買一壺啤酒，準備足夠的兩角五分硬幣填滿至少一個鐘頭的自動點唱機。坐在那裡聽傑寧斯、傑克森，及海格[24]，不和任何人交談，不招惹任何麻煩，只要喝到茫。感受戒酒的重擔——有時候戒酒宛如穿著鉛鞋似地沉重——剝落。等他剩下最後五個兩角五的硬幣時，他要一連播放六次〈以威士忌灌醉前往地獄〉。

他經過路旁酒吧，在不遠處的沃爾瑪量販店的超大停車場轉進去，打開手機。他的手指徘徊在凱西的電話號碼上，隨即想起兩人在咖啡館彆扭的談話。凱西或許想要重提那次的討論，尤其是丹可能隱瞞的那個話題。那是絕不可行的。

感覺恍若正經歷靈魂出竅體驗的人，他轉向酒吧，停在泥土停車場的後方。他覺得這麼做很棒。他同時覺得自己彷彿是個剛拿起裝滿子彈的槍貼到太陽穴上的人。他的窗戶敞開，他能聽見樂團現場演奏一首出軌者合唱團的老歌：〈情人的謊言〉。他們的歌聲不壞，再喝幾杯酒下肚，會聽起來宛如天籟。裡頭會有想要跳舞的女人。鬈髮的淑女，戴珍珠的名媛，穿裙裝的女士，著牛仔襯衫的小姐。向來都有。他好奇他們的容器裡有哪種威士忌，噢，天啊，神啊，偉大的神啊，他多麼的口渴。他打開車門，一腳踩到地上，然後低垂下頭坐在那兒。

十年。整整十年，而在接下來的十分鐘內他可以將一切努力全拋棄。不費吹灰之力。猶如蜂蜜吸引著蜜蜂。

我們全都有谷底，總有一天你得向人說說你自己的。要是你不說，遲早你會發現自己在酒吧裡手中拿著酒。

凱西，我會怪到你頭上，他冷冰冰地想。我會說是那天我們在桑詩波特喝咖啡時，你把這想法置入我的腦中。

門上有道紅色箭頭閃爍，一塊招牌上寫著晚上九點前每壺兩元，美樂淡啤酒，進來吧。

丹關上車門，再次打開手機，撥電話給約翰・道頓。

「你的朋友還好嗎？」約翰問。

24. 分別指威倫・傑寧斯、亞倫・傑克森，及莫爾・海格，三人皆為美國鄉村音樂歌手。

「已經安頓好了，準備明天早上七點開刀。約翰，我好想喝酒。」

「噢，不不不！」約翰以顫抖的假音大喊。「絕不要喝酒啊！」

就這樣那股衝動消失了。丹大笑。「好，我正需要你這句話。可是如果你再裝出麥可・傑克森的聲音，我就會去喝了。」

「你該聽聽我唱〈比莉・珍〉。我可是卡拉ＯＫ超級歌手。我可以問你一件事嗎？」

「當然。」隔著擋風玻璃，丹能看見牛仔靴的主顧來來去去，八成不是在聊米開朗基羅。

「你擁有的那個東西，喝酒……我不曉得……讓它閉上嘴了嗎？」

「把它的聲音蒙住了。拿枕頭罩在它臉上，讓它掙扎著透氣。」

「那現在呢？」

「就像超人一樣，我運用自己的力量來宣揚真理、正義及美國精神。」

「意思是你不想談論這件事。」

「不，」丹說。「我不想。不過現在好多了。比我想像的要來得好。在我十幾歲的時候……」他的聲音逐漸消失。在他青少年時期，每天都在奮力保持精神正常。他腦中的聲音很邪惡；影像經常比聲音更糟。他答應過他母親和自己絕不會像父親那樣酗酒，可是當他在高一終於沾了酒，起先酒精對他來說是如此巨大的慰藉，他只希望自己早點開始喝就好了。早晨的宿醉比整夜的噩夢要好上千倍。這一切或多或少帶出了一個問題：他究竟有多像他父親？在多少方面？

「在你十幾歲的時候，怎麼樣？」約翰問。

「沒事。那不重要。聽著，我最好開走。我正坐在酒吧的停車場裡。」

「真的嗎？」約翰聽起來很感興趣的樣子。「哪間酒吧？」

「一間叫牛仔靴的地方。到九點前每壺只要兩塊錢。」

「丹。」

「是，約翰。」

「我從以前就知道那個地方。你如果打算把你的人生沖進馬桶裡，別從那兒開始。那裡的女人全是患了甲基安非他命口腔病變的婊子，男廁的味道像發了霉的護襠。牛仔靴完全是給到達谷底的人去的地方。」

來了，又是那個字眼。

「我們全都有谷底。」丹說。「不是嗎？」

「離開那裡，丹。」此時約翰的語氣非常嚴肅。「馬上。別再亂搞。然後持續和我講電話，直到酒吧屋頂上那個牛仔靴的大霓虹燈超出你的後照鏡範圍外。」

丹發動車子，駛離停車場，回到十一號公路上。

「霓虹燈走了，」他說。「走了……然後……消失了。」他感到難以形容的解脫。同時感覺到苦澀的惋惜——在九點前他能喝完多少兩塊錢一壺的酒？

「再回到弗雷澤之前，你不會順道去買一手六罐的啤酒，或是一瓶紅酒吧？」

「不會，我現在很好。」

「那我們星期四晚上見囉。早點來，我會泡咖啡。用我特別珍藏的福傑仕咖啡粉。」

「我會到的。」丹說。

12

當他回到角樓房間，輕輕打開電燈，黑板上有個新的留言：

我過了很棒的一天！

你的朋友，

艾柏拉。

「那很好啊，寶貝，」丹說。「我很高興。」

嗶。對講機響了。他走過去按下通話鍵。

「嗨，安眠醫生，」羅莉塔・艾姆斯說。「我就覺得我看見你走進來。我想嚴格說來現在還算是你的休假，不過你願意去病房看一下嗎？」

「看誰？卡麥隆先生嗎？還是莫瑞先生？」

「是卡麥隆。艾奇從晚餐過後沒多久就進去陪他了。」

班・卡麥隆是在利文頓一棟。二樓。一名八十三歲的退休會計師，患有鬱血性心臟衰竭。非常好的一個人，非常擅長塗鴉拼字遊戲，令人討厭的巴棋戲桌遊高手，總是設置障礙物搞得他的對手抓狂。

「我馬上過去。」丹說。他走出去時，停頓片刻往後瞥了黑板一眼。「晚安，寶貝。」他說。

接下來兩年他都沒再收到艾柏拉・史東的訊息。

在這兩年當中，有個東西沉睡在真結族的血流裡。布萊德利・崔佛，又稱棒球男孩的臨別小禮物。

PART TWO
空洞的惡魔

第七章・「你見過我嗎？」

1

二〇一三年八月的某天早晨，康伽妲・雷諾茲一早在她位於波士頓的公寓醒來。同平常一樣，她意識到的第一件事情是沒有狗兒蜷縮在角落的梳妝檯旁。貝蒂至今已離開多年，然而伽妲依舊想念她。她穿上睡袍走向廚房，打算在那兒泡杯早晨的咖啡。這一小段路程她以前走過無數次，她毫無理由相信這一次會有所不同。當然她也從沒想過這將會證實是一連串惡性事件的開端。那天稍晚她會告訴她的外孫女露西，她沒有絆倒，也沒有撞到任何東西。她只是聽見一個微不足道的斷裂聲，從她右手邊的身體中間傳來，接著她就倒在地板上，一陣燥熱的劇痛在她的腿部上下竄動。

她在那兒躺了三分鐘左右，盯著拋光的硬木地板上自己的模糊倒影，祈願痛苦能消退。同時她喃喃自語地說。**愚蠢的老女人，不肯找個伴。過去五年來大衛一直告訴妳妳年紀太老不適合獨居，現在他永遠不會讓妳聽到最後的下場了。**

不過同居的伴就會需要她為露西和艾柏拉保留的房間，而伽妲一心盼著她們的造訪，比以往更加期盼，因為貝蒂過世，而她所有的詩情似乎都已寫盡。另外無論是否是九十七歲，她一直自在地到處走動，自覺身體很健康。在母系這邊的基因良好。她自己的嬤嬤不就埋葬了四任丈夫、七個孩子，活到一百零二歲嗎？

雖然，說實話（如果只對自己說的話），她今年夏天感覺身體不是太好。今年夏天日子有點……難過。

當痛楚終於減輕——少許——她開始順著短廊爬向廚房，那兒現在已充滿了晨光。她發覺從地板的高度較難欣賞美麗的玫瑰色光線。每當疼痛變得太劇烈時，她就停下來，將頭枕在瘦骨嶙峋的手臂上，喘氣。在停下來休息的期間，她認真思考人的七個階段[25]，以及這七階段如何描寫了完美（且非常愚蠢的）的人生週期。這從很久以前就是她的行動模式，早在第一次世界大戰的第四年，那場戰爭也被認為是結束所有戰爭的戰爭，唉，多麼可笑。當時她叫康伽妲・亞布魯齊，在她父母位於達沃里的農場的門前庭院裡匍匐前進，抱定決心要捕捉輕易超過她的雞隻。從那滿是灰塵的早期階段起，她接著過了收穫豐碩、極有意思的人生。她出版了二十本詩集，與葛雷安・葛林[26]喝過茶，和兩位總統共進過餐，還有——最棒的是——蒙天賜予了一個可愛、聰穎，擁有奇妙天賦的外曾孫女。這一切美好的事物導向了什麼呢？

就是更多的爬行。回到了起點。Dio mi benedica（願上帝保佑我）。

她抵達廚房，以鰻魚的姿勢爬過橢圓形的陽光，到她時常用餐的小桌子。她的手機在小餐桌上。伽妲抓住桌子的一根腳搖晃，直到手機滑到桌邊掉下來。然後，謝天謝地，完整無損地落地。她輸入他們告訴你發生這種倒楣事時可打的電話號碼，接著等待，一個預錄的聲音告訴她她的電話正在被錄音，這真是集二十一世紀所有荒謬之大全。

終於，讚美聖母，真正的人聲出現了。

「九一一，有什麼緊急狀況？」

25. 典出莎士比亞的《皆大歡喜》，將世界比喻為一座舞台，人扮演的角色則分為七個階段，分別是：嬰兒、學童、情人、軍人、法官、傻老頭，及晚年。

26. 英國作家，生於一九〇四年，卒於一九九一年，曾多次獲得諾貝爾文學獎提名，被譽為當代最偉大的小說家之一。

曾經在南義大利跟在雞後面爬，此時在地板上的婦人不顧疼痛，清晰、有條理地說出：「我叫康伽妲・雷諾茲，我住在馬博羅街兩百一十九號的公寓三樓。我的髖骨好像摔壞了。你能派一輛救護車過來嗎？」

「雷諾茲太太，妳身邊有人嗎？」

「沒有，是我自作自受。你正在和一個愚蠢的老太太說話，她堅持自己一個人住沒問題。順便說一下，最近我比較喜歡人家稱我女士。」

2

在康伽妲被推進手術室之前不久，露西接到她外婆的電話。「我的髖骨斷了，不過他們可以治好，」她告訴露西。「我想他們會打上釘子之類的東西。」

「嬤嬤，妳跌倒了嗎？」露西首先想到的是艾柏拉，她去參加夏令營，還要再一星期。

「是啊，不過造成跌倒的骨折完全是自然發生的。顯然在我這年紀的人裡頭這種事情很常見，因為現在活到我這把年紀的人比以前多很多，所以醫生見多了。妳不需要馬上過來，不過我想妳會想要盡快來一趟。我們似乎需要談一談各方面的安排。」

露西感覺胃深處有一股寒意。「什麼樣的安排？」

由於體內裝滿了煩寧或嗎啡或他們給她的任何藥物，康伽妲覺得十分平靜。「看來髖骨骨折似乎是我最小的問題。」她解釋。她沒花太多時間。最後她說：「別告訴艾柏拉，親愛的。我收到她好多電子郵件，甚至有封手寫的信，聽起來她好像在夏令營過得很快樂。晚點讓她知道她的老嬤嬤來日不多就夠了。」

露西暗想，妳真的相信我必須通知她的話——

「我不是靈媒都猜得到妳在想什麼，我親愛的，不過或許這回壞消息會跳過她。」

「或許吧。」露西說。

她幾乎才掛掉電話，電話就響了。「媽？媽咪？」是艾柏拉，她正在哭泣。「我想要回家。嬤嬤得了癌症，我想要回家。」

3

提前從緬因州的塔帕溫戈營地回來後，艾柏拉就明瞭了在離婚的父母親之間穿梭往返會是什麼滋味。八月的最後兩星期及九月的第一個星期，她與母親待在伽妲在馬博羅街的公寓。老婦人的髖骨手術相當順利地平安度過，她決定不要在醫院住久一點，也不打算治療醫生發現的胰臟癌。

「不吃藥，也不做化療。九十七歲已經夠了。至於妳啊，露西亞，我不願意妳把接下來六個月的時間花在幫我送飯、送藥和便盆上。妳有家庭，我負擔得起一天二十四小時的看護費用。」

「妳不會和陌生人一起度過人生最後的日子。」露西以絕對得服從她的口吻說。艾柏拉和父親都知道那是不容爭辯的語氣，就連康伽妲也辦不到。

艾柏拉暫住的問題無須討論；九月九日，她預定要開始就讀安尼斯頓中學的八年級。而今年是大衛．史東的帶薪休假年，他準備用來寫一本書比較狂囂的二〇年代與搖擺的六〇年代，因此——就像許多和她一同到塔帕溫戈營地的女孩一樣——艾柏拉穿梭往返於父親和母親之間。週間，她和父親在一起。週末，她就到波士頓，去陪她媽和嬤嬤。她以為情況不會變得更糟……然而事情總是有可能惡化，而且經常如此。

4

雖然他現在在家工作，大衛‧史東卻一向懶得走到車道盡頭拿郵件。他宣稱美國郵政總局是自我存續的官僚機構，在世紀之交就已停止與社會有任何關聯。他們家偶爾會收到包裹，有時是他訂購來協助他工作的書，更常的是露西從郵購目錄訂購的東西，不過除此之外的其他東西他聲稱全是垃圾。

露西在家的時候，她會收取大門邊信箱裡的郵件，邊喝上午的咖啡邊將郵件粗略地過目一遍。絕大多數是廢物，直接進入大衛所說的廢紙簍中。然而九月初她並不在家，因此就由艾柏拉——如今是名義上的女主人——下了校車後順便檢查信箱。另外她也洗碗盤，替自己和爸爸一週洗兩次大量的衣服，要是她記得的話，還會設定讓倫巴機器人吸塵器運轉。她毫無怨言地做這些家務，因為她曉得母親在幫忙嬤嬤，父親的書也非常重要。他說這本是屬於大眾化，而非學術性質的書。倘若成功，他或許能夠辭去教書工作，專職寫作，至少好一陣子。

在九月十七日這天，信箱中有份沃爾瑪量販店的傳單，一張宣布鎮上新的牙醫診所開幕的明信片（**我們保證您擁有燦爛的笑容！**），兩張用光面紙張印刷的宣傳廣告，由當地的房地產經紀人寄來兜售桑德山滑雪勝地的分時度假。

此外還有一份叫做《安尼斯頓購物指南》的本地大宗郵件垃圾。前兩頁有幾則通訊社報導，中間有數篇當地的報導（偏重在地區的體育新聞）。其餘則是廣告和折價券。假如露西在家，她會保留一些折價券，將剩下的《購物指南》丟進資源回收桶。她女兒就永遠不會看到這份廣告傳單。然而這天，露西遠在波士頓，於是艾柏拉看到了。

她一邊閒散地走上車道一邊用拇指翻閱《購物指南》，然後翻了過來。在封底有四、五十張比郵票大不了多少的照片，大多是彩色的，少數幾張是黑白照。在照片上方的標題是：

你見過我嗎？

《安尼斯頓購物指南》每週一次的服務。

有一瞬間艾柏拉以為這是某種比賽，像是尋寶遊戲。但接著她察覺這些是失蹤的兒童，彷彿一隻手攫住她胃部柔軟的內層緊緊擠壓，宛如那是一塊毛巾似地。她午餐時在自助餐廳買了三包一組的奧利奧夾心餅乾，留在搭校車回家的路上吃。現在她似乎感覺到那隻揪緊的手將餅乾擠向她的喉嚨。

如果妳覺得不安就不要看了，她告訴自己。那是用她在煩惱或困惑時經常使用的嚴厲、訓誡的口吻（像嬤嬤的聲音，雖然她本身從來沒自覺地意識到這點）。**只要把購物指南和這疊其餘的廢紙一起扔進車庫垃圾桶就好了。**但是她似乎無法將視線移開。

這位是辛西雅・艾伯拉德，DOB：二〇〇五年六月九日。想了一會兒，艾柏拉才發覺DOB代表出生年月日。所以辛西雅現在應該是八歲了。那是說，假如她還活著的話。她從二〇〇九年以後就失蹤了。**為什麼會有人搞丟四歲的幼兒呢？**艾柏拉納悶。**她肯定是個非常糟糕的母親。**不過當然，很可能不是父母親把她弄丟。很可能是某個怪人在附近四處巡邏，發現了機會，將她偷走。

這個是墨頓・艾斯裘，DOB：一九九八年九月四日。他在二〇一〇年失蹤。

另外，在這一頁中間，是個漂亮的拉丁裔小女孩，名叫安琪・巴貝拉，她是在七歲時從坎薩斯市的家中消失的，已經失蹤了九年。艾柏拉好奇她的父母是否真心認為這張小照片會幫助他們找回她。如果他們真的找回來了，他們還認得出她嗎？而且，她會記得他們嗎？

把那東西扔掉，嬤嬤的聲音說。妳已經夠多事情要操心了，不用看這一堆走失的孩——

她的目光發現最底下那排的一張照片，口中逸出微弱的聲音。大概是呻吟。起先她甚至不明白為什麼，雖然她幾乎想到了；那就像有時候你知道你在英文作文中想用的詞彙，卻尚未完全抓到頭緒，那個該死的詞彙就停滯在你的舌尖上。

這張照片中是一個白人小孩，留著短髮，咧開嘴露出燦爛的傻笑。看起來臉頰上似乎長了雀斑。照片太小無法肯定，不過……

妳很清楚那就是雀斑沒錯。

反正，艾柏拉以某種方法確定無疑。沒錯，那是雀斑，他的哥哥們常拿雀斑來取笑他，他母親告訴他雀斑遲早會消失。

「她告訴他雀斑是好運的象徵。」艾柏拉低喃地說。

布萊德利．崔佛，DOB：二〇〇〇年三月二日。二〇一一年七月十二日之後失蹤。人種：白種人。地點：愛荷華州班克頓。目前年齡：十三。在這之下——在所有這些大多數面帶微笑的孩子的照片底下：**如果你認為你見過布萊德利．崔佛，請聯繫國家失蹤及被剝削兒童援助中心。**

只不過沒人會聯繫他們告知布萊德利的下落，因為沒有人會看見他。他目前的年齡也不是十三歲。布萊德利．崔佛已停滯在十一歲。他停掉了，就像支一天二十四小時都顯示相同時間的損壞腕錶。艾柏拉察覺自己心裡在想雀斑在地下是否會褪色。

「棒球男孩。」她低聲說。

車道兩旁開著花。艾柏拉背上的書包陡然間變得過於沉重，艾柏拉彎下腰，兩手搭在膝蓋上，將奧利奧餅乾及學校午餐尚未消化的殘餘吐到母親的紫苑上。等確定她不會再嘔吐後，她走進車庫把郵件扔進垃圾桶。**全部的郵件。**

她父親說得對，全是垃圾。

5

她爸爸當作書房使用的小房間的門敞開著，艾柏拉在廚房水槽前停下腳步，拿杯水沖掉口中剛才的奧利奧餅乾的酸巧克力味道時，她聽見他的電腦鍵盤規律地喀噠喀噠響。很好。當鍵盤聲減緩或完全停住時，他往往會脾氣暴躁。同時，也比較容易注意到她。而今天她不希望被注意。

「小艾巴，是妳嗎？」她父親哼唱著問。

平常她會要求他拜託別再用那個嬰兒時的小名，可是今天不同。「對啊，是我。」

「在學校還好嗎？」

規律的喀噠——喀噠——喀噠聲停下來了。**拜託別出來這裡，**艾柏拉祈禱。**千萬不要出來看著我，問我為何臉色那麼蒼白或什麼的。**

「很好啊，書進展得怎麼樣啊？」

「今天寫得順利極了，」他說。「寫了查爾斯頓舞和黑臀舞[27]。哇——嘟——嘀——喔——嘟[28]。」不管那是什麼意思。重要的是喀噠——喀噠——喀噠聲又開始響了起來。謝天謝地。

「太好了。」她說，沖洗一下杯子放入瀝水籃。「我要上樓去寫功課了。」

「真是我的乖女兒。想想二〇一八年的哈佛吧。」

27. 皆為一九二〇年代全美流行的舞步。
28. 一九二〇年代一首流行歌曲中的歌詞，並沒有意義。

「好的，爸。」也許她會這麼做。任何避免她自己去想二〇一一年愛荷華州班克頓的事都好。

6

只不過她不由自主。

因為。

因為什麼？因為為什麼？因為……嗯……

因為有我能做的事情。

她和潔西卡傳了一會兒簡訊，但是沒多久潔西卡就和她父母親去北康威的購物商場，到熊貓花園吃晚餐，因此艾柏拉打開她的社會學科課本。她打算翻到第四章，非常乏味的二十頁，標題為〈我們政府的運作方式〉，然而書卻翻開到第五章：〈身為公民的責任〉。

噢，天啊，假如這天下午有哪個詞彙她不想看見，那就是**責任**。她走進浴室再倒一杯水，因為嘴巴裡仍有異味，她察覺她凝視著鏡中自己的雀斑。精確算來有三顆，一顆在左臉頰，兩顆在鼻子上。還不壞。她在雀斑方面運氣挺好。她不像貝瑟妮・史蒂文斯有胎記，也不像諾曼・麥金利有鬥雞眼，或是如金妮・惠特勞那般說話結巴，或者像可憐、常被捉弄的潘思・埃佛夏姆那樣有個討厭的名字。當然，艾柏拉這名字是有點奇怪，不過還好，大家覺得這名字很有趣而不只是怪異，像潘思，男孩子之間（但女孩子不知怎地總是會發現）都叫他陰莖潘[29]。

最最重要的是，我沒有被一群瘋子肢解，他們在我尖叫、哀求他們住手時完全充耳不聞。我不必在死前看有些瘋子舔舐他們手上我的鮮血。小艾巴是個幸運寶貝。

可是終究或許不是那麼幸運的寶貝。幸運寶貝不會知道那些他們無權曉得的事。

她闔上馬桶蓋，坐到上面，雙手掩臉輕聲地哭泣。被迫再次想起布萊德利・崔佛以及他的死法已經夠難受了，但不光是他而已。她還想到那些其他的孩子，許多照片一起擠在《購物指南》的最後一頁，宛如來自地獄的學校集會。那些缺牙的笑容，那些對世界的認識甚至比艾柏拉自己還要少的眼睛，而她又知道什麼呢？連〈我們政府的運作方式〉都不懂。

這些失蹤孩子的家長怎麼想呢？他們如何繼續過自己的人生？他們早晨想到的第一件事，及夜晚思考的最後一件事是辛西雅、墨頓或安琪嗎？他們是否為孩子繼續準備好房間以便萬一他們回家時可用？還是將孩子所有的衣物、玩具都捐給慈善二手店了呢？艾柏拉聽說雷尼・歐米拉從樹上摔下來，頭部撞到岩石死掉後，他的父母親就是這麼做。雷尼・歐米拉，讀到五年級，然後就……停止了。但是當然雷尼的父母很清楚他已經死了，有座墳墓他們可以去獻花，或許這會造成不同。也或許不會，不過艾柏拉認為會。因為要不然你幾乎勢必會去想，難道不會嗎？比方說當你在吃早餐時，你會想知道是否你失蹤的……

辛西雅、墨頓、安琪……

也在某處吃早餐，或放風箏，或者和一群移民在採橘子，或諸如此類的事。在你的心靈深處，你必須非常確定他或她已死，大多數失蹤小孩的下場都是如此（你只需要看六點的新聞快報就知道），但你無法確定。

對於辛西雅・艾伯拉德、墨頓・艾斯裘，或安琪・巴貝拉的父母親的不確定，她無能為力，她不清楚那些孩子發生了什麼事，但是布萊德利・崔佛的情況卻不是那樣。

她幾乎遺忘了他，卻因為那份無聊的報紙……那些惱人的照片……她回想起那件事，她甚至

29. 潘思（Pence）發音近似陰莖（Penis）。

不曉得自己知道那件事，彷彿那些畫面是從她的潛意識中被驚醒……

還有她的本領。她從未告訴過她爸媽，因為他們會擔憂，就像她猜如果他們知道有天放學後她和鮑比・弗拉納根親熱了——只是稍微親暱一下，沒有法式深吻或任何類似地噁心動作——他們也會煩惱一樣。那是他們不會想知道的事。艾柏拉猜想（雖然沒牽涉到心電感應，但關於這點她並沒有全然猜錯）在她父母心中，她像是凝滯在八歲，大概會持續如此至少到她長了胸部，這個她確定還沒有——反正，沒有大得你會注意到。

到目前為止他們甚至還沒和她談過那方面的事。茱莉・范多佛說差不多都是由媽媽來告訴你實情，可是艾柏拉近來聽到的唯一實情是，星期四早上校車來之前她必須拿垃圾出去的重要性。「我們沒有要求妳做很多家事，」露西說：「但今年秋天我們大家一起分擔尤其重要。」

嬤嬤至少有談過接近**那方面**的話題。春天時，她有一天把艾柏拉拉到一旁說：「妳知道當男生女生到了差不多妳這個年紀時，男生想從女生這裡得到什麼嗎？」

「性吧，我猜。」艾柏拉說……雖然那個不起眼、總是匆匆忙忙的潘思・埃佛夏姆似乎只想要她的一塊餅乾，或是借個兩毛五的硬幣投自動販賣機，或者告訴她他看過多少遍《復仇者聯盟》。

嬤嬤點點頭。「妳不能怪人性，人類本性就是這樣，不過別給他們。就一句話。討論結束。妳想要的話，等妳十九歲的時候再重新考慮吧。」

那事情雖然有點尷尬，但起碼直截了當、清楚明確。然而她腦袋裡的東西可一點也不清楚。那是她的胎記，儘管看不見卻真實存在。她的父母不再談起她小時候發生的離奇事件。或許他們以為引發那些事件的東西已幾乎消失了。沒錯，她是知道嬤嬤生病了，但那不同於古怪的鋼琴音樂，或打開浴室裡的水龍頭，或是生日派對上把湯匙掛得廚房天花板上到處都是（這件事她幾乎不記得了）。她只是學會了如何控制。並不是全部，但可控制絕大多數的力量。

而且她的能力改變了。現在她很少在事情發生前先預見。或者將東西移來移去。在她六、七歲時，她能夠全神專注在她的一疊教科書上，然後將書一路抬到天花板去。那沒什麼。就像嬤嬤喜歡說的，簡單得像編織貓褲子一樣。如今，即使只是一本書，她可以集中精神到感覺大腦簡直快要從耳朵飛濺出來了，或許才能夠將桌面上的書推動幾吋。那還是在狀況好的時候。大多數時候，她甚至連讓頁面顫動都辦不到。

不過她還是有其他辦得到的事，而且在許多情況下，遠比她孩提時代還要來得好。例如，看穿人家腦子裡的想法。她無法看到每一個人的——有些人是完全封閉，有些人只釋放出間歇、一閃而逝的念頭——然而許多人就像簾子拉開的窗戶般。她隨時想看就能看。大多數時候她並不想，因為她發覺的東西有時候令人難過，經常令人震驚。發現她摯愛的六年級老師莫蘭太太有外遇是目前為止最教人難忘的，卻並非美好的回憶。

近來她多半將心靈看透人心的能力關起來。學習關閉起先很困難，有如學著往後溜冰，或是用左手寫印刷字體，但她學會了。練習並沒有使她達到完美（至少，還沒有），不過確實有幫助。她有時候仍然會看，但總是試探性地，準備一見到古怪或噁心的東西就撤回。另外她從不窺視她父母親或是嬤嬤的心裡。那樣做是不對的。偷看任何人的心裡大概都是錯誤，但是就像嬤嬤自己說的：妳不能怪人性，而世界上沒有比好奇心更屬於人性的東西了。

有時她能指使人做事。不是每個人，甚至不到一半，但是有很多人非常容易接受暗示。（或許他們就是認為電視上販售的東西真能消除他們的皺紋，或是幫助他們頭髮長回來的那種人。）艾柏拉知道如果她像訓練肌肉那樣地練習，這個才能會更加強大，但她沒試。她嚇壞了。

另外還有別的能力，有些她沒有取名，不過現在她正在思考的這個的確有名字。她稱之為望遠。如同她其他方面的特殊才能一樣，這個能力來來去去，不過倘若她真心想用——假如她有個專注的目標——她通常能夠召喚出來。

我現在就可以召喚。

「閉嘴，小艾巴，」她以低沉、緊張的聲音說。「閉嘴，小小艾巴。」

她打開《初期代數》翻到今晚家庭作業的那一頁，她夾了一張紙當書籤，在紙上她寫了波伊德、史提夫、肯恩，和彼得的名字，每個都至少寫了二十次。他們合在一起就是**在這裡**，她最愛的男孩樂團。性感無比，尤其是肯恩。她最好的朋友，艾瑪•迪恩也這麼認為。那雙藍眼眸，漫不經心弄亂的金髮。

也許我能幫忙。他的父母親會很傷心，但至少他們會知道。

「閉嘴，小艾巴。閉嘴，小小艾巴笨蛋。」

如果5x − 4 = 26，那麼 x 等於多少？

「無限大！」她說。「誰在乎啊？」

她視線落在**在這裡**樂團的可愛男孩的名字上，以她和艾瑪喜歡的粗短草書所寫成（艾瑪裁定「用這種方式寫字看起來比較浪漫」），但忽然間這字體看起來愚蠢、幼稚，完全不對勁。**他們將他切開，舔他的血，再對他做更過分的事。**在可能發生這一類事情的世界裡，癡想著男孩樂團似乎比錯誤更糟糕。

艾柏拉砰地闔上書本下樓去（她爸爸書房持續不斷的**喀噠——喀噠——喀噠**聲絲毫沒有減弱），走到外面的車庫。她從垃圾桶撿回《購物指南》，拿到樓上她的房間，放到書桌上撫平。

那麼多張面孔，但是現在她只關心其中一個。

她的心臟怦——怦——怦地重擊著。以前她有意識地想要望遠或讀心的時候也感到害怕，卻不曾如此驚恐過。甚至差得遠了。

如果找出來的話，妳要怎麼做呢？

這個問題稍後再考慮，因為她或許沒法找到。她心裡畏縮、膽怯的角落暗自希望如此。

艾柏拉將左手的食指與中指放在布萊德利・崔佛的照片上，因為她的左手看得比較清楚。她本想將所有的手指都放上去（假如是個物體，她就會握住），可是照片實在太小。一旦手指全放在照片上頭，她甚至無法再看到照片。只不過她能用心眼看見，而且看得非常清楚。

藍眼睛，就像在這裡樂團中的肯恩・諾利斯。你沒法從照片辨別，但兩人的眼眸是同樣的深藍色。**她知道。**

和我一樣慣用右手，不過也像我一樣是左撇子。是左手知道下一球將會投什麼球，快速球或曲球——

艾柏拉輕輕地倒抽一口氣，棒球男孩有預知能力。

棒球男孩事實上像她一樣。

對，沒錯。這就是他們抓他的原因。

她閉上雙眼看見他的臉。布萊德利・崔佛。他朋友叫他布萊德，棒球男孩。有時候他會把帽子反過來戴以祈求反敗為勝。他父親是農夫。他母親烘烤餡餅，在當地餐廳也在自家的農產品攤子上販售。他哥哥離家去上大學後，布萊德接收了他所有的ＡＣ／ＤＣ搖滾樂團的唱片。他和他最好的朋友，艾爾，尤其喜歡那首〈盛大舞會〉。他們會坐在布萊德的床上，一起合唱，然後大笑個不停。

他穿過玉米田，一個男人在等他。布萊德認為他是個親切的男人，好人，因為這人——

「貝瑞，」艾柏拉以低沉的聲音喃喃地說。在闔上的眼瞼後面，她的眼珠急速地來回移動，有如受到生動夢境控制的沉睡者。「他的名字是大塊頭貝瑞。布萊德，他騙了你，對不對？」

然而不只是貝瑞。如果只是他的話，布萊德或許會知道。那一定是所有持手電筒的人共同合作，傳送出相同的意念：可以坐上貝瑞的卡車、露營車或任何車，因為貝瑞人很善良，是好人、朋友。

於是他們帶走了他……

艾柏拉更深入地探究。她沒有費事去查看布萊德所見的一切，因為他只看到灰色的小地毯。他被人用膠帶綁起來，臉朝下地趴在大塊頭貝瑞駕駛的車子地板上。不過那無所謂。現在她開始深入了解，她能看到的視野比他廣。她可以看見——

他的手套，威爾森的棒球手套，和大塊頭貝瑞——

接著那段影像飛走了。可能會突然回來，也可能不會。

時間到了晚上。她能嗅到肥料的味道。那是座工廠。某種……

破產了的……

工廠。有一整排的車輛正要開到那裡，有的是小車，大多數是大車，有幾輛龐大無比。車頭燈全都關著，以防有人注意到，不過天上有四分之三的月亮。光線足以看到路。他們行駛在坑坑洞洞、崎嶇不平的柏油路上，經過一座水塔，和屋頂殘破的小屋，接著通過敞開的生鏽大門，經過一塊告示牌。告示牌消逝得太快，她無法看清上頭的字。然後到了工廠。一座煙囪損壞、窗戶破碎的倒閉工廠。這邊有另一塊告示牌，多虧了月光，她能看清這上頭的字：按坎頓郡警局的命令，禁止擅入。

他們正繞到工廠後面，等他們抵達那裡之後他們就會傷害棒球男孩布萊德，不斷地傷害他直至他死亡為止。艾柏拉不想看那一段，於是她讓一切往後倒轉。這有點困難，有如打開一個蓋子蓋得很緊的廣口瓶，但是她辦得到。等回到她想要的段落後，她就放開。

大塊頭貝瑞很喜歡那個手套，因為那讓他回想起自己的少年時代。那就是他試戴手套的原因。試戴在手上，嗅聞布萊德用來避免手套變硬的保護油的味道，用拳頭擊打手套凹處幾次——

可是此時影像往前捲，她再度忘了布萊德的棒球手套。

水塔。屋頂殘破的小屋。生鏽的大門。然後是第一塊告示牌。上頭寫了什麼？沒看到。速度仍太快，就算有月光也瞧不見。她再次倒轉（現在她前額上冒出顆顆汗珠）再放開。水塔。屋頂殘破的小屋。**準備好，快到了**。生鏽的大門。再來是告示牌。這回她看得見了，雖然她不確定自己明白那意思。

艾柏拉抓起她以花體字寫滿愚蠢的男孩名字的那張便條紙翻了過來。趁她忘記之前，迅速潦草地記下她在那塊告示牌上看到的一切：**有機工業、四號乙醇工廠、愛荷華州費里曼，及在另行通知之前關閉**。

好了，現在她知道他們殺害他的場所，以及——她很確定——他們埋葬他、手套及所有東西的地點。下一步呢？如果她撥打失蹤及被剝削兒童援助中心的電話號碼，他們應該會聽見小孩子的聲音就置之不理……除了或許會將她的電話號碼交給警察，警方很可能會逮捕她，理由是試圖作弄愁苦、傷心的人。她接著想到了母親，可是由於嬤嬤生病即將死去，這個選項毫無可能。媽媽已經有夠多事情要煩惱了，不行再多這一件。

艾柏拉起身，走到窗戶邊，向外凝望家門前的街道，看著角落的快捷便利商店（年紀較大的孩子戲稱為快菸，因為有許多人在店後頭的大垃圾桶附近抽大麻菸），以及聳入夏末晴朗的藍天之中的懷特山脈。她開始擦抹嘴唇，這是她焦慮時的下意識動作，她父母親一直想要她戒掉，但他們不在這裡，所以管他的，才不管那麼多呢。

爸爸就在樓下。

她也不想告訴他。不是因為他必須完成他的著作，而是因為即使他相信她，他也不會想涉入這一類的事情。艾柏拉不用讀他的心思就明白這點。

那麼找誰呢？

她尚來不及想出合理的答案，她窗外的世界卻開始旋轉，彷彿世界是安裝在一個巨大的圓盤上。她發出低聲的呼喊，緊抓住窗戶的兩側，將窗簾揪在拳頭裡。這以前發生過，總是毫無預警的，她每次都受到驚嚇，因為感覺像是疾病發作。她不再在自己的軀體裡，她是**靈魂在遠方**，而不是**望著遠方**，萬一她無法回來怎麼辦？

轉盤速度減慢，最後停了下來。現在她不在自己房間裡，而是在一家超市。她很確定，因為在她前面是肉櫃。肉櫃上方（多虧了明亮的日光燈，這塊招牌很容易看清楚）是句承諾：在山姆超市，**每塊肉都是藍帶的帶骨肋眼**！有一、兩秒鐘，肉櫃靠近了，因為轉盤將她滑向正在走動的某個人。那人邊走邊逛。是貝瑞大塊頭嗎？不，不是他，雖然貝瑞在不遠處；貝瑞是她來到這裡的媒介。只不過她被一個力量遠為強大的人拉離他的身邊。艾柏拉在她的視野底部能看見一台裝滿食品雜貨的推車。倏地前進的動作停止了，湧出一種感覺，一種有人**在她之中**翻找、窺探的異樣感覺，艾柏拉頓時明白這次她不是獨自在轉盤上。她正望著超市通道盡頭的肉櫃，而另一個人正從她的窗戶看向外面的里奇蘭巷和遠處的懷特山脈。

她內心的恐慌爆發；宛如火上澆了汽油。她沒發出半點聲響，雙唇緊閉得只剩一條線，但是在她腦子裡所發出的尖叫遠比她認為自己能夠的還要更為響亮：

不！滾出我的腦袋！

8

大衛感到屋子轟隆作響，看見他書房天花板上的燈具在鍊子上搖擺，他的第一個念頭是：

艾柏拉！

他女兒的超能力爆發了，雖然已好些年沒出現任何鬼念力的行為，也從未發生過像這樣的事。等震盪逐漸安定下來恢復正常後，他的第二個——在他看來，更為合乎情理的——念頭是他剛經歷了生平首次的新罕布夏州地震。他知道地震偶爾會發生，不過……哇！

他站起來離開書桌（離開前沒忘記按下**儲存**），跑到走廊上。從樓梯底部高聲喊：「艾柏拉！妳有感覺到嗎？」

她走出房間，一臉蒼白，有點害怕的樣子。「嗯，有點。我……我想我……」

「是地震！」大衛眉開眼笑地告訴她。「妳的第一次地震！是不是很酷啊？」

「是。」艾柏拉說，聽起來並不是非常興奮。「挺酷的。」

他望出客廳窗戶，看見鄰居站在門前露台和草坪上。他的好朋友麥特・倫夫洛也在其中。

「我要到街對面和麥特聊聊，寶貝，妳想要一起去嗎？」

「我想我最好寫完我的數學作業。」

大衛正邁步走向前門，立即轉身仰頭看她。「妳不是在害怕吧？妳不用怕。已經結束了。」

艾柏拉只希望真是如此。

9

高帽蘿絲正在採購雙倍的東西，因為弗利克爺爺又覺得身體不舒服了。她看見幾個真結族的其他成員也在山姆超市，向他們點點頭。她在罐頭商品區停留片刻與中國佬貝瑞聊天，貝瑞手中拿著他妻子開的清單。貝瑞十分擔心弗利克。

「他會迅速恢復活力的，」蘿絲說。「你了解爺爺。」

貝瑞咧開嘴笑。「比煮熟的貓頭鷹還要強韌呢。」

蘿絲點點頭，又再推動她的推車。「他的確韌性十足。」

只是超市裡尋常的平日下午，當她離開貝瑞時，她起先誤以為發生在她身上的是很普通的事，也許是血糖過低。她很容易血糖不穩定，因此手提包裡經常擺一條糖果棒。但接著她意識到有人在她的腦袋裡。有人在窺視。

蘿絲能升到真結族的領袖地位可不是因為優柔寡斷。她當下將推車朝向肉櫃（她原訂計畫的下一站），停住腳步，立即跳進某個好管閒事、有潛在危險性的人物所建立的通道中。這人不是真結族的成員，是的話她會立刻知道，但也不是平凡的鄉巴佬。不，這人遠遠超出尋常。

超市轉動消失，忽然間她向外看著一座山脈。並非落磯山脈，若是的話她會認得出來。這座山脈比較小。卡茨基爾山脈嗎？還是阿迪朗達克山脈？可能是其中一座，或別的山脈。至於這個窺視者……蘿絲認為是個小孩子。幾乎可確定是個女孩，以前她遇過的那個。

我得看看她長得什麼樣，如此一來我就能夠隨時找到她。我必須讓她照鏡——

可是就在這時一個念頭響亮得有如獵槍在密閉的房間內轟擊——

不！滾出我的腦袋！

將她的思緒一掃而淨，並轟得她腳步蹣跚地撞到罐頭湯及蔬菜的架子。那些罐頭如瀑布般掉到地板上，滾得到處都是。有一、兩秒鐘，蘿絲覺得自己會跟著罐頭一起，像羅曼史小說中如露水般脆弱的女主角那樣暈倒。但她隨即恢復正常。那女孩切斷了連結，而且是用相當驚人的方式。

她的鼻子在流血嗎？她用手指擦抹一下檢查。沒有。很好。

一名倉管員飛奔過來。「女士，妳還好吧？」

「沒事。只是覺得頭有點暈了一、兩秒鐘。大概是因為昨天拔了牙。現在已經停了。我搞得一團亂，對不對？抱歉。幸好是罐頭，不是玻璃瓶。」

「沒關係，完全沒關係。妳想到前面去，在等計程車的長椅上坐一下嗎？」

「不必了。」蘿絲說。雖然還沒買完，但她今天已經不打算再繼續購物了。她將推車往前推兩條通道後，就把推車擱置在那兒。

10

她從塞威西邊的高地露營地開她的豐田塔克馬（老舊但可靠）下來，一坐進駕駛室，她立即從手提包拿出電話，按下快撥鍵。另一頭只響了一聲。

「有什麼事嗎？蘿絲小姑娘？」烏鴉達迪問。

「我們有麻煩了。」

當然也是機會。鍋爐裡有足夠的精氣能引發像那樣爆炸的孩子——不僅察覺到蘿絲，而且轟得她天旋地轉——不只是個精氣源，更是世紀的大發現。她覺得自己好像白鯨記裡的亞哈船長，頭一次看見他的大白鯨。

「跟我說說吧。」現在完全是談公事。

「兩年多前，有個愛荷華州的孩子。還記得他嗎？」

「當然。」

「你也記得我告訴過你我們有個窺視者嗎？」

「記得。在東岸。妳認為大概是個女孩。」

「是女孩，沒錯。她剛才又找到我了。我在山姆超市，專注自己的事，突然間她就出現在那裡。」

「為什麼呢？經過這麼久的時間了？」

「我不知道，我也不在乎。但是我們一定要得到她，烏鴉。我們必須要得到她。」

「她曉得妳是誰？知道我們在哪裡嗎？」

蘿絲在走向她的貨卡時已思考過了。侵入者並沒有看到她，這點她十分確定。那孩子是從裡面往外看。至於她看到了什麼呢？超市的通道。全美有多少超市通道？八成有上百萬條。

「我不認為，不過那不是最重要的。」

「那最重要的是什麼？」

「記得我告訴過你她的精氣很大嗎？龐大的精氣？嗯，她甚至比那個還要更大。我想要轉過來對付她的時候，她居然把我轟出她的腦袋，好像我是根乳草的絨毛似地。我以前從沒遇過像這樣的事情。我會說這是不可能的事。」

「她是潛在的真結族人，還是潛在的食物？」

「我不曉得。」但其實她知道。他們需要精氣——儲存的精氣——遠超過他們需要招收新人。此外，蘿絲並不希望真結族中有人擁有那麼強大的力量。

「好吧，那我們要怎麼找到她？有什麼主意嗎？」

蘿絲回想起在她被粗魯地猛踢回塞威的山姆超市之前，她透過女孩的雙眼所見到的景物。並不多，可是有間商店……

她說：「小鬼們叫它快菸。」

「啥？」

「沒什麼，不要緊。我需要想一想。可是我們要得到她，烏鴉。我們非得到她不可。」

一陣停頓。他再說話時，語氣慎重。「照妳說話的口氣，或許有足夠裝滿一打罐子的量。如果真是如此，妳的確不想試著轉變她。」

蘿絲發出興奮、狂亂的大笑。「要是我想得沒錯，我們的罐子還不夠裝這丫頭的精氣呢。如果拿山來比喻，她就是聖母峰了。」他沒回答。蘿絲不需要看著他或探進他的心裡，就知道他大吃一驚。「也許我們兩個都不必做。」

「我不懂。」

他當然不明白。長考向來不是烏鴉的專長。「也許我們不需要轉變她或殺了她。想想乳牛吧。」

「乳牛？」

「你可以宰一頭牛，得到幾個月份的牛排跟漢堡。但是如果你讓牠活著、照顧牠，牠可以提供牛奶六年。也許甚至八年。」

沉默。良久。她任靜默延續。當他終於回答時，他的口氣是前所未有的鄭重。「我從來沒聽過像這樣的事。我們一旦得到精氣就殺了他們，或者如果他們擁有某種我們需要的能力，並且強大到足以撐過轉變存活下來，我們就轉變他們。就像我們在八〇年代轉變安蒂一樣。弗利克爺爺或許會有不同的說法，如果妳相信他的話，他記得的事可一路追溯到亨利八世殺害他的妻子們，不過我不認為真結族曾經試過抓住精氣源不放。如果她像妳說的那麼強大，這個方法可能會有危險。」

跟我說點我不知道的吧。如果你感受到我剛才的體驗，你會說我連考慮這件事都是失心瘋了。也許我真的瘋了。可是……

可是她厭倦了花她那麼多時間——整個家族的時間——竭力找尋滋養品。厭煩了過著像十世紀吉普賽人的生活，明明他們就應該過得像世界的國王和王后一般。他們本來就是世界的國王和王后。

「和爺爺談談吧，如果他覺得舒服一點的話。還有重量級瑪莉，她活著的時間幾乎和弗利克一樣久。蛇吻安蒂。她是新人，不過她有顆聰明的腦袋。另外還有你覺得可能可以提出有價值的看法的其他人。」

「天哪，蘿絲。我不曉得——」

「我也不知道，還不確定。我的頭還在暈。現在我只要求你做些基本的準備工作。畢竟，你是先遣人員。」

「好吧……」

「噢，對了，務必和沃爾納特談一談。問他哪種藥可以讓鄉巴佬的小孩長時間乖巧聽話。」

「在我聽來，這女孩不大像鄉巴佬。」

「噢，她是。一頭成熟聰明、又大又肥的鄉巴佬乳牛。」

這不盡然是真話。她其實是一頭龐大無比的白鯨。

蘿絲沒等著看烏鴉達迪是否有別的要說就結束了通話。反正她是老大，就她而言，討論已經結束。

她是白鯨，我想要得到她。

然而亞哈船長想要他的鯨並非只是因為莫比會提供大量的鯨脂和幾乎無限桶的油，蘿絲想要女孩也不是因為她可能——若給予適當的藥物雞尾酒和許多強力的精神安撫——提供近乎無限量的精氣。而是為了更私人的理由。轉變她？讓她成為真結族的一員？絕不。那小鬼把高帽蘿絲一腳踢出她的腦袋，彷彿她是挨家挨戶發送世界末日傳單、令人討厭的宗教傻瓜。以前從來沒有人那樣將她攆出來過。無論她多麼強大，都必須給她一點教訓。

而我正是適合擔任這項工作的人。

高帽蘿絲發動貨卡，駛離超市的停車場，開往家族所有的藍鈴露營地。那個地點的風景真是優美，為什麼不？世界上最棒的度假飯店之一曾經坐落在那裡呢。

不過當然啦，全景飯店在很久以前就燒成平地了。

11

倫夫洛夫婦，麥特與凱希，是街坊鄰居中最愛派對的人，他們毫不考慮地立即決定要辦個地震烤肉派對。他們邀請里奇蘭巷的所有人，幾乎全部的人都來了。麥特從街上的快捷便利商店買了一箱汽水，幾瓶便宜的葡萄酒，和一小桶的啤酒。烤肉派對很有意思，大衛・史東自己也玩得非常開心。就他所見，艾柏拉也很高興。她和她的朋友茱莉、艾瑪在一起，他確定她吃了一個漢堡和些許沙拉。露西吩咐他必須留意女兒的飲食習慣，因為她已到了女孩子開始非常關注自己的體重和外表的年齡——厭食症或暴食症往往在這個年紀顯露出飢餓、皮包骨的臉孔。

他沒注意到（雖然要是露西在場，她可能會注意到）的是艾柏拉並沒有加入她朋友顯然毫不間斷的咯咯傻笑活動。而且在吃完一碗冰淇淋（很小的一碗）後，她問父親她是否能回到街對面寫完功課。

「好吧，」大衛說：「不過要先謝謝倫夫洛先生和太太。」

這點不必提醒艾柏拉也會做，但她沒這麼說，只是表示同意。

「不客氣，艾比。」倫夫洛太太說。喝了三杯白酒後她的兩眼明亮得近乎不可思議。「這是不是很棒啊？我們應該更常有地震才對。雖然我剛才在和薇琪・芬頓聊天——妳認識芬頓家的人嗎？住在龐德街的？就是再過去一條街的地方，她說他們完全沒有感覺。這不是很詭異嗎？」

「確實。」艾柏拉同意，心想提到詭異，倫夫洛太太不知道的還多著呢。

12

她做完功課在樓下和爸爸一起看電視時，接到媽媽的電話。艾柏拉和她聊了一會兒，隨後將電話轉給她父親。露西說了些話，艾柏拉立刻就知道她說了什麼，大衛甚至還沒瞄她一眼說：「嗯，她很好，只是被功課壓得喘不過氣來，我想。他們現在給孩子出太多作業了。她告訴過妳我們今天發生了一場小地震嗎？」

「爸，我上樓了。」艾柏拉說，他心不在焉地朝她揮揮手。

她坐到書桌前，打開電腦，又再關掉。她不想玩水果忍者，當然也不想和任何人傳送簡訊。她得想想該怎麼做，因為她必須做點什麼。

她把教科書放進背包後抬起頭來，那個超市的女人正從窗戶往內盯著她看。這是不可能的事，因為窗戶位在二樓，但她的確在那裡。她的肌膚純白、完美無瑕，顴骨高聳，一雙深色的大眼睛，眼角微微上斜。艾柏拉心想這人或許是她所見過最美麗的女人。同時，她立刻意識到，無絲毫懷疑地，這人很瘋狂。濃密的黑髮框住她完美、有點傲慢的臉龐，飄垂在她的雙肩上。而儘管以奇怪的角度歪斜著，卻固定在這豐厚秀髮上的是，一頂天鵝絨已磨損的時髦大禮帽。

她不是真的在那兒，她也不在我腦袋裡。我不知道我怎麼能看見她，但我的確正注視著她，而且我不認為她知——

那個瘋女人在逐漸變暗的窗戶裡咧嘴笑，她的嘴唇張開時，艾柏拉瞧見她僅有一根牙齒在上排，一根醜陋、變色的獠牙。她恍然大悟那就是布萊德利・崔佛生平所見的最後一樣東西，頓時放聲尖叫，盡全力地大聲叫……但只在心裡面，因為她的喉嚨鎖住，聲帶僵掉了。

艾柏拉緊閉上眼睛。當她再度睜開時，那個齜牙咧嘴、面無血色的女人已經走了。

不在了。不過她會來。她曉得我的事，她會來的。

在那一瞬間，她認清了當她一看到那座廢棄工廠就該知道的事。她能呼喚的實際上只有一個人。只有一個人能幫助她。她再次闔上眼，這次不是要躲避從窗外凝視著她的可怕影像，而是要呼救。

東尼，我需要你爸爸！拜託，東尼，求求你！

她的雙眼仍閉著——但此時感覺到眼淚的溫度在睫毛和臉頰上——她低喃地說：「救我，東尼。我好害怕。」

第八章・艾柏拉的親戚理論

1

海倫・利文頓號每日的最後一趟行程稱為日落之旅，有許多次傍晚丹在安養院沒輪班時，就由他控制操縱裝置。比利・費里曼在他當小鎮員工的期間駕駛了約莫兩萬五千次，因此很樂意將操縱權交給丹。

「你永遠都不會膩，是吧？」他曾問過丹。

「應該是因為童年被剝奪了吧。」

並非如此，不全然是，但是他和母親在賠償金用罄後經常四處搬遷，她做了很多工作。由於沒有大學文憑，其中大多數工作的薪資都很低。她讓他們頭上有屋頂，桌上有食物，但是永遠沒有很多額外的東西。

有一次——他當時在唸高中，他們兩人住在距離坦帕市不遠的布雷登頓——他問她為何從不出去約會。到那時他年紀已夠大，明白她仍是個相貌十分姣好的女人。溫蒂・托倫斯朝他歪嘴一笑說：「我有一個男人已經夠了，丹尼。更何況，現在我有了你。」

「她知道多少你酗酒的事？」有一次他們在桑詩波特碰面時，凱西・K問他。「你從很年輕就開始喝了，對吧？」

丹需要思考一下這個問題。「大概比我那時知道的要來得多，不過我們從來沒談論過這件事。我想她是不敢提起。而且，我從來沒惹上法律方面的麻煩——至少，那個時候沒有——我以優異的成績從高中畢業。」他從咖啡杯上對凱西陰鬱地笑笑。「當然我從來沒有打過她，我想那有差別。」

也從來沒有得到那套鐵路模型玩具，不過ＡＡ成員信以為生的基本宗旨是不酗酒一切都會好轉。事實也的確如此。如今他擁有男孩子所能盼望得到最大型的玩具小火車，而且比利說得對，海倫‧利文頓號永遠不會變老。他想再過十年、二十年或許會，然而就算到那時丹認為他大概仍舊會主動要求駕駛每天的最後一圈，只為了在日落時分駕駛利文頓號到克勞德蓋普的迴車處。這時的景色令人驚嘆，當薩科河風平浪靜時（一旦春季的騷亂消退後薩科河通常都很平靜），你可以看見所有的色彩兩次，一次在上方，一次在下面。在利文頓號旅程的遠端一切寂靜無聲；彷彿上帝屏住了呼吸。

在勞動節與哥倫布紀念日[30]（利文頓號關閉準備過冬的日子）之間的旅程，是最棒不過的了。沒有觀光客，僅有少數當地人搭乘，其中多數丹現在都叫得出名字。在像今晚的平日夜晚，付費的客人甚至少於一打。這對他來說不成問題。

當他放慢利文頓號的速度回到迷你鎮車站的停泊處時，天色已全暗下來。他倚靠在第一節乘客車廂的側面，頭上的帽子往後傾斜（帽舌上以紅線繡著**丹司機**），祝他少數的幾位乘客今晚過得愉快。比利坐在長椅上，香菸發光的前端斷斷續續地照亮他的臉。他無疑已年近七十，但看起來很健朗，從兩年前的腹部手術中完全康復了，還說他並無退休的計畫。

「我能做什麼呢？」丹唯獨一次提起這個話題時，他問道。「退休後住到你工作的死亡設施去？等你的寵物貓來拜訪我？謝了，不過我心領了。」

30. 十月的第二個星期一，為紀念哥倫布於一四九二年登上美洲大陸的日子。

當最後兩、三位乘客漫步前行，八成是在尋找用餐的地方時，比利捻熄香菸加入他。「我來把車子開進車庫，除非你也想做這個工作。」

「不，你來吧。你已經無所事事地坐在那裡夠久了。比利，你什麼時候要戒菸哪？你知道醫生說你的腸胃小問題和香菸大有關係。」

「我已經減量到幾乎沒有了。」比利說，不過他的目光洩漏實情地往下移。丹可以查出比利究竟減了多少量——他大概連碰觸這人都不需要，就能獲得這種資訊——但他沒有那麼做。在剛過去的夏季某天，他看見一個年輕人身穿的T恤上頭印著八角形的路標。但標示上寫的不是停，而是TMI。丹尼問他那是什麼意思時，那年輕人對他投以同情的微笑，八成是專門為看似四十來歲的紳士所保留的笑容。「過多資訊（Too Much Information）。」他說。丹向他道謝，心想：小伙子，**這正是我的人生經歷啊**。

每個人都有秘密。他從最早的童年就已熟知這點。正直的人應該有權藏住自己的秘密，而比利・費里曼是正直的化身。

「小丹，想去喝杯咖啡嗎？你有時間嗎？我把這婊子弄上床去睡覺不用花十分鐘。」丹憐愛地撫摸火車頭的側面。「當然好，不過注意你的措詞。這可不是婊子，這是位淑——」

就在這時他的頭突然爆發了。

2

他回過神來時，手腳張開地躺在方才比利抽菸的長椅上。比利坐在他旁邊，一臉擔憂的樣子。要命，是看起來嚇得半死。他一手拿著電話，手指懸在按鍵上。

「收起來吧。」丹說。他的聲音乾枯而沙啞。他清清喉嚨，再試一次。「我沒事。」

「你確定嗎？我的天啊，我以為你中風了。我很確定地那麼認為。」

感覺的確是像中風。

多年來丹首次想起迪克・哈洛倫，過去全景飯店的傑出主廚。迪克幾乎立即知道傑克・托倫斯的小男孩和他自己有相同的才能。丹好奇如今迪克是否可能仍在世。幾乎肯定不在了；當年他就已將近六十。

「東尼是誰？」比利問。

「啊？」

「你剛才說『拜託，東尼，求求你。』東尼是什麼人？」

「一個我過去酗酒的時候認識的人。」以臨機應變來說這答案不怎麼樣，不過這是他仍茫然的腦袋裡浮現的第一個說詞。「好朋友。」

比利再注視他的手機亮著的長方形幾秒鐘，才緩緩地折疊手機收起來。「你要知道，我一分鐘都不相信你的話。我想你是突然出現了你的那種閃光。就像那天你發現我的……」他輕拍一下腹部。

「嗯……」

比利舉起一隻手。「不用多說，只要你沒事就好。還有只要不是關於我的壞消息。因為如果是的話我會想知道。我想這點並不適用在每個人身上，不過我這人是如此。」

「跟你沒關係。」丹站起來，慶幸地發現兩腿穩穩支撐住他。「不過我打算下次再去喝咖啡，如果你不介意的話。」

「一點也不，你需要回到自己房間躺下，你的臉色還是很蒼白。無論那是什麼，對你的打擊都很大。」比利瞥向利文頓號。「幸好不是發生在你高高坐在駕駛座上，以四十英里的時速前進的時候。」

「可不是嘛。」丹說。

3

他跨越克蘭默大道到利文頓之家那一側，打算聽從比利的建議躺下，但他沒在大門口轉進以花卉為界的小徑，走向宏偉、古老的維多利亞式建築，反而決定散步一會兒。現在他的呼吸已漸漸恢復正常——神智恢復清醒——而且夜晚的空氣新鮮。此外，他需要思考一下剛才發生的事，非常慎重地思索。

無論那是什麼，對你的打擊都很大。

這讓他再度想起迪克・哈洛倫，以及所有他從未告訴過凱西・金斯利的事。他也絕對不會。他猜想，僅僅因為他沒採取行動而對狄妮及她兒子所造成的傷害，宛如一顆阻生的智齒，深深地嵌入他的內心，並且會持續卡在那兒。但是五歲時，丹尼・托倫斯曾是那個受到傷害的人——當然是和他母親一起——而他父親不是唯一的罪犯。對那件事迪克就採取了行動。若非如此，丹和母親早就死於全景飯店。那些往事回憶起來依舊令人痛苦，仍然閃動著稚氣的恐懼與驚駭的原色。他會寧可永遠別再想起，但是現在他必須要。因為……嗯……

因為一切都是因果循環。也許是運氣，抑或者也許是命運，但無論如何，都會報應回來。迪克給我鎖盒的那天他說了什麼？學生若準備好，老師自會出現。倒不是我具備了教導任何人任何事情的能力，或許只除了如果你不喝酒，就不會喝醉的這點體認。

他走到街區的盡頭；此時他掉頭往回走。整條人行道只有他單獨一個人。一旦夏季結束弗雷澤清空的速度快得教人害怕，那讓他想到全景飯店清空的方式。整間飯店多麼迅速地僅剩渺小的托倫斯一家。

當然啦，除了鬼魂以外。它們從不離開。

4

哈洛倫告訴過丹尼他要前往丹佛，再從那兒往南飛到佛羅里達。他問丹尼是否願意幫他搬行李到全景飯店的停車場，於是丹尼幫忙提了一個到廚師租來的車上。只是一件小行李，幾乎不比公事包大，但他需要用上兩隻手來提。當行李袋全都安全地裝入後車廂後，他們坐進車內，哈洛倫說出丹尼．托倫斯腦子裡那東西的名稱，那個他父母親只半信半疑的東西。

你有天賦。我呢，我向來都說這種天賦叫閃靈。我祖母也是這麼說的。覺得你有點寂寞，以為自己是唯一的嗎？

對，他很寂寞，而且沒錯，他相信自己是唯一的。哈洛倫糾正了他的這種想法。從那時候起，丹遇過許多，依照廚師的說法，就是「有一點點閃靈」的人。比利便是其中一例。

然而從來沒有人像今晚在他腦中尖叫的女孩。那聲吶喊感覺好像可能會將他分裂似地。他以前的閃靈能力有那麼強嗎？他認為他有，或者接近。在全景飯店的歇館日，哈洛倫叫坐在他身旁不安的小男孩……他是怎麼說的呢？

他說給他一擊吧。

丹回到利文頓之家，站在大門外。第一批的樹葉開始凋落，傍晚的微風吹得落葉在他腳邊飛旋。當我問他我應該想什麼的時候，他告訴我隨便什麼都可以。「只要用力地想。」他說。所以我照做了，但在最後一秒我減輕了力道，至少減了一點。要是我沒有緩和的話，我想我可能會殺了他。他往後抽動——不，他猛力地往後撞——咬到了嘴唇。我記得他流了血。他說我是把手槍。後來，他問起東尼的事。我的隱形玩伴。於是我把東尼的事告訴他。

東尼回來了，看來似乎是，但他不再是丹的朋友。現在他是名叫艾柏拉的小女孩的朋友。她就像以前的丹一樣遇上麻煩，但是成年男人找個小女孩會引起人的注意和疑心。他在弗雷澤這兒有美好的生活，他覺得這是他在經歷這麼多年迷失的歲月後所應得的。

可是……

可是當他需要迪克——在全景飯店，以及後來在佛羅里達，梅西太太又回來的時候——迪克就來了。在AA，大家稱這種是第十二步驟的造訪。因為學生若準備好，老師自會出現。

有好幾次，丹與凱西·金斯利及其他參加戒酒計畫的人依第十二步驟去拜訪太過投入藥物或酒精的人。有時尋求這種服務的是朋友或上司；更多時候是用盡所有其他的辦法、已束手無策的親戚。多年來他們有幾次成功的案例，但大多數拜訪的下場是遭人當面甩上門，或是受邀將凱西和他朋友道貌岸然、半宗教的廢話塞回他們自己的屁股中。有一名經歷過喬治·布希時代輝煌的伊拉克冒險活動的退役軍人，吃了甲基安非他命腦子混亂，竟然朝他們揮舞手槍。從位在丘可拉那名退役軍人與他嚇壞了的妻子窩居的簡陋小屋返回時，丹說：「那是浪費時間。」

「如果我們是為了他們而做那就是浪費，」凱西說：「但我們不是。我們是為了我們自己而做。你喜歡自己現在過的生活嗎？丹尼小子？」這不是他頭一次問這個問題，也不會是最後一次。

「喜歡。」對這點毫不遲疑。也許他不是通用汽車的總裁，也沒和凱特·溫絲蕾一起拍攝裸體的床戲，可是在丹的心中，他擁有一切。

「認為是你自己掙來的嗎？」

「不，」丹微笑著說。「並不完全是。這是沒辦法掙來的。」

「所以究竟是什麼讓你回到每天早上甘願起床的地方？是運氣還是恩典？」

他相信凱西希望他回答是恩典，但是在戒酒的這幾年中，他培養了有時候會令人不快的誠實習慣。「我不知道。」

「沒關係，因為當你沒有退路的時候就沒有區別了。」

5

「艾柏拉、艾柏拉、艾柏拉。」他走上通往利文頓之家的小徑時一邊唸著。「小姑娘，妳讓自己陷入了什麼危機？妳又會害我惹上什麼麻煩呢？」

他正想著他必須利用閃靈試著與她聯繫，但閃靈並非百分之百可靠，不過當他踏入角樓房間時，他發現沒那個必要了。在他的黑板上整整齊齊地寫著：

cadabra@nhmlx.com[31]

他不解她的網路暱稱想了半晌，懂了以後大笑。「取得好，小鬼，好名字。」

他打開筆記型電腦的電源。片刻後，他盯著一片空白的電子郵件表格。他鍵入她的電子郵件地址，然後坐著注視閃爍的游標。她多大年紀？根據他們之前少數的通訊來計算，大約是介在機靈的十二歲和有點天真的十六歲之間。大概比較接近前者。而他呢，是個年紀已老得若漏掉刮鬍子，鬍碴裡就夾雜著白色斑點的男人。他在這兒，準備開始透過電腦與她攀談。有人要獵捕戀童

31. 艾柏拉（Abra）與卡達布拉（Cadabra）合起來就是Abracadabra，為施展魔法時所唸的咒語。

癖[32]嗎？

也許沒什麼事。很可能沒事；畢竟，她只是個孩子。

對，不過她非常的害怕。再加上，他對她十分好奇。已經好奇一陣子了。他想，就如同以前哈洛倫對他很好奇一樣。

我現在需要一點點恩典，和一大堆的運氣。

在電子郵件表格頂端的主旨欄中，丹寫下艾柏拉，妳好。他停下游標，深吸口氣，鍵入六個字：告訴我怎麼了？

6

緊接著的星期六下午，丹在明媚的陽光下坐在安尼斯頓公共圖書館外頭的長椅上，石砌的圖書館建築上覆滿了常春藤。他面前攤開了一份《聯盟領導人報》，頁面上有字，不過他完全不知道上頭寫些什麼。他太過緊張了。

兩點整時，一個身穿牛仔褲的女孩騎著腳踏車過來，將車子卡進草坪末端的腳踏車架中。她朝他揮揮手，露出燦爛的笑容。

啊。這就是艾柏拉。像在卡達布拉裡一樣。

以她的年紀來說她的身材算高挑，而且腿長占了大部分。大量的鬈曲金髮往後綁成一束濃密的馬尾，看起來像是準備造反披散四處的模樣。這天有點冷，她穿著薄夾克，背後以網版印刷印著安尼斯頓旋風。她抓起用彈力繩綁在腳踏車後擋泥板上的兩本書後，向他跑來，依舊是帶著滿面的笑容。可愛但不漂亮。除了那雙藍色的大眼睛。那雙眼睛非常美。

「丹伯伯！哎呀，真開心見到你！」她熱情地在他臉頰上出聲吻了一下。那不在劇本中。她對於他基本的可容忍範圍的把握度真是嚇人。

「我也很高興見到妳，艾柏拉。坐下吧。」

他告訴她他們必須要小心，艾柏拉——在她那文化背景中成長的孩子——馬上就明白了。他們一致認為最好的方式是在公眾場合碰面，而在安尼斯頓幾乎沒別處比圖書館前面的草坪更為公開，因為這間圖書館就坐落在靠近小小的鎮中心區的中央位置。

她仔細地端詳他，毫不掩飾對他的興趣，或許甚至可以說是渴望。他能感覺到宛如細小手指的東西輕輕地拍打他的腦部內側。

東尼在哪兒？

丹抬起一根手指輕觸自己的太陽穴。

艾柏拉微微一笑，那讓她變得完美無缺，使她變成再過四、五年會令人心碎的女孩。

嗨，東尼！

這聲音嘹亮得足以令他畏縮，他再度想起迪克・哈洛倫如何在租車的方向盤後退縮，兩眼暫時變得空白。

我們必須大聲地說出來。

哦，好啊！

「我是你爸爸的堂兄弟，知道吧？不是真正的伯伯，不過妳都這樣叫我。」

32. 美國NBC電視台播出的真人實境節目，節目中安排人員假扮未成年人，在網路上找專釣未成年少男、少女的性變態聊天，再邀請對方到裝了監視器的房間，最後將其逮捕，並把整個過程拍攝下來。

「好啦，好啦，你是丹伯伯。只要我媽最要好的朋友沒出現我們就不會有問題。她叫做葛蕾茜・席爾維雷克。我想她知道我們整個家譜，因為我們親戚並不很多。」

噢，好極了，丹暗想。**愛管閒事的好朋友**。

「沒問題啦，」艾柏拉說。「她的大兒子在足球隊裡，而且她從來不缺席旋風隊的比賽。幾乎全部的人都去看比賽了，所以別再擔心有人會以為你是——」

她的句子結尾是一張心靈圖片——事實上，是張卡通畫。那張圖片在瞬間展開，粗淺卻清晰。一個小女孩在暗黑的巷子裡遭受一名身穿風衣的巨漢威脅。小女孩的兩腿直發抖，就在圖片消逝前，丹看見她頭上產生了一個氣球形的文字框：**啊，變態！**

「其實不是那麼有趣。」

他畫出自己的圖片送還給她：丹・托倫斯穿著監獄的條紋囚衣，被兩名大塊頭的警察帶走。他不曾試過像這樣的東西，成果沒有她的那麼好，不過他很高興發現自己也能辦到。隨後，幾乎在他明白發生了什麼事之前，她就將他的圖片據為己有，改成她自己的。丹從他的腰帶掏出一把槍，瞄準其中一名警察，扣下扳機。一條寫著**砰**！的手帕從槍管發射出來。

丹目瞪口呆地盯著她看。

艾柏拉用握成拳頭的雙手摀住嘴巴咯咯地笑。「對不起，實在忍不住。我們可以玩這個玩一整個下午，對吧？那應該會很有趣。」

他猜想那同時是種慰藉。多年來她一直抱著絕妙的球卻沒人跟她玩傳接球。當然他的情況也相同。自從童年與哈洛倫稍微嘗試過以來，這是他頭一回發送並且接收。

「妳說得沒錯，應該會很有趣，不過現在不是時候。妳需要把這整件事再從頭說一遍。妳寄來的電子郵件只概述了要點。」

「我該從哪裡說起呢？」

「從妳的姓氏怎麼樣？既然我是妳名譽上的伯伯，我八成應該知道吧。」

這句話惹得她哈哈大笑。丹試圖忍住不笑卻沒辦法。上帝幫助他吧，他已經喜歡她了。

「我叫艾柏拉・拉斐拉・史東，」她說。忽然間笑聲停止。「我只希望那個戴高帽的女士永遠沒查出來。」

7

他們一起坐在圖書館外面的長椅上坐了四十五分鐘，秋天的陽光溫暖地照在他們臉上。生平頭一次艾柏拉對於總是讓她困惑、有時害怕的天賦感到毫無保留的快樂——甚至可說是喜悅。多虧了這個男人，她甚至獲得了這種天賦的名字——閃靈。這是個很棒的名字，令人欣慰的名字，因為她以前總認為這天賦是個不祥之物。

他們有許多事要談——大量的意見要交流——不過幾乎還沒開始，一名身穿粗呢裙子、約莫五十多歲的胖女人就走過來打招呼。她好奇地打量著丹，但是並非麻煩難以對付的好奇心。

「嗨，傑拉德太太，這位是我的丹伯伯。去年傑拉德太太擔任我的語文課老師。」

「很高興認識妳，女士。我是丹・托倫斯。」

傑拉德太太握住他伸出的手，不拖泥帶水地搖晃了一下。艾柏拉能感覺到丹——丹伯伯——放鬆下來。這樣很好。

「托倫斯先生，你住在這一帶嗎？」

「就沿著這條路下去，在弗雷澤。我在那裡的安養院工作。妳知道海倫・利文頓之家嗎？」

「啊。那是份很好的工作。艾柏拉，妳讀了《修配工》沒？那本我推薦的瑪拉末[33]所寫的小說。」

艾柏拉一副愁眉苦臉的樣子。「書在我的電子書閱讀器Nook裡——我生日時拿到一張禮物卡——不過我還沒開始看。這本書看起來很難。」

「妳已經準備好可以應付艱澀的書了，」傑拉德太太說。「充分準備好了。高中生活會比妳想的還要早來到，然後是大學。我建議妳今天就開始。很高興認識你，托倫斯先生，你有個非常聰明的姪女。可是艾柏拉——有頭腦的人就要負擔起責任喔。」為了強調這一點，她輕拍一下艾柏拉的太陽穴，隨後登上圖書館的台階走進館內。

她轉向丹。「那不算太壞吧，對吧？」

「到目前為止還好。」丹同意。「當然，如果她跟妳爸媽說起……」

「她不會啦。我媽在波士頓，幫忙我嬤嬤。她得了癌症。」

「我很遺憾聽到這個消息，嬤嬤是妳的……」

外祖母？

外曾祖母。

「況且，」艾柏拉說：「說你是我伯伯，其實也不算說謊。在去年的自然科學課上，史岱利先生告訴我們，所有的人類都共享相同的基因圖。他說造成我們彼此有差異的是非常微小的東西。你知道我們的基因組成有百分之九十九左右和狗一樣嗎？」

「不知，」丹說：「不過這解釋了為什麼我老是覺得愛寶看起來很好吃。」

她哈哈大笑。「我想說的是，所以你可能是我的伯伯、堂兄弟，或任何親戚。」

「這是艾柏拉的親戚理論，是嗎？」

「我想是吧。況且我們需要相同顏色的眼睛或髮際線才能有親屬關係嗎？我們共同擁有的別樣東西是幾乎沒有人有的。這讓我們成為某種特殊的親戚。你認為那是基因嗎？就像產生藍眼或紅髮的那種？順便問一下，你知道蘇格蘭的紅髮人比例是全世界最高嗎？」

「我不知道，」丹說。「妳是個資訊通。」

她的笑容稍微消退。「那是不是負評？」

「一點也不。我想閃靈有可能是種基因，但是我不這麼認為。我認為閃靈是無法量化的。」

「這意思是你沒辦法理解閃靈嗎？就像上帝、天堂，那一類的東西？」

「對。」他發現自己想起了查理・海斯，以及所有在查理前後，他在扮演安眠醫生角色時見到的那些離開這世間的人。有些人稱死亡的那一刻為**繼續前進**。丹喜歡這個說法，因為似乎正是如此。當你看見男男女女在你眼前過世——離開迷你鎮人所稱的現實，前往死後的克勞德蓋普——你的思維方式會因此而改變。對那些在彌留之際的人而言，不斷在繼續前進的是世界。在那些通過入口的時刻，丹總是感覺到有某種不大看得見的巨大存在。他們睡著，他們醒來，他們前往**某處**。他們繼續下去。即使是在孩提時代，他都有理由相信這點。

「你在想什麼？」艾柏拉問。「我可以看到，但是我不懂。我想要弄明白。」

「我不曉得要怎麼解釋。」他說。

「那跟幽靈人有點關係，對不對？我看過它們一次，坐在弗雷澤的小火車上。那是個夢，不過我覺得那是真的。」

他的眼睛睜大。「妳真的看到了嗎？」

「對。我不認為它們想要傷害我——它們只是盯著我看——不過它們有點嚇人。我想它們也

33.伯納德・瑪拉末，美國著名的猶太作家，曾以《修配工》一書榮獲普立茲小說獎。

許是以前搭乘過小火車的人。你看過幽靈人嗎？你見過，對不對？」

「對，不過已經很久沒看到了。」而且有些比鬼魂可怕多了。鬼魂不會在馬桶座及浴簾上留下殘渣。「艾柏拉，妳爸媽對妳的閃靈知道多少？」

「我爸以為已經沒了，只剩下一些──比方說我從夏令營打電話回家，因為我知道嬤嬤生病了──他很高興。我媽知道我的閃靈還在，因為有時候她會請我幫她找遺失的東西──上個月是她的車鑰匙，她把鑰匙擱在車庫裡我爸爸的工作檯上──但是她不知道還剩多少。他們不再談起這件事了。」她停頓片刻。「嬤嬤知道。她不像我爸媽那樣害怕閃靈，不過她跟我說我必須小心。因為如果別人發現了──」她扮個滑稽的臉，翻了下白眼並將舌頭從嘴角伸出來。「哎呦，怪胚。你懂吧？」

懂。

她感激地笑了。「你當然知道。」

「沒別人了嗎？」

「呃……嬤嬤說我應該和約翰醫生談談，因為他已經知道一些事了。他，嗯，在我還很小的時候，看見我用湯匙所做的事，我算是把湯匙掛到天花板上吧。」

「這人不會碰巧是約翰．道頓吧，是嗎？」

她的臉龐亮了起來。「你認識他嗎？」

「事實上，我認識。我曾經幫他找過一樣他遺失的東西。」

手錶！

答對了！

「我沒告訴他所有的事情，」艾柏拉說。她一臉不安。「我當然沒跟他說棒球男孩的事，我也絕對不會告訴他高帽女人的事。因為他會告訴我爸媽，他們已經有很多煩心的事了。更何況，他們能做什麼呢？」

「我們先暫時把這個問題存檔起來吧。那個棒球男孩是誰？」

「布萊德利．崔佛。布萊德。他有時候習慣把帽子反過來戴，說那是祈求反敗為勝的帽子。你知道那是什麼嗎？」

丹點頭。

「他死了。他們把他殺死了，可是他們先傷害他，他們非常殘酷地傷害他。」她的下唇顫抖起來，忽然間她看起來更像是九歲，而不像是將近十三歲。

別哭，艾柏拉，我們不能引起人家注意。

我知道，我知道。

她低下頭，深呼吸幾次，然後再抬起頭來看他。她的眼睛過於明亮，不過嘴巴已停止顫抖。

「我沒事，」她說。「真的。我只是很高興再也不是獨自一個人想著這件事。」

8

他認真地傾聽她描述她所記得的兩年前與布萊德利．崔佛初次相遇的經過。內容並不多。她留存最清晰的印象是他躺在地上，許多交錯的手電筒光束將他照亮。以及他的尖叫。她記得那些尖叫聲。

「他們必須照亮他，因為他們在進行某種手術，」艾柏拉說。「總之，那是他們的說法，不過他們真正在做的就是折磨他。」

她告訴他，她在《安尼斯頓購物指南》的封底再度發現布萊德利，和其他所有失蹤的小孩在一起。她如何觸摸他的相片，看看她是否能查出他的下落。

「你辦得到嗎？」她問。「觸摸東西讓畫面浮現在腦海裡？找出東西來？」

「有的時候。不是每次都可以。我小時候能夠做到的機率比較大，也比較可靠。」

「你認為我長大後閃靈就會沒了？我並不會介意。」她停頓一下，思考。「只不過我還是會有點在意。這很難解釋。」

「我懂妳的意思。這是我們獨有的能力，對不對？是我們的本領。」

艾柏拉露出微笑。

「妳很確定妳知道他們殺害這男孩的地點嗎？」

「是的，而且他們把他埋在那裡。他們甚至把他的棒球手套也埋進去。」艾柏拉遞給他一張筆記本的紙。那是副本，而非正本。她應該是不好意思讓人看見她寫了**在這裡樂團**的男孩名字，並且不只一次而是再三反覆地寫。就連當初寫的**字體**如今看來似乎都錯了，那些肥胖的大字應該表達的不是愛而是**喜歡**。

「別再為那事生氣了，」丹心不在焉地說，審視她用印刷體寫在紙上的文字。「我在妳這個年紀時非常喜歡史蒂薇・尼克斯。還有紅心合唱團的安・威爾森。妳八成根本沒聽過她，她是老牌歌手，不過我以前常常幻想邀請她參加格倫伍德初中週五晚上的舞會。那很愚蠢吧？」

她瞠目結舌地看著他。

「愚蠢但正常。世界上最正常的事，所以放妳自己一馬吧。另外我可沒有偷窺喔，艾柏拉。那東西就在那裡。有點像是突然出現在我面前。」

「噢，天啊。」艾柏拉的雙頰脹得通紅。「這需要花點時間來適應，是吧？」

「對我們兩個人來說都是，小姑娘。」他再度低頭看那張紙。

按坎頓郡警局的命令，禁止擅入
有機工業
四號乙醇工廠
愛荷華州費里曼
在另行通知之前關閉

「妳拿到這個資料是靠……什麼？一遍又一遍地重看？像電影那樣一再重播？」
「禁止擅入的告示牌很容易，不過有機工業和乙醇工廠那幾個字，就是用那種方法沒錯。你沒辦法那樣做嗎？」
「我從來沒試過。也許有一次吧，不過大概就那一次而已。」
「我在電腦上找到了愛荷華州費里曼，」她說。「然後用谷歌地球查詢的時候，我能看見那座工廠。那些地方是真的在那裡。」
丹的思緒轉回到約翰・道頓。戒酒計畫的其他人都談論過丹找東西的特殊能力；約翰卻從來不曾。其實，並不意外。醫生立過類似ＡＡ的那種保密誓言，不是嗎？對約翰來說，就是將誓詞的涵蓋範圍加倍。
艾柏拉正在說：「你可以打電話給布萊德利・崔佛的父母親，對不對？或是打去坎頓郡的警長辦公室？他們不會相信我，但是他們會相信成年人。」
「我想我應該可以。」但毫無疑問地，知道屍體埋葬地點的人會自動列為頭號嫌疑犯，所以倘若他要幫忙，他必須非常、非常小心留意他採取的方法。

艾柏拉，妳讓我捲入很大的麻煩裡啊。

「對不起。」她低聲說。

他把手放在她的手上，輕輕捏了一下。「不用說抱歉。那句話是妳不該聽到的。」

她挺直身子。「噢，天啊，伊凡・史特勞德走過來了。她是我班上的同學。」

丹急忙抽回手。他看見一個豐滿、棕髮，與艾柏拉年齡相仿的女孩順著人行道走來。她背著雙肩背包，胸前抱著一本捲起來的活頁筆記本。她的眼神機靈、充滿好奇。

「她會想知道你的一切，」艾柏拉說。「我是指**所有的事**。而且她很**大嘴巴**。」

噢，糟了。

丹凝視著即將到來的女孩。

我們很無趣。

「幫幫我，艾柏拉。」他說，接著感覺她加入了。他們一合作，那想法就立即增加了深度和力量。

我們一點也不有趣。

「很好，」艾柏拉說。「再多一點。跟著我做。像唱歌一樣。」

妳幾乎沒看到我們，我們很無趣，而且妳有更重要的事情要做。

伊凡・史特勞德匆匆忙忙地走在人行道上，向艾柏拉急速地揮個手，含糊地比個打招呼的手勢，但沒有減緩速度。她奔上圖書館的台階，消失在裡面。

「真是不敢相信啊，我都要變成猴子的伯伯了。」丹說。

她認真地端詳他。「根據艾柏拉的親戚理論，事實上你很可能是。非常相似——」她傳送了一張褲子在曬衣繩上飄動的圖片。

牛仔褲[34]。

然後兩人開懷大笑。

9

丹讓她重述了轉盤的事情三次，想確定他理解得正確無誤。

「你也從來沒做過這件事？」艾柏拉問。「望遠？」

「星體投射[35]？沒有。妳經常星體投射嗎？」

「只有一、兩次。」她思考片刻。「或許三次。有一次我進入一個正在河裡游泳的女孩的腦子裡。我從我們家後院底部看著她。當時我九歲或十歲。我不曉得為什麼會發生，她並沒有遇到困難或什麼，只是和她朋友在一起游泳。那次持續得最久。至少持續了三分鐘。你說這叫做星體投射嗎？像外太空那樣？」

「這是個舊詞，從一百年前的降神會來的，大概不是非常正確。意思是靈魂出竅。」如果你能將任何那一類的事情歸類的話。「不過──我想確認一下我理解得沒錯──那個游泳的女孩沒進入妳的腦子裡嗎？」

艾柏拉斷然地搖搖頭，她的馬尾隨之飛揚。「她甚至不知道我在那裡。唯一一次雙方進入彼此腦內的是和那個女人。那個戴高帽的女人。只不過我當時沒看見高帽，因為我在她腦子裡。」

34. 這裡艾柏拉是以genes（基因）和jeans（牛仔褲）發音相同來開玩笑。
35. Astral Projection，又譯為靈體投射，靈體飛行，意指靈魂出竅。

丹伸出一根手指描繪一個圓圈。「妳進入她，她進入妳。」

「對。」艾柏拉打了個冷顫。「她就是那個切割布萊德利‧崔佛一直到他死亡的人。她笑的時候上排有一根又大又長的尖牙。」

高帽觸動了他的心弦，讓他想起威明頓的狄妮。因為狄妮戴了頂帽子？不，至少他不記得有；他那時喝得爛醉如泥。這大概沒什麼意義——有時大腦會產生不實的聯想，尤其是在受到壓力的時候，如此而已，真相是（儘管他不大願意承認）狄妮從未遠離他的思緒。偶然瞧見商店櫥窗中陳列的軟木底涼鞋那一類的東西都會讓他想起她。

「狄妮是誰？」艾柏拉問。緊接著她快速地眨眼，微微向後退縮，彷彿丹突然在她眼前揮手。「啊。我想，我不應該看到那裡去。對不起。」

「沒關係。」他說。「我們繼續談妳說的高帽女人吧。妳後來看見她在妳的窗戶上，那種情況不同嗎？」

「不一樣。我甚至不確定那是閃靈。我想那是**回憶**，是我看見她傷害男孩那時的記憶。」

「所以她那時也沒看到妳囉。她從沒見過妳。」倘若這女人如同艾柏拉認為的那般危險，這點非常重要。

「沒，我確定她沒有。不過她很想要。」她注視著他，兩眼睜大，嘴巴又顫抖起來。「轉盤事件發生的時候，她心裡想著鏡子。她想要我看著我自己，她想利用我的眼睛來看見我。」

「她透過妳的眼睛**看到了**什麼？她可以憑著這點找到妳嗎？」

艾柏拉仔細地思索。最後她說：「事情發生的時候我正在看窗戶外頭。從那裡我只能看見街道。當然還有山脈，不過在美國各地有很多山，對吧？」

「對。」如果利用電腦全面徹底地搜尋，戴高帽的女人能否將她透過艾柏拉的雙眼所見的山脈和照片比對呢?就像這件事的其他許多問題一樣，實在沒有任何方法可以確認。

「丹，他們為什麼要殺他呢?他們為什麼要殺掉棒球男孩?」

他想他知道答案，要是他有辦法，他會隱瞞她，但即使這次會面的時間短暫，也足以讓他明白他與艾柏拉・拉斐拉・史東永遠無法擁有那樣的關係。康復的酗酒人力求「坦誠面對所有事情」，可是鮮少能做到;而他和艾柏拉卻是無法避免。

食物。

她睜大眼睛瞪著他，嚇呆了。「他們吃他的閃靈?」

我想是吧。

他們是吸血鬼嗎?

接著，高聲地說:「像《暮光之城》那樣的嗎?」

「跟他們不一樣，」丹說。「拜託，艾柏拉，我只是猜測而已。」圖書館的門開啟。丹張望一下四周，擔心可能是好奇心過盛的伊凡・史特勞德，還好是一對眼中只有彼此的男女情侶。他轉回來面向艾柏拉。「我們得結束討論了。」

「我知道。」她舉起手來揉擦嘴唇，隨即意識到自己的動作，又把手放回膝上。「可是我有好多疑問，想知道好多事情。那會花上好幾個鐘頭。」

「我們沒有那麼多時間。妳確定那是山姆嗎?」

「啊?」

「她是在山姆超市嗎?」

「哦，是啊。」

「我知道那家連鎖超市。我甚至在其中一、兩間買過東西，不過不在這一帶。」

她咧開嘴笑。「那是當然的，丹伯伯，這附近根本沒有。那家超市的店面全部都在西部。我也用谷歌查過了。」她的笑容消失。「從內布拉斯加一路到加州，總共有好幾百間。」

「我需要再多思考一下，妳也是。如果事情很重要，妳可以用電子郵件和我保持聯絡，不過我們最好還是只用」——他輕拍自己的前額——「咻——咻。妳懂吧？」

「懂。」她說著笑了。「發生這件事唯一的好處是交到了懂得怎麼咻——咻、知道這是怎麼回事的朋友。」

「妳會用黑板嗎？」

「當然，那非常簡單。」

「妳必須記住一件事，最重要的事。高帽女人很可能不知道怎麼找到妳，但是她知道妳在某個地方。」

她變得異常沉默。他想觸及她的思緒，但艾柏拉小心地守護著。

「妳能在腦子裡設一個防盜警報器嗎？這樣一來如果她到了附近，無論是她的精神來或是本人親自來，妳就會知道？」

「你認為她會來找我，是不是？」

「她可能會嘗試。有兩個理由。第一，因為妳知道她的存在。」

「還有她的朋友，」艾柏拉低聲說。「她有很多朋友。」

拿著手電筒。

「另一個理由是什麼？」在他來得及回答之前，她就先說了：「因為我會是很美味的食物，就像棒球男孩那樣好吃。對吧？」

否認毫無意義，對艾柏拉而言他的前額就像扇窗子。「妳能設警報器嗎？臨近警報器？那是——」

「我知道臨近是什麼意思。我不曉得能不能辦到，不過我會試試看。」

她還沒開口他已知道她接下來要說什麼，而且無須用到讀心術。畢竟，她只是個孩子。這一次她握住他的手時，他沒有掙脫開來。「丹，向我保證你不會讓她抓到我，**答應我**。」

他答應了，因為她是個孩子，需要安慰。但是毫無疑問地要遵守這樣的承諾僅有一個方法，就是驅走那個威脅。

他的腦袋裡再度浮現這個念頭：**艾柏拉，妳讓我捲入很大的麻煩裡啊**。

而她也再說一次，但是這回沒有發出聲音：

對不起。

「孩子，這不是妳的錯。妳和我一樣都不是**自己想找麻煩**。」

「拿妳的書進去吧。我必須回弗雷澤了。我今晚要輪班。」

「好吧，可是我們是朋友吧？」

「百分之百的朋友。」

「我很高興。」

「還有我敢打賭妳會喜歡《修配工》。我想妳會看得懂。因為妳以前就修過好些東西了，對吧？」

她嘴角可愛的酒窩加深。「你竟然知道。」

「哦，相信我吧。」丹說。

他看著她邁步爬上台階，卻突然停頓一下走回來。「我不知道高帽的女人是誰，可是我知道她的其中一個朋友。他叫做大塊頭貝瑞，或者類似地名字。我確信無論她在哪裡，大塊頭貝瑞一定就在附近。而且只要我有棒球男孩的手套，我就能找到他。」她看著他，那雙美麗的藍眼睛堅定、冷靜地凝視。「我會知道是因為**大塊頭貝瑞曾經戴過那手套一下子**。」

10

在回弗雷澤的半途中，丹在反覆思考艾柏拉的高帽女人的事時，驀地想起一件事，讓他渾身猛然一震。他的方向盤一偏差點超出雙黃線，一輛在十六號公路上往西行的卡車迎面而來，煩躁地朝他猛按喇叭。

那是十二年前的事，當時弗雷澤對他來說仍是陌生的地方，而且他的清醒狀態極為不穩定。他正走回羅伯森太太的屋子，那天他剛在那裡租了一間房。暴風雪將至，因此比利・費里曼在他臨走前借了他一雙靴子。**靴子的兩隻腳不大相像，但起碼可配成對。**正當他從默黑德街轉個彎走到艾略特街上時，他看見——

前方就是休息站。丹停進去後走向湍流的水聲。那無疑是薩科河；這條河流經新罕布夏州在北康威及克勞福德山口之間的二十四個小鎮，將小鎮連結起來宛如一串珠子。

我看見一頂帽子從排水溝吹上來。一頂破爛陳舊的大禮帽，如魔術師，或是從前歌舞喜劇中的演員，可能會戴的那種。只不過那帽子並非真的在那裡，因為當我閉上眼數到五，帽子就不見了。

「好吧，那是閃靈沒錯。」他對著流動的河水說。「可是那未必就是艾柏拉看到的那頂帽子。」

只是連他自己都不能相信這個說詞，因為那晚稍後他夢見了狄妮。她已經死掉了，她的臉從頭蓋骨垂落，有如棍子上的麵糰。死了並圍著丹從流浪漢的購物推車上偷來的毛毯。**遠離那個戴高帽的女人，蜜糖熊。**她說了這句話。還有其他的……是什麼呢？

她是地獄城堡的婊子女王。

「你根本不記得了。」他對著湍流的河水說。「沒人還記得十二年前的夢。」

可是他的確記得。而且此時他想起來自威明頓的死掉女人其餘說的話：你要是惹到她，她會活活把你吞下去。

11

六點過後不久他開門進入角樓房間，從自助餐廳端了一盤食物。他先瞧一眼黑板，微笑地看著寫在那兒的留言：

感謝你相信我。

好像我有任何選擇似地，寶貝。

他擦掉艾柏拉的留言後，端著晚餐在書桌前坐下來。離開休息站之後，他的思緒轉回到迪克·哈洛倫。他想這是自然而然的反應；當有人終於請求你教導他們，你就會去找你自己的老師探詢教導人的方法。丹在酗酒的那些年與迪克失去了聯繫（多半是出於羞愧），可是他認為或許有可能查明老人的下落。也許甚至能聯絡上他，倘若迪克仍在世的話。嘿，如果好好照料自己的話，很多人活到九十幾歲啊。艾柏拉的外曾祖母就是個例子——她真的活到好大一把歲數。

我需要一些答案，迪克，你是我認識唯一可能有答案的人。所以幫幫我吧，我的朋友，千萬還活著啊。

他啟動電腦，打開火狐。他知道以前迪克冬天都在一系列的佛羅里達度假飯店當廚師，但他不記得飯店的名字，甚至忘了是在哪一岸。也許兩岸都有——一年在那不勒斯，隔年在棕櫚灘，再下一年就到薩拉索塔或西礁。能夠滿足味蕾，尤其是有錢人的味蕾的人總是找得到工作，而迪克是箇中高手。丹有個想法，或許他最佳的機會是迪克的古怪姓氏——不是海洛倫而是哈洛倫。

他在搜尋框中輸入理查‧哈洛倫及佛羅里達，接著按下確認鍵。他得到數千筆查詢結果，但他十分確定他想要的是從上面數來第三筆，他不由得發出失望的輕聲嘆息。他點擊那條連結，一篇來自《邁阿密先鋒報》的文章出現了。毫無疑問。當年齡和名字出現在標題上時，他確切地知道自己正在看的是什麼。

知名的南灘主廚理查‧「迪克」‧哈洛倫，享年八十一歲。

報導上有張照片。照片雖小，不過丹在任何地方都認得出那張樂觀、睿智的臉。他孤單地死去嗎？丹懷疑。那人太愛交際……並且太喜歡女人了。他臨終的床前大概很多人探望，只是他那年冬天在科羅拉多州拯救的兩個人卻不在。溫蒂‧托倫斯有正當的理由：她比他早逝。但是她的兒子……

迪克過世的時候，他正在某間低級酒吧，裝了一肚子的威士忌，選播自動點唱機裡的卡車駕駛歌曲嗎？或者也許因為酗酒滋事而在監獄裡過夜？

死因是心臟病發。他往回捲動頁面查看日期：一九九九年，一月十九日。救了丹及他母親一命的人已死了將近十五年。無法從他那兒得到幫助了。

從他背後，他聽見粉筆在石板上發出輕微的刺耳吱吱聲。他坐在原地半晌，眼前擺著冷掉的食物及筆記型電腦。過一會兒，緩緩地，他轉過身去。

粉筆依舊在黑板底部突出的溝槽裡，不過一個圖案仍漸漸浮現。圖畫得粗糙但可以辨認。那是只棒球手套。圖案完成後，她的粉筆——隱形，卻仍然發出微弱的吱吱聲——在手套凹處畫了一個問號。

「我需要想一想。」他說，不過他還沒時間想，對講機就響了起來，呼叫安眠醫生。

第九章・我們死去朋友之聲

1

高齡一百零二歲，伊蓮娜・維爾雷特在二〇一三年秋天是利文頓之家年紀最老的住客，老到她的姓氏從未美國化。她對維爾雷特沒有反應，只回應更為優雅的法語發音：歐——雷。丹有時叫她歐拉拉[36]小姐，總是引得她微微一笑。在安養院定期白天巡診的四位醫生之一的隆恩・史汀森，有一回告訴丹伊蓮娜證明了生有時比死更為強大。「她的肝功能全失，肺臟因為抽菸長達八十年已經無可救藥，她還罹患大腸癌——雖然發展的速度像蝸牛一樣，可是極為惡性——另外她的心臟壁薄得跟貓鬚差不多。但她還是活著。」

如果艾奇爾判斷得正確（在丹的經驗中，艾奇爾不曾出錯），伊蓮娜長期租借的生命即將終止，但她看起來絕對不像正在垂危關頭的婦人。丹走進去時，她坐在床上，輕輕撫摸著貓。她的頭髮燙得很漂亮——美髮師前一天才剛來過——她粉紅色的睡衣如往常一樣潔淨，上半身給她毫無血色的臉頰添了點顏色，下半身從她細瘦如枯枝的雙腿向外展開猶如晚禮服。

丹將雙手舉到臉的兩側，手指張開不停地擺動。「歐——拉——拉！Une belle femme（好美的女人）！Je suis amoureux（我墜入愛河了）！」

她翻了個白眼，然後把頭歪向一邊對他微笑。「墨利斯・雪佛萊[37]你才沒有墜入愛河呢，不

36. 法語中表示「哇！天啊！」的感嘆詞。

過我喜歡你，cher（親愛的）。你的個性活潑，這點很重要，你總是嘻皮笑臉，這點更重要，另外你有個可愛的屁股，那是**最最**重要的。男人的臀部是驅動世界的活塞，而你有個很棒的屁股。要是我正當壯年，我就會用拇指把它塞住，然後活活把你吃下去。最好是在蒙地卡羅美麗殿飯店的游泳池畔，有一群欣羨的觀眾讚美我正面和背面的努力。」

她的聲音嘶啞卻婉轉，成功地讓她描述的影像顯得迷人而非低俗。在丹聽來，伊蓮娜因抽菸而粗啞的嗓音是卡巴萊歌舞秀歌手的聲音，是早在一九四〇年春天德國軍隊於香舍麗榭大道上踢正步之前就見識、經歷過一切的女人的聲音。或許經過沖刷，但遠非褪色。儘管她精心挑選的睡衣反映到她臉上的淡淡顏色，她看起來仍像死神沒錯，但從二〇〇九年她搬進利文頓一棟的十五號房之後就看起來像死神了。只不過艾奇的陪伴說明今晚不一樣。

「我相信妳一定讓人嘆為觀止。」他說。

「Cher，你有和哪位小姐交往嗎？」

「不，目前沒有。」只有一個例外，但她年紀太小了不適合談戀愛。

「真可惜。因為到晚年，**這個**」——她舉起一根瘦骨嶙峋的食指，再讓食指垂下——「會變成**這個**。等著瞧。」

他微微一笑，坐到她床上。如同他曾在許多張臨終病床上坐過一樣。「伊蓮娜，妳感覺怎麼樣？」

「還不錯。」她看著艾奇跳下床溜出門外，牠今晚的工作已完成。「我有很多訪客。他們惹得你的貓緊張不安，不過牠堅持留在這兒直到你來。」

「牠不是我的貓，伊蓮娜。牠是屬於利文頓之家的貓。」

「不。」她說，彷彿這話題她不再感興趣。「牠是你的。」

丹懷疑伊蓮娜連一個訪客也沒有——那是說除了艾奇爾以外。不只今晚，上星期或上個月，甚至去年都沒有。她孤零零地活在這世上。從前監督她的財務問題多年、體型龐大如恐龍的會計師，每一季都會提著如Saab行李箱大小的公事包，緩慢吃力地進來探望她一次，但現在就連他也已逝世。歐拉拉小姐聲稱她有親戚在蒙特婁：「但是我剩下的錢不夠讓他們認為值得花時間來探望我，cher。」

「那誰來看妳呢？」丹心想她可能是指吉娜．威姆斯或安潔雅．波茨坦，今晚三點到十一點在利文頓一棟上班的兩名護士。或者可能是波爾．拉森，一個動作緩慢但為人正派的護理員，丹認為他是弗瑞德．卡爾林的正相反，或許他順道過來閒聊一下。

「我剛才說過了，很多。即使是現在他們也正在經過。無止境的行進隊伍。他們微笑、點頭，有個小孩擺動他的舌頭像小狗搖尾巴一樣。他們有些人在說話。你知道希臘詩人喬治．塞菲里斯嗎？」

「不，女士，我不知道。」有其他人在這裡嗎？他有理由相信這是可能的，但是他感覺不到他們。不像他平常那樣。

「塞菲里斯先生問：『這些是我們死去的朋友的聲音嗎？或只是留聲機呢？』孩童是最令人悲痛的。這兒有個掉到井裡的男孩。」

「是嗎？」

「是的，還有個用床墊彈簧自殺的女人。」

他甚至感覺不到絲毫有靈魂在場的跡象。他與艾柏拉．史東的碰面會削弱他的能力嗎？這是有可能的，不管怎樣，閃靈如潮汐來來去去，他從來無法追蹤紀錄。不過，他不認為是這麼回

37. 已故的法國演員及歌手。

事。他想伊蓮娜大概是陷入癡呆。或者她可能在戲弄他。這並非不可能。伊蓮娜‧歐拉拉是個相當愛說笑打趣的人。有人——是奧斯卡‧王爾德嗎？——據說在臨終的床上開了個玩笑：**不是那張壁紙消失，就是我走**。

「你要等一下。」伊蓮娜說。這時她的口氣中沒有詼諧。「燈光會宣告來臨，也許會有其他的騷動。門會打開，然後你的訪客會來。」

丹懷疑地看向通到走廊的門，那扇門已經打開。他總是讓門開著，以便艾奇想走的時候可以走。牠通常等到丹露面接手就會離開。

「伊蓮娜，妳想要喝點冰果汁嗎？」

「我想要一點，如果有——」她開口說，但生氣倏地從她臉龐消逝，宛如水從中間有洞的臉盆流走一般。她的雙眼定定地注視他頭上方的某個點，嘴巴張開。她的臉頰凹陷，下顎幾乎垂到骨瘦如柴的胸口。她的上假牙床也脫落，滑到下嘴唇上露在外面，咧出令人心緒不寧的笑容。

該死，速度好快。

小心翼翼地，他彎曲一根手指到假牙床下面移動假牙。她的嘴唇拉了出來，接著啪地彈回去發出極微小的聲音。丹將假牙床放在她的床頭櫃上，準備起身，隨後又坐回去。他等待紅色的薄霧，坦帕市的老護士稱之為喘息……雖然那股氣是吸入而不是呼出。霧氣沒有到來。

你要等一下。

好吧，他可以等，起碼等一會兒。他去觸及艾柏拉的心思，卻毫無發現。或許這樣比較好。她可能已盡全力在防衛她的思緒。或者也許他本身的能力——**敏感度**——消失了。倘若如此，也無所謂，他的閃靈會再回來。它向來如此，不管在何種情況下。

他好奇（他以前就想過）為什麼他從沒在任何利文頓之家的客人臉上看過蒼蠅。或許是因為不需要。畢竟，他有艾奇。艾奇用那對聰明的綠眼睛看見了什麼東西嗎？也許不是蒼蠅，但是**某種東西？牠肯定看到了。**

這些是我們死去朋友的聲音嗎？或只是留聲機呢？

今晚這層樓如此寂靜，而且時間還很早！走廊盡頭的公共休息室沒有傳來交談的聲響。沒有電視或收音機播放的聲音。他聽不到波爾的運動鞋刺耳的吱吱聲，或者護理站那兒吉娜和安潔雅的低聲談話。沒有電話響聲。至於他的手錶——

他抬起手錶。難怪他聽不見微弱的滴答聲。錶已經停了。

頭頂上的日光燈管滅了，只剩下伊蓮娜的檯燈。日光燈又恢復，換檯燈忽明忽暗地熄滅。檯燈又亮了，接著檯燈與頭上的日光燈同時熄滅。亮……滅……亮。

「這裡有人嗎？」

床頭櫃上的水壺嘎嘎作響，然後靜止下來。他挪開的假牙發出令人不安的劈啪一聲。伊蓮娜的床單跑出一道奇怪的波紋，彷彿底下有東西被嚇到突然動了起來。一陣暖空氣在丹的臉頰上迅速吻了一下，隨即消失。

「是誰？」他的心跳依然規律，但他能感到頸部和手腕的脈動。他頸後的寒毛感覺濃密而僵硬。他忽然明白了伊蓮娜在她臨終時刻看到的是什麼：一支死者**幽靈人**的行進隊伍，從一面牆進入她的房間，再從另一面牆出去。出去？不，是繼續前進。他不知道塞菲里斯，但他知道英美詩人奧登：**死亡帶走滾滾的財富、令人噴飯的滑稽事，以及那些雄風凜凜的人**。她見過所有的人，他們在這裡——

可是他們不在了。他曉得他們不在這裡了。伊蓮娜見到的那些鬼魂已經遠去，而她加入了他們的隊伍中。伊蓮娜吩咐他要等待。他正在等。

通往走廊的房門緩緩地關上。緊接著浴室門開了。

伊蓮娜・維爾雷特已死的嘴巴發出一個詞：「丹尼。」

2

你進入塞威鎮的時候，會經過一塊標示牌，寫著**歡迎來到美國之頂**！雖然並不是，但很接近了。距離東坡轉成西坡二十英里遠的地方，一條泥土路從主幹線公路分岔出來，朝北迂迴前進。橫跨在這條偏僻小路的烙印木頭看板上刻著**歡迎來到藍鈴露營地！留下來吧，夥伴！**

這聽來像是舊時美好的西部待客之道，可是當地人都知道那條路經常大門深鎖，而大門關閉時，上頭會掛著一塊不那麼友善的看板：**在另行通知之前關閉**。營地主人如何做生意對塞威人來說是個謎，他們希望見到藍鈴營地在內地道路沒被大雪封住時天天開放。他們懷念以往全景飯店帶來的生意，並期望露營地至少能彌補一些（雖然他們很清楚露營人沒有住宿旅館的人以前注入當地經濟的財力）。然而他們的希望落空了。當地人普遍的共識是那塊露營地是某個有錢企業的避稅港，是故意虧損的事業。

那是避稅港，沒錯，不過其庇護的企業是真結族，當他們在此居住時，在偌大停車場上停放的只有他們的休旅車，當中最高的是高帽蘿絲的地球巡洋艦。

在那個九月的傍晚，真結族九名成員聚集在天花板挑高、非常舒適的鄉村建築中，這棟建築名為全景度假屋。當露營地對大眾開放時，度假屋就充當餐廳，一天供應兩餐，早餐及晚餐。食物由矮子艾迪和高個莫兒（其鄉巴佬名字是艾德及莫琳・海金斯）。兩人的手藝都不及迪克・哈洛倫的烹飪水準——很少有人能比得上！——不過料理幾道露營人喜歡吃的食物很難失敗得一塌糊塗：烤肉餅、起司通心粉、烤肉餅、覆蓋了大量小木屋糖漿的鬆餅、烤肉餅、燉雞、烤肉餅、鮪魚驚喜，及烤肉餅淋蘑菇醬。晚餐後，將桌子清理乾淨玩賓果或紙牌遊戲。週末時，則舉行舞會。這些歡宴只在露營地開放時舉辦。而這天晚上——當往東三個時區處，丹·托倫斯坐在一名死掉的婦人身邊靜待他的訪客時——在全景度假屋進行的是截然不同的事宜。

數字吉米坐在一張桌子的上端，桌子設置在拋光的鳥眼楓木地板中央。他的PowerBook打開，桌面顯示一張他家鄉的相片，他的家鄉正巧是在喀爾巴阡山脈的深山裡。（吉米喜歡開玩笑說，他祖父曾經招待過一名年輕的倫敦律師：強納生·哈克[38]。）

簇擁在他周圍，俯視螢幕的是蘿絲、烏鴉達迪、中國佬貝瑞、蛇吻安蒂、代幣查理、圍裙安妮、柴油道格，以及弗利克爺爺。沒人想站在爺爺旁邊，他聞起來彷彿他輕微地拉在褲子上，卻忘了沖洗乾淨似地（這近來越來越常發生），但這事非常重要，因此大家容忍著他。

數字吉米是個不裝腔作勢的人，有著逐漸後退的髮際線，和一張儘管略微像猴子卻討人喜歡的臉。他看上去年約五十五，這是他真實年齡的三分之一。「我用谷歌搜尋了快菸，可是如我預期的，沒找到有用的資訊。假如你們在意的話，快菸是青少年的俚語，意思不是做事要盡快，反而是慢慢來——」

「我們才懶得知道呢，」柴油道格說。「順便說一下，爺爺，你聞起來有點臭啊。我沒有冒犯的意思，不過你上次擦屁股是什麼時候的事了？」

弗利克爺爺對道格露出一口磨損、變黃，但全是他自己的爛牙。「嘿，你老婆今天早上才剛幫我擦過，碰巧是用她的臉。雖然有點髒，不過她好像很喜歡那種——」

38. 《吸血鬼》一書中的主要角色。

「你們兩個都閉嘴。」蘿絲說。她的語調平平、不帶威脅，但是道格和爺爺兩人都退縮到一旁遠離她，表情儼然是受到懲戒的男學生。「繼續說，吉米。不過講重點。我想要有個具體的計畫，而且要快。」

「不管計畫多麼具體，他們其他人都不會願意的。」烏鴉說。「他們會說今年精氣豐收。那場電影院的意外，小岩城的教堂大火，還有奧斯汀的恐怖攻擊。更別提華瑞茲了。我原本還對去邊境以南抱著懷疑，不過那邊實在是不錯。」

事實上，是好極了。華瑞茲成為世界聞名的謀殺之都，因為一年超過二千五百件的兇殺案而得名。其中有許多是折磨致死。到處瀰漫的空氣豐沃無比。那不是純粹的精氣，會讓你覺得肚子有一點點難受，不過至少達到了功效。

「那些該死的西班牙佬害我拚命跑廁所，」代幣查理說：「但是我必須承認那個油水真是多得沒話說。」

「今年確實是個豐收年，」蘿絲同意。「但是我們不能以墨西哥為業，因為我們太顯眼了。在那裡，我們是有錢的美國佬。在這兒，我們毫不引人注意，就像消失了一樣。況且你們難道不厭倦一年又一年地討生活？總是四處奔波，總是在計算罐子的數量？這次不同，這個丫頭是條主礦脈啊。」

他們沒人回答。她是他們的領袖，到末了他們一定會照她說的去做，但他們不了解那女孩的事，無所謂。等他們自己遇上她，他們自會明白。而且等他們把她囚禁起來，幾乎是按照要求產生精氣時，他們會主動提出要跪下來親吻蘿絲的腳。她甚至可能接受他們的提議。

「繼續吧，吉米，不過言歸正傳。」

「我非常確定妳聽到的是青少年俚語版的快捷。那是在新英格蘭的連鎖便利商店。總共有七十三家，從普羅維登斯一直到普瑞斯克島。一個拿著iPad的小學生大概在兩分鐘內就可以找出相關資料。我印出店面的地點後，利用旋轉三六〇程式取得照片。我發現六間店有山景。兩間在佛蒙特州，兩間在新罕布夏州，還有兩間在緬因州。」

他的筆電包在他的椅子下。他抓起筆電包，伸進有蓋口袋裡摸索，拿出一個文件夾交給蘿絲。「這些不是店面的照片，是從這幾間店面所在位置附近能看到的各種山景的照片。這也是拜旋轉三六〇之賜，這套程式比谷歌地球的性能強多了，上帝保佑它包打聽的小核心。瞧一下吧，看看是否有哪個看起來很眼熟。如果沒有，就看是否有哪個妳可以絕對排除掉。」

蘿絲打開文件夾，緩緩地檢視照片。她立刻將顯示佛蒙特州綠山山脈的那兩張擱到一旁。緬因州的其中一處也錯了；照片中只顯示了一座山，而她看見的是一整座山脈。其他三張她凝視得較久。最後她將這三張照片交還給數字吉米。

「這裡頭其中一個。」

他將照片翻過來。「緬因的佛萊柏格……新罕布夏的麥迪遜……新罕布夏的安尼斯頓。妳覺得這三個裡頭哪一個最有可能？」

蘿絲再度將照片拿過去，舉起從佛萊柏格和安尼斯頓望見的懷特山脈的照片。「我想是這兩個其中之一，不過我要確認一下。」

「妳打算怎麼確認？」烏鴉問。

「我要去拜訪她。」

「如果妳說的一切都是真的，那樣做可能會有危險。」

「我會趁她睡覺的時候做。年輕小女孩睡得很沉。她絕對不會知道我到過那裡。」

「妳確定妳需要那麼做嗎？這三個地方相當接近。我們可以全部檢查一遍。」

「對！」蘿絲大聲說。「我們就到處巡遊說：『我們正在找一個當地女孩，可是我們好像沒辦法像平常那樣搞清楚她的位置，所以請幫我們一點忙。你注意過這附近哪個中學女生有預知或讀心術的能力嗎？』」

烏鴉達迪嘆口氣，將兩手深深地插入口袋，注視著她。

「對不起。」蘿絲說。「我有點煩躁，對吧？我想要著手去做並且把任務完成。你們不必擔心我，我可以照顧自己。」

3

丹坐著凝視已故的伊蓮娜・維爾雷特。那雙睜開的眼睛，現在開始變得呆滯。細瘦的雙手手掌朝上。最重要的是細看她張開的嘴，裡頭淨是死亡無時無刻的沉默。

「你是誰？」暗自心想：**好像我不知道似地**。他不是盼望得到答案嗎？

「**你長成優秀的年輕人了**。」嘴唇並沒有動，而且話語中似乎不帶任何情感。也許死亡已奪走他老朋友的人類情感，那是多麼苦澀的遺憾啊。或者也許這是別人，冒充成迪克。**是別的東西**。

「如果你是迪克，那就證明吧。告訴我一件只有他和我會知道的事。」

靜默，但那個存在依舊在這裡，他感覺得到。過一會兒：

「**你問我為什麼布蘭特太太會想要泊車司機的褲子**。」

丹起先不知那聲音在說什麼，接著他想到了。那段記憶收在高高的架子上，在那裡他存放了所有全景飯店的不快回憶。當然，還有他的鎖盒。布蘭特太太是在丹尼與他父母親到達飯店那天結帳離開的旅客，當全景飯店的泊車服務生將她的車交給她時，他偶然捕捉到她的一個念頭：**我**

真想鑽進他的褲子裡。

「你當時只是個小男孩，腦子裡有台超大的無線電。我為你感到難過。也替你感到害怕。而且我有理由害怕，不是嗎？」

在這些話裡隱約有他老朋友的親切與幽默的迴響，他是迪克沒錯。丹瞠目結舌地看著死去的婦人，房間內的燈再度忽明忽滅，水壺又突然振動了一下。

「我沒辦法久留，孩子。待在這裡很痛苦。」

「迪克，有個小女孩——」

「艾柏拉。」近乎一聲嘆息。「她就像你一樣，一切其來有自。」

「她認為有個女人可能在找她。那女人戴了頂帽子，是頂老式的大禮帽。有時她只有上排一根長牙，在她肚子餓的時候。總之，這是艾柏拉告訴我的。」

「提出你的問題，孩子。我沒辦法留在這裡，這世界現在對我來說是個夢中之夢。」

「還有其他人，那個大禮帽女人的朋友。艾柏拉看見他們拿著手電筒。他們是什麼人？」

再度沉默。但是迪克仍在那兒，改變了，不過依然在。丹能感覺到他在自己的神經末梢，而且宛如一種電流在他雙眼濕潤的表面上滑行。

「他們是空洞的惡魔，他們病了他們自己不知道。」

「我不懂。」

「不，那很好。要是你曾經遇見他們——如果他們曾經嗅到你的味道——你早就死了，像個空紙箱一樣被用完扔掉。那就是發生在艾柏拉所說的棒球男孩身上的事。還有很多其他的人。有閃靈的兒童是他們的獵物，不過這你已經猜到了，對不對？大地上空洞的惡魔就像皮膚上的惡性腫瘤一樣。他們曾有一度在沙漠中騎駱駝；還有一度駕駛大篷車橫越東歐，他們吞食尖叫飲用痛苦。丹尼，你在全景飯店經歷過恐怖的事，但是起碼你躲過了這些人。現在那個奇怪的女人決心要得到小女孩，他們不得到她不會罷手。他們可能會殺了她，也可能轉變她，或者他們可能監禁她利用她，直到她油盡燈枯，那會是最糟糕的情況。」

「我不懂。」

「把她掏空，讓她變得像他們一樣空洞。」從已死的嘴巴吐出垂暮的嘆息。

「迪克，我到底應該怎麼做？」

「拿到小女孩所要求的東西。」

「這群空洞的惡魔在哪裡？」

「在你童年時期，所有惡魔源自的地方，我不能再多說了。」

「我要怎麼阻止他們？」

「唯一的方法是殺掉他們，讓他們吞下自己的毒藥，那樣做了以後他們就會消失。」

「那個戴高帽的怪女人，她叫什麼名字？你知道嗎？」

從走廊盡頭傳來拖把水桶的刮刀碰撞聲，波爾・拉森吹起了口哨。房間內的氣氛變了。原本微妙平衡的東西現在開始搖擺傾斜。

「去找你的朋友，那些清楚你本質的人。在我看來你長成優秀的年輕人了，孩子，不過你仍然欠一份債。」片刻的停頓之後，那既是迪克・哈洛倫又不是迪克・哈洛倫的聲音說了最後一句，以斷然的命令口吻說：「償還吧。」

紅霧從伊蓮娜的眼睛、鼻子，及張開的嘴巴升起。在她上方盤旋了大約五秒鐘，隨即消散無蹤。燈光恢復穩定，水壺裡的水也靜止下來。迪克走了。只留下丹和一具屍體在這裡。

空洞的惡魔。

若是他曾聽過更恐怖的詞語，他也不記得了。但這說得通……假如你見過全景飯店的真正面貌的話。那個地方充斥著惡魔，但至少它們是死掉的惡魔。他不認為高帽女人和她朋友也是同樣的情況。

你仍然欠一份債，償還吧。

沒錯。他任由穿著下垂尿布和勇士隊T恤的小男孩自生自滅，他不會再對小女孩做同樣的事。

4

丹在護理站等待喬第父子葬儀社的殯葬車，目送遮蔽著的推床從利文頓一棟的後門離去。之後他回到自己房間，坐著俯瞰此時完全空寂無人的克蘭默大道。夜風吹拂，剝下橡樹上提前變色的葉子，讓樹葉在街道上快速旋轉、飛舞。在鎮公園的遠端，兩盞橘色的高強度安全燈下的迷你鎮同樣是空空蕩蕩。

去找你的朋友，那些清楚你本質的人。

比利・費里曼幾乎打從一開始就知道，因為比利也有一些丹具有的能力。況且如果丹欠了債，他想比利也有，因為丹較為強大、鮮明的閃靈拯救過比利的性命。

倒不是我會那樣對他說。

倒不是他必須還。

然後還有約翰・道頓，他遺失過手錶，而且正巧是艾柏拉的小兒科醫生。迪克透過伊蓮娜・歐拉拉死去的嘴說了什麼？**一切其來有自**。

至於艾柏拉要求的東西，那甚至更簡單。然而，要把東西弄到手……那可能有點複雜。

5

星期天早上艾柏拉起床時，有封電子郵件的訊息來自 dtor36@nhmlx.com。

艾柏拉：我利用我們兩人都有的能力和一個朋友談過，確信妳的處境很危險。我想要和另一個朋友談談妳的情況，那人是我們共同認識的：約翰・道頓。但如果沒得到妳的許可，我不會去和他談。我信任約翰，我能拿回妳畫在我黑板上的物品。

妳設了防盜警報器嗎？某些人可能在找妳，讓他們找不到妳非常重要。妳必須小心。祝妳好運，注意安全，刪掉這封信。D伯伯

他寄電子郵件來的事實比內容更使她信服，因為她知道他不喜歡用這種方式溝通；他擔心她的父母親會窺探她的郵件，以為她在和性騷擾犯切斯特[39]通信。

要是他們知道了解她**真正**得擔心的性騷擾犯就好了。

她很害怕，但是——反正現在是光天化日，又沒有戴大禮帽的美麗瘋子從窗外盯著她看——所以她同時感到相當興奮，有點像身在愛情恐怖的超自然小說，學校圖書館的羅賓森太太嗤之以鼻地稱為「青少年的色情書刊」的那種。在那些書裡女孩和狼人、吸血鬼——甚至殭屍——調情，但幾乎不曾變成那些東西。

而且有個成年男人支持她感覺很好，尤其他長得挺帥，那種邋遢的帥氣，讓她有點想到《飆風不歸路》裡的賈克斯・泰勒，她和艾瑪・迪恩偷偷在艾姆的電腦上看過那齣電視劇。

她將丹伯伯的郵件不僅放入垃圾桶，而且是放到永久刪除的垃圾桶，艾瑪稱之為「核子男友

檔案夾」。（一副妳有男朋友的樣子，艾姆，艾柏拉嘲弄地想。）之後她關掉電腦，闔上蓋子。她沒有回電子郵件給他。沒那個必要。她只需要閉上雙眼。

咻——咻。

訊息發送完畢，艾柏拉走向淋浴間。

6

丹端著早晨的咖啡回來時，他的黑板上有則新的公告。

你可以和約翰醫生談談，但不行告訴我爸媽。

不。不能告訴她爸媽。至少還不行。可是丹毫不懷疑他們會察覺發生了什麼事，而且大概不會太晚。船到橋頭自然直，等時候到了他會過橋（或把橋燒了）。現在他有許多其他的事情要做，就從打通電話開始。

一個小孩子接了電話，當他說要找瑞貝卡時，電話噹啷一聲擱下，遠處有個漸去漸遠的呼喊聲叫著「奶奶！找妳的！」幾秒鐘後，瑞貝卡・克勞森在電話線上。

「嗨，貝卡，我是丹・托倫斯。」

「如果是關於維爾雷特太太的事，我今天早上收到了電子郵件——」

「不是那件事，我需要請幾天假。」

「安眠醫生要請假？我真不敢相信。去年春天我幾乎得把你踢出門去休假，而且你還是一天待在院裡一、二次。是家裡的事嗎？」

考慮到艾柏拉的親戚理論，丹回答是。

第十章・玻璃飾品

1

艾柏拉的父親穿著晨褸站在廚房的流理台前，正在打碗裡的蛋時，廚房的電話響起。樓上，淋浴間嘩啦嘩啦響。要是艾柏拉遵循她平常星期天早晨的模式，淋浴間會繼續嘩啦響一直到熱水用盡。

他查看來電的視窗。區域碼是六一七，但接下來的號碼並非他熟知在波士頓的那個，不是在他妻子的外婆公寓裡的那支室內電話。「喂？」

「喔，大衛，我真高興找到你。」是露西，她聽起來十足的疲憊。

「妳在哪裡？妳為什麼不是用妳的手機打？」

「我在麻州綜合醫院，打公用電話。在這裡不能用手機，到處都有指示牌。」

「嬤嬤還好嗎？妳呢？」

「我沒事。至於嬤嬤，她的狀態穩定了……目前……不過有一陣子情況非常糟糕。」哽咽的聲音。「現在還是。」就在這時露西崩潰了。不只是哭泣，而是嚎啕大哭。

大衛等待。他很慶幸艾柏拉正在淋浴間，並希望熱水可以支撐久一點。情況聽起來很不妙。終於露西能夠再開口說話。「這次她斷了手臂。」

「喔，好。就這樣嗎？」

「不，不只這樣！」她對他近乎大吼，語氣像是在說為什麼男人如此愚蠢，他厭惡透了這種語氣，他告訴自己這是她的義大利傳統的一部分，絲毫沒考慮到有可能是他，有時，真的是相當愚蠢。

他吸一口氣讓自己冷靜下來。「跟我說吧，寶貝。」她說了，不過兩度再次啜泣起來，大衛得等她哭完。她累垮了，但那只是問題之一。最主要是，他意識到，她的內心剛剛才接受腦袋早已明白了數個星期的事實：她的嬤嬤真的快要死了，而且也許不是平靜地死去。

康伽妲現在睡眠極淺，只有打盹的程度，半夜醒來需要上廁所。她沒按鈴呼叫露西拿便盆過來，而是試著靠自己的力量起床到浴室去。她成功地把兩腿擺動到地板上坐起身，然而暈眩擊敗了她，她跌下床，左手臂著地。她的手臂不僅是折斷，而是粉碎。從未受過訓練的露西由於幾星期來的夜間護理而筋疲力盡，聽見外婆的喊叫聲驚醒過來。

「她不只是求救，」露西說：「也不是大叫。**她是淒厲的尖叫**，好像一條腿夾在恐怖的捕獸鋏裡被扯斷的狐狸。」

「寶貝，那一定很可怕。」

站在一樓的角落，旁邊有零食的自動販賣機和——說也奇怪——幾台正在使用的電話，她的渾身疼痛，滿是逐漸乾了的汗水（她能聞到自己的味道，絕不是杜嘉班納淺藍香水），頭部由於四年來首次的偏頭痛而陣陣作痛，露西亞·史東知道她永遠無法告訴他實際情況有多麼可怕。揭露出的真相是多麼的令人討厭。妳以為妳了解基本的事實——女人年華老去、身體變得虛弱、最後死去——然而妳發覺除此之外還有很多。妳明白這點是在妳發現寫過她那一代最出色的詩的女

39. 美國同名漫畫中的角色：中年男子，喜歡猥褻未成年女孩。

人躺在她自己的尿灘中，淒厲地叫她外孫女設法止住疼痛，讓痛苦停下來，噢，madre de Cristo（聖母瑪利亞），讓疼痛停止吧。當妳看見原來平滑的前臂有如毛巾般地擰扭著，聽見詩人大罵賤東西，然後希望她自己死掉好讓疼痛停止。

妳能告訴丈夫妳當時仍未完全清醒，驚嚇得呆掉，擔心自己做任何事都會犯錯？妳能告訴他當妳試圖移動她，她抓傷妳的臉，並且哀號得宛如街上遭車輾過的狗兒嗎？妳能說明留下摯愛的外婆躺臥在地板上去撥打九一一，之後坐在她身邊等待救護車，一面用可彎吸管餵她喝溶解在水中的類鴉片止痛藥，是什麼感受嗎？救護車遲遲不來，妳突然想起一首戈登．萊福特的歌：〈埃德蒙．費茲傑羅號的殘骸〉，就是那首詢問當海浪將分鐘變為小時，是否有人知道上帝的愛在何方？席捲嬤嬤的浪是痛楚的浪潮，她正逐漸沉沒，而浪卻只是不斷地襲來。

當她再度開始尖叫，露西將兩隻手臂伸到她下面，以笨拙的挺舉把嬤嬤抬到床上，她知道做完這個動作，她接下來就算不是好幾個星期，也會連著好幾天肩膀和下背部痠痛。她充耳不聞嬤嬤呼喊著放我下來，妳在要我的命。之後露西靠牆坐下，喘著氣，她的頭髮一綹綹地黏在臉頰上，嬤嬤抱著她嚴重變形的手臂哭泣，質問為什麼露西亞要那樣傷害她，為什麼這種事會發生在她身上。

最後救護車終於來了，一名男子——露西不曉得他的名字，但在她語無倫次的祈禱中不斷地祝福他——為嬤嬤打了一針讓她失去知覺。妳能告訴丈夫妳但願那針讓嬤嬤長眠嗎？

「嗯，非常的可怕，」她只這麼說。「我很慶幸艾柏拉這禮拜不想來。」

「她很想去，不過她有一堆家庭作業，說她昨天必須去圖書館。那作業肯定很重要，因為妳知道她平常總糾纏著我要求去看足球賽。」喋喋不休，愚蠢。可是不然還有什麼呢？「小露，我真的非常抱歉，讓妳不得不獨自一個人承受。」

「只是……如果你能夠聽見她的慘叫，你或許就能夠了解了。我再也不想聽見像那樣的尖叫了。她一向那麼善於保持冷靜……在她周遭的人全都失去冷靜時保持鎮定……」

「我知道……」

「然後卻變成昨晚那個樣子。她唯一記得的詞彙只有賤貨、狗屎、畜生、他媽的、婊子，和——」

「別去想了，寶貝。」樓上，淋浴停了。艾柏拉擦乾身體，套上星期天穿的破牛仔褲只需要花幾分鐘；她很快就會下樓來，襯衫下襬飛揚，運動鞋鞋帶擺動。

可是露西還沒準備好放下。「我記得她以前寫過的一首詩。我沒辦法一字不差地背誦出來，不過那首詩的開頭是像這樣：『上帝是易碎物的鑑賞家，以最細緻的玻璃飾品妝點祂雲層密布的景致。』我以前認為那是康伽妲・雷諾茲的詩相當老套的漂亮概念，幾乎是矯揉造作。」

他的小艾巴——他們的小艾巴——下來了，肌膚因剛沖完澡而發紅。「爸爸，一切都還好嗎？」

大衛舉起一隻手：等一下。

「現在我知道她真正的意思，我再也沒辦法讀那首詩了。」

「艾比在旁邊，寶貝。」他以假裝愉快的聲音說。

「很好，我需要跟她說說話。我不會再痛哭了，所以別擔心，但是我們沒法避免她知道這件事。」

「也許別告訴她最糟糕的那段？」他輕聲問。艾柏拉站在桌邊，濕濕的頭髮撥成兩條馬尾，讓她看起來又像回到十歲。她一臉嚴肅的表情。

「或許吧，」她同意。「但是我沒辦法再繼續下去了，大衛。就算白天有幫手也沒辦法。我以為我辦得到，但是我不行。在弗雷澤有家安養院，就在那條路下去不遠的地方。急診護理師告訴我的。我想醫院肯定是為了這類的情況列了清單。不管怎樣，那個地方叫做海倫・利文頓之家。在打給你之前我先打電話給他們，他們從今天起有空房，我猜是昨晚上帝把祂的另一顆飾品從壁爐架上推落了。」

「伽妲醒著嗎？妳和她討論過——」

「她兩個鐘頭前醒了，不過腦筋一片混亂。把過去和現在全都像沙拉一樣混在一起。」

那時我還在呼呼大睡，大衛內疚地想。**很可能，正夢到我的書。**

「等她好一點——我假設她的情況會好轉——我會儘可能婉轉地告訴她，這事情沒辦法由她來決定，該是尋求安寧療護的時候了。」

「好吧。」當露西作出決定——真的下定決心時——最好是讓開，由她照著她自己的意思去做。

「爸？媽還好嗎？是嬷嬷出事了嗎？」

艾柏拉知道她母親沒事，但她外曾祖母的情況不好。露西告訴丈夫的大半內容都傳到她那裡，她當時仍站在淋浴間裡，洗髮精與淚水順著她的雙頰流下。不過如今她變得擅長裝出愉快的表情，直到有人大聲告訴她該換上悲傷的表情。她好奇她的新朋友丹小時候是否學會裝出快樂表情的這一招，她敢打賭他一定會。

「西亞，我想艾比想跟妳說話。」

露西嘆口氣說：「換她來聽吧。」

大衛將電話交給他女兒。

2

星期日下午兩點，高帽蘿絲在她尺寸超大的休旅車門上掛了一張告示牌，上頭寫著**除非萬不得已絕對不要打擾我**。接下來的幾小時已經仔細地規劃好。她今天不進食，只飲水。沒喝上午的咖啡，而是吃了催吐劑。當追蹤女孩心靈的時刻到來，她將會清澈得有如空玻璃杯。沒有身體機能來分散她的注意力，蘿絲將能找出所有她需要的資訊：女孩的姓名、精確的位置，她知道多少，以及——這點非常重要——她可能和誰商量過。從下午四點直到晚上十點，蘿絲將會動也不動地躺在地球巡洋艦的雙人床上，仰望著天花板冥想。等她的頭腦如身體一般純淨，她就會從隱密的隔間拿出罐子吸取精氣——只吸一點點就足夠——然後再一次轉動世界，直到她在女孩之中，女孩在她之中。到了東部時間的凌晨一點，她的獵物將會陷入熟睡，蘿絲就能隨心所欲地搜查她腦子的內容物。或許甚至可能可以植入暗示：**有人會來，他們將會幫助妳。跟著他們走。**

然而正如老派的農民詩人羅伯特・伯恩斯在兩百多年前所指出，無論人或老鼠，訂定的最佳計畫都難保萬無一失，她才剛開始吟誦放鬆咒語的開頭幾句，差錯就來猛敲她的門。

「走開！」她大吼。「你看不懂告示牌嗎？」

「蘿絲，納特在我旁邊。」烏鴉高聲說。「我想他找到妳要求的東西，不過他需要妳的許可，這事的時間安排又很難辦。」

她躺在原處一會兒，接著火大地吐一口氣後起身，抓起一件塞威的T恤（**在世界之頂吻我！**）從頭套下去。T恤垂到她的大腿根部。她打開車門。「最好是好消息。」

「我們可以再過來。」沃爾納特說。他是個矮小的男人，頭頂禿了，耳尖上方有幾撮如鋼絲球的蓬鬆灰髮。他手中拿著一張紙。

「不，講快點就行了。」

他們坐在廚房／起居間二合一的房間桌子邊。蘿絲一把搶過納特手中的那張紙，粗略地掃視一遍。那是某種複雜的化學結構圖，充斥著六邊形。對她而言毫無意義。「這是什麼？」

「強效的鎮靜劑，」納特說。「新的，而且無害。吉米從我們在國家安全局的人才那裡弄到這張化學結構圖。可以讓她昏迷過去，不會不小心讓她用藥過量。」

「好吧，這會是我們需要的。」蘿絲心知她的語氣很勉強。「可是難道不能等到明天嗎？」

「抱歉，抱歉。」納特低聲下氣地說。

「我不道歉，」烏鴉說。「如果妳想要盡快去找這個女孩，乾淨俐落地抓到她，我不但必須確保我們能弄到一些這個，還得安排這個藥被送到我們的其中一個信箱。」

真結族在全美各地有數以百計的信箱，大多數是在信箱公司，以及多家優比速的分店。要利用這些信箱意味著提前計畫，因為他們總是駕著休旅車四處旅行。要真結族的成員搭乘公共交通工具就如同要他們割自己喉嚨一樣。私人的航空旅行雖可接受但是令人不快；他們有極度嚴重的暈高症。沃爾納特相信那和他們的神經系統有關係，其神經系統與鄉巴佬的迥然不同。另外蘿絲顧慮的是某個納稅人資助的神經組織。非常神經質。國土安全部從九一一後連私人飛機都監控得非常嚴密，而真結族生存的第一法則是絕不引起注意。

多虧了州際公路系統，休旅車總是符合他們的需要，這次也會如此。一組突擊小隊，每六個鐘頭換人駕駛，就能在三十小時內從塞威到新英格蘭北部。

「好吧，」她說，態度軟化。「我們在紐約或麻州的九十號州際公路沿線有什麼？」

烏鴉沒有支支吾吾，或告訴她他必須待會再回答她。「麻州斯特布里奇的簡捷郵件服務公司。」

她用手指拍拍納特握在手中的那張難以理解的化學結構圖邊緣。「把這玩意兒送到那裡。用上至少三個掩護，以便萬一出了差錯時我們能夠全盤否認。確確實實地讓那東西多繞幾個點。」

「我們有那麼多時間嗎？」烏鴉問。

「我看不出來為什麼沒有，」蘿絲說——這句話將會回來纏擾她。「把東西先送到南部，再送去中西部，最後再到新英格蘭。只要讓東西在禮拜四之前到斯特布里奇就好了。用快捷郵件，別用聯邦快遞或優比速。」

「我會的。」烏鴉說。毫不遲疑。

蘿絲將注意力轉移到真結族的醫生。「你最好判斷得正確，沃爾納特。萬一你真的讓她因用藥過量死掉，而不只是讓她睡著，我就會看著你成為小大角戰役[40]以來第一個遭流放的真結族人。」

沃爾納特的臉色微微變蒼白。很好，她無意放逐任何人，但她對於受到干擾仍然怨恨在心。

「我們會把藥物弄到斯特布里奇，納特會搞清楚怎麼使用。」烏鴉說。「沒問題。」

「沒有更簡單的東西嗎？像是我們可以在這附近弄到的東西？」

納特說：「如果妳想要確保她不會像麥可‧傑克森那樣死去的話，沒有別的選擇。這個東西安全，而且藥效很快。要是她像妳認為的那麼強大，藥效快速就會很重——」

「好吧，好吧，我明白了。我們這邊討論完了嗎？」

「還有一件事，」沃爾納特說。「我想應該可以等一等，不過……」

她望出車窗外，噢，我的老天爺，數字吉米正朝這兒走來，匆匆忙忙地穿過毗連全景度假屋的停車場，帶著他自己的紙張。她何必在門把上掛著**請勿打擾**的告示牌呢？何不乾脆掛上**歡迎大家來**的牌子？

蘿絲收拾她所有的壞脾氣，塞進麻布袋裡，存放到內心深處，盡力擠出笑容。「什麼事？」

「弗利克爺爺，」烏鴉說：「沒辦法控制大小便了。」

「他過去二十年來就一直沒辦法控制，」蘿絲說。「他不肯包尿布，我又沒辦法逼他，沒有

40. 十九世紀末美軍與印第安人在小大角區的戰爭。

人能逼他。」

「這次不一樣，」納特說。「他幾乎沒辦法下床。芭芭和黑眼蘇西盡全力在照顧他，可是他的露營車上氣味簡直像上帝的懲罰一樣——」

「他會康復的，我們會餵他一些精氣。」但她不喜歡納特臉上的表情。卡車湯米兩年前過世，依真結族計量時間的方式，那就像是兩個星期前的事。現在又輪到弗利克爺爺？

「他的腦子壞了，」烏鴉直率地說。「另外……」他看向沃爾納特。

「佩蒂今天早上照顧他，她說她覺得她看見他在循環。」

「覺得，」蘿絲說。她不願相信。「有其他人看見嗎？芭芭？蘇？」

「沒有。」

她聳個肩彷彿表示**我就說吧**。他們還來不及進一步討論，吉米就敲了門，這一次她很高興有人打擾。

「進來！」

吉米探頭進來。「確定可以嗎？」

「確定！你來的時候怎麼不順便帶火箭女郎舞蹈團和加州大學洛杉磯分校的鼓號樂隊一起來呢？見鬼了，我只是想愉快地花幾個小時吐光肚子裡的東西之後，再進入沉思的理想狀態而已。」

烏鴉對她投以微微責備的眼神，也許那是她應得的——恐怕是她應得的，這些人只是按照她的吩咐去盡真結族的職責罷了——可是如果烏鴉登上了首領的位子，他就會了解了。永遠沒有自己的時間，除非你以違者處死來恐嚇他們。而且在許多案例中，就連以死要挾也沒效。

「我找到一個妳可能想看的東西，」吉米說。「既然烏鴉和納特已經在這裡了，所以我想——」

「我知道你想什麼。你找到了什麼？」

「我在網路上到處搜尋，看有沒有關於妳鎖定的兩個小鎮——佛萊柏格和安尼斯頓——的新聞。結果在《聯盟領導人報》上找到這個。這是出自上星期四的報紙。也許沒什麼相干。」

她接過那張紙。主要的新聞是報導某間無名小鎮的學校由於預算削減，所以要停止足球課程。在那底下是一則較短的報導，吉米將其圈了起來。

據報安尼斯頓發生了「迷你地震」

一場地震能有多小？非常小，假如住在里奇蘭巷的民眾可信的話。這條巷子是位在安尼斯頓的一條短短的街道，巷子盡頭則是薩科河。星期二下午稍晚，幾位里奇蘭巷的居民說發生了震動，搖得窗戶嘎嘎作響，地板晃動，架子上的玻璃器皿滾落。丹恩・波蘭德，一名住在巷子尾端的退休人員，指著一條橫過他剛鋪好柏油的車道上的裂縫說：「你們想要證據的話，就在那兒。」

儘管根據位在麻州倫瑟姆的地質調查中心的報告，星期二下午稍晚在新英格蘭地區並沒有地震發生，麥特與凱希・倫夫洛夫婦仍藉機辦了場「地震派對」，這條街大多數的居民都參加了。

地質調查中心的安德魯・希登菲爾德說，里奇蘭巷居民感受到的震動可能是洶湧的水通過污水管道系統，或者也許是軍機超音速飛行所造成。當倫夫洛先生聽到這些意見時，他愉快地大笑。「我們很清楚自己感覺到的，」他說。「那是地震沒錯。不過實際上沒什麼負面影響。損害十分輕微，而且嘿，我們因此辦了場很棒的派對呢。」

安德魯・顧爾德。

蘿絲讀了兩遍後抬起頭來，眼睛發亮。「幹得好，吉米。」

他咧嘴一笑。「謝了，那你們忙吧。」

「把納特一起帶走，他需要查看爺爺的情況。烏鴉，你再多留一會兒。」

等他們離去後，他關上門。「妳認為新罕布夏的震動是那女孩引起的？」

「沒錯。不是百分之百的確定，不過起碼有百分之八十。有個地點可以集中精神——不只是一座小鎮，而是**一條街**——讓我今晚去找她會容易多了。」

「如果妳能在她腦子裡塞一隻**跟著來**的小蟲，蘿絲，那我們甚至可能不需要迷昏她。」

她微微一笑，再次暗想烏鴉根本不知這女孩有多特別。稍後她將會想，**我也不清楚。我只是自以為知道**。「我想，抱著希望並不犯法。不過一旦我們逮到她，我們會需要比摻了迷藥的酒更高深一點的東西，即使那種迷藥已經是高科技了。我們需要某種神奇的藥物，可以讓她乖乖配合，直到她自己判斷合作對她最有利為止。」

「我們去抓她的時候，妳會跟我們一起去嗎？」

蘿絲原本是如此打算，不過現在她猶豫了，因為想到了弗利克爺爺。「我不確定。」

他沒多問——對此她心懷感謝——轉身走向門。「我會保證妳不再受到干擾。」

「很好。另外你務必要叫沃爾納特徹底地檢查一下爺爺——我是指從頭到腳。假如他真的在循環，等我明天出關，我想知道。」她打開地板下的隔間，拿出一個罐子。「把這罐裡面剩下的給他吧。」

烏鴉嚇了一跳。「**全部**？蘿絲，如果他開始循環了，那樣做毫無意義啊。」

「把精氣給他吧。就像前不久你們好幾個人指點我的，我們今年大豐收。我們承受得起一點浪費。況且，真結族只有一位爺爺，他記得歐洲人崇拜樹而不是分時度假屋的時代。如果有辦法的話，我們絕對不要失去他。我們不是野蠻人。」

「鄉巴佬可能不會同意。」

「那就是為什麼他們是鄉巴佬，現在你離開吧。」

3

勞動節過後，迷你鎮星期天於三點關閉。這天下午，五點四十五分，三個巨人坐在靠近迷你克蘭默大道盡頭的長椅上，使得迷你鎮藥局和迷你鎮音樂盒電影院顯得更小巧。（在旅遊旺季，你能從電影院的窗戶窺探，觀賞迷你銀幕上播放的迷你影片）。約翰・道頓戴了頂紅襪隊的帽子來參加會議，他將帽子放到迷你法院廣場中的迷你海倫・利文頓雕像的頭上。「我確定她是球迷。」他說。「這邊的每個人都是紅襪隊的球迷。除了像我這樣離鄉背井的人之外，沒有人分給洋基隊一點讚美。丹，我能幫你做什麼呢？我為了這個快要趕不上和家人共進晚餐了。我太太是個通情達理的女人，不過她的耐性只有那麼多。」

「那如果你和我一起到愛荷華州幾天，她會怎麼想？」丹問。「費用全由我出，你了解吧。我必須依第十二步驟去拜訪一個叔叔，他又酗酒又嗑古柯鹼，正在殘害自己的生命。我的家人請求我插手，我自己一個人沒辦法做。」

AA沒有任何規定但有許多傳統（那事實上就是規定）。最嚴格的規定之一是絕不自己單獨依第十二步驟去拜訪持續惡化的酗酒人，除非問題中的酒鬼安全地禁閉在醫院、戒癮病房，或是當地的精神病院。如果你獨自去拜訪，你很容易最後變成和他一起拚酒、嗑藥。癮頭，凱西・金斯利常說，是持續不斷給予的禮物。

丹注視比利・費里曼微微一笑。「有什麼話要說嗎？說吧，請便。」

「我不認為你有伯伯，我不確定你還有任何家人。」

「是嗎？你只是不確定嗎？」

「嗯……你從來沒提起過。」

「很多人有家人卻從來沒談起過他們。可是你知道我沒有任何家人，對不對，比利？」

比利沒有回答，但一臉不安。

「丹尼，我不能去愛荷華，」約翰說。「我一直到週末時間都排好了。」

丹的注意力仍集中在比利身上。此刻他伸進口袋，抓了個東西，將握緊的拳頭伸出來。「我拿了什麼東西？」

比利看起來更加心神不寧。他瞄約翰一眼，看出那兒無法伸出援手，只好再轉回來看著丹。

「約翰知道我的本事，」丹說。「我幫助過他一次，他也知道我幫過戒酒計畫裡的其他幾個人。這邊都是你的朋友。」

比利思考了一下說：「可能是個硬幣，不過我想是你的ＡＡ紀念章。每次你又戒酒了一年時他們發給你的那種東西。」

「這個是哪一年的？」

比利猶豫片刻，凝視丹握拳的手。

「我來幫你吧。」約翰說。「他從二〇〇一年春天開始戒酒，所以如果他隨身帶著紀念章，那很可能是第十二年的。」

「有道理，不過不是。」比利現在全神貫注，眉間浮現兩條深刻的縱紋。「我想可能是……七？」

丹張開手掌。紀念章上有個大大的VI。

「猜錯了，」比利說。「我通常很會猜呢。」

「你很接近了，」丹說。「而且那不是猜，是閃靈。」

比利拿出香菸，看一眼坐在他身邊長椅上的醫生後，又將香菸放回去。「你說是就是吧。」

「讓我來告訴你一點你自己的事吧，比利。你小的時候，非常擅長猜東西。你知道你母親什麼時候心情好，你可以向她多要一、兩塊錢。你知道你爸什麼時候心情差，你就迴避他。」

「我的確知道有些時候抱怨晚餐必須吃剩下的燜燉牛肉會是該死的餿主意。」比利說。

「你賭博嗎？」

「在賽倫賭過賽馬，賺了一大筆。後來，到我二十五歲左右的時候，我有點失去了猜中贏家的本領。有一個月我不得不去哀求房東讓我遲繳房租，這治好了我愛賭馬的毛病。」

「沒錯，這種才能在人長大之後會慢慢消失，不過你仍然有一些。」

「你的更多。」比利說。這回毫不遲疑。

「這是真的，對吧？」約翰說。這其實不是問題；而是觀察後的結論。

「你接下來這禮拜只有一個約你真的覺得不行錯過或推掉，」丹說。「那是個罹患胃癌的小女孩。她的名字叫費莉絲蒂——」

「芙蕾德莉卡，」約翰說。「芙蕾德莉卡・貝摩爾。她是在梅里馬克谷醫院。我應該要和她的腫瘤科醫師及父母親會診商量。」

「禮拜六早上。」

「對，禮拜六早上。」他驚訝地看著丹。「天啊。我的天。你的本……我不知道你的本事這麼大。」

「我會讓你在禮拜四之前從愛荷華回來，最晚到禮拜五。」

除非我們遭到逮捕，他暗自心想。那麼我們可能會在那裡待得更久。他瞥向比利看看他是否注意到這毫不鼓舞人的想法。不過沒有他留意到的跡象。

「這是怎麼回事呢？」

「是和你的另一個病人有關。艾柏拉・史東。她和比利、我一樣，約翰，不過我想你早就知道了。只不過她的力量更加、更加強大。我的能力比比利要強很多，但是和她比起來，我就像是郡市集上擺攤的算命仙。」

「噢，我的天哪，那些湯匙。」

丹頓了一秒，但隨即想起來。「她把湯匙掛到天花板上。」

約翰睜大眼睛盯著他。「你讀出我心裡的想法？」

「恐怕是比讀心術要平凡一點。是她告訴我的。」

「什麼時候？何時？」

「我們會說到那兒，不過還不到時候。首先，我們來試試正宗的讀心術。」丹牽起約翰的手。「這麼做會有幫助；接觸幾乎總是有用。「她還是個學步幼兒的時候，她的父母親來找你。或者也許是嬸嬸或她的外曾祖母。甚至在她用鍍銀餐具裝飾廚房之前，他們就開始擔心她了，因為在那間屋子裡出現了各式各樣的心靈現象。有一個是和鋼琴有關……比利，幫我一下吧。」

比利抓起約翰空著的那隻手。丹握住比利的，形成一個連接的圓圈。在迷你鎮的迷你降神會。

「披頭四的音樂，」比利說。「是用鋼琴彈奏的，而不是用吉他。那是……我不曉得。那讓他們著迷了一陣子。」

約翰睜大眼睛看著他。

「聽著，」丹說：「她允許你談論這件事，她希望你說出來。相信我，約翰。」

約翰・道頓考慮了將近整整一分鐘。最後他對他們說出一切，只有一件例外。所有電視頻道都在播放《辛普森家庭》的那件事實在太詭異了。

4

他說完以後，約翰提出明顯的問題：丹怎麼會認識艾柏拉・史東呢？

丹從他後面口袋拿出一本破舊的小筆記本。封面上是一張海浪沖擊岬角的照片和偉大從來不是一蹴而就的座右銘。

「你經常帶著這本筆記本，對不對？」約翰問。

「對。你知道凱西・K是我的保證人吧？」

約翰翻了個白眼。「誰會忘記啊？在聚會中你每次一張口，開頭就是『我的保證人凱西・K總是說。』」

「約翰，沒人喜歡自以為聰明的傢伙。」

「我太太就喜歡，」他說。「因為我是個自以為聰明的猛男。」

丹嘆口氣。「看看筆記本裡面吧。」

約翰翻閱了一遍。「這些都是聚會的紀錄吧。從二〇〇一年開始。」

「凱西命令我必須在九十天內參加九十場聚會，並且紀錄。你看一下第八場。」

約翰找到那場聚會。是在弗雷澤的衛理公會教堂。雖然他不常參加那個聚會，不過他知道。在註釋下面，以精巧的大寫字母寫著ＡＢＲＡ。

約翰並不十分懷疑地抬起頭來看著丹。「她才兩個月大就和你接觸了？」

「你看看我的下一場聚會就在那名字底下，」丹說：「所以我不可能是為了讓你印象深刻，所以事後把她的名字加上去。更確切地說，除非我捏造了整本筆記否則不可能，而且戒酒計畫裡有很多人記得看見我帶著筆記本。」

「包含我在內。」約翰說。

「對，包括你。當時，我總是一手拿著聚會筆記本，另一手拿著咖啡。這兩個是我的安全毯。那時我不知道她是誰，我也不大在乎。那只是一次偶然的接觸。就好像嬰兒床裡的嬰兒可能伸出手來輕輕摸一下你的鼻子那樣。

「後來，過了兩、三年後，她在我放在房間裡安排計畫的黑板上寫了字。那個字就是嗨。在那之後她持續和我聯繫，每隔一段時間就聯絡一下。有點像是保持聯繫。我甚至不確定她是否意識到自己在做這件事。不過我一直都在。當她需要協助的時候，我是她認識的人，是她伸出手求援的對象。」

「她需要什麼樣的幫助呢？她遇到了什麼樣的麻煩？」約翰轉向比利。「你知道嗎？」

比利搖搖頭。「我從來沒聽過她，我很少去安尼斯頓。」

「誰說艾柏拉住在安尼斯頓？」

比利翹起拇指比向丹。「他說的，不是嗎？」

約翰轉回去面對丹。「好吧，就當我相信了吧。把整件事說清楚吧。」

丹告訴他們艾柏拉夢到棒球男孩的事。拿手電筒照在他身上的影子。持刀的女人，就是將手掌上男孩的鮮血舔去的那個女人。以及過了許多年，艾柏拉如何在《購物指南》上偶然看見男孩的相片。

「她為什麼會夢到？因為他們殺的那個孩子是另一個擁有閃靈的人？」

「我非常確定第一次接觸就是這樣發生的。他一定是伸出手了，在那些人折磨他的時候——艾柏拉毫不懷疑那就是他們在做的事——因此建立了連結。」

「這個連結甚至在男孩，布萊德・崔佛，死了之後還繼續？」

「我想她後來的接觸點可能是崔佛小子擁有的一樣東西——他的棒球手套。而她之所以能夠連接到殺害他的兇手，是因為他們其中一個人戴上了棒球手套。她不知道她是怎麼辦到的，我也不知道。我唯一確定的是她的力量強大無比。」

「就像你一樣。」

「問題在這裡，」丹說。「這些人——假如他們**是**人類的話——是由那個實際下手殺害男孩的女人領導。艾柏拉在地方小報的失蹤兒童頁面上偶然看見布萊德・崔佛的照片那天，她進入了這女人的腦袋裡。那女人也進入艾柏拉的腦內。有幾秒鐘，她們透過彼此的眼睛向外看。」他舉起兩手，握成拳頭，然後旋轉。「輪流地轉動。艾柏拉認為他們有可能會來找她，我也這麼認為。因為她可能對他們造成威脅。」

「不只是這樣，對不對？」比利問。

丹凝視著他，等待。

「可以做到閃靈的人**擁有**某種東西，對吧？某種這些人想要的東西。他們只能藉由殺人才能得到手的東西。」

「對。」

約翰說：「這女人知道艾柏拉在哪裡嗎？」

「艾柏拉不這麼認為，但是你得記住她才十三歲而已。她有可能搞錯。」

「艾柏拉知道那女人在哪裡嗎？」

「她只知道當那次接觸，就是雙方看見彼此的那次，發生的時候，那女人是在山姆超市裡。表示是在西部某個地方，可是山姆超市分布在至少九個州。」

「包括愛荷華嗎？」

丹搖頭。

「那我不明白我們去那裡能達成什麼？」

「我們可以拿到手套，」丹說。「艾柏拉認為如果她有了那只手套，她就可以連到把手套戴在手上一會兒的那個男人。她叫他大塊頭貝瑞。」

約翰坐著低垂下頭，思索。丹隨他去想。

「好吧，」約翰最後說。「這件事很古怪，不過我相信。考慮到我所知道的艾柏拉的過去，還有我自己和你的經歷，實在很難不相信。可是如果這女人不知道艾柏拉的住處，順其自然不是比較明智嗎？別去招惹睡覺的狗自找麻煩？」

「我不認為這隻狗在睡覺，」丹說。「這些空洞的惡魔。」

怪人想要她的理由和他們想要崔佛男孩是相同的——關於這點我確定比利說得對。此外，他們知道她對他們來說是個威脅。以ＡＡ的措詞來說，她具有打破他們匿名的能力。而且他們可能擁有我們只能猜測的資源。你希望你的病人生活在恐懼之中，月復一月，或許年復一年，隨時等著某個兇殘殺人的超自然曼森家族露面，從街上把她擄走嗎？」

「當然不希望。」

「這群混蛋依靠像她這樣的孩子為生。像我這樣的孩子，擁有閃靈的孩童。」他嚴肅地正視約翰・道頓的臉。「假如這是真的，就需要有人出面阻止他們。」

比利說：「如果我不去愛荷華的話，那我應該做什麼呢？」

「這樣說吧，」丹說。「你在接下來的這星期內要把安尼斯頓搞得非常熟。事實上，如果凱西肯放你假，你要住在那裡的汽車旅館。」

5

蘿絲好不容易進入她所尋求的冥想狀態。最難放開的事情是對弗利克爺爺的擔憂，不過她終於克服了。凌駕其上。現在她在自己心中巡遊，重複古老的詞句——sabbatha hanti、lodsam hanti，及cahanna risone hanti——一遍又一遍地反覆，她的嘴唇幾乎沒動。現在去找那個棘手的女孩時間還過早，不過反正無人打擾她，不管內外，世界都一片寧靜，因此她不著急。冥想本身就是很美妙的事。蘿絲著手收集她的工具，集中注意力，緩慢而謹慎地行事。

Sabbatha hanti、lodsam hanti、cahanna risone hanti：在真結族駕著四輪馬車橫越歐洲，販售泥炭塊和小飾品時，這些詞句就已年代久遠。八成在巴比倫初期這些詞句就很古老了。那女孩很強大，但是真結族更是無所不能，蘿絲預料不會有真正的問題。女孩將會入睡，蘿絲會輕聲鬼祟地行動，收集資料並植入宛如小炸藥的暗示。不僅是一隻蟲，而是一整窩的蟲。有些女孩或許會察覺，並且讓它們喪失能力。

其他的，不會被發現。

6

當晚做完功課後，艾柏拉和母親講了將近四十五分鐘的電話。她們的對話有兩個層次。表面上，她們閒聊艾柏拉的一日，未來一週的學校活動，以及她在即將到來的萬聖節舞會中的裝扮；她們討論正在安排將嬤嬤搬到北邊的弗雷澤安養院的計畫（艾柏拉仍然以為是「辣香料」）；露西帶給艾柏拉嬤嬤最新的狀況，她說「從整體考慮來看，目前狀況相當不錯。」

在另一個層次，艾柏拉傾聽露西內心的擔憂，嘮叨不休地說著她讓外婆失望了，以及嬤嬤病情的真相：害怕、頭腦混亂，受盡疼痛的折磨。艾柏拉試著傳送給她母親安撫的想法：**沒關係的，媽，我們愛妳，媽，妳已經儘可能傾盡全力了。**她想要相信有些想法能夠傳遞過去，卻不十分相信。她有許多才能——既奇妙又可怕的天賦——但是改變別人的情緒溫度絕不在其中。

丹能做到嗎？她覺得他也許辦得到。她認為他運用那種閃靈去幫助在辣香料裡的人。如果他真能做到，或許當嬤嬤搬到那裡的時候他會幫助嬤嬤。那很好。

她穿著去年聖誕節嬤嬤送她的粉紅色法蘭絨睡衣到樓下去。她父親正一邊看紅襪隊的比賽一邊喝啤酒。她在他鼻子上響亮地吻了一記，（他總是說他討厭那樣，但她知道他其實挺喜歡的）告訴他她要上床睡覺了。

「La homework est complte, mademoiselle?（小姐，功課寫完了嗎？）」

「寫完了，爸爸，不過功課的法文是devoirs。」

「謝謝妳告訴我，幸好知道了。妳媽媽怎麼樣啊？我問這個問題是因為我只和她講了九十秒左右，妳就把電話搶走了。」

「她還好。」艾柏拉知道這是實話，但她也清楚還好是相對的說法。她邁步走向走廊，隨即轉回身來。「她說嬤嬤像玻璃飾品。」她沒說，沒大聲說出口，不過她一直想著這件事。「她說我們所有的人都是。」

大衛降低了電視音量。「嗯，我想這是真的，不過我們有些人是用強韌得令人驚訝的玻璃做的。記住，妳嬤嬤放在架子上，安然無恙地度過很多、很多年了。喏，過來這裡吧，小艾巴，給爸爸抱一下。我不知道妳需不需要，不過我很需要。」

7

二十分鐘後，她躺到床上，梳妝台上點了一盞小熊維尼的夜燈，那是從幼時沿用至今的物品。她用意念去尋找丹，發現他在活動室，裡面有拼圖、雜誌、乒乓球桌，牆壁上還有一台大電視。他正在和兩個辣香料的住客玩牌。

你和約翰醫生談過了嗎？

談過了，我們後天要前往愛荷華。

這個念頭伴隨著一張簡要的舊式雙翼飛機的圖片。飛機上有兩個男人，戴著老式飛行頭盔、圍巾，和護目鏡。艾柏拉看了會心一笑。

如果我們帶回來。

捕手手套的圖片。那不是棒球男孩的手套實際的模樣，不過艾柏拉明白丹想要表達什麼。

妳會嚇壞嗎？

不會。

她最好不會。拿著死去男孩的手套會很恐怖，但她非得那麼做不可。

8

在利文頓一棟的公共休息室裡，布拉多克先生瞪視著丹，臉上帶著十分惱火卻又有點困惑的表情，這是只有年邁、臨近邊界的老人才能成功展現的神情。「丹尼，你到底是要丟牌，還是光坐在那裡瞪著角落，等到冰冠融化？」

晚安，艾柏拉。

晚安，丹，幫我跟東尼道晚安。

「丹尼？」布拉多克先生用腫脹的指關節在桌上敲了敲。「丹尼・托倫斯，請說話，丹尼・托倫斯，回答？」

別忘了設妳的警報器。

「吼──吼，丹尼。」柯拉・威靈漢說。

丹看著他們。「我丟牌了嗎？還是仍然輪到我？」

布拉多克先生轉動眼珠瞧向柯拉；柯拉也翻個白眼看回去。

「我女兒還以為是我神智不清了呢，」她說。

9

艾柏拉在iPad上設了鬧鐘，因為明天不僅是上學日，而且是她負責做早餐的日子──她計畫做蘑菇炒蛋加甜椒，和傑克起司。不過她還沒設丹提及的警報器。她閉上雙眼專心一志，眉毛皺了起來。一手從被子下悄悄伸出開始擦抹嘴唇。她現在要做的事情很棘手，但也許值得。

警報器很完善、很好，但是如果高帽女人來找她，陷阱或許甚至更好。

過了五分鐘左右，她前額的皺紋變得平滑，手從嘴巴放下來。她翻身側躺，將羽絨被拉到下巴上。她睡著的時候正想像自己穿戴全套的戰士裝束，騎在白色的駿馬上。小熊維尼的夜燈打從艾柏拉四歲起就從梳妝台的位置上照看著她，在她左臉頰上投射微弱的光輝。臉頰和頭髮是她唯一仍露在外面的部位。

在她夢中，她在四十億顆星星下騎馬奔馳在狹長的戰場上。

10

蘿絲繼續冥想直到星期一凌晨一點半。當其餘真結族人都陷入熟睡之時（除了圍裙安妮和高個莫兒，她們倆目前在看顧弗利克爺爺），她判定自己準備好了。她一隻手裡拿著安尼斯頓的照片，從她電腦列印出來的，新罕布夏州不十分起眼的城鎮。另一隻手裡她握著罐子。雖然裡面只剩最微弱的一絲精氣，但她深信如此便已足夠。她將手指放在氣閥上，準備鬆開氣閥。

我們是真結族，我們長存於世：Sabbatha hanti。

我們是被選中的一族：Lodsam hanti。

我們是幸運的一族：Cahanna risone hanti。

「吸收精氣好好善用吧，蘿絲姑娘。」她說。當她旋開氣閥，一小股銀霧咻地逸出。她深吸進去，往後躺到枕頭上，任由罐子跌落地毯上發出輕柔的撞擊聲。她把安尼斯頓主街的照片抬到眼前。她的臂膀和手已不在那兒，因此照片看來好像飄浮著。距離主街不遠處，小女孩住在一條大概叫做里奇蘭巷的巷弄裡。她會睡得很沉，不過在她心裡某處有高帽蘿絲。她假設小女孩不曉得高帽蘿絲的長相（就像蘿絲也不知女孩的相貌一樣……至少尚不知道），但是她知道高帽蘿絲給人的感覺。同時，她知道蘿絲昨天在山姆超市在看什麼東西。那是她的標示物，她進入的管道。

蘿絲以出神、作夢般的眼睛直盯著安尼斯頓的照片，但她實際上在找尋的是山姆超市的肉櫃，掛著每塊肉都是藍帶的帶骨肋眼的地方。她在尋找她自己。在短暫得令人滿意的搜尋後，找到她了。起初只是聽覺的蹤跡：超市背景音樂的聲音。之後是購物推車。推車再過去，仍是一片漆黑。那無所謂；其餘的會接著出現。蘿絲跟隨著背景音樂，此時聽來像是遙遠的回聲。

黑暗、黑暗、黑暗，然後一點微光，再多一點。這裡是超市的通道，接著變成走廊，她知道她快要進去了。她的心跳提高了一拍。

躺在床上，她闔上眼，如此一來假如那孩子意識到發生了什麼事——不大可能但並非全無可能——她將什麼也看不見。蘿絲花幾秒鐘複習她的主要目標：姓名、確切位置、知道多少，以及她可能透露了的對象。

轉動，世界。

她集中力量使勁一推。這回旋轉的感覺不是驚訝，而是她計畫中的旋轉，她能完全地控制。有一瞬間她仍在走廊中——她們兩人大腦之間的管道——接著她進入一間大房間裡，有個綁著兩根辮子的小女孩騎著腳踏車，輕快地唱著毫無意義的歌。這是小女孩的夢境，而蘿絲正在觀看。不過她有更重要的事情要做。這房間的四面牆並非真的牆，而是文件抽屜。既然她進來了就能隨意打開。小女孩在蘿絲的腦中安全地作著夢，夢見她五歲第一次騎腳踏車。那非常好。**繼續作夢吧，小公主**。

小孩騎過她身邊，唱著啦——啦——啦，什麼都沒看見。她的腳踏車上裝有輔助輪，但輔助輪一閃一滅。蘿絲猜想公主是夢到她終於學會不依靠輔助輪騎腳踏車的那天，這在孩童的生命中向來是非常美好的一日。

親愛的，在我查出妳的一切前，開心地騎腳踏車吧。

蘿絲自信滿滿地行動，打開其中一個抽屜。

她一碰觸到抽屜裡頭的那一剎那，震耳欲聾的警報器就開始大作，房間四周強烈的白色聚光燈閃耀，熱度及亮度直射在她身上。許多許多年以來頭一次，高帽蘿絲，以前曾是來自北愛爾蘭安特里姆郡的蘿絲・歐海拉，徹底措手不及地被逮個正著。她還來不及把手從抽屜拔出，抽屜就重重地關上。痛得令她難以忍受。她大聲尖叫急忙往後退，然而抽屜將她緊緊夾住。

她的影子在牆上跳得老高，但不只是她的而已。她轉頭看見小女孩壓在她身上。只不過她不再幼小。此刻她變身為年輕女子，穿著緊身無袖的皮上衣，青春健美的胸前有條龍，一條藍色髮箍固定住向後梳的頭髮。腳踏車變成白色的駿馬，馬的眼睛，同女戰士的雙眼一樣，閃耀著光芒。

女戰士手持長矛。

妳回來了，丹說妳會來，妳果真來了。

然後她露出——以鄉巴佬來說，即使是渾身充滿了巨大精氣的鄉巴佬，依舊令人難以置信——愉悅的表情。

很好。

這女孩不再是躺著等待她的孩子。她設了陷阱，打算殺了蘿絲……考慮到蘿絲精神脆弱的狀態，她很可能得手。

蘿絲召喚她的每一分力量，奮力反擊，不是用漫畫書中的長矛，而是用鈍的攻城槌，以她多年的歲月與意志為後盾。

離我遠一點！他媽的退開！不管妳以為自己是什麼大人物，妳只是個小丫頭！

女孩本身成熟的幻象——她的化身——繼續走向前來，但是當蘿絲的意念擊中她時，她畏縮了一下，長矛刺入貼近蘿絲左手邊的文件抽屜的牆面中，而不是她的身側，原本長矛瞄準的目標。

那丫頭（**她只是個小鬼罷了**，蘿絲不斷告訴自己）掉轉馬頭離去，蘿絲轉向逮住她的抽屜。她用自由的那隻手支撐在抽屜上方，不顧疼痛，使出全力拉扯。起先抽屜仍緊抓著不放，之後讓步了一點，使她能夠拉出掌根。她的掌根上擦傷處處，鮮血直滴。

突然發生了另一件事。她的腦子有種顫動的感覺，彷彿有鳥兒在那上頭振翅飛翔。這又是什麼新的鬼玩意兒？

預期那把該死的長矛隨時會刺入她的後背，蘿絲使盡全力一拔。她的手整隻滑了出來，她及時將手指彎曲起來握成拳。要是她多耽擱了一瞬，抽屜猛然關上時就會截斷她的手指。她的指甲陣陣抽痛，她知道等有機會檢查，她的指甲肯定因血流堵塞而發紫。

她轉過身。女孩已經走了。房間空空蕩蕩。然而那顫動的感覺持續存在。要說有什麼區別的話，就是那種感覺更加強烈了。驀地蘿絲不再掛念手上及腕上的痛楚。她不是唯一搭在轉盤上的人，儘管在真實世界她的兩眼仍閉著，躺在雙人床上，但那無關緊要。

那個他媽的小鬼在另一間滿是文件抽屜的房間裡。

她的房間，她的腦袋。

當夜賊不成，蘿絲反倒成了遭人闖空門的受害者。

滾開！滾開！滾開！滾開！

顫動不僅沒有停止；反而加速了。蘿絲強行推開驚慌，努力尋回清晰的思路和專注力，好不容易找到一些。剛好足夠讓轉盤再度動起來，縱使轉盤變得異常的沉重。

轉動，世界。

轉盤動了，她感到腦內令人發狂的顫動先是減弱，最後停止，小女孩被轉回到她來時的地方。

但這是不對的，這件事太嚴重了，妳不能放縱自己欺騙自己。妳去找她，卻直接走進陷阱，為什麼？因為儘管妳知道了那麼多，妳還是低估了。

蘿絲張開雙眼，坐起身來，將兩腳擺盪到地毯上。其中一腳碰到空罐，她將罐子踢開。在躺下前套上的那件塞威T恤已濕透；她一身汗臭味。那像小豬的氣味，毫無吸引力。她不可置信地查看手，那隻手上淨是擦傷和瘀血並且腫脹起來。她的指甲慢慢從紫色轉為黑色，她猜想可能會至少損失兩片。

「但是我並不知道啊，」她說。「我沒有辦法事先知道。」她痛恨聽見自己語調中的哀怨。那是愛發牢騷的老女人的口氣。「一點辦法也沒有。」

她必須離開這該死的露營車。或許這是世界上最大、最豪奢的露營車，但此時感覺好像只有棺材般的大小。她設法走到門口，抓住東西以保持平衡。她走出車外前瞄了一眼儀表板上的時鐘。差十分鐘兩點。一切發生在僅僅二十分鐘內。真是難以置信。

在我擺脫她之前她查明了多少？她知道了多少？

這無法肯定，但即使是一點點都可能造成危險。那個死小孩必須處理，而且要盡快。

蘿絲踏入新月淺淡的月光中，深吸了六口新鮮空氣讓自己鎮定下來。她開始覺得舒服一點，比較恢復正常一些，可是仍無法拋開那種顫動的感覺，有別人在她腦內——而且居然是個鄉巴佬——窺視她的私人物品的感覺。手的疼痛很嚴重，沒意料到會中了那樣的陷阱更糟糕，然而最糟的是屈辱和遭到冒犯的感覺。她遭人盜竊。

妳準備為此付出代價吧，公主。妳招惹錯對象了。

一個人影朝她走來。蘿絲已坐在她的休旅車的階梯頂端，但此時她站了起來，神經緊繃，準備迎接任何消息。那人影逐漸走近，她看清楚是烏鴉。他穿著睡褲和拖鞋。

「蘿絲，我想妳最好──」他停下來。「妳的手到底怎麼了？」

「別管我該死的手了，」她惡狠狠地說。「你凌晨兩點在這裡幹什麼？尤其是你明知道我可能正在忙？」

「是弗利克爺爺，」烏鴉說。「圍裙安妮說他快要死了。」

第十一章・湯米25

1

今晨弗利克爺爺的佛利伍露營車上沒有松樹香味的空氣清香劑，及阿爾克札雪茄的氣味，而是充滿了糞便、疾病，和死亡的味道。同時擠滿了人。至少有十二位真結族成員在場，有的聚集在老人的床邊，更多人在起居間裡或坐或站，喝著咖啡。其餘的人在外面。每個人都一臉震驚與不安。真結族不習慣面對自己人的死亡。

「全都出去吧，」蘿絲說。「烏鴉和納特——你們留下來。」

「看看他，」佩蒂以顫抖的聲音說。「那些斑點！而且他拚命地循環啊，蘿絲！噢，這真是太可怕了！」

「走吧。」蘿絲說。她語氣溫柔，並在佩蒂肩膀上安慰地輕捏一下，但她真正想做的是將她的肥臀踢出門外。她是個懶惰的八婆，一無是處只會暖貝瑞的床，而且八成連那招都不是很擅長。蘿絲猜想絮絮叨叨比較像是佩蒂的專長。更確切地說，是在她沒被嚇傻的時候。

「去吧，各位。」烏鴉說。「如果他就要死了，可不需要讓一群人圍觀。」

「他會撐過去的。」愛爾蘭人山姆說。「弗利克爺爺比煮熟的貓頭鷹還要強韌呢。」不過他伸手摟住看來不知所措的俄國人芭芭，緊緊地擁抱她片刻。

他們開始移動，有的在走下階梯加入其他人之前回過頭看最後一眼。等車內只剩他們三人後，蘿絲走近床邊。

弗利克爺爺睜眼盯著她卻沒有看見她。他的嘴唇咧開露出牙齦。大把大把的纖細白髮掉落在枕頭套上，使他看起來像是生了病的狗。他的眼睛大而濕潤，流露著痛苦。他渾身赤裸只穿了一件四角褲，骨瘦如柴的身體上有一點一點的紅斑，看上去像是丘疹或蚊蟲的咬痕。

她轉向沃爾納特問說：「那些到底是什麼？」

「柯氏斑點，」他說。「至少，在我看來是那樣沒錯。雖然柯氏斑點通常只出現在嘴巴內。」

「講英文。」

納特兩手耙梳過漸漸稀疏的頭髮。「我想他得了麻疹。」

蘿絲驚訝得倒吸一口氣，接著爆出大笑。她不想站在這兒聽這種廢話；她需要顆阿斯匹靈止手痛，那隻手現在隨著她每次心跳規律地作痛。她不停地想像那雙卡通人物的手慘遭木槌痛打會是什麼模樣。「我們才不會感染鄉巴佬的病呢！」

「嗯……我們以前從沒得過。」

她憤怒地瞪視著他。她想要她的帽子，沒戴上高帽她覺得好像光著身子，但是高帽在地球巡洋艦裡。

納特說：「我只能告訴妳我所看到的事實，那是紅疹，也稱為rubeola[41]。」

鄉巴佬的病叫做鄉巴佬歐拉。他媽的也未免太完美了吧。

「那只不過是……胡說八道！」

他退縮了一下，怎麼不會呢？她自己聽來都很刺耳了，可是……啊，老天爺哪，麻疹？真結族最老的一員即將死於就連小孩子都不再得的兒童疾病？

「那個打棒球的愛荷華小子身上有幾個斑點，不過我沒想到……因為沒錯，就像妳說的，我們不會感染他們的疾病。」

「他已經是幾百年前的事了！」

「我知道。我所能想到的只有病毒是在精氣裡，有點像是潛伏。妳知道的，有些疾病有潛伏期。被動地窩著，有時候潛伏好幾年，然後突然發作。」

「或許鄉巴佬是那樣沒錯！」她不斷回到同一個論點。

沃爾納特只搖一搖頭。

「如果爺爺得了麻疹，那為什麼我們不是所有人都染上呢？因為那些兒童疾病，比方說：水痘、麻疹，和腮腺炎，在鄉巴佬小鬼中傳染的速度快得像是糞便通過鵝腸一樣。這沒有道理啊。」說完她轉向烏鴉達迪，立即說出自相矛盾的話。「你竟然讓一群人進來，站在四周呼吸他吐出的氣，你到底他媽的在想什麼？」

烏鴉只是聳聳肩，他的目光始終沒離開床上發抖的老人。烏鴉瘦長、英俊的臉上帶著沉思。

「世事多變，」納特說。「只因為我們五十年或一百年前對鄉巴佬的疾病有免疫力，不表示我們現在就免疫。就我們所知，這可能是自然過程的一環。」

「你是在告訴我這很自然嗎？」她指向弗利克爺爺。

「單一的案例不會造成流行蔓延，」納特說：「而且這也可能是別的病。不過如果同樣的病症再度發生，我們就得把染病的人完全隔離。」

「會有用嗎？」

他猶豫了很長一段時間。「我不知道。也許我們已經感染上了，全部的人。也許這病就像是設定時間響起的鬧鐘，或是定時炸藥。根據最新的科學思維，鄉巴佬似乎就是這樣衰老的。他們

41. Rubeola即麻疹，真結族稱一般人為鄉巴佬，英文就是rube。

不斷地前進、前進，差不多都一樣，但是他們的基因突然起了變化。皺紋開始出現，忽然間他們走路就需要撐柺杖了。」

烏鴉一直看著爺爺。「他開始了，幹。」

弗利克爺爺的皮膚逐漸變成乳白色。接著變半透明，在漸漸變為完全透明時，蘿絲能看見他的肝臟，皺縮、灰黑、呈袋狀的肺臟，不停搏動、有如紅結的心臟。她能看到他的血管及動脈，宛如她的嵌入式衛星導航上的公路和收費高速公路。她看得見連接他的眼睛到大腦的視神經，看起來宛如幽靈似地細繩。

之後他又恢復了。他的眼球轉動，捕捉到蘿絲的視線，緊盯著不放。他伸出手來握住她沒受傷的手。她的第一個衝動是抽開手──假如他真的得了納特所說的病，那他就具有傳染性──但是管他的呢。如果納特說得沒錯，他們全都已接觸到了。

「蘿絲，」他低聲說。「別離開我。」

「我不會的。」她在他身旁的床上坐下來，手指與他的交握。「烏鴉？」

「是的，蘿絲。」

「你送去斯特布里奇的包裹──他們會保留著吧，對不對？」

「當然。」

「好吧，我們就等這件事完畢吧。但是我們沒辦法等太久。小丫頭比我所想的要危險得多。」她嘆氣。「為什麼問題總是接二連三地來呢？」

「妳的手是她用某種方法弄傷的嗎？」

這是她不想直接回答的問題。「我不能和你們一起去，因為她現在知道我了。」另外，她心中暗想但沒說出口，因為要是這病真如沃爾納特所想的那樣，其他人會需要我在這裡扮演勇氣媽媽的角色。「不過我們一定得抓到她。這事比先前更重要了。」

「因為？」

「假如她得過痲疹，她就擁有鄉巴佬避免再次感染的免疫力。她的精氣就可能在各方面都很有用。」

「鄉巴佬的小鬼現在都接種了對抗那種鬼東西的疫苗了。」烏鴉說。

蘿絲點點頭。「那也可行。」

弗利克爺爺再一次開始循環。在一旁觀看很難受，不過蘿絲強逼自己看著。當她再也無法透過老人脆弱的皮膚看見他的器官時，她看著烏鴉抬起瘀青、擦傷累累的手。

「另外……需要教訓她一下。」

2

星期一丹在他的角樓房間醒來時，黑板上的計畫表再度被擦去，換上艾柏拉的留言。在最上頭是張笑臉。所有的牙齒都露出來，一副興高采烈的樣子。

她來了！我做好準備而且傷了她！

我真的做了！

那是她活該，萬歲！！！

我需要和你談談，但不是用這種方式或是網路。

三點前在老地方。

丹躺回到床上，遮起眼睛，去尋找她。他發現她正和三個朋友一起走向學校，這舉動本身就令他感到危險，無論是對朋友或是對艾柏拉而言。他希望比利已在那裡準備就緒。他也希望比利會謹慎小心，別被某個熱心的鄰里守望相助隊員指控為可疑人物。

我可以過去，約翰跟我要到明天才會離開，不過必須盡快談完，而且我們得小心謹慎。

好的，沒問題，很好。

3

丹再次坐在覆滿常春藤的安尼斯頓圖書館外的長椅上，艾柏拉出現了，身穿上學的服裝，紅色的毛衣搭配時髦的紅色運動鞋。她拎著背包的帶子。在丹看來，她似乎比上次他見到她時又長高了一吋。

她揮揮手。「嗨，丹伯伯！」

「哈囉，艾柏拉。今天在學校過得怎麼樣啊？」

「棒極了！我的生物報告拿到A呢！」

「坐下來一會兒，跟我聊聊吧。」

她走過來長椅這邊，動作優雅、富有活力，幾乎像是在跳舞。她的目光明亮，面色紅潤：各方面都亮著綠燈、健康的放學後青少年。她的一切都顯示就位——準備——開始。丹毫無理由因此感到擔心，然而他卻隱隱覺得不安。不過有件非常令人高興的事：一輛毫不起眼的福特貨卡停在半條街外，坐在方向盤後的老人邊啜飲著外帶的咖啡邊看雜誌。至少，看上去似乎是在看雜誌。

「比利？」

沒有回應，不過他從雜誌上抬起頭來看了半晌，這就夠了。

「好吧，」丹以較低的聲音說。「我想聽聽究竟發生了什麼事。」

她告訴他她設了陷阱，其效果如何的好。丹聽得既驚奇又佩服……可是不安的感覺也逐漸加深。她對自己能力的信心令他擔憂。那是孩子的自信，但他們要對付的人可不是孩子。

「我只叫妳設警報器。」她說完後他說。

「這樣更好。我不曉得如果我沒有假裝是《冰與火之歌：權力遊戲》書中的丹妮莉絲，還會不會像那樣子攻擊她，不過我想應該是會。因為她殺了棒球男孩和其他許多的孩子。也因為……」她的笑容首次稍微退去一些。在她講述她的故事時，丹看見她將來十八歲時的模樣。現在他看到的是她九歲時的樣子。

「因為什麼？」

「她不是人，他們全都不是。也許他們曾經是人，但再也不是了。」她挺直肩膀，將頭髮往後甩。「不過我的力量更強，她也明白這點。」

我以為她把妳推開了。

她惱怒地對他皺起眉頭，擦拭嘴唇，隨即察覺自己的手正在擦嘴，又將手放回大腿上。那隻手一縮回腿上，另一隻手立即緊緊握住以免手又亂動。這個手勢有些熟悉，不過怎麼會不熟呢？他以前看過她做同樣的動作，此刻他有更重要的事得擔心。

下一次我會準備好，如果還有下次的話。

那或許是真的。然而若是有下一次，高帽女人也會做好準備。

我只是希望妳小心點。

「我會啦，我保證。」這，當然，是所有孩子為了安撫他們生命中的成年人時的說法，但仍然讓丹感覺好些。起碼，好一點。況且，一旁還有比利坐在他紅漆褪了色的福特F-150內。

她的眼神又眉飛色舞起來。「我查出了很多東西。這就是我需要和你見面的原因。」

「什麼東西？」

「不是她的所在位置，我沒有查到那麼多，不過我的確找到……你知道，當她在我腦裡，我在她的腦子裡，就像交換那樣，你懂吧？她的腦子裡到處是抽屜，好像身在世界上最大的圖書館資料室，雖然也許我會看見充滿了抽屜是因為她想像成那樣子。要是她在我腦袋裡看著電腦螢幕，我很可能也會看見電腦螢幕。」

「妳查看了她幾個抽屜？」

「三個吧，也許四個。他們自稱為真結族，大多數的人年紀都很大了，他們事實上就像吸血鬼一樣，他們在找像我這樣的小孩。也像你小時候，我猜。只不過他們不吸血，他們吸進那些特別的小孩死掉時散發出來的東西。」她厭惡得皺了下眉。「他們在事前傷害那些小孩傷得越深，那個東西就越強大，他們稱那個為精氣。」

「那是紅色的，對吧？紅色或者偏紅的粉紅色？」

他對這點很有把握，然而艾柏拉蹙起眉毛搖一搖頭。「不，是白色，亮白色的雲霧，一點都不紅。而且聽著：他們可以把精氣儲存起來！他們沒用完的精氣就放進像保溫瓶的那種東西裡，可是他們永遠都嫌不夠。我曾經看過一個節目，有關鯊魚的，節目中說鯊魚總是動個不停，因為牠們永遠都吃不夠，我想真結族就像那樣子。」她扮了個鬼臉。「他們很邪惡就是了。」

白色的東西，不是紅色而是白色。肯定還是老護士所說的喘息，只是類型不同而已。因為是來自健康的年輕人，而不是死於肉體可能有的幾乎每一種疾病的老人。或是因為他們是艾柏拉所謂的「特別的孩子」？或者兩個都是？

她點了點頭。「大概兩個都是。」

「好吧，但是最要緊的是他們知道了妳的事。**她**知道了。」

「他們有點怕我可能告訴別人他們的事，不過不是太害怕。」

「因為妳只是個孩子，沒人相信小孩子。」

「沒錯。」她呼地吹開前額上的劉海。「嬤嬤會相信我，可是她快要死了。丹，她會搬到你的辣香料。我是指，安養院，你會幫她吧，會嗎？如果你不在愛荷華州的話？」

「我會盡全力。艾柏拉——他們會來找妳嗎？」

「也許會，不過他們來找我不是因為我所知道的事，而是因為我本身的**能力**。」她的喜悅不見了，現在她正視面臨的危險。她又再擦抹嘴巴，當她放下手的時候，嘴唇分開，顯露出憤怒的笑容。**這女孩有脾氣**，丹心想。他可以理解。他自己也有脾氣，而且不只一次害他惹上麻煩。

「但是，**她**不會來。那個壞女人。她曉得我現在知道她了，一旦她接近我馬上就會察覺到，因為我們算是連接在一起。不過有其他人。如果他們來找我，他們會傷害任何礙事的人。」

艾柏拉將他的雙手握在自己手中，緊緊地抓住。這令丹感到擔心，不過他沒叫她鬆手。現在她需要碰觸她信任的人。

「我們必須阻止他們，讓他們無法傷害我的爸爸、媽媽，或我的朋友。而且讓他們沒法殺害更多的孩子。」

有一剎那丹從她的思緒中捕捉到一張清晰的圖片——不是發送過來，而是就在前景當中。那是一幅照片的拼貼畫。數十名孩童，在**你見過我嗎？**的標題下。她正在想他們之中有多少人是被真結族抓走、殺害，只為了取得他們最後的精神喘息——這群傢伙賴以為生的可憎佳餚——最後拋棄在無記號的墳墓裡。

「**你必須找到那個棒球手套**。如果我拿到手，我就能找出大塊頭貝瑞在哪裡。我知道我辦得到。他們其餘的人會和他在一起。就算你沒辦法殺掉他們，起碼你可以報警。幫我拿到那個手套，丹，求求你。」

「要是手套就在妳說的那個地方，我們一定會找到的。可是在這段期間，艾柏拉，妳必須小心自己的安全。」

「我會的，但是我不認為她會試著再偷偷進入我的腦子裡。」艾柏拉的笑容再度出現。在她的微笑中，丹看見了毫不留情的女戰士，就是她有時會假裝的那位——丹妮莉絲，或其他任何人。「她要是敢來，我絕對會讓她後悔的。」

丹決定別追究這一點。他們一起坐在長椅上夠久了。事實上，已超出他敢冒風險的時間。

「我為妳設定了我自己的安全系統。如果妳觀察我，我想妳能找出那是什麼，不過我不希望妳那麼做。因為假如這群真結族中有別人想要探勘妳腦子裡的東西——不是高帽女人，而是其他人——他們沒法發現妳不知道的事。」

「哦，好。」他看得出來她正在想其他想嘗試的人也會後悔，這更加深了他的不安感。

「只是……如果妳遇到危險，就使出全力大聲呼叫比利。明白嗎？」

明白，就是用你有一次呼叫你朋友迪克的那種方式。

他微微嚇了一跳，艾柏拉微笑。「我沒有窺探；我只是——」

「我了解，現在在妳走之前告訴我一件事。」

「什麼事？」

「妳的生物報告真的拿了A嗎？」

4

星期一晚上七點四十五分，蘿絲的無線電對講機收到了訊息。是烏鴉。「妳最好過來這裡，」他說。「開始了。」

真結族站在爺爺的休旅車四周，沉默地圍成一圈。蘿絲（現在以獨有的違抗地心引力的角度戴著高帽）穿過他們，停下腳步擁抱安蒂片刻，接著走上階梯，輕輕敲一下門，逕自走進去。納特與高個莫兒和圍裙安妮，爺爺的兩名非自願的護士，站在一起。烏鴉坐在床尾，蘿絲一進來他就站了起來。今天晚上他顯露出年紀。嘴巴兩邊出現了皺紋，黑髮中也有幾綹白絲。

我們需要吸取精氣，蘿絲心想。**等這件事結束，我們就來吸。**

弗利克爺爺現在急速地循環：先是透明，再來變實體，之後又變透明。但是每次透明的時間都比前次更長，消失的部位也更多。他很清楚發生了什麼事。蘿絲看得出來。他的眼睛睜大、充滿恐懼；他的身體隨著經歷改變的劇痛而扭動。在她內心深處，她總是允許自己相信真結族的不朽。對，每隔五十或一百年左右就有人逝世——例如那個高大、低能的荷蘭人，放手漢斯，在第二次世界大戰結束後不久，在一場阿肯色州的暴風中碰到掉落的電線觸電而死，或溺死的補丁凱蒂，或是卡車湯米——但那些都是例外。通常死亡的人都是由於他們自身的粗心大意所造成。因此她總是深信不疑。如今她明白她和執著地相信聖誕老人和復活節兔子的鄉巴佬孩童同樣的愚蠢。

他循環回到實體，一邊呻吟、哭泣、顫抖。「讓它停止，蘿絲丫頭，讓它停止吧。好痛——」

在她來得及回答之前——事實上，她能說什麼呢——他漸漸消逝，直到只剩下一副簡略的骨骼和一雙瞪大、飄浮的眼睛。那是最糟糕的。

蘿絲想要用意念與他接觸，以那種方式安慰他，但抓不住任何東西，弗利克爺爺向來存在的地方——時常脾氣暴躁，偶爾和藹親切——如今只剩下破碎影像形成的咆哮風暴。蘿絲從他身上縮回，無比地震驚。她再度心想，這不可能發生。

「或許我們應該幫他脫離痛苦。」高個莫兒說。她的手指掐入安妮的前臂，安妮卻似乎沒感覺到。「給他打一針，或什麼的。納特，你袋子裡有些藥吧，是不是？你一定有吧。」

「那又有什麼幫助呢？」沃爾納特的聲音嘶啞。「也許會提早一點，但是現在循環的速度太快了。他沒有系統讓藥物流通。如果我在他手臂上打一針，我們會在五秒鐘後看見藥滲進床裡，最好就順其自然吧，不會太久了。」

是不會太久。蘿絲又數了四次完整的循環。到第五次時，甚至連骨頭都消失了。有一瞬間眼珠仍留著，先是直盯著她，之後又轉過去看烏鴉達迪。那對眼睛懸浮在枕頭上方，枕頭仍舊因為他頭的重量而凹陷，並且沾滿了野根髮油，他似乎有無限供應的野根髮油。她想她記得貪心葛曾經告訴她他是在eBay上購買的。電子灣，去他媽的！

之後，慢慢地，那雙眼睛也不見了。只不過當然並非真正地消失；蘿絲知道今晚稍後她將會在夢中看見這雙眼睛。其他在弗利克爺爺臨終床前侍候的人也會。如果他們睡得著的話。

他們等候，沒人完全確信老人不會再出現在他們眼前，如同哈姆雷特的父親或雅各・馬利[42]或其他的鬼魂那般，然而只有他消失的頭的形狀，髮油留下的污漬，以及他剛才所穿的沾滿屎尿、扁掉的四角褲。

莫兒突然激動地啜泣起來，把頭埋進圍裙安妮寬厚的胸脯。那些在外頭等候的人聽見了，一個聲音（蘿絲永遠不會知道是誰）開始說話。另一個加入，接著第三個、第四個。不久他們全都在星光下吟詠，蘿絲感到強烈的寒意彎彎曲曲地爬上她的背。她伸出手，碰到烏鴉的手，緊緊握住。

安妮加入了。接著是莫兒，她的話語含混不清。納特。然後是烏鴉。高帽蘿絲深吸口氣，讓自己的聲音加入他們之中。
Lodsam hanti，我們是被選中的一族。
Cahanna risone hanti，我們是幸運的一族。
Sabbatha hanti、sabbatha hanti,、sabbatha hanti。
我們是真結族，我們長存於世。

5

稍後，烏鴉在她的地球巡洋艦上陪著她。「妳真的不去東部，是嗎？」

「不去，由你負責。」

「我們現在要做什麼？」

「當然是哀悼他。不幸的是，我們只能給他兩天。」

傳統的哀悼期間是七天：不性交，不閒聊，不吸精氣。只冥想。最後圍成告別的圓圈，每個人跨向前，說件關於喬納斯・弗利克爺爺的回憶，交出一件他們從他那兒得到，或是與他相關的物品（蘿絲已經挑選好她的，一個凱爾特設計的戒指，那是在美洲這個區域仍屬於印第安國度，她被稱為愛爾蘭人蘿絲的時候，爺爺給她的）。真結族的成員死亡的時候從來沒有屍體，因此紀念的物品就充作遺體。他們會將這些東西包在白色亞麻布中埋葬。

「所以我的小組什麼時候離開？星期三晚上還是星期四早上？」

42. 狄更斯小說《小氣財神》中出現的鬼魂。

「星期三晚上。」蘿絲想要盡快得到那個女孩。「直接開過去。另外你確定他們會把迷昏的藥物保留在斯特布里奇的信箱裡？」

「對，這點妳儘管放心吧。」

我的心無法放下來，除非我能看著那小賤人躺在這房間裡，就在我對面，徹底昏迷，銬上手銬，並且充滿了美味、可吸的精氣。

「你要帶誰去？報出他們的名字吧。」

「我、納特、數字吉米，如果妳用不著他的話——」

「我用不著他，還有誰？」

「蛇吻安蒂。萬一我們需要讓人睡著，她能派上用場。另外還有中國佬，理所當然有他。既然現在爺爺走了，他就是我們之中最優秀的探測員。那是說，除了妳以外。」

「務必帶他去，不過你不需要探測員來找出這一個，」蘿絲說。「那不是問題。而且只要一輛車就夠了，開精氣源史提夫的溫尼貝格去吧。」

「已經跟他提過了。」

她滿意地點點頭。「還有一件事，在塞威有間簡陋的小店叫X區。」

烏鴉挑起眉毛。「那間櫥窗裡擺著充氣的護士娃娃的色情殿堂嗎？」

「看來，你很清楚嘛。」蘿絲的語調冷淡。「好吧，聽我說，達迪。」

烏鴉豎耳恭聽。

6

星期二一早太陽正升起，丹和約翰・道頓就飛離了洛根機場。他們在曼菲斯轉機，於中央時區十一點十五分降落在迪莫伊，這天天氣感覺比較像是七月中而不是九月底。

從波士頓飛曼菲斯的那一段，丹起先假裝睡覺，這樣他就不必應付他察覺出來約翰心中如野草般迅速生長的懷疑和疑慮。飛到紐約州北部上空的某處時，他不再假裝，而是真正睡著了。從曼菲斯飛迪莫伊的途中輪約翰睡覺，所以那段還好。當他們真正抵達愛荷華，駕著從赫茲租來、完全不顯眼的福特Focus朝費里曼鎮前進時，丹感覺到約翰已將他的疑慮擱置一旁了。至少，暫時如此。取而代之的是好奇和緊張興奮。

「出發尋寶的男孩。」丹說。他睡得較久，因此由他駕駛。高高的玉米，此時更接近金黃色而非綠色，在他們兩邊快速地飛過。

約翰微微嚇了一跳。「啊？」

丹露出微笑。「這不是你正在想的念頭嗎？我們兩人就像是出發尋寶的男孩。」

「你實在該死的讓人毛骨悚然啊，丹尼爾。」

「我想是吧，我已經習慣了。」這並不全然是實話。

「你什麼時候發現你會讀心術？」

「這不只是讀心術，閃靈是種獨特多變的才能。如果那算是才能的話。有時——很多時候——感覺比較像是毀容的胎記。我確定艾柏拉也會說同樣的話。至於我什麼時候發現……我從來沒有發現，我只是生來就有，這個能力是和原廠配備一起來的。」

「所以你就用喝酒來忘記。」

一隻肥胖的土撥鼠從容、無畏地慢慢走過一百五十號公路。丹急忙轉向閃過牠，而土撥鼠消失在玉米之中，仍然不慌不忙地。這裡相當不錯，天空一望無際，連座山也看不到。新罕布夏很好，他漸漸把新罕布夏當成家鄉，不過丹認為他在平原總是會覺得比較自在，比較安全。

「你應該很清楚才是，強尼。酗酒的人為什麼喝酒？」

「因為他就是愛喝酒？」

「答對了，就是那麼簡單。穿過那些心理學的術語，剩下的就是赤裸裸的真相。我們喝酒因為我們是酒鬼。」

約翰大笑。「凱西．K真的把你洗腦了。」

「嗯，另外還有遺傳的因素，」丹說。「凱西總是把那個因素踢到一邊去，不過那的確存在。你父親喝酒嗎？」

「他和我最親愛的母親兩人都喝，他們光靠自己就能讓鄉間俱樂部的酒吧忙得不可開交。我記得那天我媽脫掉網球裝，跳進游泳池和我們小孩子一起。男人都在喝采。我爸覺得很好笑。我，卻不怎麼笑得出來。我當時九歲，一直到上大學為止，我都被人說是媽咪跳脫衣舞的男孩。你家呢？」

「我母親可喝可不喝。有時候她會自稱是兩杯啤酒溫蒂。另一方面，我爸爸……一杯紅酒或是一罐百威下肚，他就開始狂飲了。」丹瞄一眼里程表，看見他們仍有四十英里的路。「你想聽個故事嗎？我從沒告訴任何人的故事？我應該先警告你，那是個很離奇的故事。如果你以為閃靈從頭到尾就只有像心電感應那樣微不足道的小伎倆，那可差得遠了。」他停頓一下。「世上還有其他的世界……」

「你……嗯……看過其他的世界嗎？」丹不再觀察約翰的想法，ＤＪ卻頓時看起來有點緊張。彷彿他以為坐在他隔壁的人可能會突然把手伸進襯衫，宣稱自己是拿破崙・波拿巴的轉世化身。

「沒有，只看過一些住在那裡的人。艾柏拉稱他們為幽靈人。你想聽嗎？還是不想？」

「我不確定我想聽，不過也許我最好聽聽。」

丹不知道這位新英格蘭的小兒科醫生會相信多少那年冬天托倫斯一家在全景飯店發生的事，但發覺他並不特別在意。能在這輛不起眼的車內，晴朗的中西部天空下，述說這個故事就夠好了。有個人會全盤相信，但是艾柏拉太年輕，這故事又太駭人。約翰・道頓勉強可以。不過該從何開始呢？應該從傑克・托倫斯開始，他想。一個極為不幸的男人，不僅教書、寫作失敗，甚至連當個丈夫都失格。棒球場上連續三次遭三振叫什麼呢？黃金帽子戲法嗎？丹的父親只有一項輝煌成就：當那一刻終於來臨——從他們到達飯店的第一天起，全景飯店就一直推他走向的那一刻——他拒絕殺掉他幼小的兒子。倘若要寫給他一句合適的墓誌銘，應該會是……

「丹？」

「我父親努力過了，」他說。「這是我唯一能為他說的話。他生命中最邪惡的靈魂一瓶一瓶地來。要是他試過ＡＡ，情況可能會大不相同。但他沒有。我想我母親甚至不曉得有這種組織，否則她一定會建議他試試看。等我們到全景飯店的時候，他朋友幫他在那邊弄到一份冬季管理員的工作，他的狀態可能已接近字典上所謂的**清醒的酒鬼**。」

「那就是鬼魂出現的地方嗎？」

「對，我看見它們。他沒看到，但他感覺到了。或許他有他自己的閃靈。他很可能有。畢竟，很多東西都是遺傳的，不只有容易酗酒的傾向而已。那些鬼魂影響了他。他以為它們，那些幽靈人，想要他，但那只不過是另一個謊言。它們真正想要的是擁有強大閃靈的小男孩，就像這群真結族人想要艾柏拉一樣。」

丹停下來，想起當他問起空洞的惡魔在何處時，迪克透過伊蓮娜‧維爾雷特死去的嘴所回答的話。**在你童年時期，所有惡魔源自的地方。**

「丹？你還好嗎？」

「嗯，」丹說。「總之，我還沒踏進飯店大門之前，就知道那間該死的飯店有些不對勁。早在我們三個還住在波爾德的東坡上，過著幾乎是勉強餬口的生活時，我就知道了。可是我父親需要工作好完成他正在寫的劇本……」

7

等他們抵達亞代爾的時候，他正在跟約翰講述全景飯店的鍋爐如何爆炸，那間古老的飯店如何在猛烈的暴風雪中燒為平地。亞代爾是個只有兩個紅綠燈的小鎮，不過有家快捷假日飯店，丹記下了地點。

「再過兩個小時我們就要入住這家飯店，」他告訴約翰。「我們不能在光天化日之下跑去挖寶，而且，我睏得要死。最近睡眠不足。」

「那些真的是你的親身經歷嗎？」約翰壓低了聲音問。

「千真萬確。」丹微微一笑。「覺得你可以相信嗎？」

「如果我們在她說的地方找到了棒球手套，我就不得不相信很多事情。你為什麼告訴我呢？」

「因為儘管你了解艾柏拉的狀況，你還是有點覺得我們來這裡是瘋狂之舉……同時因為你應該知道有些……力量存在。我之前遇到過；但你沒有。你只看過一個小女孩能表演各種各樣的心靈餘興節目，像是把湯匙掛到天花板上之類的。約翰，這不是男孩的尋寶遊戲。萬一真結族發現了我們正要做的事，我們就會跟艾柏拉・史東一起被釘在靶子上。要是你決定放棄這項任務，我會在你前面畫個十字架的記號，祝上帝與你同行。」

「然後你獨自一個人繼續。」

丹對他微微咧嘴一笑。「呃……還有比利。」

「比利起碼七十三歲了吧。」

「他會說那是優勢，比利總喜歡說年老的好處是你不必擔心英年早逝。」

約翰向外一指。「費里曼的小鎮邊界。」他朝丹緊張地微微一笑。「我真不敢相信自己居然在做這件事。萬一乙醇工廠不在了你打算怎麼辦？要是在谷歌地球拍了照片後，工廠就被拆掉、種上玉米了呢？」

「工廠絕對還在那裡。」丹說。

8

工廠的確仍在：生鏽的波紋金屬覆蓋在一連串煙灰色的混凝土磚上。一根煙囪仍矗立著；其他兩根已經坍塌，躺在地上有如斷裂的蛇。窗戶被砸破，牆壁上到處是污斑似地噴漆塗鴉，任何大都市裡的專業塗鴉者看了會發笑的那種。一條坑坑窪窪的便道從兩線道的大路分叉出去，末端是座停車場，停車場上長出了誤入歧途的玉米種子。艾柏拉看見豎立在附近的水塔，高聳在地平線上，猶如科幻小說作家H・G・威爾斯筆下的火星戰爭武器。水塔側面印著**費里曼，愛荷華**。屋頂殘破的小屋也確認在場。

「滿意了嗎？」丹問。他們減慢速度緩緩前進。「工廠、水塔、小屋。禁止擅入的告示牌。所有的都和她說的一模一樣。」

約翰指著便道盡頭生鏽的大門。「萬一門鎖著怎麼辦？我從國中以後就沒爬過鐵絲網圍籬了。」

「兇手把那孩子帶到這裡來的時候門沒上鎖，不然艾柏拉會先告訴我們。」

「你確定嗎？」

一輛農用卡車從反方向駛來。丹略微加速，在他們通過時舉起一隻手。方向盤後的人——戴著強鹿農機的綠色帽子，墨鏡，身穿工作褲——也舉起手來回應，卻幾乎沒瞧他們一眼，這是好事。

「我問你是否——」

「我知道你問了什麼，」丹說。「要是門鎖上了，我們就想個辦法處理。現在我們回那間汽車旅館辦住房手續吧，我累死了。」

9

當約翰在假日飯店付現金弄到兩間相鄰的房間時，丹則找到了亞代爾的真值五金行。他買了一把鐵鍬、一把耙子，兩把鋤頭、一支泥鏟、兩雙手套，和一個行李袋來裝他新買的物品。他唯一真正想要的是鐵鍬，但似乎最好是整批購買。

「你怎麼會來亞代爾呢？可以問一下嗎？」店員一面為丹結帳一面問。

「只是路過而已。我的妹妹住在迪莫伊，她有塊不小的花園。這些東西她八成大部分都有了，不過禮物好像總是能讓她更好客一點。」

「這我同意，老兄。她會感謝你送這把短柄的鋤頭。沒有比這更方便的工具了，而且大多數的業餘園丁從來不會沒有想到要買一把。我們收萬事達卡、威士卡（VISA）——」

「我想我暫時別用塑膠貨幣了，」丹說著拿出皮夾。「只要幫我開張給山姆大叔的收據就行了。」

「沒問題。如果你給我姓名和地址——或是你妹妹的——我們會把我們的型錄寄過去。」

「你知道嗎？我今天不留資料了。」丹說完將幾張二十塊鈔票展開放到櫃台上。

10

當晚十一點，丹的門上傳來輕微的敲門聲。他打開門讓約翰進來。艾柏拉的小兒科醫生面色蒼白、緊張不安。「你有睡覺嗎？」

「睡了一會兒。」丹說。「你呢？」

「睡睡醒醒，醒著的時候居多。我神經緊張得像隻該死的貓一樣。要是警察攔下我們，我們該怎麼說？」

「我們聽說費里曼有間備有自動點唱機的小酒吧，決定去找找看。」

「費里曼什麼都沒有，只有玉米。大概有九十億英畝吧。」

「我們不知道啊，」丹溫和地說。「我們只是路過而已。況且，警察不會攔住我們的，約翰。甚至不會有人注意到我們。不過如果你想留在這兒——」

「我飛過半個國家不是為了坐在汽車旅館裡面看傑‧雷諾的脫口秀。先借我用一下廁所就好。我離開房間前上過了，不過現在需要再上一次。天啊，我真是太緊張了。」

開到費里曼的路程對丹來說感覺似乎非常漫長，不過一旦他們將亞代爾拋在後頭，他們就沒再遇到一輛車。農人都很早上床，而且他們遠離貨車運輸的路線。

他們接近乙醇工廠的時候，丹熄掉租車的燈，轉進便道，緩緩地駛近關閉的大門。兩人下了車。福特的車頂燈突然亮起，約翰咒罵了一聲。「我應該在我們離開汽車旅館之前把那東西關掉，或者要是沒有開關就砸破燈泡。」

「放輕鬆點，」丹說。「這裡只有我們兩個膽小鬼。」但是他們走向大門時，他的心臟仍然猛烈地跳動著。要是艾柏拉沒說錯，一個小男孩慘遭謀害，在歷經痛苦的折磨後被埋在此地，如果有個地方應該鬧鬼——

約翰試了試大門，用推的不行再試著用拉的。「動也不動。現在要怎麼辦呢？爬吧，我猜。我很樂意試試看，不過我八成會摔斷我他媽的——」

「等一下。」丹從他的夾克口袋拿出一支小手電筒照在大門上，先注意到壞掉的掛鎖，接著看到在掛鎖上下重重纏繞的金屬線。他回到車上，當後車廂燈亮時輪到他畏縮了一下。哦，可惡，你不可能設想到所有的事情。他用力拖出新的行李袋，砰地關上後車廂蓋。黑暗回歸。

「喏，」他對約翰說，拿出一副手套。「戴上吧。」丹戴上自己的手套，解開金屬線，將兩條線掛在鐵絲網的菱形孔中以備待會使用。「好了，我們走吧。」

「我得再去小個便。」

「噢，老兄。忍住吧。」

11

丹緩慢、謹慎地開著赫茲的福特繞到裝卸平台。路上有許多坑洞，有些很深，不開車頭燈全都很難看見。他最不希望就是讓Focus掉到其中一個洞裡，毀了車軸。到了工廠後頭，路面是裸土與破碎柏油的混合物。五十呎外是另一道鐵絲網圍籬，再過去就是無邊無際的玉米田。裝卸平台區域不像停車場那麼大，但是也夠大了。

「丹？我們怎麼知道在哪——」

「安靜點。」丹彎下頭，直到額頭碰觸方向盤後閉上眼睛。

艾柏拉。

沒回應。那是當然的，她正在睡覺。在安尼斯頓已經是星期三的清晨。約翰坐在他旁邊，咬著嘴唇。

艾柏拉。

輕微地動了一下。可能是他的想像。丹希望不只是如此。

艾柏拉！

一雙眼睛在他腦中睜開。有一瞬間搞不清楚方向，有點複視，隨後艾柏拉就和他一起注視前方。裝卸平台和煙囪破碎的殘骸驀地變得較為清楚，即使只能憑藉著星光視物。

她的視力比我的好太多了。

丹走下車。約翰也下了車，可是丹幾乎沒注意到。他將控制權轉交給了小女孩，她本人此時清醒地躺在一千一百英里外的床上。他感覺自己像個人形的金屬探測器。只不過他——他們——要找的並非金屬。

走過去混凝土的東西那邊。

丹走到裝卸平台，背對著平台站立。

現在開始來回走動。

她在尋找方法弄清楚她想要什麼的時候，停頓了片刻。

就像在ＣＳＩ犯罪現場一樣。

他往左邊跑了大約五十呎，再轉向右邊，從平台往對角線相反的方向移動。約翰從行李袋拿出鐵鍬，站在租來的車旁觀看。

這是他們停休旅車的地方。

丹再突然轉向左邊，慢慢地走，偶爾踢開擋路的鬆脫磚頭或混凝土塊。

你已經接近了。

丹停下腳步。他聞到某種使人不快的味道。一股腐爛的氣味。

艾柏拉？妳聞到了嗎？

聞到了，噢天啊，丹。

放輕鬆，寶貝。

你走太遠了，轉身慢慢地往回走。

丹急旋過身，宛如喝醉酒向後轉的士兵。他開始朝裝卸平台的方向往回走。

往左邊再走幾步，慢一點。

他往那邊走，每走一小步就暫停一下。接著又聞到那股味道，稍微強烈一些。忽然清晰得不可思議的夜間世界開始模糊，他的眼睛充盈著艾柏拉的淚水。

棒球男孩在這裡，你就站在他的正上方。

丹深吸口氣，擦一擦臉頰，他在發抖。不是因為他覺得冷，而是因為她感到寒意。坐在她的床上，緊抓著胖嘟嘟的絨毛兔子玩偶，抖得像片枯樹上的老葉子。

離開這裡，艾柏拉。

丹，你要動手了嗎？

對，不過妳不需要看到接下來的事。

倏地那絕對清晰的視野消失了。艾柏拉切斷了連結，這樣很好。

「丹？」約翰低聲地喊。「還好嗎？」

「沒事。」他的聲音仍因艾柏拉的淚水而哽塞。「拿鐵鍬過來。」

12

他們花了二十分鐘。丹先挖了十分鐘，再把鐵鍬傳給約翰，真正發現布萊德•崔佛的是約翰。他轉身背向洞穴，遮住口鼻。他的話聽不清楚但可以理解。「好了，找到屍體了。**天啊！**」

「你之前沒聞到嗎？」

「埋得那麼深，又隔了兩年。你的意思是說你剛才就聞到了？」

丹沒回答，因此約翰再度面對洞穴，但這回態度並不堅定。他彎腰站了半晌，彷彿他仍打算使用鐵鍬，然而當丹用小手電筒照進他們挖出的小坑洞時，他挺直身子往後退。「我辦不到，」他說。「我以為我可以，但是我不行。沒辦法應付……那個。我的兩隻手臂感覺像橡膠一樣。」

丹把手電筒交給他。約翰拿手電筒往洞穴裡照，將光束集中在把他嚇壞的東西上：一隻凝結了泥土塊的運動鞋。丹非萬不得已不想弄亂艾柏拉的棒球男孩留在人世的遺體，他慢慢地刮去屍體側邊的泥土。一點一點地，泥土覆蓋著的形體出現。這令他想到在《國家地理雜誌》中看到的石棺上的雕刻。

腐爛的氣味現在非常強烈。

丹走到一旁拚命地換氣，最後盡全力深吸進一大口氣。然後跳進淺淺的墓穴尾端，在那裡布萊德・崔佛的兩隻運動鞋現在都突出來，呈現V字形。他用膝蓋走到他認為大約是男孩腰部的位置，然後舉起一隻手要求手電筒。約翰把手電筒交給他後轉身離開，他的啜泣聲依稀可聽見。

丹將細長的手電筒夾在嘴唇間，動手拂去更多的泥土。一件兒童的T恤映入眼簾，緊緊依附在凹陷的胸部上。接著是雙手。手指如今幾乎和裹在發黃皮膚裡的骨頭一樣，緊握住某個東西。丹的胸膛開始猛烈地跳動、尋求空氣，但他儘可能輕輕地扳開崔佛男孩的手指頭。但是，其中一根手指依然折斷，發出乾枯的碎裂聲。

他們埋葬時讓他將棒球手套抱在胸前，他細心周到地上油的手套凹處爬滿了蠕動的蟲子。

由丹的肺部逃出的空氣化成一聲驚呼，他取而代之吸進的是富含腐敗的氣息。他猛然衝出墓穴到右邊去，設法吐在他們從洞穴中挖出的泥土上，而不是在布萊德利・崔佛已腐朽的遺骸上，這男孩唯一的罪過只是與生俱來那群怪物想要的東西，他們就從他臨死前尖叫的氣息中奪走了一切。

13

他們重新埋葬了屍體，這回約翰做了大半的工作，用破碎的柏油塊堆成的臨時地穴遮蓋了那個地點。他們兩人都不願想到狐狸或流浪狗大快朵頤那僅剩的少得可憐的肉。

等完成後，他們回到車上不發一語地坐著。最後約翰開口說：「小丹，我們要怎麼處理他呢？我們不能就這樣放任他在這裡。他有父母親、祖父母，很可能還有兄弟姊妹。他們所有的人仍然想知道他的下落。」

「他必須再待一陣子，久到沒人會說：『哎呀，那個匿名電話打來之前沒多久，有個陌生人在亞代爾的五金行買了把鐵鍬。』那種事大概不會發生，不過我們不能冒險。」

「一陣子是多久？」

「也許一個月。」

約翰考慮片刻後嘆口氣。「也許甚至兩個月。給他爸媽那麼長的時間繼續以為他可能只是蹺家。在我們傷他們的心之前給他們長一點的時間吧。」他搖一搖頭。「如果我必須看著他的臉，我想我再也沒辦法睡著了。」

「你會很驚訝一個人能忍受到什麼程度。」丹說。他想到梅西太太，如今安全地儲存在他的腦後，她陰魂不散的日子已經結束。他發動車子，降下電動車窗，將棒球手套在車門上拍了好幾下，抖落上頭的泥土。之後他戴上手套，將手指滑入男孩的手指在許多個陽光燦爛的午後所放置的地方。他闔上雙眼。過三十秒左右，他再度睜開眼。

「有什麼嗎？」

「你叫貝瑞，你是其中一個好人。」

「那是什麼意思？」

「我不曉得，但是我敢打賭他就是艾柏拉所說的大塊頭貝瑞。」

「沒有別的嗎？」

「艾柏拉應該可以得到更多資訊。」

「你確定嗎？」

丹想起艾柏拉在他腦袋裡張開她的雙眼時，他的視力突然變得銳利的情況。「我確定，拿手電筒照一下手套的凹處，好嗎？那裡寫了一些字。」

約翰照做了，顯示出男孩小心翼翼寫上的字：湯米25。

「那是什麼意思？」約翰問。「我以為他的名字是崔佛。」

「吉姆・湯米是棒球選手。他的背號是二十五。」他凝視手套凹處半晌，最後輕輕地將手套放在他們之間的座位上。「他是那孩子最喜歡的大聯盟選手。他用他為自己的手套命名，我一定要逮到這些該死的混蛋，我在全能的上帝前發誓，我絕對要逮到他們，教他們悔不當初。」

14

高帽蘿絲有閃靈——真結族全部的人都有閃靈——但不是像丹或比利那種。無論是蘿絲或烏鴉，在他們互相告別時，都沒感應到就在那一刻，兩名對他們的事已經知道過多的男人發現了他們幾年前在愛荷華州綁架的男孩。要是蘿絲正在深層冥想的狀態，她就能捕捉到丹與艾柏拉之間飛傳的通訊，不過當然小女孩會立刻注意到她的存在。更何況，那晚在蘿絲地球巡洋艦上的道別可是特別親密的呢。

她手指交握在腦後地躺著，一邊看烏鴉著裝。「你去過那家店，對吧？X區？」

「不是我親自去，我還有名聲要顧呢。我是派數字吉米去。」烏鴉扣上皮帶咧嘴笑著說：「他可以在十五分鐘內拿到我們需要的東西，可是他卻去了兩個小時。我想吉米找到新家了。」

「哦，那很好啊，我希望你們這些傢伙玩得愉快。」她試圖讓語氣輕鬆點，可是在哀悼弗利克爺爺兩天，以圍成告別之圈達到高潮後，想要讓氣氛輕鬆是件費力的事。

「他得到的東西沒有一個可以和妳相比。」

她挑起眉毛。「你事先查看過了，是嗎？亨利？」

「根本不需要。」他看著她赤裸身子躺在那兒，陰毛散開呈深色的扇形。她即使躺下來個子仍然很高。他向來喜歡高挑的女人。「妳是我的家庭電影院裡最吸引人的劇情片，永遠都是。」

誇張——只是一點烏鴉特有的噱頭——卻照樣令她感到高興。她起身貼靠在他身上，兩手插入他的髮中。「小心點，把每個人都帶回來，還有把她帶回來。」

「我們會的。」

「那你最好趕快。」

「放輕鬆。我們會在簡捷郵件服務公司星期五早上開門時到達斯特布里奇，然後在中午前到新罕布夏。到那時候，貝瑞就會查出她的位置了。」

「如果她沒找到他的話。」

「我倒是不擔心這點。」

很好，蘿絲心想。我會替我們兩人擔心，我會一直擔心到我看見她手腕戴上手銬，腳踝套上腳鐐為止。

「妙就妙在，」烏鴉說：「如果她真的感應到我們，想要設立干擾牆的話，貝瑞就會鎖定那個。」

「要是她太害怕，可能會去報警啊。」

他閃現露齒的笑容。「妳覺得呢？『對，小女孩。』他們會說：『我們相信這些可怕的人的目標是妳。所以告訴我們他們是來自外太空，還是只是妳平常的花園變種殭屍？這樣我們才會知道該找什麼。』」

「別開玩笑，別掉以輕心。乾淨俐落地進去，出來的時候也要乾淨俐落，一定得這樣子。不要牽連到不相干的人。不要有無辜的旁觀者。必要的話殺掉她的父母親，殺掉任何一個想要妨礙的人，但是不要張揚。」

烏鴉突然啪地一聲行個滑稽的禮。「是的，隊長。」

「滾出去吧，笨蛋。不過先再給我一個吻，另外，也許再多一點熟練的舌技。」

他照她要求的給了。蘿絲緊緊地抱住他，抱了許久。

15

丹和約翰在開回亞代爾的汽車旅館途中大半都沉默無語。鐵鍬在後車廂裡。棒球手套在後座，包裹在假日飯店的毛巾裡。最後約翰說：「我們現在必須讓艾柏拉的父母了解狀況。她一定會討厭這樣做，而露西和大衛不會願意相信，但是非這麼做不可。」

丹表情嚴肅地注視他說：「怎麼？你會讀心術嗎？」

約翰不會，可是艾柏拉會，她突然在丹的腦裡發出了響亮的叫聲，令他慶幸這回是由約翰駕駛。要是他坐在方向盤後，他們非常有可能最後會掉進某個農人的玉米田中。

不——！

「艾柏拉。」他大聲說出來，讓約翰至少能聽見一半的對話。「艾柏拉，妳聽我說。」

不，丹！他們認為我很好！他們以為我現在幾乎正常了！

「寶貝，如果這些人為了抓到妳必須殺掉妳爸媽，妳認為他們會猶豫嗎？我很確定不會。在我們找到了那東西之後是不可能的。」

她無法提出辯駁，艾柏拉也沒嘗試……但是陡然間丹的腦中充滿了她的悲傷與恐懼，他的雙眼再度湧出淚水，眼淚順著他的臉頰流下。

可惡。

可惡、可惡、**可惡**。

16

星期四一大清早。

精氣源史提夫的溫尼貝格，目前由蛇吻安蒂駕駛，在內布拉斯加西部的八十號州際公路上向東行，時速維持在完全合法的六十五英里。第一道曙光才剛出現在地平線上。安尼斯頓的時間早了兩個鐘頭。大衛・史東正穿著晨褸泡咖啡，此時電話響起。是露西，從康伽妲在馬博羅街的公寓打過來。她聽起來像是幾乎已無計可施了。

「如果情況沒有惡化——雖然我猜想這是事情唯一能改變的走向——他們下禮拜第一件事就是讓嬤嬤出院，我昨天晚上和兩位醫生討論過她的病情。」

「親愛的，妳為什麼不打電話給我呢？」

「太累了，而且太過沮喪。我想睡一個晚上後會覺得好一點，可是我沒什麼睡。寶貝，這地方充滿了她的存在。不只是她的工作、她的活力……」

她的聲音顫抖。大衛等待。他們在一起超過十五年了，他很清楚在露西心煩意亂的時候，等待有時比說話來得好。

「我不知道我們要怎麼處理這一切。光是看著這些書我就覺得累了。有數千本書在書架上，堆在她的書房裡，管理員說還有幾千本在儲藏室。」

「我們不必馬上決定吧。」

「他說還有一個寫著亞莉珊卓的箱子。那是我母親的本名，你知道吧，雖然我猜她向來都自稱是珊卓或珊蒂。我從來不知道嬤嬤保留了她的東西。」

「以一個把所有事情都表露在詩裡的人來說，伽妲如果想要保守秘密的話，口風是可以很緊的。」

露西似乎沒在聽他說話，只是繼續以同樣單調、略微嘮叨、累斃了的語氣說。「一切都安排好了，雖然如果他們決定讓她星期天出院，我還得更改民間救護車的時間。他們說有可能。謝天謝地她買了很好的保險。那要追溯回她在塔夫茨教書的年代，你知道吧，她寫詩從來沒賺過半毛錢，在這個糟糕的國家誰還會再付錢讀詩啊？」

「露西——」

「她在利文頓之家的主棟建築裡弄到了很好的房間——一間小套房。我在線上參觀過。倒不是說她會使用很久。我和她在這層樓的護理長成了朋友，她說嬤嬤差不多快到——」

「西亞，我愛妳，寶貝。」

這個——康伽姐以前叫她的暱稱——終於讓她住了嘴。

「雖然我無可否認我不是義大利人，但我全心全意地愛妳。」

「我知道，也感謝上天有你愛我。這陣子非常辛苦，不過快要結束了。我最晚星期一就會回去那裡了。」

「我們等不及見到妳。」

「你還好嗎？艾柏拉呢？」

「我們兩個都很好。」大衛還能繼續如此相信大約六十秒。

他聽見露西打了個呵欠。「我可能會再回去睡個一、兩個鐘頭吧。我想現在我可以睡著了。」

「妳去睡吧。我得去叫艾比起床上學了。」

他們道了再見後，大衛轉身離開廚房牆上的電話時，他看見艾柏拉已經起來了。她仍穿著睡衣。頭髮翹得亂七八糟，兩眼通紅，臉色蒼白。她緊抱著哈皮，她的舊絨毛兔子玩偶。

「小艾巴？寶貝？妳身體不舒服嗎？」

對，不，我不知道。可是你會不舒服，等你聽到我將要告訴你的事情以後。

「爸爸，我需要和你談談，我今天不想去上學，明天也不想去，也許暫時一陣子都不去。」

她猶豫片刻。「我遇到麻煩了。」

這個句子令他腦海浮想的第一個想法太可怕了，他立即將那想法推開，但是艾柏拉已捕捉到了。

她無力地笑笑。「不，我沒有懷孕。」

他在從廚房走向她的半途中停下腳步，張口結舌。「妳……妳剛剛──」

「對，」她說。「我剛才讀了你的心思。雖然誰都猜得出來你剛才在想什麼，爸爸──全都顯示在你臉上了。還有這叫做閃靈，不是讀心術。以前小時候嚇到你的事我現在多半還是辦得到。不是全部，但是大多數都可以。」

他非常緩慢地開口說。「我曉得妳有的時候還是有預感，妳媽和我都知道。」

「不只那樣而已，我有個朋友，他的名字叫丹。他和約翰醫生去了一趟愛荷華州──」

「約翰．道頓？」

「對──」

「這個丹是什麼人！他是約翰醫生治療的孩子嗎？」

「不是，他是個大人。」她牽起他的手，帶他走到廚房桌邊，他們在那兒坐了下來，艾柏拉仍然抱著哈皮。「可是他小時候和我一樣。」

「艾比，我一點都聽不懂。」

「爸爸，有一些壞人。」她知道她不能告訴他他們不只是壞人，比壞人更可怕，要等到丹和約翰來這裡幫她解釋。「他們可能想要傷害我。」

「為什麼會有人想傷害妳？妳說的話沒有道理啊，至於妳以前常做的那些事，如果妳還是辦得到，我們會——」

吊掛盆栽底下的抽屜猛然打開，關上，又再開啟。她無法再舉起湯匙，但抽屜已足以吸引他的注意力。

「從我明白我的能力讓你們多麼擔心——多麼恐慌——以後，我就隱藏起來了，可是我不能再隱瞞了，丹說我必須說出來。」

她把臉緊貼在哈皮絨毛磨光的毛上哭了起來。

第十二章・他們稱之為精氣

1

星期四傍晚，約翰和丹一走出洛根機場的空橋，約翰就立刻開啟手機。電話在他手中響起時，他才剛注意到他有遠超過十二通的未接來電。他低頭瞄一眼視窗。

「史東嗎？」丹問。

「我有好多通從同一個號碼打來的未接來電，所以我想一定是。」

「別接，等我們上了往北的高速公路再回電給他，告訴他我們在——」丹瞥一眼手錶，他的錶一直保持在東部時間，沒有調整過。「六點前會到。等我們到那裡以後，我們會告訴他所有的事情。」

約翰心不甘情不願地將手機放入口袋。「我在回程的飛機上一路祈禱我不會因為這件事丟了行醫執照。現在我只希望我們不會一停在大衛・史東家前面，就馬上被警察抓走。」

丹在他們橫渡半個國家回來的途中已和艾柏拉商量過多次，他搖搖頭。「她已經說服他等待了，不過他們家裡剛發生了很多事，史東先生現在非常困惑。」

對此，約翰露出無比陰鬱的笑容。「他不是唯一的。」

2

丹轉彎駛進史東家的車道時，艾柏拉和她父親坐在門前台階上。他們飆快車；到的時候才五點半。

大衛還來不及抓住艾柏拉，她就已經起身，順著走道跑下去，頭髮在她背後飄揚。丹看見她朝他而來，便將毛巾包裹的外野手手套交給約翰。她飛身撲進他的臂彎，渾身發抖。

你找到他了，你找到他了，你找到了手套，把手套給我。

「還不行，」丹說著把她放下來。「我們需要先和妳爸爸徹底討論過。」

「討論什麼？」大衛問。他抓住艾柏拉的手腕，將她從丹身邊拉開。「她說的壞人是誰？你又是什麼人？」他的視線轉移到約翰，眼神中沒有絲毫友善。「這到底是怎麼一回事？」

「爸爸，這位是丹。他就像我一樣。我**告訴**過你了。」

約翰說：「露西在哪裡？她知道這件事嗎？」

「我不會告訴你任何事情，除非我搞清楚究竟是怎麼回事。」

艾柏拉說：「她還在波士頓陪嬤嬤。爸爸想要打電話給她，不過我說服他等到你們來這裡。」她的眼睛仍緊盯著毛巾裹著的手套。

「丹・托倫斯，」大衛說。「這是你的名字嗎？」

「是的。」

「你在弗雷澤的安養院工作？」

「沒錯。」

「你和我女兒認識多久了？」他的兩手握緊又鬆開。「你是在網路上認識她的嗎？我敢打賭肯定是這麼回事。」他將目光轉向約翰。「要不是你從艾柏拉出生那天起就一直是她的小兒科醫生，我早在六個小時前你沒接電話時就打電話報警了。」

「我那時在飛機上，」約翰說。「我沒辦法啊。」

「史東先生，」丹說。「我認識你女兒的時間沒有約翰那麼久，不過也差不多。我第一次認識她的時候，她只是個小嬰兒，那時候是她先來找我的。」

大衛搖頭。他一臉困惑、憤怒，幾乎不願相信丹告訴他的任何事。

「我們先進屋裡去吧，」約翰說。「我想我們可以解釋一切──差不多所有的事情──如果真的發生那樣的事，你會很慶幸我們來這裡，還有我們到愛荷華州去做那件事。」

「我非常希望如此，約翰，但我有我的疑慮。」

他們走進屋內，大衛一手環住艾柏拉的雙肩──在那一刻他們看上去更像是獄卒和囚犯，而不是父女──接著是約翰・道頓，丹殿後。他望向停在街對面的那輛老舊的紅色貨卡。比利朝他迅速地比了個大拇指……再交叉手指祝他好運。丹回以同樣的手勢，才跟隨其他人走進前門。

3

當大衛和他令人迷惑的女兒，以及甚至更令人費解的客人，一起坐在里奇蘭巷的客廳裡時，搭載真結族突擊隊的溫尼貝格正在托雷多的東南方。沃爾納特負責駕駛。安蒂・史坦納和貝瑞在睡覺──安蒂睡得像死人一樣，貝瑞則翻來覆去並且喃喃自語。烏鴉在起居區翻閱《紐約客》雜誌。他真正喜歡的只有漫畫和一些奇怪商品的小廣告，例如犛牛毛衣、越南的遮陽草帽，以及假的古巴雪茄。

數字吉米砰地在他旁邊坐了下來，手上拿著筆電。「我一直在網路上到處搜尋。必須駭進兩、三個網站，不過……我能給你看個東西嗎？」

「你從州際公路上怎麼可以漫遊網路？」

吉米神氣活現地對他笑一笑。「4G行動上網啊，老弟。這是現代化的時代。」

「你說了算。」烏鴉把雜誌放到一旁。「你找到什麼？」

「安尼斯頓中學的學校照片。」吉米輕敲一下觸控板，出現了一張相片。不是粗糙模糊的報紙成品，而是高解析度的相片，當中的女孩身穿泡泡袖的紅色禮服。她綁辮子的頭髮是栗褐色，笑容滿面、充滿自信。

「茱莉安・克羅斯。」吉米說。他再敲一下觸控板，一個帶著淘氣笑容的紅髮女孩冒了出來。「艾瑪・迪恩。」再敲一下，一個甚至更漂亮的女孩浮現。藍眼，金髮框住她的臉蛋、披到雙肩上。表情嚴肅，不過酒窩暗示著笑容。「這位是艾柏拉・史東。」

「艾柏拉？」

「對，他們現在幫小孩子取各式各樣的名字。記得以前鄉巴佬取名叫珍和梅寶就夠好的年代嗎？我在某個地方看過席維斯・史特龍把他的孩子取名為聖月血，那是什麼亂七八糟的名字啊？」

「你認為這三個之中有一個是蘿絲想找的女孩。」

「如果她說得沒錯，那女孩是青少年的話，幾乎肯定是其中之一。八成是迪恩或史東，她們兩個確實住在小地震發生的那條街上，不過你不能將克羅斯女孩完全排除在外。她就住在附近。」數字吉米在觸控板上比劃個旋轉的手勢，三張照片便迅速排成一列，每張照片下面以捲曲的筆跡寫著我的學校回憶。

烏鴉審視了一下。「有人會洩漏你從臉書，或什麼地方偷竊小女孩照片的事實嗎？因為那在鄉巴佬的國家會引發各種各樣的警鈴喔。」

吉米一臉受到冒犯的樣子。「臉書，才怪。這些是從弗雷澤中學的檔案裡找出來的，直接從他們的電腦咻地傳送到我的電腦上。」他發出討人厭的吸吮聲。「而且你猜怎麼樣，就算可以進整排國家安全局電腦的人也沒辦法追蹤到我，誰屌啊？」

「你屌吧，」烏鴉說。「我想。」

「你覺得是哪一個？」

「如果我非得挑選……」烏鴉輕拍一下艾柏拉的相片。「她的眼睛裡有某種神情。**充滿精氣**[43]的神情。」

對此吉米苦思了半晌，判斷這是句下流話，哈哈大笑。「這有幫助嗎？」

「有，你能把這些照片列印出來，確定其他每個人都拿到一份嗎？尤其是貝瑞。他是這次任務的主要探測員。」

「我馬上去印，我打包了一台富士通隨身掃描器。非常棒又小巧、攜帶方便的機器。我以前有一台S1100，不過我在《計算機世界》看到了之後就換成這台了——」

「去印就是了，好嗎？」

「當然。」

烏鴉再度拿起雜誌，翻到最後一頁的漫畫，由讀者填入說明文字的那裡。本週畫的是一名老婦人用鍊子牽著一隻熊走進酒吧。她的嘴巴張開，因此說明文字一定是她的對白。烏鴉認真地思

43. Steamy也有淫蕩之意。

考半晌，然後寫道：「好吧，你們哪個混蛋罵我賤貨？」

或許寫得不是很成功。

在漸暗下來的傍晚溫尼貝格繼續往前行。在駕駛室的納特打開了大燈。在其中一張床鋪上，中國佬貝瑞翻身，在睡夢中搔抓一下手腕。那裡出現了一個紅斑。

4

三個男人默不吭聲地坐著，艾柏拉到樓上房間去拿東西。大衛考慮提議喝杯咖啡——他們看起來疲憊不堪，兩人都需要刮鬍子——不過決定在他沒得到解釋之前，連塊單純的蘇打餅乾都不給他們。他和露西討論過，在不久的將來，如果艾柏拉某天回家宣布有男孩子約她出去的話，他們要怎麼做，但是這兩位是男人，男人啊，而且他不認識的那個似乎已經和他女兒約會相當長一段時間了。不管怎樣，勉強算是約會吧……但真正的問題不是：以什麼方式？

他們三人還沒人敢冒險開始注定尷尬——而且可能會很激烈——的對話之前，樓梯上就傳來艾柏拉的運動鞋所發出的輕微咚咚聲。她走進房間時拿了一本《安尼斯頓購物指南》。「看一下封底。」

大衛將那份刊物翻過來皺起眉頭。「這個褐色的渣滓是什麼？」

「乾掉的咖啡渣。我把那本刊物丟進垃圾桶，但是我忍不住一直去想，所以又撈出來，我沒辦法停止想他的事。」她指著最底下那排中布萊德利・崔佛的相片。「還有他的父母、他的兄弟姊妹，如果他有的話。」她的雙眼盈滿淚水。「他有雀斑，爸爸，他很討厭雀斑，可是他媽媽說雀斑是好運的象徵。」

「妳沒辦法知道啊。」大衛說的話沒有一點說服力。

「她知道，」約翰說：「你也是。大衛，相信我們吧。拜託，這件事很重要。」

「我想知道你和我女兒的關係，」大衛對丹說。「跟我說清楚吧。」

丹從頭再說一遍。在他AA聚會的記事本上塗鴉艾柏拉的名字。第一個用粉筆寫出的嗨。在查理・海斯逝世的那晚他清楚地感覺到艾柏拉在場。「我問她是不是那個有時候在我黑板上寫字的小女孩，她沒有用言語回答，不過有一小段鋼琴的樂聲。某首披頭四的老歌，我想。」

大衛瞪視約翰。「你居然把這件事告訴他了！」

約翰搖一搖頭。

丹說：「兩年前，我收到她寫在黑板上的留言：『他們在殺棒球男孩！』我不知道那是什麼意思，我也不確定艾柏拉本身是否清楚。原本事情可能就到此結束，但是她看到了**那個**。」他指向《安尼斯頓購物指南》封底那些如郵票大小的人像照。

其餘的故事由艾柏拉來講述。

她講完的時候，大衛說：「所以你們就根據一個十三歲女孩的說法飛到愛荷華州去。」

「一個非常特別的十三歲女孩，」約翰說。「擁有一些非常獨特的才能。」

「我們以為那一切都結束了。」大衛向艾柏拉投以指責的眼神。「只除了一些小小的預感，我們以為她長大後那些能力消失了。」

「爸爸，對不起。」她的聲音近乎耳語。

「也許她不需要道歉，」丹說，希望他的語氣不像他的感覺那般憤怒。「她隱藏自己的能力，是因為她知道你和你太太希望她的能力消失。她隱藏起來是因為她愛你們，想要當個乖女兒。」

「我想，這是她告訴你的？」

「我們甚至從來沒討論過，」丹說。「不過我有個我深愛的母親，並且因為我愛她，我和艾柏拉做了同樣的事。」

艾柏拉望向他，眼神中毫不掩飾對他的感激。當她再度垂下雙眼時，她送給他一個想法，一個她羞於大聲說出口的想法。

「同時她也不希望她朋友知道，她認為他們會不再喜歡她，他們會怕她。這點她大概也想得沒錯。」

「我們別忘了最主要的問題，」約翰說。「沒錯，我們飛到愛荷華州。我們在費里曼鎮上找到了乙醇工廠，就在艾柏拉所說的地點。我們找到了男孩的屍體，還有他的手套，他把他最喜歡的棒球選手的名字寫在手套凹處，而他自己的名字——布萊德•崔佛——則寫在皮帶上。」

「他被殺害了，照你們說的，是一群四處流浪的瘋子幹的。」

「他們搭露營車和溫尼貝格。」艾柏拉說。她的聲音低沉、恍惚。她說話時注視著毛巾包裹的棒球手套。她很害怕，卻又想要把兩手放在手套上面。這些互相矛盾的情感非常清晰地傳送到丹的腦裡，讓他的胃突然不舒服起來。「他們的名字都很好笑，像海盜的名字一樣。」

大衛近乎哀怨地問道：「妳確定那孩子是被謀殺的嗎？」

「那個戴高帽的女人從她的雙手上舔掉他的血。」艾柏拉說。她一直坐在樓梯上。現在她走到她父親身邊，將臉貼靠在他的胸膛上。「她想要的時候，會有根特別的牙齒，他們全部的人都有。」

「這孩子真的像妳一樣？」

「對。」艾柏拉的聲音模糊不清但可以理解。「他可以透過他的手看見。」

「那是什麼意思？」

「比方說投手投某種球過來時，他能擊中是因為他的手先看見球路了。另外像他母親遺失東西的時候，他會把手放在眼睛上，透過手來看東西在哪裡。我想應該是這樣，我並不十分確定，不過有時候我會那樣子利用我的手。」

「那就是他們殺害他的原因嗎？」

「這點我很確定。」丹說。

「為了什麼？某種超感知覺的維生素？你知道這聽起來多麼荒謬嗎？」

無人回答。

「他們知道艾柏拉注意到他們了嗎？」

「他們知道。」她抬起頭來。她的臉頰通紅，沾滿了淚水。「他們不曉得我的名字或我住的地方，可是他們知道有我這個人的存在。」

「那我們必須去報警。」大衛說。「或者也許……我想像這樣的案子我們會需要找ＦＢＩ。他們一開始可能很難相信，不過如果屍體在那裡的話——」

丹說：「在我們看看艾柏拉能利用那只棒球手套做什麼之前，我不會告訴你那個主意行不通，不過你需要非常仔細地考慮清楚後果。為我，為約翰，為你和你太太，最重要的是為了艾柏拉。」

「我看不出來你和約翰可能會惹上什麼麻煩——」

約翰不耐煩地在椅子上動一動。「拜託，大衛。是誰找到屍體的？誰把屍體挖出來，拿出鑑識人員毫無疑問會認為至關重要的證物，之後又再把屍體埋了回去？誰帶著那件證物飛過半個國家，好讓一個八年級的小女孩可以拿它來當作通靈板使用？」

雖然他並非有意，不過丹加入約翰這一方。他們聯合起來，在其他情況下他可能會覺得不妥，但是在這種情況下他覺得理當如此。「你的家人已經處在危急關頭了，史東先生。你太太的外祖母即將過世，你太太又傷心又疲憊。這件事肯定會登上報紙和網路，像炸彈一樣。四處流浪的殺人犯集團對抗恐怕是靈媒的小女孩。他們會想找她上電視，你會拒絕，但那只會讓他們更加渴望。你們這條街會變成露天攝影棚，新聞節目主播南西・葛蕾絲大概會搬進隔壁，在一、兩個禮拜之內整個媒體大眾會聲嘶力竭地大喊騙局。記得氣球男孩[44]的爸爸嗎？那很可能就是你。同時，那些人依然在外逍遙。」

「所以如果他們來抓我女兒，誰來保護她呢？你們兩個嗎？一個醫生和一個安養院護理員？或者你只是清潔工？」

你連有個七十三歲的公園管理員站在那裡監視這條街你都不知道，丹心裡想，卻不得不擠出笑容。「我兩邊都做一點，聽著，史東先生——」

「既然你和我女兒是好朋友，我想你最好叫我大衛。」

「好吧，那就叫大衛吧。我想你的下一步取決於你願不願意賭賭看執法機關是否會相信她，尤其是當她告訴他們那些開溫尼貝格的傢伙是吸人生命的吸血鬼。」

「天啊！」大衛說。「我不能告訴露西這件事。她會大發脾氣、暴跳如雷的。」

「那似乎就回答了是否要打電話報警的問題。」約翰評論道。

一陣靜默。屋子某個角落的時鐘在滴答響，外頭某處有隻狗在吠。

「那場地震。」大衛忽然說。「那場小地震，艾比，是妳引起的嗎？」

「我非常確定。」她低聲說。

大衛擁抱她，隨後站起來拿開包裹棒球手套的毛巾。他拿著棒球手套仔細檢查。「他們把這和他一起埋進去，」他說。「他們綁架他、折磨他、殺了他，最後把他和他的棒球手套一起埋葬。」

「對。」丹說。

大衛轉向他女兒。「妳真的想要摸這個東西嗎？艾柏拉？」

她伸出雙手說：「不，但是不管怎樣還是給我吧。」

5

大衛・史東遲疑片刻後交出手套。艾柏拉用雙手捧著手套凝視凹處。「吉姆・湯米。」她說，雖然丹願意用他的儲蓄（在十二年來穩定的工作及持續的戒酒後，他確實有些存款）來打賭，她以前不曾遇過這個名字，她正確地唸出：ㄊㄤ ㄇㄧˋ。「他在六百發全壘打俱樂部。」

「沒錯，」大衛說。「他——」

「噓。」丹說。

他們注視著她。她將手套舉到面前，嗅聞一下凹處。（猶記得那些蟲子的丹不得不壓抑下退縮的衝動。）她說：「不是大塊頭貝瑞，而是**中國佬**貝瑞。只不過他不是中國人。他們叫他這個綽號是因為他的眼角往上翹。他是他們的……他們的……我不知道……等等……」

她把手套抱在胸口，宛如嬰兒似地。她的呼吸開始加快。她的嘴巴張大發出呻吟。大衛，驚慌起來，伸手按住她的肩。艾柏拉甩開他。「不，爸爸，**別碰！**」她閉起眼睛摟著手套。他們等待。

最後她睜開眼說：「他們來找我了。」

44.二〇〇九年十月發生在美國科羅拉多州的氣球男孩事件，男孩的雙親宣稱男孩被自家的氦氣球帶上天空，引發媒體及大眾的關注，最後卻被揭穿是個騙局。

丹站起來，跪在她身旁，用一手覆蓋住她的兩隻手。

有多少人？是一些？還是全部？

「只有一些，貝瑞和他們一起，那就是為什麼我可以看見。另外還有三個、也許四個，其中一個是身上有蛇刺青的小姐，他們叫我們鄉巴佬。我們對他們來說是鄉巴佬。」

是那個高帽女人嗎？

不是。

「他們幾時會到這裡？」約翰問。「妳知道嗎？」

「明天，他們必須先停下來拿……」她頓住。她的目光梭巡著房間，卻視而不見。一隻手從丹的手底下溜出來開始擦抹嘴唇。另一隻手緊抓著手套。「他們必須……我不知道……」眼淚開始從她的眼角滲出，不是因為悲傷而是由於竭盡努力。「那是藥嗎？那是……等等，等一下，放開我，丹，我得……你必須讓我……」

他把手拿開。清脆的劈啪聲，靜電的藍光一閃，鋼琴彈奏一段不和諧的音樂。在通往走廊的門旁的小邊桌上，若干胡梅爾的陶瓷小雕像晃動、發出輕響。艾柏拉將手套俐落地戴到手上。她的眼睛瞬間張大。

「其中一個叫烏鴉！還有一個是醫生，他們幸好有他同行，因為貝瑞生病了！他生病了！」她極度興奮地環視他們，哈哈大笑起來。她的笑聲令丹的頸上寒毛變得僵硬。他想瘋子吃藥遲了的時候肯定也是這樣發笑。他只能勉強克制自己別從她手中搶走手套。

「他得了麻疹！他從弗利克爺爺那兒感染了麻疹，他很快就會開始循環了！都是那個他媽的孩子！他肯定是從來沒有打過預防針。我們必須告訴蘿絲！我們必須——」

丹覺得夠了。他從她手中扯下手套，扔到房間另一頭。鋼琴聲驟止。胡梅爾小雕像最後喀噠一聲靜止下來，其中一個差點從桌上摔落。大衛目瞪口呆地看著他女兒。約翰已站起來，卻似乎無力再往前挪一步。

丹抓著艾柏拉的雙肩猛力地搖晃一下。「艾柏拉，振作起來。」

她用眼神游離的大眼睛看著他。

回來，艾柏拉，可以了。

她那幾乎聳到耳朵的肩膀逐漸放鬆下來。她的眼睛再度看見他。她長長呼一口氣，跌回她父親的臂彎。她的T恤領子顏色因為汗濕而變深。

「艾比？」大衛問。「小艾巴？妳還好嗎？」

「我沒事，不過別那樣叫我。」她猛吸口氣再吐出長長的嘆息。「天啊，那真是激烈。」她看著父親。「我沒有罵髒話喔，爸爸，那是他們其中一個人說的。我猜是烏鴉，他是來找我的那群人裡的頭兒。」

丹在艾柏拉旁邊的長沙發上坐下來。「確定妳沒事嗎？」

「確定，目前沒事。不過我再也不想碰那個手套了。他們和我們不一樣，但他們看起來像人，我想他們以前曾經是人，不過現在他們的想法像蜥蜴。」

「妳說貝瑞得了麻疹，妳記得嗎？」

「貝瑞，對。他們叫中國佬的那個人。我記得所有的事，我好渴喔。」

「我幫妳拿杯水。」約翰說。

「不，請給我含糖的飲料。」

「冰箱裡有可口可樂。」大衛說。他輕撫艾柏拉的頭髮、她的臉側，最後摸摸她的頸後，彷彿是要向他自己再度確認她仍在那裡似地。

他們等到約翰拿一罐可樂回來。艾柏拉一把抓住可樂，貪婪地喝著，然後打個嗝。「對不起。」她說完咯咯笑了。

丹這輩子不曾如此高興聽見咯咯的笑聲。「約翰，成年人得痲疹比較嚴重，對吧？」

「的確。可能會導致肺炎，甚至因為角膜疤痕而失明。」

「死亡呢？」

「當然有，不過很少。」

「他們的情況不同，」艾柏拉說：「因為我想他們通常不會生病。只有貝瑞病了。他們要停下來去拿一個包裹。那一定是給他的藥。你打針時給的那種藥。」

「妳說的循環是什麼意思？」大衛問。

「我不知道。」

「如果貝瑞生病了，他們會因此打住嗎？」約翰問。「他們有可能掉頭回去他們來的地方嗎？」

「我不這麼認為。他們可能已經從貝瑞那兒感染到了，他們很清楚這點。對他們而言有利無弊，那是烏鴉說的。」她再喝一些可樂，用兩手捧著罐子，再輪流逐一看著三個男人，最後視線落在她父親身上。「他們曉得我住的街道。別忘了，他們也可能知道我的名字，他們甚至可能有照片，我不確定。貝瑞的腦筋一團混亂。但是他們認為……他們認為如果我不會感染痲疹……」

「那麼妳的精華可能可以治療他們，」丹說。「或者至少給其他人打預防針。」

「他們不稱為精華，」艾柏拉說。「他們稱之為精氣。」

大衛乾脆俐落地拍了一下手。「夠了，我要打電話報警了。我們會請警方逮捕這些人。」

「你不行報警。」艾柏拉用沮喪的五十歲婦人沉悶的聲音說。**隨你要怎麼做**，那聲音說，**我**

只是告訴你。

他從口袋裡掏出手機，但沒打開來，只是握著。「為什麼不行？」

「他們會編出合情合理的故事，解釋他們為什麼旅行到新罕布夏，還有很多高貴的身分。另外，他們很有錢。**非常**富有，就像銀行、石油公司，和沃爾瑪那樣的有錢。他們也許會走掉，但是他們會再回來，他們為了想要的東西無論如何都會回來。他們會殺掉妨礙他們的人，還有想要告發他們的人，如果他們需要花錢擺脫麻煩，他們就會去做。」她將可樂放到咖啡桌上，用兩手環抱住她父親。「求求你，爸爸，不要告訴**任何人**，我寧願跟他們走，也不希望他們傷害媽媽或你。」

丹說：「不過目前他們只有四、五個人。」

「對。」

「其餘的人在哪裡呢？妳現在知道了嗎？」

「在一個叫做藍鳥露營地的地方。或者也許是叫藍鈴。那是他們自己擁有的。附近有個鎮。之前的山姆超市就在那個鎮上。鎮名叫做塞威。蘿絲，和真結族，都在那裡。那是他們對自己的稱呼……丹？怎麼了？」

丹沒回答。至少，暫時，他無法言語。他回憶起從伊蓮娜・維爾雷特死亡的嘴巴所發出的迪克・哈洛倫的聲音。他問迪克空洞的惡魔在哪裡，現在迪克的回答說得通了。

在你的童年時期。

「丹？」這是約翰的聲音。他的聲音聽起來很遙遠。「你的臉色蒼白得像張紙。」

這一切不可思議的有道理。他打從一開始——甚至在他真正見到之前——就知道全景飯店是個邪惡的地方。目前整間飯店已經毀了，燒成平地，但是誰說邪惡也被燒毀了呢？肯定不是他。

在他小時候，就經常有逃脫的亡魂來拜訪他。

他們擁有的這塊露營地就坐落在飯店原本的位置。我知道。遲早，我必須回去那裡。這點我也清楚。**大概不會太遲。**不過首先——

「我沒事。」他說。

「要喝可樂嗎？」艾柏拉問。「糖分可以解決很多問題，我是這麼認為的。」

「晚點吧。我有個點子，只是粗略的想法，不過也許我們四個人可以合作擬定計畫。」

6

蛇吻安蒂把車停在靠近紐約州威斯特菲爾德的收費高速公路休息區的卡車停車場。納特進去服務區替貝瑞買果汁，貝瑞現在發高燒、喉嚨劇痛。在他們等他回來的時候，烏鴉打通電話給蘿絲。才響第一聲她就接起電話。他盡快地讓她了解狀況，接著等待。

「我聽見的背景聲音是什麼？」她問。

烏鴉嘆口氣，抬起手來揉搓冒了鬍碴的臉頰。「是數字吉米，他正在哭。」

「叫他閉嘴，告訴他在棒球場上不准哭[45]。」

烏鴉傳達了這句話，不過省略掉蘿絲獨特的幽默感。吉米此時正用一條濕毛巾擦拭貝瑞的臉，他設法壓低自己響亮而且（烏鴉必須承認）惱人的啜泣。

「這樣好多了。」蘿絲說。

「妳希望我們怎麼做？」

「給我一點時間，我正在努力想。」

烏鴉發覺蘿絲必須努力思考的這件事幾乎與長滿貝瑞整臉、全身的紅疹一樣令人不安，但他遵照蘿絲的吩咐，將iPhone拿在耳朵邊但一聲不吭。他在流汗，是發燒嗎？或者只是這裡很熱呢？烏鴉掃視他的雙臂檢查是否有紅斑，什麼也沒看見。還沒。

「你們按照預定的時間嗎？」蘿絲問。

「目前為止是的，甚至有點超前。」

車門上有兩下清脆的敲擊聲。安蒂向外看，然後打開門。

「烏鴉？你還在嗎？」

「在，納特剛才替貝瑞買了些果汁回來。他的喉嚨痛得很嚴重。」

「試試看這個。」沃爾納特對貝瑞說，旋開蓋子。「蘋果汁，從冷藏櫃拿出來還冰冰的，這可以稍微舒緩你的咽喉。」

貝瑞用手肘撐起身體，納特傾斜小玻璃瓶貼到他嘴唇上，貝瑞大口地吞嚥。烏鴉發現很難忍受看著這一幕。他看過小羔羊用同樣虛弱、我無法自己來的姿勢喝著奶瓶裡的奶。

「他能說話嗎？烏鴉？他如果可以的話，把電話交給他。」

烏鴉以手肘推開吉米，坐到貝瑞旁邊。「是蘿絲，她想跟你說話。」

他想要將電話拿到貝瑞的耳邊，但中國佬從他手中接過電話。納特讓他吞下去的果汁或是阿斯匹靈似乎給了他一些力氣。

「蘿絲，」他用嘶啞的聲音說。「對不起了，親愛的。」他仔細聆聽，點點頭。「我知道，我明白。我……」他再聽下去。「不，還沒，不過……是。我可以。我會的，是，我也愛妳。他

45. 電影《紅粉聯盟》中飾演教練的湯姆．漢克對他的女球員所說的經典台詞。

在旁邊。」他將電話交給烏鴉，隨後癱回到堆疊起來的枕頭上，他短暫爆發的力氣耗盡了。

「我在這裡。」烏鴉說。

「他開始循環了嗎？」

烏鴉瞥向貝瑞。「還沒。」

「感謝老天爺施的小恩惠。他說他還是能夠找出她的位置。我希望他的判斷正確。要是他不行的話，你們就得自己找出她來。**我們一定得抓到那個女孩。**」

烏鴉清楚她想要那個孩子——也許是茱莉安，也許是艾瑪，很可能是艾柏拉——是為了她自己的理由，對他而言那就足夠了，然而現在有更重要的東西處在緊要關頭。也許是真結族的存續。在溫尼貝格後頭低聲的商議中，納特告訴烏鴉那女孩大概從沒得過麻疹，不過她的精氣或許仍然可用來保護他們，因為她在襁褓時期應該接種過疫苗。這不是百分之百肯定，但是比毫無選擇要來得好多了。

「烏鴉？回答我啊，寶貝。」

「我們一定會找到她。」他朝真結族的電腦專家瞄一眼。「吉米已經把範圍縮小到三個可能人選，全都在一條街的半徑範圍內。我們還拿到了照片。」

「非常好。」她停頓片刻，等她再開口時她的聲音較為低沉、激動，或許有微乎其微的戰慄。烏鴉痛恨蘿絲在害怕的想法，但是他認為她確實在擔心。不是為了她自己，而是為了真結族，保護真結族是她的責任。「你明白要不是我認為這事至關重要，我絕不會派你帶著生病的貝瑞繼續執行任務吧。」

「對。」

「逮到她。把她他媽的迷昏，然後帶她回來。好嗎？」

「好。」

「如果你們剩下的人也生病，如果你覺得必須包一架噴射機把她運送回來——」

「我們也會那麼做。」然而烏鴉懼怕這個可能性。他們上飛機時沒生病的人，下飛機時就會病了——平衡能力崩解，聽覺受損一個月或以上，麻痺，嘔吐。另外飛行必然會留下書面紀錄。不利於護送遭人綁架、下藥迷昏的小女孩的乘客。但是：情勢所迫時仍不得不為。

「你們該繼續上路了。」蘿絲說。「大個子，你好好照顧我的貝瑞，還有其他人。」

「妳那邊一切都好嗎？」

「當然。」蘿絲說，並在他來得及問她別的事之前掛斷了電話。無所謂。有時候你不需要心電感應也能分辨得出來一個人在說謊。就連鄉巴佬都知道。

他將電話扔到桌面上，振作精神地拍一下手。「好了，我們加個油上路吧。下一站，麻州的斯特布里奇。納特，你繼續陪著貝瑞。接下來六個鐘頭由我來開，然後輪到你，吉米。」

「我想回家。」數字吉米愁眉苦臉地說。他正要再多說，但是在他繼續說之前，一隻發熱的手抓住他的手腕。

「這件事我們沒得選擇。」貝瑞說。他的兩眼因為發燒而閃爍，不過眼神看來清醒而明智。在那一刻，烏鴉為他感到非常驕傲。「一點選擇也沒有，電腦小子，所以拿出男子氣概來，以真結族為第一優先。永遠。」

烏鴉坐到方向盤後轉動鑰匙。「吉米。」他說。「陪我坐一會兒吧，想和你聊一下。」

數字吉米坐到副駕駛座上。

「這三個女孩，年紀多大？你知道嗎？」

「年齡還有一大堆其他的資料都知道。我拿到照片時順便駭進了她們的學校紀錄。一不做，二不休，對吧？迪恩和克羅斯是十四歲。史東家的女孩比她們小一歲。她小學時跳了一級。」
「我認為那暗示了精氣。」烏鴉說。
「對。」
「她們全都住在同一區。」
「我認為那表示她們關係親密。」
吉米的眼睛仍因流淚而浮腫，但他開心地笑了。「對呀。女孩子嘛，你知道的。她們三個八成擦同樣的口紅，迷戀同一個樂團。你的重點是什麼？」
「沒什麼，」烏鴉說。「只是些資訊，有句話說，資訊就是力量。」
兩分鐘後，精氣源史提夫的貝格重新併入九十號州際公路。等時速表定在六十五以後，烏鴉使用定速巡航，任其控制。

7

丹概略地敘述他心中的想法，接著等候大衛・史東的反應。有很長一段時間大衛只是坐在艾柏拉身旁，低著頭，兩手交握在膝蓋間。
「爸爸？」艾柏拉問。「拜託說些話吧。」
大衛抬起頭來說：「誰想喝啤酒？」
丹和約翰交換了短暫、疑惑的眼色，謝絕了。
「好吧，我想喝。我真正想喝的是兩份傑克丹尼爾，不過既然你們兩位紳士都沒意見，我願意妥協，今晚喝威士忌也許不大好。」

「爸，我去拿。」

艾柏拉蹦蹦跳跳地走進廚房。他們聽見易開罐拉環啵地一聲，及碳酸飽和的嘶嘶聲——這些聲音勾起丹的回憶，當中有許多是暗藏危險的快樂回憶。她拿著一罐酷爾斯和一個喝啤酒用的細長玻璃杯回來。

「我能倒嗎？」

「隨妳便。」

丹和約翰沉默、入迷地看著艾柏拉傾斜玻璃杯，讓啤酒從側邊滑下去以減少泡沫，平心靜氣地以優秀酒保的專業技術倒酒。她將那杯酒遞給她父親，把罐子放在他旁邊的杯墊上。大衛喝了一大口後，嘆氣，閉上眼睛，然後再度睜開。

「真棒。」他說。

我敢打賭那鐵定很棒，丹心想，隨後看見艾柏拉正注視著他。她的表情，平常如此坦率，現在卻莫測高深，他無法看穿背後的想法。

大衛說：「你的提議很瘋狂，不過有吸引人的地方。最吸引人的是我有機會……親眼……看見這些……生物。我想我需要，因為——儘管聽了你們告訴我的一切——我還是覺得很難相信。就算有那只手套，還有你們說你們找到的那具屍體。」

艾柏拉張口欲說話，她父親舉起手來攔住她。

「我**相信**你們所相信的，」他繼續說。「你們三個人。我也相信有群精神錯亂的危險個體可能——我說**可能**——在找我女兒。我當然會贊同你的計畫，托倫斯先生，只要不是打算帶艾柏拉去。我不會用自己的孩子當作誘餌。」

「你不需要。」丹說。他記起艾柏拉出現在乙醇工廠後面的裝卸平台區如何讓他變成一種人形的尋屍犬，而當艾柏拉在他腦內張開眼時他的視力如何瞬間變得銳利。他甚至流下她的眼淚，雖然ＤＮＡ檢驗可能無法證明。

「你是什麼意思？」

「你女兒不必和我們去就可以和我們在一起，她就是那麼獨特。艾柏拉，妳明天放學後有沒有朋友家可以去？也許甚至在那邊過夜？」

「當然，艾瑪・迪恩。」他可以從她眼中興奮的火花看出她已經明瞭他腦中的計畫。

「這主意不好。」大衛。「我不會留她在那兒沒人保護。」

「我們在愛荷華的這段期間艾柏拉一直都有人保護，」約翰說。

艾柏拉的眉毛迅速挑起，她的嘴巴微微張開。丹很高興看到她這種反應。他確定她若想要可以隨時窺探他腦子裡的想法，但她按照他的要求做了。

丹拿出手機按下快速撥號。「比利？你何不進來加入我們呢？」

三分鐘後，比利・費里曼走進史東家。他身穿牛仔褲，和一件下襬幾乎垂到膝蓋的紅色法蘭絨襯衫，頭戴一頂迷你鎮鐵路的帽子，他脫下帽子與大衛、艾柏拉握手。

「你幫助他治療了他的胃，」艾柏拉說著轉向丹。「我記得那件事。」

「妳終究還是偷看了我的腦袋。」丹說。

她的臉紅了。「不是故意的，從來沒有。有時候就是會發生嘛。」

「我怎麼會不知道呢。」

「費里曼先生，我很尊重你。」大衛說：「不過你負責擔任保鑣年紀大了點吧，而且我們現在討論的是我女兒啊。」

比利撩起他的襯衫下襬，顯露出一把自動手槍，裝在破舊的黑色槍套中。「柯特一九一一，」他說。「全自動，二次世界大戰的古董。這把也很老了，不過它可以達成任務。」

「艾柏拉？」約翰問。「妳認為子彈可以殺掉這些東西嗎？還是只有兒童疾病辦得到？」

艾柏拉盯著那把槍看。「哦，可以。」她說。「子彈有用，他們不是幽靈人，他們和我們一樣是實體。」

約翰看著丹說：「我想你應該沒有槍？」

丹搖搖頭看向比利。「我有把獵鹿槍可以借你。」比利說。

「那……可能不夠用。」丹說。

比利考慮了一下。「好吧，我認識一個住在麥迪遜的傢伙。他買賣較大的槍枝。有些大很多。」

「噢，天啊。」大衛說。「這越來越糟了。」不過他沒再多說別的。

丹說：「比利，如果我們明天想要在日落時到克勞德蓋普野餐，可以預約火車嗎？」

「當然。時常有人預約，尤其是在勞動節過後，價格降下來的時候。」

艾柏拉露出微笑。那是丹以前見過的，她憤怒時的笑容。他好奇倘若真結族知道他們的目標能露出像這樣的笑容，不知是否可能會重新考慮。

「很好。」她說。「好極了。」

「艾柏拉？」大衛一臉困惑，而且有點嚇到的樣子。「怎麼了？」

艾柏拉暫時沒理睬他。她說話的對象是丹。「他們對棒球男孩做了那種事，所以是罪有應得。」她用弓成杯狀的手擦拭嘴巴，彷彿是要抹去那笑容，然而當她拿開手的時候，笑容依舊在，她變薄的嘴唇露出齒尖。她將那隻手緊握成拳。

「他們罪有應得。」

PART THREE
攸關生死

第十三章・克勞德蓋普

1

簡捷郵件服務公司位在單排的小型商圈裡，處在星巴克和歐萊利汽車零件連鎖店之間。烏鴉在早上十點剛過沒多久走了進去，拿出他的亨利・羅斯曼身分證，簽收一件鞋盒大小的包裹，將包裹夾在腋下走出去。儘管開了空調，溫尼貝格內仍瀰漫著貝瑞生病的惡臭，但他們習慣了，幾乎一點也沒聞到。盒子上有寄件人地址，是位在紐約法拉盛的一家管道器材供應公司。確實有這麼一家公司，不過他們並沒有插手這樁特別的包裹遞送。烏鴉、蛇吻，及數字吉米看著納特用他的瑞士小刀割開膠帶，掀起盒蓋。他拿出一團膨脹的塑膠填充物，再來是雙重的蓬鬆棉花。底下，固定在保麗龍裡的是一大瓶沒貼標記、淡黃色的液體，八支注射器，八根飛鏢，和一把細如骨骸的手槍。

「媽呀，這裡的東西足夠把她全班都送到中土世界去了。」吉米說。

「蘿絲可是非常重視這小小的玩意兒呢，」烏鴉說。他從保麗龍托架中取出麻醉槍，檢視之後再放回去。「我們也是。」

「烏鴉！」貝瑞的聲音哽塞嘶啞。「過來一下！」

烏鴉將那盒東西留給沃爾納特，走向躺在床上大汗淋漓的男人。貝瑞如今渾身布滿了數百個鮮明紅斑，兩眼腫到幾乎閉上，頭髮糾結地貼在前額上。烏鴉能感覺到他身上炙熱的高燒，不過中國佬比弗利克爺爺要強壯許多。他依然還沒開始循環。

「你們幾個還好嗎？」貝瑞問。「沒有發燒？沒有起紅疹？」

「我們很好。別管我們了，你需要休息，或許睡個覺吧。」

「等我死的時候我就會睡了，我又還沒死。」貝瑞充滿血絲的雙眼閃著微光。「我發現她了。」

烏鴉不假思索地抓住他的手，提醒自己要用熱水和大量的肥皂清洗，繼而又想這麼做有什麼用。他們全都呼吸他吐出的空氣，並且輪流扶他去上廁所。他們的手已摸遍他全身。「你知道她是那三個女孩中的哪一個嗎？你掌握到她的名字了嗎？」

「沒有。」

「她知道我們過來找她了嗎？」

「不，別再問問題了，讓我把我確實知道的告訴你。她正在想蘿絲的事，我就因此找到了目標，但是她想蘿絲的時候不是用她的名字。而是叫她『有根長牙的高帽女人』……那孩子，」貝瑞傾向一側，對著濕手帕咳嗽。「那孩子怕她。」

「她是應該害怕。」烏鴉冷酷地說。「還有別的嗎？」

「火腿三明治。魔鬼蛋。」

烏鴉等著。

「我還不確定，但是我認為……她是在準備野餐。也許是和她爸媽一起。他們要去搭……玩具火車？」貝瑞皺起眉頭。

「什麼玩具火車？在哪裡？」

「不曉得，把我載到更近的地方我就會知道，我確定我會知道。」貝瑞的手在烏鴉手中轉動，突然往下壓，力道猛得幾乎足以弄痛烏鴉。「她或許能夠幫助我，達迪。如果我能撐下去，你們能抓到她……傷害她到讓她呼出一些精氣……然後也許……」

面的骨頭。

「也許吧。」烏鴉說，但是當他低下頭時他能看到——僅有一秒鐘——貝瑞緊握住的手指裡

2

那個星期五艾柏拉在學校異常地安靜。沒有一位教職員覺得這很奇怪，雖然她平常很活潑，有點愛講話。她父親那天早上打電話給學校護士，問她是否能轉告艾柏拉的老師對她稍微溫柔點。她想去上學，但是他們前一天收到了艾柏拉外曾祖母的壞消息。「她還在消化這個消息。」大衛說。

護士說她了解，她會傳達這個訊息。

實際上艾柏拉那天是將全副精神貫注在同時處在兩個地方。那就像同時輕拍頭部和揉搓腹部：起先很難，不過一旦掌握到了竅門就不是太困難。

部分的她必須和肉體待在一起，偶爾在班上回答問題（她打從一年級就是時常主動舉手的人，今天卻討厭被叫到，因此她只是坐著，兩手乖巧地交抱著放在桌上），午餐時和朋友聊天，問瑞尼教練她能否免去體育館，改去圖書館。「我肚子痛。」她說，這是中學女生表示我的月經來了的暗號。

放學後她在艾瑪家也同樣安靜，不過這問題不大。艾瑪來自愛讀書的家庭，她目前正在讀第三遍的《飢餓遊戲》。迪恩先生下班回家時試圖和艾柏拉攀談，不過艾柏拉只以單音節的字回答，迪恩太太朝他使了個警告的眼色，於是他放棄了，轉而鑽研最新一期的《經濟學人》。

艾柏拉隱約意識到艾瑪把書放到一旁，詢問她是否想出去後院一會兒，但她的精神主要是和

丹在一起：透過他的雙眼視物，感覺他的手腳擱在海倫・利文頓號小小引擎的操縱裝置上，品嘗他吃的火腿三明治及他搭配三明治所喝下的檸檬水。當丹和她父親聊天時，實際上是艾柏拉在說話。至於約翰醫生呢？他坐在火車的最後面，因此約翰醫生並不在場。只有他們兩人在駕駛室，由於收到嬤嬤的壞消息，因而籌劃的父女短暫的親密時刻，溫馨無比。

偶爾她的思緒會轉到高帽女人，那個傷害棒球男孩致死，再用變形、飢渴的嘴巴舔光他的血的女人。艾柏拉忍不住去想，但她確定這麼做不要緊。假如貝瑞的精神正在接觸她，她對蘿絲的恐懼應該不會令他驚訝吧，會嗎？

她有個想法，如果真結族的探測員身體健康，她就欺騙不了他，不過貝瑞病得很嚴重。他不曉得她已知道蘿絲的名字，他甚至不曾想過要去懷疑，為何一個要到二〇一五年才夠格考駕照的女孩居然駕駛著迷你鎮火車穿過弗雷澤西邊的森林。即使他想到了，他大概會假設那火車其實不需要司機。

因為他以為那是玩具。

「——塗鴉拼字？」

「嗯？」她轉頭去看艾瑪，起先甚至不確定她們身在何處。接著她看見自己拿著籃球。好吧，是後院。她們正在玩模仿投籃比賽。

「我問妳想不想和我還有我媽媽玩塗鴉拼字遊戲，因為這無聊透了。」

「妳贏了，對吧？」

「就是啊！三場全勝，妳的心到底在不在這裡啊？」

「對不起，我只是擔心我嬤嬤。塗鴉拼字聽起來很不錯。」事實上，聽起來棒極了。艾瑪和她媽媽是已知的宇宙中玩塗鴉拼字速度最慢的人，如果有人建議玩的時候要用計時器，她們應該會嚇得半死。這將會給艾柏拉許多機會繼續縮減她在這裡的存在。貝瑞生病了但還沒死，假如他明白了艾柏拉是在玩一種心電感應的腹語術，結果將會非常悽慘。他很可能估計出她真正的位置。

要不了多久，很快地他們就會全部一起來。天啊，請保佑一切進展順利。

當艾瑪在樓下娛樂室清理桌面的雜物，迪恩太太準備塗鴉拼字遊戲時，艾柏拉藉故去上洗手間。她的確需要去上廁所，但是她先快速繞到客廳窺探一下弓形窗外。比利的貨卡停在街對面。他看見窗簾抽動，立刻向她比了個大拇指。艾柏拉回以同樣的手勢。接著一小部分留在這兒的她走去洗手間，其餘的她坐在海倫•利文頓號的駕駛室中。

我們要吃野餐、收拾垃圾、欣賞日落，然後回來。

吃野餐、收拾垃圾、欣賞日落，然後……

有個令人不快的影像突如其來地闖入她的思緒，猛烈到讓她的頭迅速往後仰。一個男人和兩個女人。男人的背上有隻鷹，兩個女人股溝上都有刺青。艾柏拉能看見刺青是因為他們正赤身裸體地在游泳池畔性交，同時播放著愚蠢、過時的迪斯可音樂。女人發出大量虛假的呻吟。她究竟無意中撞見了什麼鬼？

發現那些人所做的事的驚嚇破壞了她微妙的平衡，因此有一瞬間艾柏拉完全在一個地方，全都在這裡。小心慎重地，她再度細看，發現池畔的那些人全都模糊不清。不是真的。幾乎像幽靈人。為什麼呢？因為貝瑞自己就快要成為幽靈人，沒興致看人性交，在——

那些人不是在游泳池邊，他們是在電視上。

中國佬貝瑞知道她看見他在觀看色情電視節目嗎？他和其他人？艾柏拉不確定，但她不這麼認為。雖然他們考慮過這個可能性。哦，沒錯。要是她在那裡，他們想要把她嚇得跑走，或讓她暴露出自己，抑或兩者都是。

「艾柏拉？」艾瑪呼喚。「我們準備要玩了喔！」

我們已經在玩了，而且這個遊戲遠比塗鴉拼字的規模要大多了。她必須找回平衡，而且要快。別管配上蹩腳的迪斯可音樂的色情電視節目了。她在小火車上，她正在駕駛小火車，那是給她的特別款待。她正玩得開心。

我們要去吃野餐，我們會收拾垃圾，然後欣賞日落，再回來。我怕那個高帽女人，但不是太害怕，因為我不在家，我要和爸爸一起去克勞德蓋普。

「艾柏拉！妳掉進馬桶裡了嗎？」

「馬上來了！」她高聲喊。「只是要洗個手！」

我和爸爸在一起。我和爸爸在一起，就這樣而已。

注視鏡中的自己，艾柏拉喃喃地說：「緊抓住這個想法吧。」

3

數字吉米負責駕駛，開進了布列敦伍茲休息站，這裡相當接近安尼斯頓，那個麻煩女孩所住的小鎮。只不過她不在那兒。根據貝瑞的說法，她在一個叫做弗雷澤的小鎮，往東南邊再過去一點。和她爸爸一起去野餐。突然溜走，這樣做對她有很多好處。

蛇吻將第一部影片放進DVD播放器。片名是《肯尼的池畔奇遇》。「要是那小鬼看見這個，她會學到些知識。」她說完按下播放。

納特坐在貝瑞旁邊，餵他喝更多的果汁……更確切地說，是趁他能喝的時候。貝瑞真的開始循環了。他對果汁沒什麼興趣，對池畔三人行更是一點興趣也沒有。他盯著螢幕看只是因為那是他們接到的指示。每次他回到實體形態，就呻吟得更大聲。

「烏鴉。」他說。「來我這裡一下，達迪。」

烏鴉立即到他身旁，用手肘將沃爾納特推到一邊。

「靠近一點。」貝瑞低聲說，烏鴉不安了片刻後，照他要求的做了。

貝瑞張開嘴，但他來不及說話，下一個循環就開始了。他的皮膚變成乳白色，接著漸漸淡到變透明。烏鴉能看見他緊咬在一起的牙齒，容納他充滿痛苦的眼睛的眼窩，以及——最糟糕的——幽暗的大腦皺摺。他等待，握著貝瑞的手，那隻手已不再是手，而只是半隱半現的骨頭。在遙遠的地方，某處，過時的迪斯可音樂響個不停。烏鴉心想，**他們肯定是嗑了藥。除非吸毒，否則你沒法隨著那種音樂性交**。

緩緩地，緩緩地，中國佬貝瑞再度恢復密度。這次他回來時大聲尖叫。額頭上的汗珠突出。紅斑也是，現在顏色鮮豔得看起來好像血滴。

他濕潤一下嘴唇說：「聽我說。」

烏鴉豎耳傾聽。

4

丹盡全力放空腦袋，以便艾柏拉能占滿。他時常駕駛利文頓號到克勞德蓋普，因此這次駕駛近乎是習慣性的，約翰帶著槍（兩把自動手槍，和比利的獵鹿槍）坐在最尾端的守車旁。在視野之外，拋在腦後。或者說幾乎。你就算是在睡覺也無法完全失去自我，但是艾柏拉的存在巨大到令人有點恐懼。丹認為如果她在他腦中待得夠久，並且以她現有的力量繼續放送，他很快就會去選購時髦的涼鞋和搭配的飾物。更不必說是對著組成在這裡樂團的帥哥發愣了。

到最後一刻，她堅持他帶著哈皮，她的舊絨毛兔子玩偶，很有幫助。「帶著哈皮我就有專注的對象。」她說，他們所有人都不知道那個鄉巴佬名字為貝瑞・史密斯、不大算人類的紳士會完全理解。他從弗利克爺爺那兒學到這個訣竅之後，運用了很多次。

另外大衛・史東持續滔滔不絕地講述家族故事，其中有許多是艾柏拉以前未曾聽過的也很有幫助。不過，倘若負責尋找她的那位沒生病的話，丹不相信這些招數會奏效。

「其他人沒辦法探測、定位嗎？」他問過她。

「那個高帽女人可以，即使從半個國家外，不過她沒插手。」那令人不安的笑容再次彎曲艾柏拉的嘴唇，顯露出她的齒尖。讓她看起來遠比實際年紀老。「蘿絲怕我。」

艾柏拉在丹腦袋裡的存在並非連續不斷。三不五時他會感覺到她離開，到另外一邊，探出去──非常小心地──觸及那個愚蠢到將布萊德利・崔佛的棒球手套戴到自己手上的人。她說他們停在一個叫做斯達布里奇的小鎮（丹相當確定她指的是斯特布里奇），在那裡離開收費高速公路，沿著次要道路開向她意識傳送的閃亮光點。稍後他們在路旁的咖啡館吃午餐，不慌不忙地，讓旅程的最後一段路延續久一點。他們現在知道她要往哪裡去，十分樂意任由她抵達那裡，因為克勞德蓋普非常偏僻。他們認為她是在幫他們更容易下手，這樣很好，不過這是件精細的工作，有點像是心靈感應的雷射手術。

曾有一瞬間淫亂的畫面──某種池畔的群交──充斥丹的腦海令他不安，但那畫面幾乎立即消逝。他猜想他是窺視了她的潛意識──假如你相信心理學家佛洛伊德博士的話──那裡潛藏了形形色色的原初影像。他事後會懊悔自己如此假設，雖然他永遠不會因此而自責；他教導自己不可窺探別人最私密的事。

丹用一隻手握住利文頓號的操縱桿。另一隻手放在膝上的骯髒絨毛兔子上。這時節逐漸因繽紛的色彩而火紅的幽深森林，在兩旁飛逝而過。在他右手邊的座位上——所謂的列車長席——大衛繼續閒聊，正在對他女兒述說家族故事，搬出了至少一個不可告人的家族秘密。

「妳媽媽昨天早上打電話回來的時候，她告訴我在嬤嬤那間房子的地下室保存了一個箱子。上面標註著亞莉珊卓。妳知道那是誰吧？」

「珊蒂外婆。」丹說。天啊，連他的聲音都聽起來比平常高一點。年輕一些。

「妳說對了。現在有件事妳可能不知道，如果是那樣的話，妳可別說是我說的喔。好嗎？」

「好的，爸爸。」丹感覺自己的嘴唇向上彎，在此同時，幾英里外，艾柏拉正微笑著低頭看她眼前塗鴉拼字的字母牌：SPONDLA。

「妳的珊蒂外婆畢業於SUNY，奧巴尼分校——就是紐約州立大學——然後到私立預備中學教育實習，知道吧？在佛蒙特、麻薩諸塞，或者新罕布夏，我忘記是哪一州了。八週的實習到了中途，她突然放棄了。但是她繼續在那裡待了一陣子，或許是找份兼差的工作，當服務生或什麼的，毫無疑問地去參加了很多音樂會和派對。她是……」

5

喜歡玩樂的女孩。

這令艾柏拉想起游泳池邊的那三個性慾狂，隨著舊時的迪斯可音樂愛撫、接吻和口交。噁，有些人對玩樂的概念非常奇怪。

「艾柏拉？」是迪恩太太。「輪妳囉，寶貝。」

如果她必須長時間維持這種狀況，她肯定會精神崩潰。獨自一個人在家會容易多了。她甚至將這個念頭傳給她父親，但他不會聽她的。就算有費里曼先生守護著她也不行。

她利用遊戲板上的U拼成POUND（英鎊）。

「謝謝妳啊，傻艾巴，我正打算拼那裡呢。」艾瑪說。她旋轉遊戲板，開始以參加期末考試的專注，目光銳利地研究，那將會再持續個五分鐘，至少。也許甚至十分鐘。最後她會拼出無聊透頂的字，例如：RAP（饒舌歌）或PAD（護墊）。

艾柏拉將心思轉向利文頓號。她父親正在說的事情挺有趣的，雖然她知道的比他以為的要更多。

艾比？妳在？

6

「艾比？妳在聽嗎？」

「當然，」丹說。**我只是必須暫停一下去玩拼字遊戲**。「這很有意思。」

「總之，嬤嬤那時住在曼哈頓，當亞莉珊卓那年六月去看她的時候，已經懷孕了。」

「懷了媽媽？」

「沒錯，小艾巴。」

「所以媽媽是私生女？」

十足的驚訝，也許有一點點過火。丹處在非常特殊的立場，既是參與也算竊聽這場討論，此時他察覺到一件他覺得令人感動又十分滑稽的事：艾柏拉明知她母親是非婚生子女。露西在一年前告訴過她。現在艾柏拉所做的事，雖然奇怪卻是真的，是在保護她父親的純真。

「是啊，寶貝。不過那不是罪過，有的時候人會……我不知道……一時糊塗。」家譜會生出奇怪的分支，這沒有理由不讓妳知道。

「珊蒂外婆在媽媽出生後兩個月就過世了，對吧？出了車禍。」

「對，那天下午嬤嬤臨時幫忙照顧露西，最後卻變成撫養她。那就是她們非常親近的原因，所以嬤嬤年老、生病了，妳媽媽才會那麼難過。」

「讓珊蒂外婆懷孕的男人是誰呢？她提過嗎？」

「我覺得啊，」大衛說：「這是個有趣的問題。就算亞莉珊卓曾經說過，嬤嬤也沒透露過。」他指向前方車道穿過樹林的地方。「寶貝妳看，快到了！」

他們經過一塊路標，上頭寫著**克勞德蓋普野餐區，兩英里**。

7

烏鴉的夥伴在安尼斯頓短暫停留，為溫尼貝格加油，不過是在主街南邊，距離里奇蘭巷至少一英里。他們離開時——現在由蛇吻駕駛，ＤＶＤ播放器裡放的是部名為《搖擺姊妹會女郎》的長片——貝瑞叫數字吉米到他床邊。

「你們必須加快一點，」貝瑞說。「他們快到了。那個地方叫克勞德蓋普。我告訴過你了嗎？」

「有，你說過了。」吉米差點伸手輕拍貝瑞的手，隨即改變主意。

「他們馬上就會攤開野餐的食物，你們應該在那時候去抓他們，趁他們坐下來吃的時候。」

「我們會把事情辦妥的，」吉米保證。「而且及時從她身上擰出足夠的精氣來救你。蘿絲不會反對的。」

「她絕對不會，」貝瑞同意。「不過對我來說太遲了。但是，也許還來得及救你。」

「啊？」

「看看你的手臂。」

吉米照做了，看見首批紅疹大量浮現在他手肘以下柔嫩、白皙的皮膚上。紅色的死神，一見到紅疹他的嘴巴頓時變得乾澀。

「噢，老天啊，我要走了。」貝瑞呻吟著說，忽然間他的衣服扁塌下去，那副軀體已不在原位。吉米看見他吞嚥……接著他的喉嚨也消失了。

「讓開，」納特說。「讓我來看顧他。」

「是嗎？你打算做什麼？他已經完了。」

吉米走到前頭，坐進烏鴉空出的副駕駛座。「走十四——A號公路繞過弗雷澤。」他說。「那樣比穿過鎮中心要來得快，妳會連接到薩科河路。」

蛇吻輕拍一下衛星導航系統。「我把路線全都規劃好了，你覺得我是瞎了，還是笨蛋？」

吉米幾乎沒聽見她說的話，他只知道他不能死。他還太年輕了，命不該絕，尤其是在所有驚人的電腦發展才剛露出端倪之際。而且一想到循環，每次恢復實體時粉身碎骨的劇痛就……

不，不，絕對不行，不可能。

傍晚的光線斜斜地射進貝格的巨大前窗，美麗的秋日陽光。秋天是吉米最愛的季節，他希望在秋天下次再來訪時，甚至再下一次，下下一次，仍繼續活著，和真結族一起旅行。幸運的是，他跟對了人，他們會完成任務。烏鴉達迪勇敢、神通廣大，又詭計多端。真結族以前也遇過艱難的處境，他會帶領他們克服這一次的困境。

「留意指向克勞德蓋普野餐區的路標，別錯過了，貝瑞說他們快到了。」

「吉米，你搞得我頭都痛起來了，」蛇吻說。「去坐下來，我們會在一個小時，或許更短的時間內，到達那裡。」

「加足馬力吧。」數字吉米說。

蛇吻安蒂咧嘴一笑重重踩下油門。

他們剛轉入薩科河路時，中國佬貝瑞循環消失了，只剩下衣物。衣服上仍殘留著烘烤他的高燒的餘溫。

8

貝瑞死了。

這想法傳到丹腦中的時候不含恐懼，甚至連一絲憐憫也沒有，只有滿足。艾柏拉・史東也許外表像個普通的美國女孩，比一些女孩漂亮，比大多數人聰明，可是當你潛進表面下——也不用太深入——那兒是個年輕的維京女海盜，有著兇悍、嗜血的靈魂。丹心想很可惜她並沒有兄弟姊妹，否則她應該會以生命來保護他們。

當火車開出深深的樹林，沿著圍了柵欄的陡坡跑的時候，丹將利文頓號降到最低檔。在他們下面，薩科河在西沉的夕陽下閃耀著燦爛的金黃色。兩邊險峻地朝河面傾斜的樹林，如篝火般呈現橘、紅、黃，及紫色。在他們上方，感覺似乎近得能搆到的蓬鬆雲朵緩緩飄過。

他在氣動煞車的嚓嚓聲中停靠在寫著克勞德蓋普站的標示牌旁，然後熄掉柴油引擎。有一瞬間他不知該說什麼，不過艾柏拉用他的嘴替他說了。

「謝謝你讓我駕駛，爸爸。現在我們來享受我們的戰利品吧。」在迪恩家的娛樂室，艾柏拉才剛拼出這個字。「我的意思是，我們的野餐。」

「我真不敢相信妳在火車上吃了那麼多東西後，居然還肚子餓啊。」大衛揶揄道。

「不過，我就是餓啊。你難道不高興我沒有得厭食症嗎？」

「當然，」大衛說。「我的確很高興。」

丹從眼角瞧見約翰・道頓，穿過野餐區的空地，低垂著頭，雙腳無聲地踩在厚厚的松樹落葉層。他一手中握著手槍，另一手拿著比利・費里曼的獵鹿槍。在供汽車專用的停車場四周環繞著樹林；約翰回頭看了一眼後，消失在樹林裡。夏季時，這一小塊地及所有的野餐桌都會擠滿了人，然而在九月下旬的這個平日午後，克勞德蓋普除了他們之外完全空無一人。

大衛看向丹。丹點了一下頭。艾柏拉的父親——雖然他個人傾向於不可知論者，但是由於結親的關係算是天主教徒——在空中比了個十字記號，尾隨約翰走進樹林。

「爸爸，這裡好美喔。」丹說，他隱形的乘客目前說話的對象是哈皮，因為哈皮是唯一剩下的。丹將胖嘟嘟、禿毛、獨眼的兔子放在其中一張野餐桌上，再走回第一節乘客車廂去拿柳條編的野餐籃。「沒問題。」他對著空蕩蕩的空地說：「爸，我拿得動。」

9

在迪恩家的娛樂室中，艾柏拉將椅子往後一推站了起來。「我得再去一趟洗手間。我覺得肚子不舒服，上了洗手間之後，我想我最好回家了。」

艾瑪翻了個白眼，但迪恩太太十分同情。「噢，寶貝，是那個來了嗎？」

「對，而且相當嚴重。」

「妳帶了需要的東西嗎？」

「在背包裡，我沒事的。不好意思。」

「對啦，」艾瑪說：「贏了就不玩了。」

「艾——瑪！」她母親大聲叫道。

「沒關係，迪恩太太。她在模仿投籃比賽上贏了我。」艾柏拉走上樓梯，一手以她希望看起來不會太假的姿勢壓住腹部。她瞥向窗外，看見費里曼先生的貨卡，不過這回沒費事豎起大拇指。一旦進到洗手間，她立即鎖上門，在闔起的馬桶蓋上坐下來，不必再應付如此多個不同的自我真是種解脫。貝瑞死了；艾瑪和她媽在樓下；現在只有廁所裡的艾柏拉跟在克勞德蓋普的艾柏拉。她閉起雙眼。

丹。

我在這兒。

你不必再假裝是我了。

她感覺到他鬆口氣，不禁露出微笑。丹伯伯已盡力了，但他生來不是當小妞的料。

門上傳來試探性的輕輕敲門聲。「嗨？」艾瑪說。「妳還好嗎?我很抱歉剛才態度那麼差。」

「我還好，不過我要回家去吃顆莫疼，然後躺下休息。」

「我以為妳要在這裡過夜。」

「我不會有事的。」

「妳爸爸不是不在家嗎？」

「我會鎖上門等到他回來。」

「好吧……要我陪妳走嗎？」

「不用了。」

她想要獨處，以便在丹和她父親、約翰醫生除掉那些東西時可以大聲歡呼。他們一定也會很興奮。現在貝瑞死了，其他人就像瞎了眼。不可能會出任何差錯。

10

無風吹得易脆的樹葉窸窣作響，利文頓號也熄火，克勞德蓋普的野餐區非常的寂靜。只有下方河水柔和的對話聲，烏鴉的啼叫，以及逐漸接近的引擎聲。是他們。高帽女人派來的那群。丹急忙掀起柳條籃子的一側，伸手進去，緊握住比利給他的那把葛拉克點二二——來源丹不知道也不在乎。他在乎的是這把槍能夠無須重裝子彈連射十五發，倘若十五發不夠，他的處境就危險了。他父親的幽靈回憶浮現，傑克・托倫斯咧嘴露出迷人、歪斜的笑容說：**要是那行不通，我就不知道要對你說什麼了**。丹看著艾柏拉的舊絨毛玩偶。

「哈皮，準備好了嗎？我希望如此。我希望我們兩個都準備好了。」

11

比利・費里曼沒精打采地坐在貨卡的方向盤後，但是突然匆匆忙忙地坐起身，因為艾柏拉從迪恩的房子走了出來。她的朋友——艾瑪——站在門口。兩個女孩道了再見後，先將手舉過頭頂互相擊掌，然後把手放下來再擊掌一次。艾柏拉邁步走向她自己的家，就在對街隔四扇門之外。

那不在計畫中，當她瞥向他的時候，他舉起兩手比出怎麼了的手勢。

她微微一笑朝他迅速豎起大拇指。她認為一切都很順利，他清清楚楚地收到這個訊息，然而看見她獨自一人在外頭令比利感到不安，就算那群怪人在這裡南邊二十英里處。她的能力超強，也許她知道自己在做什麼，但她畢竟只有十三歲。

他看著她順著人行道走回她家，背包背在後面，伸手到口袋裡翻找鑰匙，比利俯下身，用拇指按下置物箱的開關。他自己的葛拉克點二二在裡面。這些手槍是向公路聖徒飛車黨新罕布夏分部的退休黨員那兒租來的火力。在他年輕時代，比利有時會和他們一起騎車，但不曾加入。整體說來他很慶幸，但他了解那種吸引力。那種同志情感，他想那應該就像丹和約翰對喝酒的感受。

艾柏拉悄悄地溜進她家裡關上門。比利沒從置物箱拿出葛拉克或手機——還沒——不過他也沒關上置物箱。他不知道是否是丹所謂的閃靈，但他就是有種不好的預感。艾柏拉應該待在朋友家裡。

她應該堅守原訂的計畫。

12

他們搭露營車和溫尼貝格，艾柏拉曾說過，而開進克勞德蓋普通路盡頭的停車場的是一輛溫尼貝格。丹一手伸進野餐籃裡坐著觀察。現在時候到了，他覺得自己足夠鎮定。他旋轉籃子讓一端面向剛到達的休旅車，用拇指快速撥開葛拉克的保險栓。那輛貝格的車門開啟，將要誘拐艾柏拉的綁匪一個接一個地下了車。

她也說過他們的名字很好笑——像海盜的名字——可是這些人在丹眼中看來就像平常人一

樣。男人是那種你常看見開著露營車和休旅車到處閒晃、上了年紀的老人；女人年輕、漂亮，十足典型的美國妞，讓他想到高中畢業十年，也許生了一、兩個小孩後，仍保持姣好身材的啦啦隊員。她可能是其中一個男人的女兒。他感到一瞬的懷疑。這裡畢竟是個觀光景點，而且現在是新英格蘭賞楓季節的開端。他希望約翰和大衛暫時不開槍；萬一他們只是無辜的路人後果將會恐怖——

然而接著他看見女人左手臂上的響尾蛇露出毒牙，她的右手中有支注射器。緊跟在她旁邊的男人拿著另一支注射器。而領頭的男人腰帶上有把看起來非常像手槍的東西。他們走進標示野餐區入口的樺樹柱子後不久停下腳步。領頭的那位掏出了槍，消除了丹可能殘存的任何懷疑。那看起來不像常規的槍。管身太細了不會是常規的槍。

「女孩在哪裡？」

丹以不在野餐籃裡的那隻手指向絨毛兔子哈皮。「這是你們能拿到最接近她的東西。」手持怪槍的男人個子矮小，在溫文爾雅的會計師的臉龐上面有撮V形髮尖。柔軟的肥肚腩垂在腰帶之上。他身穿斜紋棉褲和T恤，衣服上印著**上帝不會從分配給男人的時間中扣除花在釣魚上的時數**。

「親愛的寶貝，我有個問題想問你。」女人說。

丹揚起眉毛。「妳問吧。」

「你不累嗎？你不想睡覺嗎？」

他真的想睡了，忽然間他的眼瞼沉重得像平衡推拉窗的吊錘。握著槍的手開始放鬆。再過兩秒鐘，他就會睡著，頭趴在刻滿姓名首字母的野餐桌桌面上打呼了。不過就在這一刻艾柏拉高聲尖叫。

烏鴉在哪裡？我沒看見烏鴉！

13

丹猛然抽動，就像一般人在即將睡著的時候被嚇了一大跳那樣。野餐籃裡的手痙攣了一下，葛拉克發射，一團柳條製品的碎片飛出。子彈亂飛，但從溫尼貝格走出來的人驚跳起來，睡意同幻覺一樣離開丹的腦子。手臂上有蛇刺青的女人及劉海有如爆米花的白髮男人向後退縮，不過拿著怪模怪樣的手槍的那個人衝向前，大聲叫嚷著「殺了他！殺了他！」

「嘗嘗這個吧，你們這群企圖綁架的混蛋！」大衛．史東大吼。他從樹林裡出來，開始掃射子彈。大多數子彈都亂飛，但有一顆擊中沃爾納特的頸部，真結族的醫生就這樣倒在松樹落葉層上，皮下注射器從他的手指中掉落。

14

領導真結族有其責任，不過也有額外的好處。蘿絲龐大的地球巡洋艦，以教人驚愕的代價從澳洲進口再改為左駕，就是一例。無論何時只要她想要就能獨享藍鈴露營地的女子淋浴間則是另外一例。在旅途中奔波了數個月後，沒有什麼比得上在貼了瓷磚的寬敞浴室內洗個長長的熱水澡，在這兒可以伸展雙手，或者心血來潮的話，甚至可以翩翩起舞。而且這裡的熱水不會四分鐘就耗盡。

蘿絲喜歡關燈在黑暗中淋浴。她發覺這樣子她最能好好思考，就為了這理由，她在山區時間下午一點接到令人煩惱的手機來電後，便立刻前往淋浴間。她依然相信一切都很順利，不過些許懷疑開始萌生，有如在先前完美無瑕的草坪上發芽的蒲公英。假如那丫頭甚至比他們想的還要聰明……或者如果她找到了幫手……

不，不可能。她確實是個精氣源——所有精氣源中的精氣源——但她仍舊只是個孩子，一個**鄉巴佬**的小孩。無論如何，目前蘿絲所能做的只有等候事態的發展。

在重振精神十五分鐘後，她走出來，擦乾，用鬆軟的大浴巾裹住身子，拿著衣服走回她的休旅車。矮子艾迪和高個莫兒正在清理豐盛午餐後的露天烤肉區。沒人有食慾並非他們的錯，因為又有兩名真結族人出現了那些該死的紅斑。他們朝她揮揮手。蘿絲舉起手來回應，就在這時一捆炸藥在她的腦中爆炸。她當場趴倒在地，手中的褲子與上衣掉落。大浴巾解了開來。

蘿絲幾乎沒留意到突擊隊發生了什麼事，不好的事。她的頭腦一清醒，她就立刻在弄縐的牛仔褲的口袋中翻找手機。她這一生從不曾如此強烈（而且充滿怨恨）地希望烏鴉達迪能夠長距離的心電感應，然而——除了少數例外，比方說她自己——這項天賦似乎專門保留給鄉巴佬的精氣源，例如：新罕布夏的那個女孩。

艾迪和莫兒向她奔來。後面跟著長腿保羅、沉默莎蕊、代幣查理，和愛爾蘭人山姆。蘿絲按下手機上的快撥鍵。一千英里以外，烏鴉的手機只響了半聲。

「你好，這裡是亨利‧羅斯曼。我目前沒法接聽電話，但是如果你留下電話號碼及簡短的留言——」

他媽的語音信箱。那意味著他的手機要不是關機，就是收不到訊號。蘿絲打賭是後者。赤裸著身子，雙膝跪在泥地上，腳跟陷入她的大腿背面，蘿絲用沒拿電話的那隻手猛然拍了一下額頭中央。

烏鴉，你在哪裡？你在做什麼？到底發生什麼事了？

15

穿著斜紋棉褲和T恤的男人用那把怪槍朝丹開火。一陣空氣壓縮的咻咻聲，倏地一支飛鏢刺穿哈皮的背部。丹從野餐籃的殘骸中舉起葛拉克，再度開槍。斜紋棉褲男人的胸口中彈，直往後退，一面發出咕噥聲，細小的血滴從他的T恤背後噴出。

安蒂・史坦納是最後一個站立的人。她轉身，看見大衛・史東愣在那裡，一臉茫然，便奮力衝向他，將皮下注射針緊握在拳頭裡像支匕首。她的馬尾宛如鐘擺般地搖晃。她高聲尖叫。在丹眼中，一切似乎都放慢速度，變得清晰可辨。他有時間看出注射針的末端仍套著塑膠的保護套，並且有時間思考，**這些傢伙是哪來的小丑？**答案，毫無疑問，他們絕對不是小丑。他們是全然不習慣獵物抵抗的獵人。但是當然囉，他們通常的目標是孩童，另外，還有毫無疑心的人。

大衛只是眼睜睜地看著一面咆哮一面朝他衝過來的鳥身女妖。也許他的槍中已無子彈；更有可能是一發已是他的極限。丹舉起他自己的槍卻沒有射擊。沒打中刺青女人反而擊中艾柏拉父親的機率實在太大。

就在這時約翰從樹林中飛奔而出，猛烈撞上大衛的背，將他往前推向攻擊過來的女人。撞擊將她的尖叫聲（出於憤怒？或是驚慌？）從胸口擠壓出來，伴隨著一股猛烈噴出的氣流。他們兩人都絆倒了。注射針飛起。刺青女人四肢著地地爬去爭搶注射針，約翰舉起比利的獵鹿槍槍托，往下捶打她的頭側面。這一擊受到腎上腺素的刺激，卯足了全力。嘎扎一聲她的下顎斷裂了，五官向左扭曲，一隻眼睛震驚地瞪視，從眼窩鼓出。她四肢伸開翻身仰躺，血從她的嘴角流淌下來。她的兩手，緊握又張開，緊握又張開。

約翰放下步槍，轉向丹，一副大受衝擊的樣子。「我不是故意那麼用力地打她的！天啊，我只是太害怕了！」

「看看那個鬈髮的。」丹說。他站了起來，兩腿感覺過長，不太正常。「看著他，約翰。」

約翰注意看。沃爾納特倒在一攤血泊中，一手抓著他被撕裂的頸部。他正在急速地循環。他的衣服塌陷，又膨脹起來。從他手指流出的血液消失，之後又再重現。手指本身也一樣，那人成了瘋狂的X光照片。

約翰往後退，兩手摀住口鼻。丹仍然有那種緩慢、清晰無比的感覺。他有時間看清刺青女人的血液，以及她那黏在雷明頓泵動式步槍槍托上的那撮纏結的金髮，也反覆地出現又消失。這讓他想起……

丹，烏鴉在哪裡？烏鴉在哪裡？？？

跑向艾柏拉的父親時，她的馬尾如何像鐘擺般地來回晃動。艾柏拉告訴過他們貝瑞在循環。如今丹明瞭了她的意思。

「那個穿著釣魚T恤的傢伙也在循環。」大衛．史東說。他的聲音只有些微的顫抖，丹猜想他知道大衛女兒的剛強個性是遺傳誰了。不過他現在沒時間細想。艾柏拉告訴他他們沒逮到整個小隊。

他全速衝向溫尼貝格，車門仍然開著。他跑上階梯，迅速趴到鋪著地毯的地板上，頭竟然猛力地撞到餐桌底下的柱子，頓時視野閃過數顆閃亮的金星。**電影裡從來不會發生這種事**，他暗想，隨即翻過身來，預期會遭受留在後頭當後衛部隊的人開槍射擊，或是踐踏，或者注射藥物——那個艾柏拉稱為烏鴉的人物。看來，他們終究不是徹底的愚蠢和自大。

溫尼貝格上空無一人。

看起來是空蕩蕩的。

丹站起來，匆匆忙忙地穿過小廚房。他經過一張由於頻繁的占用而凌亂不堪的折疊床。他的心思有部分注意到儘管空調仍在運轉，這輛休旅車聞起來卻像上帝的懲罰一樣。那邊有個衣櫃，不過滑軌上的門敞開，他看見裡面除了衣服外別無他物。他彎下腰找尋人腳。但一無所獲。他繼續走到溫尼貝格的後面，在浴室門旁邊站住。

他想到更多電影的胡說八道，一把拉開門，同時蹲低身體。溫尼貝格的廁所是空的，他並不意外。假如有人想躲在那裡面，他到現在早就死了。光是那氣味就會使他致命。

也許有人真的死在這裡，或許就是這個烏鴉。

艾柏拉立即回來，充滿了驚慌，以強大的功率播送，打散了他自己的思緒。

不是，死掉的是貝瑞，烏鴉在哪裡？把烏鴉找出來！。

丹離開休旅車。來找艾柏拉的兩個男人都不見了；只留下他們的衣服。至於女人——想要催眠他的那位——仍在，但是不會撐太久了。她爬行到放著毀掉的柳條籃子的野餐桌邊，此時撐在長椅的座位上，剛遭變形的臉上一雙眼睛瞪著丹、約翰，和大衛。鮮血由她的口鼻流淌下來，形成一副紅色的山羊鬍子。她的罩衫前襟濕透。丹走近時，她臉上的皮膚消散，衣服往內塌陷貼在她的骨骼支架上。她的胸罩肩帶不再由雙肩固定位置，頹然鬆落成圈。至於她身上柔軟的部位，只剩下眼睛，盯著丹。不久她的肌膚自己重新編織起來，身體周圍的衣服又鼓脹起來。落下的胸罩肩帶深陷入她的上臂，左邊的肩帶勒住響尾蛇讓它無法咬人。緊抓住她破碎下顎的指骨又長成一隻手。

「你們耍了我們，」蛇吻安蒂說。她的聲音含混不清。「居然被一群鄉巴佬給耍了。我不相信。」

丹指著大衛。「那邊那個鄉巴佬就是你們來綁架的女孩的父親，如果妳好奇的話。」

蛇吻勉強痛苦地咧嘴一笑。鮮血鑲在她的牙齒邊緣。「你以為我他媽的在乎嗎？對我來說他只不過是另一個搖晃的老二罷了。就連羅馬的教皇也有一根，你們根本沒人在乎把老二放到哪裡去。他媽的男人，是非得贏不可，是吧？永遠都必須——」

「另外一個人在哪裡？烏鴉在哪裡？」

安蒂咳了一下。血從她嘴角汨汨地流出。她曾經一度迷失，後來被發現。在黑漆漆的電影院裡被有著一頭濃密黑髮的女神找到了。如今就算她快要死了，她也不願改變任何事。在前演員總統到黑人總統之間的這些年過得很好；與蘿絲共度的那個不可思議的夜晚甚至更棒。她仰頭朝英俊的高個子燦爛地露齒一笑。咧嘴很疼，但不管怎樣，她還是咧開了嘴。

「哦，他啊，他在賭城雷諾，肏鄉巴佬的歌舞女郎。」

她又開始消失。丹聽見約翰•道頓喃喃地說：「噢，我的天啊，看看那個。腦出血。我真的能看見呢。」

丹等著看刺青女人是否會回來。終於她回來了，從血淋淋、緊咬的牙關中發出長長的呻吟。循環似乎甚至比導致她循環的那一擊更為疼痛，不過丹認為他可以補救。他將刺青女人的手從破碎的下顎拉開，用手指戳進去。這麼做的時候他能感覺到她整個頭蓋骨移動了一下；這就像是推動以幾條膠帶黏在一起的嚴重碎裂的花瓶側邊。這回刺青女人不僅是呻吟而已。她大聲咆哮，無力地用爪子抓丹，丹置之不理。

「烏鴉在哪裡？」

「安尼斯頓！」蛇吻高聲叫喊。「他在安尼斯頓下了車！請別再傷害我了，爸爸！求求你，不要，我願意照你的要求做任何事！」

丹想起艾柏拉說這些怪物對愛荷華的布萊德•崔佛做了什麼事，他們如何折磨他，以及只有天知道還有多少個其他人，感到一股幾乎難以抑制的衝動，想要將這殺人婊子的下半張臉整個扯下來。用她自己的下顎骨猛擊她破裂、淌血的頭蓋骨，直到腦殼和骨頭兩個都消失為止。

然而——荒謬的是，在這種情況下——他竟然想起了穿著勇士隊T恤的小孩，伸手去拿堆在發亮的雜誌封面上剩餘的古柯鹼。**糖糖**，他說。這個女人完全不像那個孩子，**一點也不**，可是如此告訴他自己並無幫助。他的怒氣忽然消逝，留下他感覺噁心、虛弱又空虛。

請別再傷害我了，爸爸。

他起身，在襯衫上擦一擦手，不假思索地走向利文頓號。

艾柏拉，妳在那裡嗎？

在。

現在不是那麼的驚慌，很好。

妳需要請妳朋友的媽媽打電話給警察，告訴他們妳有危險，烏鴉在安尼斯頓。

讓警察涉入一樁根本上是超自然的事件中，是丹最不樂見的，不過在這一刻他看不到別的選擇。

我不在……

她尚未傳完，她的想法就遭到一個女性憤怒的強勁尖叫聲所遮蔽。

妳這小賤人！

驀地高帽女人又出現在丹的腦海裡，這回不像是夢境的一段，而是在他清醒的雙眼後頭，她的影像灼熱：一個可怕的美麗生物，此刻光裸著身體，濕濕的頭髮捲曲如梅杜莎的蛇髮，披散在雙肩上。緊接著她的嘴巴張開，美麗的外貌被撕裂。只剩下一個黑洞和一根突出、變色的牙齒。近乎是根獠牙。

妳幹了什麼好事！

丹搖搖晃晃，將一手靠在利文頓號領頭的乘客車廂上支撐住他自己。他腦袋裡的世界在旋轉。高帽女人消失，忽然間一批關心的臉龐聚集在他四周。他們在問他是否還好。

他想起艾柏拉曾努力解釋，她在《安尼斯頓購物指南》上發現布萊德・崔佛照片的那天，世界是如何旋轉；如何在突然間艾柏拉就從高帽女人的眼睛望出去，而高帽女人則透過她的雙眼往外看。現在他明白了，類似地情況又發生了，這回他搭了順風車。

蘿絲在地上，他能看見頭頂上一片廣闊的傍晚天空。簇擁在她周圍的人無疑地是她的那夥兒童殺手，這是艾柏拉所看到的景象。

問題是，**蘿絲**看見了什麼？

16

蛇吻循環，然後回來。活活地受罪。她注視跪在她前面的男人。

「我能為妳做什麼嗎？」約翰問道。「我是醫生。」

儘管疼痛，蛇吻仍大笑出來。這名醫生與方才開槍打死真結族的醫生的那些男人同夥，現在卻主動提供協助。希波克拉底對此會有什麼看法呢？「送我顆子彈吧，笨蛋，那是我唯一能想到的。」

那個長得像書呆子、真正對沃爾納特扣扳機的混帳加入了自稱是醫生的人。「你們罪有應得，」大衛說。「你們以為我會就那樣任由你們帶走我女兒？折磨她、殺掉她，就像你們對愛荷華州那個可憐的小男生做的一樣？」

他們知道那件事？他們怎麼會知道呢？不過現在無所謂了，至少對安蒂來說已無關緊要。

「你們人類屠殺豬、牛，和羊。和我們所做的有什麼不同？」

「依我的淺見，殺害人類是大不相同，」約翰說。「算我愚蠢又多愁善感吧。」

蛇吻的嘴巴鮮血淋漓，還有一些塊狀的東西。八成是牙齒。那也無所謂。到最後，這或許比貝瑞經歷過的要來得幸運。這樣死去肯定會比較快。不過有件事需要澄清。好讓他們知道。「我們才是人類。你們……只不過是鄉巴佬。」

大衛露出微笑，眼神卻冷酷無情。「不過躺在地上，頭髮沾了泥土，整個上衣前面全都是血的是你們。我希望地獄對你們來說夠熱。」

蛇吻能感覺到下一次循環即將來臨，運氣好的話這將會是最後一次，但目前她緊緊地守住自己的肉體形態。「你們不了解我過去的生活，或者我們現在的情況。我們只有少數人，而且我們生病了，我們得了——」

「我知道你們得了什麼，」大衛說。「他媽的痲疹，我希望痲疹讓你們整個卑鄙的族群徹底腐爛掉。」

蛇吻說：「我們和你們一樣都無法選擇自己的出身，換作是你們在我們的立場，你們也會做同樣的事情。」

約翰緩緩地左右搖頭。「不會，絕對不會。」

蛇吻開始循環消失。但是，她設法再擠出幾個字。「他媽的男人。」她用逐漸消失的臉上的大眼睛仰頭瞪著他們，用最後一口氣說：「他媽的鄉巴佬。」

說完她就不見了。

17

丹緩慢、小心地走向約翰和大衛，一手扶著幾張野餐桌以保持平衡。他拿起艾柏拉的絨毛兔子，甚至毫無所覺。他的頭腦逐漸清醒，但那無疑是好壞參半的事。

「我們得回去安尼斯頓，而且要盡快。我聯繫不到比利。我之前可以，但是現在他不在了。」

「艾柏拉？」大衛問。「那艾柏拉呢？」

丹不想看他——大衛臉上的恐懼顯露無遺——但他強迫自己看著大衛。「她也不在了，還有那個高帽女人也不見了，她們兩人都退出了混亂。」

「什麼意思？」大衛用雙手揪住丹的襯衫。「什麼意思？」

「我不知道。」

這是實話，但他十分擔心。

第十四章・烏鴉

1

「來我這裡一下，達迪，」中國佬貝瑞說。「靠近一點。」

這是在蛇吻開始播放第一片色情ＤＶＤ之後不久，烏鴉到貝瑞旁邊去，甚至在瀕臨死亡的男人掙扎著通過下一次循環的時候握住他的手。當他回來時……

「聽我說。她一直在監視，沒什麼問題。只有在那個色情片開始播放的時候……」

對一個不會探測定位的人解釋相當困難，尤其是負責說明的那個人又病得很厲害，不過烏鴉掌握到了要點。游泳池畔大玩妖精打架的三人嚇到了女孩，正如蘿絲的期望，然而他們不只讓她停止偷窺、撤退。有好一會兒，貝瑞感應到她的位置似乎有兩處。她仍和她爸爸在小型火車上，要搭到他們準備野餐的地方，不過她受到的驚嚇產生了一個意義不明的鬼影。在這個影像中她是在洗手間，正在小便。

「也許你看到的是回憶，」烏鴉說。「可能嗎？」

「嗯，有可能，」貝瑞說。「鄉巴佬腦筋裡有各種各樣瘋狂的東西，很有可能是沒什麼。但是有一分鐘，感覺好像她是雙胞胎，你明白嗎？」

烏鴉完全不懂，不過他點點頭。

「只不過如果那不是回憶，她就可能是在玩什麼把戲，把地圖給我。」

數字吉米將整個新罕布夏州的地圖放在他的筆電上。烏鴉把筆電高舉在貝瑞面前。

「她在這裡。」貝瑞輕拍著螢幕說。「正要和她爸爸到克勞德葛倫這個地方。」

「蓋普，」烏鴉說。「克勞德蓋普。」

「管他媽的。」貝瑞把手指移到東北方。「這是那個鬼影光點傳來的位置。」烏鴉拿著筆電，透過無疑是貝瑞留在螢幕上、受到感染的汗珠仔細查看。「安尼斯頓？那是她住的小鎮，阿貝。她八成在整個小鎮到處留下她自己的精神蹤跡。就像死皮一樣。」

「當然，回憶、白日夢、各種瘋狂的鬼東西。就像我剛才說的。」

「而且現在已經沒有了。」

「對，不過……」貝瑞抓緊烏鴉的手腕。「要是她像蘿絲說的那樣強大，那很可能她真的在耍我們，用腹語術之類的。」

「你碰過能用腹語術的精氣源嗎？」

「沒有，但是凡事總有第一次。我幾乎確定她是和她父親在一起，可是必須由你決定幾乎確定是不是夠好……」

就在這時貝瑞又開始循環，所有意味深長的對話中斷。留給烏鴉一個艱難的決定。這是他的任務，他很有把握自己能應付，但這是蘿絲的計畫——更重要的是——蘿絲非常執著。萬一他搞砸了，後果將會不堪設想。

烏鴉瞄了一下手錶，新罕布夏這裡下午三點，塞威一點。在藍鈴露營地，午餐才剛結束，蘿絲會有空。那讓他下定決心，他撥了電話，他幾乎預期她會哈哈大笑，說他婆婆媽媽，但是她並沒有。

「你知道我們沒辦法再完全相信貝瑞了。」她說：「不過我信任你。你的直覺是什麼？」

他的直覺什麼也判斷不出來；他就是因此才打電話。他坦白對她說，接著等待。

「我留給你決定，」她說。「只是別搞砸了。」

真是謝謝妳啊，親愛的蘿絲。他心裡想著這句話……隨即希望她沒捕捉到他的想法。

他坐在那兒手中仍握著關掉的手機，隨著休旅車的移動來回搖晃，吸入貝瑞生病的氣味，想知道還有多久第一批的紅斑將會開始出現在他自己的手臂、雙腿，和胸膛上。最後他往前走把手搭在吉米的肩膀上。

「等到了安尼斯頓之後，停車。」

「幹嘛？」

「因為我要下車。」

2

烏鴉達迪看著他們駛離安尼斯頓主街南邊的加油站，努力忍住想趁他們離開他的傳訊範圍之前，送個短程念頭（這是他唯一辦得到的超感知覺）給蛇吻的衝動：**回來接我，這是個錯誤**。只不過萬一不是錯誤呢？

當他們遠去後，他渴望地看一下加油站隔壁的洗車處那一小排可悲的待售二手車。無論在安尼斯頓發生什麼事，他都會需要交通工具離開小鎮。他皮夾裡的現金綽綽有餘，足以買輛車載他到他們商定的集合地點，在接近奧巴尼的八十七號州際公路上；問題是時間。處理汽車交易會花上至少半個鐘頭，那可能太長了。等到他確定這是假警報後，他只需要即興表演，仰賴他的說服力。他的說服力從來沒辜負過他。

烏鴉的確花了點時間走進加油站商店，在那兒買了頂紅襪隊的帽子。入境隨俗，進了波士頓紅襪隊的地盤，就要穿得像紅襪隊的球迷。他考慮添加一副墨鏡，最後決定算了。多虧了電視，強健的中年男人戴著墨鏡，在某一類人眼中總看起來像職業殺手，帽子應該堪用。

他沿著主街走到艾柏拉與丹曾經開過戰術討論會的圖書館。他只走到門廳就發現了他正在尋找的東西。在**看看我們的小鎮**的標題下面是張安尼斯頓的地圖，每條街道巷弄都仔細地標示出來，他重新記住女孩所住街道的位置。

「昨晚的比賽真是精采，對不對？」一個男人問道。他抱了滿手的書。

剎那間烏鴉不知他在說什麼，繼而想起他的新帽子。「就是說啊。」他同意，眼睛仍然盯著地圖。

他等紅襪隊球迷離開一段時間後才走出門廳。棒球帽很好，不過他沒有興致談論棒球，他認為那是愚蠢的遊戲。

3

里奇蘭巷是一條短短的街道，由舒適的新英格蘭鹽盒式樓房及鱈魚角式小屋所組成，盡頭是個圓形的迴車道。烏鴉從圖書館走來的途中順手拿了份名為《安尼斯頓購物指南》的免費刊物，此時他站在轉角，倚靠著就近的橡樹假裝在看雜誌。橡樹擋住了他觀察街道的視線，不過也許這是好事，因為有一輛紅色的貨卡停在大約半途中，有個男人坐在方向盤後。貨卡是輛老古董，車斗上載了些工具和一台看起來像旋轉式鬆土機的機械，所以那人可能是園丁——這是人們請得起園丁的那種街道——不過倘若如此，他為何只是坐在那裡呢？

也許是照看小孩？

烏鴉突然慶幸他認真看待貝瑞的話跳了車。問題是，現在該怎麼辦？他可以打電話給蘿絲，但他們上次談話的結論他從算命的魔法八號球就能得到。

他靜止不動地半隱身在上好的老橡樹後盤算下一步，就在這時偏袒真結族勝過鄉巴佬的天意插手了。在街道中途的一扇門打開，兩個女孩兒走出來。烏鴉的眼睛正如與他同名的鳥類一樣銳利，他馬上認出她們是比利電腦照片中三個女孩裡面的兩個。穿著棕色裙子的是艾瑪・迪恩。另一個穿黑褲子的是艾柏拉・史東。

他回頭瞄一眼貨卡。司機，也是個老古董，剛才一直沒精打采地坐在方向盤後。此時坐起身來，機警靈活，密切注意著。所以她的確是在耍他們。烏鴉仍然不確知哪一個是精氣源，不過有一點他非常確定：溫尼貝格上的人是在白費力氣。

烏鴉掏出手機，卻只暫時拿在手中，看著穿黑褲的女孩順著人行道走到街上。穿裙子的女孩目送她片刻後回到屋內。褲裝女孩——艾柏拉——橫過里奇蘭巷，她走過街的時候，貨卡裡的男人舉起雙手擺出怎麼了的手勢。她豎起拇指回應：別擔心，一切都很好。烏鴉感到一股勝利的激動，猛烈得有如威士忌的衝擊。問題得到答案了，艾柏拉・史東是精氣源，毫無疑問。她受到保護，守護她的人是個老頭開著一輛非常好的貨卡。烏鴉確信這輛車能載他和某個年輕的乘客遠到奧巴尼。

他用快速撥號打給蛇吻，當他收到無法接通的訊息時並不覺得意外或不安，克勞德蓋普是當地的風景區，上帝禁止那裡有任何手機基地台擾亂觀光客拍照。不過沒關係，倘若他沒法搞定一個老頭和一個小女孩，那就是他該交出隊長徽章的時候了。他凝視手機半晌後關機。在接下來二十分鐘左右，他不想和任何人說話，包括蘿絲。

他的任務，他的責任。

他有四根裝滿藥劑的注射器，兩根在他薄夾克的左邊口袋，兩根在右邊。將他最擅長的亨利・羅斯曼的笑容掛在臉上——就是他為真結族預約露營地空位，或包租汽車旅館時裝出的那種——烏鴉從樹後面走出來，沿著街道漫步。他左手中仍拿著那份折起來的《安尼斯頓購物指南》。右手插在夾克口袋，鬆開針頭上的塑膠蓋。

4

「不好意思，先生，我好像有點迷路了。不知道你可不可以指引我一些方向。」

比利・費里曼提心吊膽，緊張不安，滿懷著不十分好的預感……不過那令人愉快的聲音以及你可以相信我的燦爛笑容仍欺騙了他。只鬆懈了兩秒鐘，但那就夠了。當他把手伸向打開的置物箱時，他感到頸部側面微微刺痛了一下。

蟲子咬了我，他心想，隨後往側面倒下，兩眼向上翻白。

烏鴉打開車門，將司機推到座位另一邊。老人的頭撞上副駕駛座那側的窗戶。烏鴉將老人無力的雙腿抬過變速箱的隆起，用力關上置物箱以便多騰出一點空間，然後滑進方向盤後，砰地關上門。他深吸一口氣，環顧四周，準備應付任何動靜，不過沒什麼需要應付。里奇蘭巷昏昏沉沉地度過午後時光，真是太好了。

鑰匙插在點火開關裡。烏鴉發動引擎，收音機驟然響起托比・凱西的粗魯咆哮：上帝保佑美國，倒啤酒吧。他伸手去關收音機時，一個恐怖的白光瞬間刷過他的視野。烏鴉的心電感應能力微乎其微，但他與他的族人牢牢聯繫在一起；在某種程度上，所有真結族的成員就像單一生物體的附屬物，而他們其中一名成員剛才過世了。克勞德蓋普不僅是誤導，而且是幹他媽的埋伏。

他尚來不及決定下一步該怎麼做，白光又來了，之後停頓半晌，再來一次。

所有的人？

老天爺，三個人全都死了？這不可能……可能嗎？

他深吸一口氣，然後再深呼吸一次。強迫他自己面對這個事實：沒錯，是有可能。倘若如此，他知道誰是罪魁禍首。

他媽的精氣源女孩。

他看向艾柏拉的家，一片寂靜，感謝天賜的小恩惠。他原本預計要駕駛貨卡順著街道進入她家車道，但是忽然覺得這似乎是個壞主意，至少目前不適合。他下車，再探身進去，揪住失去知覺的老頭的襯衫和皮帶。烏鴉猛力將他拖回方向盤後，稍作停頓搜他的身。沒有槍，太可惜了。他不介意擁有一把，起碼拿一會兒。

他替老頭繫上安全帶，以免他往前傾，壓得喇叭嘟嘟直響。之後他沿著街道走向女孩的家，不慌不忙地。要是他在其中一扇窗口看見她的臉——或甚至是一道窗簾抽動一下——他就會立刻拔腿衝刺，但是四周毫無動靜。

他隻身一人仍然有可能可以完成這次任務，但那恐怖的白色閃光使得這個考量完全變成次要的。他最想做的是用雙手抓住那個為他們製造那麼多麻煩的卑鄙婊子，大力搖晃搖到她慌亂恐懼。

5

艾柏拉夢遊著走下前廳。史東家地下室有個家庭娛樂室，不過廚房是他們最舒適的活動空間，因此她不假思索地走向那裡。她兩手張開放在她和爸媽用過無數次餐的桌上站著，睜大發呆的雙眼凝視著廚房水槽上方的窗戶。她實際上根本不在這裡。她在克勞德蓋普，看著壞人下了溫尼貝格：蛇吻、納特和數字吉米。她從貝瑞那兒得知他們的名字。可是有件事不對勁。他們其中一個人不見蹤影。

烏鴉在哪裡？丹，我沒看見烏鴉！

沒有回答，因為丹和她父親、約翰醫生正在忙。他們擊倒了壞人，一個接一個：先是沃爾納特——那是她父親的傑作，他真是太棒了——接著是數字吉米，然後是蛇吻。她感受到每個致命的創傷，因為她的腦袋深處隨之響起重擊聲。那些重擊聲宛如是沉重的木槌反覆敲在橡木板上，其結局教人害怕，卻不全然令人討厭。因為……

因為他們罪有應得，他們殺害兒童，而且沒有其他東西能夠阻止他們。只有——

丹，烏鴉在哪裡？烏鴉在哪裡？？？

此時丹聽見了她的呼喊，謝天謝地。她看見了溫尼貝格。丹認為烏鴉在那裡面，或許他想得沒錯。但是——

她急忙跑回走廊上，窺視前門旁的窗戶外面。人行道上空空蕩蕩，不過費里曼先生的貨卡停在應該停放的位置。她無法看見他的臉，因為陽光照耀在擋風玻璃上，可是她能看見他在方向盤後頭，那代表一切仍然正常。

大概沒事。

艾柏拉，妳在那裡嗎？

是丹，聽見他的聲音實在太好了。她但願他在此陪她，不過有他在她腦中幾乎一樣令人安心。

在。

她為求心安再度朝空蕩蕩的人行道和費里曼先生的貨卡看一眼，檢查一下以確認她進來後鎖上了門，隨後開始往回走向廚房。

妳需要請妳朋友的媽媽打電話給警察，告訴他們妳有危險，烏鴉在安尼斯頓。

她在走廊的半途中停下腳步，她慰藉的手抬起開始揉擦嘴唇，丹不曉得她離開了迪恩家。他怎麼會知道呢？他一直忙個不停。

我不在。

她還沒傳完，高帽蘿絲的精神聲音就轟穿了她的腦袋，抹去所有的想法。

妳這小賤人，妳幹了什麼好事！

前門與廚房之間熟悉的走廊開始側滑。上一次這種旋轉發生的時候，她做好了準備。這回她毫無準備。艾柏拉想要阻止卻沒有辦法。她的家不見了。安尼斯頓消失了。她躺在地上仰望著天空。艾柏拉了解到在克勞德蓋普損失了三人讓蘿絲驚慌失措，她有一瞬間殘忍地感到欣喜。她掙扎著拚命找東西捍衛自己，但沒多少時間了。

6

蘿絲的身體四肢展開地趴在淋浴間與全景度假屋之間，然而她的心卻在新罕布夏，蜂擁在女孩的腦中。這回沒有幻想的女騎士和駿馬、長矛，噢沒有。這回只有一個嚇一跳的小妞兒和老蘿絲，而蘿絲想要報復。她只有在逼不得已的情況下才會殺了那女孩，她太有價值了不能輕易殺掉，不過蘿絲會讓她嚐嚐即將到來的痛苦——蘿絲的朋友已經蒙受的痛苦滋味。在鄉巴佬的腦子裡有許多柔軟、易受傷害的地方，她全部非常清——

滾開！妳這壞女人，離我遠一點，否則我他媽的會殺了妳！

那感覺就像閃光彈在眼睛後頭爆炸一樣。蘿絲猛然顫動，大聲呼喊。高個莫兒正要伸手去摸她，驚訝得縮了回去。蘿絲沒注意到，甚至沒看見她。她一直低估了女孩的力量，她努力在女孩腦中站穩腳步，可是那小賤人竟然將她推出來。這令人難以置信而且既憤怒又恐懼，卻是事實。更糟的是，她能感覺到她肉體的雙手舉向自己的臉。倘若莫兒和矮子艾迪沒有制止她，那小女孩可能就會逼蘿絲挖出自己的雙眼了。

至少暫時，她不得不放棄離開，不過在她離開前，她透過女孩的眼睛看見某個東西，讓她深感欣慰。是烏鴉達迪，而且他的一隻手中拿著注射針。

7

艾柏拉運用她能鼓起的所有精神力量，遠超過她去尋找布萊德・崔佛那天所用的，也超過她這一生曾經使用過的力量，卻仍然不大夠。正當她開始覺得自己無法逼迫高帽女人離開她的腦海時，世界又開始旋轉。她正在讓世界旋轉，但十分的困難——彷彿是在推一個巨大的石輪。天空和俯視她的臉孔全都滑開。當她夾在無處之間，有一剎那的黑暗，之後她自己家的前廳再度滑入眼簾。可是她不再是單獨一個人。有個男人站在廚房門口。

不，不是男人。是一隻烏鴉。

「妳好啊，艾柏拉。」他說著，微微一笑，朝她撲來。精神上仍因為她與蘿絲的衝突而暈眩，艾柏拉沒試圖用心靈的力量將他推開。她只是轉身逃跑。

8

在壓力最大的時刻，丹·托倫斯與烏鴉達迪兩人非常相像，雖然他們永遠都不會知道這點。烏鴉的視野同樣地突然清晰起來，同樣感覺到這一切都以極美妙的慢動作在發生。他看到艾柏拉左手腕上的粉紅色橡膠手環，竟然有時間聯想到乳癌防治宣傳活動。他看見女孩急奔到右邊時背包滑向左邊，便知道背包中裝滿了書。他甚至有時間欣賞她的頭髮在她身後飛出，形成鮮亮的一束。

她努力用拇指扳動門鎖時，他在門口逮到她。他用左手臂圈住她的喉嚨，使勁將她往後拽，他感覺到她首次嘗試——混亂而無力地——用心靈的力量推開他。

不用整支皮下注射器的量，可能會把她弄死，她的體重最多不會超過一百一十五磅。

她不斷地扭動、掙扎，烏鴉將注射針插入她的鎖骨下方。他不需擔心失去控制，將全部的劑量注入她體內，因為她的左手臂抬起來，重重地捶打他的右手，把注射器給撞掉。注射器掉到地板上滾動。但天意偏袒真結族勝過鄉巴佬，一向如此，現在也不例外。他已將剛好足夠的劑量注射到她體內。他感覺她對他心靈的微小掌握先是滑脫，然後落下。她的雙手也一樣。她以震驚、游離的眼神直盯著他。

烏鴉輕拍她的肩膀。「我們要去兜個風，艾柏拉。妳會認識令人興奮的新朋友。」

難以置信的是，她竟然擠出了微笑。一個假如把頭髮盤起來塞在帽子底下，依然會被認為是男孩子的年輕女孩，露出的笑容卻相當地令人恐懼。「那些你稱為朋友的怪物全都死了，他們們……」

最後一個字只是鬆弛、含糊的發音，她的兩眼往上翻，膝蓋失去平衡。烏鴉很想讓她摔下去——

那是她應得的懲罰——但抑制住衝動，伸到她腋下扶住她。畢竟她是珍貴的財產。

真正的財產。

9

他進來時是從後門，用亨利・羅斯曼的美國運通白金卡往下輕輕刷一下，近乎無用的彈簧鎖就喀噠一聲彈開，但他不打算從原路離開。往下傾斜的後院末尾只有一道高高的圍籬，在那之外就是河了。況且，他的交通工具在另一個方向。他扛著艾柏拉穿過廚房，進入空無一人的車庫。也許，父母親兩人都去上班了……除非他們是到克勞德蓋普，洋洋得意地看著安蒂、比利，和納特。暫時他不怎麼在乎那頭發生的事；無論幫小女孩的人是誰都可以等，他們的大限總會來臨。

他將她軟綿綿的身體塞到收著她父親少數工具的桌子下面，然後用拇指扳動打開車庫門的開關走了出去，在走出去前先確定匆匆掛上老亨利・羅斯曼的滿面笑容。要在鄉巴佬的世界生存的關鍵是，裝得一副你是其中一份子、好像總是心情愉快的樣子，這點沒人比烏鴉更擅長。他輕快地走到貨卡邊，再度搬動那老頭子，這回移到長條座椅中間。當烏鴉轉進史東家的車道時，比利的頭垂靠到他肩上。

「開始有點熟起來了，是不是啊？老前輩？」烏鴉問完哈哈大笑，一面將紅色貨卡開進車庫。他的朋友死了，眼前的狀況極其危險，但有個重要的補償：他覺得自己充滿生氣，許多年來頭一次意識到，這世界色彩繽紛，像條電力線般發出嗡嗡聲響。老天爺幫忙，他抓到她了。儘管她擁有奇怪的力量，耍了下流的花招，他還是逮到她了。現在他會把她帶去給蘿絲，當愛的獻禮。

「頭獎。」他說，並興高采烈地重重敲一下儀表板。

他剝掉艾柏拉的背包，留在工作檯下，再將她抬進貨卡的副駕駛座上。他替兩位打瞌睡的乘客繫上安全帶。他當然想過要折斷老頭的頸子，將他的屍體留在車庫裡，不過老頭可能遲早有用。那是說，如果那藥物沒殺了他的話。烏鴉檢查花白的老頸子側面的脈搏，觸摸一下，緩慢但強而有力。女孩則毫無問題；她正倚靠在副駕駛座的窗戶上，他能看見她的呼吸讓玻璃蒙上霧氣。好極了。

烏鴉花一秒鐘的時間清點他的存貨。沒有槍——真結族從來不帶槍枝旅行——不過他仍有兩支滿滿的笨蛋晚安的皮下注射器。他不知道兩支針能讓他撐多遠，不過女孩是他的第一優先。烏鴉有種想法，老頭的有用期間最終可能是極為有限。哦，好吧。反正鄉巴佬來來去去。

他拿出手機，這回按下的是打給蘿絲的快撥鍵。他正要認命地留言時她接聽了電話。她的語調緩慢，發音含糊。有點像是在和酒鬼說話。

「蘿絲？妳怎麼了？」

「那丫頭干擾我得比我預期的要多一點，不過我很好，我沒有再聽見她的聲音了。告訴我你抓到她了。」

「我抓到了，她現在睡得很香甜，不過她有朋友。我不想和他們碰面。我會立刻朝西邊走，我沒時間搞他媽的地圖，我需要能帶我跨過佛蒙特州進入紐約州的次要道路。」

「我會叫馬屁精史林去查。」

「妳需要馬上派人到東邊和我會合，蘿絲，而且盡妳所能把可以讓炸藥小妞安靜的藥物弄到手，因為我沒剩多少了，看一下納特的備品，他肯定有什麼——」

「別告訴我該怎麼做，」她怒氣沖沖地說。「馬屁精會協調所有的事。你可以先說說你知道的嗎？」

「好的，親愛的蘿絲，野餐區是陷阱。那小丫頭他媽的騙了我們。萬一她朋友打電話報警怎麼辦？我現在開著一輛老舊的F-150，駕駛室內還有兩個殭屍坐在我隔壁。我乾脆在前額刺上綁匪好了。」

但是他正咧開嘴笑，他是真的在笑，電話另一端暫無聲息。烏鴉在史東家的車庫裡坐在駕駛座上，等待。

最後蘿絲說：「你要是看見後面有警車的藍燈，或是前方有路障，就勒死那丫頭，在她死的時候儘量地吸出她的精氣，然後投降。最後我們會照顧你的，你很清楚。」

現在輪烏鴉停頓。最後他說：「親愛的，妳確定走這條路是對的嗎？」

「我確定。」她的聲音冷硬如石。「她要為吉米、納特，和蛇吻的死負責。我哀悼他們所有的人，但是我最難過的是安蒂的死，因為是我親自轉變她的，她只體驗了一下人生，還有莎蕊……」

她的聲音逐漸減弱，化為嘆息。烏鴉沒有答腔，真的無言以對。安蒂・史坦納加入真結族初期和許多女人在一起過——這並不意外，精氣總是讓新人特別慾火難耐——但是在過去十年她和莎拉・卡特成為情侶，對彼此非常專一。在某些方面，安蒂似乎更像是沉默莎蕊的女兒，而不是情人。

「莎蕊傷心欲絕。」蘿絲說：「另外黑眼蘇西對於納特的死也很難過，那小丫頭要為奪走我們三條人命負責。不管怎樣，她的鄉巴佬人生結束了，還有別的問題嗎？」

烏鴉沒有任何問題。

10

他們開到舊的花崗岩州公路上離開安尼斯頓，朝西前進，沒人特別注意到烏鴉達迪和他打盹的乘客。除了一些值得注意的例外（眼尖的老太太和小孩子是最糟的），即使進入恐怖主義的黑暗時代十二年，鄉巴佬的美國仍是不留心得令人吃驚。**看到可疑跡象，就立即通報**是句很棒的標語，但你首先必須看到東西。

等到他們越過州界進入佛蒙特時，天色漸漸暗了，對向經過的車子僅看到烏鴉的車頭燈，因為他故意開著遠光燈。馬屁精史林已經打來三次，提供他路線資訊。多半是小路，很多是沒有標記的路。馬屁精同時告知烏鴉柴油道格、齷齪菲爾，及圍裙安妮已上路了。他們駕駛〇六年份的雪佛蘭隨想曲，那輛車外表看似狗，引擎蓋下卻有四百匹馬力，速度不會是問題；他們同時帶著可一路通過檢查的國土安全部證件，這要感謝已故的數字吉米。

小不點雙胞胎，豌豆和豆莢，正利用真結族尖端的衛星通訊設備監聽東北部地區的警察談話，目前為止沒聽到任何有關少女可能遭綁架的訊息。這是好消息，但並非意料之外。精明到設下埋伏的朋友八成也夠聰明，知道倘若他們公開此事，他們的小妞兒可能會發生什麼事。

另一支電話響起，這支聲音沉悶、聽不清楚。烏鴉的視線緊盯著道路，傾身越過熟睡的乘客，伸手進置物箱，找到了一支手機。毫無疑問，是老頭子的。他將手機舉到眼前。上頭沒有名字，所以打電話的人不在手機的記憶體中，不過電話號碼的區域碼是新罕布夏州的。埋伏者之一想知道比利和女孩是否平安？非常有可能。烏鴉考慮接聽電話，但決定還是不要。不過，他晚點會查看打來的人是否有留言。資訊就是力量。

他再度傾身將手機放回置物箱時，手指碰到了金屬。他把手機塞進去，拿出一把自動手槍。

非常棒的額外贈禮，幸運的發現。要是老頭子比預期的早一點醒來，他可能在烏鴉識破他的意圖之前拿到槍。烏鴉將葛拉克塞到他的座位下，然後迅速地關上置物箱。

槍也是力量。

11

天色完全暗下來，他們在一〇八號公路上深入綠山山脈時，艾柏拉開始動了。仍覺得自己生氣勃勃、富有智識的烏鴉並不感到惋惜。一來，他對她很好奇。二來，這輛老貨卡的油表逐漸觸底，有人得去加油。

可是不能冒險。

他用右手從口袋裡取出剩餘的兩支皮下注射器中的一支，拿在大腿上。他一直等到女孩依然朦朧、呆滯的雙眼張開。然後他說：「晚安，小淑女。我是亨利・羅斯曼。妳明白我的話嗎？」

「你是……」艾柏拉清清喉嚨，沾濕嘴唇，再試一次。「你不是亨利什麼的。你是烏鴉。」

「所以妳真的聽明白了，很好。我猜，妳現在大概覺得頭腦不大清楚，妳會繼續維持這個狀態，因為我希望妳這樣子。不過只要妳注意妳的言行，我就沒必要再把妳完全迷昏，妳明白嗎？」

「我們要去哪裡？」

「霍格華茲魔法學院，去看國際魁地奇比賽。我會買給妳一根神奇熱狗和一個圓錐形紙筒裝的魔法棉花糖，回答我的問題。妳會好好注意妳的言行嗎？」

「會。」

「這麼立即的答應真是動聽，不過如果我沒法完全相信，妳必須原諒我。在妳嘗試做出妳可能後悔的蠢事之前，我需要先告訴妳一些重要的訊息。妳看到我拿的注射針了嗎？」

「看到了。」艾柏拉的頭仍舊靠在窗戶上，不過她低頭看了一眼皮下注射器。她的眼睛閉上再睜開，非常緩慢地。「我口渴了。」

「大概是因為藥物的關係，我身邊沒有可以喝的東西，我們離開的時候有點匆忙——」

「我想我的背包裡有盒果汁。」聲音沙啞。低沉而緩慢。雙眼每眨一次仍需費力地張開。

「恐怕背包在妳家車庫裡，我們到下一個小鎮時，妳也許可以買點東西來喝——如果妳是乖巧的小歌蒂拉[46]的話。假如妳是不乖的小歌蒂拉，妳就只能整晚吞自己的口水了，聽清楚了嗎？」

「是……」

「要是我感覺到妳在我腦袋裡摸來摸去——沒錯，我知道妳辦得到——或者如果妳趁我們停的時候想要吸引人家注意，我就會給這位老紳士注射藥物。加上我原先已經注射進去的量，他就會像歌手艾美·懷恩豪斯一樣死掉，這點也聽清楚了嗎？」

「是。」她再舔一次嘴唇，然後用手揉擦。「別傷害他。」

「那要看妳了。」

「你要帶我去哪裡？」

「歌蒂拉？親愛的？」

「什麼？」她茫然地朝他眨眼。

「閉嘴，只管享受兜風的樂趣吧。」

「霍格華茲魔法學院。」她說。「棉花……糖。」這回當她眼睛闔上後，眼皮沒再抬起。她開始輕微地打鼾，聲音聽來輕鬆明快，有點愜意。烏鴉不認為她是在假裝，但為了保險起見，他仍繼續將皮下注射器握在老頭兒的腿邊。如同咕嚕曾經說過佛羅多．巴金斯：它很詭計多端。非常的詭計多端。

12

艾柏拉沒有完全失去知覺；她仍聽見貨卡的馬達聲，不過很遙遠，似乎來自她的上方。這令她想起她和父母親在炎熱的夏天午後到溫尼佩紹基湖，如果把頭潛入水下，能聽見汽艇遙遠的嗡嗡聲。她曉得自己遭到綁架，她也知道她應該擔憂，不過此刻她卻覺得很平靜，滿足於飄浮在半睡半醒之間。不過，她嘴巴與喉嚨的乾渴十分討厭。她的舌頭感覺好像一條積滿塵土的地毯。

我得做點什麼。他要帶我去高帽女人那兒，我必須採取行動。如果我不行動，他們就會像殺害棒球男孩一樣把我殺掉。或者對我做些甚至更糟的事。

她會採取行動，等她喝點東西之後，等她再多睡一會兒之後……

光線穿透她闔上的眼瞼時，引擎聲從單調低沉的嗡嗡聲逐漸變成遙遠的低哼。之後聲音徹底地停止，烏鴉戳著她的腿。起先很小心，接著用力一點。力道大得弄疼她。

「醒來，歌蒂拉。妳可以待會再繼續睡。」

她掙扎著張開眼，看到亮光不禁畏縮。他們停在某個加油幫浦旁。他們上方有日光燈。她用手遮住眼睛避開刺眼的光線。現在她不僅口渴還頭痛。感覺像……

46. 烏鴉叫她歌蒂拉（Goldilocks）是格林童話故事《金髮女孩與三隻小熊》中的女主角。

「歌蒂拉，有什麼好笑的？」

「什麼？」

「妳在笑。」

「我剛搞清楚我是怎麼了，我宿醉了。」

烏鴉思考了一下，咧嘴笑開。「我想妳是宿醉了，妳甚至還沒醉到把燈罩戴在頭上、高興地活蹦亂跳就倒了。妳現在夠清醒可以聽懂我說的話了嗎？」

「嗯。」至少她認為她清醒了。噢，不過她的頭如遭到重擊般的劇痛。糟透了。

「拿著這個。」

他用左手拿著某樣東西伸過來到她面前。他的右手仍握著皮下注射器，針頭靠在費里曼先生的大腿旁。

她瞇起眼睛來看，那是張信用卡。她伸出感覺萬分沉重的手接下信用卡，她的兩眼又開始閉起，他掌摑她的臉。她的兩眼立刻張開，受到驚嚇地睜得大大的。她這輩子從來沒挨打過，起碼，沒遭成年人打過。當然她也從來沒被綁架過。

「哎喲！哎喲！」

「下車，按照幫浦上的指示加油，妳是個聰明的孩子，我確定妳辦得到。然後把油槍放回原位再進來。要是妳像個乖巧的小歌蒂拉做完這些事，我們就開車到那邊的可樂販賣機。」他指向商店的遠處角落。「妳可以買一大罐二十盎司好喝的汽水。或者水，如果妳想喝水的話；我用我的小眼睛看見他們有賣達沙尼瓶裝水。如果妳是不乖的小歌蒂拉，我就會殺了老人，再走進店裡殺了收銀台的那個小子，那不成問題。你的朋友有把槍，現在是我的了。我會帶著妳和我一起進去，讓妳看著那小鬼的腦漿噴濺出來。這由妳決定，知道嗎？妳明白了嗎？」

「明白了。」艾柏拉說。現在更清醒一點了。「我能買可樂又買水嗎？」

他大大咧開嘴的笑容這回顯得高傲、英俊。儘管她的處境，儘管她頭痛，甚至不管他曾打她耳光，艾柏拉都覺得他的笑容很迷人。她猜想有很多人覺得他的笑容迷人，尤其是女人。「有一點貪心啊，不過貪心不見得都是壞事，我們先看看妳如何注意自己的言行吧。」

她解開安全帶——她試了三次，最後終於成功了——抓住車門把手，在她下車前，她說：「別再叫我歌蒂拉了，你曉得我的名字，我也知道你的。」

在他來得及回答前，她已砰地甩上門，（稍微迂迴前進地）走向加油島。她不但有精氣也有勇氣。他幾乎要欣賞她了。不過，考慮到蛇吻、納特，和吉米的遭遇，那差不多已是極限。

13

起初艾柏拉無法看懂指示，因為字不斷地變成雙重、滑來滑去。她瞇起眼睛，字才清晰起來。烏鴉正在監視她，她能感覺到他的雙眼有如微小、溫熱的重量壓在她的頸後。

丹？

沒有回應，她並不意外。她連這愚蠢的幫浦如何操作都幾乎無法搞清楚，又怎麼能希冀接觸到丹？她這一生不曾覺得閃靈的力量如此弱過。

終於她成功地開始加油，雖然她第一次試用他的信用卡時顛倒插入，不得不重新再來一次。加油似乎永無止境，不過油槍上頭有橡皮套抑制油氣的惡臭，夜晚的空氣也讓她的頭稍微清醒一些。夜空中有無數的星星，星辰的數大與美時常令她敬畏，然而今晚凝望著星星只讓她覺得害怕。星星太過遙遠，它們看不見艾柏拉・史東。

油箱加滿後，她瞇起眼睛看著加油幫浦視窗上出現的新訊息，然後轉向烏鴉。「你要收據嗎？」

「我想我們沒有收據也能相互支持，妳不認為嗎？」他再次露出炫目的笑容，那是假如為妳而綻放，會讓妳喜不自勝的那種笑容。艾柏拉敢打賭他一定有很多女朋友。

不，他只有一位。**高帽女人是他的女朋友。蘿絲，要是他有別的女人，蘿絲會殺了她，八成會用她的牙齒和指甲。**

她步伐沉重地回到貨卡坐進去。

「非常好，」烏鴉說。「妳贏了特獎——一罐可樂和一瓶水。所以……妳要對妳爸爸說什麼？」

「謝謝。」艾柏拉冷淡地說。「不過你不是我爸爸。」

「但是，我可以啊。我可以當個非常好的爸爸，照顧那些對我好的小女孩，那些注意言行的小女孩。」他開到自動販賣機旁，給了她一張五元鈔票。「如果有的話，幫我買一罐芬達，沒有的話就買可樂。」

「你們也喝汽水？像一般人一樣？」

他裝出滑稽、受傷的表情。「如果你刺傷我們，我們不會流血嗎？如果你搔我們癢，我們難道不會笑嗎？」

「莎士比亞，對吧？」她再度擦抹嘴巴。「《羅密歐與茱麗葉》。」

「《威尼斯商人》，傻女孩，」烏鴉說……但是面帶著微笑。「我敢說妳不知道剩下的吧。」

她搖一搖頭，錯誤的舉動。這個動作使得原先已開始減弱的陣陣頭痛又恢復了。

「如果你對我們下毒，我們難道不會死嗎？」他輕拍貼在費里曼先生腿上的注射針。「幫我們買飲料的時候好好想一想吧。」

14

她在操作自動販賣機時，他嚴密地監視著。這個加油站位在某個小鎮的郊區，樹木繁茂，她隨時可能決定不管老頭的死活，跑向樹林。他想到那把槍，但是把槍留在原處。考慮到她目前頭腦混沌的狀態，追逐她不會太費事。不過她壓根兒沒往那方向看。她將五元鈔票塞進機器買了飲料，一罐接一罐，中間只停下來猛喝一大口水。她回來拿芬達給他，但沒有上車，反而指向建築物側面的更遠處。

「我需要去上廁所。」

烏鴉感到困惑。這是他沒預見的事，雖然他應該想得到。她被下了藥，她的身體需要清出自己的毒素。「妳不能忍一會兒嗎？」他盤算的是再往下開幾英里，他應該能夠找到一條岔道停靠路邊。讓她到矮樹叢後面去上，只要他能看見她的頭頂，就沒問題了。

但是她搖了搖頭，當然她會搖頭。

他重新考慮了半晌。「好吧，聽好了。如果女廁的門沒鎖，妳就可以去上。如果門鎖著，妳就必須到後面去小便，我絕對不會讓妳走進去向櫃台的小子要鑰匙。」

「如果我必須到後面去上，我想你就會盯著我囉，性變態。」

「一定會有大垃圾桶或什麼的，妳可以蹲在那後面，雖然看不到妳可愛的小屁股我的心會碎掉，不過我會努力活下去的。現在上車吧。」

「可是你說——」

「上車，否則我會再開始叫妳歌蒂拉。」

她上了車，他將貨卡開到廁所門旁邊停下，沒有完全擋住門。

「現在把手伸出來。」

「為什麼？」

「伸出來就是了。」

非常不甘願地，她伸出手來。他抓住她的手。當她看見注射針時，試圖把手縮回。

「別擔心，只打一滴而已。我們不能讓妳想著壞主意，對吧？或者把想法傳播出去。不管怎樣這是一定要打的，那幹嘛小題大作？」

她停止嘗試抽開手。直接任由他注射比較簡單。她的手背短暫地刺痛了一下，隨後他放開她。

「現在，去吧。去小便，動作快。就像那首老歌唱的，家鄉的沙子不停地流過沙漏。」

「我沒聽過像這樣的歌。」

「我一點都不驚訝。妳甚至分辨不出《威尼斯商人》和《羅密歐與茱麗葉》。」

「你這人很討厭。」

「我不是非得討人厭不可。」他說。

她下了車，站在貨卡旁邊片刻，深呼吸幾口氣。

「艾柏拉？」

她看向他。

「別想把妳自己鎖在裡頭，妳明白誰將會因此付出代價，對不對？」他輕拍一下比利・費里曼的大腿。

她很清楚。

她的頭腦才剛開始清醒，又陷入霧中。在那迷人的笑容後面是個可怕的男人——可怕的東西。而且聰明，他設想到了一切。她試了試廁所門，門開了。起碼她不必到後面野草叢裡撒尿，算很幸運了。她走進去，關上門，解決生理問題。之後她只是坐在馬桶上，暈眩的頭垂下來。她想起在艾瑪家浴室的時候，她傻傻地相信一切都將好轉，那感覺似乎是好久以前的事了。

我得採取行動。

可是她被注射了麻醉藥，昏昏沉沉的。

丹。

她儘可能鼓起所有的力量發出這個呼喚……但力量不是太大。此外烏鴉會給她多少時間呢？她感到絕望席捲了她，削弱了僅存的些微抵抗意志。她唯一想做的是扣上褲子的鈕扣，再度坐上貨卡，繼續睡覺。不過她仍然再試一次。

丹！丹，求求你！

接著等待奇蹟。

然而她得到的只是貨卡喇叭簡短地叭了一聲，傳達的訊息非常清楚：**時間到了。**

第十五章・交換

1

你會記起遺忘的事物。

在克勞德蓋普付出慘痛代價的勝利餘波中，這個句子縈繞在丹的腦海，宛如一小段惱人、無意義的音樂侵入你的腦袋不肯離去，就像你發現自己連半夜跌跌撞撞地走去浴室時都會哼唱的那種音樂。這個句子十分惱人，卻並非毫無意義。由於某種原因他把這句話和東尼聯繫在一起。

你會記起遺忘的事物。

將真結族的溫尼貝格開回他們自己的車旁，停在弗雷澤鎮公園的迷你鎮站是不可能的。即使他們不怕被人看見從溫尼貝格下來，或是在車內留下法醫證據，他們也不需要投票就否決了這個可能性。車子聞起來不僅有疾病與死亡的味道；而且有邪惡的氣味。丹則有另一個理由。他不知道真結族的成員是否會以幽靈人的形態再回來，但他不想查明。

因此他們將棄置的衣物和毒品器材扔進薩科河，在河中沒下沉的東西會順流而下漂到緬因州，然後他們依照來時的方法搭乘海倫・利文頓號回去。

大衛・史東坐進列車長席，看見丹仍拿著艾柏拉的絨毛兔子，便伸出手來要。丹非常樂意地將兔子遞過去，並留意到艾柏拉的父親另一隻手中握著：他的黑莓機。

「你打算拿那個做什麼？」

大衛望向軌距狹窄的軌道兩旁流過的樹林，再轉回來看著丹。「等我們一到手機信號涵蓋範圍內，我就要打電話到迪恩家。如果沒人接，我就要打電話報警。要是有人接，但艾瑪或她母親告訴我艾柏拉不在了，我也會打電話報警。假設迪恩他們還沒報警的話。」他打量人的眼神冷淡、談不上友善，不過起碼他克制了對女兒的擔憂，更有可能是恐懼，丹敬重他這點。這樣子也比較容易同他講道理。

「托倫斯先生，我認為你該為此負責。這是你的計畫，你瘋狂的計畫。」就算指出他們全都贊成了這個瘋狂的計畫，或者他和約翰對艾柏拉的持續沒回應差不多跟她父親一樣焦急，也於事無補。基本上，這人說得沒錯。

你會記起遺忘的事物。

這是有關全景飯店的另一個回憶嗎？丹認為是。但是為何現在出現？為何在這裡出現？

「大衛，她幾乎**確定**被帶走了。」說話的是約翰・道頓。他移到火車前頭，就在他們後面。夕陽餘暉穿透樹林，在他臉上閃耀不定。「假如是那種情況，你告訴警察，你認為艾柏拉會發生什麼事？」

願上帝保佑你，丹心想。**如果這句話由我來說，我懷疑他是否會聽。因為，說到底，我是個和他女兒串通的陌生人。他永遠無法完全相信我不是害她陷入這場混亂的人。**

「不然我們還能做什麼？」大衛問，接著他脆弱的鎮定崩潰了。他開始哭泣，將艾柏拉的絨毛兔子抱到臉上。「我要怎麼跟我太太說？說我在克勞德蓋普開槍打人的時候，有個妖怪偷走我們女兒？」

「先做重要的事，」丹說。他不認為ＡＡ的標語，像是**放下並交託給上帝**，或是**沉住氣**之類的話，此時艾柏拉的爸爸會聽得進去。「等手機收得到訊號時，你應該打電話到迪恩家。我想你會聯絡到他們，他們也沒事。」

「你覺得會這樣，為什麼？」

「我最後一次和艾柏拉通訊的時候，我叫她請她朋友的媽媽報警。」

大衛眨了眨眼。「真的嗎？或者你只是為了保護自己所以現在這麼說？」

「是真的。艾柏拉開始回答時說：『我不在』之後我就和她斷了聯繫。我想她正要告訴我她已經不在迪恩家了。」

「她活著嗎？」大衛用冰透的手一把抓住丹的手肘。「我女兒還活著嗎？」

「我沒收到她的訊息，不過我確定她仍活著。」

「你當然會那麼說，」大衛低聲說。「為了掩蓋你犯的錯，對吧？」

丹縮回反駁的話。要是他們開始爭吵，任何救回艾柏拉的微小機會都將變成無望。

「這很有道理。」約翰說。雖然他臉色依舊蒼白，雙手仍不太穩，但他用的是醫生對病人的平靜口吻。「死了，她對剩下的那個傢伙，抓她的那個傢伙，就沒有用處了。活著，她可以當人質。而且，他們想要她的……嗯……」

「他們想要她的精華，」丹說。「精氣。」

「還有一件事，」約翰說。「你打算怎麼跟警察說我們殺掉的那些人？說他們開始循環，一下子看得見，一下子看不見，直到完全消失為止？然後我們丟掉了他們的……他們殘餘的東西？」

「我不敢相信我居然讓你拐我捲入這件事裡。」大衛不停地將兔子扭來扭去。要不了多久這個老玩偶就會裂開，迸出裡頭的填充物。丹不確定自己是否能忍受看見那一幕。

約翰說：「聽著，大衛。為了你女兒，你必須讓你的腦袋冷靜下來。自從她在《購物指南》上看到那男孩的相片，想要查出他的事情時，她就陷進這件事裡了。那個艾柏拉稱為高帽女人的傢伙一得知她的存在，就幾乎非得來找她不可。我不清楚精氣的事，我也不大明白丹所說的閃靈，不過我知道像我們正在對付的這種人絕不會留下目擊者。以愛荷華男孩的案子來說，你女兒就是目擊證人。」

「打給迪恩他們，但是口氣輕鬆點。」丹說。

「輕鬆？輕鬆？」他看起來像是正在試著說瑞典話的樣子。

「說你想問艾柏拉是否需要你到店裡買些什麼——麵包、牛奶，或那一類的東西。如果他們說她回家了，就說好吧，你會打到家裡聯絡她。」

「然後呢？」

丹不知道。他只知道他需要思考。他需要努力想想遺忘了什麼。

但是約翰**知道**。「然後你就試試聯絡比利・費里曼。」

等到黃昏，利文頓號的車頭燈在鐵軌的過道劈出明顯可見的圓錐形時，大衛的手機終於出現了信號格。他撥電話到迪恩家，儘管他一手強有力地緊握住如今已變形的哈皮，臉上流下大滴大滴的汗珠，不過丹認為他做得相當好。艾比能來接一下電話，告訴他他們是否需要停下來在超市買什麼東西嗎？哦？她走了嗎？那他會試試打家裡電話找她。他再多聽了一會兒，說他一定會那麼做，然後結束了通話。他凝視著丹，一雙眼有如臉上兩個鑲白框的洞。

「迪恩太太要我問問艾柏拉感覺怎麼樣，顯然她是抱怨著經痛回家的。」他垂下頭。「我甚至連她開始有月經都不知道，露西從來沒說過。」

「有些事情爸爸不需要知道，」約翰說。「現在試試看聯絡比利吧。」

「我沒有他的電話號碼。」他突然發出一聲笑——哈！「我們這夥人真是一團糟。」

丹憑記憶背誦出電話號碼。前方樹木逐漸稀疏，他能看見弗雷澤主要街道上的路燈光亮。

大衛輸入電話號碼仔細聽。再多聽片刻後切斷電話。「語音信箱。」

三個男人默默無言，利文頓號開出樹林，朝迷你鎮行駛最後兩英里。丹再嘗試聯繫艾柏拉一次，使盡他所能鼓起的全部精力擲出他精神的聲音，卻毫無回應。她稱為烏鴉的傢伙八成用某種方法讓她失去知覺。剛才刺青女人拿著注射針。烏鴉大概也有一支。

你會記起遺忘的事物。

這想法的起源從他的心靈最深處浮現，也就是他收藏鎖盒的地方，鎖盒中裝著所有全景飯店以及出沒其間的鬼魂的可怕回憶。

「是那個鍋爐。」

坐在列車長席上的大衛瞥向他。「什麼？」

「沒事。」

全景飯店的暖氣系統年代久遠。必須定期釋放蒸汽的壓力，否則壓力就會不斷地爬升、爬升，到達某個點後鍋爐就會爆炸，將整間飯店炸到天空去。當傑克・托倫斯急遽地陷入精神錯亂的狀態時，他忘了這件事，但他的小兒子收到了來自東尼的警告。

這是另一個警告，或只是由於壓力和內疚導致令人發狂的記憶出現？因為他確實感到內疚。約翰說得沒錯，無論如何艾柏拉都會成為真結族的目標，然而情感是理性思考無法攻破的。那是他擬定的計畫，現在計畫出了錯，他責無旁貸。

你會記起遺忘的事物。

那是他老朋友的聲音，想告訴他有關他們目前情況的事，或者只是留聲機呢？

2

大衛和約翰一起回史東家。丹開自己的車跟隨在後，很高興有獨自思考的空間。倒不是這樣似乎有幫助。他幾乎確定有什麼東西在那裡，**真實的東西**，但是它不肯出現。他甚至試著召喚東尼，從他青春期以後就從來沒嘗試過這件事，但運氣不佳。

比利的貨卡已不再停在里奇蘭巷。就丹來看，這很合理。真結族突擊隊搭乘溫尼貝格而來，假如他們放烏鴉在安尼斯頓下車，他就會徒步而行，需要一輛車。

車庫敞開著。約翰的車還沒完全停妥，大衛就衝下車奔進車庫裡，呼喊著艾柏拉的名字。然後，在約翰薩博本的車頭燈聚光照射下宛如舞台上的演員，他撿起一樣東西，發出介於呻吟與尖叫的聲音。丹停到薩博本旁邊後，看清楚那是什麼：艾柏拉的背包。

丹瞬間萌生想要喝酒的衝動，甚至比他從牛仔跳舞酒吧的停車場打電話給約翰的那晚還要強烈，是自從他在第一次聚會上拿到白色代幣之後這麼多年來最強烈的。他衝動得想就這樣倒車退出車道，無視他們的叫喊，直接開回弗雷澤。那裡有間酒吧叫公麋鹿，他曾經過許多次，總是抱著已康復的酒鬼本能的揣測——裡頭是什麼模樣？啤酒桶裡裝的是什麼啤酒？自動點唱機裡有哪種音樂？架上擺了什麼威士忌，吧檯下又有哪種？裡面有漂亮的小姐嗎？那第一口酒嚐起來是什麼滋味？嚐起來會有家的味道嗎？好像終於回到家一般？在大衛・史東打電話報警，警方逮捕他去偵訊有關某個小女孩失蹤的案件之前，他至少能回答出幾個問題。

總有一天，凱西在早先神經緊張的時期告訴過他，**你的精神防衛會失靈，剩下來擋在你和酒之間的只有更高的力量。**

丹對於所謂的更高力量沒有疑問，因為他有一點內幕消息。上帝仍舊是個未經證實的假設，但他知道真的有另一階段的存在。同艾柏拉一樣，丹見過幽靈人。所以當然，神可能存在。而且考慮到他瞥見的世界之外的世界，丹認為甚至是極有可能……不過哪種神會在像這樣的壞事發生時只坐視不管呢？

好像你是第一個問這問題的人似地，他暗想。

凱西・金斯利吩咐他一天要跪下來兩次，早晨請求協助，夜晚表示感謝。**這是頭三個步驟：我沒辦法，神有辦法，我想我會交託給祂。不要想太多。**

對不願接受這個建議的新人，凱西習慣說個關於電影導演約翰・華特斯的故事。在他一部早期的電影《粉紅火鶴》中，華特斯的變裝皇后明星迪威恩，吃了一點郊區草坪上的狗排泄物。多年後，仍有人問起華特斯那段電影史上的輝煌時刻。最後他火了。「那只不過是一小塊狗屎罷了，」他告訴記者：「而且她因此成了明星。」

所以就算你不喜歡也要跪下去請求協助，凱西結尾總是這樣說。**畢竟，那只不過一小塊狗屎罷了。**

坐在車子的方向盤後，丹無法好好地跪下來，但他採用了他每天早晚祈禱時必然預設的姿勢——雙眼闔起，一隻手掌貼在唇上，彷彿要阻止任何一滴傷害他的人生二十年的誘人毒藥進來。

神啊，請幫助我不要——

他只祈禱到這裡，突然靈光一閃。

那是大衛在他們到克勞德蓋普的途中所說的話。是艾柏拉憤怒的笑容（丹好奇烏鴉是否已見過那個笑容，若是見過，他有何看法）。最重要的是，他自己皮膚的觸覺，壓得嘴唇向後貼在牙齒上的感覺。

「噢，我的天啊。」他低聲說。他下車，兩腿發軟，終究還是跪了下來，不過立即起身跑進車庫，兩個男人站在那兒盯著艾柏拉遺棄的背包。

他抓住大衛・史東的肩膀。「打電話給你老婆，告訴她你要去看她。」

「她會想知道這是怎麼回事。」大衛說。從他顫抖的嘴、低垂的眼能清楚地看出他多麼不希望和他太太通話。「她暫時住在伽妲的公寓，我會告訴她……天哪，我不曉得要怎麼告訴她。」

丹抓得更緊，加重壓力，直到那雙垂下的眼睛抬起來迎上他的目光。「我們全部都去波士頓，不過約翰和我到那裡有別的事要處理。」

「什麼別的事？我不懂。」

丹了解。並非所有的事，但是知道得不少。

3

他們開約翰的薩博本，大衛坐副駕駛座，丹在後座躺著，頭靠在扶手上，兩腳在地板上。

「露西一直想叫我告訴她這是怎麼回事。」大衛說。「她告訴我我嚇壞她了，當然她想到是艾柏拉的事，因為她也有一點點艾柏拉擁有的那種能力，我一直都知道。我告訴她艾比到艾瑪家過夜。你知道我們結婚後我對我老婆說過多少次謊嗎？我用一隻手就數得出來，其中三次是關於我在我部門主管舉辦的星期四晚上的撲克遊戲中輸了多少。從來沒有像這樣的事。然後再過短短三個小時，我就得收回自己說過的話。」

當然丹和約翰知道他怎麼敘述艾柏拉的事，也曉得露西對她丈夫不斷堅持這事情太重要又太複雜，沒法在電話中深談有多麼生氣。他講電話的時候，他們兩人都在廚房。不過他需要談談，以ＡＡ的說法，**分享**。約翰負責需要做出的反應，回些**呃——啊、我知道、我了解**。

到某個時刻，大衛突然中斷談話看向後座。「老天啊，你在**睡覺**嗎？」

「不是。」丹沒睜開眼睛說。「我是在想辦法和你女兒聯絡。」

這止住了大衛的獨白。此時只有輪胎的雜音，薩博本在十六號公路上往南行駛，穿過十數個小鎮。路上車輛很少，當兩線道擴充成四線道時，約翰將時速表維持在平穩的一小時六十英里。

丹沒嘗試呼喚艾柏拉；他不確定那是否有用。相反地，他努力將自己的頭腦完全打開，把自己變成一座監聽站。他以前從未試過像這樣的行動，結果十分怪異。感覺好像戴上全世界最強大的耳機。他似乎聽見不間斷的急促低音，認為那是人類想法的嘈雜聲。他讓自己準備好在那不間斷的浪濤聲某處聽見她的聲音，並非真的期待能聽到，但除此之外他能做什麼呢？

就在他們經過斯波爾丁高速公路上的第一個收費站後沒多久，距離波士頓僅六十英里時，他終於接收到她的訊號。

丹。

低微，幾乎沒有。起先他以為只是想像——願望實現——但他還是朝那方向轉過去，努力將他的注意力縮小到一束探照燈光。之後那聲音又來了，這回略微大聲一點。是真的，是她！

丹，求求你！

她被注射了麻醉藥，沒錯，而他完全不曾試過類似接下來必須做的事……不過艾柏拉有經驗。她必須指示他方法，無論藥效是否發作。

艾柏拉盡力了，你必須幫我。

幫忙什麼？怎麼幫？

交換。

？？？

幫我轉動世界。

4

大衛在副駕駛座上，翻找杯架裡的零錢準備付下次的通行費，就在這時丹從他後面開口了，只不過那話無疑不是丹說的。

「再給我一分鐘就好，我得換一下衛生棉！」

薩博本猛然偏向，約翰坐直身子急拉方向盤。「你在說什麼鬼話啊？」

大衛解開安全帶，跪在座椅上，轉身查看躺在後座的男人。丹的雙眼半閉著，可是當大衛說出艾柏拉的名字，他的眼睛便張開來。

「不，爸爸，現在不要，我得幫忙……我必須試試……」丹的身體扭動。一手抬起來擦拭嘴唇，那手勢大衛見過無數次，一會兒後手又放下。「告訴他我說過不要那樣叫我。告訴他——」

丹的頭偏向旁邊，直到壓在肩膀上。他發出呻吟。兩手胡亂地抽動。

「發生了什麼事？」約翰高聲喊。「我該怎麼做？」

「我不知道。」大衛說。他伸手到座位中間，抓起其中一隻抽搐的手，緊緊地握住。

「開車，」丹說。「繼續開就是了。」

接著後座的身體開始抗拒、扭曲。艾柏拉用丹的聲音尖叫起來。

5

跟隨她的思緒緩慢的潮流，他找到了他們之間的渠道。他看見石輪，因為艾柏拉將其圖像化，但她過於虛弱、而且迷失方向，所以無法轉動石輪。她鼓足了所有的精神力量以保持她那一端的連結敞開，讓他能進入她的腦子，她能進入他的。不過他主要仍是在薩博本內，對向的車燈疾馳過鋪了軟墊的車頂。明……暗……明……暗。

石輪非常的沉重。

驀地從某處傳來捶打聲，以及人聲。「出來，艾柏拉，時間到了。我們必須上路了。」

那令她恐慌，於是她找出一點額外的力氣。石輪開始動了，拉他更深入連接他們的中心點。這是丹一生中體驗過最奇怪的感覺，即使在這恐怖的情況下仍教人興奮無比。

某處，遠遠地，他聽見艾柏拉說：「再給我一分鐘就好，我得換一下衛生棉！」

約翰的薩博本車頂逐漸滑開。轉走。四周一片闃黑，感覺像在隧道裡，他有時間想，萬一我在這裡迷了路，將永遠無法回來。我最後會落到某地的精神病院，被歸類為無可救藥的緊張症患者。

然而不一會兒世界就滑回定位，只不過並非相同的地點。薩博本不見了，他在一間難聞的廁所裡，地板上的藍色瓷磚髒兮兮，洗臉盆旁邊的標示牌寫著抱歉，只有冷水。而他坐在馬桶上。

他甚至還沒想到要站起來，門就砰地撞開了，力道猛得震裂了幾塊老舊的瓷磚，一個男人大步走進來。他看上去年約三十五歲，頭髮烏黑，從前額往後梳，他的臉稜角分明卻粗獷、瘦削，十分英俊。他手中拿著一把槍。

「換衛生棉，哼，」他說。「妳哪裡有那種東西，歌蒂拉，在褲子口袋裡嗎？肯定是吧，因為妳的背包離這兒可遠著呢。」

告訴他我說過不要那樣叫我。

丹說：「我告訴過你不要那樣叫我。」

烏鴉停頓下來，注視著坐在馬桶座上的女孩，她輕微地左右搖擺。搖晃是因為麻醉藥。當然。不過她說話的聲音呢？那也是因為麻醉藥的關係嗎？

「妳的聲音怎麼了？聽起來不像妳自己的。」

丹設法聳一聳女孩的雙肩，卻只成功地抽動單邊的肩膀。烏鴉抓住艾柏拉的手臂，猛力把丹拉起來以艾柏拉的雙腳站立。很痛，他大喊出聲。

某處——距離這兒數英里遠——**一個微弱的聲音喊道：發生了什麼事？我該怎麼做？**

「開車。」烏鴉將他拽出門外時，他告訴約翰。「繼續開就是了。」

「哦，是啊，我會開車。」烏鴉說，並使勁將艾柏拉塞進貨卡，坐到打鼾的比利．費里曼旁邊。接著他揪起她的一束頭髮，纏繞在拳頭上，然後用力拉扯。丹以艾柏拉的聲音大叫，心知這不大像她的聲音。差不多，但不盡然相同。烏鴉聽出差異，卻不知是怎麼回事。高帽女人會看穿；無意間表演這套交換頭腦的戲法給艾柏拉看的正是高帽女人。

「不過在我們上路前，我們要先取得共識。不准再說謊，那是協定。下回妳對妳爸爸說謊，在我旁邊打呼的這個老頭兒就死定了。我也不會用麻醉藥。我會開進露營地的小路，送顆子彈到他肚子裡。那樣子的話需要一段時間才會死。妳就可以聽見他大聲尖叫。妳明白嗎？」

「是。」丹低聲說。

「小姑娘，我他媽的真心希望妳明白，因為我不喜歡說第二次。」

烏鴉重重關上門，迅速走到駕駛座那一側。丹閉上艾柏拉的眼睛。他想起生日派對上的湯匙。也想到開開關關的抽屜。艾柏拉目前身體太虛弱，沒辦法和正坐進駕駛座、發動引擎的男人格鬥，但她仍有些部位很強壯。假如他能找到那個部位……那個移動湯匙、開關抽屜，和彈奏空氣音樂的部位……從數英里外在他黑板上寫字的部位……要是他能找到並且控制那裡的話……

如同艾柏拉曾經想像女戰士的長矛和駿馬一般，丹現在想像控制室牆上一排開關。有些操縱她的雙手，有些是動她的腿，有些是聳她的肩膀。不過，其他的更重要。他應該能夠扳動那些開關；他至少有些相同的電路。

貨卡在移動，先是倒退，然後轉彎。一會兒後他們回到馬路上。

「這就對了。」烏鴉冷酷地說。「睡覺去，妳以為妳在廁所裡面要幹什麼？跳進馬桶，把自己沖走……」

他的話語逐漸減弱，因為丹找到了他正在尋找的開關。這些特殊的開關，有著紅色的把手。他不知道這些開關是否真的存在，的確連接到艾柏拉的力量上，或者這是否只是他正在玩某種精神上的單人紙牌遊戲，他只知道他必須試試看。

閃光吧，他心裡想著，然後扳開所有的開關。

6

比利・費里曼的貨卡在加油站以西六或八英里處，行駛在一〇八號公路上穿過佛蒙特州鄉間的黑暗時，烏鴉首次感到疼痛。感覺好像一個小銀環圈住他的左眼。冰冷，壓迫。他抬起手來觸摸，但還沒摸到，那感覺就滑向右邊，凍結了他的鼻梁，宛如注射了一劑奴佛卡因麻醉藥。接著銀環也圈住他的另一隻眼。彷彿戴了一副金屬的雙筒望遠鏡。

或者眼箍。

這時他的左耳開始耳鳴，陡然間他的左邊臉頰麻木了。他轉過頭去看見小女孩正盯著他看。她的兩眼眨也不眨地睜得老大。渾然不像注射了麻醉劑。說實在的，看起來根本不像她的眼睛。看起來較老、較為睿智。並且如他臉上此時感受到的那般冰冷。

把車停下來。

烏鴉蓋上皮下注射器的保護套並放好，但他仍握著槍，當他判定她在廁所花的時間過長時，便從座位底下取出那把槍。他舉起槍，打算威脅老頭，逼她停下她正在打的主意，可是突然間他的手感覺彷彿被浸到冰凍的水裡。槍的重量增加：五磅、十磅，感覺好像二十五。至少二十五磅。而且就在他奮力舉起槍的時候，他的右腳離開了F-150的油門，左手轉動方向盤，因此貨卡偏離道路，沿著地質鬆軟的路肩行駛——慢慢地，減速——而右邊的輪胎朝溝渠傾斜。

「妳在對我做什麼？」

「那是你應得的。**爸爸**。」

貨卡衝撞上一棵倒下的樺樹，將樹輾成兩半，然後停下來。女孩和老頭繫著安全帶，但烏鴉忘記繫他自己的。他猛然衝向前，撞到方向盤，按響了喇叭。他低下頭時，看見老頭的自動手槍在他手中旋轉，非常緩慢地轉向他。這不應該發生。麻醉藥應該阻止這件事發生。該死，麻醉藥是阻止了。但是在那間廁所裡有什麼東西改變了。無論現在那雙眼睛後頭的是誰都是他媽的清醒得很。

而且非常的強壯。

蘿絲！蘿絲，我需要妳！

「我不認為她能聽見。」那不是艾柏拉的聲音說。「你可能有些才能，王八蛋，不過我認為你沒有很強的心電感應，我認為你想和你女朋友說話的時候是用電話。」

使出全部的力量，烏鴉開始將葛拉克轉回去對著女孩。現在槍彷彿有五十磅重。他頸部的青筋爆出宛如纜繩，前額冒出滴滴的汗珠，其中一滴流進眼中，刺痛他的眼，烏鴉眨眼擠掉汗珠。

「我會……開槍打……你的朋友。」他說。

「不。」艾柏拉裡面的人說。「我不會讓你出手。」

然而烏鴉能看出此刻她緊繃起來，那給予他一線希望。他用盡所有力量將槍口指向正在熟睡的李伯[47]的上腹部，就在幾乎快要成功時，槍又開始往回旋轉。現在他能聽見小賤人在喘氣。該死的，他也是。他們聽起來像並排接近比賽終點的馬拉松選手。

一輛車經過，沒有減速。沒人注意到他們，他們正緊盯著對方。

烏鴉放下左手與右手一起握住槍。如此一來轉動比較容易點。上帝保佑，他逐漸占了上風。可是他的眼睛！要命！

「比利！」艾柏拉大叫。「比利，幫點忙吧！」

比利的鼻子哼了一聲。他的眼睛睜開。「怎——」

有一剎那烏鴉分心了。他施加的力道減弱，槍立即開始轉回來朝向他。他的兩手很冷、很冷。那些金屬環持續壓迫他的眼睛，威脅著要把他的兩眼壓成果凍。

槍轉到兩人中間時頭一次走火，在收音機上方的儀表板打了一個洞。比利倏地驚醒，手臂在兩邊胡亂擺動，好像在努力擺脫噩夢似地。其中一手擊中艾柏拉的太陽穴，另一隻打中烏鴉的胸膛。貨卡的駕駛室瀰漫著藍色煙霧，以及燃燒火藥的味道。

「那是什麼？那究竟是——」

烏鴉咆哮著說：「不，妳這賤人！不！」

他把槍轉回去對著艾柏拉，他在轉動時，感覺到她的控制力下滑。是因為頭上中的那擊。烏鴉能看見她眼中的驚慌和恐懼，殘忍地感到欣喜。

非殺了她不可。不能再給她機會。可是不能一槍打爆頭。打腹部。然後我會吸收精——

比利使勁用肩膀撞進烏鴉的側面。槍猛然往上跳，再度走火，這回在艾柏拉頭部正上方的車頂上打出個洞。烏鴉還來不及把槍壓下來，兩隻大手就覆蓋住他的手。他有時間意識到他的對手只使出可自由支配的一小部分力量。驚慌釋放出龐大，或許甚至未知的儲備力量。這回當槍轉向他，烏鴉的手腕如同兩捆小樹枝般地斷裂。有一瞬間他看見黑色的槍孔向上瞄準他，他的時間只夠想半個念頭：

蘿絲，我愛——

一陣耀眼的白色閃光，接著陷入黑暗。四秒鐘後，烏鴉達迪除了衣服外什麼也不剩。

7

精氣源史提夫、紅髮芭芭、瘋癲迪克，和貪心葛在貪心與齷齪菲爾共有的邦德露營車上，正漫不經心地在玩凱納斯特紙牌遊戲時，尖叫聲開始傳來。他們四人全都緊張不安——整個真結族都處在緊繃狀態——他們立即扔下紙牌奔向門口。

每個人都從露營車和休旅車中出來察看發生了什麼事，但是他們全都停下腳步，因為他們看見高帽蘿絲站在環繞全景度假屋的安全照明燈耀眼的黃白色強光中。她的眼神狂亂。她不斷拉扯著頭髮，有如舊約聖經中預見暴力幻象而感到痛苦的先知。

「那個該死的小賤人殺了我的烏鴉！」她大聲吶喊。「我要殺了她！我會殺了她，吃掉她的心！」

最後她跪倒在地，用雙手摀著臉啜泣。

真結族人不知所措地站著，沒人知道該說什麼或該做什麼。最後沉默莎蕊走到她身旁。蘿絲粗暴地推開她，莎蕊被推得背部著地，但她站起來，毫不遲疑地回到蘿絲身邊。這一次蘿絲抬起

47. 典故出自《李伯大夢》，為十九世紀美國小說家華盛頓・歐文所寫的小說，描述主人翁李伯某日上山發生奇遇，一覺睡醒下山後人事全非，原來已過了二十年。

頭來看著想要安慰她的人，這個女人也在這不可置信的夜晚失去了摯愛。她擁抱莎蕊，抱的力道大得在旁觀看的真結族人都聽見了骨頭喀喀作響。然而莎蕊沒有掙扎，好半晌後，兩個女人相互扶持地站起來。蘿絲的目光從沉默莎蕊到高個莫兒，然後再到重量級瑪莉和代幣查理。彷彿她從未見過他們之中任何人。

「來吧，蘿絲。」莫兒說。「妳受了打擊。妳需要躺——」

「不！」

她離開沉默莎蕊身旁，用雙手狠狠地掌摑自己臉的側面兩下，把她的帽子都打飛了。她彎下腰去拾起帽子，等她再度環視聚集的真結族人時，眼神已恢復了一些清明。她想到柴油道格以及她派去迎接達迪和女孩的那組人。

「我需要找到小柴，告訴他和菲爾、安妮掉頭回來。我們需要聚在一起，我們需要吸取精氣，大量的精氣。等我們吸飽了以後，我們就去逮那個賤人。」

他們只是盯著她看，表情擔憂且缺乏信心。看見那些害怕的眼神和癡呆、張開的嘴，她就一肚子火。

「你們懷疑我嗎？」沉默莎蕊已爬回到她身旁。蘿絲猛力地推開她，害莎蕊差點又摔倒。「懷疑我的人，儘管站出來。」

「沒人懷疑妳，蘿絲，」精氣源史提夫說：「可是或許我們應該不要管她了。」他小心翼翼地說，不大敢直視蘿絲的眼睛。「要是烏鴉當真走了，那就死了五個人。我們從來沒有在一天之內失去五個人。我們甚至從來沒有失去——」

蘿絲往前踏一步，史提夫立刻退回去，肩膀拱起幾乎碰到耳朵，宛如預期挨揍的孩子。「你們想要逃離一個精氣源的小女孩？經過這麼多年，你們竟然想要轉身逃離一個鄉巴佬？」

沒人回答她，尤其是史提夫，但蘿絲在他們眼中看見了實話。他們想逃、他們真的想逃。他們過了許多美好的年代、富裕的年代、容易獵食的年代。如今他們遇上了一個人，她不僅擁有非凡的精氣，而且清楚他們的本質及所作所為，因此與其為烏鴉達迪復仇——他，和蘿絲一起，幫助他們度過了美好與困苦的時節——他們寧可夾著尾巴嗚嗚地逃走。在那一刻，她想要殺光他們所有的人。他們感受到殺意，拖著腳步更往後退，給她騰出空間。

只除了沉默莎蕊，她彷彿受到催眠似地凝視著蘿絲，嘴巴張開。蘿絲抓住她骨瘦如柴的雙肩。

「不，蘿絲！」莫兒尖叫著說。「別傷害她！」

「莎蕊，那妳呢？那個小女孩害死了妳深愛的女人。妳想要逃跑嗎？」

「補。」莎蕊說。她抬眼正視蘿絲的眼睛。即使現在，每個人的目光都盯著她，莎蕊仍似乎僅僅是一道影子。

「妳想要報復嗎？」

「退。」莎蕊說。接著：「保復。」

她的聲音很低（近乎沒有聲音）加上語言障礙，但他們全都聽見她的話，他們全都明白她說的意思。

蘿絲環視其他人。「至於那些不像莎蕊一樣想要報仇，只想趴下來蠕動著逃開的人……」

她轉向高個莫兒，抓住那女人鬆弛的臂膀。莫兒害怕、驚訝得放聲尖叫，試圖抽身離開。蘿絲制止了她並舉起她的手臂，讓其他人能看見。她的手臂上布滿了紅疹。「你們能扭動著身子逃離這個嗎？」

他們喃喃低語，再往後退一、兩步。

蘿絲說：「這病在我們體內。」

「我們大多數人都沒事！」甜心泰莉·畢克馥大喊。「我就沒事！我身上沒有斑！」她伸出光滑的雙臂讓人檢查。

蘿絲將充滿淚水、怒火的雙眼轉向泰莉。「那是現在。可是能維持多久？」甜心泰莉沒有回答，但是把臉別開。

蘿絲用一手環住沉默莎蕊，審視其他人。「納特說女孩可能是我們所有人受到感染之前擺脫那種病的唯一機會。這裡有人知道更好的方法嗎？如果你有的話，大聲說出來。」

沒人吭聲。

「我們等小柴、安妮，和齷齪菲爾回來，然後大家一起吸精氣。有史以來最大量的精氣。我們要清空所有的罐子。」

此話一出引來詫異的神情和更為不安的竊竊私語。他們以為她瘋了嗎？隨他們去。侵蝕真結族的不僅是麻疹；而是恐懼，那更為糟糕。

「當我們全聚在一起，我們會圍成圈。我們將會變強。Lodsam hanti，我們是被選中的一族——你們忘了嗎？Sabbatha hanti，我們是真結族，我們長存於世。跟著我說。」她的目光掃視他們。「說吧。」

他們說了，手牽著手，圍成一圈。我們是真結族，我們長存於世。他們的眼中恢復了一點決心，一點信心。畢竟，他們只有六個人出現了紅疹；還有時間。

蘿絲和沉默莎蕊踏入圓圈。泰莉和芭芭放開彼此的手，騰出空間給她們，可是蘿絲卻陪著莎蕊走到中央。在安全照明燈下，兩個女人的身體放射出多重的影子，宛如車輪的輻條。「等我們強壯了，又團結為一的時候，我們就去找她抓住她。我以領袖的身分告訴你們。即使她的精氣沒法治好侵蝕我們的疾病，也會結束那個討厭的——」

就在這時女孩在她的腦中說話了。蘿絲無法看見艾柏拉·史東憤怒的笑容，但她感覺得出來。

不用費事來找我了，蘿絲。

8

在約翰·道頓的薩博本後座，丹·托倫斯以艾柏拉的聲音清楚地說出五個字。

「我會去找妳。」

9

「比利？比利！」

比利·費里曼注視著眼前聲音不大像女孩子的女孩。她變成兩個，合而為一，再變成兩個。他用一手摸過自己的臉。他的眼皮感覺很沉重，思緒不知怎地似乎糊在一起。他不能理解目前的狀況。現在已不是白天，而且他們百分之百肯定已不在艾柏拉家的那條街上。「誰在開槍？我的嘴巴味道怎麼那麼噁心？天啊。」

「比利，你必須醒來。你得……」

丹本來打算說你得開車，但是比利·費里曼不可能開到任何地方。要再等一會兒。他的眼睛又漸漸地闔上，兩邊的眼皮不協調。丹用艾柏拉的手肘戳戳老人的脇腹，再次引起他的注意。至少，暫時。

另一輛車接近，車頭燈照得貨卡的駕駛室一片明亮。丹屏住艾柏拉的呼吸，不過這輛也沒放慢速度地開過去。也許是獨自開車的女人，也許是匆忙趕回家的推銷員。無論是誰，總之是冷漠的過路人，而冷漠對他們正好，但他們也許第三次不會再那麼幸運。鄉下人往往很敦親睦鄰，更別提好管閒事了。

「保持清醒。」他說。

「你是誰？」比利想要定睛看著這孩子，但是辦不到。「因為你的聲音肯定不像艾柏拉。」

「這很複雜。目前，你只要集中精神保持清醒就可以了。」

丹下車，走到貨卡的駕駛座那一側，絆倒了好幾次。她的腿在他和她碰面的那天看起來很長，現在卻該死的太短了，他只希望他不會有足夠的時間來習慣這雙腿。

烏鴉的衣物留在座位上。他的帆布鞋在骯髒的腳踏墊上，還拖著兩隻襪子。噴濺在他襯衫及夾克上的血液和腦漿已循環消失了，但留下潮濕的污漬。丹收拾了所有的東西，考慮片刻後，再加上槍。他不想拋棄那把槍，但是如果他們被攔下來……

他抱著那堆東西到貨卡前頭，埋在老樹葉堆下面。接著他抓起一截F-150撞到的那棵倒下的樺樹，使勁拖到埋葬的地點上。以艾柏拉的手臂來說是很艱難的工作，但他設法做完了。

他發覺自己無法就這樣跨進駕駛室；他必須抓著方向盤用力把自己拉上去。等他終於坐到方向盤後，她的兩腳幾乎踩不到踏板。幹。

比利發出響亮的鼾聲，丹再用手肘頂他一下。比利睜開眼睛，張望四周。「我們在哪裡啊？那傢伙給我下了藥嗎？」接著又說：「我想我得繼續睡覺。」

在最終攸關生死的奪槍時候的某一刻，烏鴉未開的那罐芬達掉落到地板上。丹彎下腰，抓起芬達，用艾柏拉的手放在瓶蓋上時突然停頓下來，想起了當汽水罐重重撞擊時會發生什麼事。從某處，艾柏拉對他說——

哎呀！

而且露出微笑，但不是憤怒的笑容。丹心想這樣很好。

10

「你不能讓我睡著。」由丹口中發出的聲音說，於是約翰從福克斯朗出口下公路，停在距離柯爾百貨最遠的停車場。在那裡他和大衛分站丹的身體兩邊，陪著他來回走動。他有如拚命喝了一整晚的醉鬼——頭不時垂到胸前，然後又猛地抬起。兩個男人輪流詢問發生了什麼事，現在是怎麼回事，他們到底在哪裡，但艾柏拉只是搖搖丹的頭。「烏鴉在讓我去廁所之前在我手上打了一針。其他的記憶全都模模糊糊。現在噓，我必須集中精神。」

在繞約翰的薩博本走第三大圈時，丹的嘴巴突然咧開一笑，並發出非常像艾柏拉的咯咯笑聲。大衛越過他們所攙扶的步履蹣跚、東倒西歪的軀體，滿眼疑問地看向約翰。約翰聳個肩搖搖頭。

「哎呀，」艾柏拉說。「汽水。」

11

丹傾斜汽水罐，拔開瓶蓋。一股高壓的橘色汽水飛沫噴得比利滿臉都是。他咳嗽、噴出唾沫，一時之間完全清醒過來。

「天啊，孩子！你為什麼那樣做？」

「有效啊，不是嗎？」丹將仍嘶嘶作響的汽水遞給他。「把剩下的喝進肚子裡。我很抱歉，不過不管你多麼想睡，都不行繼續再睡。」

比利傾斜罐子咕嚕咕嚕地喝著汽水時，丹彎下身子找到座椅調整桿。他用一手拉住調整桿，另一手猛拉方向盤。座位頓時往前移動。害得比利口中的芬達噴出來順著下巴流下（並且冒出一般成年人不在新罕布夏的少女面前使用的措詞），不過現在艾柏拉的雙腳能搆到踏板了。勉勉強強。丹將貨卡的排檔打到倒退檔，慢慢地往後退，一面斜斜地朝馬路前進。等他們上了鋪過的路面時，他鬆了一大口氣。這條佛蒙特州的公路極少使用，受困在路旁的溝渠中不會更加速達成他們的目標。

「你知道你自己在幹什麼嗎？」比利問。

「知道，我已經開了好多年了……雖然在佛羅里達州政府吊銷我的駕照時有一小段間隔。我那時候人在別州，不過有個小條款叫州際互惠。禁止酒鬼在我們這偉大的國家到處旅行。」

「你是丹。」

「正是我。」他說，越過方向盤的頂端往前看。他但願有本書墊在屁股下，可是既然他沒有，他就只得盡力而為。他將變速箱檔位打到D檔，開始前進。

「你是怎麼進入她身體裡的？」

「別問。」

烏鴉剛提到（或者只是想到，丹不清楚是哪一個）露營地的小路，丹沿著一〇八號公路往前開四英里，他們來到一條小路，路旁松樹上釘著一塊粗糙的木頭招牌：鮑伯與小桃的快樂園地。如果這不是露營地的小路，那就沒有別的路算是了。丹轉進小路，艾柏拉的手臂很慶幸這車有動力方向盤，輕快地打開遠光燈。往前四分之一英里，小路被一條沉重的鏈條擋住，鏈條上掛著另一塊告示牌，這塊沒那麼粗糙：**禁止擅入**。有鏈條很好。這代表鮑伯和小桃還沒決定要開放他們的快樂園地供人享受度假週末，而且距離公路四分之一英里足以確保他們擁有一些隱私。另外還有項紅利：一個有水流淌出來的涵洞。

他熄了車燈和引擎後，轉向比利。「看見那個涵洞嗎？去把你臉上的汽水洗掉。好好地潑些水到臉上。你需要儘可能地清醒。」

「我清醒了。」比利說。

「還不夠，想辦法別弄濕你的襯衫。等你洗好了，再梳梳頭髮。你待會兒得見人。」

「我們在哪兒？」

「劫持我的傢伙在哪裡？」

「佛蒙特。」

「死了。」

「太好了，擺脫了！」比利大喊。但，想了片刻之後：「那屍體呢？在哪兒？」

真是個好問題，不過丹不想回答。他只想要這件事趕快結束，這搞得人在許多方面都筋疲力盡和困惑。「消失了，你真的只需要知道這樣子。」

「可是——」

「現在別追問了，去洗把臉，然後在這條路上來回走個幾趟。甩一甩手臂，深呼吸，儘可能讓腦袋清醒一點。」

「我的頭他媽的痛死了。」

丹毫不意外。「等你回來的時候，這孩子大概又恢復成原本的小女孩了，那代表你必須開車。如果你覺得自己夠清醒、看起來可靠，就到下一個有汽車旅館的小鎮，住進汽車旅館。你是和孫女兒一起旅行，明白嗎？」

「嗯。」比利說。「我的孫女兒。艾比・費里曼。」

「一旦你進了旅館，就馬上打我手機。」

「因為你會在……呃，你們其他人待的地方。」

「對。」

「這真是亂得一塌糊塗啊，老弟。」

「是啊。」丹說。「確實是，我們現在的任務是把它扳正回來。」

「好吧。下一個小鎮叫什麼？」

「不知。我不希望你出意外，比利。假如你沒辦法讓自己清醒到可以開個二、三十英里，住進汽車旅館，不會搞到櫃台的人打電話叫警察的話，你和艾柏拉就得在貨卡的駕駛室裡過夜了。雖然不舒服，但應該很安全。」

比利打開副駕駛座的門。「給我十分鐘，我就可以通過清醒測試。以前就做過了。」他朝方向盤後的女孩眨了下眼睛。「我為凱西・金斯利工作。他痛恨人家酗酒，記得吧？」

丹看著他走到涵洞邊跪在那兒後，閉上了艾柏拉的眼睛。

在福克斯朗購物中心外的停車場上，艾柏拉闔上丹的眼。

艾柏拉。

我在這兒。

妳醒著嗎？

嗯，算是吧。

我們需要再次轉動輪子，妳能幫我嗎？

這次，她幫上了忙。

12

「你們兩位，放開我。」丹說。他又恢復自己的聲音了。「我沒事了。我想。」

約翰和大衛鬆開手，準備好如果他搖搖晃晃就再度抓住他，不過他並沒有。他只是摸摸自己：頭髮、臉龐、胸膛，兩腿。最後他點點頭。「沒錯，」他說。「我回到這裡了。」他環顧四周。「這裡是哪裡？」

「福克斯朗購物中心，」約翰說。「離波士頓大約六十英里。」

「好吧，我們繼續上路吧。」

「艾柏拉，」大衛說。「艾柏拉怎麼樣了？」

「艾柏拉很好，回到她應該在的地方。」

「她應該在家裡。」大衛說，語氣不只一點憤懣。「在她房間裡，和她朋友即時通訊，或者聽她iPod裡的那群在這裡的傻小子唱歌。」

她是在家，丹暗自想。**倘若一個人的軀體是他們的家，她就在那兒。**

「她和比利在一起，比利會照顧她。」

「那個綁架她的人怎麼樣了？那個烏鴉？」

丹在約翰的薩博本後車門邊停頓了一下。「你不需要再擔心他了，我們現在需要擔心的是蘿絲。」

13

皇冠汽車旅館實際上是過了州界線，位在紐約州的克朗維爾，是個破舊的地方，正面外頭有塊閃爍的招牌顯示：內有——房——多有——頻道！在大約三十個停車格裡僅停了四輛車。櫃台後的男人肥碩得有如一座向下傾斜的山，一根馬尾長到背部中間。他刷了比利的威士卡，給他兩間房間的鑰匙，眼睛絲毫沒離開過電視，電視裡兩個女人在紅色天鵝絨沙發上，正忙著熱烈地接吻。

「兩個相連嗎？」比利問。接著，盯著電視上的女人說：「我是指，房間。」

「哦，對，房間全都連在一塊兒，只要打開門就好。」

「謝謝。」

他沿著那排房間開到二十三及二十四號，把車停妥。艾柏拉蜷縮在座位上，頭枕著單邊的手臂，睡得很熟。比利開啟房間門鎖，開燈，打開相連的房門。他判斷房間雖然破舊，不過尚可忍受。他現在只想把兩人弄進去，他自己睡上一覺。最好睡上十個鐘頭左右。他很少覺得自己年紀大了，但是今晚他覺得自己好老。

他將艾柏拉放到床上時，艾柏拉稍微醒來。「我們在哪裡？」

「紐約州的克朗維爾，我們很安全，我會在隔壁房間。」

「我想找我爸爸，我想找丹。」

「快了。」希望他說得沒錯。

她的雙眼闔起，接著又慢慢張開。「我跟那個女人說話了。那個賤女人。」

「哦，是嗎？」比利不知她指的是什麼。

「她知道了我們做的事，她感應到了，她覺得很痛苦。」艾柏拉的眼中瞬間亮起刺目的光芒。比利覺得像是在二月某個寒冷、陰霾的日子結束時瞥見一絲陽光。「我很高興。」

「睡覺吧，寶貝。」

那冬日的凜冽光芒仍閃耀在她蒼白、疲倦的小臉上。「她曉得我要去找她。」

比利想拂去她眼前的頭髮，但是萬一她咬人呢？或許這想法很可笑，但是……她眼中的光芒。他母親有時候，在她大發脾氣痛打小孩之前，會出現那樣的眼神。「妳明天早上就會舒服多了。我很想讓我們今晚就回去——我想妳爸爸應該也這麼想——不過我的狀態完全不適合開車。我能開這麼遠沒衝到路外頭，已經很幸運了。」

「我希望能跟我爸媽說說話。」

比利自己的父母——即使在他們最好的時候，也從來不是年度模範父母的候選人——早就過世了，他只希望能睡個覺。他透過敞開的門渴望地看著另一間房裡的床。快了，但是還差一點。他拿出手機迅速打開，電話響了兩聲後，他就和丹通上話。過一會兒，他把電話遞給艾柏拉。

「妳父親，盡情地講吧。」

艾柏拉抓住電話。「爸？爸？」她的眼淚開始盈眶。「對，我……停，爸，我沒事。只是很想睡覺，我幾乎沒辦法——」她突然想到了什麼，眼睛睜大。「你還好吧？」

她聆聽電話，比利的兩眼逐漸闔上，他連忙努力地把眼睛撐開。女孩現在嚎啕大哭，他有點高興，淚水熄滅了她眼中的那種光芒。

她把電話交還給比利。「是丹，他想再跟你說話。」

他接過電話仔細聽。半晌後他說：「艾柏拉，丹想知道妳認為還有沒有其他的壞蛋，距離近到今晚能到達這裡的。」

「沒有，我想烏鴉是打算和其他人碰面，不過反正他們還在很遠的地方。而且他們沒辦法查出我們在哪裡。」──她暫停下來，打了個大呵欠──「因為沒有烏鴉告訴他們位置，告訴丹我們很安全，另外請他務必讓我爸爸明白這點。」

比利轉述了這個訊息。當他結束通話時，艾柏拉已蜷縮在床上，膝蓋抱在胸前，輕輕地打鼾，比利從櫃子裡取出毛毯替她蓋上，接著走到門口掛上鎖鍊。他考慮了片刻，最後為了保險起見，將寫字椅頂在門把下。他父親總是喜歡說，**安全第一，避免遺憾**。

14

蘿絲打開地板下的隔間，取出其中一罐。她仍跪在地球巡洋艦的前座之間就打開罐子，把嘴巴靠在嘶嘶作響的蓋子上。她的下顎鬆脫一路垂到胸前，頭的底部變成一個黑洞，裡頭唯一的一根牙齒突出來。平常往上翹的雙眼變得往下傾斜而且顏色加深。她的臉變成陰沉的死亡面具，底下的頭蓋骨明顯突出。

她吸收了精氣。

當她吸完後，她將罐子放回原處，坐到休旅車的方向盤後，直視著前方。**不用費事來找我了，蘿絲──我會去找妳**。那是她說的話，她膽敢這樣對她說，她是蘿絲•歐海拉，高帽蘿絲。不只是強大，而是強大且**復仇心重**，盛怒。

「放馬過來吧，親愛的。」她說。「繼續生氣。妳越生氣，就會越有勇無謀。過來見見妳的蘿絲阿姨。」

突然喀地一聲，她低下頭來發現她折斷了地球巡洋艦方向盤的下半部。精氣傳送力量，她的兩手在流血，蘿絲將缺口參差不齊的弧形塑膠扔到一旁，把手掌舉到面前，開始舔舐。

第十六章・遺忘的事

1

丹一關掉電話，大衛就說：「我們接了露西以後去找她。」

丹搖搖頭。「她說他們很好，我相信她。」

「可是她被人下了藥，」約翰說。「她現在的判斷力可能不是頂好。」

「她頭腦清楚得可以幫我處理掉那個她稱作烏鴉的傢伙，」丹說：「我信任她的判斷。就讓他們睡一覺，把那混蛋迷昏他們的藥物給消除掉。我們有其他的事情要做，非常重要的事。這時候你必須稍微相信我一點，你很快就可以和你女兒相聚，大衛。但是，目前先仔細地聽我說，我們會載你到你太太的外祖母家，然後你要帶你太太到醫院。」

「我不知道等我告訴她今天發生的事情時，她會不會相信我。連我自己都很難相信的時候，我不曉得我能有多少說服力。」

「告訴她詳情得等到我們大家聚集在一起以後再說。包括艾柏拉的嬤嬤。」

「我懷疑他們會讓你們進去探望她。」大衛看一眼手錶。「會客時間早就結束了，而且她病得很嚴重。」

「病人臨終前，病房樓層的職員不會太在意會客的規定。」丹說。

大衛看向約翰，約翰聳了下肩。「這人在安養院工作，我想這點你可以相信他。」

「她甚至可能不省人事。」大衛說。

「我們一次擔心一件事吧。」

「伽妲到底和這件事有什麼關係？她什麼都不知道啊！」

丹說：「我非常確定她知道的比你所想的還要多。」

2

他們讓大衛在馬博羅街上的公寓前下車，從路緣看著他登上台階，按了門鈴。

「他看起來好像知道自己要去柴房，準備把褲子脫下來光著屁股挨打的小孩，」約翰說。「不管最後結果如何，他的婚姻關係都會因此變得非常緊張。」

「天災發生，怪不了任何人。」

「你試著說服露西・史東明白這個道理吧。她一定會想：『你留女兒獨自一個人，結果有個瘋子把她抓走了。』她心裡多少永遠會這麼想。」

「艾柏拉也許能夠改變她的想法。至於今天，我們盡力了，而且到目前為止，我們做得還不錯。」

「可是事情還沒結束。」

「還差得遠呢。」

大衛再按一次門鈴，正在窺視小小的門廳時，電梯門打開，露西・史東匆忙跑出來。她的神情緊張、面色蒼白。她一打開門，大衛馬上開始說話，她也是。露西用兩隻手臂拉他進去——猛拽進去。

「哎呀，」約翰輕聲說。「那讓我想起以前有數不清個夜晚，我喝得醉醺醺，半夜三點才上床的時候。」

「他要嘛說服她，要嘛說服不了。」丹說。「我們還有別的事要做。」

3

丹・托倫斯與約翰・道頓在十點三十分過後不久抵達麻州綜合醫院。加護病房樓層平靜無波。一個漸漸消氣的氦氣球上頭以彩色的字印著**早日康復**，提不起勁地沿著走廊天花板飄浮，投射下水母般的影子。丹走近護理站，說明自己是雷諾茲太太預定要轉過去的安養院的職員，拿出他的海倫・利文頓之家的員工證件，並介紹約翰・道頓是家庭醫師（是有點言過其實，但不算是謊言）。

「我們需要在轉院前評估她的病情。」丹說：「還有兩名家庭成員要求出席，分別是雷諾茲太太的外孫女和外孫女的先生。我很抱歉這麼晚來，不過沒法避免。他們很快就會到這兒。」

「我見過史東家的人，」護理長說。「他們人很好。尤其是露西非常關心她外婆。康伽妲是個很特別的人。我讀了她的詩，寫得非常棒。可是兩位男士，如果你們期望從她那兒聽到任何意見，你們將會失望了，她已經陷入昏迷。」

我們等著瞧，丹暗想。

「還有……」護士懷疑地看向約翰。「呃……這實在不是我該說的……」

「說吧，」約翰說。「我從來沒遇過不知道昏迷指數是多少的護理長。」

她對他微微一笑，然後將注意力轉回到丹這邊。「我聽說利文頓安養院很好，不過我非常懷疑康伽妲會轉到那裡。即使她撐到禮拜一，我也不確定移動她有任何意義。讓她留在這裡結束人生旅程或許會比較好。要是我超出分際的話，對不起。」

「妳不需要道歉，」丹說：「我們會連妳的意見一併考慮。約翰，你能不能到大廳去，等史東夫婦到的時候陪他們上來？我可以自己先開始。」

「你確定——」

「對，」丹說，直視他的眼。「我確定。」

「她在九號病房，」護理長說。「在走廊盡頭的單人房。需要我的話，按她的呼叫鈴就可以了。」

4

康伽妲的名字在九號病房門上，然而醫囑那一欄卻是空的，頭頂上的生命跡象監視器顯示毫無任何希望。丹踏進他熟悉的氣味中：空氣清新劑、殺菌劑，以及致命的疾病。最後一種的氣味強烈，在他腦中不斷地唱著，宛如只知道單一音符的小提琴。牆壁上掛滿了照片，有許多是以不同年紀的艾柏拉為主角。其中一張是一群目瞪口呆的小朋友，看著魔術師從帽子裡拉出一隻小白兔。丹確定那是在著名的生日派對上，也就是湯匙之日，所拍攝。

在這些照片的環繞之中，一名瘦骨嶙峋的婦人嘴巴張開著睡覺，手指間纏著一串珍珠念珠。她剩餘的頭髮如此的纖細，襯在枕頭上幾乎看不見。曾經是橄欖色的皮膚，如今泛黃。細瘦胸脯的起伏微乎其微，光看一眼丹就足以判斷護理長確實知道昏迷指數是多少。假如艾奇在此，他應該會進這間病房，蜷縮在婦人身旁，等候安眠醫生到來，好讓他能繼續在深夜巡邏除了貓才能見到的東西之外空蕩蕩的走廊。

丹在床沿坐了下來，注意到唯一注入她體內的點滴是生理食鹽水。現在唯一能幫助她的只有一種藥物，醫院的藥局並沒有保留。她的插管歪了，他幫忙扶正。接著他握住她的手，凝視那張熟睡的臉。

康伽妲。

她的呼吸些微頓了一下。

康伽妲回來。

在細薄、青腫的眼瞼下，她的眼球在動。她可能在傾聽；她或許正作著人生最後的夢。也許是，夢到義大利。俯身在家用的井邊，用勁拉起一桶冷水。在炎熱的夏日太陽下彎著身子。

艾柏拉需要妳回來，我也是。

那是他唯一能做的事，他不確定這樣呼喚是否足夠，直到，緩緩地，她的兩眼睜開。起先空洞無神，不過慢慢有了知覺。丹以前見過這種情形，意識恢復的奇蹟。這不是他頭一次好奇意識從何處來，等意識離開後又往何處去。死亡與誕生是同等的奇蹟。

她握著的手收緊，兩眼繼續望著丹的眼睛，康伽妲露出微笑。笑容雖然羞怯，但確實在那兒。

「Oh mio caro! Sei tu? Sei tu? Come e possibile? Sei morto? Sono morta anch' io? Siamo fantasmi?」

丹不會說義大利文，他也不需要。在他腦袋中他一清二楚地聽懂她所說的話。

噢，我親愛的，是你嗎？怎麼會是你呢？你死了嗎？還是我死了呢？

接著，稍微停頓後：

我們是鬼魂嗎？

丹朝她傾身，直到他的臉頰貼住她的。

在她耳邊，他低聲說話。

她及時地低語回應。

5

他們的對話短暫卻富有啟發性。康伽妲多半是說義大利文。最後她抬起一隻手——費了很大的力氣，但她成功地舉起來——輕撫他滿是鬍碴的臉頰。她微微一笑。

「妳準備好了嗎？」他問。

「Si（是）。我準備好了。」

「沒什麼好怕的。」

「Si，我知道。我好高興你來。再告訴我一次你的名字，signor（先生）。」

「丹尼爾・托倫斯。」

「Si。你是上帝恩賜的禮物，丹尼爾・托倫斯。Sei un dono di Dio（你是上帝恩賜的禮物）。」

丹希望這是事實。「妳願意給我嗎？」

「Si，當然。你為了艾柏拉所需要的東西。」

「我也會給妳，伽妲。我們會一起喝井裡的水。」

她闔上眼睛。

我知道。

「妳會睡著，等妳醒來的時候——」

一切都會好轉。

那力量甚至比查理・海斯過世的那晚還要強大；他溫柔地將她的雙手緊握在自己手中，觸摸到念珠光滑的表面貼著他的手掌，能感覺到力量在他們之間。在某處，燈光熄滅，一盞接著一盞。那沒關係。在義大利，一個身穿褐色連身裙和涼鞋的小女孩正從沁涼的井口汲水。她長得像艾柏拉，那個小女孩。狗兒在吠。Il cane（那隻狗）。金塔。Il cane si rotolava sull' erba（那隻狗在草地上打滾）。一邊叫一邊在草地上滾，有趣的金塔！

康伽妲十六歲，談戀愛了，或是三十歲，正在皇后區一間悶熱的公寓的廚房餐桌上寫詩，底下街道上小孩子在大聲喊叫；她六十歲，站在雨中，仰頭看著無數條最純淨的銀絲掉落。她是她的母親，她的外曾孫女，她的重大改變時刻來臨了，她偉大的旅程。金塔在草地上打滾，而燈光將會一盞接一盞地熄滅。一扇門正打開。

請快點。

請快一點，時候到了。

除此之外，他們兩人都聞到夜晚神秘、芬芳的氣息。而上方是所有曾經存在的星星。

他親吻一下她冰涼的前額。「一切都很好，親愛的。妳只需要睡覺。睡覺會讓妳感覺舒服一點。」

說完他等待她的最後一口氣。

時間到了。

6

他仍坐在那兒，將她的雙手握在手中，此時門突然開了，露西・史東大步走進來。她的丈夫和她女兒的小兒科醫生跟隨在後，但不是太靠近；彷彿他們害怕遭到恐懼、狂怒，及困惑的憤慨燒傷，因為她的周遭散發著劈啪作響的氛圍，強烈到幾乎肉眼可見。

她一把抓住丹的肩膀，手指甲有如爪子般深入他襯衫下面的肩膀。「離開她，你不認識她。你沒有理由陪著我外婆，就像你也沒有理由管我女——」

「小聲點，」丹頭也不回地說。「妳現在面對著死亡。」

使她緊繃的怒氣瞬間消逝，放鬆了她的關節。她頹坐到丹旁邊的床上，注視著不久前仍是她外婆的臉龐的蠟黃浮雕。然後她看向旁邊這位形容憔悴、鬍鬚邋遢的男人，他坐著握住死者的手，已無生命的手中仍纏繞著念珠。不知不覺間大粒大粒清透的淚滴開始順著露西的臉頰滾落。

「他們一直努力告訴我的事，我有一半無法理解。只知道艾柏拉被綁架了，不過現在平安無事——可能是吧——目前她在汽車旅館和一個叫做比利的男人在一起，現在他們兩人在睡覺。」

「這些全都是真的。」丹說。

「那麼對不起，請不要對我說那種假裝虔誠的宣告了。我會哀悼我的嬤嬤，但要等我見到艾柏拉後。等我把她抱進懷裡以後。至於現在，我想知道……我想要……」她的聲音漸弱，目光從丹轉到她死去的外婆，再轉回到丹臉上。她的丈夫站在她身後。約翰關上九號病房的門，倚靠在門上。「你的名字叫托倫斯？丹尼爾・托倫斯？」

「對。」

再一次緩緩地先看看她外婆靜止的側臉，然後轉向外婆過世時陪在旁邊的男人。「托倫斯先生，你是什麼人？」

丹放開伽妲的手，握住露西的。「跟我走吧。不遠，就到房間另一頭而已。」

她毫無異議地站起來，仍然凝視著他的臉。他帶她走到廁所門口，廁所的門敞開著。他打開燈，指向洗臉盆上方的鏡子，他們的身影框在鏡中宛如在相片裡。看到這副模樣，就沒什麼可懷疑的了。事實上，是毫無疑問。

他說：「我的父親是妳的父親，露西。我是妳同父異母的兄弟。」

7

通知護理長病房有人過世後，他們就去醫院內不限於某一教派的小禮拜堂。露西熟知方向；雖然她不算是虔誠信徒，但她在那兒花了許多時間，沉思、回憶。那地方讓人感到安慰，很適合做這些事，而當自己摯愛的人走到人生盡頭時，沉思與回憶是必不可少的。在這個時間點，整間小禮拜堂只有他們一行人。

「先說重要的事吧，」丹說。「我必須問妳是否相信我。等有時間的時候，我們可以做DNA鑑定，不過……我們需要嗎？」

露西恍惚地搖搖頭，視線始終沒離開他的臉。她似乎想要熟記他的臉。「我的天啊，我幾乎沒法正常呼吸。」

「我第一次看到你的時候就覺得很面熟，」大衛對丹說。「現在我知道原因了。我應該會早點發現，我想，要不是……你知道的……」

「所以事實就擺在你眼前，」約翰說。「丹，艾柏拉知道嗎？」

「當然。」丹微笑著說，想起艾柏拉的親戚理論。

「她是從你的腦袋裡得知的嗎？」露西問。「用她的心電感應？」

「不是，因為我並不知道。就算是像艾柏拉那麼天賦異稟的人，也沒辦法讀出不存在的東西。可是在更深的層面，我們兩人都知道。見鬼了，我們甚至大聲說出來。如果有人問我們在一起做什麼，我們就會回答我是她伯伯，我的確算是，我應該早就有意識地察覺到了。」

「這真是巧合中的巧合。」大衛說著搖搖頭。

「並不是，這絕對不是巧合。露西，我了解妳很困惑而且生氣。我會把我知道的一切都告訴妳，可是那需要時間。多虧了約翰、妳先生，和艾柏拉──最主要是她──我們有一點時間。」

「在路上，」露西說。「你可以在去接艾柏拉的路上告訴我。」

「好吧，」丹說：「在路上說。不過先睡三個小時。」

他話沒說完，她就猛搖頭。「不，現在。我必須盡快見到她。你難道不了解嗎？她是我女兒啊，她被人綁架了，我非得親眼見到她不可！」

「她是被綁架了，不過現在她很安全。」丹說。

「你當然會這麼說，可是你並不清楚。」

「是艾柏拉自己說的，」他回答。「而且她的確知道。聽好，史東太太──露西──她現在睡著了，她很需要睡眠。」我也需要，我前頭還有趟長途旅行，而且我想應該會是趟艱辛的旅程，非常辛苦。

露西仔細地端詳他。「你還好嗎？」

「只是累了。」

「我們全都累了，」約翰說。「過了……緊張的一天。」他發出短暫的狂笑，隨即用兩手摀住嘴巴，宛如說了不該說的話的小孩。

「我甚至不能打電話給她，聽聽她的聲音。」露西說。她說得很慢，彷彿想要清晰地說出困難發音的字。「因為他們要睡覺來消除那個男人……你說她叫他烏鴉的那個傢伙……注射到她體內的藥物。」

「快了。」大衛說。「妳很快就可以見到她了。」他把手覆蓋在她手上。有一瞬間露西看起來似乎會甩開他的手。但她緊緊地握住。

「我可以在回妳外婆家的路上開始講。」丹說。他站起身，費了點力。「走吧。」

8

他有時間告訴她一個迷失的男人如何搭乘往北的巴士離開麻州，然後就在剛過新罕布夏州界線時，他將成為他最後一瓶烈酒的罐子丟進垃圾桶，桶子側面用模板印刷印著**如果你不再需要了，就把它留在這裡**。他告訴他們當巴士開進弗雷澤的時候，他的童年好友東尼如何在多年來頭一次清楚響亮地說話。東尼說，**就是這個地方**。

說到這裡，他重回到他還是丹尼而不是丹（有時候是醫生，就跟卡通兔寶寶的口頭禪「怎麼啦，醫生？」一樣）的時候，那時東尼是他絕不可少的隱形玩伴。閃靈只是東尼幫助他承受的重擔之一，而且不是最主要的。最主要的重擔是他酗酒的父親，一個身心失調、極為危險的男人，丹尼和母親都深愛著他——或許不僅僅是儘管他有缺陷仍愛著他，而是正因為他的缺陷而愛他。

「他的脾氣非常暴躁，你不需要心電感應也知道什麼時候他的情緒控制了他。首先，他情緒來時經常喝醉。我曉得他逮到我在書房裡弄亂他稿子的那天晚上他喝醉了。他折斷了我的手臂。」

「你那時幾歲？」大衛問。他和他妻子一起坐在後座。

「四歲吧，我想。也許甚至更小。在他大發雷霆的時候，他有擦抹嘴巴的習慣。」丹尼示範一下。「你們認識其他生氣時有這個習慣動作的人嗎？」

「艾柏拉。」露西說。「我以為她是遺傳我。」她將右手舉向嘴巴，然後用左手抓住放回大腿上。丹和艾柏拉頭一次會面的那天，他在安尼斯頓公共圖書館外面的長椅上見過艾柏拉做過一模一樣的動作。「我以為她的脾氣也是遺傳我，我有時候會……情緒起伏很大。」

「我第一次看見她擦嘴巴的時候想到了我父親，」丹說：「但是當時我心裡想著其他事，所以就忘了。」這讓他想起全景飯店的管理員華生，他最先帶他父親去看飯店那台靠不住的鍋爐。華生曾說：**你得注意著。因為她會慢慢爬**。然而到最後，傑克・托倫斯忘了。就是這個原因丹才保住性命。

「你是在告訴我你由這個小習慣看出你們的家庭關係嗎？這推論跳得太遠了，尤其是相像的人是你跟我，又不是你和艾柏拉——她長得比較像她父親。」露西停頓一下，思考。「不過當然，你們有個共同的家族特徵——大衛說你稱那是閃靈。你就是從**這點**知道的，對不對？」

丹搖搖頭。「我父親過世的那年我交了一個朋友。他的名字叫迪克・哈洛倫，他是全景飯店的廚師。他也有閃靈，他告訴我很多人都有一點點閃靈的能力。他說得沒錯。我一路上認識了很多或多或少擁有閃靈能力的人。比利・費里曼就是其中之一。那就是他現在會陪著艾柏拉的原因。」

約翰將薩博本轉進康伽妲公寓後頭的小停車區，不過一時間，他們卻都沒有人下車。儘管擔憂女兒，露西卻聽這段歷史課聽得入迷。丹不必看著她也知道。

「如果不是因為閃靈，那是什麼呢？」

「我們開利文頓號到克勞德蓋普時，大衛提到妳在康伽妲房子裡的儲藏室發現了一個箱子。」

「對，那是我母親的。我完全不知道嬤嬤保存了一些她的東西。」

「大衛告訴約翰和我她以前相當喜歡玩樂。」事實上當時大衛說話的對象是艾柏拉，透過心電感應，不過丹覺得可能最好別讓他剛認的同父異母妹妹知道這件事，至少暫時不要。

露西責難地朝大衛看了一眼，那是專門保留給洩漏秘密的配偶的眼色，不過沒說什麼。

「他還說亞莉珊卓從ＳＵＮＹ，奧巴尼分校退學後，在佛蒙特州或是麻州的私立預備中學教育實習。我父親在他因為打傷學生丟掉工作前，就是在佛蒙特州教英文。在一所名叫史托文頓預備中學的學校教書。據我母親所說，他在那段日子相當喜歡玩樂。當我得知艾柏拉和比利平安無事後，我在腦中計算一下，似乎說得通，可是我覺得如果有任何人知道確切的情況，那一定是亞莉珊卓・安德森的母親。」

「她知道嗎？」露西問道。她現在身體往前傾，兩手放在前座中間的中控台。

「不是所有的事情，我們在一起的時間不很長，但是她知道的夠多了。她不記得妳母親教育實習的學校名稱，可是她曉得是在佛蒙特州。也知道她和指導老師有段短暫的婚外情。她說，那人是個出版作家。」丹停頓一下。「我父親是個出版作家。只出過一些短篇小說，不過有些登在非常好的雜誌上，例如《大西洋月刊》。康伽妲從沒問過她那男人的名字，亞莉珊卓也從沒自願提起，不過如果她大學的成績單在那個箱子裡，我非常確定妳會找出她的指導老師是約翰・愛德華・托倫斯。」他打個呵欠看一下手錶。「我現在只能說那麼多了。我們上樓去吧，大家睡個三小時，然後出發去紐約州北部。那時馬路上車子不多，我們應該可以開得很快。」

「你敢發誓她很安全嗎？」露西問。

丹點頭。

「好吧，我會等。可是只等三個鐘頭。至於睡覺……」她大笑。笑聲中毫無笑意。

他們進入康伽妲的公寓時，露西直接大步走向廚房裡的微波爐，設定時間，秀給丹看。他點點頭，再度打呵欠。「凌晨三點半，我們就離開這裡。」

她認真地審視他。「你要知道，我很想不等你自己先走。現在馬上。」

他微微一笑。「我想妳最好先聽完剩下的故事。」

她嚴肅地點點頭。

「就是因為這樣，還有我女兒需要睡眠來消除她身體系統裡的東西，我才留在這裡。現在在你倒下前先去躺著睡吧。」

丹和約翰睡客房。從壁紙和家具可明顯看出這間房主要是保留給一個特別的小女孩，但是伽妲肯定三不五時有其他的客人，因為房裡有兩張單人床。

他們躺在黑暗中的時候，約翰說：「你小時候待過的那間飯店也在科羅拉多州不是巧合吧，是嗎？」

「不是。」

「這群真結族現在在同一個小鎮？」

「沒錯。」

「那間飯店有鬼魂出沒？」

是**幽靈人**，丹心想。「對。」

接下來約翰說出的話令丹驚訝，暫時讓他從睡眠邊緣回過神來。大衛說得對——最容易忽略的就是正在你眼前的事物。「我想，這合乎情理……一旦你接受了我們之中可能有超自然的存在，而且他們以我們維生的概念。邪惡的地方會召喚邪惡的生物。他們在那裡會覺得像在家裡一般的輕鬆自在。你認為這群真結族有其他類似地地方，在國內其他州嗎？其他的……我不知道……冷點[48]？」

「我確定他們有。」丹用一隻手臂遮住雙眼。他渾身疼痛，頭在陣陣抽痛。「強尼，我很樂意和你通宵聊天，但是我必須睡一下覺。」

「好吧，不過……」約翰以一隻手肘撐起身子。「一切正常的話，你應該會直接從醫院出發，如露西所希望的。因為你幾乎和他們一樣關心艾柏拉。你認為她很安全，但你有可能是錯的。」

「我沒錯。」希望這是事實。他必須如此希望，因為簡單的事實是他不能走，現在不行。如果只是到紐約，或許可以。但並不是，而他非得睡一覺不可。他全身都迫切地需要睡眠。

「丹，你到底怎麼了？因為你看起來很糟。」

「沒事，只是累了而已。」

不久他睡著了，先是進入黑暗，接著陷入混亂的噩夢中，在無止境的走廊上奔跑，有個影子在追逐他，來回揮舞著一根槌球桿，劈開壁紙，揚起一陣陣灰泥粉塵。**出來，你這討厭的小傢伙！**那人影大吼。**出來，你這沒用的小狗崽子，吃你的藥！**

之後艾柏拉和他在一起。他們坐在安尼斯頓公共圖書館前面的長椅上，在夏末的陽光下。她握著他的手。沒事的，丹伯伯。**沒事的。你爸爸在死前把那影子趕出去了。你不必——**

圖書館的門砰地一聲打開，一個女人走進陽光中。濃密如雲的深色頭髮在她的頭部周圍飄揚，然而她時髦地斜戴著的大禮帽仍頂在頭上。宛如魔法似地文風不動。

「哦，瞧，」她說。「是丹．托倫斯呢，那個趁女人睡覺時偷走她的錢，留下她的孩子被打死的男人。」

她朝艾柏拉微微一笑，露出唯一的一根牙齒。看起來如刺刀般的長而銳利。

「他會對妳做出什麼事呢？小甜心，他會對妳做出什麼事呢？」

10

露西在三點半準時叫醒他，但是當丹前去叫喚約翰時她搖搖頭。「讓他睡久一點。我丈夫也還在長沙發上打呼呢。」她竟然露出笑容。「這讓我想到客西馬尼園[49]，你知道吧。耶穌責備彼得說：『怎麼你們就不能與我一同警醒片刻嗎？』或者那一類的話。可是我沒有理由責備大衛，我猜——他也看見了。來吧。我做了炒蛋。你看起來像是需要吃點。你瘦得像根鐵軌似地。」她停頓一下再加一句：「哥哥。」

丹並不特別餓，不過他跟著她走進廚房。「也看見了什麼？」

「我正在翻閱嬤嬤的文章——找點事情做好打發時間——突然聽到廚房傳來哐噹一聲。」

她牽起他的手帶他到爐子和冰箱中間的流理台。那裡有一排舊式的玻璃調味罐，其中一個裝糖的罐子翻倒了。撒出的糖中寫著留言。

我很好。

要繼續睡了。

48. 指的是因超自然活動（鬧鬼）導致溫度比其他地區驟降的區域。

49. 位於耶路撒冷，耶穌上十字架的前夜與其門徒前往禱告的地方，耶穌遭猶大背叛也是在此。

愛你們喔！

不管他的感受如何，丹想到他的黑板，不由得露出微笑。這完全是典型的艾柏拉。

「她肯定是醒來，只留下這些話就繼續睡了，」露西說。

「我不這麼認為。」丹說。

她正在爐子那兒將炒蛋裝盤，抬起頭來看他。

「是妳把她喚醒了。她聽到了妳的擔憂。」

「你真的認為是那樣嗎？」

「是的。」

「坐下吧。」她頓了一下。「坐下來，丹。我想我最好習慣這樣叫你。坐下來吃吧。」

丹肚子不餓，但他需要養分。於是他照她說的做了。

11

她坐在他對面，從康伽妲・雷諾茲最後購自汀恩德魯卡超市的玻璃水瓶中倒了一杯果汁小口喝著。「有酗酒問題的年長男人，和崇拜偶像的年輕女性。那是我所了解的情況。」

「我了解的也是那樣。」丹規律且有條不紊地將蛋塞進嘴巴，並沒有品嘗滋味。

「要咖啡嗎？先生……丹？」

「麻煩妳了。」

她經過撒出的糖走向邦恩咖啡機。「他已婚，不過他的工作讓他參加很多教師聚會，在那裡有很多漂亮的年輕女孩。更別提當時間晚了，音樂越來越大聲的時候，性慾也漸漸旺盛起來。」

「聽起來沒錯，」丹說。「也許我媽以前常常一起參加這些聚會，可是後來家裡有個孩子要照顧，又沒錢請保姆。」她端給他一杯咖啡。她還沒來得及問他裡頭要放什麼，他就啜飲了一口黑咖啡。「謝謝。不管怎麼說，他們發生了關係。很可能是在某間當地的汽車旅館。肯定不是在他的車子後座——我們那時有輛福斯的金龜車。就算是一對慾火中燒的特技演員也沒法辦到。」

「摸黑偷情，」約翰說著走進廚房。他後腦勺的頭髮睡得亂翹起來。「老一輩的人都這麼說。還有炒蛋嗎？」

「很多，」露西說。「艾柏拉在流理台上留了言。」

「真的嗎？」約翰走過去看。「那是她留的？」

「對。我到哪兒都認得出她的筆跡。」

「哇，天啊，這可以讓威訊通信破產了。」

她沒有笑。「坐下來吃吧，約翰。你有十分鐘，然後我就要去叫醒那邊長沙發上的睡美人了。」她坐了下來。「繼續說吧，丹。」

「我不知道她是否認為我爸爸會為了她離開我媽，我也不認為妳會在她的箱子中找到這問題的答案。除非或許她留下了日記。根據大衛說的以及康伽姐後來告訴我的，我所知道的是她在那兒逗留了一陣子。也許是抱著希望，也許只是玩樂，也可能兩者都有。可是等到她發現自己懷孕時，她肯定是放棄了。據我所知，我們那時可能已經在科羅拉多州了。」

「你猜想你母親有發現嗎？」

「我不知道，可是她一定懷疑過他的忠實度，尤其是在他晚歸又喝得醉醺醺的時候。我確定她知道醉鬼的不良行為不限於賭馬，或是在扭擺和狂叫店裡塞五塊錢的鈔票到女服務生的乳溝裡。」

她伸手按住他的手臂。「你還好嗎？你看起來很累的樣子。」

「我沒事。不過妳不是唯一想要了解這一切的人。」

「她在一場車禍中喪生。」露西說。她已轉身背對丹，目不轉睛地看著冰箱上的布告欄。中間是一張康伽妲與艾柏拉的合照，艾柏拉看上去約莫四歲，和康伽妲手牽著手在雛菊花田中散步。「和她在一起的男人年紀大很多。而且喝醉酒。他們很快就過世了。嬤嬤不想告訴我，可是大約在我即將十八歲的時候，我變得很好奇，經常纏著她至少告訴我一些細節。當我問到我母親是否也喝醉了的時候，伽妲說她不曉得。她說警方沒有理由檢測在死亡事故中喪命的乘客，只檢測駕駛人。」她嘆口氣。「那不要緊，我們改天再來聊家庭故事吧。告訴我我女兒發生了什麼事。」

他說了。說到某個段落，他轉過身，看見大衛．史東站在門口，將襯衫塞進褲子裡一面看著他。

12

丹從艾柏拉如何與他聯繫開始說起，先是利用東尼當作一種媒介。接著述說艾柏拉如何與真結族有所接觸：在噩夢中見到她稱為「棒球男孩」的少年。

「我記得那個噩夢，」露西說。「她大聲尖叫，把我驚醒。以前也發生過，不過在兩、三年內是第一次。」

大衛皺起眉頭。「我一點也不記得。」

「你那時在波士頓，參加會議。」她轉向丹。「讓我想想看我是否搞懂了。這些人不是人，那他們是……什麼？某種吸血鬼嗎？」

「我想，是有點像吧。但是他們白天不睡在棺材裡，也不會在月光下變身成蝙蝠，而且我懷疑他們會怕十字架和大蒜，不過他們是寄生蟲，他們肯定不是人類。」

「人類死亡的時候不會消失。」約翰斷然地說。

「你們真的看見他們消失嗎？」

「我們三個全都看見了。」

「總之，」丹說：「真結族對普通孩子不感興趣，只對那些具有閃靈能力的孩子有興趣。」

「跟艾柏拉一樣的孩子。」露西說。

「對。他們在殺害那些孩子之前先折磨他們——艾柏拉說，是為了淨化精氣。我一直想像是私釀酒商在釀造威士忌。」

「他們想要……把她吸進去，」露西說。仍努力在腦中把事情想清楚。「因為她有閃靈。」

「不只是閃靈，而且是**強大**的閃靈。我是把手電筒的話，她就是座燈塔。而且她**知道**他們的存在。她知道他們是什麼東西。」

「還有，」約翰說。「我們在克勞德蓋普對那些人所做的事……就蘿絲而言，不管真正下手的人是誰，都要算在艾柏拉頭上。」

「不然她還能期待什麼？」露西忿忿不平地問。「他們難道不了解什麼叫自衛嗎？生存？」

「蘿絲明白的是，」丹說：「有個小女孩向她挑戰。」

「挑戰——」

「艾柏拉用心電感應和她聯繫。她告訴蘿絲她要去找她。」

「她要幹什麼？」

「她的脾氣，」大衛輕聲說。「我告誡過她幾百次了，她的壞脾氣總有一天會害她惹上麻煩。」

「她絕不會接近那個女人，或是她那些殺害孩童的朋友。」露西說。

丹暗想：對……也不對。他握住露西的手。她準備抽開，但是沒有。

「妳必須了解的事其實很簡單，」他說。「他們永遠不會罷休。」

「可是——」

「沒有可是，露西。若是在其他的情況下，蘿絲還可能決定退出，畢竟她是頭狡猾的老母狼，但是現在有另一個因素。」

「是什麼？」

「他們病了，」約翰說。「艾柏拉說是麻疹。他們甚至很可能是從崔佛男孩那裡感染到的。我不知道妳會說這是天譴，或者只是諷刺。」

「麻疹？」

「我知道這聽起來不怎麼樣，可是相信我，確實很嚴重。妳知道從前麻疹可以傳染給整個家庭的小孩嗎？假如真結族發生了這種狀況，很可能會被徹底消滅。」

「好極了！」露西大喊。她臉上憤怒的笑容丹非常熟悉。

「但是如果他們認為艾柏拉的超級精氣可以治好他們就不好了，」大衛說。「寶貝，這就是妳必須了解的情況。這不只是小衝突。對那個婊子來說，這是場殊死戰。」他掙扎了半晌，最後說出其餘的話。因為非說不可。「如果蘿絲逮到機會，她會把我們的女兒活活吃掉。」

13

露西問：「他們在哪裡？這群真結族，他們到底在哪裡？」

「科羅拉多州，」丹說。「在塞威鎮上一處叫做藍鈴露營地的地方。」他不願意說出露營地的位置正是在他曾經差點死在他父親手上的地點，因為那樣一來會引出更多的問題，及更多覺得巧合的驚呼。丹非常確定的一件事情是這絕非巧合。

「這個塞威鎮肯定有警察局吧，」露西說。「我們可以打電話通知他們，請他們處理。」

「要告訴他們什麼？」約翰的語調溫和，卻不容爭辯。

「呃……那個……」

「妳要是真的說動警方到上頭的露營地去，」丹說：「他們只會找到一群中老年的美國人。無害的休旅車族，老是想秀給人家看他們的孫子照片的那種。他們的證件，從養狗牌照到地契，全都井井有條。沒有合理的根據，警方弄不到搜索票，就算設法弄到了搜索票也找不到槍枝，因為真結族根本不需要槍。他們的武器在這裡。」丹輕拍前額。「妳會變成從新罕布夏州來的發瘋女士，艾柏拉會是妳蹺家的瘋女兒，我們會是妳的瘋子朋友。」

露西用手掌緊壓住太陽穴。「我真不敢相信居然會發生這種事。」

「如果妳調查紀錄，我想妳會發現真結族——不論他們可能用什麼名稱——對那個特別的科羅拉多州小鎮非常慷慨。你不弄髒自己的窩，而是把窩弄得舒適些。這樣一來，萬一遇到困難，你就會有許多朋友。」

「這群壞蛋已經存在很久了，」約翰說。「對不對？因為他們從精氣中主要吸取的就是長壽。」

「我相當肯定這點是正確的。」丹說。「而且既然是健全的美國人，我敢說他們鐵定一直忙著賺錢，足夠賄賂比塞威鎮上那些人更大的官，像是州政府、聯邦政府。」

「而且這個蘿絲……她絕不會罷休。」

「不會。」丹想起他所預知的她的影像。歪斜的高帽、張大的嘴巴、單根的牙齒。「她決心要得到妳女兒。」

「一個靠殘殺兒童活下去的女人沒有心。」大衛說。

「哦，她的確有，」丹說。「只不過是黑的。」

露西站起來。「別再說了，我想現在就去找她。每個人先上一下廁所，因為等我們出發後，我們就要一路不停地開到汽車旅館。」

丹說：「康伽妲有電腦嗎？如果她有的話，在我們走之前我需要很快地看個東西。」

露西嘆氣。「在她的書房裡，我想你可以猜出密碼。不過要是你超過五分鐘，我們就不等你直接走了。」

14

蘿絲清醒地躺在床上，渾身僵硬得像根撥火鉗，因為精氣和盛怒而發抖。

二點一刻的時候傳來引擎發動的聲音，她聽見了。是精氣源史提夫和俄國人芭芭。另一輛在三點四十分發動時，她也聽到了。這回是小不點雙胞胎，豌豆與豆莢。甜心泰莉・畢克馥和他們一起，想必是神經緊張地從後車窗找尋任何蘿絲的蹤影。高個莫兒央求與他們同行——哀求和他們一起走——但他們拒絕了她，因為莫兒帶著病毒。

蘿絲可以阻止他們，但是何必呢？讓他們去發現獨自在美國生活的情況如何，在營地沒有真結族保護他們，或者在旅途中沒人替他們注意安全。尤其是等我吩咐馬屁精史林停掉他們的信用卡，清空他們富有的銀行帳戶以後，她心裡盤算。

馬屁精不是數字吉米，不過他還是有辦法處理，只需要按個鍵就可以了。而且他會留在這裡辦事。馬屁精會堅守在這裡。其他所有聽話的人都會留下……或者說**幾乎**所有聽話的。齷齪菲爾、圍裙安妮，和柴油道格已不再返回的途中了。他們投票表決，決定往南開。小柴告訴他們蘿絲不再值得信任，而且，他們早該脫離真結族了。

祝你好運啦，寶貝男孩，她心裡想著，拳頭握緊了又放開。

分裂真結族是糟糕的想法，不過減少集團的人數倒是個好主意。就讓那些怯懦的傢伙逃走，生病的人死掉吧。等那個小賤丫頭也死掉，他們吞噬了她的精氣（蘿絲已不再幻想將她拘禁起來），剩下的二十五人左右會變得前所未有的強壯。她哀悼烏鴉，心知她沒有任何人能取代他，不過代幣查理會竭盡全力去做。還有愛爾蘭人山姆……瘋癲迪克……肥胖芬妮和長腿保羅……貪心葛，不怎麼聰明，但是忠心耿耿、毫不懷疑。

此外，其他人離開，她仍儲存的精氣會維持更久，讓他們更強壯。他們需要強大。

來找我吧，小賤丫頭，蘿絲心想。**等兩打人對付妳的時候看妳有多強大。當只有妳一人對抗真結族的時候看妳的感受如何。我們會吞食妳的精氣，舔拭妳的鮮血。不過首先，我們會飲盡妳的吶喊。**

蘿絲仰望著黑暗，傾聽那些不忠實、逃跑的人漸漸遠去的聲音。

門上傳來輕輕的、膽怯的敲門聲。蘿絲靜默地躺了好一會兒，思索著，最後擺盪兩腿下了床。

「進來。」

她渾身赤裸，但沒有試圖遮掩，沉默莎蕊悄悄地走進來，難看地穿著一身法蘭絨睡衣，灰褐色的劉海遮住她的眉毛，幾乎要垂到眼睛上。一如往常，即使她人在場也好像幾乎不存在。

「洛茲，我很傷心。」

「我知道妳很難過。我也是。」

她並不難過——她是狂怒——不過聽起來很真誠。

「我想念安蒂。」

安蒂，對——鄉巴佬名為安潔雅・史坦納，她父親早在真結族發現她之前，就肏得她失去人性。蘿絲記得那天在電影院裡觀察她，以及後來，她如何靠著純粹的勇氣和意志力奮力地通過轉變。蛇吻安蒂應該會堅持留下。蛇吻將會穿過熊熊烈火，倘若蘿絲說真結族需要她那麼做。

她伸出雙臂。莎蕊急奔向她，將頭貼靠在蘿絲的胸脯上。

「她不載了，我粉想死。」

「不，寶貝，我可不這麼想。」蘿絲將這小東西拉上床，緊緊地擁抱她。她渾身上下只不過是憑靠少許的肉維繫在一起的骨架子。「跟我說妳真正想要什麼。」

在蓬亂的劉海下，兩隻眼睛閃爍著兇猛的光芒。「保復。」

蘿絲親吻她一邊的臉頰，再親另一邊，接著吻上單薄、乾燥的嘴唇。她往後退一點說：

「對。妳的願望將會達成。張開嘴，莎蕊。」

莎蕊順從地照做。她們的唇又貼在一起。仍充滿精氣的高帽蘿絲深呼一口氣到沉默莎蕊的喉嚨裡。

15

康伽妲書房的牆面貼滿了便條紙、片段的詩句，以及將永遠不會回覆的信件。丹鍵入四個字的密碼，開啟火狐，用谷歌搜尋藍鈴露營地。他們網站提供的資訊並不多，大概是因為主人不大在乎吸引遊客；那地方根本是幌子。不過網站上有營地的照片，丹著迷地詳細查看，就像一般人在看最近找到的家庭舊相簿時那樣的入神。

全景飯店早已不在了，但他認得出地形。曾有一次，就在第一場將他們封閉在山上過冬的暴風雪來臨之前，他和他父母親一起站在飯店寬敞的門廊（草坪鞦韆椅及柳編家具收進倉庫後顯得甚至更為廣闊），俯視前面草坪長而平緩的斜坡。在斜坡底部，鹿和羚羊經常跑出來玩耍之處，如今有一棟長形的鄉村建築，取名為全景度假屋。說明文字寫著：週五及週六的夜晚，遊客可到此用餐、玩賓果，並隨著現場演奏音樂跳舞。星期日則舉行教堂禮拜，由塞威的男女牧師幹部輪流監督。

大雪來臨前，我父親負責除草並修剪以前在那兒的綠雕。他說以前他修剪過許多女士的綠雕。我聽不懂，不過那個笑話常常逗得媽媽大笑。

「真是好笑。」他低聲說。

他看見一排排閃亮的休旅車接管，奢侈的現代化設備供應液化瓦斯及電力。還有男女的淋浴建築，寬大得足以服務大型卡車休息站，例如：小美國或佩德羅的州界以南。以及一座供小朋友玩耍的遊樂場。（丹好奇在那兒玩耍的小孩是否曾看見或感覺到令人不安的東西，就像丹尼‧「醫生」‧托倫斯曾經在全景飯店遊樂場所感應到的一樣。）另外還有壘球場、戶外沙壺球區，兩座網球場，甚至義式滾球場。

但沒有短柄槌球——沒有那一項。再也沒有了。

在斜坡的半途中，曾經是全景飯店的樹籬動物聚集之處，有一排乾淨、白色的碟形衛星天線。在山丘頂端，原先飯店本身所在之地，現在是一座木搭的平台，有一道長長的階梯通往平台上。這個地點目前歸科羅拉多州政府擁有、管理，標明為世界之頂。歡迎藍鈴露營地的遊客免費使用此平台，或者到平台另一邊的林間小徑健行。說明文字上寫著，林間小徑僅推薦給較有經驗**的健行客，但世界之頂開放給所有人。這裡的景致令人驚豔！**

丹確信那裡的風景絕佳。以前從全景飯店的餐廳及舞廳放眼望去的景色無疑就十分壯觀了……至少一直到不斷攀升的雪擋住了窗戶為止。往西邊看去是落磯山脈最高的山峰群，宛如一根根的長矛鋸開天空。往東邊，你能一眼望見波爾德。在少數污染不太嚴重的日子，視野甚至能遠及丹佛和阿瓦達。

州政府接管了那塊特殊的土地，丹並不意外。誰會想要在此蓋房子呢？那塊地腐爛了，他懷疑你是否必須具有心靈感應能力才能感覺到。然而真結族盡其所能地接近那塊地，丹認為他們漫遊的客人——那些正常人類——很少回來二度拜訪，或者推薦藍鈴給他們的朋友。約翰說過，**邪惡的地方會召喚邪惡的生物。**倘若如此，反之亦然：邪惡的地方往往會排斥善良的人。

「丹？」大衛喊道。「車要開了。」

「再給我一分鐘！」

他閉上眼，將掌根貼靠住前額。

艾柏拉。

他的聲音立即將她喚醒。

第十七章・賤丫頭

1

皇冠汽車旅館外面天色仍暗，還要再一小時或更久黎明才會到來，就在這時二十四號房的房門開了，一個女孩走出來。濃霧逼近，幾乎看不見周遭的世界。女孩穿著黑褲子白上衣。她把頭髮梳上去綁了雙馬尾，馬尾框起的臉蛋看起來非常稚幼。她深深地呼吸，空氣中的涼意及懸浮的濕氣大大減緩了她殘留的頭痛，卻無法慰藉她難過的心。嬤嬤過世了。

不過，假如丹舅舅說得沒錯，那並非真正死亡；只是到別的地方而已。或許變成幽靈人；或許沒有。無論如何，現在她沒時間思考這件事。以後，也許她會深思這些事。

丹問比利是否在睡覺。是，她回答他，仍然睡得很熟。透過敞開的門，她能看見費里曼先生蓋著毯子的腳和腿，聽見他平穩的鼾聲，他聽起來像艘怠速的汽艇。

丹問蘿絲或其他任何人是否曾試圖接觸她的腦袋。沒有。有的話，她應該會知道。她設了陷阱，蘿絲應該猜得到。她並不笨。

他又問她房裡是否有電話。有，有支電話。丹舅舅告訴她他想要她做的事。相當簡單。可怕的地方是她必須和科羅拉多州的怪女人說話，不過她想照辦。打從她聽見棒球男孩死前的尖叫開始，她就有點想這麼做了。

妳明白妳必須再三重複說的字眼嗎？

當然明白。

因為妳必須刺激她，妳知道那是……

嗯，我知道那是什麼意思。

逼她抓狂，激怒她。

艾柏拉站在那兒對著濃霧呼氣。他們開進來的那條路只剩一道劃痕，另一邊的樹林完全不見了。汽車旅館的辦公室也一樣。有時候她但願自己像那樣，裡頭一片純白。不過只是有時而已。在她心裡最深處，她不曾遺憾過自己生來如此。

當她覺得準備好了——盡她所能地準備就緒——艾柏拉走回房間，關上她這一側的門，以免她必須大聲說話時打擾到費里曼先生。她仔細研究了電話上的指示，先按九接外線，再撥打查號台詢問位在科羅拉多州塞威的藍鈴露營地，其全景度假屋的電話號碼。丹說：我可以給妳總機的號碼，不過妳只會聽到電話答錄機。

在客人用餐、玩遊戲的地方，電話響了很長一段時間。丹說過很可能會如此，告訴她應該耐心地等待。畢竟，那裡比這兒早兩個小時。

終於一個暴躁的聲音說：「喂？如果你想要找服務處，你撥錯號——」

「我不是要找服務處。」艾柏拉說。她希望聲音裡聽不出她急速、沉重的心跳。「我要找蘿絲。高帽蘿絲。」

停頓。然後：「妳哪位？」

「艾柏拉．史東。你聽過我的名字吧？我就是她正在找的女孩。告訴她我五分鐘內會再打過去。要是她在，我們就來談一談。要是她不在，就轉告她她可以去死吧。我不會再打一次。」

艾柏拉掛上電話後，低下頭，用兩隻手掌托住發熱的臉，深長地呼吸了好幾下。

2

蘿絲正坐在地球巡洋艦的方向盤後喝咖啡，雙腳擱在儲放精氣罐子的秘密隔間上，突然門上傳來輕敲聲。這麼一大清早的敲門聲只意味著更多的麻煩事。

「喔，」她說。「進來。」

進來的是長腿保羅，身穿上頭有賽車圖案的幼稚睡衣，外面罩件睡袍。「度假屋裡的公用電話響了起來。一開始我沒理會，想說是打錯號碼了，而且，我正在廚房裡泡咖啡。可是電話一直響個不停，所以我接了起來，是那個女孩兒。她想要和妳說話，她說她在五分鐘內會再打過來。」

沉默莎蕊在床上坐起身子，劉海遮住的雙眼直眨，緊抓著圍在雙肩上的被子彷彿那是一條披肩。

「妳走吧。」蘿絲命令她。

莎蕊一聲不吭地照辦。蘿絲隔著地球巡洋艦寬大的擋風玻璃目送莎蕊赤著腳、步履艱難地走回她與蛇吻共用的邦德露營車。

那個女孩。

沒跑去躲起來，那個賤丫頭竟然打電話來了，簡直是吃了熊心豹子膽。是她自己的主意嗎？那有點難以相信，不是嗎？

「你一大早在廚房裡忙什麼？」

「我睡不著。」

她轉身面向他，只不過是個頭髮稀疏、高個兒的老人，鼻尖上架著一副雙焦點眼鏡。鄉巴佬可以每天經過他身邊一年，完全沒注意到他，然而他並非沒有一定程度的能力。保羅雖沒有蛇吻的催眠才能，或是已故的弗利克爺爺的探測員本領，但他具有相當好的說服力。要是他碰巧建議一個鄉巴佬打他妻子一耳光——或者陌生人的妻子——那鄉巴佬絕對會毫不遲疑地打下去。真結族的每個人都有自己的小技能；這是他們存活的方式。

「讓我看看你的手臂，保羅。」

他嘆口氣，將睡袍及睡衣的袖子拉到布滿皺紋的手肘上。那兒有紅疹。

「什麼時候發的？」

「昨天下午看見了最先兩顆。」

「有發燒嗎？」

「有，一點點。」

她凝視他誠實、信任的眼眸，想要擁抱他。有些人逃跑了，但長腿保羅仍留在這裡。其他大多數人也是。肯定足夠對付那個賤丫頭，要是她真的蠢到跑來露臉的話。而且她很可能這麼做。哪個十三歲的女孩子不蠢呢？

「你會好起來的。」她說。

他再嘆口氣。「但願如此，要是沒好，至少這輩子過得非常好。」

「別再說那種話，每個堅持留下的人都會沒事的。這是我的承諾，我會信守承諾。現在我們來聽聽看我們的新罕布夏小朋友要為她自己說些什麼。」

3

蘿絲安坐在大型的塑膠賓果搖獎機旁的椅子上（她漸漸涼掉的那杯咖啡擺在一旁），不到一分鐘度假屋的公用電話就突然爆出二十世紀的叮鈴鈴響聲，害她嚇了一跳。她讓電話響了兩聲才從聽筒架上拿起電話筒，以她最優美的聲音說。「嗨，親愛的。妳大可以直接接觸我的腦子嘛，妳知道吧。可以省下妳長途電話的費用啊。」

賤丫頭若是嘗試那麼做就會是非常不明智的舉動。艾柏拉・史東可不是唯一會設陷阱的人。

「我會去找妳。」女孩說。這聲音多麼年輕、多麼清新啊！蘿絲一想到所有有益的精氣會伴隨著那股清新活力而來，就覺得心中湧起一股貪慾，有如未滿足的渴望。

「這妳說過了。親愛的，妳確定妳真的想那麼做嗎？」

「如果我去找妳的話，妳會在那裡嗎？還是只留下妳訓練過的鼠輩呢？」

蘿絲感到憤怒的顫抖。毫無幫助，不過當然她從來也不算是喜歡晨起的人。

「親愛的，我怎麼會不在呢？」她保持平靜、稍微縱容的口吻——像是母親對容易發脾氣的學步幼兒說話的語調（她想像大概是這樣；畢竟她從沒當過母親）。

「因為妳是個膽小鬼。」

「我很好奇妳這假設是根據什麼，」蘿絲說。她的語調相同——縱容、微微帶著笑意——但她抓著電話的手收緊，把電話筒更用力地貼近耳朵。「妳又不曾見過我。」

「我當然見過。在我腦子裡，我讓妳夾著尾巴逃走。而且妳殺小孩子。只有膽小鬼才殺小孩子。」

她告訴自己，**妳不需要向一個小孩子辯解自己的行為。尤其對方是個鄉巴佬**。可是她聽見自己說：「妳對我們一無所知。我們是什麼，或者我們必須靠什麼來維生。」

「你們就是一群膽小鬼，」賤丫頭說。「你們自以為天賦異稟、強大無比，可是你們真正擅長的只有進食和長壽而已。你們就像鬣狗一樣，你們殺害弱小，然後逃跑。膽小鬼。」

她口氣中的輕蔑聽在蘿絲耳裡十分的尖酸。「那不是事實！」

「而妳是頭號膽小鬼。妳不會來找我吧，會嗎？不，妳不會。妳會派其他的人來。」

「我們是要講道理，還是要——」

「殺害兒童好奪取他們腦子裡的東西算什麼道理？那有什麼道理可說？妳這膽小的老淫婦？妳派朋友做妳該做的事，自己躲在他們後面，我想那算是聰明的做法吧，因為現在他們全都死光了。」

「妳這愚蠢的小賤人，妳什麼都不懂！」蘿絲一躍而起。她的大腿撞到桌子，咖啡灑了出來，流到賓果搖獎機底下。長腿保羅透過廚房出入口窺探，瞄一眼她的表情，立即縮了回去。「誰是膽小鬼？誰才是真正的膽小鬼？妳敢在電話上這麼說，可是妳絕對不敢當著我的面說！」

「等我去找妳的時候，妳必須有多少人陪在妳身邊？」艾柏拉奚落她。「到底要多少啊？妳這膽怯的婊子？」

蘿絲沒有回話。她必須控制住自己，她心裡明白，但是被一個滿嘴校園髒話的鄉巴佬丫頭這樣說……況且她知道得太多，**太多**太多了。

「妳甚至不敢單獨面對我吧？」賤丫頭問。

「妳試試看啊。」蘿絲啐了一口。

另一端停頓了半晌，等賤丫頭再度開口時，她一副沉思的語氣。「一對一？不，妳不敢的，像妳這樣的膽小鬼絕對不敢，就算是對付一個小孩子也不敢。妳會作弊而且說謊。雖然妳有時候看起來很漂亮，但我看過妳的真面目。妳只不過是個渺小的老淫婦。」

「妳……妳……」但是她無法再多說。她的怒氣大到感覺像是掐著她的咽喉。她憤怒的其中一個原因是她震驚地發現自己——高帽蘿絲——竟然遭一個小鬼頭訓斥，這丫頭所認識的交通工具只有腳踏車，而且在最近這幾星期前，她主要關心的八成還是她什麼時候胸部可以長得比蚊子叮的腫包要大一點。

「不過我或許會給妳一個機會，」賤丫頭說。她的自信和傲慢的無禮簡直令人難以置信。

「當然囉，如果妳接受我的挑戰，我就會徹底打敗妳。我不用管其他人，反正他們已經快要死了。」她竟然大笑起來。「棒球男孩噎到他們了，他真是幹得好啊。」

「妳來的話，我一定會殺了妳。」蘿絲說。一隻手摸到她的喉嚨，掐住，開始有節奏地擠捏。稍後那裡應該會有瘀傷。「妳要是逃跑，我一定會把妳找出來。一旦我找到了，妳就會在死之前尖叫上好幾個小時。」

「我不會逃跑，」女孩說。「我們走著瞧看誰會大聲尖叫。」

「妳有多少人支援妳啊？親愛的？」

「我會單獨一個人。」

「我才不相信妳呢。」

「妳可以讀我的心啊，」女孩說。「還是說妳連讀我的心都害怕？」

蘿絲沒吭聲。

「妳當然怕啦。妳記得上次試的時候發生了什麼事。我讓妳自食苦果，妳不喜歡，對吧？鬣狗、兒童殺手、膽小鬼。」

「不許……再用那個字眼……叫我！」

「從妳現在的位置上山有個地方。一座觀景台，叫做世界之頂，我在網路上找到的。星期一下午五點到那兒，單獨一個人去。要是妳不在，或是如果我們在交手的時候，妳其他的那群鬣狗沒待在會議廳，我一定會知道。然後我會馬上離開。」

「我會把妳找出來。」蘿絲重申。

「妳認為妳辦得到嗎？」真的在嘲笑她。

蘿絲閉上眼看見那女孩。她看見她痛苦得在地上翻滾，嘴裡塞滿螫人的虎頭蜂，兩眼插著熱燙的棍條。沒有人敢這樣對我說話，從來沒有！

「我想妳也許找得到我。可是等妳找到的時候，妳那群卑鄙無恥的真結族還會剩下多少人來支援妳呢？十二個？十個？也許只剩三、四個？」

蘿絲早已想過這個可能性。和一個她甚至未曾面對面見過的小孩得出同樣的結論，從許多方面來說，都是最令人火大的事。

「烏鴉知道莎士比亞呢，」賤丫頭說。「在我殺掉他之前沒多久，他引述了幾句給我聽。我也略知道一點，因為我們在學校上過莎士比亞課。我們只讀了一本劇本，《羅密歐與茱麗葉》，不過富蘭克林老師給了我們一份講義，完整地列出他其他劇本中有名的台詞。像是『忍辱偷生，或是一死了之』和『我對此一竅不通』。妳知道這些都是從莎士比亞的劇本來的嗎？我不知道呢。妳不覺得這很有意思嗎？」

蘿絲沒有答腔。

「妳根本沒在想莎士比亞，」賤丫頭說。「妳正在想妳有多麼想要殺我，我不需要讀妳的心思就知道了。」

「如果我是妳的話，我會逃跑。」蘿絲體貼地說。「用妳那雙小短腿儘可能逃得越快越遠。雖然對妳不會有什麼幫助，不過妳可以活得稍微久一點。」

賤丫頭不為所動。「另外還有一句俗話，我記得不是很清楚，不過有點像『害人反害己（Hoisted on your own petard）。』富蘭克林老師說petard是炸藥筒。我想那就是發生在你們這群膽小鬼身上的事。你們吸錯了精氣，被困在炸藥筒上，現在炸藥就要爆炸了。」她停頓一下。「蘿絲，妳還在嗎？還是跑掉了呢？」

「來找我吧，親愛的。」蘿絲說。她恢復平靜。「如果妳想要和我在觀景台碰面，我就會到那兒去。我們就一起欣賞風景，好嗎？然後看看誰比較強大。」

她在賤丫頭能夠回嘴之前掛斷電話。她發誓要克制脾氣卻失控了，不過至少她搶到了最後一句話。

或者也許並沒有搶到，因為賤丫頭不斷重複的那個字眼在她腦中一遍又一遍地播放，宛如卡在損壞溝槽中的留聲機唱片。

膽小鬼、膽小鬼、膽小鬼。

4

艾柏拉小心翼翼地將電話筒放回聽筒架。她凝視著電話筒；甚至撫摸電話筒的塑膠表面，電話筒表面由於她的手而發熱，因沾了她的汗水而濕濕的。片刻後，在她意識到淚水即將湧出前，她已突然爆發出嘹喨、刺耳的抽泣聲。啜泣猛烈地襲擊她全身，使她的胃痙攣、身體搖晃。她衝到浴室，仍啼哭不止，跪在馬桶前面，嘔吐。

她走出浴室時，費里曼先生站在連接兩房的門邊，襯衫下襬垂下來，灰髮像一根根軟木塞開瓶器的螺絲。「怎麼了？因為他給妳打的麻醉劑身體不舒服嗎？」

「不是啦。」

他走到窗邊，凝視窗外逼近的濃霧。「是他們嗎？他們來找我們了嗎？」

暫時無法言語，她只能猛搖頭，激烈到她的雙馬尾都飛起來。是她要去找他們，她因此極度的恐慌。

而且不僅是為了她自己。

5

蘿絲動也不動地坐著，深呼吸好讓自己鎮定下來。當她再度控制住自己後，她呼喚長腿保羅。一、兩分鐘後，他謹慎地從通往廚房的彈簧門探出頭來。他臉上的表情使她的唇邊泛起一絲微笑。「安全啦，你可以進來。我不會咬你。」

他走進去，看見潑灑出的咖啡。「我來清理。」

「放著別管。我們剩下的人裡頭最好的探測員是誰？」

「是妳，蘿絲。」毫不遲疑。

蘿絲無意從精神上去接近賤丫頭，甚至連一碰就跑都不願意。「除了我以外。」

「呃……弗利克爺爺走了……然後貝瑞……」他思索片刻。「蘇有一點探測定位的能力，貪心葛也有。不過我想代幣查理的能力強一點。」

「他病了嗎？」

「昨天還沒有。」

「叫他來找我，我會趁等待的時候把咖啡擦乾淨。因為——保利，這點很重要——搞得亂七八糟的人應該自己收拾乾淨。」

他離開之後，蘿絲坐在原位半晌，手指搭成尖塔狀托在下顎底下。清晰的思緒回來了，伴隨著計畫的能力。看來他們今天終究不會吸取精氣了。那可以等到星期一早上。

最後她走進廚房找塊餐巾紙，清理她造成的髒亂。

6

「丹！」這回是約翰喊的。「得走囉！」

「馬上來了，」他說。「我只想在臉上潑點冷水。」

他沿著走廊走，一邊聽艾柏拉說話，一邊微微地點頭，彷彿她人在旁邊。

費里曼先生想知道我為什麼哭？為什麼吐？我應該跟他說什麼？

暫時只要先跟他說，等我們到那裡之後，我想借用他的貨卡。

因為我們要繼續往西走。

嗯……

情況複雜，但她明白。了解不是用言語，也不需要。

在浴室洗臉盆旁有個架子，放了幾支包裝未拆的牙刷。最小的一支——沒包裝的——握把上以七彩的字母印著ＡＢＲＡ。一面牆上有塊小匾額寫著**缺少愛的生命猶如沒結果的樹**。他注視那塊匾額幾秒鐘，心想ＡＡ計畫中是否有任何格言帶有類似地意思。他唯一想得到的是**倘若你今日無法愛任何人，至少試著別去傷人**。兩者實在無法相較。

他打開冷水，用力地潑到臉上好幾下。然後抓了一條毛巾抬起頭來。這回肖像畫中沒有露西陪著他；只有丹・托倫斯，傑克與溫蒂之子，他一直以來都認為自己是獨生子。

他的臉上蓋滿了蒼蠅。

PART FOUR
世界之頂

第十八章・向西行

1

那個星期六丹記得最清楚的不是從波士頓開到皇冠汽車旅館的那段路程，因為約翰・道頓的運動休旅車上的四人鮮少談話。靜默並非由於尷尬或抱著敵意，而是疲累——是人要思考的事很多卻沒有太多可說的那種沉靜。他印象最深刻的是他們抵達目的地之後所發生的事。

丹知道她在等待，因為他在旅途中和她時常保持聯繫，以現在他們都覺得輕鬆愉快的方式談話——一半言詞一半圖片。他們車子停下的時候，她正坐在比利的老貨卡的後保險桿上。她一見到他們立即跳起來揮手。那一瞬間，逐漸稀疏的覆蓋雲層撥開，一道陽光聚焦在她身上。彷彿上帝在和她舉手擊掌。

露西發出不算尖叫的呼喊。約翰尚未將薩博本完全停妥，她就解開安全帶，打開車門。五秒鐘後她已將女兒擁入懷裡，親吻她的頭頂，竭盡了全力，艾柏拉的臉蛋被擠壓在她的乳房之間。此時太陽如聚光燈般照在她們兩人身上。

母女重逢，丹心想。臉上浮現的笑容感覺有點陌生。離他上一次笑有好長一段時間了。

2

露西與大衛想帶艾柏拉回新罕布夏。丹對此毫無異議，但既然他們聚在一起，他們六人需要談一談。那個綁馬尾的胖男人又回來上班，今天沒看色情片，改看籠中格鬥比賽。他很樂意再租借二十四號房給他們；他們過不過夜他都無所謂。比利進克朗維爾小鎮去買兩塊披薩。之後他們坐定下來，丹和艾柏拉輪流發言，讓其他人了解已發生的所有事以及即將要發生的一切。那是說，倘若事情照他們所希望的發展的話。

「不行，」露西立刻說。「這太危險了，對你們兩個都是。」

約翰陰鬱地咧嘴微笑。「最危險的是不去理會這些……這些東西。蘿絲說假如艾柏拉不去找她，她就會來找艾柏拉。」

「她就像是鎖定了她，」比利說，選了一片義式辣香腸與蘑菇口味的披薩。「瘋子經常會這樣。你只需要看**菲爾博士**就知道了。」

露西以責備的眼神凝視她女兒。「妳刺激了她，那是很危險的行為，可是等她有機會靜下心來……」

雖然無人打斷，她卻自己越說越小聲。丹想，也許當話實際清楚地說出口，聽起來多麼的難以置信。

「他們不會住手，媽。」艾柏拉說。「她不會罷休的。」

「艾柏拉會夠安全，」丹說。「有個輪子。我不知道該怎麼解釋得更清楚一點。如果情勢不妙——要是出了差錯——艾柏拉會利用輪子逃走、脫身。她答應我了。」

「沒錯，」艾柏拉說。「我答應了。」

丹以嚴厲的目光凝視她。「妳會遵守諾言吧，會嗎？」

「會。」艾柏拉說。她的語氣夠堅定，雖然明顯地不是心甘情願。「我會的。」

「另外也要考慮到其他的孩子，」約翰說。「我們永遠不會知道多年來這個真結族究竟抓了多少個孩子。也許，好幾百人。」

丹心想倘若他們的壽命如艾柏拉認為的那麼長，那數字大概是成千。他說：「或者就算他們不管艾柏拉，他們將會抓走多少孩童。」

「那是假設麻疹沒殺光他們，」大衛抱著希望說。他轉向約翰。「你說過那真的有可能發生。」

「他們想要我是因為他們認為我可以治好麻疹。」艾柏拉說。「呸。」

「說話文雅一點，小姐，」露西說，但她說的時候心不在焉。她拿起最後一片披薩，看了一會兒又扔回盒中。「我不在乎其他的孩子，我關心的是艾柏拉。我知道這話聽來多麼糟糕，但這是實話。」

「妳要是看過《購物指南》上的那些小照片，妳就不會那麼想了，」艾柏拉說。「我沒辦法忘記。有時候還會夢到。」

「如果這個瘋女人有點腦子，她就知道艾柏拉不會單獨一個人去，」大衛說。「她要怎麼辦？飛到丹佛，再租輛車？一個十三歲的孩子？」說完半詼諧地看著他女兒。「呸。」

丹說：「蘿絲從克勞德蓋普發生的事已經知道艾柏拉有朋友了。她不知道的是她有至少一個朋友具有閃靈能力。」他注視艾柏拉尋求確認。她點點頭。「聽著，露西，大衛。我想艾柏拉和我，兩人一起，可以結束這場——」他找尋合適的詞彙，卻只找到一個符合的詞——「災難，我們兩人單獨的話……」他搖搖頭。

「況且，」艾柏拉說：「妳和爸爸沒辦法真正阻止我。你們可以把我鎖在房間裡，可是你們沒辦法鎖上我的腦袋。」

露西怒瞪艾柏拉，就是母親專門為叛逆的年輕女兒保留的那種眼神。這招對艾柏拉向來有效，就連在她大發脾氣的時候也行，但這次沒有用。她平靜地回視她母親。目光中的哀傷令露西覺得心寒。

大衛握住露西的手。「我想這件事非做不可了。」

房內一片靜默。艾柏拉率先打破沉默。「如果沒人要吃最後一片，那我吃囉。我餓死了。」

3

他們再仔細討論幾次，在兩、三個點上提高音量，不過基本上，所有的細節都談過了。結果，只除了一件事。當他們離開房間時，比利拒絕坐上約翰的薩博本。

「我要去。」他對丹說。

「比利，我很感激你的心意，但這不是個好主意。」

「我的貨卡，照我的規矩。更何況，你自己一個人真的能在星期一下午開到科羅拉多高地嗎？別逗我笑了。你看起來像坨棍子上的屎一樣，糟透了。」

丹說：「最近有好幾個人這麼對我說，不過沒有人說得那麼文雅。」

比利沒有露出笑容。「我可以幫你，我雖然老了，可我還沒死呢。」

「帶他去吧，」艾柏拉說。「他說得對。」

丹仔細地審視她。

艾柏拉，妳知道什麼嗎？

回答非常迅速。

不，是感覺到了什麼。

丹滿意了這個答案。他伸出雙臂，艾柏拉用力地擁抱他，她的臉側面緊貼住他的胸口。丹可以像這樣摟著她許久，但是他放開她往後退。

丹舅舅，等你們接近時通知我，我馬上來。

記住，只要接觸一點點。

她沒用文字表達想法，而是送出影像：一個煙霧感應器不斷地嗶嗶響，就像需要換電池時那般。她完全記得。

她走向車子時，艾柏拉對她父親說：「在回去的路上，我們需要停下來買張早日康復卡。茱莉・克羅斯昨天在練習足球時弄傷了手腕。」

他對著她皺起眉頭。「妳怎麼會知道呢？」

「我就是知道啊。」她說。

他輕輕地拉一下她的馬尾。「妳其實一直都辦得到，對不對？我不懂妳為什麼不直接告訴我們呢，小艾巴。」

帶著閃靈能力成長的丹可以回答那個問題。

有時候家長需要受到保護。

4

於是他們分道揚鑣。約翰的運動休旅車往東，比利的貨卡往西，由比利駕駛。丹說：「比利，你真的可以開車嗎？」

「在昨晚睡了那麼多以後？甜心，我可以一路開到加州去哪。」

「你知道我們要去哪裡嗎？」

「我在等披薩的時候在鎮上買了一本公路地圖集。」

「所以你甚至那時候就已經打定主意了。你曉得艾柏拉和我的計畫。」

「嗯……知道一點。」

「你需要我接手的時候，就大聲叫吧。」丹說完，頭枕在副駕駛座的窗戶上立即睡著。他往下陷入越來越深、令人不快的影像深淵。先是全景飯店的樹籬動物，趁你不注意時會移動的那些動物。接著是二一七號房的梅西太太，她現在戴了一頂歪斜的大禮帽。繼續往下掉，他重返克勞德蓋普的戰役。只不過這回當他匆匆闖入溫尼貝格，卻發現艾柏拉躺在地板上，喉嚨被割開，蘿絲手持一把滴血的折疊式剃刀站在她旁邊。蘿絲看見丹，咧嘴露出可憎的笑容，她的下半張臉掉落，一根長牙閃閃發光。她說，**我告訴過她結局會是如此，但她不肯聽。小孩子很少乖乖聽話。**

在這之下只有一片漆黑。

他醒來時接近薄暮，一道斷斷續續的白線劃過中間。他們在州際公路上。

「我睡了多久？」

比利瞄一眼手錶。「相當久。覺得好一點嗎？」

「嗯。」他既覺得舒服一些，又有些不適。他的頭清醒了，可是胃痛得要命。考慮到他今早在鏡中看見的畫面，他並不意外。「我們在哪裡？」

「辛辛那提東邊一百五十英里左右。我在兩個加油站停下來你都照睡不誤。而且還打鼾呢。」

丹坐直身體。「我們在俄亥俄州？天啊！現在幾點了？」

比利查看一下手錶。「六點十五分。沒什麼大不了的；交通順暢又沒下雨。我想我們有天使跟我們同行。」

「好吧，我們找家汽車旅館吧。你需要睡覺，我的尿快憋不住了。」

「一點也不意外。」

比利從下一個顯示有加油站、食物，和汽車旅館的出口下了公路。丹去上廁所時，他開進溫蒂漢堡，買了一袋漢堡。等他們回到車上，丹咬了一口雙層漢堡，就放回袋子裡，小心翼翼地啜飲著咖啡奶昔。他的胃似乎願意接受奶昔。

比利一臉驚愕。「老弟，你得吃東西啊！你到底怎麼了？」

「我想早餐吃披薩八成不適合。」因為比利仍盯著他看，他再繼續說：「奶昔很好，我正需要這個。比利，眼睛看著路。我們如果到急診室去包紮傷口可幫不了艾柏拉。」

五分鐘後，比利將貨卡停在費爾菲德旅館的遮棚下，旅館門上懸著閃爍的內有空房的招牌。他熄掉引擎卻沒有下車。「老大，既然我是冒著我的生命危險陪著你，我想知道你究竟哪裡不舒服？」

丹險些指出是比利自己甘冒風險，不是他的主意，但這麼說不公平。他開口解釋。比利瞪大眼、沉默地聆聽。

「我的媽呀，耶穌都跳起來了。」丹說完時他說。

「除非我漏掉了，」丹說：「否則在新約聖經裡沒寫到耶穌跳起來的事蹟啊。雖然我猜祂可能跳過，在小時候。大多數小孩都跳過。你要幫我們辦理入住手續，還是要我去辦？」

比利繼續坐在原位。「艾柏拉知道嗎？」

丹搖搖頭。

「不過她可以發現吧。」

「可以但是不會。她曉得窺探是不對的，尤其當對方是你關心的人的時候。她不會那麼做，就像她不會在她爸媽做愛的時候偷看他們一樣。」

「你打小就知道了嗎？」

「對。有時候會看到一點點──因為沒法控制──不過馬上就把臉轉過去。」

「丹尼，你不會有事吧？」

「暫時還好。」他想起自己嘴唇、臉頰，和前額上行動遲緩的蒼蠅。「可以撐得夠久。」

「那之後呢？」

「等事後再來擔心吧。過一天算一天。我們去辦入住手續吧。我們需要一早就出發呢。」

「你收到了艾柏拉的消息嗎？」

丹微微一笑。「她很好。」

至少到目前為止。

5

可是她並不好，不怎麼好。

她坐在書桌前，手中捧著讀到一半的《修配工》，儘量避免去看她臥室的窗戶，唯恐她會看見某個人往內盯著她看。她曉得丹有點不對勁，她也了解他不希望她知道是什麼問題，但她還是忍不住想看，儘管這些年來她一直教自己要避開APB：adult private business（大人的隱私）。有兩點阻止了她。第一點是她知道，無論她喜不喜歡，她現在都無法幫他。另一點（這理由比較充分）是她曉得他可能會察覺到她侵入他的腦袋。倘若如此，他將會對她感到失望。

她想，反正，大概上鎖了。**他辦得到，他相當的強大。**

不過，沒有她那麼強……或者，如果用閃靈的角度來說，那麼亮。她可以打開他內心的鎖盒，偷偷窺視裡頭的東西，但是她想如果這麼做，可能對他們兩人造成危險。沒有具體的原因證明這一點，只是種感覺——就像她覺得費里曼先生最好陪同丹一起去——但她信任自己的直覺。此外，或許那是能助他們一臂之力的東西。她可以寄望於此。**真正的希望乘著燕子的翅膀迅捷地飛翔**——這是莎士比亞的另一句詩。

妳也不要看窗戶，諒妳也不敢。

不。絕對不行。絕不。於是她看了，蘿絲在那兒，頭上瀟灑地歪戴著帽子，對她露齒微笑。波浪般的頭髮、白皙如瓷的肌膚、惱火的深色眼睛，及豔紅的嘴唇，掩飾著那根暴牙。**獠牙。**

妳將會大聲尖叫到死，賤丫頭。

艾柏拉閉上雙眼，拚命地想

不在那裡，不在那裡，不在那裡。

然後再度張開眼。窗外那張咧嘴而笑的臉不見了。可是並沒有完全消失。在高山某處——世界之頂——蘿絲正在想她。並且等待。

6

汽車旅館供應自助式早餐。由於他的旅伴盯著他看，因此丹特意吃些穀片和優格。比利看起來鬆了口氣。比利幫兩人辦退房手續時，丹漫步到大廳的男廁。一旦進了男廁，他立刻旋上鎖，跪到地上，吐出剛吃下去的所有東西。未消化的穀片和優格漂浮在紅色的泡沫中。

「還好嗎？」丹在櫃台與比利再度會合時，比利問道。

「很好，」丹說。「我們走吧。」

7

根據比利的公路地圖集，從辛辛那提到丹佛大約一千兩百英里。塞威大概位在再往西七十五英里處，沿路淨是急轉彎且兩邊有許多陡降的斜坡。星期天下午丹努力開了一陣子，但很快就精疲力盡，再次將方向盤交給比利。之後他睡著了，等醒來時，太陽已漸漸西沉。他們到了愛荷華州——已逝的布萊德・崔佛的家鄉。

艾柏拉？

他一直擔心距離會造成他們難以或甚至無法用精神溝通，不過她迅速地回應，訊號如往常一般的強大；假如她是座無線電台，她應該是以十萬瓦的功率在傳播訊息。她在她自己的房裡，正用電腦一點一點慢慢地做家庭作業，或其他的東西。他察覺到她將哈皮，她的絨毛兔子玩偶，抱在腿上時，既覺得好笑又感到悲傷。他們此次行動造成的壓力使她退化為較年幼的艾柏拉，至少在情緒方面。

由於他們之間的線路暢通，因此她捕捉到了這個想法。

別擔心我，我很好。

很好，因為妳得打通電話。

嗯，對，你還好嗎？

我很好。

她知道這並非事實，不過她沒問，那正是他希望的。

你拿到那個了嗎？

她畫了張圖。

還沒，今天是禮拜天，店沒開。

另一張圖，他看了忍不住微微一笑。圖片上是沃爾瑪……只不過前面的招牌寫著艾柏拉的大型超市。

他們不賣我們需要的東西的話，我們會找一間肯賣的。

好吧，我想也只能這樣了。

妳知道要跟她說什麼嗎？

知道。

她會想辦法引誘妳跟她長談，想辦法打探消息，別中了她的套。

我不會的。

講完以後和我聯絡，免得我擔心。

當然他鐵定會非常擔心。

我會的，我愛你，丹舅舅。

我也愛妳。

他畫了個吻。艾柏拉也畫一個回應：大紅的卡通嘴唇。他幾乎能感覺到嘴唇印在他的臉頰上。隨後她就離開了。

比利凝視著他。「你剛才在和她說話，對不對？」

「我的確是。比利，眼睛看著路。」

「好啦，好啦。你說話跟我的前妻一樣。」

比利打了方向燈，轉到超車線，超過一輛巨大、遲緩的佛利伍速箭露營車。丹盯著那輛車，好奇裡頭是什麼人，他們是否正從貼了隔熱紙的車窗往外看。

「我想再開個一百英里左右，之後今晚就休息了，」比利說。「根據我估算好的明天行程，我們應該可以有一個鐘頭辦你的事，然後仍然在你和艾柏拉安排好的對決時間到達高地。不過我們必須在天亮前上路。」

「很好。你明白計畫會怎麼進行嗎？」

「我明白計畫**應該會**怎麼進行。」比利瞥向他。「你最好期望就算他們有雙筒望遠鏡，他們也沒拿出來用。你認為我們可能活著回來嗎？告訴我實話。如果答案是不可能，等我們停下來休息的時候，我就要幫自己點份你所見過最大塊的牛排當晚餐。萬事達卡會追著我的親戚要最後一張信用卡帳單的卡費，可是你猜怎麼樣？我根本**沒有**親戚。除非你把前妻算進去，不過就算我著了火，她也不會在我身上撒泡尿撲滅我的火。」

「我們會回來的。」丹說，但聽來無力。他覺得很不舒服，無法硬充好漢。

「是嗎？好吧，不過也許我還是點那份牛排晚餐吧。你呢？」

「我想我喝得下一些湯，只要是清湯的話。」想到要吃任何濃稠到沒法隔著看報紙的東西，例如：番茄濃湯、奶油蘑菇湯，他的胃就縮了起來。

「好吧。你何不再閉上眼睛休息一下？」

丹心知他無法熟睡，不論他覺得多麼疲累和不舒服——在艾柏拉和那個外貌像女人的可怕老怪物打交道的時候，他睡不著——不過他還是打了個盹。雖然十分淺眠，卻足以讓他作更多的夢，先是夢到全景飯店（今日版本的主角是半夜裡自行運轉的電梯），接著夢見他的外甥女。這回艾柏拉被一條電線勒住脖子。她用鼓出的眼睛指責地瞪著丹。輕易就能看出她的眼神述說著什麼。**你說過你會幫我。你說過你會救我。結果你在哪裡？**

8

艾柏拉不斷拖延非做不可的事，直到她意識到再過不久她母親就會來煩她，要她去睡覺。她隔天早晨不上學，不過明天依舊是個重大的日子。而且，今晚也許是個非常漫長的一夜。我親愛的，**拖延只會讓事情變得更糟**。

那是嬤嬤的信條。艾柏拉看向窗戶，但願能看見她的外曾祖母，而不是蘿絲。那樣該有多好。

「嬤嬤，我好怕。」她說。不過深呼吸兩次讓自己鎮定下來後，她拿起iPhone，撥到藍鈴露營地的全景度假屋。一個男人接了電話，當艾柏拉說她想和蘿絲說話時，他詢問她的身分。

「你知道我是誰。」她說。接著，以她希望能惹惱對方的好奇心問道：「先生，你發病了沒？」

電話另一端的男人（是馬屁精史林）沒回答這問題，但她聽見他與另一個人低聲交談。一會兒後，蘿絲接了電話，她再度恢復無可動搖的沉著。

「嗨，親愛的。妳在哪裡啊？」

「我在路上。」艾柏拉說。

「妳真的在路上嗎？那真是太好了，親愛的。那我想如果我回撥最後一通來電，應該不會發現這通電話的區域碼是新罕布夏州吧？」

「當然不會，」艾柏拉說。「我是用手機打的。妳需要跟上二十一世紀，賤人。」

「妳想要什麼？」另一頭的語調現在變得簡短無禮。

「想確定妳明白規矩，」艾柏拉說。「我明天五點會到那裡。我會坐在一輛紅色的老貨卡上。」

「由誰開車？」

「我的親戚，比利。」艾柏拉說。

「他是埋伏的人之一嗎？」

「他是跟我和烏鴉在一起的那位。不要再問問題了，閉上嘴仔細聽就好。」

「真沒禮貌。」蘿絲惋惜地說。

「他會遠遠地停在停車場盡頭，就在那塊寫著科羅拉多州職業隊獲勝時兒童可免費用餐的招牌旁邊。」

「我了解妳逛過我們的網站。想得真周到。或者也許是妳的親戚來探查過？他很有勇氣，敢充當妳的司機。他是妳父親的兄弟還是妳母親那邊的？鄉巴佬的家族是我的興趣。我喜歡畫族譜。」

她會想辦法打探消息，丹告訴過她，他猜得多麼正確。

「叫妳『閉上嘴仔細聽』妳是哪個字聽不懂？妳到底想不想和我碰面？」

沒有回答，只有沉默的等候。**令人不寒而慄**的沉默等候。

「從停車場，我們什麼都看得到：露營地、度假屋，和山丘頂端的世界之頂。我親戚和我最好看見妳在那上面，我們最好不要在**任何地方**看見你們真結族的其他人。我們在辦正事的時候，他們要待在那個會議廳什麼的，就那個大房間，明白了嗎？比利伯伯不會知道他們不在該待的地方，不過我會知道。要是我在別的地方發現了一個，我們就馬上走人。」

「妳的伯伯會待在貨卡上？」

「不。我會待在貨卡上，直到我們確定了以後。然後他會回到車上，我會去找妳。我不希望他接近妳。」

「好啊，親愛的。我們會照妳說的辦。」

不，不會的。**妳在說謊**。

不過艾柏拉自己也說謊，因此她們算是扯平。

「親愛的，我有個真的很重要的問題。」蘿絲親切地說。

艾柏拉差點要問是什麼問題，但隨即想起她舅舅的忠告。她的親舅舅。對，一個問題。接著又會引出另一個……再一個……又再一個。

「妳噎死吧。」她說完掛斷電話。她的兩手開始發抖。緊接著是兩腿、手臂和肩膀。

「艾柏拉？」是媽媽。從樓梯底部呼喚。**她感覺到了。只有一點點，但她確實感覺到了。這是母親的直覺或是閃靈的關係呢？**「寶貝，妳沒事吧？」

「我沒事啦，媽！準備要上床睡覺了！」

「再十分鐘，我們就要上樓給妳晚安吻了。穿上妳的睡衣喔。」

「我會的。」

艾柏拉心想，**要是他們知道我剛才和誰通電話的話**。但是他們不知道。他們只以為自己知道發生了什麼事。她人在房間裡，屋子裡的每扇門窗都鎖上，他們相信這樣一來她就安全了。即使她父親見過活生生的真結族也不例外。

然而丹很清楚。她閉上雙眼伸出去與他聯繫。

9

丹與比利在另一間汽車旅館的遮篷底下。仍然沒收到艾柏拉的消息。情況不妙。

「來吧，老大，」比利說。「我們先讓你進去裡面，然後——」

此時她出現了。謝天謝地。

「安靜一下。」丹說著仔細傾聽。兩分鐘後他轉向比利，比利覺得他臉上的笑容終於讓他看起來像原本的丹・托倫斯。

「是她嗎？」

「對。」

「她那邊進行得怎麼樣？」

「艾柏拉說很順利。我們可以開始行動了。」

「沒問我的事嗎？」

「只問了你是家族裡哪邊的親戚。聽著，比利，謊稱你是伯伯這件事有點錯了。你太老了，不可能是露西或大衛的哥哥。等我們明天停下來辦事的時候，你需要買副太陽眼鏡。大一點的。另外把你那頂棒球帽死命拉到耳朵上，別讓你的頭髮露出來。」

「既然如此，也許我應該買點男士專用染髮劑。」

「不要跟我頂嘴，你這老傢伙。」

比利聽了咧開嘴笑。「我們去辦理入住手續，然後買點吃的吧。你看起來好一點了。好像真的可以吃東西了。」

「湯就好了。」丹說。「沒必要得寸進尺。」

「好吧，那就湯吧。」

他全吃完了。慢慢地。並且藉由不斷地提醒他自己再過不到二十四小時，這一切無論如何都會結束，設法把湯吞下去。他們在比利的房間裡用餐，當他終於吃完後，丹在地板上伸展身體。這麼做稍微減緩了他腹部的疼痛。

「那是什麼？」比利問。「某種瑜伽什麼鬼的嗎？」

「正是。我看瑜伽熊卡通學來的。再為我詳細說明一次吧。」

「我明白啦，老大，別擔心。現在你說話開始像凱西・金斯利了。」

「真是嚇人的想法。現在再詳細說一次吧。」

「艾柏拉在丹佛附近開始發出脈衝訊號。要是他們有人聽得到，他們就會知道她來了。曉得她到附近了。我們提早到達塞威——比方說四點而不是五點——直接開過通往露營地的路。他們不會看見貨卡。那是說，除非他們在下面的公路旁設置了崗哨。」

「我不認為他們會設崗哨。」丹想到另一句AA的格言：我們無力控制人、事、地。如同多數的醉鬼珍寶，這句話有百分之七十是真的，百分之三十則是鼓勵人的廢話。「不管怎樣，我們沒辦法控制一切。繼續吧。」

「那條路再往上大約一英里的地方有個野餐區。你和你媽去過那裡幾次，在你們被雪困在飯店裡過冬之前。」比利停頓片刻。「只有她和你嗎？你爸爸從來沒有一起去過嗎？」

「他在寫作，在寫一齣劇本。繼續。」

比利繼續說下去。丹仔細聆聽，之後點點頭。「好。你很清楚了。」

「我不是說過了嗎？現在我可以問個問題嗎？」

「當然。」

「到明天下午，你還能走一英里的路嗎？」

「我會辦到的。」

我最好可以。

10

多虧了大清早出發——四點，早在第一道曙光之前——丹・托倫斯和比利・費里曼在九點過後不久開始看到橫跨地平線的雲層。一個小時後，當藍灰色的雲變成山巒時，他們停在科羅拉多州的馬滕維爾小鎮。在那裡，短短（大半空寂無人）的主街上，丹不僅看見他希望找到的商店，甚至更好的：一間名為兒童用品的童裝店。再往前半條街有家藥妝店，兩側分別是看起來積滿灰塵的當鋪和一家影視快遞，窗上塗著**結束營業，特價出清存貨**。他叫比利到馬滕維爾藥品百貨店去買太陽眼鏡，自己走進兒童用品的店門內。

這家店有種愁苦、失去希望的氛圍。他是唯一的客人。這兒是某人的夢想幻滅的地方，大概是拜史特林或摩根堡的大型購物商場所賜。當你開一點路就能買到更便宜的返校褲子和衣服，何必在當地購買呢？那些衣物若是在墨西哥或哥斯大黎加製造又如何？一名一臉疲憊的婦人頂著看起來經年不變的髮型從櫃台後面走出，朝丹投來看似提不起勁的笑容。她問是否能為他效勞。丹回答說可以。當他對她說出他想要的東西時，她的眼睛睜圓。

「我知道這並不尋常，」丹說：「不過幫我一點忙吧。我會付現金。」

他拿到他想要的東西。在遠離收費高速公路、失去希望的小商店裡，現金大有作用。

11

他們接近丹佛時，丹與艾柏拉聯繫。他閉上眼睛想像他們倆現在都很熟悉的輪子。在安尼斯頓小鎮，艾柏拉也做同樣的事，這回比較容易。當他再度睜開眼，他俯視著史東家後面草坪通往薩科河的斜坡，薩科河在午後陽光下閃耀著光澤。艾柏拉張眼看見落磯山脈的景色。

「哇，比利伯伯，這山好漂亮啊，是不是？」

比利瞥向坐在他身旁的男人。丹以完全不像他的姿勢蹺起二郎腿，彈動著一隻腳。紅潤回到他的雙頰上，在向西行期間久未見到的明亮清晰又出現在他眼睛裡。

「確實很美，寶貝。」他說。

丹微微一笑閉上雙眼。當他再度張開眼時，艾柏拉為他的臉帶來的健康神采漸漸消失。比利心想，**彷彿缺水的玫瑰**。

「怎樣？」

「嗶。」丹說。他再度露出微笑，但這個笑容看來疲倦。「好像需要更換電池的煙霧感應器。」

「你想他們聽到了嗎？」

「我當然希望如此。」丹說。

12

蘿絲在地球巡洋艦附近來回踱步，代幣查理匆匆跑過來。那天早晨真結族吸取了精氣，吸光了她儲藏的所有罐子，僅剩一個，再加上過去幾天蘿絲自己吸收的量，她現在躁動不安得甚至不想坐下。

「怎麼了？」她問。「告訴我一些好消息吧。」

「我找到她了，這算好消息吧？」他本身也極為興奮，查理一把抓住蘿絲的雙臂，拉著她旋轉，使她的頭髮飛揚起來。「我找到她了！雖然只有幾秒而已，不過是她沒錯！」

「你看到她伯伯了嗎？」

「沒，她正從擋風玻璃看著窗外的山脈。她說這山好漂亮——」

「是很漂亮。」蘿絲說。她唇邊的笑容逐漸擴散開來。「你不同意嗎？查理？」

「——他回答說確實很美。他們來了，蘿絲！他們真的來了！」

「她知道你在那裡嗎？」

他放開她，皺起眉頭。「我不敢肯定……弗利克爺爺大概可以……」

「只要告訴我你的想法。」

「大概不知道。」

「我聽到這答案就足夠了。去安靜的地方吧。找個你能專注精神、不受打擾的地方。坐下來仔細聽。如果你又找到她的話，馬上通知我。可以的話，我不想跟丟她。如果你需要更多的精氣，就來要吧。我保留了一點。」

「不，不用了，我很好。我會仔細聽的。我會努力豎起耳朵來聽。」代幣查理相當狂熱地大笑起來，然後匆匆離去。蘿絲不認為他知道自己要去哪裡，她也不在乎。只要他繼續認真聽就夠了。

13

中午之前丹和比利抵達熨斗山的山腳。當他眼看著落磯山脈逐步靠近，丹想起多年來他四處流浪，避開這連綿山巒的日子。這反過來令他想到某首詩，描寫你如何逃跑數年，但到最後你總是會在旅館房間內面對自己，頭頂上懸著一顆無燈罩的燈泡，桌上擺了一支左輪手槍。

由於時間充裕，所以他們下了高速公路，開進波爾德。比利肚子餓了。丹不餓……不過他是反常。比利將貨卡停在三明治店的停車場上，但是當他詢問丹他能幫他買什麼的時候，丹只搖一搖頭。

「確定嗎？你前面要走的路還很長喔。」

「等這件事結束後我再吃。」

「好吧……」

比利走進潛艇堡點了一份水牛城辣味雞肉潛水艇三明治。丹與艾柏拉聯繫。輪子轉動。嗶。

比利出來時，丹點頭指向他打包的一呎長三明治。「等一會兒再吃吧。等我們到波爾德以後，我想要查一件事。」

五分鐘後，他們到了阿拉帕荷街上。在距離髒亂、狹小的酒吧、咖啡館林立的區域兩條街外，他請比利靠路邊停車。「吃吧，啃你的雞肉三明治。我不會花太久的時間。」

丹下了貨卡，站在破損的人行道上，注視著一棟頹圮的三層樓建築，窗上有個招牌寫著**小套房，超優學生價**。草坪開始變得光禿禿。野草從人行道的裂縫中長出來。他懷疑過這公寓是否仍舊存在，相信阿拉帕荷現在會變成一條充斥著公寓大樓的街道，居民都是生活富裕的懶鬼，喝星巴克的拿鐵咖啡，一天查看臉書頁面六次，並像瘋狂的混蛋似地拚命推特。可是公寓依舊在此，而且看上去——就他所能判斷的範圍來說——和從前一模一樣。

比利站到他旁邊，一手拿著三明治。「我們前頭還有七十五英里的路，小丹。我們最好挪動屁股往山口去了。」

「對。」丹說，繼續注視著那棟綠漆剝落的建築。曾經有個小男孩住在這裡；他曾經坐在那塊路緣的石頭上，正是目前比利・費里曼站著大嚼一呎長的雞肉潛艇三明治的位置。一個小男孩等待他爸爸回家，他爸爸去全景飯店接受工作面試。小男孩有一架輕材質的滑翔機，但機翼裂了。不過，沒關係。等他爸爸回家，他會用膠帶和黏膠把機翼修好。然後也許他們可以一起玩滑翔機。他爸爸是個可怕的男人，但小男孩非常地愛他。

丹說：「我們搬上去全景飯店之前，我和我爸媽住在這兒。不怎麼樣，對吧？」

比利聳聳肩。「我看過更糟的。」

在他流浪的那些年頭，丹也見過更糟的。例如：威明頓那間狄妮的公寓。

他指向左邊。「那邊走下去有一堆酒吧。其中一間叫做破鼓。看起來好像都市更新遺漏了小鎮的這一側，所以或許那間酒吧依然在那兒。每次我父親和我經過那間酒吧的時候，他總是停下來看向窗戶內，我能感覺到他多麼渴望走進去。那股渴望感染了我，我也口渴起來。我喝了許多年以消解那種渴，但是那種渴永遠不會真正消失。即使在那時候，我爸爸就明白這一點了。」

「不過我想，你還是愛他。」

「我的確是。」仍然注視著那棟搖搖晃晃、殘破不堪的公寓房子。是不怎麼樣，然而丹不禁要想倘若他們繼續待在那裡，若是全景飯店不曾誘使他們陷入圈套，他們的人生可能會多麼不同。「他既好又壞，兩面的他我都愛。願上帝幫助我，我想我仍然愛他。」

「你和大多數的孩子都是這樣，」比利說。「你們愛自己的父母親，並且儘量往好處想。不然你們還能怎麼辦呢？走吧，丹。要是我們打算執行計畫，我們就得走了。」

半個鐘頭後，他們將波爾德拋在後頭，攀登上落磯山脈。

第十九章・幽靈人

1

雖然日落時分逐漸接近——至少在新罕布夏州是如此——艾柏拉仍在後門廊上，俯瞰著河川。哈皮坐在旁邊，堆肥容器的蓋子上。露西和大衛走出來，分坐她兩旁。約翰・道頓從廚房望著他們，拿著一杯冷掉的咖啡。他的黑色袋子擱在流理台上，但今晚裡頭沒有任何他可用的東西。

「妳該進來吃點晚餐。」露西說，心知在這件事結束前艾柏拉不會——很可能是無法——進食。然而人會緊抓著熟悉的事物。因為一切看起來很正常，因為危險遠在一千英里外，這對她比對她女兒而言要來得容易。雖然以前艾柏拉的臉蛋一直都很清透——和她嬰兒時期一樣的完美無瑕——現在鼻翼附近長了些粉刺，下巴還有一叢醜陋的青春痘。但那只不過是荷爾蒙發揮功能，預示了真正青春期的開端：露西想要相信是如此，因為那是正常的。然而壓力也會導致粉刺。另外她女兒的膚色蒼白，眼睛下面有黑眼圈。她看起來幾乎像露西上次見到的丹一樣病懨懨，他當時一臉痛苦、慢慢吞吞地爬上費里曼先生的貨卡。

「媽，我現在不能吃，沒時間。反正，我大概也吞不下去。」

「還要多久才會開始行動？艾比？」大衛問。

她沒看著他們任何一個人。她目不轉睛地看著河川，但露西知道她其實也不是在看河水。她在遠處，一個他們無人能幫她的地方。

「不會很久，你們應該各親我一下，然後進去屋裡。」

「可是——」露西開口，卻看見大衛對她搖頭。只搖了一下，但非常堅決。她嘆口氣，握著艾柏拉的一隻手（她的手多麼的冰冷），並在她左臉頰親吻一下。大衛則在她右臉頰印了個吻。

露西：「記得丹說過的話吧，萬一事情出了差錯——」

「你們兩個應該馬上進屋裡去了。等開始的時候，我會拿起哈皮，放在我腿上。你們一旦看見我這麼做，就不可以打擾我。絕對不行。你們會害丹舅舅送命，或許還有比利。我可能會摔下去，好像昏倒一樣，不過並不是昏倒，所以不要搬動我，也別讓約翰醫生移動我。只要放著我不管，直到事情結束。我想丹知道一個我們可以會合的地方。」

大衛說：「我不懂這怎麼可能行得通。那個女人，蘿絲，會看出根本沒有小女孩——」

「你們必須馬上進去。」艾柏拉說。

他們照她說的去做。露西懇求似地看著約翰；他只能聳肩搖一搖頭。

他們三人站在廚房的窗前，手臂環抱著彼此，望著窗外坐在門廊上的小女孩，她的雙臂緊抱著膝蓋。看不到絲毫危險；一切都很平靜。然而當露西看見艾柏拉——她的小女兒——伸手去拿哈皮，將老舊的絨毛兔子玩偶抱在膝上時，她發出了呻吟。約翰輕捏一下她的肩膀。大衛收緊摟在她腰間的手臂，她惶惶然地緊抓住他的手。

請保佑我女兒平安無事。如果必須發生什麼……不好的事……就發生在我不認識的同父異母兄弟身上，不要發生在她身上。

「不會有事的。」大衛說。

她點點頭。「當然不會有事，當然不會有事。」

他們看著門廊上的女孩。露西明白就算她真的呼喚艾柏拉，她也不會應答，艾柏拉已經離開了。

2

山地時區三點四十分，比利和丹抵達通往真結族位在科羅拉多州的行動據點的岔道，他們時間充裕地提前到達。在鋪設好的道路上方有一道牧場風格的木製拱門，上頭刻著**歡迎來到藍鈴露營地！留下來吧，夥伴！**路旁的告示牌就沒那麼好客了：**在另行通知之前關閉**。

比利沒有減速巡行開過去，但他的眼睛十分忙碌。「沒看到任何人，連草坪上都沒人，雖然我想他們可能在那間歡迎小屋的玩意兒裡藏著人。天哪，丹尼，你看起來真是糟透了。」

「算我運氣好，美國先生比賽要到今年晚些時候才舉行，」丹說。「往上一英里，也許再少一點。有塊路標寫著**觀景避車道及野餐區**。」

「萬一他們派人守在那裡怎麼辦？」

「他們沒有派人。」

「你怎麼能確定呢？」

「因為艾柏拉和她的比利伯伯不可能知道那個地方，他們從來沒到過這裡。真結族並不知道我的存在。」

「你最好希望他們不知道。」

「艾柏拉說每個人都在他們應該待的地方，她一直在查看。現在安靜一分鐘吧，比利。我需要思考。」

他想要回想起哈洛倫的事。自他們在全景飯店被鬼糾纏的那個冬天以後有好幾年，丹尼・托倫斯和迪克・哈洛倫經常交談。有時是面對面，更多時候是心靈交流。丹尼深愛他母親，但有些事情她不明白，也無法了解。比方說，那些鎖盒。丹尼將閃靈有時吸引來的危險東西收藏在裡頭。但鎖盒並非總是有效。有好幾次他試著為酗酒打造一個鎖盒，但他的努力卻慘遭挫敗（也許是因為他自己希望失敗）。不過，梅西太太……還有霍瑞斯・德爾文……

現在儲存的還有第三個鎖盒，可是這個不像他孩提時代打造的鎖盒那般堅固。是因為他的力量不像以前那麼強大？或是因為裡頭扣留的東西和愚蠢得跑來找他的亡魂不同嗎？或者兩種可能性都有？他不曉得。他只知道那個鎖盒有漏洞。當他打開鎖盒，裡頭的東西很可能會殺了他。不過——

「你是什麼意思？」比利問。

「啊？」丹張望四周。一隻手壓在他的腹部上。此時胃疼得非常厲害。

「你剛才說『別無選擇』，你是什麼意思？」

「沒什麼。」他們已抵達野餐區，比利正轉進去。前方是塊空地，有一些野餐長椅和燒烤爐。在丹眼中，看起來就像沒有河的克勞德蓋普。「只不過……如果情況不妙，你就趕緊上車拚命地開走。」

「你覺得那會有用嗎？」

丹沒回答。他的肚子熱辣辣地疼痛，不斷地痛著。

3

那個九月下旬的星期一下午四點前不久，蘿絲同沉默莎蕊一起走上世界之頂。

蘿絲穿著合身的牛仔褲，凸顯出她修長有型的雙腿。儘管天氣寒冷，沉默莎蕊只穿了一件不起眼的淺藍色家居服，腳上套著約布斯特彈性襪，衣服下襬拍打在結實的小腿上。在通往觀景平台的三十六階左右的階梯底部有根花崗岩柱，蘿絲在那兒停下腳步，注視一塊用螺栓固定在花崗岩柱上的匾額。匾額宣告這是史上著名的全景飯店遺址，飯店在大約三十五年前慘遭大火夷為平地。

「這裡感覺非常強烈，莎蕊。」

莎蕊點頭。

「妳知道在有些溫泉精氣會直接從地面冒出來吧？」

「退。」

「這裡就像那樣。」蘿絲彎下身去嗅聞青草和野花。在花草的芳香之下是古老血跡的鐵鏽味。「強烈的情感——憎恨、恐懼、偏見、慾望。謀殺的回聲。不能吸食，因為太老了，不過仍然能讓人精神振作起來。令人興奮的香味。」

莎蕊沒有吭聲，但仔細地觀察蘿絲。

「還有這個東西。」蘿絲揮手指向通往平台的陡峭木梯。「看起來像絞刑架，妳不覺得嗎？只需要一扇活動門就夠了。」

莎蕊沒有回應。至少，沒大聲地回答。她的想法……

沒有繩索。

夠清楚。

「那倒是真的，我親愛的，不過我們之中還是有個人要吊在那裡。不是我，就是那個敢管我們閒事的小賤人。妳看到那個嗎？」蘿絲指向二十呎外的綠色小棚屋。

莎蕊點點頭。

蘿絲腰帶上戴了一個拉鍊包。她打開拉鍊包，翻找了一下，拿出一把鑰匙，交給另一個女人。莎蕊走向棚屋，青草擦在她肉色的厚長筒襪上窸窣作響。鑰匙插進門上的掛鎖。當她拉開門時，近傍晚的陽光照亮了一塊不比廁所大多少的場地。裡面有一台草地男孩割草機，和一個塑膠桶，桶子內裝著一把鐮刀和一柄耙子。另有一把鐵鍬和一支鶴嘴鋤倚靠在後牆上。別無其他東西，也沒有可藏身在後頭的東西。

「進去吧。」蘿絲說。「讓我們看看妳能做什麼。」以妳體內充沛的精氣，妳應該能夠讓我大吃一驚。

和真結族的其他成員一樣，沉默莎蕊也擁有小小的才能。

她走進小棚屋，嗅聞一下說：「好多灰塵。」

「別管灰塵了，讓我們看看妳發揮妳的本事吧。或者講清楚一點，讓我們看不見妳吧。」

那就是莎蕊的才能。她沒辦法隱形（他們沒人辦得到），不過她可以製造出一種朦朧，與她毫不起眼的臉龐及外型十分契合。她轉向蘿絲，再低頭看自己的影子。她移動一下——不多，只有半步——她的影子便融入草地男孩把手所投下的陰影中。然後她完全靜止不動，棚屋就變得空無一人。

蘿絲緊閉上雙眼，再突然睜大，莎蕊在那兒，站在割草機旁，兩手端莊地交握在腰前，有如宴會中期盼某個男孩來邀約她跳舞的害羞女孩。蘿絲撇開視線，望向群山，等她再轉回來看時棚屋又空了——只是一間無處藏身的小儲藏室。在強烈的陽光下，甚至連個影子都沒有。更確切地說，是只除了割草機把手所投下的陰影外。只不過……

「把妳的手肘收進去。」蘿絲說。「我看見了。只有一點點。」

沉默莎蕊照蘿絲的命令做，有一瞬間她真的消失了，至少在蘿絲全神貫注之前。當她凝神細看，莎蕊又出現在那裡。不過當然她知道莎蕊在那兒。等時候到了——再過不久——那賤丫頭可不知道。

「莎蕊，好極了！」她親切地說（或者說盡其所能地親切）。「或許我不會需要用到妳。萬一我需要的話，妳就用那把鐮刀。當妳拿起鐮刀的時候想想安蒂吧。好嗎？」

一提起安蒂的名字，莎蕊的嘴唇就向下彎曲，顯出愁苦的怪相。她瞪著塑膠桶裡的鐮刀，點點頭。

蘿絲走過去拿起掛鎖。「現在我要把妳鎖在裡面，賤丫頭會察覺到度假屋裡的那些人，但她不會發現妳，這點我很確定。因為妳是個很安靜的人，對不對？」

莎蕊再次點頭。她是個安靜的人，向來都是。

那個怎麼樣？

蘿絲微微一笑。「鎖？妳不用擔心那個。只要擔心怎樣靜止不動。靜止不出聲。妳懂我的意思嗎？」

「桶。」

「那妳知道鐮刀怎麼用嗎？」即使真結族有槍，蘿絲也不放心讓莎蕊持槍。

「鐮叨、桶。」

「如果我打敗她——以我現在渾身充滿精氣的狀態，那應該不成問題——妳就待在原地，等我放妳出來。不過要是妳聽見我大喊……讓我想一想……如果妳聽見我大喊**別逼我懲罰妳**，那就表示我需要協助。我會確保她轉過身去沒注意到，妳明白接下來的事吧？」

我會爬上階梯，然後……

但蘿絲搖搖頭。「不，莎蕊。妳不需要。她永遠不會接近那上面的平台。」

她不願意失去精氣，甚至更甚於厭恨失去親手殺掉賤丫頭的機會……而且要先長時間地好好折磨她。但是她絕不能魯莽行事，那丫頭非常強大。

「莎蕊，妳要留神聽什麼？」

「別逼我懲罰妮。」

「那妳心裡要想著什麼呢？」

被蓬亂劉海半遮住的雙眼亮了起來。「保復。」

「沒錯。為安蒂報仇，賤丫頭的朋友殺害了她。不過除非我需要妳，別輕舉妄動，因為我想自己下手。」蘿絲緊握雙手，指甲深深掐入早已在手掌中留下結了血痂的新月形痕跡。「但是如果我需要妳，妳就馬上過來。不要遲疑，也不要為任何事停下來。在妳把鐮刀刀鋒插進她脖子，看著鐮刀尾端從她該死的喉嚨穿出來之前絕對不要停。」

莎蕊的兩眼發亮。「桶。」

「很好。」蘿絲親她一下，隨後關起門啪地一聲扣上掛鎖。她將鑰匙放進拉鍊包，身子靠在門上。「甜心，聽我說。要是一切進行順利，我保證妳會得到第一口精氣。那肯定會是妳這輩子吸過最棒的精氣。」

蘿絲再度走向觀景平台，深長地呼吸幾次讓自己鎮定下來，然後開始爬階梯。

4

丹兩手撐在其中一張野餐桌上站立，頭低垂著，眼睛閉上。

「這麼做是瘋了，」比利說。「我應該陪著你。」

「你不行，你有自己的任務。」

「萬一你在那條小路半途中昏倒了怎麼辦？就算沒昏倒，你要怎麼對付他們一大群人？看你現在的模樣，你和五歲小孩都打不過兩輪。」

「我想很快我就會覺得舒服多了，也會更強壯。你先去吧，比利。你記得車子要停在哪裡嗎？」

「停在停車場的最尾端，在那塊寫著科羅拉多州隊伍贏的時候小孩子可以免費用餐的招牌旁邊。」

「對。」丹抬起頭，留意到比利現在戴著的超大太陽眼鏡。「把你的帽子整個拉下來。拉到耳朵上。看起來年輕點。」

「我可能有個絕招會讓我看起來甚至更年輕一點，那是說，如果我還能辦到的話。」

丹幾乎沒聽見他說的話。「我需要另一樣東西。」

他站直身子，張開雙臂。比利擁抱他，想要用力——使勁地——擁抱，卻不敢。

「艾柏拉順利地打了電話，沒有你我絕對沒辦法到達這裡，現在辦好你的事吧。」

「你搞定你的。」比利說。「我還指望你感恩節開小火車到克勞德蓋普呢。」

「我很想啊，」丹說。「小男孩絕對沒有的最棒火車模型。」

比利看著他兩手摀著腹部、緩慢地前進，走向空地遠端的路標。那裡有兩根木製箭頭。一根指向西邊的波尼山觀景台。另一根指向東邊的下坡路。這根寫著**往藍鈴露營地**。

丹邁步沿著那條小徑走。有一會兒比利能從白楊樹鮮豔的黃葉間看見他，緩慢、痛苦地走著，頭低垂下去注意立足處。不久就不見他的人影了。

「照顧好我的老弟啊。」比利說。他不確定自己是在對神說話，抑或是對艾柏拉，但他想對誰都無關緊要，兩位今天下午八成都非常忙碌，沒空為像他這樣的人操心。

他回到貨卡上，從底座拉出一個小女孩，女孩有一雙瞪大的青瓷色眼睛和硬邦邦的金色鬈髮。沒什麼重量；裡頭十之八九是空心的。「妳好嗎？艾柏拉？希望車子沒把妳顛得撞來撞去。」

她身穿科羅拉多落磯隊的T恤和藍色短褲，打著赤腳，為什麼不呢？這個小女孩——事實上是在馬滕維爾即將倒閉的童裝店裡購買的人體模型——從來沒踏出過一步。不過她有可彎曲的膝蓋，比利能毫不費事地將她放置在貨卡的副駕駛座。他替她繫上安全帶，關起車門，再試試她的頸子。她的頸子同樣可以彎曲，雖然只能彎一點點。他走遠一點查看效果。還不賴。她似乎在盯著膝上的某樣東西。或者也許是在祈求力量以應對即將來臨的決鬥，一點也不差。

當然，除非他們有雙筒望遠鏡。

他回到貨卡上等待，給丹一些時間。同時希望他不會在通往藍鈴露營地的小徑某處暈倒。

四點四十五分，比利發動貨卡，掉頭駛向來時的路。

5

丹保持穩定的步行速度，儘管他的肚子越來越發燙，感覺彷彿那兒有隻著火的老鼠，即使自身燃燒起來仍不斷地啃咬著他。如果這條小徑是往上而不是往下，他絕對沒辦法爬上去。

到四點五十分時，他繞過轉彎停下腳步。在前方不遠處，白楊樹變成一大片修剪整齊的廣闊青草地，往下傾斜到兩座網球場地。越過網球場，他能看見休旅車的停車區，和一棟長形的原木建築：全景度假屋。再過去，地形再度攀升。在以前全景飯店坐落的位置，一座高聳的平台如起重機架般豎立在藍天之下。世界之頂。注視著平台，高帽蘿絲曾想到的同一個念頭：

絞刑架。

浮現在丹的腦海中。有個顯出輪廓的身影站在欄杆旁，面向南邊供白天遊客使用的停車場，是個女人的身影。大禮帽斜斜地戴在頭上。

艾柏拉，妳在那裡嗎？

從聲音聽來，十分冷靜。正如他想要的冷靜。

我在這兒，丹

他們聽見妳的聲音嗎？

這問題引來微微棘手的反應：她的笑容。憤怒的那種。

他們要是聽不見，就是耳聾了。

這樣夠好了。

妳現在必須來我這兒，不過記住如果我叫妳走，妳就要走。

她沒回答，他來不及再重複一次，她就過來了。

6

史東夫婦及約翰・道頓無能為力地看著艾柏拉的身體往側面滑，一直到她的頭枕在門廊的木板上，兩腿伸開擱在底下的台階上。哈皮從她放鬆的手中摔下來。她看起來不像睡著了，甚至也不像是暈厥，四肢難看地伸展開來像是深度昏迷或死亡。露西猛衝向前，大衛和約翰制止她。

她與他們對抗。「放開我！我必須去幫她！」

「妳辦不到。」約翰說。「現在只有丹能幫助她。他們必須互相幫忙。」

她以瘋狂的眼神瞪著他。「她到底有沒有呼吸？你看得出來嗎？」

「她有呼吸。」大衛說，但他的口氣甚至他自己聽來都不大確定。

7

艾柏拉加入他之後，打從波士頓以來疼痛頭一次減輕。這並沒有讓丹感到十分寬慰，因為現在艾柏拉也一起受苦。他能從她臉上看出，不過他也能看出當她環顧她發覺自己置身的房間時眼中的驚奇。這裡有雙層床、多節的松木牆面，和繡著銀艾及仙人掌的地毯。地毯和下層床鋪上都雜亂地堆著廉價的玩具。角落的一張小書桌上則有些零散的書籍和大片圖塊的拼圖。在房間最遠的角落，一台葉片式暖氣發出噹啷、嘶嘶的聲響。

艾柏拉走到書桌旁，拿起其中一本書。書的封面上，有隻小狗正追著騎三輪車的小孩。書名是《與迪克和珍一起快樂閱讀》。

丹加入她，臉上掛著沉思的微笑。「封面上的小女孩是莎莉。迪克和珍是她的兄姊。狗的名字叫吉普。有一陣子他們是我最好的朋友。我想，也是唯一的朋友。當然，除了東尼以外。」

她放下書本，轉身面向他。「丹，這**是**什麼地方？」

「回憶，以前這裡有間飯店，這是我的房間。現在這是我們可以會合的地方。妳知道當妳進入其他人腦中時那個轉動的輪子吧？」

「嗯哼……」

「這是輪子的中央，輪軸。」

「我真希望我們能待在這兒，這裡感覺很……安全。除了**那**以外。」艾柏拉指向有著長玻璃板的雙扇落地門。「那扇門感覺和其餘的東西不同。」她幾乎是帶著責難的眼光凝視著他。「那扇門以前不在這裡，對吧？在你小時候。」

「對，以前我房間沒有任何窗戶，唯一的門是通往管理員套房的其他地方。我改了一下，我不得不這麼做。妳知道為什麼嗎？」

她審視他，眼神嚴肅。「因為那是從前，這是現在。因為即使過去界定了現在，但過去畢竟已經過去了。」

他微微一笑。「我自己都沒辦法說明得更清楚。」

「你不必說出來，你是用想的。」

他拉她走向從來不存在的玻璃落地門。透過玻璃他們能看見草坪、網球場、全景度假屋，及世界之頂。

「我看到她了，」艾柏拉低聲說。「她在那上面，她沒往這邊看吧，有嗎？」

「她最好沒有，」丹說。「寶貝，痛得很厲害嗎？」

「非常痛，」她說。「不過我不在乎。因為——」

她不需要把話說完。他明白，她露出微笑。這種歸屬感是他們共有的，儘管疼痛——各種各樣的疼痛——隨之而來，但感覺很好。非常好。

「丹？」

「寶貝，什麼事？」

「外面有幽靈人，我看不見它們，但我感覺得出來。你感覺到了嗎？」

「嗯。」他感覺到很多年了。因為過去界定了現在。他伸手摟住她的雙肩，她的手臂悄悄地環住他的腰。

「我們現在要做什麼？」

「等比利。希望他能準時。然後這一切將會發展得非常快。」

「丹舅舅？」

「好像是怪物。」他感覺到她打個寒顫。「好像是——」

「你體內到底有什麼？那不是鬼魂，好像是——」

「什麼事？艾柏拉？」

他沒有說話。

她挺直身體，退一步離開他。「看！那邊！」

一輛老福特貨卡駛進遊客停車場。

8

蘿絲兩手撐在觀景平台高及腰部的欄杆上站立，凝視著開進停車場的貨卡。精氣使她的視力變得敏銳，不過她仍然希望自己帶了一副雙筒望遠鏡。庫房裡肯定有一些望遠鏡，提供給想賞鳥的客人，那她為什麼沒帶呢？

因為妳心裡想著太多其他的事。疾病……棄船而逃的叛徒……害她失去了烏鴉的賤丫頭……

全部都是——對，對，對——不過她還是應該記得的。有一瞬間她懷疑可能還忘了其他的事，但隨即把這想法推到一旁。她仍然掌控這件事，吸滿了精氣，處在顛峰狀態。一切都將完全照計畫進行。過不久小女孩會上來這兒，因為她充滿了青少年愚蠢的自信，對自己的能力非常自豪。

但是親愛的，我在各方面都占盡了優勢。要是我單獨一個人對付不了妳，我會借助真結族其他人的力量。他們全都聚集在主廳，因為妳以為那是個絕妙的主意。不過妳沒有考慮到一件事。當我們聚在一起，我們就彼此相連，因為我們是真結族，我們會因此成為一顆巨大的電池。我需要的話可以憑藉這股力量。

如果其他所有的方法都失敗了，還有沉默莎悉。她現在手頭有柄鐮刀。她或許不是天才，但是她冷酷無情、殺氣騰騰，而且——一旦她明白了這項任務——完全的服從。而且她自有理由想要賤丫頭死在觀景平台底部的地上。

查理。

代幣查理立刻回應她，雖然他通常發送能力微弱，但此時有度假屋主廳裡其他人的支援，他傳來的聲音響亮、清晰，而且興奮得近乎瘋狂。

我現在收到她穩定、強烈的訊號，我們全都收到了，她鐵定非常接近，妳一定能感覺到她。

蘿絲確實感覺到了，即使她仍努力封閉自己的心靈，以免賤丫頭闖進來干擾她。

別管那個了，只要告訴其他人做好準備，以防萬一我需要協助的話。

許多聲音傳回來，紛紛撞在一起。他們準備好了。即使那些生病的人也準備盡全力協助。她愛他們這一點。

蘿絲凝神細看貨卡裡的金髮女孩。她正低頭往下看。在讀什麼嗎？鼓起自己的勇氣嗎？或許是向鄉巴佬的神祈禱？那不重要。

來找我吧，賤丫頭。到蘿絲阿姨這邊來。

然而下車的不是女孩，而是那個伯伯。正如賤人說過的一樣。查看。他繞過貨卡的引擎蓋，緩慢地走動，四處張望。他傾身探進副駕駛座的車窗，對女孩說了些話，然後稍微離開貨卡。他看向度假屋，再轉向矗立在天空下的平台……揮揮手。那厚顏無恥的傢伙竟然朝她揮手。

蘿絲沒揮手回應。她蹙起眉頭。伯伯。為什麼她父母親會派伯伯來，而不是親自帶他們的賤女兒來？真要說的話，他們究竟為什麼允許她來？

她說服他們這是唯一的方法。告訴他們如果她不來找我，我會去找她。就是這個理由，非常合理。是說得通，不過她仍然覺得心中的不安逐漸擴大。她任由賤丫頭設定了基本規則。至少由這點來看，蘿絲接受了她的擺布。她容許這事發生是因為這裡是她的主場，因為她採取了防範措施，但最主要是因為她發了火。怒氣高漲。

她緊盯著停車場上的男人。他又慢吞吞地走來走去，東張西望，確定她是獨自一人。十分合理，換作是她也會這麼做，可是她依舊直覺地感到不安，覺得他其實是在利用拖延手段以爭取時間，不過她無法理解他為何想這麼做。

蘿絲更仔細地凝視他，現在集中注意力在男人的步態。她判定他不如她起先認為的那般年輕。事實上，他走路的姿勢像是上了年紀的人。好像不只有點關節炎。而且那個小女孩為什麼動也不動？

蘿絲的心中響起第一波真正的警報。

這裡有什麼不對勁！

9

「她在注意費里曼先生，」艾柏拉說。「我們該走了。」

他打開玻璃落地門，但猶豫了一下。她的聲音有些不尋常。「艾柏拉，有什麼問題嗎？」

「我不知道。也許沒什麼，不過我不喜歡。她非常**仔細地**盯著他看，我們必須馬上走。」

「我需要先做件事。想辦法作好心理準備，別害怕。」

丹閉上雙眼，走到心靈深處的儲藏室。真正的鎖盒在經過這麼多年應該會蓋滿灰塵，然而他孩提時代放在此的兩個鎖盒仍舊嶄新如昔。為什麼不呢？畢竟鎖盒是純粹用想像打造出來的。第三個——新的那個——周遭懸浮著一種隱約的香氣，他心想：**難怪我會不舒服**。

不管了，那個必須暫時留著。他打開另外兩個年代最久的鎖盒，準備好面對任何東西，卻什麼也沒發現。或者說幾乎沒有。在拘禁梅西太太三十二年的鎖盒裡，有一堆深灰色的灰燼，但是另一個裡面……

他意識到吩咐她別害怕是多麼愚蠢的事。

艾柏拉放聲尖叫。

10

安尼斯頓屋子的後門廊上，艾柏拉開始抽搐。她的兩腿痙攣；雙腳在台階上咚咚地連續敲擊；一隻手宛如被拖到河岸上等死的魚那般拍動個不停——使得被糟蹋到破爛不堪的哈皮飛了起來。

「她怎麼了？」露西尖聲叫喊。

她衝向門。大衛呆若木雞地站著，因為看到他發作的女兒而愣住了，不過約翰及時用右手臂抱住露西的腰，左手環住她的上胸部。她頑強地反抗他。「放開我！我必須到她那邊去！」

「不！」約翰大喊。「不，露西，妳不行過去！」

她原本應該能掙脫開來，但這時大衛也抓住她。

她平息下來，先看著約翰。「要是她死在那兒，我一定會看著你為此坐牢！」接著，她的視線——冷漠、充滿敵意——轉向她丈夫。「我永遠不會原諒你！」

「她逐漸平靜了。」約翰說。

門廊上，艾柏拉的顫動和緩下來，最後停住。不過她的雙頰濡濕，淚水從閉起的眼瞼下擠出來。淚珠依附在眼睫毛上，在白晝將熄的光線下宛如寶石。

11

丹尼・托倫斯幼時的臥室裡——一個如今只由回憶構築的房間——艾柏拉緊抓住丹，臉貼靠在他的胸膛上。當她說話時，聲音含糊聽不清楚。「那個怪物——走掉了嗎？」

「對。」丹說。

「你以你母親的名字發誓？」

「對。」

她抬起頭來，先端詳他以確保他說的是實話，然後才放膽掃視房間。「那個笑容。」她打了個冷顫。

「嗯。」丹說。「我想……他是很高興回到家。艾柏拉，妳沒事吧？因為我們必須現在就行動，時間到了。」

「我沒事，但是萬一……它……回來呢？」

丹想到鎖盒。雖然目前開了，但可以非常輕易地再關上。尤其有艾柏拉協助他。「寶貝，我不認為他……它……想和我們扯上關係。來吧，只要記住：如果我叫妳回新罕布夏，妳就馬上走。」

再一次，她沒回答，但現在沒空討論，時間到了。他走出玻璃落地門。那扇門通向小徑盡頭，艾柏拉走在他身旁，但是失去了她在回憶房間中的實體，再度閃爍起來。

在這外頭她自己幾乎也是個幽靈人，丹暗想。這令他深刻地了解到她讓她自己陷入多麼危險的境地。他不願去想她現在與她自己軀體的聯繫可能是多麼的薄弱。

丹同他的幽靈女孩夥伴迅速地移動——但不是奔跑；那會吸引蘿絲的注意，他們至少要走七十碼，全景度假屋的後面才會遮擋在他們與觀景平台之間——他們越過草坪，走到夾在網球場中間的石板步道上。

他們抵達廚房後面，終於度假屋龐大的體積遮擋在他們和平台之間。這裡有排風扇穩定不變的隆隆響聲，及垃圾桶內肉類腐壞的氣味。他試試後門發現門沒鎖，不過在打開門之前停頓了片刻。

他們全都在嗎？

是的，全部，只除了蘿絲……她……趕快，丹，你必須快點，因為……

艾柏拉的兩眼如舊黑白電影中的孩子眼睛般地閃爍，突然驚慌得睜大起來。「她發現不對勁了。」

12

蘿絲將注意力轉移到賤丫頭身上，她仍坐在卡車的副駕駛座上，低著頭，靜到不能再靜。艾柏拉沒看著她伯伯——假如他**真是**她伯伯——而且她坐著不動，沒打算下車的樣子。蘿絲腦內的警報器從黃色危險上升到紅色警戒。

「嘿！」一聲音在稀薄的空氣中飄向她。「嘿，妳這老太婆！看看這個！」

她猛然將目光掉轉回停車場上的男人，目不轉睛地凝視，近乎目瞪口呆，男人把雙手舉到頭頂上，動作大而不穩地翻個側手翻。她以為他就要一屁股摔到地上了，但唯一掉落在路面上的是他的帽子。顯露出一頭白色的細髮，頭髮的主人年約七十。也許甚至八十。

蘿絲轉回去看貨卡上的女孩，她仍低垂著頭一動也不動。她對伯伯滑稽的動作毫無興趣。頓時蘿絲恍然大悟，要不是這詭計如此地肆無忌憚，她原本應該會立即看穿：那是個人體模型。

可是她在這兒！代幣查理感覺到她了，度假屋裡的所有人都感覺到了，他們全部聚在一起，他們知道——

全都在度假屋裡，全聚在一處。這是蘿絲的主意嗎？不，那主意出自——蘿絲急忙衝向階梯。

13

其餘的真結族成員全擠在兩扇窗戶旁，俯視停車場，看著比利．費里曼四十多年來首次側手翻（他上一次玩這個把戲時，喝醉了）。中國佬佩蒂甚至開懷大笑起來。「他到底在幹——」

由於他們的背轉過去，因此他們沒看到丹從廚房走進大廳，或者他身邊閃爍不定、忽隱忽現的女孩。丹有時間注意到地板上有兩大堆衣服，了解到布萊德利．崔佛的痲疹仍勤奮地活動著。隨後他走回自己心裡，深潛進去，找到第三個鎖盒——有漏洞的那個。他猛然將鎖盒打開。

丹，你在做什麼？

他向前傾身，兩手撐在大腿上，他的胃如熔金屬般的灼熱，他呼出老詩人的最後一口氣，在她臨終之吻中大量傳給他的氣息。從他嘴裡冒出一縷長長的粉紅色薄霧，等接觸空氣後漸漸加深為紅色。他起初只能專注在身體中央令人欣喜的解脫，康伽妲．雷諾茲遺留的毒終於離開了。

「嬤嬤！」艾柏拉大聲尖叫。

14

平台上，蘿絲雙眼瞪大。賤丫頭竟然在度假屋。

而且有另一個人和她在一起。

她不假思索地躍進這陌生人的腦袋裡，搜尋。忽視意味著強大精氣的標記，一心只想攔阻他意圖做的事，不顧或許為時已晚的恐怖可能性。

15

真結族轉身面對艾柏拉尖叫的方向。有人——是長腿保羅——說：「那到底是什麼鬼？」紅霧合併成一個女人的形狀。有一瞬間——肯定不超過片刻——丹直視著康伽妲旋動的眼睛，看出她的眼神很年輕。由於丹身體仍然虛弱，並且全神貫注在幻影上，因此他沒意識到腦中的侵入者。

「嬷嬷！」艾柏拉再度大叫。她伸出雙臂。

雲霧中的女人可能有看她一眼。甚至可能露出微笑。接著康伽妲・雷諾茲的形影便消失，薄霧席捲向群聚在一起的真結族，此時他們之中有許多人在驚懼、困惑中緊緊地抱住彼此。在丹眼裡，那紅色的物質宛如在水中擴散的鮮血。

「那是精氣。」丹告訴他們。「你們這群混帳不是靠精氣為生嗎？現在給我吸進去，死了吧。」

打從計畫開始他就知道，假如事情進展得不夠快，他就永遠無法活著看見計畫有多麼成功，但他從未想像過事情竟然會發展得如此神速。已經導致他們虛弱的麻疹或許有點關係，因為有些撐得比其他人久一點。即使如此，一切也只不過在數秒鐘內結束。

他們在他腦中如瀕死的狼似地號叫。那聲音令丹感到震懾，然而他的同伴卻並非如此。

「好極了！」艾柏拉叫道。她朝他們揮舞雙拳。「滋味如何？我嬷嬷嚐起來怎麼樣？好不好啊？儘量吃吧！全部吃下去！」

他們開始循環。隔著紅霧，丹看見其中兩人相擁，前額緊貼在一起，儘管他們的所作所為——及他們的本質——這一幕還是打動了丹。他看到矮子艾迪的唇形說著我愛妳；看見高個莫兒開口欲回答；但下一刻兩人都消失了，衣服飄落到地板上。速度就是如此的快。

他轉向艾柏拉，打算告訴她，他們必須馬上完成，但這時高帽蘿絲尖叫了起來，有好一會兒——直到艾柏拉能封鎖她之前——那盛怒、發狂的悲痛遮蔽了其他的一切，甚至包括疼痛消失後令人欣喜的解脫。另外他誠摯地希望，也擺脫了癌症。關於這點他無法確切地知道，除非他能看見自己在鏡中的臉。

16

殺戮的薄霧席捲真結族，艾柏拉嬤嬤的殘餘迅速執行致死的任務時，蘿絲正在下平台的階梯頂端。

一片白熱的痛苦籠罩住她。尖叫聲有如榴霰彈般射穿她的腦袋。瀕死真結族的哭喊使得在新罕布夏州的克勞德蓋普突擊隊，以及在紐約州的烏鴉的叫聲相較之下似乎微不足道。蘿絲彷彿遭到棍棒擊打似地蹣跚後退。她碰撞到欄杆，反彈回來，跌到木板地上。在遙遠的某處，一個女人——由顫抖的聲音聽來是名老婦人——正單調、重複地唸著不、不、不、不、不。

那是我，一定是，因為我是唯一剩下的人。

掉入過度自信的陷阱中的不是小女孩，而是蘿絲自己。她想起賤丫頭說過的一句話：

害人反害己。

這句話令她又驚又怒，渾身灼燙。她的老友和長年的旅伴死了、被毒死了。除了已逃跑的膽小鬼，高帽蘿絲是真結族剩下的最後一個。

但是不，那不是真的。還有莎蕊。

四肢伸開地趴在平台上，在傍晚的天空下顫抖，蘿絲用心電感應聯繫她。

妳在嗎？

傳回來的思緒充滿了困惑和驚懼。

在，可是……蘿絲……他們是不是都……可能嗎？

別管他們了，只要記得我說過的話，莎蕊妳記得嗎？

「別逼我懲罰妳」

很好，莎蕊，非常好。

要是那丫頭沒跑走……如果她犯了想今天趕盡殺絕的錯誤……

她會的。蘿絲非常確定這點，她在賤丫頭同伴的腦袋裡看到了夠多的資訊，得知了兩件事：他們如何達成這次屠殺，以及如何能利用他們之間的關係反過來對付他們。

怒氣是很強大的。

童年回憶也一樣。

她掙扎著站起來，不假思索地將帽子重新調整到向來洋洋得意的角度，然後走向欄杆。從貨卡走下來的男人仰望著她，但她幾乎毫不注意他。他奸詐的小任務已經完成。她可能晚點再來對付他，不過現在她的眼裡只有全景度假屋。丫頭在那兒，卻同時在遠方。她在真結族露營地的實體僅僅是個幻影。而那個完整、真正的人類，鄉巴佬，是個她以前從未見過的男人，他也是個精氣源。他在她腦袋裡的聲音清晰而冷淡。

嗨，蘿絲。

附近有處地方，在那兒丫頭會停止閃爍。她會呈現出肉體。在那兒就能殺了她。且讓莎蕊來對付精氣源男人，不過要等到精氣源男人處理掉賤丫頭之後。

嗨，丹尼，嗨，小男孩。

充滿了精氣，她觸及他的內心，猛力將他推向輪子的軸心，隨即轉身跟隨在後，幾乎沒聽見艾柏拉迷惑、驚駭的呼喊聲。

當丹處在蘿絲希望他在的位置時，有一剎那他驚訝得無法保持警戒，她乘機將怒氣一古腦兒地傾洩進他體內，她將怒氣注入他的體內宛如精氣一般。

第二十章・輪子的軸心，世界之頂

1

丹・托倫斯睜開眼。陽光從眼睛照射進他疼痛不已的頭部，威脅著要讓他的大腦燃燒起來。這是超越所有宿醉的宿醉。他身旁傳來響亮的鼾聲：一種討厭、惱人的聲響，只可能發自某個喝醉的小妞，正在彩虹的錯誤一端以睡眠恢復精神。丹把頭轉到那個方向，看見女人四肢伸開地躺在他旁邊。隱約地覺得熟悉。深色的頭髮如光環披散在她四周。身穿過大的亞特蘭大勇士隊T恤。

這不是真的，我不在這裡。我在科羅拉多州，在世界之頂。我必須結束這一切。

女人翻過身，張開眼睛，凝視著他。「天啊，我的頭，」她說。「爹地，幫我拿些古柯鹼，在客廳裡。」

他驚愕得瞪著她，感到越來越憤怒。這把怒火似乎不知從何而來，但向來如此，不是嗎？怒火自有其意志，謎中之謎。「古柯鹼？誰買了古柯鹼？」

她咧嘴一笑，露出只有一根變色牙齒的嘴巴。頓時他明白了她是誰。「是你買的啊，爹地。現在去拿吧，等我的腦袋清楚以後，我會跟你好好地幹一場。」

不知怎地他回到這間破爛的威明頓公寓，赤裸著身子，躺在高帽蘿絲身旁。

「妳做了什麼？我怎麼會在這裡？」

她把頭往後一甩大笑起來。「你不喜歡這個地方嗎？你應該喜歡的；我可是用你腦袋裡的記憶布置出來的呢。現在照我吩咐的去做，混蛋。去拿他媽的毒品來。」

「艾柏拉在哪裡？妳對艾柏拉做了什麼？」

「我殺了她，」蘿絲冷漠地說。「她太擔心你，所以鬆懈了警惕，我就乘機把她從喉嚨到腹部整個撕開。我沒辦法盡情地吸收她的精氣，不過我吸了相當——」

世界變成一片血紅。丹用兩手緊掐住她的喉嚨，開始勒住她的呼吸。一個念頭不斷衝擊他的腦袋：沒用的賤人，現在妳把藥吞下去，沒用的賤人，現在妳把藥吞下去，沒用的賤人，妳把藥全部吞下去。

2

精氣源男人很強，但遠遠比不上丫頭的精力。他兩腿分開地站著，頭低下來，肩膀拱起，握成拳頭的雙手舉起來——每個曾在致命盛怒中失去理智的男人所擺出的姿勢，憤怒讓男人變得容易對付。

完全不可能看清他的想法，因為他的腦海早已氣得發紅。無所謂，那樣很好，女孩正在蘿絲希望她在的位置上。艾柏拉在驚慌不安的狀態下，跟著他到了輪子的軸心。但是，她不會再驚慌或不安太久了；賤丫頭成了窒息丫頭。很快她就會變成死亡丫頭，害人反害到她自己。

丹舅舅，不，不，住手，你掐的不是她。

是啊，蘿絲心想，一面甚至更拚命地使出全力。她的牙齒慢慢從嘴巴突出來，刺穿了下嘴唇。鮮血順著下巴往下流，滴到上衣上。她對此毫無所覺，就像她沒感覺到山風吹拂過她濃密的深色頭髮。就是我，你是我的爹地，我在酒吧間認識的爹地。我讓你清空皮夾買了一堆劣質的古柯鹼，現在是隔天早晨，我需要吃藥。這是你在威明頓那個喝醉的蕩婦旁邊醒來時就想做的事，你要是有種早就動手了，連她沒用的小狗崽子一起。你老爸知道怎麼對付愚蠢、不聽話的女人，還有你老爸的爸爸也知道，有時候女人只是需要吃藥。她需要——

一陣引擎逐漸接近的轟隆聲傳來。那和她嘴唇的疼痛以及嘴裡的鮮血味道一樣都不重要。丫頭透不過氣，發出呼嚕聲了。緊接著一個嘹喨得有如青天霹靂似地想法在她腦中爆炸開來，一聲受傷的怒吼：

我爸爸什麼都不知道！

蘿絲仍試圖將那聲吼叫清出她的腦袋時，比利・費里曼的貨卡撞上觀景台的底部，把她嚇了一大跳。她的帽子飛了起來。

3

這兒不是威明頓的公寓。這是他在全景飯店早就消失了的寢室——輪子的軸心。那人不是狄妮，他在那間公寓醒來時隔壁躺著的女人，但也不是蘿絲。

她是艾柏拉。他用兩手掐住她的頸部，她的兩眼暴凸。

有一瞬間她又開始變化，因為蘿絲企圖潛回他腦內，灌輸他她的怒氣，加大他本身的怒火。但緊接著發生了某件事，她消失了。不過她會再回來。

艾柏拉一面咳嗽一面瞪大眼睛看著他。他預期她會震驚，但是以一個差點被勒死的女孩來說，她似乎異常鎮定。

嗯……我們早就知道不會太容易了。

「我跟我父親不一樣！」丹對她大吼。「我跟我父親不一樣！」

「那八成是件好事，」艾柏拉說。她事實上露出笑容。「丹舅舅，你的脾氣可真大啊，我想我們真的有親戚關係。」

「我差點殺了妳，」丹說。「夠了，妳該離開了。現在馬上回新罕布夏。」

她搖搖頭。「我一會兒就走，要不了多久，不過現在你需要我。」

「艾柏拉，這是命令。」

她交叉起雙臂，原位不動地站在仙人掌地毯上。

「啊，天啊。」他的兩手爬梳過頭髮。「妳真是難搞。」

她伸出手，牽起他的手。「我們要一起完成這件事。現在來吧。我們離開這間房間吧。我想我終究還是不喜歡這兒。」

他們的手指交握，他小時候曾住過一段時期的房間逐漸消逝了。

4

丹有時間注意到比利貨卡的引擎蓋包住支撐世界之頂觀景高塔的其中一根粗壯柱子，毀壞的水箱不斷冒著蒸汽。他看見人體模型版本的艾柏拉懸在副駕駛座那一側的窗外，一隻塑膠手臂得意洋洋地翹在身後。他看到比利自己正設法打開撞扁的駕駛座那一側的車門。血從老人一邊的臉側流淌下來。

有個東西攫住他的頭。強而有力的雙手擰扭，企圖折斷他的脖子。接著艾柏拉的雙手出現了，一把扯開蘿絲的手。她抬起頭來。「妳得使出更厲害的伎倆，妳這膽小的老婊子。」

蘿絲站在欄杆旁低下頭看，一面將那頂醜陋的高帽重新調整到正確的角度。「妳喜歡妳舅舅的手掐住妳的喉嚨嗎？妳現在覺得他怎樣？」

「那是妳，又不是他。」

蘿絲露齒一笑，她血淋淋的嘴巴裂開。「根本不是我喔，親愛的。我只是利用他心裡的想法。妳應該知道吧，妳就像他一樣。」

她想要分散我們的注意力，丹心想。可是她不希望我們注意到什麼呢？那個嗎？

那是一間綠色的小建築物——也許是戶外的廁所，也許是間儲藏的小屋。

妳能不能——

他不必傳完他的想法。艾柏拉已轉向棚屋仔細凝視。門上的掛鎖嘎吱嘎吱作響、斷裂，掉到青草地上。門開了。棚屋內空空蕩蕩，只有一些工具和一台老舊的割草機。丹以為他感應到那兒有什麼東西，但肯定只是神經過度緊張。他們再度抬起頭時，蘿絲已不在視線範圍內。她離開了欄杆邊。

比利好不容易終於打開貨卡的門。他爬了出來，搖搖晃晃地，勉強站穩腳跟。「丹尼？你沒事吧？」接著又說：「那是艾柏拉嗎？天啊，她幾乎不在那兒。」

「聽著，比利。你能走到度假屋嗎？」

「我想應該可以吧。那裡的人怎麼了？」

「死了，我想你最好**現在**去那裡。」

比利沒有爭論。他動身走下坡，像個醉鬼似地搖擺。丹指向通往觀景平台的階梯，挑起眉毛詢問。艾柏拉搖一下頭。

那是她想要的。

然後開始帶領丹繞過世界之頂，到他們能看到蘿絲的大禮帽頂端的位置。如此一來小小的設備棚屋就變成在他們背後，可是丹現在絲毫不把這件事放在心上，因為他已看到裡面空無一人。

丹，我現在得回去了，一下子就好，我必須休息。

他腦海中浮現一幅圖：一塊長滿向日葵的田地，所有的花突然同時綻放。她需要照料她的肉體，這樣很好，這樣沒錯。

去吧。

我會盡快回來。

去吧，艾柏拉，我不會有事的。

運氣好的話，等她回來時一切都將結束。

5

在安尼斯頓，約翰・道頓與史東夫婦看見艾柏拉深吸口氣睜開雙眼。

「艾柏拉！」露西喊道。「結束了嗎？」

「快了。」

「妳脖子上有什麼？那是瘀青嗎？」

「媽，待在那兒！我還得回去，丹需要我。」

她伸手去拿哈皮，但是她還沒抓到破舊的絨毛兔子，兩眼就閉上了，身體變得一動也不動。

6

小心翼翼地越過欄杆窺視，蘿絲看見艾柏拉消失了。小賤丫頭只能在這裡待那麼久，就必須回去休息放鬆。她在藍鈴露營地的存在和那天在超市的沒多大不同，只不過這次的顯形更為強大。為什麼呢？因為那男人在協助她。**支援**她。要是丫頭回來的時候他死了——

低頭俯視著他，蘿絲大喊：「丹尼，趁你還有機會趕快走吧。別逼我懲罰你。」

7

沉默莎蕊太過專心地留意世界之頂的情況——豎起耳朵、窮盡她腦袋公認有限的智商仔細聆聽——因此一開始她沒察覺到她不再是獨自在棚屋裡。是那股氣味終於讓她警覺起來：某種東西腐爛的味道。不是垃圾。她不敢轉身，因為門敞開著，外頭的男人可能會看到她。她靜止不動地站著，手中拿著鐮刀。

莎蕊聽見蘿絲叫男人趁他還有機會時趕快離開，就在這時棚屋的門又開始搖搖擺擺地關上，完全是門自己在動。

「別逼我懲罰你！」蘿絲喊道。這是給莎蕊的暗號，提示她要飛奔出去，把鐮刀插進那個麻煩、多管閒事的小丫頭脖子裡，不過既然女孩走了，砍那男人充數也可以。然而就在她移動前，一隻冰冷的手在不知不覺間覆蓋住握著鐮刀的手腕。覆蓋在上面並且緊緊地抓住。

她轉過身——現在門已關上，沒有理由不能轉身——藉由從老舊木板裂縫透進來的昏暗光線，她所看見的景象使她平常沉默的喉嚨衝出一聲驚叫。在她全神貫注的某一時刻，一具屍體進入工具小屋和她在一起。他掠奪成性的笑臉微濕、帶點白色的青綠，猶如腐壞的酪梨。他的眼睛簡直像是要從眼窩垂盪下來。他的西裝上長滿了年代久遠的霉斑……然而撒在他雙肩上的多彩碎紙卻是新的。

「很棒的宴會，對不對？」他說，他露齒微笑時，嘴唇裂了開來。

她再度放聲尖叫，將鐮刀砍進他左太陽穴。彎曲的刀刃深深嵌進去，掛在那兒，卻沒有出血。

「吻我們吧，親愛的。」霍瑞斯．德爾文說。從他唇間跑出舌頭不停扭動的白色殘餘。「我很久沒跟女人在一起了。」

當他散發出腐敗氣息的破爛嘴唇停落在莎蕊的唇上時，他的雙手包圍住她的喉嚨。

8

蘿絲看見棚屋的門搖擺著關上，聽到尖叫聲，明白了她現在是真正的孤身一人。再過不久，也許幾秒鐘，丫頭就會回來，到時就會是二對一的局面。她絕不容許那種情形發生。

她俯視那個男人，鼓起精氣增強後的所有力量。

掐死你自己，馬上動手。

他的兩手升向自己的喉嚨，但是非常的緩慢。他正奮力與她搏鬥，並獲得了一定程度的成功，惹得她勃然大怒。她預期會和賤丫頭決鬥，但底下那個鄉巴佬是成年人。她應該能夠將他剩餘的精氣有如薄霧般拂到一旁。

不過，她逐漸贏了。

他的雙手舉到胸前……肩膀……終於到達喉嚨。在那兒他的手遲疑不決——她能聽見他努力得直喘氣。她更加施壓，那雙手緊抓住，阻斷他的氣管。

這就對了，你這個愛管閒事的混蛋，用力地掐、用力地掐……再用力！

某個東西擊中她。不是拳頭；感覺比較像是一陣緊緊壓縮的空氣。她環顧四周，只看見一道閃爍的微光，在那兒片刻，很快就消失了。不到三秒鐘，但已足夠分散她的注意力，當她再度轉向欄杆時，女孩已回來了。

這回不是一陣突發的空氣；而是一雙感覺既大又小的手。那雙手在她的腰後。不斷地推擠。賤丫頭和她朋友通力合作，這正是蘿絲想避免的。隱伏的恐懼開始在她胃中展開。她想要退後離開欄杆但沒辦法。她竭盡了全力卻只原地踏步，加上沒有真結族的支援力量來協助她，她不認為她能夠堅持很久，不會太久。

要不是那陣空氣……那不是他搞的鬼，丫頭也不在這裡……

其中一隻手離開她的腰後，拍掉她頭上的高帽。蘿絲對這無禮的舉動大聲咆哮——沒人碰過她的帽子，**沒有人敢！**——剎那間她鼓起足夠的力量，蹣跚地向後退離欄杆，走向平台中央。但那雙手又回到她的腰後，再度開始推她向前。

她低頭看他們。男人的雙眼闔起，專注到頸子上的青筋浮起，汗珠如淚水般滾落他的雙頰。然而，女孩的眼睛卻張得大大的，毫無慈悲之心。她仰頭瞪視蘿絲。並且面帶微笑。

蘿絲使出全力往後推，可是她簡直像在推擠一堵石牆。這堵牆無情地將她往前推，直到她的腹部緊貼在欄杆上。她聽見欄杆嘎吱作響。

有一瞬間，她考慮試著談條件。告訴女孩他們可以共同合作，開創新的真結族。如此一來艾柏拉·史東不會在二〇七〇年或二〇八〇年死去，而會活上千年。兩千年。但是這樣有什麼好處呢？

有哪個十幾歲的女孩覺得自己不是永垂不朽的嗎？

因此她沒有討價還價，或哀求，她往下朝他們尖聲挑釁。「去你的！操你們兩個！」女孩可怕的笑容擴大。「噢，不，」她說。「完蛋的是妳。」

這回不是嘎吱聲；而是有如步槍發射的劈啪響，失去高帽的蘿絲摔了下去。

9

她落地時頭先著地，接著馬上開始循環。她粉碎頸子上的頭以近乎漫不經心的角度歪斜一邊（丹心想，**就像她的帽子**一樣）。丹握住艾柏拉的手——她的肌肉在他手中來來去去，因為她自己也在後門廊和世界之頂間循環——他們一起注視這一幕。

「會痛嗎？」艾柏拉詢問瀕死的女人。「我希望會痛，我希望痛得很厲害。」

蘿絲的嘴唇往後拉開露出冷笑。她的人類牙齒不見了；只剩下那根變色的獠牙。在獠牙上方，她的眼球飄浮著，宛如藍灰砂岩。過一會兒她消失了。

艾柏拉轉身面向丹。她仍微微笑著，但此刻笑容中既沒有憤怒也沒有惡意。

我替你擔心，我擔心她可能……

她差點得逞了，不過有另一個人。

他指向天空下欄杆碎片突出的地方。艾柏拉看向那裡，再回頭看著丹，滿心困惑。他只能搖搖頭。

這回輪到她伸出手來指，不是向上而是向下。

以前有個魔術師，他有一頂像那樣的帽子，他的名字是魔法師。

那時妳把湯匙掛到天花板上。

她點點頭，卻沒有抬起頭來。她仍在研究那頂高帽。

你必須處理掉那頂帽子。

要怎麼做？

燒掉，費里曼先生說他戒菸了，不過他還是有抽，我在貨卡上聞到菸味，他會有火柴。

「你必須燒掉，」她說。「你會吧？你能答應我嗎？」

「可以。」

我愛你，丹舅舅。

我也愛妳。

她擁抱他。他伸出雙臂摟住她，回應她的擁抱。他抱著她的時候，她的身體先是變成雨，再化成霧。最後消失無蹤。

10

在新罕布夏州安尼斯頓屋子的後門廊上，即將加深為夜色的薄暮中，小女孩坐直身子，站了起來，身子搖擺不定，瀕臨暈厥。她絕不可能跌倒，因為她父母親立刻衝到那裡。他們合力將她抱到屋內。

「我沒事，」艾柏拉說。「你們可以把我放下來了。」

他們小心翼翼地將她放下。大衛‧史東站得很近，準備若她的膝蓋有一絲一毫彎曲就接住她，不過艾柏拉穩穩地站在廚房裡。

「丹怎麼樣呢？」約翰問。

「他很好。費里曼先生撞爛了他的貨卡——他不得不那麼做——這裡割傷了，」——她伸手到他的臉側——「不過我想他沒事。」

「那他們呢？真結族？」

艾柏拉舉起一手到嘴邊，在手掌上吹口氣。

「消失了。」接著又說：「有什麼可以吃的嗎？我真的好餓。」

11

以丹的情況來說很好也許有點誇大其詞。他走向貨卡，坐進駕駛座那側敞開的門內，慢慢恢復正常呼吸，以及清醒的頭腦。

我們在度假，他決定。我想拜訪以前在波爾德常去的地方。然後我們上來這裡想遊覽世界之頂的風景，不過露營地空無一人。我想鬧著玩，所以和比利打賭，我能開著他的貨卡直接爬上到觀景台的山丘。我開得太快，失去控制。撞到其中一根支柱，真的很抱歉。該死、愚蠢的驚險動作。

他會挨一堆罰款，不過有好的一面：他會成功地通過酒測。

丹瞧一瞧置物箱裡面，發現一罐打火機油。沒有芝寶打火機——那應該是在比利的褲子口袋——但是的確有兩盒用到一半的紙板火柴。他走向高帽，將打火機油澆在帽子上直到整頂帽子濕透。之後他蹲下來，擦一根火柴，輕輕丟進高帽翻向上的內側。高帽並沒有撐很久，不過他移至逆風處，直到帽子燒到只剩灰燼。

焚燒的氣味惡臭難聞。

當他抬起頭來，他看見比利步履艱難地走向他，一面用袖子擦拭血淋淋的臉。他們努力地踐踏灰燼，確保沒有可能點燃野火的餘燼時，丹告訴他等科羅拉多州警抵達的時候，他們將要告訴警察的謊話。

「我得付錢修理那個東西，我敢打賭要花上一大筆錢。幸好我有些存款。」

比利嗤之以鼻。「誰會向你追討損失呢？真結族那群人除了衣服外什麼也不剩。我看到了。」

「不幸的是，」丹說：「世界之頂是屬於偉大的科羅拉多州。」

「哎呀，」比利說。「這根本不公平哪，因為你剛幫了科羅拉多州和世界上其他人一個大忙呢。艾柏拉在哪兒？」

「回家去了。」

「很好。所以事情結束了？真的結束了？」

丹點點頭。

比利凝視著蘿絲大禮帽的灰燼。「燒毀的速度真快，簡直像是電影裡的特效。」

「我猜想這頂帽子非常古老了。」他沒有補充說明，而且充滿了魔法，黑色的那種。

丹走向貨卡坐到方向盤後，以便用後照鏡檢查自己的臉。

「看到什麼不該在那兒的東西嗎？」比利問道。「以前我媽逮到我出神地看著鏡中的自己時，總是這麼說。」

「什麼也沒有。」丹說。他的臉上綻開微笑。疲憊卻真誠的笑容。「一點東西都沒有。」

「那我們打電話報警，告訴警方我們發生的意外吧，」比利說。「我通常不喜歡條子，不過現在我不介意找些伴，這地方讓我覺得神經緊張。」他機靈地看了丹一眼。「到處都是鬼魂，對不對？這就是他們挑中這裡的原因。」

毫無疑問地，那是原因。但是你不需要當《小氣財神》裡的施顧己也知道世上的幽靈人有好有壞。他們往下朝全景度假屋走去時，丹停頓一下回頭看世界之頂。他並不十分驚訝看見有個男人站在平台上破損的欄杆旁。那人舉起一隻手，透過他的手可看見波尼山的最高峰，他拋出丹記憶中孩提時代的飛吻。他記得很清楚。那是他們一天結束時的特別儀式。

該睡覺囉，醫生。睡個好覺。夢到一頭龍，隔天早上再告訴我。

丹曉得他會哭泣，但不是現在。現在不是時候。他抬起自己的手到唇邊，回應那記吻。

他再多注視他父親的遺骸片刻。隨後和比利一起往下面的停車場走。等他們抵達那裡的時候，他再一次回頭看。

世界之頂上空無一物。

直到你入睡

恐懼意味著勇敢面對一切、從中復原。

——AA的格言

週年紀念

1

ＡＡ星期六中午在弗雷澤的聚會是新罕布夏州歷史最久的聚會之一，可回溯到一九四六年，由肥胖鮑伯醫生所創立，鮑伯醫生認識戒酒計畫的創辦人比爾·威爾森本人。肥胖鮑伯是肺癌的受害者，早已長眠在墳墓裡——早期大多數復原的酒鬼菸都抽得很兇，因此剛戒酒的人通常會被囑咐要三緘其口，並保持菸灰缸淨空——不過聚會仍有很多人出席。今天座無虛席只剩站位，因為等聚會結束將會有披薩和一大塊淺盤蛋糕。大多數週年紀念的聚會都是如此，今天他們其中一名成員要慶祝戒酒十五週年。早年大家都稱他丹，或丹·Ｔ，但是由於他在當地安養院工作的傳言蔓延開來（ＡＡ的雜誌名為《葡萄藤》[50]不是毫無緣故），因此現在大家通常都叫他醫生。因為他父母親以前也如此叫他，所以丹覺得這綽號很諷刺……不過並無不好的意思。人生就像輪子，其唯一的任務就是轉動，總是會轉回到起始的地方。

一位真正的醫生，這人名叫約翰，按丹的要求主持這次聚會，會議遵循平常的程序進行。當蘭迪·Ｍ述說他最後一次酒駕如何吐得逮捕他的警察滿身都是時，引起哄堂大笑，而他繼續說他在一年後發現那個警察自己也參加了戒酒計畫時引來更多的笑聲。瑪姬·Ｍ講述（依ＡＡ的說法是「分享」）法庭如何再度拒絕給予她兩個孩子的共同監護權時，她流下眼淚。大家照慣例紛紛告訴她一些老生常談——時機需要時間，努力就會有回報，在奇蹟發生前不要放棄——瑪姬最後安靜下來，只不斷地抽鼻子。有個傢伙的手機響起時，大家和平常一樣大喊更高力量說把手機關掉！一個雙手顫抖的女孩打翻了一杯咖啡；聚會中沒有一人把咖啡灑出來實在很少見。

十二點五十分時，約翰・D傳遞籃子（「我們透過自己的貢獻自立」），並詢問有無公告事項。召開聚會的崔佛・K站起來請求──一如往常──協助清理廚房收拾椅子。尤蘭妲・V負責分發清醒代幣，發出兩枚白色的代幣（給戒酒二十四小時的人），一枚紫色（戒酒五個月──通常被稱為邦尼[51]代幣）。和平常一樣，她最後說：「如果你今天沒喝酒，就給你自己和你的更高力量鼓個掌吧。」

大家鼓起掌來。

當掌聲停歇時，約翰說：「我們今天有人要慶祝十五週年紀念。可否請凱西・K和丹・T到台上來？」

在眾人的掌聲中，丹走上前──慢慢地，為了配合凱西的速度，他現在拄著柺杖走路。約翰將正面印著XV的紀念章交給凱西，凱西高舉紀念章讓觀眾都能看見。「我從來沒想過這傢伙會辦到，」他說：「因為打從一開始他就是個AA。我的意思是，態度傲慢的討厭鬼（an Asshole with Attitude）。」

聽到這老哏，他們盡責地大笑起來。丹也跟著微笑，但他的心臟猛烈地跳著。他現在唯一的念頭是想辦法不昏倒地完成接下來的事。他上一次這麼害怕是在他抬頭看著世界之頂平台上的高帽蘿絲，奮力避免親手勒死他自己的時候。

快點，凱西。拜託。趁我失去勇氣或早餐之前。

50. 葡萄藤又有小道消息之意。
51. 美國兒童節目《小博士邦尼》中的邦尼是隻紫色的恐龍。

凱西或許也有閃靈……或者也許他看見丹眼中的請求。不管怎樣，他縮短談話。

「不過他違反了我的預期，痊癒了。每七個走進我們這扇門的酗酒人，有六個會再走出去喝醉。第七個則是我們全都盼望的奇蹟。現在這裡就站了其中一個奇蹟，活生生地站在我們面前。拿去吧，醫生，這是你應得的。」

他將紀念章遞給丹。有一瞬間丹以為紀念章會從他冰冷的手指間滑下去，掉到地板上。但是在紀念章掉落之前，凱西將他的手包起來握住紀念章，然後摟住丹給他一個結實的擁抱。他在丹的耳邊低聲說：「又度過一年，你這王八蛋。恭喜你了。」

凱西腳步沉重地沿著通道走到房間後頭，憑藉資歷和其他的老前輩坐在一起。丹獨自一人留在前面，緊抓住他的十五週年紀念章，力道大得手腕上的筋都浮起。聚集一堂的酗酒人睜大眼睛看著他，等待這位長期戒酒的人應該要傳達的：經驗、精神力量，及希望。

「幾年前……」他開始說，卻不得不清清喉嚨。「幾年前，我和剛才坐下來的那位瘸腿的紳士一起喝咖啡的時候，他問我是否做到第五步驟：『向神，向我們自己，以及向另一個人類，承認我們所犯的過錯的確切內容。』我告訴他我做到了絕大部分。對於沒有我們這種特殊問題的人來說，那大概就足夠了……那只是我們稱他們為地球人的其中一個理由。」

他們輕聲笑了。丹深吸口氣，告訴自己如果他能勇敢面對蘿絲和她的真結族，他也能面對這個。只不過這回不一樣。這次他不是英雄丹；而是人渣丹。活了那麼多年，他明白每個人都有一點浮渣，但是當你必須倒出垃圾的時候知道這點並沒有多大幫助。

「他告訴我他認為我有個我不大能擺脫的過錯，因為我太過慚愧不敢和人談論。他叫我要放手。他提醒我一句幾乎每次聚會都能聽到的話：我們守的秘密越多，病就越重。他說要是我不說出我的秘密，遲早我會發現自己手中拿著酒。凱西，這是那次對話的要點吧？」

坐在房間後面的凱西點點頭，他的兩手交握放在楞杖頂端。

丹感到他的眼睛後頭刺痛，那意味著眼淚快要流出來了，他心想，求上帝幫助我順利說完，**別放聲痛哭。求求祢。**

「我沒有說出秘密。多年來我一直告訴自己，這件事我永遠不會告訴任何人。但我想他說得沒錯，要是我又開始酗酒，我一定會死。我不想那麼做。如今我擁有許多值得活下去的東西。所以……」

眼淚湧上來，該死的眼淚，但現在他已陷入太深不能打退堂鼓。他用沒握著紀念章的那隻手擦去眼淚。

「你們知道在美好展望裡提到了什麼嗎？說我們將會學到不懊悔過去，也不想遮掩往事那句？原諒我這麼說，但我認為那是充滿真實的計畫中唯一的胡說八道。我懊悔的事很多，不過儘管我不想要，也該是放棄遮掩的時候了。」

他們全都在等待。就連分發切片披薩到紙盤上的兩位女士此刻都站在廚房門口看著他。

「在我戒酒之前沒多久，有天我在一個酒吧裡遇到的女人身邊醒來。我們在她的公寓裡。那地方是個廢物堆，因為她幾乎一無所有。我可以理解，因為我自己也幾乎一無所有，我們兩人八成都是因為同樣的原因住在破產城市裡。你們大家都知道那原因是什麼。」他聳一聳肩。「如果你是我們其中的一份子，酒會奪走你的所有，沒別的。先是一點點，然後是大筆的錢財，最後是一切。

「這個女人，她叫做狄妮。我不記得其他太多關於她的事，但是我記得名字。我穿上衣服離開，但是在那之前我先拿走她的錢。終究她起碼多了一樣我沒有的東西，因為在我翻她的皮夾時，我張望四周，發現她的兒子站在那裡。還包著尿布的小娃娃。這個女人和我前一天晚上買了些古柯鹼，仍在桌上。那孩子看見了伸手去拿，他以為那是糖果。」

丹再度擦拭眼睛。

「我拿走古柯鹼放到他搆不著的地方，我至少做了那件事。雖然不算什麼，但至少我做到了那一點，然後我把她的錢放進自己口袋走出那兒。我願意付出任何代價回收那件事，但是我辦不到。」

門口的女士已回去廚房，有些人在看手錶，有人肚子咕嚕咕嚕地叫。看著九打聚集在一起的酗酒人，丹明瞭了一件令人震驚的事實：他們並不厭惡他所做的事，甚至不感到驚訝。他們聽過更糟的事，有些人做過更糟的事。

「好吧。」他說。「就這樣。謝謝大家聽我說。」

在掌聲之前，一位坐在後排的老前輩突然大聲提出傳統的問題：「醫生，你是怎麼辦到的？」

丹微微一笑，以傳統的答案回應：「過一天算一天。」

2

在主禱文、披薩，和上面寫著大大的數字ＸＶ的巧克力蛋糕之後，丹扶凱西回到他的豐田坦途上。外頭下起了夾著雪的雨。

「新罕布夏的春天，」凱西尖酸地說。「這真是妙極了。」

「雨落泥濺，」丹以朗誦的聲音唸著：「風是如何地狂吹！巴士滑，噴得我們一身髒，去你的，高唱該死吧。」

凱西瞪著他。「你剛剛編出來的嗎？」

「不。這是艾茲拉・龐德寫的詩。你什麼時候要認真考慮去換你的髖關節？」

凱西咧嘴一笑。「下個月，我決定好如果你能講出你最大的秘密，我就能換我的髖關節。」

他停頓一下。「倒不是你的秘密他媽的有多了不得，小丹。」

「我也發現了。我以為他們會尖叫著從我身邊逃開，結果他們卻站在四周吃披薩、聊天氣。」

「你要是告訴他們你殺了一個瞎眼的老奶奶，他們還是會留下來吃披薩和蛋糕。免錢的就是免錢的。」他打開駕駛座的門。「扶我一把，小丹。」

丹扶他上車。

凱西費力地扭動身軀，坐得舒服點，然後用鑰匙發動引擎，開雨刷拂去夾雪的雨。「所有的事情一旦講出來就會顯得微不足道，」他說。「我希望你把這觀念傳給你照顧的新人。」

「是，聰明人。」

凱西遺憾地看著他。「去操你自己吧，甜心。」

「事實上，」丹尼說：「我想我會回到裡面去幫忙收拾椅子。」

他的確如此做了。

直到你入睡

1

今年艾柏拉・史東的生日派對沒有氣球，也沒有魔術師。她十五歲了。

大衛・史東得到比利・費里曼的大力協助所設置的戶外喇叭，砰砰砰地傳出煩擾鄰居的搖滾音樂。成年人在史東家的廚房享用蛋糕、冰淇淋，和咖啡。小孩子接管了樓下的家庭娛樂室及後院草坪，從他們的聲音來判斷，他們玩得非常痛快。五點左右他們陸續離開，不過艾柏拉最親近的朋友艾瑪・迪恩留下來吃晚餐。艾柏拉身穿紅裙和露肩的鄉村風罩衫顯得光彩照人，洋溢著興高采烈的情緒。她收到丹送她的幸運手鍊開心得驚叫起來，摟抱住丹，親吻他的臉頰。他聞起來有香水味。這倒是新鮮。

當艾柏拉離開、陪同艾瑪走回她家，兩人在人行道上一路快樂地嘰嘰喳喳時，露西向丹傾身。她的嘴巴皺起，兩眼四周有新的細紋，頭髮顯出最初的少許灰色。艾柏拉似乎已將真結族拋在腦後；不過丹認為露西永遠無法辦到。「你會和她談談那些盤子的事嗎？」

「我要到外面去欣賞河上的落日。也許等她從迪恩家回來，妳可以叫她去找我聊一下。」

露西看來鬆了口氣，丹認為大衛也是。對他們來說，她永遠是個謎。告訴他們她對他而言也一直是個謎會有幫助嗎？大概不會。

「祝你好運，老大。」比利說。

在艾柏拉曾經在並非失去知覺的狀態下躺著的後門廊上，約翰・道頓走過來到他身旁。「我願意給你精神上的支持，不過我想你必須獨自做這件事。」

「你試過和她談談了嗎？」

「試過了，照露西的要求。」

「沒有用嗎？」

約翰聳聳肩。「她相當不願意談這個話題。」

「我以前也是。」丹說。「在她那年紀的時候。」

「但是你從來沒打破你母親的古董櫥櫃裡的每個盤子吧，有嗎？」

「我媽沒有那種櫥櫃。」丹說。

他往下走到史東家傾斜的後院底部，凝視薩科河，拜漸沉的太陽所賜，薩科河變成一條閃耀的紅蛇。不久群山就會吞沒最後一道陽光，河面將會變成灰色。曾經有道鐵絲網圍籬防止小孩子可能導致災難的探險之處，現在是一排裝飾性的矮樹叢。前一年的十月大衛拆掉了圍籬，他說艾柏拉和她的朋友再也不需要圍籬的保護；他們全都可以游得像魚一樣。

不過當然還有其他的危險。

2

當水面上的顏色褪成最淡的粉紅色澤——玫瑰灰——的時候，艾柏拉走到他身旁。他不必轉頭就知道她在那兒，也知道她套上一件毛衣蓋住她裸露的雙肩。新罕布夏州中部的春天傍晚，即使在下雪的最後威脅消失以後，空氣也冷卻得非常快。

丹，我好愛那條手鍊。

她幾乎不再稱呼他舅舅。

我很高興。

「他們要你和我談那些盤子的事，」她說。口頭的話語絲毫沒有在她思緒中透露出的那種溫暖，而她的思緒已不在了。在非常禮貌、誠摯的感謝之後，她封起內心的自我不讓他瞧見。她現在很擅長這一招，而且一日比一日精進。「對不對？」

「妳想要談嗎？」

「我向她道歉過了，我告訴過她我不是故意的，我不認為她相信我。」

我相信。

「那是因為你**知道**，可是他們不了解。」

丹沒說什麼，只傳了一個想法：

？

「他們什麼都不相信我！」她突然爆發。「這實在太不公平了！我根本不知道在珍妮佛的無聊派對上會喝酒，而且我完全沒喝！但是，她還是罰我禁足了**他媽的**兩個禮拜！」

？？？

沒有回應。河面現在已近乎完全陰暗下來。他冒險偷看她一眼，瞧見她正在審視她的運動鞋——紅色的以搭配她的裙子。此時她的臉頰也和裙子相稱。

「好吧。」她最後說，雖然她依舊沒看他，但她的嘴角向上彎，勉強勾出一點笑容。「我騙不了你，對吧？我喝了一口，只是想嚐嚐看是什麼味道，有什麼大不了的？我猜我回家時她從我的口氣中聞出來。而且你猜怎麼樣？**根本沒什麼大不了，難喝死了**。」

丹沒有答腔。倘若他告訴她，他也覺得他自己的第一口酒難喝極了，他也曾認為那沒什麼大不了，不是多麼珍貴的秘密，她應該會覺得那是大人吹噓的胡說八道而不予理會，你無法用自己成長的經驗來教化孩子，或者教導他們如何做。

「我真的不是故意打破盤子的。」她小聲地說。「就像我告訴她的，那是意外。我只是太生氣了。」

「妳是生來如此。」他所記得的是在蘿絲循環的時候，艾柏拉俯身站在高帽蘿絲旁邊。**會痛嗎？**艾柏拉詢問那個外貌像女人的瀕死東西（只除了那根可怕的獠牙）。**我希望會痛，我希望痛得很厲害。**

「你要教訓我嗎？」然後，以輕快的蔑視口吻說：「我知道那是她想要的。」

「我不說教，但是我可以告訴妳一個我媽媽告訴我的故事。那是妳外曾祖父的故事。妳想聽嗎？」

艾柏拉聳一下肩。那聳肩表示，**趕快說吧**。

「托倫斯老先生不是像我這樣的護理員，但很接近。他是個男護士。他在去世前走路都要拄著枴杖，因為他出了車禍，腿撞壞了。有天晚上，在餐桌上，他拿那根枴杖打他老婆。毫無理由；他就是開始一陣痛打。他打斷她的鼻子，打破她的頭皮。當她從椅子上跌到地板上時，他站起來繼續揍她。據我爸告訴我媽的話，要是布雷特和麥可——他們是我的伯父——沒拉開他的話，他會把她打死。當醫生來的時候，妳外曾祖父拿著他自己的小醫藥箱跪在地上，盡他所能做的事。他說她從樓梯上摔下來。外曾祖母——妳從未見過的嬤嬤，艾柏拉——證實了他說的話。孩子們也是。」

「為什麼？」她輕聲說。

「因為他們害怕。後來——在老先生死了很久以後——妳外公折斷了我的手臂。之後，在全景飯店——那間飯店就坐落在目前世界之頂豎立的位置——妳外公差點打死我媽。他用的是短柄槌球的球桿，不是枴杖，但基本上是相同的情況。」

「我明白了。」

「好多年後，在聖彼德斯堡的酒吧裡——」

「停！我說我懂了嘛！」她在發抖。

「我用一根撞球桿把一個男人打到昏迷，因為我洗袋的時候他大笑了。在那以後，傑克的兒子和老先生的孫子穿著橘色囚衣，在四一號公路沿線撿了三十天的垃圾。」

她背過臉去，開始哭泣。「謝謝你啊，丹舅舅。謝謝你毀了……」

一個影像充斥他的腦袋，暫時遮蔽了河面：一個燒焦、冒煙的生日蛋糕。在某些情況下，這影像會十分有趣。但在這情形下並不好笑。

他輕輕地抓住她的雙肩，把她轉回來面向他。「這裡頭沒有什麼教訓，也沒有重點，只是家族史而已。以永垂不朽的貓王艾維斯·普里斯萊的話來說，那是妳的寶貝，由妳負責搖。」

「我不明白。」

「有一天妳可能會寫詩，像康伽妲一樣。或者用妳的心靈力量把其他人從高處推下去。」

「我絕對不會……但是蘿絲是罪有應得啊。」她仰起濡濕的臉向著他。

「這點毫無疑問。」

「那為什麼我會夢到呢？為什麼我希望能挽回？她會殺了我們，那為什麼我會希望時光能倒流？」

「妳希望能收回的是殺戮這件事，還是殺戮的快感呢？」

艾柏拉垂下頭。丹想要將她擁入懷中，卻沒有行動。

「不是教訓，也不是道德規範，只是鮮血呼喚鮮血，失眠的人愚蠢的衝動。等妳徹底清醒時妳已經走到人生的另一個階段。這對妳來說很困難，我了解。對每個人來說都不容易，但是大多數青少年沒有像妳這樣的能力，像妳這樣的武器。」

「那我該怎麼做？我能做什麼？有時候我很生氣……不只是對她，還有對老師……對學校裡那些自以為了不起的同學……對那些如果你不擅長運動，或穿錯衣服什麼的就大聲嘲笑的人……」

丹想起凱西・金斯利曾給予他的忠告。「去廢物堆。」

「什麼？」她瞪大眼睛看著他。

他送她一張圖片：艾柏拉利用她非凡的天賦——仍未發展到極致，雖然不可思議卻是千真萬確——翻倒廢棄的冰箱，引爆無用的電視機，拋擲洗衣機。海鷗嚇得成群飛起。

現在她沒瞪著眼；而是咯咯發笑。「那有用嗎？」

「廢物堆總比妳媽媽的盤子好。」

她把頭歪一邊，用輕鬆愉快的眼神盯著他。他們重歸於好了，這樣很好。「可是那些盤子很——醜。」

「妳會試試看嗎？」

「會。」從她的表情看來，她迫不及待想試。

「還有一件事。」

她變得嚴肅起來，等待。

「妳不必當任何人的出氣筒。」

「那很好，不是嗎？」

「是，只要記住妳發起脾氣可能多麼危險。儘量——」

他的手機響了起來。

「你該接電話。」

他挑起眉毛。「妳知道是誰打來的？」

「不，但我想這通電話很重要。」

他從口袋拿出手機，看螢幕顯示：利文頓之家。

「喂？」

「丹尼，我是克勞黛特．艾柏森。你能來一趟嗎？」

他在腦中清點一下目前在他黑板上的安養院客人名單。「艾曼達．瑞克？還是傑夫．凱洛格？」

結果兩個都不是。

「如果你能來的話，最好馬上就來。」克勞黛特說。「趁他還有意識。」她遲疑了片刻。「他要求找你。」

「我會過去。」雖然如果情況像妳說的那麼糟，等我到那裡的時候他大概已經過世了。丹切斷通話。「我得走了，寶貝。」

「即使他不是你的朋友。即使你甚至不喜歡他。」艾柏拉看起來若有所思。

「對，即使如此。」

「他叫什麼名字？我沒聽到。」

弗瑞德．卡爾林。

他送出訊息後，用兩手摟住她，緊緊、緊緊地擁抱。艾柏拉也同樣地回應。

「我會試一試，」她說。「我會非常努力地試試看。」

「我知道妳會的，」他說。「我曉得妳一定會。聽好，艾柏拉，我非常地愛妳。」

她說：「我很高興。」

3

四十五分鐘後他到安養院時，克勞黛特在護理站。他提出他之前問過數十次的問題：「他還和我們在一起嗎？」彷彿他們談的是一趟巴士旅程。

「勉強。」

「意識呢？」

她擺動一隻手。「有時昏迷，有時清醒。」

「艾奇呢？」

「待在那邊一陣子，不過在艾默生醫師進去的時候溜走了。現在艾默生走了，他正在查看艾曼達・瑞克的狀況。他一離開艾奇馬上又回去。」

「不轉送到醫院嗎？」

「沒辦法，還不行。在城堡岩越過邊界的一一九號公路上發生了一起四輛車連環追撞事故。有很多傷患。四輛救護車正趕過去，救援直升機也出動了。對他們其中有些人來說到不到醫院會有影響。至於弗瑞德……」她聳了下肩。

「發生了什麼事？」

「你知道我們的弗瑞德超愛吃垃圾食物吧。麥當當是他的第二個家。他跑過克蘭默大道時有時候看路，有時候沒注意。認為別人會為他停下來。」她皺起鼻子吐出舌頭，看起來好像剛吃了一嘴難吃的食物的小孩。也許是球芽甘藍。「**就是那種態度。**」

丹曉得弗瑞德的習慣，也清楚那種態度。

「他是要去買晚餐的起司漢堡，」克勞黛特說。「警察把撞到他的女人送進牢裡去了——我聽說，那小妞醉到幾乎沒辦法站起來。他們把弗瑞德送到這裡。他的臉像炒蛋，胸腔和骨盆被壓碎，一條腿幾乎斷了。要不是艾默生在這兒巡房，弗瑞德當場就會死了。我們迅速替他檢查傷勢，止血，不過就算他是在顛峰狀態……更何況親愛的老弗瑞德絕對不是……」她聳聳肩。「艾默生說等城堡岩的混亂收拾好以後，他們會派一輛救護車過來，不過到那時候他早就走了。艾默生醫師不願表明意見，不過我相信艾奇爾。如果你要去看他的話，最好現在就去。我知道你向來不喜歡他……」

丹想起這名護理員曾留在可憐的老查理・海斯手臂上的指印。**很遺憾聽到這個消息**——這是丹告訴卡爾林老人過世了的時候，他所說的話。弗瑞德坐得舒舒服服的，在他最愛的椅子上往後搖，吃著薄荷巧克力糖。**不過他們到這裡就是為了這一刻，不是嗎？**

如今弗瑞德躺在查理逝世的那間病房裡。人生就像輪子，總是會轉回來。

4

艾倫・雪帕德套房的門半開著，不過出於禮貌，丹仍敲敲門。即使從走廊上他也能聽見弗瑞德・卡爾林的呼吸刺耳的呼嗤、咕嚕聲，但艾奇似乎不以為擾，蜷縮在床腳。卡爾林躺在橡膠布上，身上只有染血的四角褲和大量的繃帶，大多數的繃帶已經滲出血來。他的面容嚴重毀損，身體至少朝三個不同的方向扭曲。

「弗瑞德？我是丹・托倫斯。你聽得見我的聲音嗎？」

剩下的那隻眼睜開，呼吸梗住。有一聲短促的粗重刺耳聲，大概是表示肯定的回答。

丹走進浴室，用溫水弄濕一條布，擰乾。這些是他以前做過許多次的事。當他回到卡爾林的床邊，艾奇站了起來，同平常的貓一樣舒暢地弓背、伸懶腰，跳到地板上。不一會兒牠就離開了，繼續牠夜間的巡邏。牠現在走路有點一瘸一拐。畢竟是隻上了年紀的老貓。

丹坐在床沿，輕輕地用布擦拭弗瑞德・卡爾林相對來說仍算完整的那部分的臉。

「痛得很厲害嗎？」

粗嘎的聲音又響起。卡爾林的左手只剩斷折的手指扭曲、纏結成一團，因此丹握住他的右手。「你不必出聲，只要告訴我就好。」

現在沒那麼痛了。

丹點點頭。「很好，那樣很好。」

可是我很害怕。

「沒什麼好怕的。」

他看見六歲時的弗瑞德，和他哥哥在薩科河游泳，弗瑞德總是抓著他的泳衣後面，以免泳衣掉下來，因為泳衣太大了，那件泳衣是他兄長傳下來的，就像他擁有的幾乎其他每件東西一樣。他看見十五歲的他，在布里奇頓免下車電影院吻一個女孩，嗅聞她的香水味，一面摸她的胸部，暗自希望這一夜永遠不會結束。他看到二十五歲的他，和公路聖徒飛車黨一起騎車到漢普頓海灘，跨坐在哈雷ＦＸＢ上，史特吉斯車款，感覺棒透了，他吞了一肚子的安非他命和紅酒，那天超屌的，每個人都看著聖徒飛車黨排成長列、閃閃發亮的車隊，發出他媽的嘈雜聲飛馳而過；人生如煙火般地爆炸。然後他看見卡爾林和他的小狗一起居住的——以前住的——公寓，小狗的名字叫布朗尼。布朗尼不是什麼名犬，只是條雜種狗，不過牠很聰明。有時候牠會跳上護理員的大腿，他們一起觀看電視。布朗尼令弗瑞德憂心，因為牠會等待弗瑞德回家，帶牠去散一下步，然後在他的碗中倒滿肥缺牌狗糧。

「別擔心布朗尼。」丹說。「我知道有個女孩會很樂意照顧牠。她是我外甥女，今天是她生日。」

卡爾林以那隻仍有功能的眼睛仰望他。他呼吸的呼嚕聲現在變得非常響亮；聽起來像是裡頭卡了塵土的引擎。

你能幫我嗎……求求你，醫生……你會幫我嗎？

會，他會幫忙。這是他神聖的任務，是他生來的使命。此時的利文頓之家很靜，實在非常安靜。在不遠的某處，一扇門旋開。他們來到了邊界。弗瑞德·卡爾林仰望著他，問那是什麼，詢問方法。但是方法如此簡單。

「你只需要睡覺就好了。」

別離開我。

「不會。」丹說。「我在這裡。我會待在這兒直到你睡著。」

此時他將卡爾林的手抓在自己的兩手中。露出笑容。

「直到你入睡。」他說。

二〇一一年五月一日到二〇一二年七月十七日

後記

我和斯克里布納出版社合作的第一本書是一九九八年的《一袋白骨》。急於取悅我的新合作夥伴，我為那本小說到各地巡迴演講。在一次簽名時間中，有位讀者問我：「嘿，你知道《鬼店》裡的孩子後來怎麼樣了嗎？」

對於那本舊書，我也時常問我自己這個問題，以及另一個：假如丹尼身心失調的父親找到了戒酒無名會，而不是試圖靠戒酒無名會的人所說的「精神緊繃的清醒」來勉強熬過去，他又會怎麼樣呢？

在創作《穹頂之下》與《11/22/63》時，這個想法始終沒離開我的腦海。三不五時，例如：洗澡、看電視節目，或在收費高速公路上長途開車時，我會發覺自己在計算丹尼・托倫斯的年紀，好奇他在何處。更別提他母親了，在傑克・托倫斯毀滅後倖存的另一個算得上善良的人類。溫蒂與丹尼，照現在的說法，是共生體，由於愛與責任的繫絆而和酗酒成癮的家人難以分開。在二〇〇九年的某一天，我的一位復原中的酗酒朋友告訴我一句俏皮話：「當一個共生體溺死的時候，他眼前閃過的是另一個人的一生。」我覺得這句話太過真實，一點都不好笑，我想就是在那一刻寫出《安眠醫生》這本書變得無可避免。我必須知道他們兩人後來的發展。

我是否戒慎恐懼地著手這本書？確實如此。《鬼店》（和《撒冷地》、《寵物墳場》，以及《牠》）是大家說起我的哪本小說真的把他們嚇得魂飛魄散時經常提到的一本。此外，當然，還有史丹利・庫柏力克的電影，那部片似乎在許多人記憶中是他們看過最恐怖的電影之一，雖然理由我從來不曾完全理解。（你要是看過電影卻沒讀過小說，那你應該注意《安眠醫生》是小說的後續，依我的看法，那才是真正托倫斯一家的故事。）

我自覺我仍然相當擅長寫作，然而沒什麼能比得上十足受到驚嚇的回憶，我說的是**沒有任何東西**，尤其如果對象是敏感的年輕人的話。艾佛烈德・希區考克的《驚魂記》至少有一部出色的續集（米克・蓋瑞斯的《驚魂記四》，由安東尼・柏金斯再度扮演諾曼・貝茲的角色），可是曾經看過那部——或其他部——的人只會搖頭說不、不，**沒有**《驚魂記》**那麼精采**。他們猶記得他們頭一次看珍妮・李演出的體驗，而且沒有任何重製或續集能超越當浴簾被拉開，刀子開始往下砍的那一刻。

另外人會改變。撰寫《安眠醫生》的男人和寫《鬼店》那個本意良善的酒鬼大不相同，不過兩者都仍然對同一件事感興趣：說個動人的故事。我很樂於再度找到丹尼・托倫斯，追隨他的冒險奇遇。我希望你也是。倘若如此，忠實的讀者，我們都很愉快。

在放你走之前，讓我先感謝一下那些需要致謝的人，好嗎？

南・葛拉漢**出色地**編輯了此書。謝謝，南。

查克・維瑞爾，我的經紀人，販售這本書。這點很重要，不過他同時接聽我所有的來電，還餵我好幾匙的舒緩糖漿。這些都是絕不可少的。

羅斯・道爾負責研究，可是對於出錯的地方，就責怪我誤解吧。他是名優秀的醫師助理，和賦予靈感及勇氣的北歐怪獸。

克里斯・拉茨在我需要義大利文的時候給予我義大利文的協助。嗨，克里斯。

洛基・伍德是解決我所有《鬼店》相關問題的關鍵人物，提供我忘記了或純粹搞錯的名字和日期。他同時提供了大量的世上各種休旅車和露營車的資料（其中最酷的是蘿絲的地球巡洋艦）。洛基對我的作品了解得比我自己還透徹。偶爾上網拜訪一下他吧。他做得非常好。

我兒子歐文看了這本書後建議了幾處珍貴的修改。當中最主要的是他堅持我們看見丹到達已康復的酗酒人所說的「谷底」。

我太太也讀了《安眠醫生》，協助我把書改得更好。我愛妳，塔比莎。

也謝謝所有閱讀我作品的男女讀者。願你們度過漫長的白晝和愉快的夜晚。

且讓我在結束時提醒一句：當你開在美國收費高速公路和公路上時，留意那些溫尼貝格和邦德露營車。

你永遠不知道裡面可能是什麼人。或者**什麼東西**。

緬因州，班戈

國家圖書館出版品預行編目資料

安眠醫生 / 史蒂芬 · 金 Stephen King 著；黃意然譯 —— 初版. —— 台北市：皇冠，2015.08[民104]
面；公分. ——（皇冠叢書；第 4490 種　史蒂芬金選；34）
譯自 :Doctor Sleep
ISBN 978-957-33-3173-5(平裝)

874.57　　104012115

皇冠叢書第 4490 種
史蒂芬金選 34

安眠醫生

Doctor Sleep

作　　者—史蒂芬 · 金
譯　　者—黃意然
發 行 人—平雲
出版發行—皇冠文化出版有限公司
台北市敦化北路120巷50號
電話◎02—27168888
郵撥帳號◎15261516號
皇冠出版社(香港)有限公司
香港上環文咸東街50號寶恒商業中心
23樓2301—3室
電話◎2529—1778　傳真◎2527—0904
總 編 輯—龔橞甄
責任主編—許婷婷
責任編輯—平靜
美術設計—王瓊瑤
著作完成日期—2013 年
初版一刷日期—2015 年 08 月
初版四刷日期—2019 年 12 月
法律顧問—王惠光律師

讀者服務傳真專線◎ 02—27150507
電腦編號◎ 508034
ISBN ◎ 978-957-33-3173-5
Printed in Taiwan
本書定價◎新台幣 480 元 / 港幣 160 元